浅尝难止

镜 许 著

上 册

青岛出版集团 | 青岛出版社

图书在版编目（CIP）数据

浅尝难止/镜许著. —青岛：青岛出版社,2024.3
ISBN 978-7-5736-1957-0

Ⅰ.①浅… Ⅱ.①镜… Ⅲ.①长篇小说－中国－当代 Ⅳ.①I247.5

中国国家版本馆CIP数据核字（2024）第037432号

QIANCHANG-NANZHI

书　　名	浅尝难止
作　　者	镜　许
出版发行	青岛出版社（青岛市崂山区海尔路182号）
本社网址	http://www.qdpub.com
邮购电话	18613853563
责任编辑	郭红霞
特约编辑	杨婉莹
校　　对	李玮然
装帧设计	蒋　晴
照　　排	梁　霞
印　　刷	三河市良远印务有限公司
出版日期	2024年3月第1版　2024年3月第1次印刷
开　　本	32开（880mm×1230mm）
印　　张	16
字　　数	480千
书　　号	ISBN 978-7-5736-1957-0
定　　价	65.00元（全2册）

编校印装质量、盗版监督服务电话 4006532017　0532-68068050

每次看到她，
心脏就缺开一个口，
想要把她装进去。
——镜竟泽

目 录

第一章 ──────── 1
意外相亲

"看来我们都是冒名顶替别人的。"

第二章 ──────── 37
月亮小熊

"许小姐，你现在是单身吗?
"如果是的话，我可以追你吗? "

第三章 ──────── 62
你退我进

这个世上总有人为爱痴狂，总有人
轻易心动，即使再冷静、听过再多
前车之鉴还是会沦陷。

第四章 ──────── 101
有了牵挂

她走出去，在十二月的深夜赴一场
临时起意的约。

第五章 ──────── 197
保持清醒

谢砚宁脸皮很厚，笑着说: "现在
是把小唯拐回家的时候。"

第六章 ──────── 231
终有回甘

她就要谢砚宁给她圆满的、温柔
的、像梦一样的爱情。

下
册

第七章 ---------------------- 257
枯木逢春

就好像命运终于给她开了一扇窗，她透过这扇窗，看到了值得期待的未来。

第八章 ---------------------- 293
她的过往

她可能是太想有个家了，竟这样被困了将近二十年。

第九章 ---------------------- 325
夜雨忽至

"小唯，你陪陪我，好不好？我真的快撑不下去了。"

第十章 ---------------------- 357
天生一对

谢砚宁想，他这辈子都离不开许唯了。

番外一 ---------------------- 389
相随与共

谢砚宁不仅给了她爱，还给了她一个真正意义上的家。

番外二 ---------------------- 433
软肋铠甲

"你是不是……有点儿那个妊娠伴随综合征？"许唯提出猜测。

平行世界番外 ---------------- 465
年少有你

"我怎么感觉我们已经认识很久了？"

出版番外 -------------------- 505
周年纪念

许唯在空白处写道："谢砚宁，遇见你真是我的顶级幸运。"
谢砚宁夺过许唯手中的纸和笔，在后面补充："谢砚宁也是这样想的。"

第一章

意外相亲

"看来我们都是冒名顶替别人的。"

　　许唯刚出门就接到了严朝雨的催命电话。

　　"姐，下午三点，下午三点！"

　　许唯检查了一下包里的东西，然后穿好高跟鞋，走到楼道里等电梯，回答严朝雨："放心，我记得的。我得先回家一趟。"

　　"好嘞，你今天穿的什么衣服？我发给对方。"

　　许唯低头看了眼自己："米白色的针织裙。"

　　"好的！姐，你真是我的救命恩人！我保证，这是我最后一次麻烦你了，等这次相亲结束，我一定跟我爸妈摊牌！"

　　许唯轻笑："那我就信你最后一次。"

　　"姐，你放心，这次这个男的对我也没兴趣，我们加微信一个星期了，他就说过一次早安。你就帮我见个面，完成一下任务，结束之后什么都不用管，我请你吃……"

　　严朝雨还没说完，许唯就进了电梯："朝雨，电梯里信号不好。"

　　严朝雨的声音变得断断续续，许唯听到一些类似"西餐""环游欧洲"的词，但不感兴趣。她看着缓缓变小的楼层数字，视线忽然模糊，直到"叮"的一声响起才回过神。

手机信号恢复正常，严朝雨还在喋喋不休，兴奋地描绘着她的欧洲之行。很明显，许唯是被临时加进去的一员。

许唯想：大小姐，我什么都不要，只要你开心，把你爸哄得更开心，然后他继续对我委以重任，我就满足了。

当然，她不会这样对严朝雨说，只是无奈地打断严朝雨的话："朝雨，我要出发了。"

"好啊，好啊！对了，那个男的叫周暄，今天穿着深灰色的针织外套。"严朝雨在挂电话之前又来了一句，"欸？你们俩的衣服还挺搭，你们说不定有戏。"

许唯微微皱眉，没有说话。

严朝雨没意识到自己的玩笑开得很差劲，还"哈哈"大笑了几声才挂了电话。

许唯打开车门，无声地叹了一口气。

严朝雨不会懂她的玩笑对许唯来说无异于一种讽刺，也不会懂她利用父亲的威势，一再强迫父亲的得力助手去顶替自己相亲这件事有多惹人烦，就像她不懂这份工作对于许唯来说有多重要一样。

上次相亲，许唯用一个下午尴尬地陪聊，最后被对方拆穿，只能诚恳地代替严朝雨道歉。她经历过一次之后，脸皮厚了很多。

算了，其实无所谓，许唯想。

现在是十一点半，相亲在下午三点，时间来得及，她得先回家一趟。

她妹妹今天过生日。

桐江的秋天总是很短暂，好像一夜之间树叶就变黄了，再过一夜就到了深秋。许唯开车碾过路上无数的枯叶，但因为这个路段狭窄，堵车了，她只好停下来看两边的风景。

这里靠近老城区，不远处有古建筑，两边的店铺还保留着旧时的模样，梧桐树叶泛着金黄色的光。

许唯看到道路右侧有一家汤包店，热气腾腾的蒸屉看起来很有年代感。她忽然有点儿馋，想着等今天的事结束之后，回这里吃顿汤包。

她很久没吃汤包了。

一笼汤包、一碗咸豆腐脑，如果有茶叶蛋或者炸萝卜丝饼就更好了。许唯想着想着就忍不住弯起嘴角。

在被外卖和酒局填满的生活里，一笼热气腾腾的汤包看着就让人身心舒畅。

她一想到回家，情绪就陡然降到谷底。

她再次发动了车，又拐了两个弯，就到了被小摊贩包围的老小区，好不容易找到地方停车后，把礼物从后备厢里拿了出来。

她的妹妹许优今天要过十七岁生日。早在一个星期前，许优就给她列了一张长长的礼物清单。她在工作闲暇时，花了十几分钟把礼物清单上的东西一个个拖进网购的购物车里，一直到前两天才全部收到。这些东西满满当当地装了一整箱，花了她七八千块钱。

小姑娘很爱美。许唯想起自己十七岁的时候，洗完脸用一下平价的面霜就算很精致了，更别提化妆品了。

这些东西里还有一盒养生茶套装和一个颈部按摩仪，是许唯给父母买的。

许唯大包小包地拎上楼，高跟鞋"咣咣"作响。二楼的老奶奶走出来，一时没认出许唯，疑惑地看了几眼。

许唯主动打了招呼："蒋奶奶，我是许家的大女儿，许唯。"

老奶奶这才认出来："哎哟，变化可真大，你好久没回来了吧？"

许唯笑了笑，说："是啊，工作忙。"

她确实很久没有回来了，也不想回——"回"这个字是用来修饰"家"的。

许唯敲了敲门，很久才有人开门。母亲一只手抓着豆角，另一只手给她开门："你也不知道按门铃，敲这么小声谁听得见？"

母亲说完就匆匆忙忙地进了厨房。

许优跑了出来，直直地冲向许唯手里的化妆品袋，激动地说："姐，这些都是我的吗？"

"是啊，不是你给我列的清单吗？"

许优的眼睛都快粘在礼物上了，嘴角也快咧到耳根，她"嘿嘿"地笑了两声："我也不知道你会都买啊，谢谢姐。"

她妈在厨房里着急忙慌地切菜；她爸则在阳台上看手机，动都不动。

许唯换了鞋子，卷起袖子去厨房帮忙。她妈随手就把菜刀和切了一半的豆角交给她，问她："工作忙不忙？"

"还好。"

"妹妹月考考得特别好，比上次进步了六七名呢。"

也不知道话题怎么就突然转到许优身上了，许唯静静地洗完手，然后说："那就好。"

"哎哟，这两年你妹妹懂事多了，我看着都高兴。"

许唯没吱声。

"对了，你能不能帮我问问，现在买哪里的房子最好？"

"怎么突然要买房？"

"你妹妹不是明年就上大学了吗？我是想让她读桐江师范，毕业了就在实验小学工作。趁着这两年房价降下来了，咱们先付个首付，以后她一毕业工作就能住新房。"

许唯以为自己的心已经不会再起波澜了，但听到这里还是忍不住有情绪。可反驳和争执没有意义，她只能深吸一口气，低着头继续切菜，平静地问："买实验小学附近的房子吗？"

"我们能在实小附近买肯定最好了，远一点儿也可以。"

"行，知道了，我帮你问问。"

"你优秀又懂事，不用爸爸妈妈操心，妹妹没你这么能干。"

她妈找补的这一句没能弥合什么，反而像一把刀，划在许唯的心上。

这顿饭许唯吃不下去，满桌的海鲜也没有她能吃的——她对海鲜过敏，这件事好像没有人记得。

幸好有通工作的电话打过来，她站在阳台上接完，然后转身回到门口。此时她爸已经拆开了她带来的按摩仪的包装盒，正在看说明书。

许唯说："爸、妈，公司有点儿急事，我就不吃了。"

她妈走出来："怎么这么急啊？你稍微吃点儿吧，我炖了鸡汤。"

许唯摇摇头："是项目上的事，公司催我补份材料。"

"哦，那你晚上来吃吗？"

"不用了，你们吃吧。"

走出门的时候，许唯长长地舒了一口气。

明明是正午，天空却好像比来之前更暗了。

蒋奶奶正在楼下晾包子，见许唯下来，把包子热情地递给她："丫头，尝尝，肉馅的。"

许唯怔了怔，掌心就被放了一只热气腾腾的包子。她看得出神，鼻腔泛起酸意，尝了一口，然后对奶奶说："特别好吃，您的手艺真好。"

蒋奶奶笑着摆手："人老了，油盐酱醋也拿不准了，我孙子、孙女都说包子的口味淡，没以前好吃了。"

"那您以前的手艺该有多好啊，您的家里人真有口福。"

老奶奶被她哄得高兴："丫头今年多大了？"

"二十七岁。"

"结婚了吗？"

"没呢。"

"不急不急，你的条件这么好，你慢慢找，找个好男人。"

许唯笑了笑，又和老人家聊了几句，吃完包子才离开。回到车上，她看了眼时间，十二点半。

严朝雨发来的相亲地点是一家咖啡馆，定位显示在很远的地方，开车要将近四十分钟才能到。许唯觉得回家一趟再出发很不划算，就在车里躺了一会儿，结果一躺就睡着了。

两天前她刚刚结束一个大项目，是一个五百多万块钱的单子。为了蹲客户，她在首都连轴转了一个月，每天的睡眠时间不超过六个小时，忙得脚不沾地。所幸结果比预期的更好，她所有的付出没有白费。

许唯回到桐江，在家里躺了一整天，晚上被严朝雨的电话吵醒，才有了今天的任务。

她的身心都是累的，可无形中又有一根线拽着她，让她无法完全放松。

睡醒之后，她在车里简单补了一下妆，然后驱车前往咖啡馆。她找地方停好车，然后稍微理了理头发就走了进去。

严朝雨给的对方的信息是：周暄，二十四岁，柏奥集团副总裁的儿子，相貌普通，留学归来，目前处于成天拈花惹草、无所事事的状态。

严朝雨对她的父母给她介绍这样的相亲对象十分愤怒。许唯却没多想，自己只需要记住深灰色的针织外套就行了。

她走进咖啡馆，环顾左右，很快就确定了目标——那个人背对许唯，坐在靠窗的位子上，身材挺拔，正低头看着手机，深灰色的针织外套被阳光镀上一层金色——他只是坐在那里就十分显眼。

许唯走过去，刚要开口，那个人就抬起头来。四目相对，许唯愣了愣。

这也算长相普通？

虽然他不是许唯喜欢的类型，但她不得不承认，这个人长得极好，五官轮廓分明，清秀俊朗，不乏少年气，是在人群里惹人注意的长相。

许唯又想起他的年龄——二十四岁。

小三岁就是不一样，他浑身上下散发着年轻的气息。

许唯摸了一下自己眼角的细纹。

收起遐思，许唯朝他笑了笑，主动打招呼："周先生你好，我是严朝雨，抱歉，路上堵了点儿，让你久等了。"

那个人站了起来，随意地朝对面的座位伸了一下手："没事，我也刚到。"

他看起来起码有一米八五，比许唯高出很多。

许唯坐下来之后，服务生走了过来。她点了一杯馥芮白，那个人点了一杯冰拿铁。

气氛陷入尴尬。

那个人散漫地靠着椅背，用修长的手指划了一下放在光滑的桌面上的手机。手机转了半圈，又被他握住了。他完全不拘谨，且毫不遮掩感到无聊而厌烦的情绪。

许唯在心里轻笑，心想：他至少比上一个相亲对象好些。

严朝雨的上一个相亲对象在相亲的时候全程都在接打电话，并不搭理许唯，又在发现许唯是冒名顶替的人时大声呵斥她，闹得许唯十分难堪。

冒名顶替也有冒名顶替的趣处，许唯不用顾忌什么。她轻松地坐在位子上，从容地观察着对方。

那个人淡淡地看了许唯一眼，在对上许唯的视线后微怔片刻，又收回了目光。

"周先生平时来这里吗？"许唯问。

"不怎么来，我对咖啡没什么兴趣。"

"我以前也没兴趣，工作之后才慢慢接触，结果现在想戒都戒不掉了。"

那个人只是礼貌地笑了笑。

"不过喝咖啡也不是什么好习惯。周先生看起来经常健身。"

"是，我很早就开始健身了。"

气氛淡淡的，还算融洽。

许唯还没毕业就进入严朝雨父亲的销售公司，这些年摸爬滚打，学到最多的本事就是与人沟通。她能在任何场景下找到话题，然后开启聊天，这是她的生存之道。

所以她本能地先开口，可聊了两句之后又觉得疲惫——额外的工作总是让人提不起劲。

许唯是做销售出身，工作性质使然，她的眼神和语气都习惯性地给人一种热情、主动但姿态放得很低的感觉，甚至有些讨好。

她自己知道，也懒得改变，反正这是她和这个人的唯一一次接触。

许唯听严朝雨说，周暗的母亲特地准备了小礼物，让周暗送给严朝雨，严朝雨得把礼物拿回家，给她的父母过目才算完成任务。

许唯决定开门见山。

"周先生看起来是第一次相亲，很没意思吧？"

"还好。"

"你应该也挺忙的，如果不想把时间浪费在这些被父母安排的事情上也没关系，其实我也不太愿意参加这类活动。"许唯笑着说。

那个人挑了一下眉，视线再一次落在许唯的脸上。

许唯无视他突如其来的探究目光，把滑落下来的头发撩到耳侧，莞尔地说道："我也没想到两方父母能想到这种方法，非逼着我们见面。如果周先生忙的话，就直接把东西给我吧，这样我也能回去交差。"

那个人把手边的小礼盒交给许唯。

许唯在心里鼓掌，情况比想象中的还要速战速决。

"严小姐平时都有什么爱好？"

那个人突然开口，倒把许唯问得愣住了。她思索片刻才回答："逛街，或者去看一些展览。"

那个人听了之后眉梢微挑，脸上似乎添了几分笑意。许唯注意到了，但没多问，以免露馅。

她的交际圈里的男性，除了公司里新来的员工，其他的都比她年长。平时跟她谈笑风生的对象里，有的年纪甚至比她父亲的还大，许唯还真是极少和比自己小三岁的男人聊天。

她找不到话题，逐渐无所适从。

尤其让她感到不舒服的是，对方竟然比她放松。

他深灰色的羊毛针织开衫看起来实在温暖，阳光增添了它复古的质感，里面的白色内搭也简洁，整个人看上去干净、利落。他没有坐直，身子微斜却不显得失礼，一举一动都透着骨子里的英气，就像许唯第一次见到严朝雨时的感觉。

许唯于是也微微往后靠，倚在椅背上，双臂交叉，像一种谈判姿态。她想再等几分钟，若对方没有说话，自己便提议结束相亲。

那个人果然没有再开口。

两个人把咖啡喝到一半，相亲就要结束了。

许唯刚准备说话，突然从门口跑进来一个三四岁的小男孩，身后跟着一个年轻女人。女人喊着"浩浩，不要乱跑"，可小男孩完全没听见，一个劲地在走道里疯跑。

许唯注意到他的时候，先一步发现在最靠近她座位的转角处的地面上铺了几块反光的玻璃瓷砖，那里一定很滑。可她还没来得及提醒，意外已经发生了。

小男孩在转弯时没注意脚下，果然踩上了玻璃瓷砖。他接连滑了两下，想保持平衡却没成功，只能歪着身子直直地朝许唯的方向跌过去。

谢砚宁在听到动静后及时伸手，但许唯的速度比他的快一些。他眼看着许唯伸出手臂，垫在桌边和尖锐的桌角上。

下一秒，小男孩就直接撞上了许唯的胳膊。

"咣"的一声闷响，小男孩因为惯性骨碌碌地滚到桌子下面，反应过来后捂着脸哭了起来。

男孩的母亲急忙牵走男孩，没注意到许唯刻意的伸手臂的动作，所以并没有道谢，只是歉然地笑了笑。

许唯也没在意，淡定地收回手臂。

谢砚宁注意到她攥了两次拳，又把手臂藏到背后偷偷地甩了一下，手臂内侧有明显的红痕——刚刚她被撞的那一下力度并不小，垫着的地方还有一处是尖锐的桌角。他光是想一想便知道她有多疼，但她从头到尾只皱了一下眉头。

他刚准备问，许唯就像没事人一样站了起来，拎着小礼盒的袋子，朝谢砚宁笑："周先生，走吧。"

谢砚宁缓缓起身，看着许唯，心尖莫名其妙地动了一下。

"你不是严朝雨，对吗？"他突然说。

许唯停住，嘴角的笑容瞬间凝滞。

时间好像被猛地拨回到几个月前的那次相亲。她又被戳穿，然后被嘲讽吗？她又要为别人的错误道歉吗？

许唯制止自己的思维向负面发散，镇定地望向对方，问："你说什么？"

"我也不是周暄，看来我们都是冒名顶替别人的。"谢砚宁起身，朝完全愣住的许唯伸手，低头望进许唯的眼里，说，"我们可以重新认识一下吗？我叫谢砚宁。"

许唯的思绪断了两秒，又被她重新续上。

她满是困惑地伸出手，和谢砚宁相握再分开，还没反应过来发生了什么。

谢砚宁指了一下许唯手里的礼盒："我听周暄描述过严小姐的性格。"

"你观察下来，发现描述的人和我对不上，是吗？"

谢砚宁耸了耸肩。

她和严朝雨在方方面面都不一样，他一眼就看出区别也很正常。

许唯并没有感到被戳穿的羞惭，毕竟对方和她一样是顶替的。她看向谢砚宁："那你是……？"

"我是周暄的朋友。"谢砚宁笑了笑。

许唯"哦"了一声，同样笑着说道："我是朝雨的朋友，叫许唯。"

一场双方都抗拒的相亲造成了此刻局外人尴尬的乌龙，不过许唯没什么精力再去在意这点儿面子的得失，而是淡定地从包里拿出车钥匙，往前走了两步，对谢砚宁说："既然如此，我们的任务完成了，接下来的事情就让他们两个人自己处理吧。"

她带着大功告成的轻松，语调都难掩雀跃之意。

谢砚宁似乎觉得许唯的反应很有趣，眼里噙着笑，跟着许唯往外走。

许唯米白色的针织长裙衬得她的身姿曼妙，她的头发及肩，外加蓬松慵懒的法式烫，气质有种显而易见的成熟感，但谢砚宁总想起刚刚那个雀跃的小尾音。

他从许唯的后面推开店门，许唯点头致谢："谢先生怎么过来的？"

"开车。"

许唯回身对谢砚宁说："那好吧，我就先回去了，很高兴今天能认识谢先生。"

她处事向来雷厉风行，不愿拖泥带水，就算去酒局应酬，到了最后也能清醒地一边说笑一边把老板们安稳地送上车，更别提这种不用负责的私事。她说完，便朝谢砚宁微微颔首，往车的方向走。

坐进车里后，许唯不知为何忽然顿了几秒，大脑放空，忘了发动汽车。

下一刻，车窗被人敲响。她降下车窗，谢砚宁俯身看着她，带着淡淡的男士香水味："许小姐，可以留一个联系方式吗？"

他这张脸靠近时给许唯带来了不小的惊吓，她少有地愣住了，但很快就恢复如常了。

他有些特别，言行举止里既有年轻人的散漫，又莫名其妙地带着压迫感。

许唯本来想说"没必要"，但看谢砚宁的衣着打扮，他应该是不逊于周暄的公子哥，若能变成自己的人脉也不是坏事，于是她礼貌地回答："当然可以。"

他拿出手机，两个人加了微信便道了别。

谢砚宁，很文气的名字。

她不知道谢砚宁为什么要问她的联系方式，怎么都想不明白。

等红灯的时候，她给严朝雨打去了电话。

严朝雨正在逛街，两个人约在大厦楼下会面。到了约定的地点，许唯把礼盒交给她。严朝雨问："姐，怎么样？过程还好吗？"

"他和你一样，也是请人替他来的。"

"啊？这么巧？"严朝雨笑出声来，"可惜他长得太普通了，不然我都要对他产生兴趣了。"

她随手把刚买的奢侈品放在许唯的副驾驶座上："我给你买了项链。"

许唯瞥了一眼包装盒上的牌子——这条项链保底价值五位数。

这是严朝雨送她的第几份礼物？她数不清了。

许唯二十岁就自告奋勇地进了严文江的公司，那时候严朝雨才十七岁，对打扮土气的许唯不屑一顾。可后来她凭着不要命的工作态度，年纪轻轻就成了公司的中流砥柱，严朝雨这才对她改变观感，一口一个"姐"，俨然把她当成闺中密友。

如果不是这样隔三岔五的"帮个小忙"，许唯还是挺喜欢严朝雨的。

年纪小的时候，许唯很讨厌家境富裕的人，后来和这些家境富裕的人相处多了，倒没那么讨厌他们了。她和他们相处不用过分小心翼翼、瞻前顾后，因为对方全不在意，她倒落得轻松。

严朝雨急着回去做美容，没说几句就拎着周家的小礼盒往回跑。

许唯看着严朝雨的背影，莫名其妙地想起刚刚的谢砚宁——这两个人倒是挺配，一样年轻，一样自信，一样散发着欲望得到满足后的松弛感。

许唯看着镜子里的自己,觉得是时候换更好的眼霜了。

许唯的工作好像永远做不完。

新产品的调查报告她要在周三之前写好;她和百川集团的经理约了明天见面;一号仓库出货延迟了两天,她要去和对方公司解释、沟通;一轮销售周期即将结束,她还要带着礼品上门拜访以前的老客户们,联络感情。

前几年她还羞于做这样的事情,觉得太市侩,结果现在已经做得得心应手。谁喜欢红酒、谁喜欢粤菜,她记得一清二楚,因为事实证明,开发一个新客户的成本远高于巩固好一个老客户的成本。

路过元记汤包店的时候,她停了车,却没有下去,只看了几眼便回家了。

摘下耳环和手链,卸了妆,她径直走进书房,打开电脑开始工作。只有工作才能让她平静,那是一种死寂、麻木的平静,她害怕温暖、热闹的东西来打破这种状态。

报告她写了个开头,手机就振动了两下。

许唯拿起手机,看到一个陌生的黑色线条头像,眯起眼睛想了半天,才想起来这个人是谢砚宁。

谢砚宁:许小姐到家了吗?

许唯:到家了,谢谢关心。

许唯回复之后,把手机屏幕朝下,放下手机继续写报告,谢砚宁也没有再发消息。

写到晚上,许唯去厨房煮了一碗面,一边看着集团的新宣传视频一边吃。

她忽然想起下午她主动找话题时,谢砚宁随意地望向她,用目光打量着她的五官,平静得如同无风的湖面,而后又淡淡地收回视线。

那种毫无兴趣的眼神陡然提醒了许唯要买眼霜的事。她懒得挑,就翻出之前的购买记录,又买了一瓶。

许唯也不知道眼霜到底有用没用——她觉得其效果大部分是心理作用,但还是想买。

收拾好碗筷之后，她去洗了个澡，脱衣服时才想起来手臂疼——今天那个男孩撞上来的时候，她的手肘内侧狠狠地顶在桌角上，疼得她一瞬间觉得胳膊都要断了。

她照了一下镜子，手肘内侧有一道明显的青紫色印子，细看还有血点。

许唯把皮肤拉扯过度，疼得倒吸了一口凉气。她勉强洗了个澡，然后从药箱里翻出活血化瘀的喷雾，简单处理了瘀青；紧接着就给助理发消息，提醒助理明天早上记得整理好资料，明天下午跟她一起去百川集团。

百川集团在桐江市算是数一数二的上市公司，产业融合了地产和养老，旗下还有连锁的私立医院。许唯早在两个月前就和对方负责采购的王经理取得了联系，所以这次见面沟通得也比预想中顺利。

只是大公司毕竟有架子，王经理虽然人很客气，但对许唯的报价总是不满意，闪烁其词地留半句余地，到最后也不拍板。

许唯露出程式化的微笑，频频点头回应王经理的搪塞，心里盘算着，自己最多再跑两趟就能拿下这个项目。

见面结束后，许唯随着王经理有说有笑地走出会客室，刚一转弯，就差点儿和一个人撞上。

许唯刚抬头，旁边的王经理就先出声了，语气里透着恭敬："谢总，您来了。"

许唯定睛一看便愣住了——对方竟然是谢砚宁！

谢砚宁穿着一身休闲西服，少年气淡了些，显得沉稳许多。

谢砚宁也有些惊讶，挑了一下眉，主动打招呼："许小姐，你怎么在这里？"

许唯朝他笑了笑："我来和王经理谈合作，想推荐几款大型医疗器械给贵司参考。在这里遇见谢先生，真是太巧了。"

谢砚宁瞥了一眼许唯手里的文件夹，封面就是一张医疗器械的图片。

许唯灵机一动，把文件递给了谢砚宁："谢先生，您有兴趣吗？"

谢砚宁简单翻了翻这份报告，一眼就可以确定这份报告出自许唯之手。因为这份报告不管是目录还是排版，都透出了很强烈的个人风格，脉络分明，详略得当。

王经理可能是怕许唯打扰到谢砚宁，连忙说："许小姐，这是我们百川集团的谢副总。谢总，这是盛风公司的金牌销售许小姐。设备合作的具体事宜我们采购部在开会决定之后会和许小姐进一步沟通的。"

许唯想起谢砚宁昨天的表现以及绅士风度，在脑海中紧急地进行了一番权衡利弊后，笑着说："谢先生昨天怎么都没告诉我，您是百川集团的副总？"

这句话很模棱两可，再加上她刻意和谢砚宁装作熟稔的语调，气氛一下子变得暧昧起来。

谢砚宁意味深长地望向许唯，许唯只是微笑着，一脸无辜的表情。

长达三秒的对视过后，谢砚宁没有说话，给了许唯最大的面子。

一旁不知所云的王经理却猛地打了个激灵，看了看许唯，又看了看谢砚宁，然后讨好地笑着说："许小姐您下周二有时间吗？您再过来一趟，如果没什么问题的话，我们就可以签合同了。"

"我有时间，那就谢谢王经理了。"许唯把滑落的碎发撩到耳后，又朝谢砚宁笑："谢总今天有空一起喝咖啡吗？"

"不了，我今天有点儿忙，改天请许小姐共进晚餐。"谢砚宁将报告还给许唯。

许唯跟两个人道了别便带着助理离开了。助理钻进电梯，拍着胸口对许唯说："姐，你认识那个帅哥啊？"

"见过一面。"

"啊？就一面？"

许唯没再解释，心里有些复杂，但拿下合同的喜悦盖过了一切。

谢砚宁的确有事。他的一个发小从国外回来，一个星期前就开始筹划在酒吧开派对，非拽着谢砚宁参加。

谢砚宁处理完工作，去了发小包场的酒吧。周暄已经喝多了，半醉半醒地往谢砚宁身边坐："哥们儿，工作这么认真？我给你打电话，你都不接。"

谢砚宁没理他，坐下来，拿出手机看许唯的朋友圈。

许唯的朋友圈完全就是一个线上工作展示窗，和微商唯一的区别就是她不卖货。除了二十七岁生日那天的一张蛋糕的照片，谢砚宁看不到任何与她私人相关的记录，只能无奈地往下刷。

没几分钟，人全到齐了。被发小推到正中间后，谢砚宁随意地坐在沙发上，晃了晃酒杯里的冰块。

旁边的人摇了一下骰子，热情地邀请道："谢少，猜数字吗？"

见谢砚宁拒绝了，周暄觉得奇怪："怎么了？不就是前天你赌输了，罚你替我去相亲吗？你至于生气吗？"

谢砚宁看了眼周暄，目光里含着意味不明的笑。他喝了一口酒，淡淡地说道："没生气。"

跟助理交代了周二的行程后，许唯又一头扎进办公室里写产品调查报告。

她的妹妹许优给她打了电话，告诉她其中一个粉底的色号买错了。她让许优将就着用，许优嘟囔着："这怎么将就用啊？我是黄二白，这个粉底涂在我脸上完全是假白，特别难看。"

许唯的思路都被许优打断了，她有点儿不耐烦地说："你送人或者挂网上卖掉都可以。我有点儿忙，先这样。"

可挂了电话之后许唯依然无法投入到报告中去，就看着屏幕发了一会儿呆。

最近她频频走神，也许是太累了。

产品调研是最耗时耗力的一个环节。从百川集团回来后，她就一直在反复修改报告的主体部分，等好不容易完成了初稿，已经是第二天的晚上了。

比她早几年进公司的姜于晴过来敲了敲她办公室的门，问她要不要去聚餐。

许唯其实不想去，但先前已经拒绝过两次，再不参加，别人又要在背后说她的闲话了。她现在在公司里风头正盛，许多人眼红她。她想，自己还是随和一些才不容易树敌。

她答应下来，保存好文件，拿了外套出发。

姜于晴坐她的车去，还没系安全带就八卦地说："费闻远也要来。"

许唯发动汽车："是吗？"

"你怎么一点儿反应都没有？"

许唯失笑："我应该有什么样的反应？"

姜于晴皱着眉头问："你们俩不是谈过恋爱吗？"

许唯打方向盘的手顿了顿："你听谁说的？"

"我和你认识多少年了，这点儿东西都观察不出来？费闻远被调去北边分公司的时候，你好几天都心不在焉。"

"我心不在焉不是因为他，也没和他谈过恋爱，况且那都是三年前的事了。"

"他订婚了。"

"我知道，我还和他未婚妻一起吃过饭。他未婚妻叫杨卉，人很好的。"

姜于晴顿时心生疑惑："你和费闻远真没谈过？你至少心动过吧？"

许唯笑了笑："我和他同一年进公司，又被安排在同一个小组里，朝夕相处，肯定有感情，但是算不上爱情，顶多是战友情。对了，我们在哪里聚餐，还是金枫路的私房小馆吗？"

"换了换了，今天我们吃川菜。"姜于晴连忙拿出手机，把定位发给许唯。许唯调出导航，往餐厅开。

她们赶上了下班高峰期的尾巴，路上还是很堵。周围有很多在霓虹灯下泛着光的写字楼；两侧的行人奔赴不同的方向；汽车的尾灯连成光束，一直延伸至高架桥的尽头。

许唯突然觉得聚餐也挺好。她天天加班，归家时已是深夜，很久没见过这样令人目眩神迷的热闹场景了。

人还是要社交的，需要不以利益为基础的社交，纯粹放松，即使浪费时间。许唯已经很久没有参与过这样的活动了，尽管知道这样的聚餐并不能使她真正地放松。

路上，姜于晴又说："小许，你今年都超额完成指标了，给老严赚那么多钱，也该让自己歇歇了，去旅旅游，或者谈场恋爱。"

"等手上的事情结束再说吧。"

"钱是赚不完的。等你到了我这个年纪——三十五岁，身体机能迅速下降、精力也旺盛不起来、还拖家带口哪儿都去不了的时候，你就后悔现在没出去好好享受了。"

"这不矛盾吗？我现在不赚多点儿，将来就要一边拖家带口一边努力挣钱，那不是更累？"

姜于晴愣了愣："也是。"

"你也不用担心我，我这个人就是闲不住。你让我躺在家里我真是浑身难受，还不如工作。"

"哪儿有你这样的？"姜于晴顿了顿，又说，"咱们公司里也就只有你一路往上，其他人都蔫巴巴的，老严估计也动了裁员的心思，最近公司里流言四起。"

"这个我不太清楚。"

许唯这个人公私分明，姜于晴也知道从她的嘴里套不出什么话。

沉默片刻，姜于晴转变话题，笑着说："哎哟，你父母真是有福气，生了个这么独立、要强的闺女，学业、工作都不用操心。不过你也不能对自己太苛刻，该休息就休息，父母要是知道你这么拼，要心疼的。"

他们会心疼吗？

许唯笑了笑，没回应，只稍微踩重油门，开过十字路口。

到了餐厅，费闻远先站起来跟许唯打招呼："咱们的销售冠军来了。"

众人降低声音，齐刷刷地看过来。许唯朝费闻远甩了甩手，"喊"了两声，然后坐在长桌的最边上，放下包："你们怎么来这么早，路上没堵车吗？"

"一看许总就没在正常时间下过班，这个时间段哪能开车？我们都是坐地铁来的。"

许唯扶额，笑了："抱歉抱歉，让大家久等了。菜点了吗？"

"点了。"旁边的人把菜单拿过来，"许总，你再看看，还要加点儿什么？"

许唯摆手："你们看就好，我都行，不挑食的。"

费闻远插话道："你是不挑食，以前和我出去跑业务的时候，能蹲在地上一口气吃两份盒饭。"

许唯笑着说道："你别笑话我，小心我告诉小卉，某人当时天天去某家公司跑业务，实际上是去勾搭人家公司前台的小姑娘。"

费闻远连忙否认："你又给我在这儿编黑料！"

众人哄笑："费总的黑历史挺多啊。"

姜于晴用胳膊顶了顶许唯："你们之间还真是战友情。"

"本来就是啊。"许唯低头喝了一口大麦茶。

这家川菜馆在装修上很有蜀地老客栈的味道，店里挂着红灯笼，虽然没有包间，但一桌一桌间都用屏风隔开了。

许唯等着上菜时，无聊地看了看四周，看到正对面坐着一个熟悉的身影。那个身影背对着她，懒散地坐在雕花的官帽椅里，左手搭在旁边人的椅背上，指尖敲了敲，他好像在听旁人说话，又好像没有。

她一眼认出那是谢砚宁——他总是这副闲云野鹤的模样。

许唯在心里笑了笑。这算有缘分吗？他们三天遇见三次。

说起来她还要感谢他，若不是借他的名义，百川的项目也不会拿得如此顺利。

许唯正想着，姜于晴就夹了块麻辣牛肚给她："快吃啊。"

可吃到一半，许唯就觉得胃里烧灼。川菜太辣，姜于晴又怕她坐在边上够不着菜，一个劲地往她的碗里夹。

她不怎么能吃辣，尤其是带点儿花椒的麻辣，菜一入口简直像屏蔽了她的味蕾，辣劲一路从嗓子眼烧到五脏六腑。服务员走过来，添了一壶大麦茶，许唯拿过来给自己又倒了一杯，但不怎么解辣。

其实她再点一杯冰酸梅汁或者牛奶之类的饮品就可以，但周围人正聊得高兴，她不想惊动别人。

她在聚餐时总是习惯坐在最边上，因为总觉得自己和身边的所有人都不同频。她搞不懂让周围人哄堂大笑的同事的八卦有什么意思，也不明白一些领导的轶事为什么能引发一堆又一堆的话题。

她融不进去，所以尽量削弱自己的存在感，不要扫了别人的兴。

许唯勉强吃了几口素菜。见姜于晴又给她夹了块鱼肉，她面露难色，刚放进嘴里，电话就响了，是老严打来的。

许唯拿出手机，连忙把鱼肉囫囵吞枣地咽进去。那辣劲瞬间上头，她猛地咳嗽起来，起身接通电话时强压着咳嗽："严董，什么事？"

一圈人都噤了声，互相交换着眼色，周围的几桌人纷纷看了过来。

许唯走到了僻静处。严文江问她百川集团的项目进行到哪一步了，她告诉他："下周可以签合同。"

严文江有些惊讶："这么快？本来明天中午我要和百川集团的谢董一起吃饭，还想着如果你这边碰到困难，我就帮你跟他提一嘴。既然你这边都办好了，那就最好不过了。"

"我也没想到这么顺利。"

"行，没别的事。你怎么咳嗽了？"

许唯不好意思地说："吃辣菜不小心被呛住了。"

严文江笑了笑："喝点儿冰水，那你继续吃吧。"

挂了电话，许唯才发现自己的嗓子有点儿痛，说话的声音都哑了。可众人神色各异地注视着她，俨然把她当成了严文江的新闻发言人。

裁员的风声传了近半个月，很多业绩下滑的人都惶惶不安。

许唯微顿，坐下来笑着摇头："严董问我新项目的事。大家继续吃啊。"

场面冷了下来，费闻远急忙开口："大家都怎么了？严董的决定哪里是我们能左右的？我敢打包票，在座的几位都走不了。大家安心吃饭，安心吃饭。毛血旺要不要再来一盆？这些不够吃啊。"

许唯喝了一口茶，静静地坐在自己的位子上。

她刚进公司的时候，严文江正带着他的盛风销售公司打拼到巅峰。那时候金牌销售出现了一茬又一茬，后来接连发生骨干人员连人带项目被高价挖走的事，公司就隐隐地有走下坡路的趋势。

幸好这些年出了一个许唯。

费闻远曾经问许唯："严文江上辈子是不是救过你的命，不然你会这样昼夜不分地替他干活？"

许唯当时笑了笑，没回答。

又一盆毛血旺被端了上来，许唯为了表现出轻松的样子，夹了一大块到碗里，一声不吭地吃了起来。

聚餐结束时她的胃已经不属于她了，脚步也开始发虚，但她仍得体地和同事们道别。

姜于晴和费闻远的家顺路，姜于晴便坐了费闻远的车。费闻远临行前对许唯说："小唯，他们只是担心自己的饭碗，对你没什么意见。"

"嗯，我知道。"

"瞧瞧你那黑眼圈，"费闻远笑着说，"你不能再加班了，本来就不年轻了。"

许唯推了他一把，笑着骂道："去你的。"

费闻远嬉皮笑脸地下了台阶，往车里走，许唯朝他摆了摆手。

费闻远坐进车里时，姜于晴刚给丈夫发完消息。她隔着玻璃看了看许唯，对费闻远说："小许的脸色怎么有点儿发白啊？对了，她能吃辣吗？我看她吃得不多。"

"她应该能吧？她从来不挑食，都是大家吃什么，她吃什么。"

比起关心许唯，姜于晴更关心这次裁员有没有她自己，也就没说什么了。

许唯是最后走的。她扶了一下门，准备向前台要杯凉白开时，旁边突然出现了一杯牛奶。

许唯转头望过去，看到了谢砚宁。

他的个子很高，完全挡住了后面灯笼的光。

"不能吃辣还来这里？"谢砚宁的眉梢微挑，他把牛奶塞到许唯的手里。

许唯怔了片刻才说"谢谢"。

"你能喝牛奶吗？这边还有蜂蜜水。"谢砚宁问。

"能的。"许唯被这突如其来的好意搞得有些无措，一时想不起该如何从容地面对，只能略带慌乱地捧着杯子，几口就喝完了温牛奶。

谢砚宁接过杯子，递了一张面巾纸给她，问她怎么回去。

"我开车来的。"

谢砚宁歪了一下头，笑着说道："我没开车，许小姐能好心送我回去吗？"

许唯问谢砚宁家在哪里，谢砚宁说："城南公馆。"

城南公馆离这里不远，许唯为了防止走错路，还是开了导航。

谢砚宁的个子太高，副驾驶座的空间对他来说有些逼仄，两条长腿无处安放。见状，许唯让他自己调整车座。

空间一大，谢砚宁又是那副懒散模样，手放在腿上有一搭没一搭地敲着。

气氛有些难以言喻的尴尬，许唯这样一个不怕尴尬的人，此刻都有些不知说什么好。沉默了几分钟，许唯终于开口："谢总爱吃川菜吗？"

谢砚宁轻笑出声。他猜到许唯会努力找话题，因为许唯总是习惯主导聊天的走向，可这次被辣到头晕目眩的许唯好像被调慢了脑袋里的发条，思维都变钝了，想了半天才想出这么一个话题。

"还行。"

许唯对着前面眨了眨眼，努力提起精神，稳稳当当地把车开出停车场。

"许小姐今晚是参加公司的聚餐吗？"

"是。谢总呢？"

"差不多。许小姐好像不怎么喜欢聚餐，我回头看了几次，你都在发呆。"

"我可能被辣傻了。"许唯笑着说。

"许小姐住得远吗？远的话就把我放在前面吧，我打车回去。"

"不远，没事。"

刚过红绿灯没多久，许唯就被人超了车。她微微蹙眉，但依旧把车开得很平稳。谢砚宁观察完之后开口："许小姐在前面停下来就行，我正好有其他事情。"

"啊？"

"其实我是担心你状态不好，开车不安全。既然你没问题，我就放心了。前面那个路口能停车，还麻烦许小姐停一下。"

"你不回家吗？"

谢砚宁看了一下手表，戏谑地笑："才九点不到。"

许唯"啊"了一声："也是，你还年轻。"

谢砚宁笑出声来："我还年轻？"

"你不是二十四岁吗？哦，我忘了，是你的朋友二十四岁。"许唯把车停好，转头望向谢砚宁，"但是谢总看起来应该不会超过二十四岁。"

他们的距离陡然变近，在狭小的空间里，连彼此的呼吸声都清晰起来。许唯再次借着昏黄的灯光看谢砚宁——他帅是帅，是很勾魂的那种帅，但不是她喜欢的类型。

二十岁出头的男孩，对于许唯这样少年老成的人而言，说是弟弟都显得小。

"确实，我刚过二十四岁生日。"

许唯露出今晚第一个轻松的笑容，拍了拍方向盘，说："我都二十七岁了。"

"我们差不多啊。"谢砚宁说。

许唯转头看到谢砚宁含着笑意的眼，愣了愣，沉默了几秒。

"是啊，我们差不多。"她说。

许唯觉得谢砚宁和她想的不太一样。

"我今天喝了点儿酒，不然就开车送你回去了。许小姐路上小心，到家给我发个消息。"谢砚宁推开车门，起身前又问许唯，"许小姐明晚有空吗？"

"嗯？"

"我们不是说好要共进晚餐的吗？"

许唯突然想起那天在百川集团，她刻意利用和谢砚宁的一面之缘拿下合作，其实谢砚宁心知肚明，不反驳她已经给足了她面子，后来他们分开前他还说要共进晚餐。

许唯的脸色微僵，她从谢砚宁几次的主动接近里察觉出来些什么，但又觉得自己的想法很荒谬。

她回答："好啊。"

"路上小心。"谢砚宁关好车门。

许唯缓缓地开上主路，从后视镜中看到谢砚宁站在路边，一身黑色的休闲装带着让人安心的平和感，融进夜色里。

等红绿灯的时候，许唯给严朝雨发了消息，问她谢砚宁的身份。

严朝雨：谢砚宁？你不知道？！他是百川集团老董事长的独孙啊，其身家不可想象。我将之称为年轻一代里的颜值担当。你知不知道他妈以前是演员？基因完美地遗传到他的身上了！我听说他的性格也不错。

这还是许唯第一次看到她一次性用了这么多夸奖的形容词。

严朝雨年纪虽然不大，但因为她母亲频繁地给她安排相亲，她被迫知晓了全城数得上名的青年才俊的信息。

严朝雨：你怎么突然问起他？

许唯：我去百川集团谈合作的时候看到他了。

严朝雨：哦，是的，他留学回来之后就进百川工作了。

想到谢砚宁百川集团未来继承人这个身份，许唯觉得自己刚刚的想法更荒谬了。她自嘲地笑了笑，然后一路开回家。

她住在离公司不太远的地方。那里其实不是她的房子，是公司给她配的，名义上是严文江的房产，但严文江明确地告诉过她，这是销售冠军应得的奖励。

房子里的家具都是私人定制的，工艺繁复，装修设计也极尽巧思。

许唯在这个房子里住了两年。

她几次对严文江说要搬出去，自己买房，严文江每次都说："你的钱先存着。"

严文江待她如同女儿，她很感激。

回到家，她才闻到自己身上呛人的味道。她脱了衣服，泡了个澡，回到床上时已是深夜。

手机突然振动了一下，许唯拿起来看。

谢砚宁：应该到家了吧？许小姐好像忘了给我报平安。

许唯怔住了，把消息反复看了几遍。

她快速回复：抱歉，我忘了。

谢砚宁：没事，许小姐到家了就好。

谢砚宁随后发过来一张图片，许唯点开，看到图片里有一轮圆月悬在夜空中，银辉皎洁，夜幕低垂，是很美的画面。这大概是谢砚宁亲手拍的。

片刻后，他又发来几个字：许小姐晚安。

许唯感觉自己的心口突然涌上一种很奇怪的感觉，是说不清道不明的滋味。她伸出手指，摩挲着屏幕，用指尖遮住"许小姐"三个字，只留下一个"晚安"。

晚安。

她对自己说：许唯，晚安。

许唯很久没睡得这么沉过了，直到第二天十点多才昏昏沉沉地起床，然后照例做了十几分钟瑜伽。

她简单地做了份早餐，刚吃一口，老客户就打电话过来问她续签合同的事。她连忙放下早餐，去书房打开电脑，再联系公司的法务。她忙完之后已经快十二点了，索性将没吃完的那份早饭当午饭吃了。

下午她去了一趟公司，严文江把她喊到办公室，问她对裁员的事怎么看。

她能怎么看？她没法表态，说什么都是僭越。

严文江背着手站在落地窗边，忽然感慨："当年我手下也有一个女孩，和你一样，能力很强，年纪轻轻就是销售冠军，后来被挖走了，去了金泉。"

金泉是盛风最大的竞争对手。

严文江回头看着许唯，说："她带着一份三千多万元的单子走的。"

许唯说："严总，我不会。"

"我知道。"

"我绝对不会。"许唯再次说，语气严肃且坚定。

两年前，严文江对她说："那房子给你住，你的钱先存着，等以后给自己买个大房子，舒舒服服地过后半辈子。丫头，人这一生的苦难是守恒的，小时候吃多了苦头，以后就只剩享福了。"

从那时起，许唯就决定要在盛风一直干下去，直到严文江不再需要她。

严文江走过来，拍了拍许唯的后背："你还在，我的心里就踏实了。"

许唯弯起嘴角。

"对了，最近朝雨的情绪不太好，她妈老是自作主张地给她安排相亲，闹得家里鸡犬不宁。她要是去找你，你就帮我照顾照顾她。"

"好，我会的。"

许唯从总裁办公室出来，回到自己的办公桌前继续工作。

下午四五点的时候，她和客户通完电话，忽然陷入了沉思，助理进来她都没注意。

可能是秋日傍晚的柔光惹得人犯困，许唯坐在办公椅上发了一会儿呆。直到谢砚宁的消息发过来，她才意识到自己在大脑空白的这几分钟里到底在等什么。

她迟疑了几秒才去拿手机。

谢砚宁：许小姐的工作结束了吗？今晚有空出来吗？

许唯：有空的。

谢砚宁：许小姐想吃什么？

许唯：都可以，谢总挑吧，我没有什么特别爱吃的。

谢砚宁：好啊，那就我来挑。许小姐几点下班？我快到盛风公司的楼下了。

许唯怔了怔，下意识地关了电脑。

许唯：那我在楼下等你。

如果年轻几岁，许唯可能在回复这句话前犹豫许久，因为回得早了显得殷切，回得晚了又显得倨傲。暧昧期里的拉扯和试探，她现在想起来总觉得幼稚又有趣。

可惜她已经没有这样的心思了。

她尽管对谢砚宁一而再再而三的主动行为抱有猜测，但也清楚没这个可能。

她拿起包下了楼，在电梯里碰到了姜于晴。姜于晴打量着许唯的卡其色羊绒大衣、同色系的阔腿裤以及白色尖头高跟鞋，询问道："你穿得这么干练，去哪家公司谈合作？"

许唯被逗笑了，从电梯的镜子里看了看自己，没觉得这身衣服有什么问题。

"我去参加一个饭局。"她说。

姜于晴点了点头,心想这大概是很严肃的饭局。

电梯在二楼停下,姜于晴先离开了。许唯将头发撩到耳侧,踏出电梯前,还在想着姜于晴的评价。

她的衣服真的很有攻击性吗?这明明已经是她衣柜里颜色最柔和的一件大衣了。

她走出大门,谢砚宁的车缓缓地开到她面前——豪华跑车,白色的外观,和谢砚宁的气质很搭。

谢砚宁从车里出来,为许唯打开副驾驶的门。许唯打趣他:"谢总看起来很熟练。"

谢砚宁的手搭着车门,他听到许唯的话,没有反驳,只是轻笑出声,然后俯身帮许唯整理了一下滑落到车外的衣摆。

"我们有两个选择,一个是中餐,另一个是西餐,许小姐喜欢哪个?"谢砚宁说。

"中餐。"

谢砚宁一副惊讶的模样:"许小姐的口味和我的一致。"

许唯笑着说:"这是标准回答吗?"

谢砚宁看了许唯一眼,意有所指地说:"我发现许小姐对我有敌意。"

许唯挑了一下眉:"没有。"

"真的?"

"真的。"

就像在百川集团里当着王经理的面说着半遮半掩的话那样,两个人又是心照不宣地点到即止,谁都没有再继续这个话题。

很奇怪,他们明明才认识四天,而且还有三岁的年龄差,却有着一种微妙的默契。

谢砚宁的嘴角噙着笑,他转着方向盘,一路往中餐厅开。路程比许唯想象的远一些,目的地是一家名叫秋居阁的中式餐厅,坐落在湖心,内部的构造如苏式园林,很是雅致。

谢砚宁大概是提前预订了，服务生领着他们进去。

谢砚宁给她介绍："这里的环境不错，菜品也还可以，正好现在是最应景的季节，我就想着带许小姐来尝一尝，这里的醉蟹最出名。"

许唯走在谢砚宁身侧，随着谢砚宁的介绍望向两边鬼斧神工的青色湖石。他们穿过走廊，越往亭台深处走，环境越清幽。

其实许唯很久之前就来过这里，陪一个姓魏的老总一起，还听了昆曲。

那是四年前的事了。当时许唯早早地做了功课，一曲昆曲结束，她看似无意地说了几个《牡丹亭》里的词。客户很是欣赏她，跟她详谈过后，便让她和秘书联系。

那是许唯入行以来拿到的第一笔大单子。

这里的菜品好不好吃，许唯已经不记得了。这里有醉蟹这道菜吗？她也没什么印象，当时满心满眼只有工作。

"许小姐来过这里吗？"谢砚宁问。

许唯微怔。她若是说"我来过这里"，听上去像是泼冷水。

于是她看着谢砚宁指向的风景，认真地点头，评价道："我没来过，这里的环境确实很雅致。"

他们上台阶时，谢砚宁虚扶了一下许唯的手肘，说："许小姐小心。"

日落昏黄的光从菱花形状的漏窗中洒进来，落在谢砚宁的肩上。许唯朝他笑了笑，道了声谢。

两个人坐下来，谢砚宁让许唯点菜。

许唯也没有推辞，接过菜单看了看，点了招牌醉蟹、响油鳝丝和菌菇板栗鲜鸡汤，谢砚宁又添了一道松鼠鳜鱼和清炒时蔬。

"这家的苏帮菜还算正宗。"谢砚宁合上菜单。

许唯笑了笑："不正宗我也吃不出来。"

"许小姐吃过苏帮菜吗？"

"前几年我因为工作去过一次苏州，吃过松鼠鳜鱼，口味很甜，鱼肉炸得很酥脆。我还挺喜欢的，不过我同事觉得一顿下来没滋没味。"

"是，江南的菜样式繁杂，对烹饪的要求很高，食材重在一个'鲜'

字，不过菜的口味偏甜，喜欢的人会很喜欢。"

谢砚宁帮许唯倒了杯茶。

"看来谢总对美食很有研究。"

"研究算不上，只能说不学无术，游山玩水的本事还行。"谢砚宁斜倚着椅背，还是许唯最熟悉的那副闲散模样。

许唯笑着说道："这话也太招人恨了。"

"其实桐江也有很多少有人知的好去处，许小姐以后要是有空，我可以给许小姐推荐几家店。"

许唯看着茶杯里荡起的水纹，然后抬眸望向谢砚宁，说："好啊。"

他们之间是可以谈"以后"的关系吗？但愿这只是客套话。

不多时，菜陆陆续续地上来，远处又有昆曲响起，许唯边吃边听。

一曲结束后，她咬了一下筷子，开启话题："下周二我就要去百川集团签合同了，上次多亏了谢总给我这个面子。"

"这和我没有关系，许小姐把前期工作做得很到位，谈成合作也是理所当然。"

"其实和百川集团的合作算是我今年的计划里最重要的一项。我前期确实做了很多准备，也有过不成功的心理预设。如果谢总那天不在，也许我软磨硬泡地再来几趟也能把单子谈下来，但绝不会这么顺利、轻松。总而言之，我还是要说声'谢谢'的。"

"许小姐太客气了，那我也要谢谢许小姐。"

许唯露出不解的眼神。

"说实话，我的口味偏甜，我平时都找不到人陪我吃这苏帮菜，今天借着请许小姐的名义，才可以来这儿大快朵颐，避免了我一个人吃一份松鼠鳜鱼时服务员投来异样的眼光的情况。所以，我也应该感谢许小姐。"

他说完之后笑了笑，喝了一口茶，目光落到窗外的湖面上。

月光映在湖上，偶有鱼跃的"扑通"声，不显得嘈杂，反而让人心静。

许唯听得有些愣怔。她对谢砚宁的判断好像真的出现了失误——谢砚宁比她想象的成熟很多，松弛有礼。

她有刻板印象，总觉得二十岁出头的男孩还是毛头小子，贪玩、自大又轻佻。

谢砚宁很明显不是这样的。

许唯思忖片刻，拿起茶杯，对谢砚宁说："谢总，那就以茶代酒……"

她的话还没说完，谢砚宁就眯起眼睛，有些抱怨地说："我们什么时候能换一下称呼？"

"嗯？"

"一直'许小姐''谢总'的，好生疏啊。"他的语气很轻松，抱怨里都没有责怪的意思，甚至有些亲昵的嗔怪。

许唯正思考着她给谢砚宁"成熟"这个评价是否正确，陡然回过神，才发现两个人之间的气氛一下子上升到她无法控制的局面，因为谢砚宁正似笑非笑地看着她。

许唯拿不准谢砚宁的意思。

其实从相亲那天开始算，她和谢砚宁不过才认识四天。她不觉得以自己的长相能吸引到谢砚宁这样的公子哥。

"不过是称呼，我觉得没什么。"许唯说。

谢砚宁脸上的表情略显遗憾："那好吧。"

许唯还想说什么，却提不起精神。她不是分辨不出暧昧的气氛，只是不相信谢砚宁会对她产生兴趣。也许他只是一时好奇，许唯便随他了。

吃到最后，谢砚宁又点了两份糯米小汤圆，瓷制的汤匙"丁零当啷"地响，遮掩了尴尬。

许唯吃完糯米小汤圆，低头看了眼手表上的时间。这时谢砚宁突然问她："许小姐的胳膊上的伤还疼吗？"

许唯一时还没反应过来，谢砚宁说："那天在咖啡馆，你把胳膊垫在桌边以免那孩子磕到，应该留瘀青了吧？"

许唯没想到谢砚宁当时注意到了，于是说："哦，不严重的，已经没什么痕迹了。"

"我问的是还疼吗？"

"还好……"

"怎么会不疼呢?"

许唯不理解谢砚宁的意思,解释道:"只是撞了一下。"

她疼是疼,但一向很能忍疼,所以觉得无所谓。她不明白谢砚宁为什么会在意这件事。

"许小姐,我觉得你很有趣。"谢砚宁说。

顶替相亲的前一天晚上,谢砚宁被周暄一行人拉去喝酒,席间周暄提出掷骰子猜点数,输了的人要被罚酒。谢砚宁本就对这类游戏不热衷,几轮下来欠了七八杯。他不想喝,周暄便趁机说:"这样吧,你不喝也行,明天帮我个忙,这酒我帮你喝。"

谢砚宁当时已经微醺,便随意地点了点头,没想到周暄当了真,第二天便打电话轰炸他,央求他兑现承诺。

谢砚宁只好带着周家为严朝雨准备的小礼物,开车过去顶替周暄相亲。

第一眼见到许唯时,他有些惊讶。

周暄说严朝雨二十四岁,是个骄纵的千金大小姐,很漂亮。

只一眼,谢砚宁就对许唯的身份生了疑。

许唯的五官并没有多精致,初看甚至可以说普通,但她凝神思索、用滴水不漏的俏皮话来调节气氛、利用暧昧的关系达成目的时,她的五官就陡然变得生动,眸中闪烁着熠熠的神采。

这让谢砚宁很意外。

最让他印象深刻的是,每次他若无其事地打量许唯时,许唯总能第一时间捕捉到他的目光,然后以更轻松、悠闲的姿态反过来审视他,像一种下意识的回击。

若说她有攻击性,可当听到谢砚宁也是冒名顶替的且这场荒诞的相亲可以提前结束时,她会发出很可爱的雀跃的声音;若说她可爱,胳膊狠狠地撞在大理石桌边的尖角上时,她又能镇定自若,一声不吭。

许唯身上的矛盾感很吸引人。

谢砚宁也是第一次通过短短几面就对一个人产生了极大的兴趣。

他说:"许小姐,我觉得你很有趣。"

许唯却不满意谢砚宁的话，微微后倚，脸色淡了淡。

她想说：谢总，"有趣"这个词并非在每个语境下都是褒义的，而且我也不是你的研究对象。

但最后她说出口的是一句很礼貌的话："是吗？谢总的评价也很有趣。"

一顿饭就这样结束了。

离开前，谢砚宁去了一趟洗手间，正好有熟人走出来。

那个人看到谢砚宁便主动打招呼："谢少，好久不见。"

谢砚宁擦着手："好久不见。"

"刚刚您进来的时候我就看到您了，没来得及打招呼。对了，谢少，您换秘书了？"

"什么？"

"和您一起进来的那位小姐不是您的秘书吗？"

"不是，是朋友。"

那个人恍然大悟，又说："几年前我见过那位小姐，就在秋居阁。那时候她还像刚毕业的大学生，跟在嘉华的魏总后面，没现在这么落落大方。"

谢砚宁微顿，片刻后垂眸低笑："是吗？"

许唯正出神地望着波光粼粼的湖面，听到脚步声，慢半拍地转过头，对谢砚宁说："谢总，走吧。"

谢砚宁的目光在许唯的脸上停了几秒，然后他拿起外套，说："好啊。"

在回廊的转角处，他伸手抬了一下许唯那边从漏窗伸进来的枝丫，以免它划到许唯的脸。

许唯忽然感觉到两个人的距离在拉近，于是不动声色地加快了步伐，避开了他。

她还是主动和谢砚宁闲聊，扯各式各样的话题，聊自己在大学时看过的昆曲巡演，说自己为之倾倒，第二年还特地选了戏曲艺术研究的公共选修课。

"课上得怎么样？"

许唯笑着摇头："不怎么样，好没意思，我完全没了兴趣。"

谢砚宁也跟着笑。

坐进谢砚宁的跑车里，许唯说："谢总方便的话，还是把我送回盛风吧，我的车还在那里。"许唯用一副打工人的无奈神情说，"明天我还得开车上班呢。"

"我不介意明早来送许小姐上班。"谢砚宁看着她说。

"那怎么行？我可消受不起。"

谢砚宁便没再强求，一路将许唯送到盛风公司的楼下。

两个人道了别，许唯站在路边，目送谢砚宁的车离开。

晚秋的风带着萧瑟的冷意，将许唯的头发吹乱，她掩紧衣领，转身往停车场的方向走。写字楼的保安正打着哈欠，看到她并不惊讶，还主动打招呼："许总，又加班啊？"

"没有，我吃完饭刚回来。"许唯笑着和他搭话，然后快步走向自己的车。

她还没坐进去，严朝雨的电话就打了过来。

严朝雨告诉她相亲事件的后续："事情被我妈发现了，而且那个周暄有女朋友。他的女朋友是个模特，他瞒着他爸妈。"

"他怎么这样？"

"对啊，幸亏我没去。"严朝雨哼了哼，哼完又气馁地说，"但是我妈知道我根本没去相亲的事了，而且现在怀疑我之前的相亲都没去，把我狠狠地批评了一通，我准备离家出走。"

许唯失笑："你多大了，还用这一招？"

"不然我怎么办？我真不懂，为什么我妈总是要用自己的想法来安排我的人生？我不婚不育怎么了？难不成少我的那份结婚证，民政局就倒闭了？地球没了我生的那个孩子就不转了吗？"

许唯揉了揉太阳穴："那一辈人都是这样的，再加上你总是在她面前提你的那些新观念，她当然着急。"

"她们跳不出枷锁，还觉得我们离经叛道，我偏不顺着她！"

许唯轻声哄她："你怎么这么大的火气？"

"我和我妈刚吵完，幸好有我爸拦着，他站在我这边。"严朝雨闷闷地说，"大不了我去英国找我小姨，我小姨会养我的。"

许唯笑了笑。

严朝雨说："还是你最轻松，你爸妈都不管你这些事。"

许唯的笑容突然凝滞，全身都发冷，她看了看停车场的指示牌，逐渐回过神，平静地说："是啊，我最轻松。"

"你今晚有事吗？我想去你家。"

许唯想起严文江的嘱咐，于是答应下来："好，你来吧。"

许唯回到家还没来得及喝杯水，门铃就响了。她走过去开门，严朝雨拖着行李箱朝她挥了挥手，装模作样地说："姐，又见面啦！"

许唯没接她的话，俯身帮她拿拖鞋。

严朝雨脱了限定款的高跟鞋，大摇大摆地说："你放心啦，我不会打扰你很久的，已经订了明天下午的机票去英国。"

她作势要亲许唯，刚扑过来就被许唯拍了一下屁股，连忙转了个圈躲开，然后就顺势卸力地瘫在沙发上，望着天花板，喃喃地说道："姐，我就是想在你这里睡个清净觉。"

许唯倒了杯柠檬水给她，她接过来，喝了两口又摇头："我去洗澡了。"

她来许唯家住过几次，轻车熟路，反客为主，非常自来熟，毕竟这是她父亲的房产。

许唯帮她从行李箱里拿换洗衣服。

严朝雨非常漂亮，是那种第一眼就让人惊艳的漂亮。她肤白貌美，活泼娇俏，身材无可挑剔，就像动画片里灵动的公主。虽然她偶尔的小脾气也会惹人嫌，但总体来说，许唯觉得她还是很可爱的，也愿意包容她。

严朝雨总让许唯想起很多年前她遇到的一个女孩。

那时许唯才三年级，班级里一个家境很优渥的女孩邀请她去家里玩，她受宠若惊，全程非常拘谨。在那个女孩的家里，她看到了一整套芭比玩具，像城堡一样。

这对九岁的许唯来说是极大的震撼。

女孩随意地打开芭比的衣柜，衣柜里面挂满了精致的手工小裙子。

女孩让许唯挑一件给芭比穿。许唯摇了摇头，胆怯地背过手，脸颊因为羞赧和自卑而变得通红。

她第一次感觉到强烈的差距。

后来那个女孩的名字、模样都在她的脑海里逐渐淡去，但那时的感觉让许唯始终记忆犹新，以至她第一次见到严朝雨这个漂亮、骄傲的小公主时，记忆汹涌地回溯，几乎将她淹没。

现在她拥有了很多东西，有令人艳羡的工作，有自由支配的财富，但总有一些东西埋藏在她的心底，经年不变。

严朝雨舒舒服服地泡了个澡，躺在浴缸里朝一旁正在收拾洗漱台的许唯说："你明天和我一起去英国吧，我有很多帅哥朋友在那里。"

许唯笑着说："大小姐，我很忙的。"

严朝雨撇了撇嘴："姐，你真的很无趣欸！"

许唯停下手上的动作，忽然想起晚上谢砚宁对她说的话——"许小姐，我觉得你很有趣。"

所以到底哪个评价更准确呢？

许唯整理好瓶瓶罐罐，收拾出一些快过期的化妆品，把它们扔进垃圾桶。

严朝雨沮丧地说："姐，其实我妈也没我说的那么坏，大多数时候都很爱我，只是太爱我了，把全部精力都用在我身上了。今天吵架的时候，我说了很重的话，能感觉到她有点儿伤心。"

"什么重话？"

"就是让她不要管我、我是一个独立的人、跟她没有关系之类的。"严朝雨叹了一口气，"你别骂我，我当时就是没过脑子。"

"那你就这么去英国，不和你妈妈道个歉？"

严朝雨想了想："不了，她会原谅我的。"她说服了自己，心情很快就晴朗起来，"每次都是这样，不到半个月，她就又会准备一桌子我爱吃的菜等我回家了。"

许唯看着光滑的大理石台面映出自己的脸，以及晦暗不明的表情。

真可悲，严朝雨毫不珍惜地丢在一旁的东西，是她做梦都想拥有的。

人各有命，许唯越发相信这四个字。

"对了，我看到那个周暄的照片了，他只比我想象的好一点点。"严朝雨没注意到许唯的表情变化，大大咧咧地问她，"那天是谁去帮他相亲的？"

许唯回答："谢砚宁。"

"啊？"严朝雨猛地起身，从浴缸里站了起来，搅得水"哗啦"作响，"谢砚宁？"

"怎么了？"

"没怎么，我就是单纯地惊讶，毕竟那是谢砚宁嘛。"

许唯擦拭着台面上的水渍。

严朝雨继续说："高中时，我和谢砚宁在同一个楼层上课，那个时候他就已经很出名了，不过他的为人倒是挺清白的，也没什么丑闻。姐，你觉得他怎么样？"

许唯微顿："挺好的。"

"你的反应这么平淡？你觉得他不帅？"

"帅啊，但这和我有什么关系？"许唯说完又自顾自地摇头，轻笑着说道，"我俩不是一路人。"

"也是，你们两个……很不搭欸。"

"你和他挺搭的。"

不管是长相、性格，还是家境，你们俩都挺搭的，许唯在心里说。

许唯已经可以想象，谢砚宁和严朝雨如果在一起，会手牵手到处欣赏风景，享受美食，玩得乐不思蜀。

严朝雨挑眉耸肩，坏笑着说道："我是可以接受的啦，谁会拒绝和帅哥谈恋爱呢？"

许唯无意识地拨弄起刚刚整理过一遍的化妆品。

"不过就算是谢砚宁也不能动摇我不婚不育的决心！帅哥千千万，我无所谓啦。"

许唯听完笑了笑："话真多，你抓紧时间泡澡，都快十一点了。"

催促完严朝雨，她回书房写了一会儿报告，将近十二点的时候才去洗澡。

躺到床上，她长长地舒了一口气，一天的疲惫逐渐消散，被困意取代。

无意中拿起手机，她才发现谢砚宁早在半个小时前就给她发了消息。

"许小姐，晚安。"

她看着这几个字，心突然颤了一下。

人总是不能免俗，纵然是她这样心冷意冷的人，也不会对谢砚宁的示好无动于衷。

湖畔小院的风景、一而再再而三地偶遇，以及谢砚宁眉眼间的笑意……许唯若说对这些完全无感，那是假话。

但成年人的心动大抵只是多巴胺分泌的结果，来得快，去得也快。

思绪完全沉静下来之后，她又觉得自己实在想得太多，且不说谢砚宁只是觉得她有趣，就算真的对她有好感，又能持续几天呢？

唯一货真价实的只有她和百川集团的那份合同，她借着和谢砚宁的关系与百川达成长期的合作，这才是最重要的。

她给谢砚宁回复了一个"晚安"，想了想，又添了一个月亮的小符号。

她本来想发表情包的，但遗憾地发现她的表情包栏里的表情包少得可怜，除了几张新年时用的带鞭炮图案的祝福，就是几张"辛苦了""谢谢"和"嗯嗯"的表情包。

许唯正想着要不要给自己的表情包栏添置一些内容时，谢砚宁又给她发了消息，是一个很可爱的表情包——小熊把月亮摘下来，然后小心翼翼地放进口袋里。

许唯愣住了，反反复复地看了好几遍。

第二章
月亮小熊

"许小姐，你现在是单身吗？

"如果是的话，我可以追你吗？"

生物钟使得许唯第二天依旧在七点半醒来。

严朝雨在客房里睡得天昏地暗，许唯没有去打扰她，独自去厨房做了早餐，然后给严朝雨留了一份。

她收拾好东西，穿好大衣，看了看时间便去上班了。

因为仓库延迟出货，急需沟通，她脚不沾地地忙了一上午，刚回办公室就接到她妈叶惠婷的电话，问她有没有打听买房的事。

"还没。"

许唯一上午都没喝上一口茶，现在腰酸背痛地坐下来，就听见叶惠婷用责备的语气说："你是不是忘了？"

"我这两天有点儿忙。"许唯讲话时喉咙有点儿干哑。

"你永远这么忙，一个销售小姐，也不知道每天都忙些什么。"叶惠婷嘀咕了一句。

许唯的情绪一下子冲了上来，她厉声质问："你刚刚说什么？"

叶惠婷也知道说错话了，支支吾吾地说："我不是那个意思，就是着急想知道情况……小唯，你的人脉广，你有时间就帮我问问吧，行吗？"

许唯冷声讥讽："我这个销售小姐的人脉你也看得上吗？"

"你这孩子为什么总是说话带刺？我到底欠你什么了？"叶惠婷提高了嗓门。

平常若是和叶惠婷起争执，许唯都会漠然以对。她麻木，甚至顺从，就像那天在家里，看到一桌海鲜也不会提出意见，只会找借口离开。她也不知道为什么今天会突然收不住脾气。

可能是太忙，精力被耗尽，许唯一点儿颜面都不想顾忌，只觉得满心烦躁。她揉了揉眉心："说话带刺的人是你。如果你看不起我的职业，就不要托我办事，我也不欠你什么。"

叶惠婷这么多年的养育之恩，许唯已经用前几年昼夜不分赚来的钱还了。

"你……"叶惠婷被许唯吓住，一时说不出话来。

"房子的事我会帮你问的。"

许唯挂了电话，躺倒在办公椅中，心力交瘁。

许唯最近时常感到浑身不适，失眠、盗汗，胸部还有些胀痛，即使在工作状态中，疲乏感也如潮水般一波又一波地袭来。她严重怀疑这是她的身体在敲警钟。

是因为她前几年太辛苦，早早地把身体亏空了吗？

她大二那年就进了盛风，当时只是勤工俭学，在盛风最底层帮着发传单、印材料；后来她意识到只有做销售，做只针对大客户的顾问式销售，甚至是金牌销售，才能赚到钱。所以她把学业外的一切时间都献给了销售工作，一开始是帮着跑腿，后来慢慢地接触客户，一点儿一点儿地积累客源和人脉，最后一毕业就直接和盛风签了劳动合同。

那时候她少眠少休，上一秒还在公司里写报告，下一秒已经在去客户公司的出租车上了。她晕车晕得厉害，只能握着一盒陈皮糖，一边忍着反胃，一边看准备好的文件。

刚开始的那几年许唯是真的累，每每回想起来，都觉得那像是一场噩梦。梦里她都是孤军奋战，叶惠婷怎么还能质问她"我欠你什么"？

许唯苦笑，也许叶惠婷不欠她的，也许是她想要的太多，也许她来到这个世界上根本就是一个错误。

助理过来敲门，说老家有急事，她想请五天的假。

许唯没有多问，接过请假单就签了名。助理歉疚地说："仓库对接的事情我已经交给小王帮我做了，就是周二陪您去百川签合同的事……"

"没事，我自己去就可以。"

助理点了点头。

"我记得你家在屏州，离桐江还挺远的。"

助理没想到许唯记得这么清楚，有些惊讶："是，挺远的，坐高铁也要四个多小时……我父亲他身体不太好。"

"嗯，你回去多陪陪他，公司的事情不用太担心。"

"谢谢许总。"

助理退了出去，回到工位上小声对同事说："其实许总人挺好的。"

同事不以为然。

助理十分不解："你干吗这个表情？"

同事凑到助理的耳边，小声说："你知不知道她住在哪儿？"

"哪儿？"

"严董的房子里。"

助理大惊，同事朝她了然一笑："懂了吧？"

助理望向许唯办公室的门，墨色的隔断玻璃门和许唯给人的感觉很相似，她随和大方，似乎可以包容一切，同时又深不见底，无法让人窥见半点儿真心。

忙完手头上的急事，许唯提前半个小时离开公司，去商场买了些零食和玩具，然后开车到一个离市中心很远的住宅区里。

三幢十三楼，那是苏桐的家。为了一个项目，许唯已经快两个月没见过苏桐了。最近心情烦躁，她觉得自己需要和苏桐聊聊天。

苏桐是许唯的高中学姐，比她大两岁。

高三那年寒假，毕业生们回母校宣讲，苏桐作为优秀生代表最先发言。她侃侃而谈的风采吸引了无数人的目光，其中就包括许唯的。

后来许唯追随苏桐的脚步去了北方读大学，回到桐江工作后，偶然又在一次饭局中遇到苏桐。许唯主动搭话，两个人的友谊才开始，随后她们一拍即合。

她打电话问苏桐："在家吧？"

"在，你要来吗？我正好煲了鸡汤。"

苏桐的声音温柔依旧，许唯一听，心就安定下来。

"我已经到楼下了。"

许唯往楼道的方向走，苏桐在楼上帮她按了电梯。见面时苏桐朝她笑了笑，嗔怪地说："怎么又买这么多东西？"

许唯把礼物塞到苏桐的手上，说："给哆咪买的。"

哆咪是苏桐的女儿，才一岁半——苏桐离异后独自带着孩子生活。

苏桐的家里有些乱，卫生间门口的木地板全被翻了起来。许唯怔住："怎么回事？"

"浴室漏水，要重新弄一下。"

"这房子不是才装修完没多久吗？"许唯换了拖鞋。

"装修装修，装了还得修。"苏桐一副无所谓的态度，把许唯带来的东西放在一边，然后带着许唯走到客厅的儿童围栏里，"将就一下吧，你陪哆咪，我去给你盛鸡汤。"

围栏里穿着黄色连体服的哆咪一看到许唯就兴奋起来，眼睛睁得圆溜溜的。

"哆咪，姨姨来了！"许唯把白嫩的小奶团子抱在怀里，"哆咪，想不想姨姨？"

哆咪磕磕巴巴地说着"想姨姨"。

许唯闻着小家伙身上的奶味，时不时地捏捏她的小手、小脚："姨姨给哆咪买了好多玩具呀，哆咪来看。"

苏桐走过来，把鸡汤送到许唯的手里："我妈给我买了两只乌骨鸡，我本来想着另一只留给你的，谁知道馋猫闻着味就上门了。"

许唯笑着接过汤碗。

"小唯，你的脸色不太好。"苏桐突然说。

许唯僵了僵，下意识地低头："我最近是不太舒服，而且胸口有点儿疼，等过几天闲下来去医院查一下。"

"你还是这么不爱惜自己。"

许唯喝了一口汤，暖意流遍全身，五脏六腑都热了起来。她笑着说："比起前几年已经好多了。"

她一边喝汤一边陪哆咪玩玩具，过了一会儿抬头问苏桐："我记得你有一个朋友，对房地产市场很了解，你能帮我问问桐江小学附近有哪些小区值得买吗？"

"桐江小学？你问这个干吗？"

"我妈要帮小优买房。"

"为什么指定桐江小学附近？"

"她想让小优读桐江师范，出来之后去桐江小学教书。她先把房子买下来，将来小优一工作就能住新房。"

苏桐盘腿坐下来，冷笑着说道："小优还没高考，她就想到这么远的事了。他们买房用你的钱？"

"三年前我累死累活地存了一百多万元，都给他们了，还了他们的恩情。这钱怎么用我没管，也懒得管，他们想怎么办就怎么办吧。"

"恩情……"苏桐像听了一个天大的笑话，摇着头说，"你还是太心软了。"

许唯远不如苏桐决绝。

苏桐的丈夫在她的孕期出轨，苏桐刚出月子就发现了端倪，强撑着虚弱的身体，深夜直奔酒店把两个人捉奸在床，拍了照片，留了证据，逼得她丈夫净身出户。

他们领离婚证那天是个雪天，苏桐的母亲陪着她站在民政局门口。看着前夫狼狈的背影走入雪中，她忍着眼泪，想着家中襁褓里的婴孩，说："我不后悔。"

苏桐的母亲拍了拍苏桐的后背，安慰道："你做得对，底线就是底线，不能让步。别怕，爸爸妈妈在呢。"

苏桐的家境很好，父亲是国企领导，母亲是大学教授，她本身漂亮、优秀，毕业于北大，在世界五百强的企业里工作。她和她的前夫当初是大学同学，后来门当户对、水到渠成地步入婚姻殿堂。

许唯曾经觉得苏桐是这个世界上最完美的女人，她在许唯的心里是没有缺点的。可现实让许唯难以置信，听到苏桐告诉自己被"绿"以及离婚的事情时，许唯愣了很久，然后痛哭失声，比苏桐还要伤心。

如果苏桐这样的人都得不到幸福，那自己还有什么可期待的呢？

想到这里，许唯低下头把鸡汤喝完，然后起身把碗送到厨房里。

苏桐正在帮哆咪整理衣服，无意中瞥到了许唯的手机——有短信提醒，所以屏幕亮了一下。

苏桐正好看到了许唯的新屏保，是一个很可爱的小熊伸手摘月亮的画面，画质有些模糊，清晰度不高，像是截图。

苏桐觉得新鲜，在许唯走过来的时候便朝她笑："你不对劲。"

"嗯？"许唯停住脚步。

"我不小心看到了许总的新屏保，这有点儿不太对劲啊。"

许唯的脸色一变，她立即上前握住手机："没有，这是那个……那个系统的滚动屏保。"

"谈恋爱了？"苏桐好奇地问。

"怎么可能？"许唯觉得荒唐。

苏桐反问："怎么不可能？"

"我不可能恋爱的。"

许唯莫名其妙地想到谢砚宁，想到他似笑非笑的眼，然后迅速控制自己肆意发散的思绪。

"绝对不可能。"她又强调了一遍。

"小唯，我们都是第一次来到这个世界上，你要允许意外发生，允许突如其来的爱情走进你的生活，就把它当作一次体验。"苏桐说。

许唯摇摇头："不，我不要。"

她是一个没有退路的人，她的父母永远不会站在她的身后，拍拍她的后背，告诉她：没事，爸爸妈妈在呢。

所以她害怕一切计划外的东西出现。

就像顾城在诗里说的，为了避免结束，她避免了一切开始。

谢砚宁刚开完会就被他妈商妍一个电话召回了家。

"宝贝，快回家！很紧急的事情！"

商妍上个月刚过完五十岁生日，但从身到心都完全没有岁月的痕迹，从声音和语调上听来也像个活泼娇俏的少女。虽然她常常有种在演话剧的浮夸劲，但谢砚宁从小就受此折磨，现在已经习以为常了。

商妍二十一岁时从电影学院毕业，没几年就幸运地和几位知名导演合作，在最好的年纪拍了几部获奖的代表作，又在娱乐圈的竞争愈加激烈的时候激流勇退，和谢砚宁的父亲谢伯豪结了婚。

与其他狗血的故事不同，商妍的婚姻幸福美满。

商妍在息影结婚之后，先是攻读了戏剧学硕士，然后花了两年的时间周游世界，在旅行的最后一站发现自己怀了孕，于是安心回家养胎。几个月后，谢砚宁便出生了。商妍在身材恢复后也没闲着，又出去拍了两部戏，感觉累了就回家，想玩的话收拾好行李箱就去旅游。

谢伯豪一边当总裁一边照顾孩子，没什么怨言，偶尔还会撇下谢砚宁去陪商妍，实力诠释了什么叫"父母是真爱，孩子是意外"。

总之商妍把自己的人生过得精彩纷呈，也一直这样教导谢砚宁。

谢砚宁作为百川集团未来的继承人，含着金汤匙出生，在父母和长辈的爱中长大。他表面像不苟言笑的谢伯豪，实际上更像商妍，眼里总带着笑，悠然自得，没什么烦恼。

当然如果他妈不隔几分钟就打电话过来催他就更好了。

"砚宁，你什么时候到家啊？坚果要生了！"商妍的夸张语气把事情的严重性渲染得好像家里着了火。

坚果是他家的狗，一只可爱的马尔济斯犬。

谢砚宁按电梯的手顿住。原来这就是他妈口中"很紧急"的事，他无声地叹了一口气。

他快步走出电梯，坐进跑车，习惯性地安抚商妍："我现在就回去。"

商妍很急切地说："快点儿呀。"

谢砚宁风驰电掣地回到家，商妍站在二楼的楼梯扶手边，高兴地朝他招手："坚果生了两只小崽。"

毛茸茸的小马尔济斯犬虚弱地躺在窝里，谢砚宁走过去抚摩它的毛。坚果很信任谢砚宁，主动用小脑袋蹭了蹭谢砚宁的掌心，还允许谢砚宁去抚摩刚出生的、像小老鼠一样的马尔济斯犬幼崽。

"医生说坚果很容易难产的，所以我着急把你喊回来。你爸爸说他在开会，不然我们应该全家一起围在坚果身边陪着它的。"

谢砚宁笑了笑，坐在坚果身边，轻声说："坚果很棒，很勇敢。"

商妍说："你于阿姨已经预订了一只坚果的崽崽，另一只我们就留在身边养吧。"

谢砚宁刚要点头又突然停住，望向蜷缩着的小狗，忽然说："我想送只小狗给一个朋友。"

"嗯？"商妍眼神陡变。

谢砚宁笑而不语。

商妍伸长胳膊，勾住谢砚宁的脖子，八卦地说："有情况啊？"

"妈，我最近遇见了一个很特别的女孩。"谢砚宁诚实地说。

商妍笑着说："那你很幸运。"

商妍没有多问——她一向尊重谢砚宁的想法。母子俩坐在一起，看着面前的温馨画面，谢砚宁说："小狗都送人了，坚果会伤心吧？"

"会吧，但它不会伤心太久，因为只想独占我们的爱。刚刚我把小狗抱起来，坚果很不开心，一个劲地往我的怀里挤。"

马尔济斯犬很黏人，是名副其实的陪伴犬。谢砚宁忽然想起许唯，觉得许唯也许需要一只这样的小狗。

他希望许唯每晚回家时，一打开门就看到小小的马尔济斯犬坐在门口，歪着扎了小辫子的小脑袋，然后兴奋地往许唯的怀里扑。

许唯远没有她看起来的那么坚强，谢砚宁很多次无意中窥见了许唯的脆弱之处。

比起矛盾感的有趣，许唯的脆弱更让他心疼。尽管他和许唯只见过四次，对许唯的了解也仅停留在工作和年龄上，但他很想进一步接触许唯。

周二机会就来了——许唯要来百川签合同。

这是一笔价值八百多万元的合作，许唯的公司所销售的新款医疗器械将进驻百川集团旗下所有的私立医院以及养老公寓的配套医院，这也是这款新型医疗器械的首次大规模应用。

其实盛风是这两年才转型做医疗器械销售的。许唯在大学学的是金融，并不是医学或者生物医学工程，原本对此一窍不通，但为了把产品销售出去，硬生生逼着自己看完了六七本医疗器械相关的书籍，写满了两本笔记，成了公司里的半个"百事通"。

公司刚转型那阵子，好多销售都辞职离开了，许唯没有走，而是逆风而上，迅速拿下第一单，然后就成了严文江的得力助手。

这款新型医疗器械在四个月前通过了临床试验和备案，许唯选定的第一个合作方就是百川。

她原本以为这是一次难上加难的挑战，但没想到谢砚宁一出现，就把难度降到了最低，免了她年底的奔波劳碌。

许唯走进百川的电梯，稍微整理了一下自己的鬓发和衣着，想着是不是要找个机会请谢砚宁吃顿饭。

那天秋居阁的苏帮菜，本该是许唯请谢砚宁吃的。

谢砚宁发扬绅士风度，可许唯不能太理所当然，否则就是失礼。

许唯正思考着，电梯门打开了。她循着王经理的指引，去会议室沟通合同事宜。

一切都很顺利，许唯签完合同后却有点儿心不在焉，频频望向门外。王经理问她怎么了，她摇摇头，说没什么。

直到王经理和同事随口提了一句"谢总"，许唯的心里"咯噔"一下，她才发现自己刚刚心神不宁的原因——谢砚宁没有出现。

她竟然在潜意识里觉得谢砚宁应该出现，这实在可笑。

许唯重新收拾好表情，露出程式化的微笑，起身与王经理握手："王经理，合作愉快。"

谁承想她一打开会议室的门，就有一个助理模样的人站在门口，对许唯说："许小姐您好，我是谢总的秘书。"

"你好。"许唯感到呼吸微滞。

"谢总说，如果您不忙的话，可以去他的办公室坐一坐。"

王经理还是那副秒懂的神情。许唯有些不自在，但没有表现出来，冲秘书点了点头，又回头和王经理暂时道别。

秘书带着她去楼上。

谢砚宁的办公室在二十七楼，整个楼层都很空阔，只有四五间隔出来的办公室，大概是给领导层用的。

许唯之前向严朝雨了解过，百川集团的董事长名义上是谢砚宁的爷爷谢百川，但老爷子年事已高，实际早已退居二线，目前由谢砚宁的父亲谢伯豪总揽百川的大局。

只要谢伯豪在，谢砚宁就还能再做十几年自在逍遥的少爷。

他的命真好，许唯羡慕地想，有些人怎么这么会投胎啊？

"许小姐，这里。"

许唯停住脚步，助理帮她敲门，门里面传来谢砚宁的声音："请进。"

许唯刚走进去，谢砚宁就已经起身走了过来。

他穿着简单的双排扣黑色西装，整个人显得高挑修长。他一见到许唯就露出笑容，开口便是许唯很熟悉的声音："许小姐，你来了，合同签好了吗？"

他的声音比同龄的男生低一些，在聊天之初显得很沉稳。

"托谢总的福，合同签订得很顺利。"许唯笑着回答。

其实他们也就三天没见，换了个场景再次和谢砚宁独处，许唯竟有些慌乱。一沓文件夹无处安放，她把它从左手换到右手上，再从右手换到左手上。

谢砚宁瞥见了，但没有作声。

他转身进了侧间，片刻后端了一杯咖啡出来，放在茶几上。许唯坐下来，有些疑惑："谢总喊我来有什么事？"

"没什么事，我就是想请许小姐品尝一下我做的手冲咖啡。"

"啊？"许唯慢半拍地望向谢砚宁，眼里全是惊讶之色。

谢砚宁抬了一下手，示意许唯试试。

于是许唯放下文件和包，端起咖啡喝了一小口。

咖啡虽然口感差了一些，不如许唯自己手磨的醇厚浓郁，但很甜。

她朝谢砚宁笑了笑："很好喝，谢总很有天赋。"

"虽然不确定许小姐说的是不是真心话，但这个夸奖我还是很不谦虚地收下了。"谢砚宁坐在一旁的单人座上，对许唯说，"手冲咖啡的过程还是挺有意思的。"

"是，虽然它挺需要耐心的。"许唯把头发撩到耳后，想了想，问道，"谢总今晚有空一起吃饭吗？"

"吃什么？"

"谢总挑，我来请，好吗？"

谢砚宁猜到许唯对饮食没什么研究，也不想让她为难，便答应下来："好啊。"

谢砚宁回桌前稍微收拾了一下，随后两个人便一起出去了。

拉开门前许唯忽然顿了顿，回头看了一眼谢砚宁。

她这样和谢砚宁一起出去，恐怕会显得关系很暧昧。谢砚宁的助理坐在外面，万一把他们一起走出办公室的事传出去，对谢砚宁的名声会有影响。

谢砚宁没注意到许唯的犹疑，伸手越过许唯，准备拉开办公室的门。

许唯忽然来了一句很不相关的话："谢总，你的助理好像挺忙的，我刚刚进来的时候，看到他一坐回位子就开始工作。"

她其实想问问这个助理的性格如何。

谢砚宁却说："他一点儿都不忙，我又没什么事要他做。"

谢砚宁说完，突然反应过来许唯的意思，顺着许唯的话说："你别看他坐在那儿一本正经的，大概率是在玩360杀毒软件。"

见许唯不相信，谢砚宁俯身靠近她，忍着笑轻声说："许小姐出去的时候可以注意一下我助理身后的玻璃墙。"

原本的顾虑被好奇取代，许唯故作无事地走出去。

助理立即正襟危坐，一脸严肃的表情，两只手搭在键盘上敲来敲去，还时不时地翻开文件看看。但他起身时，许唯看到他身后的玻璃墙上映出了明显的360杀毒软件的界面，小绿标转着圈，正在努力地清理电脑垃圾。

许唯一直忍到走进了电梯才笑出声来。

这是她第一次在谢砚宁面前没有顾及形象。她没有主动按楼层按钮，反而倚着电梯厢壁，掩住嘴，笑得眉眼弯弯。

谢砚宁靠在另一边的厢壁上，关了电梯门，静静地看着许唯笑，然后不自觉地勾起唇角。

谢砚宁挑了一家私厨餐厅，店面不大，里面还有歌手在演奏。

谢砚宁带着许唯走进来，告诉她："这是我朋友开的。"

"是吗？氛围很好。"

餐厅的灯都是暖光灯，店内装饰得也像个小酒馆，里面零零散散地坐着几桌客人，抱着吉他的歌手正唱着不知名的英文民谣，旋律缓缓地流淌。许唯还是第一次来这样的地方，连走路都小心翼翼的，生怕高跟鞋的声音太响，吵到了别人。

谢砚宁注意到了许唯的局促，一坐下来就说："其实我朋友是为了追一个酒吧歌手才开的这家店，结果人家带着老公一起来驻唱了。"

许唯"扑哧"一声笑出来："有点儿惨。"

谢砚宁解开了西装的扣子。餐厅的老板正好在，主动过来同谢砚宁打招呼："谢少，好久不见。"

想到谢砚宁的话，又正好看到当事人，许唯差点儿没忍住笑，但教养让她迅速收拾好了表情。

餐厅的老板看到许唯，愣了一下："这位是……？"

"许小姐，我的朋友。"谢砚宁向他介绍许唯。

许唯主动和对方握手："您好。"

餐厅的老板笑了笑："许小姐您好，谢少还是第一次带朋友来我这里。"

许唯下意识地看了谢砚宁一眼，未等分辨清谢砚宁眼里的笑意，就低下头看起了菜单。

餐厅的老板介绍了几个招牌菜，他们点完菜，一旁的歌手又弹起了吉他。许唯撑着下巴看了一会儿，沉浸在音乐里；谢砚宁偶尔看看手机的消息，没有打扰她。

遇见谢砚宁后，许唯的节奏好像突然被打乱了，她很久没有这样全然放松地吃一顿饭了——她可以走神，也可以很挑食地只吃自己爱吃的菜。

她每次都抱着"反正自己和谢砚宁不是同一个世界的人""反正很快谢砚宁就会对自己失去兴趣"的心态和谢砚宁相处，这反而让她得到了久违的放松感。原本她的手上还有一个大单子要做，但现在她想偷个懒，把它往后推一推。

也许她应该给自己放个假。

苏桐发来的消息打断了许唯的思绪：我帮你问到了。

消息后面附了两张聊天截图，是苏桐和朋友的对话，苏桐帮她问了朋友，桐江小学附近有哪些值得投资的楼盘。

许唯简单地整理了一下信息，发给了叶惠婷。

叶惠婷很快回了消息：这也太贵了，首付都要将近一百万，哪里够啊？我和你爸的退休工资一个月就两千多，存款付了首付，贷款就不够了。现在买个房真是掏空家底。

叶惠婷话里话外的意思已经很明显了，下一句大概就是问许唯能不能帮帮妹妹。

眼前忽然灰蒙蒙一片，许唯迅速关了微信界面，然后将手机屏幕朝下地放在桌子上。

手机又振动了两下，还是叶惠婷的消息，许唯不想看，抬头对谢砚宁说："我刚刚在谢总的办公室里看到了滑雪板，谢总有滑雪的爱好吗？"

谢砚宁怔了几秒，发觉许唯好像一瞬间又变回了那个有些疏离、习惯于掌握话题方向的金牌销售，她的表情很温和有礼，但眼神是冷的。

"是，前几年我在国外喜欢上了滑雪，正巧我的一个朋友最近开了一家室外滑雪场，邀请我去玩，还送了我一套装备。"

"谢总的朋友涉猎的领域很广泛。"

谢砚宁笑了笑："许小姐喜欢滑雪吗？"

许唯摇头："我和滑雪大概是没缘分了，我的左腿膝盖受过伤。"

服务员陆陆续续地上菜。

谢砚宁追问："怎么受的伤？"

"大学的时候我不小心摔伤的，骨折，所以这些运动都与我无缘了。"许唯耸了一下肩，表示遗憾。

"现在恢复了吗？"

"恢复了，我当时选了保守治疗，所以留下了一点儿后遗症吧，不能使用过度。"

其实阴雨天时膝盖还会隐隐作痛，许唯忽然想到天气预报显示过几天要下大雨。

"许小姐在哪里读的大学？"

"在北方，遥城大学，离桐江七百多公里。"

"怎么会去那么远的地方读书？"

许唯想说是为了逃离家庭，但话到嘴边又改了："分数不够，我又想上一本，所以只能去那边了。"

其实许唯当年的高考分数还不错，在学校的文科班里能排前十名。遥城大学本来不是许唯最好的选择，但是为了尽可能远离那个家，许唯还是毅然决然地选了遥城大学。

很巧的是，严文江在遥城有一家分公司，许唯在读大学时正好在分公司里兼职，这也算是冥冥之中注定的。当然，这都是后话了。

可能怕自己的语气显得太生硬，许唯又补充道："我在北方生活了几年，还是挺有意思的。我现在还记得，那个时候冬天常常下大雪，宿舍楼外面的楼梯上全部都是雪，大家没法走路，只能手牵手小心翼翼地滑下来，也算是滑雪了。"

"会摔倒吗？"

"会啊，经常摔。"

许唯尝了一口菜，评价道："这个烤鸡的味道好棒。"

谢砚宁用公筷帮她分开了骨头还藕断丝连着的几块烤鸡。许唯说了声"谢谢"，然后把肉夹到碗里。

"本来我和室友们的关系还没那么好，一场雪之后，我们倒摔出感情来了。"许唯一边吃一边延续刚刚那个话题，"不过，去很远的地方读书也有弊端，毕业之后大家就不怎么联系了，虽然总说要去彼此的城市，但也只是说说而已。"

"因为太忙吗？"

"是啊，很忙。"许唯想了想又说，"大家也不是忙得一天假期都没有，只是找不到一个很强烈的理由让自己回去一趟。"

一顿饭吃完了，两个人又聊了一会儿，最后许唯提前走过去付账。

离开餐厅前，许唯拿起手机，看到了叶惠婷发来的消息：小唯，你看看你什么时候有空回家一趟？妈有点儿事想跟你商量。

这是"拿点儿钱出来"的委婉迂回版。

许唯回复：最近很忙。

谢砚宁和餐厅的老板闲聊了两句后，便陪着许唯一同离开了。许唯报出住址时，谢砚宁有些惊讶，因为那里和城南公馆一样，是桐江市里数一数二的高档住宅区。他把车停在小区门口后，许唯对他说："麻烦谢总了。"

"不麻烦，许小姐改天见。"

许唯朝他笑了笑，随后便拎着包和文件夹离开了。

谢砚宁沉默地看着她的背影。许唯的身高目测有一米六八左右，所以她喜欢穿长款羊绒大衣，烫干练的齐肩鬈发，看起来就是专业能力很强的职场女性。谢砚宁见许唯穿过那些款式、颜色都不一样的大衣，可许唯不管怎么换衣服，还是那个样子，表面上工作狂，实际心思沉沉。

他很少揣度人心，却总是不由自主地观察许唯。

谢砚宁把车掉转方向，刚开到路口，周暄就给他打来了电话。谢砚宁觉得车里有些闷，于是停在路边，降下车窗，听周暄聒噪地说他妈如何辣手拆散他和他的模特女友。

"你知道我妈有多过分吗？她直接打电话给 Aurora 的经纪公司……"

这个故事不止发生过一回，谢砚宁听着听着就走了神，余光扫到后视镜，看到了一个熟悉的人影。

那是许唯。

许唯拎着包走进路边的二十四小时便利店，几分钟后走了出来，手上多了一个塑料袋。袋子里面装着的东西谢砚宁虽然看不清，但凭外形就能看出来那是玻璃酒瓶。

一袋的酒。

许唯走路时是低着头的，头发散落下来，完全遮住了脸。

谢砚宁看着许唯慢慢地走进小区。

周暄还在抱怨："模特怎么了？个高、腿长、腰细，不好吗？我就是喜欢啊，喜欢才不管什么门当户对，喜欢就是没道理的。"

许唯的背影消失在黑暗中。

谢砚宁陡然回过神。

是啊，喜欢就是没道理的。

许唯趴在桌子上，数了数酒瓶，两瓶烧酒，还有一瓶用来和柠檬茶调配的伏特加。

其实酒不多，她也只想微醺。

本来她今天应该很开心的，签了百川的合同，也还了谢砚宁的人情，去了一家很有情调的餐厅，听了让人身心舒畅的民谣……她本来想让自己彻底放松的，就像在电梯里那样，笑得停不下来。

可叶惠婷的一句话就把她拉回了现实。

她好像又回到小时候，在厨房洗碗，听着外面的一家三口一边看电视一边说说笑笑。顷刻间，巨大的绝望感扑面而来，幸好当时谢砚宁在她身边。

酒瓶倒了一只，手机振动起来。

许唯茫然地接起电话，听到了谢砚宁的声音。

"谢总，怎么了？"

"许小姐，有件事我一直忘了问。"

许唯的视线都是模糊的，她捏了捏眉心，强打着精神，说："什么事？"

"许小姐，你现在是单身吗？"

许唯的大脑空白了几秒。

"什么？"

"如果是的话，我可以追你吗？"

明明没有宿醉，许唯醒来时还是头疼欲裂。

她睁开眼缓了一会儿，思绪逐渐涌进脑袋。

昨晚发生了什么？

许唯拿起手机，看了一眼通话记录，昨晚九点三十七分，谢砚宁确实给她打过电话。

她还记得，谢砚宁问她是不是单身，能不能追她。

她当时回答了什么？

"是，不能。"当时她几乎不假思索地说。

谢砚宁并没有太意外，轻笑了一声，问："为什么？"

许唯顶着晕乎乎的脑袋，坐在高脚凳上摇摇欲坠，其实是清醒的，但又不想清醒，索性装醉。玻璃瓶在大理石桌面上滚了两圈，发出声响，许唯的声音低低的，她有些不耐烦："不为什么，谢总，别开玩笑。"

她挂了电话，谢砚宁没有再打过来。

她很想倒头就睡，可是还要卸妆、洗澡，要把大衣用衣架撑起来放进衣柜，要收拾厨房，要把台面上的污渍擦干净……

许唯痛恨自己缺乏冲动的能力，总是瞻前顾后。她在学生时代就是那种玩的时候想着学习，连玩都没法玩得痛快的人。

她偶尔会觉得自己很可悲。

等她涂上眼霜，关了卫生间的灯，这一天才算真正结束。

许唯装作一切都没发生，躺在床上，辗转到半夜才睡着。睡意正浓的时候，她终于能抛下纷繁的念头。

她希望谢砚宁也像她这样喝醉了，第二天什么都不记得，什么都没发生。

可惜现实不能如她所愿。

天光正亮，昨晚的通话记录赫然在屏幕上摆着，许唯摇了摇头，尽力清醒。就在这时，手机弹出新消息提醒。

还是谢砚宁。

谢砚宁：许小姐，早上好！

许唯都能想象出谢砚宁说这句话时的表情，他一定还是那副懒洋洋又眼里含笑的模样。

谢砚宁：许小姐吃早饭了吗？我买了一些早茶，快到你小区的门口了，不知道赶不赶得上。

许唯看着屏幕上的两条信息，内心的想法是：我是不是还在做梦？要不然我倒下去再睡一觉？

她慌忙回复：不用了，谢总的好意我心领了。我今天早上有急事，现在已经在公司了，实在不好意思。

谢砚宁：这样啊，那有点儿遗憾。

许唯发了一个微笑的表情过去。

她迅速下床洗漱，争取十分钟搞定，然后迅速出门去公司。她怕谢砚宁追到她的公司去，所以只匆忙地擦了粉底，连口红都来不及涂，拎着包、踩着高跟鞋就往外走，结果还没走到停车场入口，就撞上了谢砚宁。

谢砚宁穿着一身运动服，右手拎着一个鼓鼓的纸袋，正悠闲地往小区里走。

看到许唯时他停了下来，朝许唯挑了一下眉，似乎对于在小区里碰见"已经在公司的"许唯这件事丝毫不意外。他歪了一下头，笑着说："看来我的运气很好。"

许唯破天荒地红了脸，眼神闪躲，往后退了两步。她正要开口时，谢砚宁朝她走过来，把纸袋交给许唯。

"听说这家的早茶很好吃，我晨起锻炼的时候就顺便跑过去买了点儿，许小姐可以尝尝。"

"谢总……"

"行了，任务完成。"谢砚宁朝她摆了摆手，"我走了。"

许唯往前迈了一步："谢总，我昨天……"

谢砚宁再次打断她："里面有燕麦紫米粥、纸皮烧卖和脆皮茄合，其实他家的招牌是海鲜砂锅粥，但是在我的印象里你好像从来不吃海鲜，我就没买。"

许唯所有的话都被堵在喉咙口。

他竟然记得她不吃海鲜。

她对海鲜过敏的事，连她的父母都不记得。

她愣了几秒，就错过了最佳的拒绝机会。谢砚宁朝她笑了笑："许小姐这样也很好看。"

许唯下意识地偏过头，望向旁边。

"化不化妆都很好看。"谢砚宁又说道。

许唯咬紧了嘴里的软肉，不想发出声音。她意识到谢砚宁说得很熟练，每句话都好像刻意地敲在她的心上，轻而易举地撩拨起她的情绪。也许他对很多人这样说过。

是的，他一定对很多人这样说过。

"那我先走了。"谢砚宁说。

"谢总，我昨天说得很清楚。"许唯降了语气。

"我知道，也听得很清楚。"谢砚宁将两只手插进口袋，脸上依旧挂着笑，"但这不妨碍我给许小姐送早餐吧？"

他微微俯身，凑到许唯面前，和许唯对视："许小姐不用有心理负担，我不过是在晨跑途中路过许小姐家的门口，顺手带了点儿早茶。"

从头到尾他都没有提起许唯撒谎的事，脸色轻松，好像完全无所谓。

谢砚宁穿着白色的运动服，额前落下几缕碎发，看起来很阳光。只是在许唯的眼里，这样的他就显得更幼稚。

谢砚宁没等许唯再拒绝就转身离开了。许唯看了看谢砚宁高挑的背影，又看了看他手上沉甸甸的纸袋，无声地叹了一口气。

她怕到公司再吃东西都会冷掉，就坐在车里吃光了早餐。这还是她第一次在车里吃东西。

紫米粥香甜软糯，烧卖酱汁爆满，谢砚宁对美食的品味确实不错。许唯莫名其妙地想起了那天她看到的元记汤包店。

那天她明明很想吃，却没有下车。

她好像从来不会奖励自己，吃饭只是为了解决饥饿，买衣服、化妆是为了配合销售冠军和业务经理的气质，工作是为了排遣寂寞。

她想象不出有一天她会为了另一个人做这些事，开始依赖那个人，期待一个人走进她的生活，分担她的寂寞和孤独。她不敢也不愿意想象。

谢砚宁很好，家世优越，温柔风趣，比他的同龄人成熟沉稳。他能察觉到很小的细节，然后表达爱意，很难有人会不为他心动。

但许唯及时扼杀了这个念头，不是因为她和谢砚宁之间有怎样的差距，而是她打心底里排斥谢砚宁的存在。她甚至有些妒忌谢砚宁，妒忌他拥有一切；妒忌他不必伪装，游刃有余；妒忌他喜欢一个人就去追，其他的都不管。

想是这么想的，但许唯今天一整天都心神不宁。

对于拒绝谢砚宁这件事，许唯十分发愁。这些年她不是没有过追求者，但还是第一次心烦意乱到她自己都不能理解的地步。

快到傍晚的时候，她的一个老客户帮她牵了线，让她陪同参加一个酒局，席上有一些医疗机构的老板。

王总说："小许，其他的看你的本事了。"

许唯一点就通，立即说："谢谢王总。"

许唯不是第一次参加这种酒局，更不是第一次陪酒。她坐上王总的车，两个人有说有笑地去往酒店。

王总就是当初在秋居阁里听许唯讲昆曲的人，这些年一直把许唯当忘年交，有生意也不忘捎上她。许唯也算争气，喝酒猛得让一群男人都佩服，说话又讨巧，便几次在酒桌上拿下单子。

"在销售这个行当里，漂亮的姑娘不占优势。"王总看着前面的路，突然感慨。

许唯笑着说道："王总这话我就不爱听了，您怎么还扎人心呢？"

"我是说，得像小许你这样的、形象不错、性格特别好、在酒桌上落落大方的姑娘，才招人喜欢。"

许唯笑了笑，没吱声。

这时候谢砚宁给她发来消息，是一个表情包，上次在摘月亮的小熊这次在敲门，还探头探脑地往门里看，眼睛圆溜溜的，旁边冒出两个粉色的字——"在吗"。

许唯用指尖摸了摸那只小熊，心里泛起无奈的笑。

她想说：在啊，我在去陪酒、谈单子的路上。

但她没有回复谢砚宁。

王总还在说话，她关了手机，转头朝王总微笑，时不时地点头，一副很感兴趣的模样。

王总笑着说："前两年你还跟着老严出来，现在已经能独当一面了。小许，我都提过多少次了，医疗器械销售这个工作太累，你还不如来我的公司当经理。"

王总确实提过多次，许唯也拒绝过多次。

"您看我成天张牙舞爪的，其实也只会推销推销产品，当领导我可没本事。"许唯委婉地推辞。

"严文江哪里来的好福气，有你这么一个得力干将？"

许唯低头浅笑。

两个人说着就到了酒店。许唯跟在王总后面，一开始只做好花瓶的角色，绝不抢风头，直到后来王总摆手说身体不适、不能喝酒的时候才站出来。

许唯这几年已经把酒量锻炼出来了，虽然还会醉，但表面上看不出来。即使是高浓度的白酒入喉，她也不眨眼。

她说着恭维的话，并不提自己的身份，还是酒桌上的人对她大加赞赏后，王总帮她说了出来："小许是盛风公司的金牌销售，手上有很多高精度的医疗设备，大家有需要更新换代的，以后可以联系她。"

许唯笑着帮众人倒酒。

一轮酒敬完，许唯感觉自己已经快醉了，胃里像被火烧一样。她面色如常地听着桌上的人胡侃乱谈，然后适时地搭腔。

一场酒局快结束的时候，她加上了两家美容整形医院的负责人的微信，也算是收获颇丰。

她有些醉，便不好再搭王总的车，以免别人说闲话。

她得找个熟悉的人送她回去。

许唯强打着精神，从手机里翻找到她之前常联系的一位女司机。刚翻到，王总突然喊她过去，她手一滑，一边回应王总，一边匆忙地把地址发了过去。

她没确认信息，就径直走到了王总身边。

王总让许唯和其中一个美容医院的老板多聊几句，许唯立即会意，知道这可能是个大单子，于是主动坐在对方身边，笑吟吟地聊天。聊到一半，她又拿起了酒杯。

谁承想这位老板是个没酒品的人，几杯酒下肚就开始说话不着边际，还非要和许唯三杯三杯地斗。

"许小姐酒杯里的酒怎么总留半杯？是因为许小姐和我交情不深吗？"

许唯笑着说道："于总哪里的话？我这就满上。"

"肯定是我们的感情不深，刚刚许小姐和刘总喝了两杯，和我就喝一杯？"他抓住许唯的手，凑近了说，眼里闪着邪光。

许唯的脸上挂着笑，手却费力地挣开，她往后退了一步，闷头连灌三杯，然后笑着说："于总，我干了。"

众人皆鼓掌，夸许唯是女中豪杰。

于总也知道许唯是个有原则的人，便不再多纠缠，喝了之后朝许唯抬了抬手，以示放过她。

许唯知道王总为什么说"漂亮的姑娘不占优势"。因为许唯不算漂亮，但也不难看，上得了台面，又开得起玩笑，在酒桌上大大咧咧地喝酒，完全不像个二十几岁的小姑娘，反而让人相信她的工作能力。

严文江很早就告诉过许唯，越是把底线明明白白地摆在别人面前的人，越是不遭人惦记。

险些发生的性骚扰被许唯掐死在了萌芽中。她松了一口气，放下酒杯。

一转头，她看到了门口的谢砚宁。

西装革履的谢砚宁，长身玉立在不远处，一道门将他们分割在两个世界里。

辛辣的白酒一路烧灼往下，疼得许唯的五脏六腑都好似拧在了一起，她感到了前所未有地疼。

他怎么会出现在这里？

刚刚那个画面，他看到了吗？

感觉到谢砚宁想进来，许唯看了看四周，心跳陡然加速，望向谢砚宁的眼神瞬间变冷，视他如同陌路人。

谢砚宁止住脚步。

她不想让谢砚宁进来，也不需要谢砚宁英雄救美一样地把她从这个酒桌上带走，然后向众人宣示，许唯是百川集团未来继承人的女朋友。

那样的爱情小说，许唯高中就不看了。她现在只在乎现实，酒桌是她工作的一部分，陪酒是促成合作的手段。

她知道公司里的人如何议论她，知道连严朝雨都吐槽过她抱着老客户的大腿不放，也知道有很多人对她的手段很不屑，嘲讽她的单子都是靠见不得光的手段拿到的。

但许唯坦坦荡荡，也无惧人言。

可为什么谢砚宁要出现呢？

许唯的眼底血红，她攥紧了酒杯，几乎将玻璃攥碎。

谢砚宁最后还是没有进来，他的身影消失在门口，许唯终于松了一口气。酒局很快就结束了，她是最后出来的。

冷风呼啸，她站在酒店门口，送走了一众老板。王总问她："小许，坐我的车吧？"

许唯摆摆手："不用了，我约了司机。王总您早点儿回去吧，让夫人给您煮点儿夜宵，我看您在桌上都没怎么吃。"

"你这丫头还是这么细心，今天的菜不太合我的胃口。"

"我知道的，您的口味清淡。"

王总笑了笑："那好，你自己小心。"

王总坐车离开后，许唯一个人站在风中。毛呢大衣抵挡不住寒冷，但她的胃里灼热，痛得她浑身冒冷汗。

忽然有温暖袭来。

谢砚宁从后面给她搭上了一条很温暖的羊绒围巾，香槟色的，还带着淡淡的男士香水味。

许唯不回头也知道对方是谁。她茫然地望着前方："你怎么会在这里？"

"你给我发了消息。"

"什么？"

谢砚宁拿出手机，让许唯看，他和她的聊天框里赫然出现了一串地址。

许唯连忙低头打开手机确认——原来她把要发给司机的定位消息误发给了谢砚宁。

"抱歉，发错了。"许唯懊恼无比，这竟是她自己的错。

"一定要这样喝酒吗？"谢砚宁问。

"是。"

"身体不难受吗？"

许唯呼出一口气，回头看着谢砚宁，望向谢砚宁的眼睛。

第一次相亲的时候，许唯频频与谢砚宁对视，是因为急于占得上风。后来的几次相处中，许唯也时常如此，是因为想让谢砚宁感受到她的真诚，以便于两家更好地合作。其实许唯从来都是主动望向对方的那一个人，但她的主动总显得客套、虚伪。

这一次，她不带任何情绪地望向谢砚宁，看到了他眼底的心疼神色。

"我习惯了，这样最快。"

许唯面向谢砚宁，脸上慢慢浮现出平静的笑意。这是她第一次端详谢砚宁的脸。

谢砚宁真的很英俊，五官像被雕刻出来的艺术品，眼神也很深情，适合扮演所有青春片的男主人公。

她想起谢砚宁说的那句话——"许小姐，我觉得你很有趣。"

他为什么会觉得她有趣呢？这种逆来顺受也算是有趣吗？

"你看到了吗？你猜猜喝半杯和喝三杯，哪个更安全？"许唯问。

"这样太伤身体了。"谢砚宁再一次说。

他总是给予许唯关心，那是她的软肋。她比任何人都需要关心，可是今晚实在是太难堪了。

如果谢砚宁没出现，那么今晚只会是一个平淡的夜晚、一场平淡的酒局，她靠十分玩得起的开朗个性以及连灌三杯的酒量，借用作为糟粕的酒桌文化达成自己的合作目的——她拿到了医疗机构的一把手的联系方式。

一通电话可以变成一次见面，再变成一次调研和一份产品报告，最后可能变成一份价值七位数的合同。

前提是谢砚宁没出现。

他只用了一个眼神就让许唯变得难堪、局促，自我省视到了自厌的地步。

"谢总，别在我的身上浪费时间了，你也看到了，我是一个很庸俗的人，我没你想的那么有趣。"

你说的有趣，不过是我反复被社会打磨后，在钱和尊严之间进行选择时，内心最后的一点儿小挣扎。

你喜欢这样的有趣，只会让我替自己心酸。

第三章
你退我进

这个世上总有人为爱痴狂，总有人轻易心动，即使再冷静、听过再多前车之鉴还是会沦陷。

"我送你回家吧。"谢砚宁说。

许唯摇了摇头。酒精带来的麻醉感慢慢地蔓延进脑袋，她开始不受控地眩晕，往后趔趄了一步又迅速稳住身形。她想给常联系的司机打电话，但谢砚宁隔着围巾握住了她的手腕，把她往车上带。

许唯推拒不了，只能任谢砚宁摆弄。

谢砚宁是有些怒意的，许唯感觉得出来，可是已经没有精力再去想该如何应付谢砚宁。她向来不擅长处理情感问题，对于一切暧昧的解决方法就是将对方拒之门外。

她再一次坐进了谢砚宁的车里。汽油味混着车载香薰，搅得许唯头疼欲裂。

谢砚宁降下车窗，又拿了放在车后排的薄毯，盖到许唯的腿上。

许唯怔怔地望着他。

谢砚宁停止动作，两个人静静地对视。半分钟后，许唯开了口：

"谢总还觉得我很有趣吗？"

谢砚宁没回答她。

"其实我是这几年才这样喝的，以前都轮不到我上桌。"许唯语气平淡得像在叙述别人的故事，"我以为努力到成为 B 端大客户销售就会好很多，可是人脉一广，酒局也跟着变多了。我一开始打造了一个来者不拒的酒桌上的吉祥物形象，后来这样的事就源源不断地过来了。我没有背景，没有后台，也不敢拒绝。"

谢砚宁关了车灯，和许唯一起坐在黑暗中，只有稀薄的月光落下来。

"我以前都不知道自己能喝酒，其实……也不是所有的女销售都要通过这种方式拿合作，是我一开始太急于求成，走错路了……"

谢砚宁打断她："我看过你的产品调研报告，你如果只是想靠捷径上位的人，根本做不出那么用心的东西。"

"谢谢你认可我。"许唯忽然笑了。

你的认可对我很重要，许唯在心里说。

"谢总，我老板的女儿和你一样，都对我很有兴趣。可能你们没见过我这种看着光鲜亮丽，实则疲于奔命的人。你们觉得很有趣，像看一出荒诞的戏剧。"

"我不是。"

"你是不是都无所谓，谢总，我希望我们的关系就止步于此。"

"你为什么不给我这个机会呢？"

许唯望向车窗外，说："因为我有喜欢的人了。"

谢砚宁彻底噤了声，车厢里陷入死寂。跑车带着优雅的英伦绅士气质，独有的车身和内饰透着矜贵而低调的奢侈感，像谢砚宁给人的感觉。

其实许唯对谢砚宁的感觉谈不上喜欢。谢砚宁的年轻是在许唯的择偶条件里最先被排除的一项，他的外形也不是许唯钟意的那一款，但人总是虚荣的，被这样的男人追求，许唯很难说自己可以完全不在意、不心动。

可惜他们不合适，并不是说她比谢砚宁差多少，他们只是单纯地不合适。

许唯一直觉得自己足够努力，也足够优秀。谢砚宁如果出生时拿着她的剧本，未必有她过得好，但这个世上没有那么多如果。

许唯的心思太沉了，她觉得自己应该哭一场，但眼泪始终流不下来。

她的眼泪在九岁那年已经流干了。

许唯一直有个藏在内心深处的秘密——除了家里人，只有苏桐知道——那就是她其实不是许致军和叶惠婷夫妇的亲生女儿。

她是被领养的。

叶惠婷结婚多年都生不出孩子，眼看着就快四十岁了，无奈之下听亲戚的话，和许致军去福利院领养了一个八岁的孤儿——亲戚告诉她，"抱子得子"很有效。

"你领养个孩子之后，心情好了，身体也就跟着好了，没两年就能怀上。"亲戚如是说。

许唯就这样来到了许家。

一开始叶惠婷对许唯很好，许唯乖巧、听话，满足了叶惠婷对生养孩子的全部幻想。她一到周末就带着许唯去街上买衣服，把许唯打扮得很漂亮。她们有过很温馨的时光，小小的许唯曾经躺在叶惠婷的怀里，搂着叶惠婷的腰，告诉她："妈妈，我很爱你。"

叶惠婷当时拍着她的肩膀，说："妈妈也爱你。"

然而没过多久，叶惠婷就怀孕了。

看着叶惠婷和许致军拿着孕检报告单兴奋地抱在一起，许唯躲在房间里，蜷缩在角落里。那时她才九岁，还不会控制眼泪，一连几个晚上都哭得睡不着觉。她跑到隔壁找叶惠婷，可是叶惠婷孕吐严重，没精力管她。

许唯就这样意识到了自己存在的价值。

"抱子得子"，她从一开始就是工具。

后来叶惠婷不再把注意力放在她身上，不再带她出去逛街，不再给她精心制作丰盛的早餐，甚至不再关心她。

许唯也开始习惯削弱自己的存在感，吃饭时不吭声，安静地坐在边上，还主动提出来住校。

叶惠婷怀孕八个月的时候，许唯从宿舍里跑回来，想告诉父母她考了年级第一，却在门口听到叶惠婷和许致军商量，要不要把许唯送给别人家。

"她九岁了，而且是个女孩，你堂哥家估计不肯要吧？"叶惠婷说。

"可是我们养两个孩子，开销太大了。"许致军讲话的语气很烦躁。

许唯死死地咬住自己的手，才忍住没发出声音。

后来这事就没了下文。上初中后，许唯从学校的宿舍里搬了回来，因为叶惠婷需要她帮着照顾小妹妹，于是她开始学着做饭、刷碗、打扫卫生。为了赚钱买课外书看，许唯尝试着帮人记笔记、做作业，她的字迹漂亮又工整，有时候一次能赚好几十块钱。

日子就这样一年一年地过去，许唯在许家慢慢长大了。

十八岁那年，许唯拿到了遥城大学的录取通知书。临行前叶惠婷把她拉到房间里，给了她一个信封，信封里面放着五千块钱，叶惠婷说明天会把钱给她存进卡里。叶惠婷告诉她："你是个懂事的孩子，这些年委屈你了。"

许唯很想哭，却倔强地扭过头，没有掉一滴眼泪。

再后来，许唯北上读书，四年后跟着盛风的人回到桐江。除了逢年过节，她就没怎么回过家。

许唯从没对人说过这些事，但在二十五岁生日那天喝醉了酒，苏桐抱住她，她忽然就把这个秘密说了出来。

苏桐夸她坚强，许唯也这样觉得。

被抛弃过两次的孤儿，活着就已经很坚强了。

画面转到那天回家的时候，满桌的海鲜、随手给她菜刀和砧板的母亲、没什么感情的妹妹、只顾着看她带来什么名贵礼物的父亲，其实这些画面加起来都不足以伤害许唯了，真正让她感到冰冷刺骨和心寒的是谢砚宁问她："一定要这样喝酒吗？"

是啊，自己一定要这样吗？

其实她不用让自己过成这样的。她从 211 的大学毕业，不愁找不到月薪八千块的工作，再租个几十平方米的房子，周末和同事、朋友出去玩个桌游，如果闲下来，谈个恋爱，日子其实可以过得很舒服。

可是她做不到。她像一只踩在跑轮上的仓鼠，自虐一样地跑动，停不下来，停下来就会寂寞，会被巨大到足以吞噬她的孤独笼罩。

她有心理疾病，她很清楚。

她这样的人如果爱人，彼此都受罪。

她的意识逐渐模糊，她脑海中的仓鼠再次站在了跑轮上。跑轮转起来，速度越来越快，仓鼠几次被甩起来，越来越快，越来越危险。许唯的心脏猛烈地震颤着，就在仓鼠被甩出来、重重地摔到地上的前一秒，许唯睁开了眼。

她小口小口地平复着喘息，视野中白茫茫一片。

"做噩梦了？"从旁边传来谢砚宁的声音。

许唯这才发现他们早已不在酒店门口了。谢砚宁一只手搭在方向盘上，另一只手伸过来帮她整理薄毯。他拨开许唯额前散落的碎发，轻声说："到家了。"

许唯的眼眶忽然就酸了。

"我把车停好，送你进去。"

许唯摇头："不用了。"

她拿开薄毯，攥着手提包，向谢砚宁道了声谢，然后就急切地下了车。

她背过身的一瞬间，眼泪落了下来。

那天晚上许唯抱着谢砚宁的围巾倒头就睡，没洗澡也没脱衣服，罕见地任性。

醒来后她尝试着记起来谢砚宁昨天给她买的早茶的品牌，在外卖软件上找到后，又给自己点了一份，然后请了一天的假，躺在床上，什么都不想，什么都不做。

昨天她在谢砚宁的车上险些落泪。

谢砚宁带着某种让她变脆弱的磁场。

这很不妙。

外卖送到的时候，严朝雨给她打来了电话，告诉她："姐，我给你找了一个腹肌帅哥，还是中英混血的，你什么时候来英国啊？"

许唯笑了笑："你自己享用吧，我忙着呢。"

严朝雨"喊"了一声："真没意思。"

"你和你妈的关系缓和了吗？"

"早就缓和啦，我来英国的第二天她就给我打电话了，跟我道歉，还向我保证，两年内不会给我安排相亲。"

许唯低头喝粥："她还是很爱你的。"

"她当然爱我。"严朝雨语气很嘚瑟，"可是我妈和我爸的关系好像越来越不好了，她现在把全部的精力都放在我身上。"

"他们是几十年的夫妻了，也有冷淡的时候。"

"她怀疑我爸在外面有人了。"

许唯顿了顿："不至于吧？"

"至于！她念叨好几次了，还催我赶快去盛风工作，把公司和钱都抓在手里，可是我不想。我想留在英国，再攻读一个硕士学位。"

"看你自己的意愿吧，小雨，都可以的。"

严朝雨依旧没心没肺地说："反正公司有我爸和你。对了，腹肌混血帅哥你真的不考虑？这里还有睡衣派对哟。"

许唯假意啐她："谁知道他是不是你挑剩下的？"

严朝雨"哈哈"大笑。

挂了电话之后，许唯一个人吃了早饭。软糯的甜粥顺着食道往下滑，却抚不平她浑身的不适感，胃在隐隐绞痛，胸口也疼。

昨天她真的喝得太猛了，这样太伤身了。其实两年前她就胃出血过，当时挂了几瓶水，禁食禁水三天，养了足足几个月才缓过来，可惜后来迫于无奈又上了酒桌。

许唯不是一个很惜命的人，但躺在医院病床上奄奄一息的时候，还是觉得活着真好。

吃完早饭，她给谢砚宁发了一个消息。

许唯：谢总，昨天的事很抱歉。谢谢你送我回家。

很快谢砚宁就回复她了。

谢砚宁：不用。许小姐的身体好些了吗？

许唯：睡了一觉，吃了早饭，我已经好多了。

许唯又撒了谎。

谢砚宁：许小姐好好休息吧。

谢砚宁回答得礼貌又疏离，没有过多纠缠，这在许唯的意料之中。昨天的那些画面——她和一群四五十岁的男人混在一起，仰头灌酒——谢砚宁看到了，回过神来就会清醒的。

这也算是天赐良机，如果没有昨天的酒，她都不知道该怎么应付谢砚宁的追求。

许唯刚收拾完桌上的外卖盒，门突然被人敲响了。她从可视门铃里看到了叶惠婷的脸，心里一沉，烦躁地打开了门。

叶惠婷用一副热情的模样说："我还怕你不在家呢。"

"有什么事？"

叶惠婷自顾自地走进来，换了拖鞋，再一次感慨地说着她说过无数次的话："这房子真大啊，普通人家挣一辈子钱都买不起。你以后结了婚，这房子可怎么办？"

许唯听到她的声音就头疼："这是严董借给我住的，他想收回就收回。"

"你傻不傻？"叶惠婷一副她最懂的样子，朝许唯眨眼，"只要你卖力地给他干活，帮他赚钱，这房子就是你的，他就是想用这房子拉拢你。"

至少他拉拢到我了，许唯想。

"小唯，妈给你带了点儿东西。"叶惠婷把两个塑料袋拎进来，"这个鹅是乡下家养的，红烧可好吃了，我已经帮你剁好了。还有这个，是晒好的山楂片，你不是老参加饭局吗？用山楂片泡水喝很消食，去油的。"

许唯倚着玄关台，抱着胳膊对叶惠婷说："有话直说吧。"

叶惠婷的脸上浮上几分被戳破的尴尬表情，她直起身子，两只手绞在一起："小唯，妹妹的房子，你看你能不能帮帮忙？"

"不能。"许唯直截了当地说。

"我们会还的。等她工作了，再加上我和你爸的养老金，我们……"

"那就等她工作了再买，我刚工作的时候也没有房啊。"

"她哪有你这么能干？"

许唯轻轻地"喊"了一声，可下一秒，身体的不适感又翻涌上来。胸和胃之间的地方一阵阵地痉挛，许唯连忙捂住了。

叶惠婷没有注意到许唯的动作，还在为碰壁的事气馁："小唯，我问过人了，书江苑那个楼盘越早买越好。我看七到十八楼都快被卖光了，小高层里不就这几个楼层住着最舒服嘛。"

"那跟我有什么关系？你们是会给我留一个房间还是怎样？"许唯质问道。

别说新房了，连老房子里许唯的小房间也早就被改成了许优的书房。

叶惠婷的脾气也暴，她忍不住回馋："你这个孩子为什么总有这么大的怨气？我承认，优优刚出生的那一两年，我们是疏忽了你，可是后来我想补偿你的时候，你自己跑去住校了，还有我去学校看你，你也不理我。你这个孩子总是这样冷冰冰的，叫我们怎么办？"

许唯讥笑着问："你来学校看我？是你为了哄我去别人家的那次吗？"

叶惠婷的脸色陡变，她一直以为许唯不知道。

许唯深吸了一口气，恢复了冷漠的表情："三年前我给你打了一百多万元，那是我没日没夜地工作攒的。我一分没留地全打给你了，还你们收养我的恩情。其实你们没在我身上花多少钱，我想我已经仁至义尽了。"

叶惠婷已经维持不了慈爱的表情了——她最讨厌许唯那副云淡风轻的模样。

许唯上高中的时候，叶惠婷的朋友来家里做客，看了看许唯，又看了看许优，然后压着声音对丈夫说："小唯这孩子看着就有大出息，不像许家人，也不像惠婷。"

叶惠婷不小心听到了，当时就怒火中烧，虽然后来事实的发展似乎印证了朋友的话。

正因如此，叶惠婷对许唯的爱越发矛盾，再加上许唯的冷漠，母女情慢慢地就被消磨殆尽了。

许优虽然没许唯聪明能干，但毕竟是从她自己的肚子里出来的，血浓于水，再加上小丫头爱撒娇，能常伴于父母身边，这不就是她高龄生子的意义吗？

叶惠婷想：领养这个决定是错的，许唯到底是别人的孩子，根本就养不熟。

叶惠婷碰了一鼻子灰，准备离开。许唯让她把东西带走，她不跟许唯计较："你留着吃吧，我本来就是给你准备的。"

许唯说不要，叶惠婷也没拿。

关了门，许唯疼得蹲下来。

原来只是胸痛，现在胃也疼，许唯有种时日无多的恐慌感。她在手机上预约了医院的专家号，决定明天去看一下。

看着地上的塑料袋，许唯想：要不然借花献佛，请谢砚宁来家里吃一顿好了。

她总是承谢砚宁的情，就算拒绝了交往，也不该失礼，但思虑之后还是放弃了——有来有往就会没完没了。

她睡到中午，起来简单地吃了一顿就钻进书房继续写调研报告，写到第九页时，调研报告的大致脉络已经清晰了。她又查资料、托关系，搞清楚了市面上现有的同类型医疗设备的应用情况，做了一个详细的数据对比。

这是她的习惯，即使有些内容不体现在报告中，她也要做到知己知彼、了然于胸。

她一忙就忙到夜里，醒来后再继续上班。第二天到中午吃饭的时候，她才想起来一件很重要的事——她忘了去医院。

不过胸口好像没那么痛了，自己应该没什么大事吧？许唯决定把这件事扔到脑后。

谢砚宁也没有再来打扰她。

闲暇时她反复看着谢砚宁最后发来的那句"许小姐好好休息吧"，想象着谢砚宁输入这句话时的样子——他大概会面无表情，或者挑着眉，输入完之后就把手机放在一边。

毕竟谁会愿意长时间和一个负面情绪多到爆炸的人接触呢？

这是许唯想看到的结果，但真实发生的时候，她的心里还是难免起了些波澜。她翻出那张小熊摘月亮的图片，怔怔地看了很久，分不清她和谢砚宁到底谁是小熊。

许唯坐在办公室里，一个人嘀咕着：谢砚宁从哪里弄来的这么可爱的表情包？说不定是别人发给他的，或者是他为了哄谁，特地下载的。

他每天发晚安、买早餐、送人回家，做得那么熟练且游刃有余，谁知道他交往过多少个女生，夸过多少个女生有趣？

自己快三十岁了，还中这样的招，真是没出息。许唯捏了几下自己的耳朵，心里泛出一丝说不清道不明的情绪。

她努了努嘴，点开表情包商店，一股脑地下载了好多表情包，什么小熊、小狗、小猪……她把它们通通揽进自己的表情包栏里。

完成后，她给苏桐发了一个名为"爱心发射"的表情包。

苏桐明显迟疑了很久。

苏桐：嗯？

苏桐：你被盗号了？

许唯突然笑出声来，坐在办公椅上转了个圈，面朝落地窗，看着窗外高耸的写字楼。

感情的事止步于此，但生活还是要继续。

她的身体依然不舒服，也没什么胃口，叶惠婷给她带来的烦躁还盘旋在心头，但她现在什么都不想思考，于是就静静地坐在这里，看着夕阳西下，暮色愈浓。

傍晚的桐江很美，许唯第一次这样想。

日子在小小的波澜后又恢复了平静，好像什么都没发生。许唯把和百川合作的后续工作布置下去，然后投身于接下来的项目。

快到年底了，所有人都忙了起来，许唯也不例外，但一个突如其来的糟糕状况打乱了许唯的工作节奏。

这天她穿内衣时，胸口剧痛无比，她摸了一下，摸到了硬物。

她心里一慌，连忙开车去医院。检查结果显示那个硬物是乳腺纤维瘤。

"25mm × 10mm 的大小，不算太严重，但也不排除它是恶性的可能。"医生看了报告后说道。

果然有因必有果，她对身体健康的长期忽视终于迎来了报应。

许唯顿了顿，问："需要手术吗？"

"一般来说，乳腺瘤不会自然消失，但我们也要对比乳腺瘤在一周内增长的情况看。"

于是许唯回去等了一个星期，再检查时医生神色凝重地说："乳腺瘤一周内增长快速，我的建议是手术，开刀和微创都可以。"

许唯的心脏猛坠，但她也只能点头："好，那就微创吧。"

这一周里她上网查了很多资料，仔细地对比过开刀和微创的优劣，最后还是选择了微创——手术半小时，住院三天，恢复期要半个月。

许唯想了想，给严文江打了电话，告诉他这个情况。严文江听了很是关心："严不严重？我找个保姆照应你。"

许唯连忙说："不严重，就是个小结节，切掉就好了。我的朋友会来照顾我的，严董您别担心。"

"你这孩子，也不知道心疼自己。我现在人在首都，等回来后去医院看你。请假的事你不要操心，能休养多久就休养多久。"

"好，谢谢严董。"

许唯一个人办理了住院手续，然后回家收拾了衣服和洗漱用具，独自住进了病房。

她隔壁床的女孩叫周欣，才二十岁出头，还在哺乳期。她的运气不好，手术后的活检结果是癌变，左胸要全切，小姑娘承受不住打击，成天以泪洗面。看起来年纪也不大的丈夫陪在她身边，垂头丧气的，也帮不上什么忙。

许唯倚着床头，摸了摸自己的胸，内心祈祷自己的运气千万别这么糟糕。

她下楼买了水果，分给周欣。周欣哭红了眼，哑着嗓子说："谢谢姐。"

周欣是个娃娃脸，哭起来就更像孩子了。她擦着眼泪说："姐，我可怎么办啊？我想保乳，可是医生说已经保不了了。"

"在生死面前，其他的都不重要了。"

"我才二十二岁，以后可怎么办啊？"小姑娘低头看了看，更加伤心，"虽然本来我的胸就不大，但是小和没有是两个概念啊。"

周欣的丈夫在旁边安慰她："没事，我不嫌弃。"

"我管你嫌不嫌弃？！我替我自己难过！"

小姑娘一叉腰，嘴笨的丈夫就不敢说话了，鹌鹑似的缩了回去。

许唯看得哭笑不得，伸手摸了摸周欣的头发，帮她整理好刘海，安抚道："据我了解，全切之后还是有机会放假体重建的，你还有希望，不怕。我认识一些整形医院的人，以后你要是有需要，我可以帮你问问。"

"姐，你真好。"周欣握住许唯的手。

没多久周欣就哭累了，躺了回去，几分钟后又转过身，给许唯看手机上孩子的照片："姐，这是我女儿。"

许唯夸道："五官像你，她是个小美人坯子。"

小姑娘的眼泪扑簌簌地掉下来。

许唯沉默地看着垂头丧气的小夫妻俩，心中无限感慨。

中午的时候，周欣吃着婆婆送过来的饭，问许唯："姐，怎么没人来陪你？"

许唯笑了笑："我这是微创手术，用不着人陪。"

毕竟那年胃出血，她都是一个人度过的。

"要人陪的，上了麻醉你就什么都不知道了，怎么能不要人陪？"

"没事的，我请了护工。"

"那这样，到时候我让我老公在外面看着你。"

许唯连忙推却："不用不用，我花钱请了护工，到时候她会帮我的。"

周欣看了看许唯的衣着和生活用品，忍不住说："姐，你肯定特别事业有成。"

许唯笑着说道："没有，我也是替人打工的。"

"我也想像你这样。我跟我老公说了，生了孩子之后他带孩子，我出去上班。我才不要留在家里，成天对着孩子，围着锅碗瓢盆转。"

她丈夫正好回来，听到周欣的话也没吱声。周欣问他："你不是答应我了吗？你说话不算数？"

"怎么不算数？我带孩子就我带。只要你身体健康，别说带孩子了，以后一个碗我都不会让你洗的。"

周欣笑着晃了晃脚。

许唯看着小两口打情骂俏，一点儿也不觉得聒噪，反而看得津津有味。

她订了营养餐，坐在床边等着外卖小哥送过来，可中午是送餐高峰期，外卖延迟了。她觉得有点儿饿，就削了个苹果先垫肚子。

她帮周欣问整形医院的熟人，问做完全切手术后多久能植入假体，对方给了几个方案，也答应许唯，到时候会给周欣打折。

周欣拿着笔仔细地记下来，由衷地说："姐，你真厉害。"

许唯朝她笑了笑。周欣说："老天会保佑你的，姐，这绝对是你最后一次进医院。"

许唯忍俊不禁："这话我怎么听着这么别扭？"

话是这么说，但开刀的前一天晚上，许唯还是辗转反侧，睡不着觉，拿着手机无聊地刷着新闻，难免有些紧张。

她从枕头下面掏出来谢砚宁的围巾，抱在怀里，闻着上面所剩无几的香水味，想让自己平静一些。

可许唯还是睡不着，便拿出手机继续刷。隔壁床的周欣打着哈欠，她的丈夫回去陪女儿了，再话唠的小姑娘此刻也不怎么开口了，只呆呆地望着天花板。

病房总是让人感到压抑。

许唯正刷着新闻，谢砚宁的消息就弹了出来。许唯第一时间点开——还像之前那样，是一张月亮的照片。

许唯脑袋一抽，下意识地想回复，刚按了两个键又觉得不对劲。

可谢砚宁已经发现了。

谢砚宁：许小姐还没睡？

许唯被吓了一跳，伸长了胳膊不敢乱动，把手机当作烫手山芋。

谢砚宁：许小姐，我都看到"对方正在输入"几个字了。

谢砚宁：许小姐怎么还没睡？

许唯不知道怎么回，谢砚宁却逗她。

谢砚宁：许小姐，你再不回我，我就打电话给你了。

许唯瞪大了眼睛，刚要关机，谢砚宁的电话就打了过来，振动声在安静的病房里尤为突兀。许唯刚一接通就捂住听筒，压着声音说："谢总，我现在不方便接电话……"

"你在哪里？"谢砚宁觉得奇怪。

许唯愣了愣，说："我在外面，有个……有个酒会。"

话音未落，护士就走了进来，说："3086号床，记得禁食禁水。"

听筒两边都陷入了沉默。

谢砚宁打破寂静的氛围："你在哪里？哪家医院？"

许唯不想说。谢砚宁语气严肃地说道："我想查随时可以查出来，许小姐。"

许唯抿了抿唇，老实交代了自己所在的医院和病房号。

半小时后，谢砚宁赶了过来。

许唯本来不觉得谢砚宁是个可以依靠的男人——谢砚宁比她小三岁，出身极好，刚留学归来，把工作当玩票。

她原本不觉得她那名为"坚强"的壁垒会被谁瓦解，可谢砚宁进来的那一刻，他们的目光相接时，许唯的鼻子忽然一阵发酸。

她好像有点儿孤单了。

许唯一时说不出话来，只能低下头，躲避谢砚宁灼灼的目光。

谢砚宁走到她的床边，神色非常担忧，问她："怎么会住院？"

"做个小手术，纤维瘤，很小的手术，你不用担心。"

许唯起身招呼谢砚宁坐下，一脸轻松的样子，甚至要去帮谢砚宁拿凳子。她穿着一身病号服，脸色苍白到毫无血色，但表现得完全不像个病患，神态自若到像在办公室里会见客人。她总是这样强撑，生怕被人窥探到半点儿脆弱。

谢砚宁伸手按住椅背，说："许唯，我怎么能不担心？"

他第一次直呼许唯的全名。

许唯怔了怔，抬起头，对上了谢砚宁的眼睛。谢砚宁的眼底通红，头发都是乱的，呼吸尚未喘匀，显然他一路都很急切。

许唯的心莫名其妙被刺了一下，她有些无措地往后退了一步，退到床边，手还习惯性地举着，指着旁边的凳子："谢总，你坐吧。"

谢砚宁没有坐，而是径直走到床头，想要拿许唯的病历本和报告单的复印件，许唯连忙用手压住了。谢砚宁的脸色不悦，但他没有硬来，而是用目光扫过许唯苍白的脸和瘦削的肩头，然后落在许唯身后的围巾上，倏然停住。

许唯的目光跟着他的往下落，然后她看到了——他的围巾！

许唯一阵心虚，急忙转过身把围巾塞到枕头底下。

可就在她转身的同时，谢砚宁已经拿走了她的报告单复印件。

许唯也不知道自己为什么心虚，但此刻就像偷看电视被家长抓住的小孩子一样，坐在床边绞着手，大脑飞速地运转，想着借口。

谢砚宁说："我有一个叔叔是这方面的专家，我帮你问问。"

"不用了，我挂的就是专家号，给我开刀的也是很有名的医生。"

"我不放心，想了解清楚。"

许唯愣愣地看着谢砚宁又拿走她的病历本复印件，然后出门打电话，理所当然得好像他是她的监护人。

旁边的周欣睡意顿消，八卦地问许唯："姐，他是谁啊？你的男朋友？"

许唯差点儿被呛住，连忙摇头，解释道："不是，他就是普通朋友。"

他是普通朋友吗？

其实许唯一直觉得她和谢砚宁连普通朋友都算不上。她都做好了和谢砚宁再无联系的准备，剧情怎么陡转成了这样？

周欣仔细地回忆了一下谢砚宁的长相，然后双手合十地感叹道："姐，你朋友好帅啊，像最近正当红的那个演员，演古装剧的那个，叫什么来着？我记不得了。"

许唯勉强笑了笑，心思却已经跟着谢砚宁走了。

几分钟后，谢砚宁神色严肃地回到病房，把报告单和病历本的复印件放回床头柜上，松了一口气："我问过了，你的情况确实不是太严重，而且主刀医生是这方面的权威。"

许唯慢吞吞地回到被窝里："我就说嘛。"

她觉得浑身不自在，也不习惯有人陪床，在心里暗暗地催促谢砚宁快点儿走，可谢砚宁搬了凳子坐下来，眼睛直勾勾地盯着她。

她用手指戳了戳被子，然后尴尬地朝谢砚宁笑："谢总，很感谢你过来看我。"

"应该的。"

许唯笑了笑，没话找话地问："外面应该很冷吧？天气预报说今天夜里要降温。"

"还好。"

许唯犹豫地说："嗯……已经很晚了，谢总还是早点儿回去休息吧。"

谢砚宁看了看四周，确认旁边的另一张床没人睡之后，淡定地说："我今晚在这儿陪你。"

"啊？"

"我在这儿陪你……"谢砚宁说完才注意到隔壁床是一个年轻女子，于是改口说道，"我睡这里可能不方便。这样吧，许小姐，我就坐在外面门口的长椅上，你有什么事就叫我。"

许唯完全震惊了，半晌都缓不过来，从难以置信变成了手忙脚乱，掀开被子作势要下来。可谢砚宁的动作更快，他直接拉起被子给她盖上："别乱动。"

许唯敛起笑容，两个人就这样僵持着。她怕周欣听见，便小声地说："你别这样，谢总。你这样，我的压力很大。"

"做手术不是小事。"

"没什么的，我可以把自己照顾好，也请了护工，明天术前、术后都有人陪着我，没事的。"

"那你就当我是免费的护工。"

许唯一字一顿地说："谢总，我不可怜。"

谢砚宁的存在总让许唯觉得自己好像欠缺很多东西，可她明明拥有得不少——住着高档的房子，开着名车，过着至少表面很光鲜亮丽的生活，即使一个人住院也没什么，她花高价请了护工。

她明明不需要任何人同情。

"谢总，你是觉得我很可怜吗？"许唯笑着说道。

"我不是觉得你可怜。许唯，我是心疼。我喜欢的人生病了，要做手术，就算风险系数为零，我还是会心疼。"

许唯的心脏猛地跳动起来，谢砚宁的话音刚落，她的眼前就变成雾蒙蒙一片。

谢砚宁俯身靠近她："给我一个机会吧，就这两天，让我陪着你，可以吗？"

许唯依旧摇头。

谢砚宁视若无睹，伸手过来掖了掖许唯的被角，打量着四周，开始自顾自地评价："这个被子会不会有点儿薄了？床好像也睡着不舒服，还正对着空调，吹得你嘴唇都干了，我去问问能不能订贵宾套房。"

谢砚宁转身要走，许唯一把抓住他的手腕："谢砚宁！"

许唯都没注意到自己已经开始直呼谢砚宁的全名了。

她把谢砚宁扯了回来，皱着脸，语气里带着责怪的意味："我求求你了，我这样就很好，你给我安稳地坐下来。"

她从来没对谁用过"你给我如何如何"的句式，话脱口而出之后自己都愣住了——她刚刚的抱怨太过自然，还摆出一副教训弟弟的模样。

她以为谢砚宁会不高兴，可没想到，谢砚宁对于许唯直呼其名这件事很是受用，乖乖地坐下，眼角还挂着似有若无的笑意。

许唯叹了一口气，正疑惑谢砚宁到底在笑什么时，一低头才发现自己还握着谢砚宁的手腕，她的掌心贴着谢砚宁手腕的皮肤。许唯僵了片刻后立即松开。

"谢总，你真的不用在这边陪我，回去睡觉吧。明天我做完手术你再过来，好吗？"

"不好，许小姐，我就是想陪着你。"

许唯感觉头皮发麻。

她第一次见谢砚宁的时候还以为谢砚宁是高不可攀的贵公子，可是现在……他贵是挺贵的，但主动也是出乎意料地主动。

这到底是为什么啊？

许唯都不明白自己到底是哪一点吸引了谢砚宁。

她揉了揉头发，试探着问："谢总，其实我只是因为手术小，所以没通知我的朋友。如果你不放心，我明天就把我的朋友叫过来陪我，好吗？"

"那我等到你的朋友过来再走。"见许唯哑然，谢砚宁接着说，"许小姐，这几天我没有找你，是因为你说你有喜欢的人了。"

"啊？"许唯第一反应是头脑发蒙。

谢砚宁挑了一下右眉，似乎察觉出了什么。

许唯都忘了自己还扯过这个谎，几秒后才想起来，结结巴巴地说："是……是啊，我有喜欢的人了，有的。"

谢砚宁表情很淡定，眼神里甚至有势在必得的自信。

"我一开始是打算放弃的，但是反复想了想，又觉得不对劲。你只是有喜欢的人了，不代表我不能追你。"

他弯起嘴角，拽了拽从枕头下面露出一个角的香槟色围巾，浅笑着问："许小姐，你说对不对？"

许唯的脑子"嗡嗡"作响。

谢砚宁刚刚在说什么？"你只是有喜欢的人了，不代表我不能追你"？

许唯从来没听过这样直白的示爱。

旁边突然传来手机落地的声音，许唯望过去，周欣侧着身子想要伸手捡手机，满脸尴尬："你们聊，你们聊，我什么都没听见。"

谢砚宁俯身帮她捡起手机时，周欣终于看清了谢砚宁的脸，深吸了一口气，眼睛瞪得溜圆。她看了看许唯，又看了看谢砚宁，不自觉地露出八卦的笑容。

她在心里想：嘿嘿，他们真配啊。

听完谢砚宁的表白，许唯倚在床头沉默良久，两个人都默契地没有再继续刚刚的话题。

谢砚宁倒没有像以前那样总似笑非笑地看着她，而是眉头微蹙，显然还在担心许唯的病情。

"疼吗？"他问。

许唯摇头："没什么感觉。"

"怎么可能没感觉？没感觉的话你就不用开刀了，一定疼得很厉害，你前阵子脸色就不太好。"

"那是喝酒喝的。"许唯故意说很刺耳的话，语气不善，"你知道的，我的工作就是喝酒。"

"以后不会了。"

"什么？"

"许小姐还不了解我，我这个人不太容易放弃，也不愿意让自己留遗憾。许小姐，恋爱是其次的，比起要和你有一个怎样的结果，我现在更希望了解你、照顾你，以及让你开心，所以，以后不会再有这样的事情发生了。"

这番话像一簇流星，砸在许唯的心上。

人在医院里总是格外脆弱，谢砚宁为什么偏偏在她最脆弱的时候出现，说这样让她手足无措的话呢？

都说花言巧语不可信，可是谢砚宁的眼神真挚而热烈，许唯根本做不到不为所动。

许唯现在终于懂了，为什么爱情的魅力能经久不衰，因为爱像基因一样与生俱来。这个世上总有人为爱痴狂，总有人轻易心动，即使再冷静、听过再多的前车之鉴还是会沦陷。

她想起去年她去苏桐家时，苏桐刚离婚，前夫刚搬走，家里一片狼藉。她帮苏桐打扫卫生，打扫完，她们坐在垫子上一起组装儿童围栏。她看着这个空荡荡的房子，发现墙上的结婚照被拿掉了，就问苏桐还会相信爱情吗。

苏桐说："相信。"

许唯觉得不可理解，苏桐的丈夫孕期出轨，简直恶心至极。她站起来问苏桐："为什么？你都受到这么大的伤害了，怎么还是恋爱脑呢？智者不入爱河你知不知道？"

苏桐笑了笑，对她说："这不冲突啊，小唯，我还相信爱情和我觉得我很难再进入一段感情不冲突。我依然相信爱能让我的人生更充实，但我也能靠自己过好下半生。爱和独立不是相互排斥的关系。"

许唯皱起眉头，无法认同。

苏桐把前夫没带走的东西扔进垃圾桶，笑着对许唯说："就像我依然希望你能遇到对的人一样，小唯，被爱治愈是很幸运的事。"

此刻许唯看着谢砚宁笃定的目光，忽然就明白了苏桐的话。

她真的完全不需要爱吗？她需要的。看着周欣小夫妻俩吵着琐碎的架，许唯其实很羡慕。家长里短、柴米油盐，这些在许唯的心里一直是遥不可及的褒义词，但她就像害怕触碰水中月一样，生怕一时冲动，轻点指尖后，那轮月亮就消失不见了。

被抛弃过两次的孤儿在极度缺爱的环境里长大，性格会往两个极端的方向发展，要么放低自尊、依赖他人，要么封闭内心、薄情寡义。

许唯一直觉得自己属于后者，但谢砚宁的出现让她有些动摇。

她没有办法立即回应谢砚宁，再巧舌如簧，此刻也成了哑巴。她像蜗牛一样缩回到被子里，背对着谢砚宁。

谢砚宁帮她掖好被子，调整空调的风向，又出去抱了一床更暖和的羽绒被回来。

许唯整个人呆住了："哪儿来的被子？"

"我去贵宾套房里拿的。我已经把房间订好了，明天你做完手术就去那儿。"谢砚宁一副理所当然的样子。

许唯闷闷地说："我不去。"

"许小姐，你确定你那个时候还清醒，而不是任我摆布？"

许唯来了火气："你凭什么擅自做决定？我是病人，你有什么资格给我换病房？他们怎么会不过问我的意见？"

"我说我是你的丈夫。"谢砚宁淡定地坐了下来。

许唯一口气被堵在嗓子眼里。

谢砚宁从容地望着她，好像一切尽在他的掌握中，三岁的年龄差好像完全不存在。许唯屡屡落了下风。

快十一点的时候，谢砚宁离开了病房，走之前帮许唯盖好被子，让她早点儿休息。

门一关，许唯终于松了一口气。

隔壁床上，周欣脸上的好奇就快要溢出来了。她眼巴巴地望着许唯："姐……"

"你想问就问。"

"你为什么不接受他啊？我觉得你们俩挺合适的。"

"合适？"

"虽然他看上去小了点儿，但是很帅啊，而且一看就出身不错的样子。姐，你就得配这么好的人。"周欣一边坏笑一边点头。

"你的精力倒挺旺盛的，你不疼了？"

周欣脸上的笑容一下子没了，她沮丧地躺了回去："你一说我就又开始疼了，哎哟，胳膊抬不起来了。"

许唯下了床，帮周欣把她的身子扶正。

"你们俩真的挺配的，姐，你别不自信。"

许唯攥着被角，无奈地低下头。

周欣喘了一口气，换了话题："姐，我真难受啊，一想到后天那把手术刀就要划上我这半个胸，想死的心都有了。"

"别这样说，你还有宝宝呢。还有，你自己说的，要赚钱做女强人，有这么多事要做呢。"

"是啊，我还有好多事要做呢。但是，"周欣握住许唯的手，"姐，刚刚你们俩的话我听了个七八分，虽然不知道事情具体是什么样的，也不知道你为什么拒绝他，但是我想对你说，姐，人生苦短。"

许唯怔住。

周欣晃了晃许唯的手："姐，你特别好，虽然我才和你认识不到一天，但可以肯定你是个好人，就是看上去冷了点儿。白天看你一个人坐在床上吃饭，我的心里怪难受的。如果有个人陪陪你就好了。"

"你也觉得我很可怜？"

"不，不是，你不要曲解我的意思。"

许唯笑着说："没事，我懂你的意思。"

周欣攥紧了许唯的手，很真诚地说："姐，你会很幸福的，就算不是刚刚那个人，也会有一个很爱你的人出现。"

许唯朝周欣笑了笑，由衷地回应："谢谢。"

她帮周欣调好床头的高度，又帮周欣盖好被子："早点儿睡吧，你现在不能劳累。"

周欣乖乖地闭上了眼睛。许唯看了看她，然后独自走向门外。

许唯打开门，看到谢砚宁坐在长椅上，正低头看手机。许唯走到他身边时，他还没发觉，直到许唯说："不冷吗？"

谢砚宁一愣，旋即蹙眉："你还问我冷不冷？你就这样穿着病号服出来了？"

他快步走进病房，拿出了许唯挂在一边的大衣，披在许唯的肩头上。他们靠得很近，许唯能闻到他身上淡淡的香水味。

走廊里空无一人，只有咨询台的护士翻本子的声音。

许唯拢了拢衣领，决定向谢砚宁擅自订了贵宾套房这件事妥协："你不是订了贵宾套房吗？今晚你就睡那里吧，总不能在这里坐一夜。"

谢砚宁说："没关系的。"

"去吧，别让我负疚得睡不着，我有需要会打电话给你的，好吗？"

许唯说话时带着一种不容置喙的态度，两个人僵持了几秒，谢砚宁只好答应："那你有什么情况一定要通知我。"

"好。"

"不对，先通知医生再通知我。"

许唯想笑，又忍住了："你当我三岁吗？"

"我怕你逞强。"

许唯的笑容微滞，她说："不会的，我不舒服的话会找医生的，找完医生再打电话给你，好不好？"

谢砚宁这才放心。

看着谢砚宁走进电梯后，许唯回到了病房。谢砚宁抱来的柔软的羽绒被包裹着她的身体，她感觉到了前所未有的温暖。

第二天早上九点半，主治医师过来给她做了手术标记，说刀口不小，可能会留疤。许唯说没关系。

许唯穿好衣服后，医生掀开帘子，看到外面站着的谢砚宁，回头对许唯调侃了一句："你老公挺帅的。"

许唯连忙摇头："他不是我老公。"

谢砚宁还不明所以，以为许唯的表情是害怕，于是走过来坐在许唯身边，说："别怕，我在呢。"

许唯本来对这话没什么感觉，直到进手术室前，谢砚宁跟在她身后，她内心的紧张情绪才开始升腾起来。

旁边忽然传来哭声，吵吵嚷嚷的，也不知发生了什么事，让人莫名其妙地心慌。

医院里总是充满挥之不去的压抑感，好像生与死都在一念之间，悲欢离合都是注定之事。

许唯进手术室的前一秒忽然转身，有很多话想说，却不知如何开口。谢砚宁替她说了："我在外面等你。"

许唯怔怔地重复了一遍："你在外面等我。"

"是，我等你出来。"

许唯想起很久之前她喝酒喝到胃出血，在医院里躺了三天。那时候苏桐工作也忙，没法陪着她，她就一个人躺在病床上。有时候她睡着了，输液针管里的血都回流了她都不知道，还是护士急忙来推醒她，帮她调整。

许唯一直都是这样生活的，活得表面精致，实则粗糙。

她不懂得关心自己，所以谢砚宁对她好、给她换被、帮她订贵宾套房的时候，她心里的想法不是"他对我真好"，而是"还可以这样吗"。

她还可以这样被爱吗？

身后是手术室的门，许唯忽然变得无助起来。巨大的孤独感笼罩着她，走廊里传来孩子的啼哭声，还有推担架床时发出的嘈杂声响。许唯第一次感到害怕。

"谢砚宁。"许唯小声地喊。

她以为谢砚宁没有听到，准备转身进手术室的时候，谢砚宁将她揽进了怀里。

许唯躺在手术床上，麻醉剂打进来的时候，她还在想着刚刚那个拥抱。

那是很轻的一个拥抱，最多只是衣角贴在一起，许唯的鼻尖碰到了谢砚宁的肩膀，仅此而已，但许唯还是有些恍惚。

她现在应该脸色很苍白、憔悴，穿着不合身的病号服，头发也乱糟糟的，因为没化妆，眼角的细纹明显，整个人没有半点儿吸引人的地方。

谢砚宁大概真的对她很感兴趣，像研究一个社会学课题。

局部麻醉比手术还要疼，许唯清醒之后，只觉得胸口闷痛无比。医生把切下来的肿块给她看，她茫然地点点头，又痛到失去意识。

她再醒来时已经是下午一点，躺在陌生的病房里。医生过来告诉她："绷带要绑一个星期，记得到时候过来换药。"

许唯这才注意到自己胸上的绷带把她的上半身完全缠住了。绷带太紧了，紧到她感觉自己的肋骨都被绑得挤在一起，呼吸都困难，胸口微微起伏就带得全身的神经疼，微微抬一下手就疼到冒冷汗。

她像案板上的鱼一样苟延残喘地呼着气，一转头就对上谢砚宁关心的目光。

那种目光让许唯恍惚地觉得自己是被人珍惜的。

许唯像做了一场梦，梦里幻境重重，谢砚宁的身影似假似真。她开始怀疑他是否真的出现过，是否说过告白的话。谢砚宁的眼神总是让许唯心生暖意，他的出现是意料外的意外，许唯总觉得一切都不真实，像一场梦。

幸好这不是梦，痛楚将她拉回现实。

谢砚宁走过来，靠近她，轻声询问："疼吗？"

谢砚宁总是问她疼不疼。其实很少有人这样问她，因为她从不情绪外露，忽略感知，痛觉因此钝化了。久而久之，她也觉得自己是不怕疼的。

许唯朝他笑了笑："你还在。"

谢砚宁说："我当然在。"

麻醉的药效还没过，许唯刚清醒没多久就又陷入迷迷糊糊的状态。闭眼前，她感觉到谢砚宁靠近她，用温热的毛巾擦了擦她的脸。她嘟囔了一声"谢谢",就又睡着了。

快四点的时候,她被苏桐的电话吵醒了,谢砚宁帮她把手机举到了耳边。

苏桐问她:"小唯,我打你电话你怎么不接?你在家吗?我做了一点儿甜品,给你送过去。"

许唯呆滞了几秒,然后回过神:"我不在家,在医院。"

"出什么事了?"苏桐的语气立即变得紧张起来。

"做个小手术,乳腺纤维瘤。你要来看我吗?"

"好,我立即过去。你要我带些什么吗?"

"不用。"

谢砚宁把地址写在纸上,许唯照着读:"宁安医院十九楼 1908号房。"

电话挂断之后,许唯转头对谢砚宁说:"我朋友来了,谢总,你可以回去休息了。"

"这么狠心?"

许唯扯了扯嘴角:"你都陪我一天了,公司没有事吗?"

"没什么事。"

许唯没说话,静静地看着天花板。

"说是去观摩学习,其实我就是跟着父亲四处露脸。看起来好像很风光,但我不太喜欢那样的生活。"

这还是谢砚宁第一次向许唯透露私事。原来谢砚宁并不总是游刃有余的,也有"不太喜欢"和"身不由己"的事情。

"可你总要继承家业的。"

"那就到时候再说,或者许小姐可以教教我,怎么培养对工作的热情?"

"对工作的热情?源于缺钱吧。"许唯转过头对谢砚宁一笑,"看来谢总是享受不了这样的烦恼了。"

谢砚宁被调侃也无所谓,笑着说:"确实遗憾。"

许唯缓了一会儿,偷偷在被子里尝试抬手,可还是抬不起来。

"我问过医生了,今晚六点以后你可以吃点儿清淡的东西。我让我家阿姨煲了点儿粥送过来。"谢砚宁说。

许唯沉默了片刻，然后对谢砚宁说："谢谢。"

"不用谢。"谢砚宁忽然倾身帮许唯盖好被子，说，"许小姐如果实在要谢谢我的话，可以满足我一个要求吗？"

"什么？"

"换个称呼吧，我不想再叫你'许小姐'了，好像陌生人。"

许唯的脸色一僵："你想换什么？"

"我听到你朋友喊你'小唯'，我可以这样叫吗？"

"我比你大三岁。"

谢砚宁笑着说："难不成你想让我喊你'姐姐'？"

许唯仓皇地移开视线，还是嘴硬："为什么不可以喊'姐姐'？"

"也不是不可以，只是……小唯，我觉得你有时候很像小孩子。"

他越靠越近，许唯想要推开他，又没有力气，只能紧紧地皱眉。但他并没有乘人之危，只是撩开许唯额前的碎发，然后轻笑两声，仿佛看穿了许唯的慌张。

"你再睡会儿吧，我在外面的客厅里守着你。"

他说，"守着"。

这是很平常的一个词，甚至有些老气，可许唯竟然忍不住一阵鼻酸。

许唯躺在病床上，行动都不能自理，没法像平日里那样雷厉风行，埋头于工作，只能静静地躺着，思考人生。

不大不小的一场手术把她的节奏都打乱了，还有突然闯入的谢砚宁。

这些年不是没人追她，只是她接触到的感情背后都有很多杂念和利益考量。她可以从每个人的话语里判断出自己身上有什么东西是对方所需的，但谢砚宁和别人最大的不同是，他本来就拥有一切。

许唯想不出谢砚宁到底为什么喜欢她，当然这可能也称不上喜欢，总之许唯搞不明白。

她正纠结着，没过多久，苏桐就赶来了。

听见敲门声，许唯睁开眼，见谢砚宁走过去开了门。

苏桐抬头时一愣，往后退了一步，确认再三这里是许唯说的 1908 号病房。

"你是……？"

"来找许唯吗？是这里。"谢砚宁朝苏桐笑了笑。

苏桐半信半疑地走进来，直到看见病床上的许唯才松了一口气："你担心死我了，怎么都不告诉我？"

"你要陪哆咪，我不想让你跑来跑去。"

"做手术可不是小事。"苏桐把包放下来，压着声音问许唯的病情。

许唯告诉她纤维瘤的大小以及长在哪里。

"这肯定和你的工作强度太大有关，你哪能天天熬夜，还喝酒？身体能不出问题吗？"

许唯无奈地笑。

"外面那个男人是谁？"

话音刚落，谢砚宁走到卧室门口："小唯，我下楼拿晚餐。"他冲苏桐点了一下头，打了招呼："你好，我叫谢砚宁。"

见苏桐微怔，许唯被迫变成中间人，介绍道："姐，他是我朋友。谢总，这是我很要好的学姐，姓苏。"

苏桐礼貌地朝谢砚宁笑了笑。

谢砚宁说："苏小姐您好。"

然后他就出门了。

许唯想：大概他不是为了拿晚餐，只是为了腾地方给自己和朋友聊天。

门被关上了，苏桐的眼神立即变得意味深长起来。

"朋友？"

许唯偏过头，无声地叹了一口气。

"发展到哪一步了？"

"没有。"

"我怎么从来没听你提起过？"

"你看过的。"许唯突然说。

"啊？我怎么没印象？"

"我的屏保啊，小熊摘月亮。"

苏桐愣了愣，眼神变得更加意味深长。

许唯开始解释："我们才认识没多久。说来也是很巧，前阵子严朝雨让我帮她去相亲，正好她的相亲对象也找了谢砚宁顶替，我俩就这么认识了，后来又在工作中遇到。"

苏桐突然皱起眉头："谢砚宁……这名字怎么这么耳熟？"

"谢百川的孙子。"

苏桐震惊地问："百川集团那个谢百川？"

"是啊。"

两个人相顾无言，又同时吸了一口气。

苏桐调侃道："看不出来啊。"

"我也没想到。"许唯仰头看着天花板，"上一次我正儿八经地思考感情问题还是四年前。"

"和费闻远？"

"嗯。"许唯沉默很久，又喃喃地开口，"姐，其实我也没有刻意地封闭内心，只是谈恋爱这件事太耗时耗力了，我万一陷进去，就出不来。你知道的，我在感情里没表面看起来那么洒脱。"

"别想得这么消极。"

许唯嘟囔道："和费闻远……"

"你还喜欢他？"

许唯笑着摇头："我和他未婚妻都处成闺密了。"

许唯想了想，又说："其实那个时候我和费闻远的关系已经快捅破窗户纸了，可我太没有安全感了，受不了他和其他女生聊天、受不了他隔三岔五地聚餐、唱歌，甚至没法接受他晚几分钟回我消息。我不敢和他吵架，只能自己消化情绪，明明还没开始谈恋爱就搞得要死要活的，他也受不了我。"

苏桐分析道："现在想想，你对他的感情很难说是喜欢。你只是因为他对你好，就把感情寄托在他身上了。"

"是啊，那时候我刚毕业，刚进入社会，有个天天陪在你身边的人和你一起跑销售，帮你干重活、累活，你被客户拒绝的时候，他还会过来安慰你——姐，你知道我在一个什么样的环境里长大，我很需要……"许唯的眼神很伤感，她望着窗外轻声说，"很需要那些东西，可一旦拥有，我就会变得很贪心。"

"不会的，那只能证明费闻远不适合你。"

"谢砚宁更不适合。他那样的家世和身份，我会更没有安全感。"

苏桐忽然噤了声——许唯的话不无道理。

如隔天堑的差距和自卑无关，那是事实。

"我可不想嫁入谢家，何况他还比我小三岁。我从来没考虑过姐弟恋。"

苏桐朝她挑眉："但被年轻帅哥追求，还是很能满足虚荣心的。"

"谁说不是呢？"许唯笑着说道，笑完又陷入惘然。

何止是满足虚荣心，她甚至可以轻松地拿下价值百万的单子。

苏桐的到来打破了她和谢砚宁之间的暧昧气氛，她逐渐平静下来。

她觉得她应该尽快从这种心动难抑的状态里抽身出来，否则就会重蹈覆辙，像当初费闻远向她表白，她却歇斯底里地让他滚那样，一次次地伤害别人又自伤。

她不想伤害谢砚宁，谢砚宁值得拥有更好、更完整的爱。

"手术的事，你没告诉你爸妈？"苏桐问。

许唯觉得奇怪："告诉他们干吗？"

苏桐深深地看了她一眼，没说什么，从包里拿出一个精致的盒子："这是我自己做的甜点，你现在估计是不能吃的，要不给你投桃报李，答谢一下那位？"

"好，谢了。"许唯也没客气。

苏桐把盒子放在床头，许唯想要伸手，却忘了自己刚做完手术，猛地扯到了刀口，绷带收紧，疼得她倒吸一口凉气。苏桐连忙说："别动别动。"

许唯的额头上全是冷汗，偏偏她还逞强，非要坐起来。苏桐费力地将她按住："你这不行啊，出院了还是得有人照看着。这样吧，我把哆咪放我爸妈那里，这几天去你家照顾你。"

许唯瘫在床上，重重地喘着气："不用了，你不是年底有很多稿子要交吗？"

苏桐为了方便照顾孩子，离婚后就辞了工作，做自由职业，为金融类新媒体撰稿，有时候忙起来，工作量不亚于许唯。

其实苏桐也很拼，和许唯不相上下。

苏桐虽然有可以依赖的父母，但性格很独立，认为自己既然选择了在月子里离婚，就要承担一个人带孩子的压力。

父母年事已高，放弃了闲适的退休生活，帮她度过了最开始的几个月，已经很辛苦了。尤其是她的母亲，总是夜里起床为孩子冲泡奶粉，导致神经衰弱，现在仍失眠很严重。

苏桐心中愧疚，也不想再麻烦老人，所以只要不太忙，万事都自己处理。

这也是为什么许唯能和她一见如故。

许唯自认为如果处在苏桐的角色，未必能做得比苏桐更好。

疼痛缓解之后，她怔怔地看着苏桐，忽然说："我大概是不会有孩子的。"

"瞎说什么呢？"

"我突然觉得母亲很伟大，带着天然的爱和责任，"许唯顿了顿，又自嘲道，"也不知道我的亲生父母现在在哪里。你说我又不缺胳膊少腿，他们为什么要把我扔掉呢？也许是因为他们不想要女孩？"

"你就当他们死了，别去想。"

"我没想他们，就是突然感慨你是一个好妈妈。"

"做好妈妈很累，我就不祝福你这个了。我祝福你身体快快恢复。"

许唯一笑就扯到绷带，于是敛起笑容，正经地说道："你不用去我家照顾我的，我请个护工就好。"

"没事的。"

"哆咪现在还离不开你。"许唯的态度很坚决。

"谢砚宁呢？他说什么了吗？"

"他说他想照顾我，可是动手术的位置在胸口，"许唯尴尬地咧咧嘴，继续说道，"我也没法让他照顾。现在我只能找护工了，高价请有经验的阿姨，比你们照顾我更方便。"

"那我帮你请阿姨吧，我来联系。"

"那就麻烦你了。"

"这有什么的。"苏桐一边发消息一边问许唯，"你和他现在发展到什么地步？"

"我们没有实质性进展，但……他表白了。"

"你怎么想？"

"我想办法拒绝吧，他不过是图个新鲜，时间久了就会离开的。"

两个人又聊了一会儿，许唯就催苏桐离开了："你快去接哆咪吧，小家伙不是离了你就不肯睡觉吗？"

苏桐只好先离开，打开门就看到谢砚宁正在长椅旁接电话。他一只手插在口袋里，站在墙边却没有倚着，身形挺拔。

抛开百川集团的继承人这个身份不谈，光是看气质，谢砚宁就已经很出众了。

也难怪许唯会退却，这样的男孩子适合出现在电视剧里，而不是现实生活中。

谢砚宁也注意到了苏桐，对着电话里的人说了两句之后就挂断了电话，冲苏桐点头致意："苏小姐要走了吗？"

"是，小唯就麻烦你了。"

谢砚宁说："不麻烦，苏小姐可以放心。"

苏桐还想说什么，但又觉得越姐代庖，想了想还是没说出口。她朝谢砚宁笑了笑，然后离开了。

电梯下行的时候，苏桐一直想着许唯的话，替许唯感到不值。

一个这样好的女孩，一出生就被亲生父母抛弃，在福利院待到八岁，好不容易以为自己有了个家，结果又被养父母抛弃，之后像野草一样顽强地长大，为了一份销售工作把身体都耗干了，现在遇到了一个心动的人，却没有勇气往前走一步。

苏桐一直试图思考原生家庭和后天环境哪个给一个人带来的影响更大些，现在看来，好像还是原生家庭的影响更深入骨髓，难以剥除。

进电梯前，她的前夫给她打来电话，她挂断了，现在刚走出电梯，电话又打过来了。

"我能去看看女儿吗？"

"这周日我会把哆咪放在我爸妈家，你可以去看。"

"小桐，我……"

"没什么事我先挂了，还有，你不要再给我打电话了。"

苏桐不是铜墙铁壁，但至少还能依靠父母。一个好的原生家庭能让她不至于被突如其来的打击毁掉。

在这一点上，苏桐比许唯幸运一些。

谢砚宁拎着晚餐走进病房。

他本来是为了给许唯的朋友腾地方才出来的，结果保姆提前送来了晚餐，他拿过来之后就在门口等着。

他家的保姆是南方人，做清粥和小菜尤为拿手。谢砚宁特意遵了医嘱，让保姆熬了有营养又清淡的流食。

许唯还在床上发呆。谢砚宁进来的时候，她愣了愣，但没什么反应，好像已经接受了谢砚宁的存在。

"谢总，谢谢。"许唯由衷地说。

谢砚宁倒是有些惊讶，眉梢微挑："为什么突然谢我？"

"其实如果你没有来，这两天我也能顺利度过。我习惯了一个人看病，这也不是第一次一个人住院。为了防止自己打麻醉不省人事，我还特地高价请了医院的护工，其实能照顾好自己。"见谢砚宁张口似乎想说什么，许唯直接打断了，"但你出现了，我突然觉得被人照顾也挺好的。总之，谢谢。"

谢砚宁笑着说："那看来我的出现是对的。"

他帮许唯调高靠背，然后很自然地坐到许唯身边，打开食盒，用汤匙喂许唯喝粥。

许唯一开始还很不习惯，总是下意识地伸手，谢砚宁就拿被子盖住许唯乱动的手。

许唯觉得奇怪："按理说，你不应该这么会照顾人的。"

"你觉得我应该是养尊处优的花花公子，是吗？"

"差不多吧。"

谢砚宁笑了笑："不知道你听没听说过我的母亲。"见许唯点头，谢砚宁弯了弯唇角，说，"她和荧幕上的形象很不一样，在现实生活里就像一个没长大的小姑娘，需要我和我爸照顾。她出门永远忘带东西，做饭永远炸厨房，偶尔打扫一下卫生，能把我的手办摔坏一半，所以我很早就学着照顾人了。而且我在国外的时候，也是自己照顾自己。"

"原来是这样。"许唯想了想，又说，"怪不得你的性格是这样的。"

"怎样？"

许唯喝了一口粥，没回答。

谢砚宁却催她，像是很期待许唯的评价："我的性格怎样？"

"很好啊，好得不像你这个身份该有的性格。"

"那是你有刻板印象。小唯，你对我有很严重的刻板印象，比如你觉得我喜欢你纯粹是因为好奇。"

许唯一怔，有些不自在："你别这样叫我。"

"那叫什么？"

"叫姐姐。"

谢砚宁笑了笑，把粥送进许唯的嘴里："想得美。"

许唯也觉得自己突然变得幼稚，无奈地弯了弯唇角。

她夸道："粥很好吃。"

"你喜欢就好。"

"你吃过了吗？"许唯问。

"等喂完你之后我再去吃。"

许唯微怔，忽然想起初中的时候，她在放学回来的一个小时里，不仅要吃完晚饭，还要喂许优吃饭。

许优小时候很挑食，脾气又大，常常不配合，还会拿勺子砸许唯。叶惠婷看到了也不会出声制止，还会责怪许唯做事不利索。后来许唯为了节省时间，就不在家里吃晚饭了，喂完妹妹后就赶回学校，有时候会在路上买个包子，随便垫垫肚子。

她一直对自己很随便，所以谢砚宁对她好，她会无所适从。

谢砚宁点了份餐，就在客厅简单地对付了。许唯问他要不要品尝一下餐后甜点："我学姐做的，我就借花献佛了。"

谢砚宁很听话地尝了尝:"很好吃,这是她亲手做的吗?她好厉害。"

许唯突然想起叶惠婷上回送来的那只鹅还没来得及红烧。兜来转去,它还是要进谢砚宁的胃。

她提议道:"谢总,等我恢复了之后,我请你来我家吃饭吧,其实我的厨艺不错。"

"因为我来医院照顾你,你就要请我吃饭还掉这个人情。我们之间必须要这样互不相欠吗?"

许唯被戳中心思,有些局促。

她刚想反驳,谢砚宁又说:"可是小唯,你刚刚是在邀请我去你家吗?这样还人情的方式我很喜欢。"

"你……"

谢砚宁突然靠近她,和她四目相对,坏笑着说:"进展好快,我还有点儿不习惯。"

许唯瞪了他一眼,懒得和他计较。

许唯在贵宾套房里又睡了一晚,胸口的痛感已经有所减轻,现在她勉强能起身,但胳膊仍然使不上劲。

谢砚宁帮她办出院手续的时候,严文江正好赶回来看望她。

"严董。"许唯费力地坐起来。

严文江立即按了按她的手:"别起来,别起来,动手术这么大的事你还说不严重?"

许唯的脸色苍白,但她还是努力弯起嘴角:"就是一个微创手术,严董您别担心。"

"你这丫头啊,就是爱逞强。好好休息,好好恢复,反正百川的项目办下来了,后续的跟进暂时不着急,公司的事情你不要操心了。你年纪轻轻的,身体最要紧。"

"我没事的,严董。"

严文江叹了一口气:"没人照顾你吗?"

"有的,"许唯不敢提谢砚宁,只好说,"我的朋友在照顾我。"

一旦她说百川集团的继承人在病房里照顾她，就显得他们两个人很暧昧，与百川的合作也像她靠不正当手段达成的。若是这样，最让严文江不放心的那个她会不会跳槽的问题又会重新出现。

其实许唯没想过离开盛风——除非盛风不要她——她早把盛风当成她的归宿了。

"严董，我最近在准备和旭江医院采购部的人联系，年底前项目应该可以有结果。"

许唯主动向严文江报备自己的工作进展。

"好，不管怎么样，你先养好身体，工作再重要也比不过身体重要。"

严文江刚离开许唯的病房，余光就瞥到一个高大的身影走了进去。他停下来，回头问秘书："刚刚进去的那个人你眼熟吗？"

秘书说："我没看到那个人的正脸，也不确定，但是好像在某次酒会上看到过他。"

谢砚宁办好出院手续，这边许唯已经强撑着整理好了行李。

她光是坐起来就折腾得浑身冒冷汗，勉强把衣服都放进包里，但手上没有力气，怎么都拉不上包的拉链。

她折腾了半天，谢砚宁回来了。一看到她这样，谢砚宁立即走上来夺过包："不是说好我来的吗？"

许唯抿了抿唇，没正面回答，有些心虚地说："我都收拾好了，你帮我拉一下拉链吧。"

谢砚宁看着她，不知该说什么。

医嘱的第一句就是患者不能提重物，保持肌肉放松，可她偏要逞强，好像完全不把身体当回事，自己不心疼，也不需要别人心疼。

谢砚宁观察过，整整三天，她的父母没给她打过一通电话。

苏桐找来的护工匆匆地赶来，是一位快五十岁的中年女人，姓梅，做事很勤快，一进病房就问许唯哪里需要帮忙。

许唯看了谢砚宁一眼，略有些尴尬地低声对梅姐说："麻烦你帮我换一下衣服。"

她还穿着病号服。

谢砚宁立即转身出门。

梅姐拿着许唯提前带来的上衣，可许唯连伸胳膊都痛到无法呼吸，好不容易才穿好衣服，然后重重地喘着气，惨白着脸向梅姐道谢。梅姐连连摆手说："这要谢什么。"

许唯说："我这边的手续都办好了，梅姐，那麻烦你这几天住我家，帮我一下。"

"好嘞。"梅姐主动帮许唯背起装衣服的包，临走时又问许唯，"刚刚那位不是您先生？"

"不是。"许唯回答。

梅姐打开门后，谢砚宁一听到动静就转过了身，许唯主动朝他笑了笑。

谢砚宁问："准备回家了？"

"嗯。"许唯朝他走了过去。

她穿了一件棉质衬衫，外面套了件羊绒大衣，看起来很乖。他在她身上很少看到这样的气质，那是一种无力设防的脆弱感。

但她一开口，总让人心凉："谢总，这两天麻烦你了。我学姐帮我找了一个经验很丰富的护工，她会陪我回去，照顾我这几天的饮食起居。"

谢砚宁早有预料，此刻只说："我开车送你们。"

"不用了，我到楼下找个出租车就好，这里离我家很近的。"

此话一出，谢砚宁脸上的表情瞬间淡了淡。许唯感觉到了，但停顿片刻，还是坚持说："我不能再麻烦你了。这两天搅得你睡也睡不安稳，吃也吃不好，我真的很不好意思。"

数不清被拒绝多少回了，谢砚宁在心里叹了一口气，陪着许唯走到楼下，然后帮她叫来出租车。

外面风很大，谢砚宁想要帮许唯把领口拢好，但一旁的梅姐提前伸手了，谢砚宁便错失了机会。

许唯始终望向别处。

捅破的窗户纸又被许唯重新糊了起来。

谢砚宁看着许唯和梅姐坐进车里。许唯报了住址，然后就低下头——她知道谢砚宁在看她。

真诚比爱意更让人动容，许唯心里很清楚，她对谢砚宁的感情早就在种种细节的渗透中变了质。

谢砚宁如同一束光，照进许唯沉寂已久的生命里，试图照亮她。可那不能是一日之功，许唯需要的是经年累月的爱，来治愈她二十七年的缺失。

不会有那样一个人出现的。

不会的，没有人的爱可以不知疲惫。

爱情一旦浓烈到顶点，就要开始走下坡路了。

许唯在这件事上是无望的悲观主义者，就像一个慢慢地看着自己沉进深海的溺水者，拒绝挣扎和呼救。

可偏偏那束光照过来了。

谢砚宁就这样突如其来地闯进她的生活，让她完全招架不住。

她喜欢谢砚宁带着缱绻爱意的眼神。曾有一刻，她想让谢砚宁一直这样看着她，即使知道那是妄想。

谢砚宁准备关车门的时候，许唯不受控制地猛然抬起头，对上了谢砚宁的视线。

他长身玉立，扶着车门，冷风吹动他的衣摆。许唯想起那天在手术室门口，谢砚宁抱住她，说他在。

一瞬间种种情绪涌起，许唯隐隐有种预感，在谢砚宁把车门关上后，他们之间的关系大概也就走到尽头了。

所以她下意识地握住门把手，但后面响起催促的鸣笛声——出租车不能长时间逗留在医院门口。

许唯没有办法，又匆忙地收回手。

谢砚宁没注意到许唯的动作，关上车门，"砰"的一声，像故事戛然而止。

车子缓缓开远，许唯回头看了一眼，谢砚宁站在路边，像一棵不染纤尘的玉兰树，仿佛和身后匆匆的行人身处两个世界。

回到家，许唯躺倒在床上。梅姐帮她把要洗的衣服拿出来，一通忙活。偶有锅碗瓢盆的声音响起，许唯不觉得吵，倒觉得有生活气息。

她就在这样微微嘈杂的背景声里沉沉地睡去。

梦里，她回到了几年前正式进入盛风工作的时候。那时候新人要被分别安插进几个工作小组里，许唯和费闻远被分到了同一个组。他们第一次见面时，费闻远主动跟许唯打招呼："小许同学，以后多多关照。"

他笑起来很浑不吝，许唯本来有些排斥这样的男生，可是他们的工作性质使得她一天有十个小时都和费闻远形影不离。他们一起跑到大大小小的公司里拉客户，穿着劣质的正装充门面。有时候天太热，还没到下午，许唯的头发就散了，妆也花了，粉底浮在脸上。

费闻远会笑话她："姑娘，给自己买点儿好的化妆品吧。"

许唯板起脸，背过身用纸巾擦。

费闻远说话没有遮拦，调侃时总会伤到许唯的自尊心。

但她生日那天，费闻远是唯一给她送礼物的人。他把一盒化妆品套装放到许唯面前，还是一副痞样，朝许唯笑："我对你好吧？"

许唯很久没有收过礼物了，当即落下泪来，把费闻远吓了一大跳。

两个人的关系忽然就有了些变化，许唯不再冷漠，甚至开始有些依赖费闻远。

她会给费闻远带饭，会帮费闻远写工作报告，像所有春心萌动的女孩一样。

但好景不长，两个人的暧昧还没持续多久，费闻远的花花肠子就慢慢地暴露出来。

他太爱拈花惹草，连去公司前台拿快递文件的时候都能对着前台的小姑娘撩拨几句。他对谁都好，是个名副其实的"中央空调"，许唯一次又一次地失望。

他们为此吵过架，费闻远烦到极点，脱口而出一句："你怎么这么让人窒息啊？我没有义务去照顾你的所有情绪。"

是啊，他没有义务。

他没有义务对她的缺爱、缺安全感和敏感多疑负责。

许唯的自尊心再一次爆发，她迅速和费闻远划清界限，像没事人一样继续工作。费闻远向她道歉，想了各种办法，许唯都没有再回头。

直到后来费闻远被调去分公司，她参加了送行的酒局。快结束时，费闻远醉醺醺地告诉她："小唯，我那时候也不成熟，对不起，其实我挺喜欢……"

许唯打断他的话："不用道歉，你没有做错什么。"

她祝他前程似锦，像个疏离的陌生人。

再后来费闻远带着未婚妻杨卉来请同事吃饭，许唯主动和杨卉打招呼，找话题同她聊天，两个人相谈甚欢，席上便没有人再敢开她和费闻远的玩笑。

一段感情无始无终，许唯对很多细节都已经记不清了，只记得费闻远送她的那盒化妆品。

没有被好好爱过的人，得到别人的一点儿温暖和重视就恨不得感激涕零。

许唯就是这样的人。

所以她很难对谢砚宁无动于衷，尽管告诫过自己很多次他们不合适，但每次谢砚宁望向她时，她的心跳还是忍不住加速。

她到底该怎么办呢？

许唯抚摩着手机屏幕上的那个摘月亮的小熊，轻轻地嘟囔着："该怎么办呢？"

她当然不想再和谢砚宁纠缠不清，但当谢砚宁整整两天没给她发消息、打电话的时候，她看着空荡荡的聊天框，还是很不争气地——失眠了。

他们刚分开没多久，许唯就开始想他了。

第四章

有了牵挂

地走出去，在十二月的深夜赴一场临时起意的约。

谢砚宁回到家，商妍歪着头，像看陌生人一样看他。

谢砚宁一顿："怎么了？"

"这是谁啊？两天没回家的谁啊？"

谢砚宁笑了笑："你儿子呗，还有谁？"

"你去哪里了？和你上回说的那个女孩在一起吗？"商妍趴在沙发边好奇地问他。

谢砚宁坐到商妍身边，解开大衣的纽扣，淡淡地看了商妍一眼，然后有些疲惫地躺下，说："嗯，但也不算。"

"发生什么事了？"

虽然谢砚宁和商妍的母子关系一直很融洽，但对于许唯的事，谢砚宁还是不想说太多，以免商妍误会许唯的身体或者性格有什么问题。

他摇摇头："没什么，我只是突然觉得，追一个人比想象中难很多。"

商妍"扑哧"一声笑出来。

谢砚宁很无语，质疑道："你在嘲讽我？"

"我是觉得，以我儿子的相貌、条件和家世，人家不喜欢你只有两个可能，一是在吊着你，二是——"商妍拖长了尾音。

"是什么？"

商妍一脸遗憾："是真不喜欢你。"

谢砚宁一阵无语。

"宝贝，万事都有第一次的。这毕竟是你第一次追女孩，受点儿挫折也很正常。可能你之前习惯了被簇拥、被喜欢，所以觉得那个女孩接受你是理所当然的事情。"

"我没有。我从来没觉得她应该喜欢我，而且她是真的不喜欢我。"

商妍拍了拍谢砚宁的发顶。

"但我现在最烦恼的不是她喜不喜欢我，而是我的追求是不是给她带来了困扰。我不想那样，她本身就是一个心思很重的女孩。"

"嗯……如果是这样，那你这两天就不要打扰她，看看她的反应。"商妍提建议道。

"妈，你的建议靠谱吗？"

"为什么不靠谱？"商妍很是不满，拧了一下谢砚宁的耳朵，"我和你爸爸这些年有多恩爱你没有看在眼里吗？"

"看到了，可是你只谈过我爸一个。"

"一个就够了，"商妍朝谢砚宁挑了一下眉，认真又得意地说，"对于真爱来说，一个就够了。"

谢砚宁回房间洗了个澡，然后睡了一觉，晚上习惯性地想给许唯打个电话，但又想起商妍的建议，思索再三还是放弃了。

他没有谈过恋爱，但就自身这些年对父母以及身边情侣的观察而言，许唯的种种反应有抵触抗拒，也有无奈地接受，总之没有喜欢。

就像她今天执意要坐出租车回家，半点儿都不想麻烦他。

她身上还缠着绷带，就说要请他去家里吃饭，为了还人情。

谢砚宁把胳膊垫在头下，静静地看着天花板，猜想许唯此刻在做什么。

第一次心动的感觉很奇妙，和少年时期懵懂的爱慕不同，他清楚地知道许唯吸引他的地方是什么——是矛盾感，惹人疼惜的矛盾感。

他每次看到她，心脏就裂开一个口子，想要把她装进去。

三天后，许唯去医院换了一次绷带，因为创口疼得受不了，吃了布洛芬也不管用，只好让梅姐陪着她再去医院看一下。

医生检查了一下，给她开了一些药。之后她又买了果篮去看望做完手术的周欣。小姑娘刚从悲痛的情绪里走出来，一看到许唯又要掉眼泪，但小姑娘很坚强，摸了摸自己平坦的胸部，破涕为笑地说："姐，我妈说了，把这道坎迈过去，以后人生就都是坦途了。"

"是，是这样。"

许唯主动给周欣留了自己的联系方式，又稍微聊了会儿天才离开。回家的时候，她看路程不长，在家里又闷坏了，于是向梅姐提议一同走回去。

梅姐拉着家常，说自己的儿子在哪里工作，找了个怎样的女朋友。

许唯静静地听着。

"哎哟，我儿子要是能像许小姐这样多读点儿书就好了。他现在在工厂里上班，房子买不起，老婆娶不起，我这快五十岁的人了，还要出来帮他挣老婆本。"

"不是说谈了个女朋友吗？"

"是啊，谈了个家庭条件不错的女朋友，但是人家的家长看不上我们家，谈到彩礼、嫁妆的时候，闹得不愉快，总之没钱就事事不顺。"梅姐叹了一口气，"不提这些烦心事了。对了，许小姐，你有没有谈对象？"

许唯顿了顿，然后说："没有。"

"你不着急，条件这么好，慢慢找，慢慢找。"

两个人正聊着，迎面撞上了叶惠婷。

叶惠婷匆匆忙忙地走过来，快和许唯擦肩而过了才认出她来："小唯？"

叶惠婷停下脚步，狐疑地打量着梅姐，问许唯："这是谁啊？"

"我请的保姆。"许唯挺直腰背，故作无事的样子。

"瞧瞧,你又乱花钱,一个人住还花钱请保姆,下了班打扫打扫不就好了?"

许唯表情淡漠,甚至没向梅姐介绍叶惠婷,还是叶惠婷自己没话找话地说:"你妹妹不是月经一直不调嘛,我在这边的中医院给她开了中药,喝了一个月还挺有效果的,就来帮她再开一个疗程的。"

"哦。"

"你也好好照顾自己,脸色差得哪里还有二十几岁的样子?你将来怎么嫁人?"

梅姐十分不解,刚想插话就被许唯拦住。许唯对叶惠婷说:"你快去拿药吧,现在医院里人不多。"

叶惠婷看了眼时间,忙说:"行,那我就先去了。"

梅姐的整张脸都皱了起来,她甚至有些义愤填膺地想卷起袖子:"许小姐,这是你妈妈?"

"嗯。"

"这当妈的,闺女脸上一点儿血色都没有,明显是生病了,这都看不出来?她怎么……怎么一点儿都不关心你?"

"是养母。"

许唯没有任何缘由地突然说了出来。这个秘密原本她只对苏桐说过。

梅姐一愣,又反驳道:"养女就不疼了?那为什么要领养?"

许唯在心里冷笑。为什么要领养?因为叶惠婷领养一个孩子,心情就会变好一些,心情好了,身体也跟着变好,她就能怀上自己的孩子了。

许唯想不通人怎么能这样自私。

叶惠婷和许致军给她亲情又把她抛弃,给她希望又亲手扑灭,这是他们给许唯留下的一辈子的阴影,可偏偏罪魁祸首毫无愧意。

"真是家家有本难念的经。"梅姐说。

她们一同回了家,梅姐翻了翻许唯的冰箱,说没什么菜了。

许唯坐在旁边,忽然心头微动,给了梅姐几百块钱,让梅姐去菜市场帮她多买一些菜和肉。

"我过几天想请个朋友回家吃饭,我朋友的口味很淡,爱吃甜的,你再买个菠萝回来做咕咾肉吧。"

"好嘞。"梅姐说。

许唯拿出手机,与谢砚宁的聊天框里依然空空如也。和许唯想的一样,那天她刻意坐出租车回家的行为浇灭了谢砚宁最后的热情,这场冲动的追求也因此画上了句号。

这都是她自找的,许唯想。

那天晚上梅姐做了两菜一汤,其中一道炒鳝丝让许唯想起那天在秋居阁里吃的响油鳝丝,紧接着她又想起了谢砚宁。

心烦意乱让她的胃口也小了,她硬塞了几口米饭,喝了点儿汤,就说饱了。

许唯回到卧室给秘书打电话,问了问公司这几天有什么事情。秘书说没有新情况,至于百川的出货事宜,对方主动提出可以延后。秘书觉得奇怪:"他们是知道许总您动手术,所以特地延期的吗?"

许唯微怔,心想这可能是谢砚宁交代的,于是含混地回答:"是,上次王经理问我,我就告诉他了,那等我回去再和工厂沟通。"

"好,许总您好好休养。"

许唯躺在床上,忽然发现自己的生活简直乏味到了极点,除了工作,她没有任何打发时间的爱好。她正准备打电话给苏桐聊聊天时,严朝雨却打了过来。

她一开口就是炸雷一样刺耳的声音:"姐!你做手术了?!"

许唯把手机拿远了一些:"嗯,小手术。严董告诉你的?"

严朝雨顿了顿,然后说:"是。总之,做手术这么大的事你怎么都不告诉我啊?"

"小手术,就是切掉乳腺上的一个小肿块,而且是微创。"

"那还好,不过微创手术也很伤元气的,我之前做过。后来我听朋友说,其实微创没比开刀好多少,而且复发的概率大。姐,你一定要注意身体啊。"

"好,小雨,你什么时候回国?"

"过阵子吧。"

两个人又闲聊了会儿，严朝雨挂了电话，转头朝她小姨抱怨："我妈也真是的，竟然怀疑许唯姐和我爸是那种关系。"

"你不怀疑？你爸不是还送了套房子给她吗？"

"那我也不怀疑，你见识过许唯姐是怎么拼命工作的就不会怀疑她了。我妈就是富太太做久了，成天在家里瞎想。"

许唯并不知道电话背后的波澜，放下手机后，又陷入茫然。

她怎么会突然觉得寂寞呢？

她打开电视，调出现下最火爆的综艺节目，可幼稚的游戏环节以及一群陌生的精致面孔让她觉得格外心烦。坚持了十几分钟，她还是把电视关了。

她走到书房里看书，翻出几本讲解医疗器械技术的书，还有法规汇编，觉得实在太枯燥。她又找出几本世界名著，奈何脱离学校生活太久，此刻这些书她也静不下心去读。

最后她只能坐在办公椅里发呆。

这样的状态一直持续到第四天，许唯觉得自己快疯了，必须立刻回去上班，立即恢复规律、紧凑的高强度工作，不然就要精神崩溃了。

当天晚上，许唯再次失眠。

失眠到内心最烦躁的时候，她鬼使神差地给谢砚宁发了一千八百元的红包。

贵宾套房一天一千八百元，是谢砚宁垫付的。

发出去的瞬间她就后悔了，想撤回却发现屏幕上方出现了"对方正在输入"的字样。

许唯把脸埋在枕头里，后悔到想砸了手机。她这是在做什么？自己嘴上说着拒绝，等人家真的放弃了，又刻意做这种暧昧的事。许唯从来没想过自己会变成这样。

她真的是鬼迷心窍了。

她连忙补救：抱歉，谢总，我发错了。

谢砚宁直接打了电话过来，他的声音听起来有些低落："小唯，我有点儿失望。"

许唯的心脏猛地一沉。

"我等了四天，就等来这样的回应。"

许唯死死地咬着下唇，听见谢砚宁说："小唯，如果我的追求只给你带来了困扰和负担，那我的确不应该再继续了。"

电话那头很久都没有声音，谢砚宁准备挂断时，听到那头传来一声低低的"对不起"，带着哭腔。

谢砚宁立即坐起来："小唯？"

许唯抬手捂住脸，手机掉在了一边。

她想：真是糟透了，一切都糟透了，又是这样，她总是做这样让人讨厌的事情，她的一举一动都矫情得惹人厌烦、让人窒息，和当年没有任何区别。

她真的该去看心理医生了。

"该说对不起的是我。小唯，是我一直自作主张，把你本来的节奏打乱，是我不好。"谢砚宁向她道歉。

许唯怔怔地听完，拿起手机："没有，没有。"

"小唯，我很想你。"

许唯以为自己听错了，直到谢砚宁重复了一遍。她恍惚地望着前方，豆大的泪珠从眼眶里滑落出来。

"我很想你，很想问你身体恢复得怎么样，有没有哪里不舒服，可是又怕给你带来困扰……"谢砚宁突然停住，半晌后开口，有些难以置信地问，"小唯，你是不是一直在等我联系你？"

许唯没有回答，但谢砚宁已经隐隐有了想法。

"小唯，我想见你。"

许唯愣愣地看了一下时间："现在是晚上十一点四十。"

"我想见你。"

许唯说："太晚了。"

"不晚，我想见你。"

许唯听到"窸窸窣窣"的换衣服的声音，接着是下楼声，然后是关门的动静以及跑车的车门被打开的声音。

谢砚宁坐进车里，问："可以告诉我是哪一栋楼吗？"

许唯再一次鬼迷心窍，说："十六栋，十九楼。"

"好，你在家等我，乖。"

电话挂断后，许唯还一直处在晕晕乎乎的状态里。她掐了一下自己的胳膊，确定这不是梦，然后就迅速下床换衣服。

她的胳膊已经能抬起来了，也能用力，但还是没有灵活到可以脱衣服，许唯尝试了好几次，还是没能脱下睡衣。没办法，她只好重新把睡衣的纽扣系上，在外面披了一件大衣，又觉得睡衣难看，拿了条围巾挡着。

她怕吵到梅姐休息，蹑手蹑脚地走到门口。外面很冷，但她想下楼。

电梯下降的那一分钟里，许唯思绪万千，有后悔，有犹豫，也有隐隐的期待，但最后都湮灭在失重感里。

她走出去，在十二月的深夜赴一场临时起意的约。

这是她二十七年来第一次未经思考就做出行动，她的身体在发热，可指尖是凉的。走出电梯时，她停了几秒，还是迈了出去。

谢砚宁在十几分钟后赶了过来。跑车刹车时发出刺耳的声音，许唯望过去，还没来得及分辨，谢砚宁已经朝她跑过来了。

冷风飕飕，高楼零星亮着几盏灯，暖色的路灯的灯光打在树叶上，晕出一片金黄，点缀着漆黑的夜幕，构成了谢砚宁跑来的背景。

那几秒里，谢砚宁的靠近变成逐帧记录的画面，许唯连呼吸都停滞了。

谢砚宁一把将她抱住。

许唯感觉到痛，但什么都没说。

她陡然感觉到倦鸟归巢般的心安。她一时着了魔，之前的抗拒和抵触都化为乌有。她把脸埋在谢砚宁的肩头，深深地吸了一口气，喉咙轻颤。

其实没什么大不了的事情，她只是夜深辗转失眠，然后想起他。

原来喜欢上一个人是会觉得委屈的。

许唯想说：我给你发红包不是撇清关系的意思，只是心烦意乱。我也不知道我在做什么。

可她怎么都说不出口，仿佛从楼上走下来已经用掉了她所有的勇气。

但谢砚宁能感觉出来，也没有计较她一次又一次的口是心非。

他一只手将许唯抱在怀里，另一只手轻轻地抚着许唯的头发，动作很亲密。他说："红包我没收，就当没看见。"

许唯没有吱声。

谢砚宁问她："冷不冷？"

"不冷。"许唯想了想，又说，"疼。"

谢砚宁愣了一下才反应过来。想到许唯胸口的绷带还没摘，他连忙松开手，两手虚搂着许唯，微微俯身询问她："还是很疼吗？有没有好一些？后天是不是要去换药？到时候我陪你去好不好？"

他问了一连串的问题，许唯有些发蒙，眨了眨眼，只回答了第一个："不疼了。"

"脸色这么差，还说不疼？"

许唯低下头，谢砚宁轻轻地拨开许唯垂落的头发。

"外面太冷了，进来吧。"许唯往里走，刚迈出一步，又转过身，隔着衣袖握住了谢砚宁的手腕，把谢砚宁带了进来。

她第一次主动，谢砚宁受宠若惊，一米八六的大个子，此刻乖乖地跟在许唯身后，眼角眉梢都挂着笑意，像一只得了肉骨头的大狗狗。

许唯刚站定，谢砚宁就趁机握住了她的手。许唯顿了几秒，内心天人交战一番之后，还是挣开了。

谢砚宁略有些失望，但脸上的笑意未减。

许唯后知后觉地反应过来，自己把谢砚宁带进楼道里，好像一副要带他回家的架势，其实她只是怕谢砚宁冷。

她站在原地有些局促地扯了扯围巾。

"你别紧张，我没那么坏，不会趁机留宿的。小唯，我们聊聊天。"谢砚宁主动说。

许唯放松了一些。

他们并排坐在离电梯不远处的休息长凳上。谢砚宁脱了自己的大衣，盖在许唯的腿上，又拍了拍自己的肩膀，示意许唯："你可以靠在这儿。"

许唯朝他看了一眼，轻笑着摇头。

谢砚宁只是逗一逗许唯，被拒绝了也没什么反应，继续检查许唯身上有没有容易进风的地方。

"你的脾气怎么这么好？"许唯问。

谢砚宁抬了一下眉："我的脾气好吗？我好像从来没有收到过这种评价。"

"我觉得很好。如果我是你，早就觉得烦了。"

"我连这点儿耐心都没有，还怎么追人？"

"看来你很有经验。"许唯笑着说。

"没有。"谢砚宁转身望向许唯，认真地说道，"如果我说我没有恋爱经历，你会相信吗？"

"不相信。"许唯几乎是在谢砚宁话音刚落的一瞬间就给出了答案。

谢砚宁很是无奈："所以我说，小唯，你对我有很严重的刻板印象。"

"好吧，那现在给你时间为自己申辩一下。"许唯说。

"我没有恋爱经历。确实，在我的成长过程中有过很多恋爱的机会，但我始终没有遇到一个真正喜欢的人，可能这源于我的父母。

"你可能听说过，我母亲是演员，她和我父亲在一次酒会中认识，两个人一见钟情。但我母亲生性自由，不愿意结婚，也不愿嫁进谢家受束缚，所以拒绝了我父亲的表白。"

许唯静静地听着。

"她继续拍戏，我父亲就继续等她。那时候我父亲已经三十岁了，家里都催着他结婚，但他只认准我母亲。后来我母亲在演艺圈里感到身心俱疲，在一次颁奖典礼结束后，开着车来到我父亲的家门口，把他喊出来，问他愿不愿意结婚。"谢砚宁眼神戏谑地望向许唯，"我父亲说愿意。"

许唯笑了笑。

"然后他们就结婚了。那年我父亲三十五岁，我母亲二十七岁，其间他们耗了五年。"

许唯微微讶然："真的是认准了。"

"是啊，我父亲的性格很老派，平日里不苟言笑，但我母亲不管做什么，他都能包容。"

许唯几乎可以想象谢砚宁的母亲有多幸福。

"他虽然从来不和我谈心，但在我的成人礼上告诉过我一句话。他说，真爱不怕晚。所以我并不急着谈恋爱。平常的时间里我工作、运动，和朋友一起喝酒，其实没有太多需要排遣的寂寞。"

谢砚宁顿了顿，然后靠近许唯，问："不知道我这样说，算不算为自己申辩？"

许唯的神色怔怔的，她终于知道谢砚宁为什么有这样温柔的性格，因为他在一个温柔有爱的家庭里长大。

如果没有遇见谢砚宁，许唯很难想象她能听到一个二十几岁的男孩认真地讲述自己父母的爱情故事。

他父母的恩爱一定是浸润在生活的方方面面的，经年不减，所以才能让谢砚宁有足够的自信和从容去等待那个人出现，也让他一旦动心，就心无旁骛、毫无保留地对那个人好。

谢砚宁不仅不怕晚，也不怕输。他拥有得太多。

可他为什么偏偏选了她呢？

她就好像上天在塑造谢砚宁时切割出去的边角料，没有完整的家庭，没有爱她的父母，没有傲人的相貌。她常常自怨自艾，不爱自己也不敢爱人。

其实她在十八岁那年就登记过遗体捐献志愿申请，一直带着自嘲的心态活着，很努力地往前跑。她就是想知道，被命运抛弃过两次的孤儿，能不能靠自己活出点儿名堂来。

她这样的人，本来不该和谢砚宁有什么交集的。

谢砚宁该和一个自由、浪漫的女孩在一起，那个女孩年轻漂亮、备受宠爱，他们会像所有小情侣一样争吵、冷战，可谢砚宁会哄人，他们很快又会和好。两家门当户对，所以他们举办了盛大的婚礼，被人群簇拥着，像童话里王子和公主应有的结局那样。

许唯和童话从来不沾边。

"小唯，你在想什么？"

耳边响起谢砚宁的声音，许唯陡然回过神，朝谢砚宁笑了笑："我在想，你是不是在替我幸福着？"

"什么？"谢砚宁没有听懂。

"没有。"许唯摇摇头，笑着说，"你说的算申辩，当然算，我相信了。"

"那就好。"

许唯看着自己的鞋尖，听谢砚宁又说："我也想了解你，小唯。"

"我的恋爱经历吗？"

谢砚宁忽然坐直，笑容消失，醋味明显地表现在脸上。

许唯忍不住逗他："那你想了解什么？"

"你想说什么我就听什么。"

许唯想了想，很久之后才开口："也没什么好讲的，我这些年除了工作就是工作，你总不想听我跟你讲我的销售心得吧？"

"也可以啊。"

许唯愣住，随即笑出声："我的销售心得就是掌握最多的客户资源，了解他们的需求，并且展示自己独一无二的价值。好吧，简单来说就是投其所好，爱喝酒的就陪他们喝酒，爱听戏唱曲的就陪他们逛戏园子……"

"为什么非要这样说呢？"

许唯的视线一虚，她没吭声，也不明白自己为什么非要这样说。

当谢砚宁喜欢她时，她偏要展现出自己最不堪、最阴暗的一面，好像那样才畅快、才没有负担；可谢砚宁开始疏远她时，她又难过，忍不住露出脆弱的一面，让谢砚宁心疼。人真的是很矛盾的动物。

"其实……我还是挺喜欢这份工作的。"许唯忽然说。

谢砚宁看向她。

"这份工作一开始可能很难、很累，但是一旦上手了，就变得很容易。我喜欢这种每一步都有正向反馈，每完成一个单子都很有成就感的工作。"

追求价值感是唯一能让许唯觉得自己在真切地活着的办法，除此之外，一切都是过眼云烟。

"听起来很棒啊,我觉得你很厉害。"

许唯刚想反驳,谢砚宁就说:"不是在我心里厉害,是本来就很厉害。"

他们像小孩子一样对话,谢砚宁像小孩子一样夸她,许唯却觉得心头一暖。她朝谢砚宁笑了笑,谢砚宁伸手摸了摸她的发梢。

"很晚了,早点儿上去睡觉吧,医生说了,你现在不能熬夜。"谢砚宁说。

许唯说"好",然后把大衣还给谢砚宁。

谢砚宁将许唯扶起来,送到电梯门口,帮她按下按钮。

电梯门很快打开了,许唯踌躇再三,在进电梯之前转过身,把自己的围巾取下来,围在了谢砚宁的脖子上。咖色的方格羊绒围巾,谢砚宁戴着也不错。

谢砚宁低着头,视线灼热。许唯避而不看,但耳尖是红的。

她说:"路上小心。"

谢砚宁想要吻她,但知道为时过早,所以最后还是把冲动化为一个简单的拥抱。

许唯的一切都让他觉得安定又温柔。

许唯这一夜睡得很安稳,虽然醒来时有些后悔。

她到底还是没能抵抗住谢砚宁的攻势。昨晚谢砚宁抱住她的时候,她第一反应不是抗拒,而是主动靠在他身上。

许唯盯着天花板,稍一回想就陷入无尽的后悔之中。

她正叹气时,梅姐过来喊她起床:"许小姐,吃早饭了。"

"好。"

许唯坐起来,准备下床时突然发现自己的胳膊能往后伸了,摆动的幅度大了很多,虽然被绷带缠着的胸口还有一些痛,但总体恢复得不错。

她算了算,梅姐最多还需要照顾她两天。

许唯简单洗漱了一下,刚坐到桌边,谢砚宁的消息就发了过来,先是一个表情包——一只穿着背带裤的小熊跳出来,朝许唯抛了一个飞吻。

许唯轻笑出声。

梅姐觉得新鲜，问道："什么事，这么开心？"

许唯放下手机，摇了摇头，但脸上仍然挂着笑。梅姐左右看了看，说："许小姐，你今天气色真好。"

"是吗？"许唯摸了一下自己的脸。

"变了个人似的。"

只是一个拥抱，就能让她有这么大的变化吗？

许唯正思索着，谢砚宁的消息又发了过来：小唯，我今天可以见你吗？

许唯立即坐直，有些做贼似的心虚。她想了想，回复道：你不是要上班吗？等你下班吧，下班之后可以。

其实她回复完才想起来，对于谢砚宁来说，工作并不是必需品。他刚留学归来没多久，现在在百川并没有什么实事可以做，估计连董事会的人都没有认全。

许唯以为她的回复有些颐指气使，但谢砚宁没有生气。

谢砚宁：好吧，那我先乖乖上班。

手机好像瞬间变得烫手，许唯连忙把手机屏幕朝下放到桌边。梅姐正好把粥碗端过来，许唯拿起勺子就开始闷头吃。梅姐瞧着她这副奇怪的模样，百思不得其解。

许唯一边吃一边想：他好幼稚，好幼稚，可是又很贴心。

他怎么有那么多可爱的表情包？等等，他为什么这么会讨女孩欢心？他说自己没谈过恋爱，但是不代表他没有女性朋友。也许他对所有人都是这样的。

完了，又是这样，她总是在一切都还没开始的时候设想最坏的结果。

为了避免自己再一次陷入情绪黑洞，许唯决定分散自己的注意力。她问梅姐："梅姐，你接下来有什么计划，找到下一个雇主了吗？"

"找到了，我昨天去小区超市买菜，有个老太太喊住我，问我愿不愿意照顾中风的病人，说她家老头子刚中风，子女不在身边，原先的保

114

姆家里又有事，急需一个人来帮把手。"

"哪一幢的？"

"七幢，一户姓严的人家。"

"我让物业帮你核实一下。价钱谈好了吗？"

梅姐脸色有些尴尬："我本来就是想今天跟您讲这个事的。许小姐您放心，您这边我不会落下的，一天三顿饭我肯定是帮您做好的。"

"没事没事，我不介意的。我已经快恢复好了，后天去换个药，差不多就能上班了。你能这么快找到新雇主，我替你高兴。"

梅姐显得局促不安："好……她说她家急着用人，工资日结，我就答应下来了。"

"这有什么的？人之常情，我能理解的。梅姐，别有负担。"许唯安慰她，"这样吧，我马上给物业打个电话，让他们核实一下七幢这户人家的身份，如果没问题的话，你下午就可以直接过去。"

"许小姐，谢谢。"梅姐说。

许唯吃完早饭就帮梅姐打了电话，正好物业有人知道这件事："是啊，七幢的严老先生，前几天夜里突然中风，直接喊了救护车送去医院的。"

许唯这才放心。

梅姐把碗筷放进橱柜，转过身对许唯说："许小姐，今天中午吃什么？"

许唯本想说随便，可话到嘴边突然想起谢砚宁晚上要来，于是改成："中午就随便吃点儿吧。梅姐，你晚上能不能过来帮我做顿饭？做个三菜一汤就行。"

"没问题啊。"梅姐立即答应下来。

许唯笑了笑，回到房间。为了避免自己再次胡思乱想，她开始工作。

她把停了好几天的产品报告拿出来继续写，写完之后休息片刻，又坐起来给前几天联系上的一个医院的采购决策人写了一份设备采购建议书，里面依照她收集来的信息，针对这家医院的设备使用情况，做了详细且量身定制的建议。

她拟了稿，完成之后还想从头到尾地修改一遍，可惜身体不允许，她的胸背和颈椎都僵硬到动一下就能听见关节响。

她关了电脑，拿起手机时发现已经将近五点。

她终于把时间打发过去了。

梅姐赶回来给她做饭时，许唯在旁边看着，时不时地说："生抽少放一点儿吧……鱼不用红烧了，清蒸就行……排骨做成糖醋的吧。"

梅姐觉得奇怪，便问："是有小孩来家里吃饭吗？"

许唯笑了笑："是啊，小孩。"

谢砚宁喜欢吃清淡的家常菜，这一点很出乎许唯的意料，她本以为像谢砚宁这样出身极好的孩子，自小在国外长大，饮食习惯应该完全被西化了。

结果谢砚宁不仅爱吃中餐，还不爱喝咖啡；因为有一个幼稚的妈妈，谢砚宁还很会照顾人。这一切完全推翻了许唯一开始对他的印象。

"越接触就越觉得有趣"，这个评价应该放在谢砚宁身上。

梅姐做完饭后，许唯从卫生间里出来。她洗了个脸，化了淡妆，手里拿着一件很宽松的翻领上衣和长裙。她不好意思地说："梅姐，还麻烦你帮我穿一下。"

收拾好之后，许唯站在镜子前看了看。

虽然梅姐夸她像变了个人，但她脸上的病容还没有完全消退，眼圈很深，嘴唇也发白。她稍微涂了点儿口红，补了点儿气色。

她叹了一口气，有些后悔前几年把身体透支得太多，现在想重返年轻都力不从心，尽管穿着长裙，也没有少女模样了。

她想起那天在电梯里，自己穿了一身柔和的卡其色衣裙，姜于晴却问："穿得这么干练，去哪家公司谈合作？"

工作性质加上性格，她现在看上去大概不止二十七岁。

苏桐给她打来电话，问她恢复得怎么样。

许唯说："挺好的，后天去换药。"

"刀口疼吗？"

"现在已经不疼了。"

"那就好，记得多休息，不要劳累。"

许唯站在阳台上，看着楼下的树荫，内心隐隐地期待白色跑车的到来。苏桐说话时，她也略有些心不在焉，只"嗯"了两声。

苏桐很快便察觉出来，试探地问："你在干吗？"

"没有啊，在喝水。"

她这明显在掩饰。

苏桐单刀直入："你和谢砚宁怎么样了？"

许唯差点儿被呛住："你怎么突然来这么一句？吓我一跳！"

"你心虚成这样，还怪我吓你？"

"才没有，我等着开饭呢。"

苏桐轻笑，许唯也有些难堪，用额头抵着玻璃杯，语气十分复杂："就是有一个突发情况，我和谢砚宁的关系……有进一步发展的可能。"

"意料之中。"苏桐并不惊讶。

"但在我的意料之外。"

"这不更好？就是应该有一些意料之外的事情出现。小唯，你需要谢砚宁这样的人进入你的生活，给你带来乐趣，减少你的孤独感。"

"如果他离开了呢？"

"为什么现在就想这个？"

"不知道，对于我来说，好像所有快乐的背后都是有隐患的。比如我看到一个情侣秀恩爱的视频，就会想，这不影响他们以后吵架、离婚。"

苏桐笑着说："小唯，你不能太片面地看待问题，了解一些前车之鉴固然重要，但也不能只从别人的故事里吸收负能量。就算是我和我前夫，也有过很美好的校园恋爱，感情的事不是非黑即白的。"

苏桐总是很想得开。

许唯还没能修炼到这个段位。

"姐，我现在脑子很乱，也没有办法做决定。我想给自己放个假。"许唯停了停，然后说，"这几天，我想完全跟着谢砚宁的步伐走，就当是一次放纵。"

"好啊，我支持你，小唯。"苏桐说。

幸好有苏桐，这是许唯挂了电话之后的唯一感想。苏桐就是她的定心丸和强心针，即使苏桐什么建议都不提，只要说说话，许唯就能感到安心。

真友谊出现的概率比真爱还低。

十几分钟后，手机铃声响起，是谢砚宁打来了电话："小唯，帮我按一下电梯可以吗？"

许唯连忙放下水杯，快步往门口走。谢砚宁的声音听起来有些气喘，大概是他刚从车上跑下来。他语气愉悦地说："小唯，我带了一个朋友跟你见面。"

许唯陡然停住脚步，第一反应是抵触，紧接着是不满和恼怒。

谢砚宁怎么可以未经她的同意就带外人来她家？谢砚宁怎么会做出这样的事？他不是一向最思虑周全、体贴入微的吗？

她开始厌恶刚刚满心欢喜的自己。

她没有社交恐惧，但也不想随便地见一个朋友的朋友，况且她和谢砚宁的关系还在暧昧期，并没有到可以见他的朋友的地步。

许唯感到心烦意乱，按下电梯按钮后就背靠在墙壁上，脸色阴沉。

电梯打开的一瞬间，许唯露出销售冠军的标准微笑，正要和谢砚宁所说的朋友打招呼时，却只看到谢砚宁一个人。

"你朋友呢？"许唯疑惑。

谢砚宁提起手上带着透气网格的小方包，走出电梯，来到许唯面前，拉开透气网格的拉链，让里面毛茸茸的小家伙露出来。刚满月的小马尔济斯犬像个雪白的毛绒玩具，小脑袋歪了歪，正试探着往外看。

"我擅自带它来做客，你会介意吗？"

许唯半天才回过神，抬头瞪了谢砚宁一眼。

谢砚宁好像能一眼看透许唯的顾虑，也知道刚刚那句话吓到了许唯，此刻正得逞地朝她坏笑。

许唯从来没有养过狗。谢砚宁把毛茸茸的小家伙放在她的掌心上的时候，许唯屏住呼吸，动都不敢动，甚至频频望向谢砚宁，带着求助的意味。

"胳膊受得了吗？"谢砚宁问了好几次。

"受得了，可……可是它会不会冷？"许唯有些紧张。

"不会。"谢砚宁托住了许唯的手，用掌心贴着许唯的手背，说，"你的手很暖，它不会冷的。"

许唯一直看着掌心上的小东西，都忘了此刻她和谢砚宁有多亲密。

"小唯，它在摇尾巴。"

许唯抬起头："摇尾巴是什么意思？"

"说明它很喜欢你，"谢砚宁顿了顿，又说，"我也很喜欢。"

许唯过了半分钟才反应过来，一抬头就对上了谢砚宁的笑眼。

她呼吸微滞，又强作镇定。

"小家伙才满月，是我养大的马尔济斯犬生的，其中这只品相最好，我就带过来了。看到它，你会开心很多吗？"

"会。"许唯露出笑容。

"那就好。你应该还在休假吧？"

许唯顿了顿："嗯。"

她把谢砚宁带回家，进门前谢砚宁问她："之前那位护工还在吗？"

"她去另一幢楼帮忙了，早、中、晚会分别抽空过来一趟。"许唯先换了拖鞋，然后俯身拿出另一双放在地上。

谢砚宁换了鞋走进来，眼尾的笑意就没消失过。许唯被他看得脸颊发烫，正局促着，听到他说："怎么这么巧？"

"什么巧？"

"护工姐姐走了，我来了，不是很巧吗？"谢砚宁倚着墙，戏谑地说道，"我终于能替补上岗了吗？"

原本依许唯的性子，她是绝不愿意在口舌上落下风的，可偏偏谢砚宁的几句逗弄，就搞得她口拙舌笨，失了章法。

她故意板起脸："护工姐姐？你喊得这么自然，为什么不能喊我姐姐呢？"

她以为这是最能压制谢砚宁的问题，毕竟谢砚宁好像有点儿介意姐弟的身份。结果谢砚宁眉梢微挑，毫不犹豫地俯身凑到许唯面前，开口道："姐姐。"

他叫得十分干脆。

他陡然靠得太近，许唯被他吓得往后退了一步，整个人都贴在玻璃隔断墙上。

谢砚宁得寸进尺，越发靠近，许唯的心跳也越发剧烈，两个人僵持了足足半分钟。

"谢总，你……你压到小狗了。"

小狗很及时地"嗷"了一声。

谢砚宁挑了一下眉，在碰到许唯的胳膊前停住，笑着直起身，一副得逞的模样。

许唯推开他，被气到想让怀里的小狗狠狠地咬谢砚宁一口。

她抱着小狗坐在沙发上，谢砚宁从宠物包里拿出软垫和绒毯，放在许唯身边："把它放到这里吧。"

许唯照做。

小马尔济斯犬看起来孱弱到让人不忍多碰，许唯只敢摸摸它头顶的卷毛，小声问："它会不会饿？"

"不会，它是吃饱喝足来的。"谢砚宁又拿出一袋奶粉和宠物用的小碗，"这是羊奶粉，吃完饭我教你怎么喂它。"

许唯在养宠物这方面完全是新手小白。她还在研究绒毯的厚薄，谢砚宁已经握住她的手，准备把她拉起来："先吃晚饭吧。"

"啊？"

他完全反客为主，熟稔得就像在自己家。许唯半晌才反应过来，这话不是应该由她来说吗？

她坐在桌边，莫名其妙地觉得有些尴尬。她抬头望向正在给她盛汤的谢砚宁，纠结了半天，找了个话题："谢总，你今天……忙吗？"

谢砚宁轻笑出声，明知这是许唯没话找话硬憋出来的话题，但还是认真地作答："今天早上跟着我爸参加了一个新商厦的剪彩仪式，下午去了百川旗下的几家儿童私立医院。"

"去视察吗？"

"嗯，熟悉一下百川的业务范围。"

许唯接过汤碗："那几家医院我都去过，做过调研。"

"有什么想法吗？"

"挺好啊，是桐江最好的几家私立医院。"

"还有呢？"

许唯想了想："从销售工作的角度出发，我是更喜欢私立医院的，因为私立医院的设备采购流程很简单，虽然也有审批流程，但自主性很高；公立医院的程序就要烦琐得多。"

"那从病人的角度呢？"

"环境好，不用排队，医生、护士的态度也很好，体验感当然是最佳的。"

"不可能没有缺点吧？"

许唯吹了吹热汤，整理了一下措辞："就我观察而言，私立医院很少重视对医生的培养，遇到疑难杂症都是高价从公立医院请来专家。我感觉如果不重视人才培养，再好的服务也没有用。当然，我知道其中有很多客观因素阻碍，这也只是我的一点儿不专业的看法。"

谢砚宁思考片刻，认真地说道："小唯的建议很好，我记下了。"

每次许唯提到工作时，谢砚宁就会表现出对许唯的极大欣赏。

他到底还是刚出校门的小孩，许唯无奈地笑了笑。他的成熟总是透着点儿幼稚，让她捉摸不透。

"你父亲让你接手工作了吗？"她问。

"接下来会有一些工作安排，他希望我早一点儿接手。"

"紧张吗？"

谢砚宁耸了一下肩："还好。"

"你没有问题的，我觉得你能适应得很好。"

许唯说出这样的话，谢砚宁倒是有些愣怔，勾起嘴角，忍着笑说道："怎么这么相信我？"

"因为你……"许唯朝他瞥了一眼，"想让我夸你？没门。"

谢砚宁也不恼，只说："好小气。"

许唯把菜碟往谢砚宁面前推了推："饭菜是梅姐做的，不知道合不合你的胃口。"

"挺好的，我很喜欢清蒸鲈鱼。"谢砚宁说着就夹了一块鲜嫩的鱼肉到许唯的碗里。

许唯随口说了句："我以前一直觉得吃鱼很麻烦。"

"那以后我帮你剔鱼刺。"

许唯片刻后才反应过来，连忙道："我不是这个意思。"

谢砚宁却说："但我是这个意思。"

许唯的话全都被堵在喉咙里。

谢砚宁无时无刻不在表达爱意，但听上去又不轻佻，带着成熟的细致，又散发着自在恣意的少年气。许唯和他待在一起，就像在度过一个很温柔的夏天。

许唯一直都觉得自己的生命底色是寒冬。

谢砚宁的话让她的心跳停了一拍，她低头喝了一口汤，愉悦过后又陷入莫名其妙的沮丧中。

因为她的默许和退让，谢砚宁的进攻显得越发驾轻就熟，她如果还不采取措施，他们的关系可能真的就要不受控制地发展下去了。

许唯的内心正天人交战着，手机突然响了，是费闻远的电话。

许唯有些疑惑地接通，还以为是工作上的事。谢砚宁正好夹菜给她，她的胳膊不方便，她也懒得握住手机，就开了免提。

结果她一点开就听见费闻远语气深沉地说："小唯，我才知道你生病了。"

许唯愣了两秒，刚要说话，才想起来谢砚宁就坐在旁边。她抬起头，对上了谢砚宁晦暗不明的目光。

许唯心里"咯噔"一下，抿了抿唇，默默地伸手抓起手机，想要去阳台接。还没等她起身，费闻远又说："怎么还是这样不爱惜自己？手术效果怎么样？"

"挺好的，不用担心。"许唯用余光偷瞄谢砚宁。

见谢砚宁脸色变了，许唯连忙起身，正慌乱地准备取消免提的时候，费闻远又来了句："你在家吗？"

费闻远可能是有些感冒，说话时鼻音很重，再加上这句话本身就有歧义，气氛被他的语气渲染得极其暧昧。

谢砚宁放下筷子，身体后倚在椅背上，一只胳膊搭在桌上，指尖敲了敲。他面色不悦，眼神直勾勾地看着许唯，仿佛在等许唯解释。

许唯瞬间变得心虚，一口气提到嗓子眼。她也顾不上谢砚宁了，快步直奔阳台，关上了玻璃门，质问费闻远："你说什么？"

费闻远很无辜："我说，我和小卉去看看你，你不在家吗？"

许唯差点儿得脑溢血："那你刚刚不说清楚！语气那么暧昧干吗？"

"什么暧昧啊？"费闻远顿了顿，忽然领悟，"刚刚你边上是不是有人？"

许唯平复了慌乱的情绪："没有。"

"就是有人吧？"费闻远感叹道，"不容易啊，你终于动凡心了。"

"都说不是了。"许唯心情烦躁。

这个回答她重复了好多次。

住院的那几天里平均每天都会有人问许唯："那个帅哥是你的老公还是男朋友？"

许唯一律摇头，然后说"他是我朋友"。

在医院里他们朝夕相处，被人误解，当着谢砚宁的面，许唯肯定会回答"不是"。可是出了院，回到家里，她因为想念谢砚宁而深夜落泪，在谢砚宁赶来之后还主动靠到他的怀里，在两个人已经越发亲密的前提下，当有人问许唯："你动心了？"许唯的第一反应仍旧是否认。

许唯也不知道为什么。可能对她来说，点头比摇头困难很多。

"小唯，小唯。"费闻远喊她的名字。

许唯回过神："在，怎么了？"

"明天我和小卉去看看你，有时间吗？"

"有。明天下午吧，早上我要去医院换药，谢谢你们啊。"

"这有什么好谢的？做手术这么大的事，你一点儿都不通知我俩，真是太不够意思了，我还是听严董说的。"

"小手术嘛。"许唯笑了笑。

"小手术也是手术啊，我让小卉给你煲点儿汤。"

电话挂断后，许唯犹豫片刻，偷偷地看了眼餐厅。谢砚宁还坐在原处，没有吃饭，低头摆弄着手机。

许唯经过客厅时，小马尔济斯犬正趴在窝边歪着脑袋看她。许唯蹲下来，摸了摸它的小脑袋，小狗"嘤嘤"地叫唤了两声，又开始舔许唯的掌心。许唯低头亲了亲它，鼻间全是带着奶香的小狗味。

许唯小声地问小狗："你看看桌上那个人是不是生气啦？"

小狗什么都听不懂，只会傻呵呵地冲着许唯摇尾巴。

许唯的心都快化了，纷繁的情绪突然被画上了休止符。她将小家伙重新塞回到绒毯里，然后抽了一张桌上的消毒湿巾，擦了擦掌心。

回到桌边时，她微微停住，清了一下嗓子，说："刚刚是我同事。"

谢砚宁定定地看着她，也不说话。

他总是这样气定神闲，好像认准了许唯会进一步解释。

占上风、引导话题的工作习惯促使许唯挺直腰背——她才不想被小三岁的男生肆意撩拨。

于是她镇定自若地拿起筷子继续吃饭，时不时淡定地看谢砚宁一眼，也不多解释。她好像完全不关心谢砚宁吃没吃醋，又像在嘲讽他幼稚。

两个人就这样斗心理战。

最后还是谢砚宁先败下阵来，面向许唯，又主动握住许唯的手腕，语气幽怨："什么样的同事？"

"一起工作的同事。"

谢砚宁揉了揉许唯的衣袖，试探着问："他要来看你吗？"

"嗯。"

"你答应了？"

"嗯。"

谢砚宁沉默地看着她。

许唯瞥了他一眼，忽然就破功地笑出声来，说："你如果是只小狗，现在一定耷拉着耳朵。"

许唯的手腕被他握着，两个人不知何时又靠得很近。谢砚宁的眼神透着委屈，明明他十句话里九句都在撩拨、逗弄许唯，剧情一反转，就又摆出这副委屈模样，好像许唯在欺负他。

他简直是一只颇有心机的坏小狗。

但是没办法，许唯就很吃这一套，看不得谢砚宁委屈。

她拍了拍谢砚宁的手，像安抚小狗一样安抚谢砚宁，然后说："他和他的未婚妻一起来。"

话音刚落，谢砚宁的嘴角就翘了起来，他刚刚的可怜样荡然无存："原来是这样，那是要好好招待一下。"

许唯很后悔，就不该对他心软。

谢砚宁的表情重新恢复晴朗，他靠着椅背，一副矜贵模样，说："小唯你看，梅姐去了别人家，你又行动不便……"

"你想干吗？"许唯警觉地看着他。

"许小姐，我想应聘你家的护工。"

许唯面无表情地看着他。

谢砚宁一本正经地说："许小姐，我先说一下我的条件，硕士学历，熟练掌握英语和法语，身高一米八六，身体健康，无传染性疾病。对于工作，我随叫随到，细心且有耐心，白天可以照顾你起居，晚上可以哄你睡觉，还能帮你遛狗，身兼数职，毫无怨言。而且我不要工资，甚至可以倒贴。"

许唯第一次有种想打人的冲动。

许唯曾经喂养过一只流浪狗，在读高中的时候。

那是一只很普通的田园犬，乳白色的毛在风吹日晒下逐渐发黄，四肢瘦长，嘴巴是地包天。

它成日在小区里游荡，没人的时候就去翻翻垃圾桶。因为长得不讨喜，它常常被人嫌弃，也被保安追打过好几回。它的身上有一处伤疤，是过年的时候孩子放鞭炮时被炸的。

有一天，许唯放学回来看到它，见它瘦弱可怜，就把书包里没吃完的半个包子扔给了它。后来许唯再放学时，它就趴在许唯必经的那条没灯的小路上，不叫、不闹，也不凑上来讨要食物，就安静地目送许唯走进楼道。

再后来，许唯就常常带吃的给它，省钱买一盒汤包，都会留两个给小狗。

许唯蹲在一旁看着狼吞虎咽的小狗，心里想：你和我一样没人要啊。

就这样过去了几个月。有一天放学时，许唯没在草丛里看到小狗的身影，在小区里喊了半天都没找到它。

有人告诉她，小狗被一户人家收养了，那户人家很善良，收养了好几只流浪狗。

第二天，她就遇到了那只小狗。老爷爷牵着绳，小狗干净了很多，身上的毛都被修剪过了，穿着漂亮的背带，开心地往前跑。看到许唯时它明显认了出来，变得异常兴奋，扯着牵引绳也要往前扑。许唯主动走过去摸了摸它的脑袋，说："你有家了。"

真好，小狗有家了。

许唯看着老爷爷牵着小狗离开，然后一个人往家里走。

她忽然有了一个很奇怪的想法：在渴求陪伴和爱这件事上，人和小狗没有区别，只是人会装模作样，小狗不会。

她好久没回去了，也不知道那只小狗还在不在。

谢砚宁把碗筷放进洗碗机，许唯站在桌边发呆。

直到谢砚宁洗完手后走出来，把指尖的水滴点在许唯的鼻尖上，她才回过神。她无奈地看向谢砚宁，然后轻轻地擦掉。

谢砚宁学着她的模样皱眉："我惹你生气了吗？"

许唯失笑着说道："没有，你在逗我开心。"

"那你为什么看上去有心事？"

许唯也不知道该怎么说。谢砚宁的到来让她百感丛生。

她和谢砚宁的相遇就是一场巧合，谢砚宁对她的好感也来得莫名其妙。她还没反应过来的时候，谢砚宁已经开始追求她了。正因为出乎意料，所以她总觉得这一切是水中幻影。

叶惠婷当年对她也很好。

从福利院被领走的时候她已经八岁了，其实很少有人愿意领养这么大的孩子，因为八岁的孩子已经懂事了，不容易培养感情。可叶惠婷一眼就相中了她，夸许唯长得清秀，性格又温顺，不顾旁人的劝阻，执意收养了许唯。

叶惠婷牵着许唯的手，带着许唯回家。那时候许唯以为自己被命运眷顾了，叶惠婷就像被上天派来爱她的天使。

后来事实证明，叶惠婷和许致军既不是天使，也算不上恶魔，只是一对平凡的夫妻，做不到一碗水端平。

叶惠婷对她的爱与不爱都来去匆匆，许唯还没享受尽兴就被叶惠婷收回。

后来的费闻远也是这样。

许唯没有再去相信爱的勇气了。她期待爱又拒绝爱，回避一切幸福的可能，因为觉得那只是"可能"。对低概率的事情就不要报以期待，这是许唯一贯的处事原则。

她和谢砚宁对视了几秒，终究不知如何回答，在心里叹了一口气，又转过身。

正好沙发上的小狗叫了两声，打破了尴尬的氛围。

许唯说："它应该是饿了，你教我怎么泡羊奶粉吧。"

谢砚宁告诉许唯冲泡的量以及水温，又煮了一颗鸡蛋，将蛋黄碾碎了，放进羊奶里。他的动作很熟练，许唯有些惊讶。

谢砚宁主动解释："我家的坚果是我养大的，从它刚满月一直养到三岁，后来我出国，才交给我妈。"

"你很喜欢小动物。"

"喜欢啊，你也会喜欢的，没有什么能比小动物更让人身心放松了。"

许唯觉得奇怪："你也会有压力吗？"

谢砚宁觉得又好气又好笑："小唯，你对我的刻板印象已经严重到令人发指的地步了。我为什么不会有压力？我在国内度过义务教育阶段，也有过因为考试排名而被我爸教训的经历；后来去了国外，所有事都是一个人独自解决，为了绩点挑灯夜战是常态；现在回到了国，明明不想接手家族企业但还是要接手。其实我也是有压力的。"

许唯定定地看着谢砚宁，忽然觉得谢砚宁没她想的那么遥不可及。

"只是很少有事情对我来说紧迫到影响生活，所以我看起来比较放松。"谢砚宁又说。

好吧，许唯决定收回刚刚的话。

谢砚宁游刃有余是因为他永远有退路，再不济，当个闲散少爷，百川的股份就够养他一辈子了。

刚刚谢砚宁说自己有压力的时候，许唯竟然有些心疼，真是共情泛滥。

小狗还在窝里睡觉，四爪朝上，十分安逸。许唯问谢砚宁："它叫什么名字？"

"还没有取名，你帮它取一个吧。"

许唯指着自己："我吗？"

"是，本来就是送给你的礼物，当然应该由你来取名，"谢砚宁补充道，"它妈妈叫坚果。"

许唯瞥到茶几上的坚果罐头，突发奇想地说道："那叫它松子？"

"好啊，"谢砚宁隔着绒毯捏了捏小狗爪："小家伙，你就叫松子吧。"

许唯却嫌他手重，拍开他："人家睡觉呢，你别吵它。"

"小唯，你对它比对我温柔。"谢砚宁很是委屈。

许唯顿了顿，并不看他，笑着说："因为它比你可爱。"

谢砚宁很不服气地握住许唯的手。

许唯耳根发烫，轻轻地挣脱开，然后把松子从小窝里抱出来。她把懵懵懂懂的小家伙放到小碗旁边，小家伙就"咕噜咕噜"地喝了起来，粉粉的小舌头飞快拨动，不一会儿，脸上就被溅得都是羊奶。许唯等它吃完了，把它抱到腿上，用湿纸巾一点儿一点儿地给它擦脸。

松子很乖，仰着头，眼巴巴地望着许唯，时不时地舔一舔许唯的手。

画面很和谐，如果谢砚宁没有在旁边一样眼巴巴地看着的话。

许唯笑着说："我再帮你擦擦？"

谢砚宁坐到她身边："胳膊痛不痛？不能用力的话就不要抱它。"

"不痛，它好轻。"许唯看了一眼谢砚宁，又低下头轻声说，"谢谢，我从来都没有养过小动物，一直很想养，但挤不出时间，又怕照顾不好。"

"你喜欢就好，我本来怕擅自做主会让你有负担，想着就带过来逗你开心一下。你喜欢就留下，不喜欢我就带走。"

许唯下意识地抱住松子，像生怕被抢走玩具的小孩子。

谢砚宁微怔，听见许唯说："我很喜欢它，可以把它留给我吗？"

她的语气有些急切，谢砚宁觉得如果他再不回答，许唯肯定要说：要不我给你两倍的钱，你把小狗卖给我吧。

　　谢砚宁还是第一次看到许唯仓皇失态。

　　"本来就是送给你的，你都给它起名字了，我怎么还能带走它？"

　　许唯松了一口气："谢谢。"

　　她低头和松子碰了碰鼻尖，在心里问：小家伙，你愿不愿意让我做你的家人？

　　小马尔济斯犬像是听懂了她的话，一边"嘤嘤"地叫，一边往许唯的怀里钻。

　　谢砚宁在一旁看得有些吃醋，但许唯朝他笑了笑，他又重新开朗起来："小唯，你这样好可爱。"

　　许唯倏然红了脸。

　　"你有没有考虑我刚刚说的？"

　　"说的什么？"许唯明知故问。

　　"应聘护工的事，你同不同意？"

　　许唯抚摩着松子的耳朵："我可没那么大的面子，让百川集团的未来董事长来给我做护工。"

　　"可是我想。"

　　"想就要做吗？谢总，成熟一点儿好不好？你接下来应该有很多工作要做的。"

　　许唯说的时候没什么感觉，可说完了才意识到自己的语气太过生硬，像上司指点下属，抑或是姐姐教训弟弟。

　　谢砚宁的笑容淡了淡。许唯知道自己说错话了，想要挽救，纠结之下，握着松子的小爪子，伸到谢砚宁的手边，挠了挠他的手背。

　　可她还没等收回手，手就被谢砚宁握住了。谢砚宁把许唯的手和松子的小爪子同时握在手中。

　　谢砚宁的掌心和小狗的肉垫一样温热，许唯感到呼吸微滞。

　　"我会抽出时间陪你的，一定不会让你孤单。"谢砚宁说。

　　许唯没有抬头，怕自己一抬头就要露馅——她眼里的感动会暴露她的心动。她害怕自己在感情里变成难以自拔的那一个。

"不用的，我过几天也要回去上班……"许唯说到一半又觉得气氛骤然冷，顿了顿，之后改口道，"那个，如果你空闲的话，可以过来坐一坐。"

谢砚宁轻笑出声，说："好啊。"

两个人同时低头去看松子，陷入心照不宣的沉默中。

可惜许唯毕竟才做完手术没多久，胳膊长时间受力终究会酸痛。松子在她怀里翻身的时候，许唯明显感觉到被绷带缠着的胸口有抽筋的痛感。

她不动声色地把小狗放回到窝里，然后就回了房间。

谢砚宁没有反应过来，还以为许唯进去拿手机或者什么重要的东西，等了一会儿不见许唯出来，就跛步到卧室门口，敲了敲门，问道："小唯，需要我帮忙吗？"

没听见动静，谢砚宁疑惑顿生，等了半分钟再敲："是不是哪里不舒服？"

他还是没听见许唯的回应。

谢砚宁的敲门声加重，他急切地说："小唯，我不放心，你不说话我就进去了。"

始终没人理睬他，就在他拧动门把手的那一刻，里面传来许唯的声音："等一下，谢砚宁，你等一下。"

谢砚宁停住。

"我……"许唯整个人窘迫到全身泛红，慌乱地说，"我刚刚以为绷带松了，想脱掉衣服检查，但是胳膊抬不起来，你……你先别进来。"

"好，你小心点儿。"谢砚宁也有些尴尬。

许唯检查完绷带，想要再把衣服穿起来，但简直难于登天。她倚着柜门喘着气，手腕在袖管里，棉质衬衣颓然地挂在两臂上。许唯看着衣衫不整的自己，重重地叹了一口气。

如果没有人帮忙，她就算再花一个晚上，也无济于事。

绷带像抹胸一样缠住了隐私部位。

许唯想了想，决定让谢砚宁帮忙。她转过身，背对着门口。

"谢总。"她轻声唤道。

"我在。"

"麻烦你进来帮我一下。"

许唯的咖色长裙带着一点儿束腰的设计，上身白色的绷带更衬得她身形纤细。

昏黄的灯光下，她就像古画里的提灯仕女，谢砚宁的呼吸都随之放轻。

"谢总，麻烦你帮我把衣服拉一下，提着两边的肩线就好。"许唯说。

"好。"

谢砚宁走过来，保持着一个不算冒犯的距离，拎着许唯上衣的肩线，往上提，然后轻轻地放在许唯的肩上。

微凉的指尖触碰到皮肤，许唯微微瑟缩了一下。

房间里一片寂静，连呼吸声都清晰可闻，暧昧丛生。

待谢砚宁收回手，许唯迅速拢起衣领，然后低头系好纽扣。她将衬衣被完全穿好，谢砚宁再帮她披上外套，两个人都没有说话，动作却十分默契。

许唯转身的时候，谢砚宁忽然从后面抱住她。

许唯心神巨震，但第一反应不是挣脱，她的呼吸变得急促。谢砚宁虚搂着她的肩膀，没有贴近，只是完全笼罩着她。

"抱歉。"谢砚宁说。

"怎么了？"许唯有些惊讶。

"我第一次谈恋爱，什么都不懂，只想着把真心捧到你面前，却没有考虑你愿不愿意接受。"

许唯隔着衣服感受到了谢砚宁的心脏跳动——它明明跳得那么快，许唯却觉得安定。

"不是你的问题。"她说。

"小唯，你好像把所有人都推得很远。"

许唯的眉头忍不住蹙起，她想起那天叶惠婷来时说的——"你这个孩子总是这样冷冰冰的，叫我们怎么办？"

但凡许唯在叶惠婷那个家里感受过一点点坚定的爱，都不会是现在这种性格。

不止谢砚宁这样说过，就连苏桐曾经也说过一模一样的话，许唯听到的时候心都要碎了。

她很讨厌别人这样评价她，想知道她还要怎么样呢？还要她如何呢？她已经竭尽全力让自己看上去和善了。她从来都是宽以待人、严于律己，从不指挥下属，也不麻烦朋友，所有能做的事情她都亲力亲为，别人为什么还要给她这样的评价？

敞开心扉是很难的事情，谢砚宁可能永远不会懂，这个世上也不会有真正的感同身受。

"我没有。"许唯反驳道。

谢砚宁沉默了片刻，又问："你是不接受我，还是不接受我的年轻？"

"我不知道。我从来没有想过会和你有什么交集。我一直都忘了问，你那天为什么会替朋友去相亲呢？"

谢砚宁没有立即回答。

许唯已经猜出来了："是打赌输了，还是恶作剧？"

"我……"谢砚宁略显迟疑。

"我是替我老板的女儿去的。其实那不是第一次，之前有过两次，第一次没有见到对方，第二次被骂得狗血淋头，但是我又不能不去，毕竟那是老板的女儿。"许唯无奈地笑了笑，"你看，我们真的生活在两个世界里。"

"小唯，能不能允许我走进你的世界？"

"我的世界有什么好的呢？"许唯喃喃道。

她万般无奈，因为这不是她允不允许的事，这要看谢砚宁愿不愿意，以及愿不愿意在了解了她悲惨的身世和扭曲的性格缺陷之后，还能持之以恒地喜欢她。

许唯知道这样是不对的，爱是相互吸引，而不是像她这样躲在阴暗处，等着人来拯救她。

许唯看着墙壁上的半圆光晕，心中又苦又酸。在二十出头的年纪里，她曾幻想过能拥有一段美好的恋情，但是遇到了费闻远，后来忙于工作，就完全疏忽了。现在一晃已经奔三，她真的很难提起精神去投入到一段感情中。

她二十七岁了，陪谢砚宁玩个两三年，到时候谢砚宁轻松地离开，她该如何自处呢？

可是谢砚宁抱着她，说："小唯，别想那么多。"

这话像一根羽毛，在她的心头拂过，带起微微的痒意。

许唯对自己说：是啊，先别想那么多，自己这样的人，本就是要孤独终老的，能有个两三年的快乐时光，也算是幸运。

她转过身，低头不语。谢砚宁重新将她抱住，轻声问："这样会不会弄疼你？"

"不会。"

谢砚宁于是轻轻抚着许唯的鬓发，掌心从她的头发滑到后背："明天早上我把工作忙完就陪你去医院换药。下午你朋友来，"谢砚宁停了停，主动征求许唯的意见，"需要我陪你吗？"

许唯忽然觉得好心安。谢砚宁陪在她身边，她就好像可以什么都不用管，不用强撑着应酬，不用为社交琐事烦恼，因为有谢砚宁在。

这场手术让许唯突然变得脆弱。

她的戒备、强势和心防，都被谢砚宁轻易攻陷。她收起所有的烦思，把脸埋在谢砚宁的肩上，两只手轻轻地攥着谢砚宁的衣摆。

"要。"她说。

谢砚宁抱着她："好，我来安排。"

谢砚宁离开之后，许唯躺在沙发上抱着松子发呆，直到深夜才回房休息。

第二天谢砚宁如约而至，开车带着许唯去医院。医生给她换了药，做了检查，说她恢复得不错。

许唯松了一口气，穿好衣服后往谢砚宁的方向走。谢砚宁正低头看手机，许唯用手指在他的眼前挥了挥："走吧。"

谢砚宁握住她的手："怎么样？"

"挺好的。"

许唯开刀的地方本就尴尬，谢砚宁不能进去陪她，也不好详问，就连眼神都没有着落。许唯刚出来的时候，谢砚宁的视线还停留在许唯的肩膀处，随着许唯走近，隐隐有往下滑的趋势。

许唯拧了他一下。谢砚宁有点儿委屈："我在担心你。"

"谁知道你有没有动坏心思？"许唯忍着笑往前走。

谢砚宁追上她，两个人并肩往外走。

谢砚宁问许唯饿不饿，许唯说："我想吃一个东西，你能陪我吗？"

"好啊。"

许唯指挥着谢砚宁开车，经过好几个狭窄的路段后，到了元记汤包店的门口。

许唯指了指那个不起眼的招牌，说："今天就委屈谢总了。"

"怎么会？这是我的荣幸。"

中午汤包店里没什么人，他们走进去，许唯挑了个最宽敞的位置，抽了张纸巾擦桌子，刚擦到一半就被谢砚宁拿了过去。许唯又用开水烫碗筷，也被谢砚宁夺走了。

许唯无奈，可还是不自觉地弯起唇角。她抬头看着墙上的菜单，说："谢总有什么想吃的吗？"

"你帮我点吧，我不挑食。"

许唯遵从效率至上的原则，也不客气："好吧，那就我来点，一笼汤包、一碗小馄饨、一碗胡辣汤，我们分着吃——"许唯脱口而出又后悔了，"我的意思是，你喜欢哪个就选哪个。"

谢砚宁却朝她坏笑，把用开水烫过的碗筷放到许唯面前，故意说道："不要，我们分着吃。"

许唯嫌他幼稚，谢砚宁还偏要伸手过来捉弄她。

许唯被惹烦了，就用筷子戳谢砚宁的手。两个人正闹着，旁边跑过来一个小女孩，还以为许唯和谢砚宁在做什么游戏，爬上凳子，跃跃欲试地看着。

许唯看向她，笑问："你叫什么名字？"

小女孩突然害羞起来，抠着手指说："可可。"

"几岁了？"

"四岁。"

许唯接着问："你的爸爸妈妈呢？"

"在旁边。"可可指了指旁边的店。

许唯随手用餐巾纸折了一只小兔子给可可，可可十分惊喜地收下了，说："谢谢阿姨。"

小女孩离开后，谢砚宁一低头，看到许唯又折了一只小兔子，放到了他的手边。

"儿童手工做得这么熟练，小唯你是不是有个弟弟或者妹妹？"

许唯顿了顿，然后点头："有个妹妹。"

"多大了？"

"十八岁。"

"小唯，你是桐江人吗？还是只在这边工作？"谢砚宁问。

许唯回答："家在这里。"

谢砚宁还想再问，老板已经把馄饨和汤包送了过来。许唯帮谢砚宁拿了小碗，倒了醋，岔开话题说："尝尝，我读高中的时候就经常来这里吃。"

她给自己盛了小半碗馄饨，用汤匙吹凉了之后慢慢地吃。

许唯吃东西时并不会因为在意形象就细嚼慢咽。她夹起一只汤包，咬了一口又嫌烫，稍稍吹凉之后再一下子塞进嘴里，这让她看起来比平时生动很多。谢砚宁有些晃神，直到老板又端上了胡辣汤。

"我少吃一点儿这个。"许唯主动说。

她这几天吃寡淡的营养餐吃得了无生趣，急需胡辣汤开胃，就又盛了小半碗胡辣汤，一送进嘴里就挑了一下眉。

谢砚宁忍不住笑了，许唯绷着脸看他："你笑什么？"

谢砚宁说："你好可爱。"

许唯低下头，似乎极其排斥谢砚宁的这个评价。她不明白"可爱"这个词为什么会和她沾边，谢砚宁是太久没谈恋爱，所以审美出现了问题吗？

"汤包和胡辣汤都很好吃。"谢砚宁夸奖道。

"那就好。"

"你朋友下午什么时候来？"谢砚宁问。

"他们说三点左右。"

"那我……"谢砚宁突然坏笑着说道，"可以在小唯家睡个午觉吗？"

许唯知道他话里有话，并不顺着他，只说："可以啊，但是我家没有其他的床了，你只能和松子一个窝。"

"我和松子一个窝的话，也能和松子一个待遇吗？"

许唯不理他，谢砚宁就一直追问。许唯直勾勾地看着他，说："你在上学的时候是不是也这样逗女生？"

"我发誓，绝对没有。我很洁身自好的。"谢砚宁认真地说。

许唯嗤笑出声，低头搅拌着胡辣汤："好啦，快点儿吃。"

回去的路上，谢砚宁买了很多水果。他们一进家门，松子就"嗷嗷"地扑上来，好像在责怪许唯出去了这么久。

它似乎已经完全把许唯当成家人了，直冲冲地扑上来，满心满眼都只有许唯。一个偶然和她产生关联的小生命，真切地把她当成家人了。

许唯感觉到心脏被猛地一击。

她愣了几秒才蹲下来抱住松子，轻声细语地哄它："对不起，松子饿不饿？我给你泡羊奶。"

谢砚宁把水果放在一边，看着这幅画面，暗自庆幸松子发挥了他期待的作用。

谢砚宁在沙发上坐了一会儿，看了看助理发过来的文件，批注了几个地方。

许唯则在房间里睡觉，还把松子抱到了床上。

快到三点的时候，可视门铃响起，谢砚宁走过去打开，听筒里面传来费闻远的声音："小唯，帮我按一下电梯。"

谢砚宁对于这个称呼略有些不满，但还是帮忙按了电梯。

许唯从房间里睡意蒙眬地走出来："他们来了吗？我去洗一下水果。"

"我洗好了。"

"啊？哦。"

许唯只穿了一件长裙，谢砚宁帮她穿好外套后又想抱她，被许唯及时制止了。许唯敲了敲谢砚宁的胸口，问他："想干什么？"

"我连松子一半的待遇都没有。"

许唯轻笑，没理会他的撒娇。

很快，费闻远带着杨卉走出电梯，进来时第一眼就看到了谢砚宁，愣了愣，停在门口。许唯轻咳了两声，向费闻远和杨卉介绍谢砚宁："这是我朋友。"

谢砚宁在费闻远进来之后，主动和他握手："你好，我是谢砚宁。"

费闻远听这名字觉得耳熟，想了几秒后陡然想起来："是不是百川集团……？"

"是。"谢砚宁说。

"谢总，久仰大名。我姓费，叫费闻远，和小唯是好多年的同事了。"

费闻远用余光瞥向许唯，许唯不自然地低头摸了摸鼻子。

谢砚宁和杨卉打招呼的时候，费闻远压着声音对许唯说："深藏不露啊许总，这可是咱们桐江含金量最高的少爷。"

"我们只是朋友。"许唯小声说。

"哦？"费闻远一脸八卦，"只是朋友？"

杨卉拉着许唯问她手术的情况，谢砚宁就和费闻远在客厅里聊天。过了没多久，费闻远走进来，问许唯："你这次请了多久的假？"

"没正式请假，我准备再过几天，等拿掉身上的绷带就回去上班。"

"急什么？趁这个机会休息休息吧，你忙了一整年了。"

"手上还有很多事。"

"别急着回去，"费闻远的表情有些复杂，他走到许唯的床边，说，"最近公司里风言风语蛮多的。"

"什么风言风语？"

"说你和严董的。我猜想，这应该是严董的老婆传出来的。她不是一直对你有意见吗？你现在发展得这么好，严董又这么器重你，你遭人非议也很正常。"

许唯沉默了片刻，然后困惑地问："哪里正常了？"

"什么？"

"我靠我自己的努力才爬到今天这个位置，他们凭什么非议我？"

费闻远有些愣怔。许唯好像有了点儿变化，这貌似是他第一次看到许唯如此直白地外露情绪，表达不满。

晚上谢砚宁在意式餐厅订了位子，四个人还算和谐，工作上的话题不断。席间，费闻远几次提到当年他和许唯如何并肩战斗以及许唯如何努力，但都被许唯打断了。

"没什么好说的。"许唯放下餐具。

费闻远于是停下了。

许唯拿起杯子，主动说："我们就以果汁代酒，碰个杯吧。虽然这是小手术，但我也算历了一次劫，谢谢你们来看我。"

说完之后，她又看向谢砚宁，眼神认真且温柔，说："也谢谢你陪着我。"

"不用谢。"谢砚宁和她碰杯。

许唯中途去卫生间的时候，杨卉走过来，一边洗手一边说："小唯，好奇怪，你明明生病了，但是气色看起来比之前好。"

"是吗？"许唯在镜子里看了看自己。她的大衣是谢砚宁帮她从衣柜里挑出来的，米白色的羊绒大衣，衬得她面色红润。

这就是"桃花运"吗？

许唯自嘲地笑了笑。

临别前，她把费闻远拉到一边，问他："公司里的那些传闻，严董知道后没什么反应吗？"

"他能有什么反应？他巴不得呢。"

"什么意思？"

"我一直都想提醒你，但是怕你不相信。"费闻远叹了一口气，不忍心地说道，"严文江不是什么好人，在外面彩旗飘飘，他老婆又三天两头地和他闹。他拿你当挡箭牌不是最方便的方法吗？"

许唯沉默了很久。费闻远刚想安慰她，她忽然无所谓地耸了一下肩："我一直知道他不是什么好人，也知道他在外面的事。"

只是他装得太真，又清楚许唯的软肋。

当初严文江以一副慈父的模样送房子给许唯，告诉她："小姑娘赚钱不容易，这房子你先住着。"

简单的几个字，许唯就为他卖了几年的命。

"你真的没考虑过离开盛风吗？"

许唯这次没有立即摇头，和费闻远对视了一眼，然后说："不谈这个。"

回去的路上，谢砚宁把许唯送到了小区门口。许唯坚持要自己走进去，转身对谢砚宁说："这几天辛苦你了。"

"不要这么客气。"

"天冷了，早点儿回去吧。"

"明天……"

"明天我要去一下公司，有点儿事情要处理。"

"这么急着上班？"

"嗯。"

谢砚宁往前走了一步，握住许唯的手，小心翼翼地问："小唯，我们的关系算是确定下来了吗？"

许唯顿了顿："再给我一点儿时间吧，可以吗？"

"当然可以。小唯，我表白是想告诉你我的心意，是怕暧昧上头，浪费时间，并不是道德绑架。你想考虑多久都可以，我可以等，只是想让你知道，我不是一时冲动。"

许唯很难找到合适的词去形容她那一刻的心情，那应该是一种复杂的感动，喜忧参半，心一半在化开，一半在灼烧；一半在升腾，一半在摇摇欲坠。

她到底还是没有修炼到断情绝爱的程度，轻易地就被小三岁的男生叩开了心门。

她甚至开始庆幸这个人是谢砚宁，是在完整而幸福的家庭里长大的谢砚宁，是敢爱又会爱的谢砚宁。

换成其他任何一个人，许唯都不会动摇。

她的心跳得太快，只有拥抱能缓解，所以谢砚宁将她搂进怀里的时候，她没有拒绝，甚至攥紧了谢砚宁的大衣，把脸埋在谢砚宁的肩窝处，在谢砚宁准备松开她之前，说："再抱我一会儿。"

谢砚宁愣怔片刻，然后迅速地将她抱得更紧。十二月的桐江冷风瑟瑟，吹在脸上犹如刀割，但许唯此刻觉得无比温暖。

有时候，相拥甚至比接吻更能让人心动。

分开时，许唯还觉得不舍，转身走到小区门口，看着谢砚宁的车驶入转角的街道中。

原来心里有了牵挂是这种感觉。

手机铃声响起，是叶惠婷打电话过来了。

"小唯，你认不认识平安医院消化内科的医生？"

叶惠婷的声音一下子就把许唯从梦境拉回了现实，她敛起了笑容，一步步往家的方向走，一路听叶惠婷喋喋不休："优优这死丫头背着我减肥，在学校不吃午饭，我给她买的中药她也不喝，偷偷地倒掉，还吃减肥药，把身体搞出问题了，现在吃什么吐什么。我想明天带她去医院看看，你不是经常跑医院吗？有认识的医生吗？"

许唯其实不想搭理叶惠婷，但毕竟家属的身份还印在那个户口簿上，而且许优是无辜的。她犹豫了片刻，还是说："有一个姓徐的主任。"

"那你明天能陪我们去一趟吗？"

"他明天不一定坐诊，我先查一下专家排班表，待会儿回你电话。"

"好，好。"

许唯翻出平安医院的公众号，查了一下专家排班表，看到徐主任是后天坐诊，于是打给叶惠婷："后天吧，后天早上。"

"行。你说优优这孩子，还有几个月就高考了，一点儿想学习的心思都没有，就知道要漂亮，成天不是化妆就是追星，我都要愁死了。你能不能帮我说说她？"

"我说有什么用？"许唯看着花坛里的枯枝。

"有用的，你是妹妹的榜样。"

许唯暗自发笑。

"小唯，你那个保姆还在家呢？"

"怎么了？"

"没有，我就问问。在你那种小区里工作的保姆，工资应该蛮高的吧？"

"你到底想问什么？"

"我没想问什么啊，就是和你说说话。你今年也二十七岁了，该想想自己的终身大事了。你挣那么多钱有什么用呢？你生不带来，死不带去，还要白给外人。小唯，你要晓得，女人这一辈子最重要的事还是有个自己的小家庭，生儿育女，这才是正经的。"

许唯抬头望着天上的月亮，心想：夏虫不可语冰。

"而且你也注意一点儿影响，你和你老板的事都传到我的耳朵里了——小区门口那个药店的老板的儿子也在盛风上班——话传得不好听，你注意点儿。女孩子要自爱，宁愿不挣钱也不要挣那种昧良心的钱，爸爸妈妈还是希望你过简单、幸福的小日子。"

许唯冷声说道："我和我老板什么事？哪里昧良心？你讲清楚。"

"我是提醒你注意一点儿影响，如果没有这事当然最好。"

这就是她的养母吗？叶惠婷对她即使没有感情，连最基本的尊重都没有吗？

许唯感觉她已经枯萎的心脏又在隐隐作痛。明明她在十八岁踏上火车离家北上读书的那天就告诉过自己，不要再为了许家的事情生气了，可听到叶惠婷的这番话，还是按捺不住火气。

"你说这样的话，不觉得太残忍了吗？你不觉得你对我太过分了吗？你觉得我冷漠，难道不是因为你们连一点点的爱都不肯施舍给我吗？我在你们的心里，就只是一个钱罐子和一张关系网吗？"

"不是，小唯……"

"'简单的小日子'？我不赚钱的话，谁出钱给你的宝贝女儿买房呢？"

叶惠婷噤了声。

"别想了，从今往后你别想从我身上捞到一分钱。我就算死了，把钱都捐给慈善机构，都不会留给许优。"

"好歹我们领养了你。如果不是我们，你连大学都没钱读。"叶惠婷十分委屈。

"你竟然还有脸说领养的事？你们轻飘飘的一张领养协议害了我一辈子！你们一点儿都不愧疚吗？！"许唯厉声质问，说完就直接挂了电话。

她很少发火，但这次也不知道哪里来的火气，竟一股脑地把心里话全都说了出来。

真畅快啊，她畅快到想哭。

她攥紧手机，脱力一般地往后退，退到长椅上坐下，眼泪无休止地落了下来。

她好久没这样哭过了，确诊纤维瘤、一个人住院到做手术，都没哭过。

是因为谢砚宁吗？

她好像一直在负重独行，不觉得累或苦，可是有人回头朝她伸了一下手，牵着她走了一小段路，离开后，她忽然就走不动路了，因为被人牵着往前走的感觉真的很好。

可能真的是谢砚宁让她变得脆弱了。

许唯流完眼泪，回到家，松子又扑了上来。她抱起它，在它毛茸茸的身上闻了闻，眼泪又卷土重来，但她及时忍住了。

许唯窝在沙发里逗松子，直到松子发困，蜷缩在许唯的臂弯里开始打瞌睡。

许唯喃喃自语地说道："小狗狗，你知道那只'大狗狗'现在在干什么吗？"

松子察觉到许唯低落的心情，重新活跃起来，一口咬住许唯的手，也不用力，摇着尾巴陪她玩。

一大一小两只"狗狗"都很会逗她开心。

许唯破涕为笑，枕着松子的小爪子，轻声说道："小松子，也谢谢你呀，愿意成为我的家人，以后我们就相依为命吧。"

第二天，许唯一上班就去找了严文江。

严文江看到许唯时一愣："你休养好了吗？怎么这么快就来上班了？"

许唯开门见山："严董，公司里最近有些风言风语，大家一个接着一个地传，回家也当笑料说，最后都传到我父母耳朵里了，我不相信您不知道。"

严文江的脸色僵了僵，他尴尬地笑着说道："我还真不知道这个事。"

"严董，我不想绕弯子。我这些年为了争取一些单子，是陪过酒，或者投其所好地逢迎，但也仅限于此。我有我的原则，您是知道的，因为这些是您教我的。"

当年许唯就是被严文江带出去陪酒的，一开始不愿意喝，可是又不好拒绝，几杯酒赔着笑下肚，单子就到手了。底线这个东西一旦逾越就不复存在，许唯后来索性就破罐子破摔了，但这不代表她可以任人欺辱。

"我知道。"严文江说。

"您的家事我不便插手，但也希望您尊重一下我。如果您的夫人不满意我住在那个房子里，我可以立即搬走。"

听到许唯提起房子，严文江立即知道了许唯话里的严重性——这并不是普通的诉苦。他急忙说："小唯，你想多了，我真不知道他们在传什么。我马上就去查清楚，你安心住在那里。"

"我不是向您讨要说法的，而是来请您出面，遏制住一切谣言。"

"小许，你相信我，你的工作能力和工作成果大家都看在眼里，无非是有人看红了眼，在背后挑唆。你放心，这件事我一定会解决。"

"谢谢严董。"

许唯干脆利落地表明态度，然后走出了总裁办公室。

她知道严文江不是罪魁祸首，但只能找严文江，因为事情的根源在他和他老婆身上。

许唯不知道严文江又做了什么刺激他老婆的事，也懒得管，但绝不能白白地被毁了名声。

往女人身上泼脏水是最容易的事，尤其是往成功的女人身上泼。

虽然严文江让许唯安心住着，但她还是心里不踏实。她打开手机，给房地产行业的熟人发了消息，让对方帮她看看有没有合适的房子。

她来公司就是向严文江摊牌，完成之后就没什么事了。她原本准备回家，但正好一号工厂的出仓情况还有医院的反馈表被送了过来。她正好接下，一看就看到了晚上，肚子饿得叫起来她才抬头，惊觉天已经全黑了。

她刚准备离开的时候，竟撞上了一位不速之客——严文江的妻子邹敏。

邹敏穿着价格高昂的针织刺绣裙，外面披了一件皮草外套。她审视地看了看许唯，表面仍是和善的："小许，听说你做手术了。"

"是，严太太，我做了个小手术。"

"看来你恢复好了，这么急着回来上班？"

许唯放下大衣和手提包，朝邹敏笑了笑："托您的福，我恢复得还不错。"

邹敏冷哼一声："你哪里是托我的福，托的是严董的福吧？他送房子不够，一下飞机就马不停蹄地去医院看你，你不愧是他最喜欢的金牌销售。"

许唯敛起笑意，目光也变得冰冷。看来严文江没能搞定他这位多事的夫人。

她正色说道："严太太，您把话说清楚吧，不用拐弯抹角的。"

"我说什么了？小许，你怎么反应这么激烈？"邹敏一副稳操胜券的模样，好像手上有把柄无数。

"严太太，我和严董之间的牵连，除了工作就是一栋房子。但房子的事您当初是默许的，现在又把这件事翻出来，我不明白您是什么意思。"见邹敏想说话，许唯直接打断了她，"我可以从那栋房子里搬出来。严太太，我做人、做事都问心无愧，留在盛风是因为这里承载了我七年的时光，我把我最好的这几年都给了盛风。我的努力、我的付出，所有人都看得到，所以我不会轻易离开，不是为了某个人，只是为了我自己。"

"你没有严文江的话，能在盛风……"

"严太太，你要认清现实，现在不是我需要盛风，是盛风需要我。"

严文江赶来时，许唯正准备离开。

她关上办公室的门，穿好外套，就站在门口，随意地撩了撩头发。

工位上还有几个没走的员工，面面相觑，不知道该如何是好，便趁着严文江走出电梯往邹敏的方向走的间隙，迅速拿包走人。

邹敏被许唯的几句话气得脸色铁青，还没缓过来，看到严文江时刚准备开骂，结果严文江一上来就直接质问她："我下午不是跟你说清楚了吗？你又来折腾什么？"

"说什么说？你以为我相信你说的那些？"邹敏转过身指着许唯说："你这个女人的城府真深啊，严文江被你骗得团团转也就罢了，你还想骗我女儿，把她支去英国。我知道，你就是想离间我们母女俩，不想让朝雨回来继承家业。你的心思怎么这么歹毒啊？"

许唯都不知道，一个手术怎么能成为导火索，燃起这样的战火。

她一直都知道严文江在外面名堂多，也知道邹敏的心眼小，但不知道邹敏想针对的人是她，这简直可笑。

"我把朝雨支去英国？"许唯被气到发笑，反问道，"严太太，你的女儿三天两头离家出走，你要不要在你自己身上找找原因？"

邹敏怒目圆睁："我的家事不需要你管！"

"那请你也不要管我，你今天在公司里当着众人的面往我身上泼脏水，我可以告你诽谤的。我刚刚说了，我留在盛风是为了我自己。如果盛风认为我的业绩是靠和领导的不正当关系做出来的，那我明天就可以递辞呈。"

严文江连忙说道："小许，瞎说什么呢？你别理她，她不知道今天发什么疯。时间也不早了，你下班吧，回去好好休息。"

许唯的身体还没有完全恢复，她没有精力再和这群人折腾，便看了一眼严文江："严董，有些事是底线，希望您能处理好，否则我会放弃我之前的承诺。"

没等严文江回答，许唯便头也不回地离开了。

电梯门关上前她听见了邹敏的怒吼："严文江，你在外面搞得那些龌龊事别以为我不知道！你要是敢把钱往外挪，我饶不了你！你的钱，一分不少，都得是朝雨的！"

许唯忽然又觉得邹敏有些可怜——邹敏的算盘都是给严朝雨打的，她没给自己留半点儿余地。

其实邹敏和叶惠婷在本质上没有差别，她们都爱孩子胜过爱自己，在婚姻里受了委屈也无所谓，只要孩子好就行。

许唯揉了揉太阳穴。她可能是没做过母亲，也可能是不懂得什么是家庭，总之不能理解。

许唯不是一个很自私的人，大多数时候有点儿讨好型人格，但依旧不能共情邹敏。她想不明白为什么有些人能为了孩子容忍一切，容忍出轨的丈夫，容忍鸡飞狗跳地搭伙过日子，难道就因为她们是母亲吗？

还是苏桐好。至少苏桐知道要及时止损。

许唯走出电梯，正从包里掏手机，就听见从消防通道里传来了熟悉的声音，是个男人的声音。

"许唯狂什么啊？她还是被老板娘找上门了吧？"

"她真和严董有一腿？"

"肯定啊，不然她怎么升得这么快？她才二十七岁就升到经理了，手上七八个价值百万的单子，严董出去吃饭都带着她。你看严董还带着谁出去过？"

话音刚落，消防通道的门就被人推开了。

许唯真的不是一个喜欢惹事的人。公司里这样的风言风语也不是这几天才开始传的，但很奇怪，她这次竟然异常地恼怒。

可能是叶惠婷的话激怒了她最敏感的神经，叶惠婷说她不自爱，这话比刀割还伤人。

也可能是谢砚宁。

谢砚宁说她很好。当她一而再、再而三地说自己是靠陪酒上位的时候，谢砚宁都会很坚定地告诉她：你很好，你真的很好。

许唯突然就不想被人泼脏水了。

她站在消防通道的门口，对着门里正抽烟的男职员说："姜明，我们是同一年进公司的吧？"

姜明被吓得脑袋发蒙，指间的烟掉落在地上。

许唯的脸色阴沉又冷漠，是他从来没见过的模样。

许唯没有记错，姜明的确和许唯同一年进公司。当时实习生分组的时候，姜明被分在许唯的隔壁组，他们常常一起行动，已经是六七年的同事了。

"我是不是靠脱衣服上位的，你应该很清楚。"许唯一字一顿地说道。

"许总，我……我不是那个意思。"姜明惊慌失措地看着许唯，被吓得结巴起来。

"在人后传播这种东西让你很有成就感吗？编派女人的黄色笑话就能掩盖你能力不足的事实吗？姜明，只有无用的男人才会用泼脏水的方式去评价一个女人。"许唯轻轻地嗤笑一声，缓缓地说道，"因为他除了会贬低女性，别无所长。"

许唯说完之后转身离开了。

她不想管之后会发生什么。会不会树敌、会不会惹祸上身，她都不想管，只是不想压抑情绪。

医生说了，她要保持心情舒畅。

任何人都不能侵犯她的底线，她的底线就是自尊。她可以陪酒陪到胃出血，熬夜工作到乳腺长瘤，可以自嘲地说自己为了钱放弃一切，但不能接受别人的无端诬蔑。

谢砚宁的出现让她开始珍惜自己，她突然就受不了委屈了。

及时发泄出自己的情绪真的很舒服，许唯花了二十几年才明白这个道理。

成年人的社交规则是压抑天性，许唯压抑太久了，这次决定放肆一回。

她走出大厦，站在冷风中，深深地吸了一口气，又慢慢地呼出。

真痛快啊。

明天会怎么样？无所谓了。

银行里有很多存款，手机里有很多人脉，辞呈可以提交，她在桐江的医疗设备销售领域有着不可替代的价值，所以随时都可以找到下家——对于工作，她一直很有底气。

保安问她："许总，今天没开车？"

许唯回答："没开。"

"许总，你的气色看起来不错，你是升职了吗？"

许唯笑着摇头。

原来气色好是这么明显的变化，每个人都看得出来。

她走到路边，打开手机通讯录，有两个选择，一是谢砚宁，二是苏桐。

她想了想，选了后者。

可惜苏桐说她有点儿忙。

"付梓升带着他爸妈过来，想把哆咪带走，我报了警，刚从派出所出来。哆咪被吓得一直哭，我妈哄不住，我现在正开车往回赶。"

付梓升是苏桐的前夫。

"什么？！"许唯没控制住音量，惹得旁边的保安都探出头来看她。

"付梓升和他女朋友分手了，现在回过头又想和我复婚，在我这里找不到机会，就想拿孩子威胁我。"

"他有病吧？"

"我也觉得他有病，不仅有病，还贱。"

"那你现在还好吗？"

"挺好的。报警之后他被抓到派出所里批评教育了一顿，我虽然没能把他关进去拘留十五天，但也算解气了。"

许唯笑了笑，心想：我今天也算解气。

"他搞得我不安生，我也不会放过他的。"苏桐恨恨地说道。

"要我帮忙吗？"

苏桐说："目前还没想好，不过需要的时候，我一定会找你的。"

"我时刻等待召唤。"许唯笑着说。

"好。"

"明天我陪你和哆咪一起吃饭，我知道一家很火的儿童餐厅。"

"谢谢你，小唯。"

许唯不满地说道："谢什么？我可是哆咪的干妈。你开车就不要接电话了，快去接哆咪吧，哄哄她，告诉她，明天许唯阿姨要带她去吃好吃的。"

"嗯。"

挂断电话后，许唯突然陷入很长一段时间的茫然。她的脑袋里空空的，刚刚的畅快也逐渐消失了，都变成了迷茫。

她忽然感慨，真是如人饮水，冷暖自知。

在外人眼里，邹敏是衣食无忧的富太太，苏桐是北大毕业的天之骄子，许唯是年入百万的金牌销售……然而实际上呢？家家都有本难念的经。

五分钟前的所有事都变成一团糨糊，许唯感觉心烦意乱，手脚都不听使唤，好像下一秒就要散架。她这副身体强撑太久了，急需补充能量。

她走到路边，招来了出租车。上车之后司机问她去哪里，她本来想回家，却鬼使神差地说："百川集团。"

现在是晚上七点，谢砚宁应该早就下班了。

他早上给许唯打了电话，说下午要去邻市的分公司视察，还抱怨着麻烦，腻歪地跟许唯撒娇。许唯有一搭没一搭地回应着他，嘴上嫌弃他黏人，心里却是欢喜的。

谢砚宁一个下午都没给她发消息，她还有点儿失落，胡思乱想地猜测谢砚宁此刻在做什么。

他应该有很多朋友吧？他说过的，他不容易感到寂寞。

出租车在百川集团的门口停下。

这是桐江市最高的建筑，屹立在市中心，许唯每天开车都会经过这里。两个月前，她怎么都想不到她会和百川集团的未来继承人产生关联。

她没有给谢砚宁发消息或者打电话，只是下了车，站在百川门口的一棵法国梧桐下，静静地站着。

过两天她会去拆绷带，再过几天就可以正式工作了。但他暂时不想回盛风，到时候索性就直接居家办公，然后去和她今年的计划里最后一个项目的负责人对接。

她需要让自己忙起来。

如果闲下来，她就会很想念谢砚宁。

这是一个很不妙的信号。

就在这时候，手机响起，是谢砚宁打来的电话。

"小唯，你在干吗？"听筒里传来谢砚宁腻腻歪歪的声音。

许唯忍不住弯起了嘴角，所有的坏心情都被一扫而空。但她还是不想在谢砚宁面前示弱，所以撒了谎："在家里。"

"在家里干吗呢？"

"没干吗。"

"外面好冷啊，小唯。"

"多穿点儿。"

"想抱抱小唯。"

他们进行着很没有营养且低效率的对话，许唯却逐渐乐在其中。

"我想你了。"

许唯摸了摸法国梧桐的树皮，轻笑着说道："才分开一天。"

"你不想我吗？"

"不想。"

"好狠心啊，小唯就不想立即见到我吗？"谢砚宁的语气有点儿沮丧。

许唯顿了顿，突然心软，没有立即回答。

她正纠结着该如何安慰谢砚宁的时候，忽然有人从身后抱住了她。

那个人在她的耳边说："抓住了。"

语气轻快，那个人是谢砚宁。

那个瞬间许唯如遭雷击，全身都变得僵硬。

她又在谢砚宁面前撒了谎，这次被当场抓了个正着。谢砚宁会怎么看待她呢？他会厌弃她吗？

可谢砚宁把她的手揉进掌心，在她的耳边轻声说："我就知道小唯不会不想我。"

他没有厌弃她。

他误解也好，替她找补也罢，许唯的心防一下子就崩塌、失守。明明在苏桐面前，她尚能轻松说笑。

她转过身，紧紧地抱住了谢砚宁的腰。谢砚宁倒是愣了几秒，然后才伸手重新搂住许唯。

"发生什么了？"

许唯想说：谢砚宁，我受委屈了，很大很大的委屈。养母讥讽我，老板利用我，老板娘针对我，同事也跟风造我的黄谣。我以为我在盛风七年，也算真诚待人，即使没有结交到朋友，至少不曾树敌，结果到最后，只剩下一地鸡毛。

谢砚宁，我真的很难过，难过得快要窒息了。

可是话到嘴边，她又咽了回去。

她不能说，不能把自己的伤疤揭给谢砚宁看。爱人不是心理医生，他会记住许唯说过的话，若是以后他们分开，这些诉苦就会变成许唯的软肋，爱也会变成刀子。

她害怕日后有一天从谢砚宁嘴里听到：你怎么这么让人窒息啊？世上命不好的人那么多，怎么就你这么难相处啊？你知不知道大部分时候都是你自己的问题啊？

所以她不能说，只能很用力地抱着谢砚宁，几乎是在发泄情绪。尽管胳膊还不能完全使劲，但她还是用了最大的力气，用两只手攥紧了谢砚宁的大衣。

谢砚宁应该是不舒服的，但一声不吭地承受着，直到许唯松开手。

"对不起。"许唯往后退了一步，向谢砚宁道歉。

"这有什么？你抱我我高兴还来不及，"谢砚宁抚着许唯的脸颊，问她，"出什么事了？"

许唯抬头望着谢砚宁的眼睛。谢砚宁的眼里只有她，无论她是好是坏，都只有她。

千钧重的心安然落地。

至少在这一刻，在谢砚宁眼里，她是珍贵的。

也许她本来就是珍贵的。

饮鸩止渴也算止渴，许唯想：她爱上谢砚宁了。

"谢砚宁，我还没有吃晚饭。"许唯说。

她像个好不容易等到家长来接的小朋友，话一出口就是委屈的。

谢砚宁连忙把她搂到怀里，轻声哄道："我们回家，我做饭给你吃，好不好？"

其实许唯不觉得那个房子是家，可是谢砚宁这样说了，"回家"这个词就像突然有了实感。许唯默默地在心里重复了一遍：回家。

"好。"她说。

谢砚宁把她带上车，替她系好安全带，然后一路往许唯住的小区开。在车上，谢砚宁把围巾解下来，展开，盖在许唯的腿上，许唯却把围巾往上拽了拽，遮住了她的脸，整个人都藏在围巾下面。

她明明悄无声息，谢砚宁却能够感受到她的悲伤。

许唯很少情绪外露，大多数时候她的喜怒都淡淡的，所以这一次她遇到的一定不是小事。

"小唯。"

许唯一开始不说话，谢砚宁也没有再问。过了一会儿，许唯却主动开口了。

"谢总，你的朋友一定很多吧？"许唯问了一个让谢砚宁有些意外的问题。

他回答："有一些，不算多。"

"能跟我讲讲吗？讲什么都可以。"

她的声音听起来很低落，谢砚宁心疼地看着蜷缩在围巾下面的许唯，调高了车内空调的温度，然后顺应她的要求，说："我有一个死党，叫周暄，不知道你还记不记得？"

"记得，朝雨的相亲对象。"

"是，我和他从幼儿园开始就在一起玩了。其实我俩的性格很不一样，也算不上互补，但他是我最好的朋友。我记得我在美国读书的时候，过节了，很无聊，就给他发了条短信，说怀念以前一起打篮球的日子。结果他第二天就坐飞机过来了，抱着篮球站在我家门口，说'兄弟，去哪儿打？'。"

许唯轻笑出声："我没有见过他，但听朝雨的形容，他好像不是太好。"

"他有点儿花心，但花心的对象又很专一。他只喜欢模特，十年如一日。"

"朝雨知道他有女朋友还瞒着父母的时候快被气死了，打电话跟我抱怨。"

"他又换了一个模特女友的事被他爸妈发现了，他爸妈逼着他去相亲，他也快被气死了，也打电话跟我抱怨。"

许唯被逗笑了，忽然就找到了她和谢砚宁的共同点。他们的性格好像并不是天差地别，他们都会偶尔做朋友的情绪垃圾桶。

谢砚宁继续说："还有一些朋友，都是我从小到大认识的，有同学，也有父母的朋友家的孩子。我长大之后再结交的大多是国外的朋友，回国之后跟他们的联系就少了很多。"

"没有女性朋友吗？"

"也有，"谢砚宁隔着围巾捏了一下许唯的手，"但她们只是朋友。"

"我才不信。"许唯缩回手。

"那你要怎么样才信？"谢砚宁重新捉住她。

许唯掀开围巾，眼神有点儿茫然，过了片刻才说："逗你的，我又不在意这个，快三十岁的人了还去计较对方有没有前任，是不是太幼稚了？"

谢砚宁想了想："可是你完全不计较，我又会有点儿难过。"

许唯忍不住笑："好幼稚。"

谢砚宁把车停好，转头问许唯："小唯，你是不是希望我成熟一点儿？"

许唯收敛笑容，正色说道："不，你不要改变，更不要为我改变，现在就很好。"

"我有时候会觉得，可能是我没能给你足够的安全感，所以你一直没法接纳我。"

"这是我的问题。"许唯怔怔地望着谢砚宁。

"什么问题呢？"

许唯眯起眼睛，叹气道："说不清。"

"那就慢慢说。"

"不说了……"许唯摇摇头，伸手到谢砚宁眼前打了个响指，对谢砚宁说，"就在你这里结束。"

许唯回家之后先躺到床上了——她确实是累了，再加上没完全恢复，身体始终是虚的。谢砚宁帮她盖好被子，轻声问她想吃什么，她没吱声，过了几秒突然说疼。

"哪里疼？你刚刚太用力了是不是？"

许唯点头。

"我帮你揉揉。"

谢砚宁仔细地揉着许唯的肩膀，从肩颈到手腕，隔着许唯绵软的毛衣，一点儿一点儿地按摩。他技巧拙劣，动作却温柔，许唯安静地仰躺着，任其摆布。

他的表情很认真，眉间微蹙时显得尤为可爱。

许唯见过很多家境富裕的人和家境富裕的人家的少爷，他们大多嚣张跋扈或者张扬肆意。谢砚宁这样的，她是第一次遇到。平心而论，从她少女时期开始对择偶有朦朦胧胧的幻想时起，谢砚宁就不在她的选择范围里。

他们完全不像一个世界的人。许唯像深夜档的苦情伦理剧，而谢砚宁是黄金时段的热播偶像剧，他们单纯地不合适。

许唯花了一个月去躲避，去强调差距，掩饰心动，但最后都变成无用功。

谢砚宁年纪不大，但他的怀抱很暖，许唯被感动了。

她也不想再骗自己了。

谢砚宁揉到她的虎口的时候，她突然握住了谢砚宁的手。

谢砚宁低头，对上了许唯直直的目光。许唯这一次没有躲闪，她的视线从谢砚宁的眉眼慢慢往下滑，滑到高挺的鼻梁，最后落在他的唇上。

谢砚宁的喉结滑动了一下。

他俯身靠近许唯："你在勾引我。"

许唯的嘴角微不可见地弯了一下，她没有正面回应，却翻了个身，面朝着谢砚宁，半张脸陷在枕头里，眼睛依旧直勾勾地盯着他。

谢砚宁连呼吸都变得粗重，又靠近了一些。

许唯用纤细的手指摩挲着谢砚宁的掌心，意味分明，暧昧的气氛在眼波流转中慢慢升腾。

许唯并不擅长勾引。她以为自己做不来这些，更没有想过自己有一天会对一个小三岁的男孩主动。但此刻她很需要谢砚宁，需要比拥抱更亲密的接触。

"小唯。"谢砚宁有些难以自控。

他的手撑在许唯的脸侧，他能清晰地感觉到许唯呼吸的温热。

"我要坦白一件事。"许唯说。

谢砚宁微怔："什么？"

"我刚刚骗了你。"许唯枕在谢砚宁的手背上，小声地嘀咕道，"刚刚在车上，我说快三十岁的人了，不会在意对方有没有前任。我骗了你，其实还是会在意的。"

她的语气淡淡的，可谢砚宁觉得自己全身的血液都在加速流动。

许唯有意无意地撩拨着他，继续说道："我还是会在意，会在夜里辗转反侧，猜想你说的是真是假，猜想你的那些情话有没有对别人说过。"

"没有，我发誓，我没有。"

许唯看着他，视线在相撞后越发灼热，呼吸也开始急促起来。她的胸口起伏不平，白色毛衣将她的脸红衬得很明显，再加上这段时间养出的好气色，此刻她看起来尤为动人。

谢砚宁说："你想知道我是在哪一刻对你心动的吗？"

"哪一刻？"

"相亲那天，在咖啡厅里，那个滑倒的小男孩撞过来的时候你伸手挡住桌角，被撞得很疼也一声不吭，还一脸轻松地朝我笑，我那个时候就觉得你很不一样。"

"因为我故作坚强吗？"

"也许吧，但不完全是。"

"我不需要同情。"许唯皱起眉。

"不是同情，小唯，我知道你有一个厚厚的外壳，你不用为了我敲碎这个外壳，待在里面就好。我只希望你能打开一道小缝隙，偶尔允许我进去陪陪你，或者允许我带你来我的世界逛一逛，这就够了。"

心跳声震耳欲聋，许唯连视线都变得模糊。

"谢砚宁。"她轻声唤道。

"我在。"

许唯没有再说话，满眼依赖地望着谢砚宁，看着谢砚宁悄然靠近。他们的呼吸交汇到一起，谢砚宁将唇轻轻地碰了碰许唯的脸颊，然后是唇角，厮磨到许唯情难自抑，她冰凉的指尖下意识地搭上了谢砚宁的肩膀。

也不知道是谁被谁蛊惑，总之谢砚宁就这样覆上来了，握住了许唯的腰，欺身吻住许唯的唇。

可下一秒，床边传来焦急又凄厉的狗叫声。

"嗷嗷！"

松子用小爪子扒着床单边缘，努力地站立起来，够着脑袋看床上的情况，还时不时咬一口谢砚宁的裤腿。

旖旎的气氛一下子被打破，床上的两个人僵了僵。许唯先扭过头，错开了谢砚宁的吻。

她忍着笑推开谢砚宁，伏在床边，把着急得就差说人话的松子抱上来。松子在许唯的怀里滚了两圈，又捍卫领土似的站在枕头边，昂着小脑袋和谢砚宁对峙。

谢砚宁被气到咬牙。

许唯揉了揉松子的小脑袋，又摸了摸谢砚宁的耳朵，安抚道："好了好了，别打架。"

谢砚宁眼神幽怨地趴在许唯身上，将下巴垫在许唯的肩窝处。他明明是一米八六的个子，此时却一副委屈巴巴的模样，嘟囔着"小唯"。

许唯抚着他的后颈。

可能她今天受到的冲击太大了。谢砚宁于她的心防最脆弱的时候恰好出现，她被一时的冲动驱使，主动招惹了谢砚宁。

许唯现在冷静下来，又添了几分后悔。

她现在的生活是一团乱麻，身体亮了红灯，和养母完全闹翻，事业也遇到挫折，有很多事亟待解决……她此时真的适合恋爱吗？她能给谢砚宁一段很好的恋爱体验吗？她能让他满意吗？

许唯茫然地望着天花板，指尖不自觉地停下，又缩回。

谢砚宁全然未觉，在她身上黏了一会儿，又和松子斗了两个回合，最后不情不愿地去厨房做晚饭了。

其实谢砚宁对于做菜并不拿手，许唯就披着毯子站在厨房门口，指挥他放盐、放糖，又提醒他小心不要被油溅到。谢砚宁强装镇定，还想着在许唯面前耍酷，来一个花式颠锅，可是一对上许唯淡淡的眸子就变乖了，忙活了大半个小时，最后勉强端出来两菜一汤。

虽然晚饭的卖相不好，味道也一般，但许唯吃得很满足，夸谢砚宁有天赋。谢砚宁拉着脸，对自己很不满意，发誓要去上大厨速成班。

吃完饭后，两个人就并排坐在阳台的秋千椅上聊天、赏月。大多时候是谢砚宁在说话，因为知道许唯有心事，不想说。

许唯几次开口又停住，最后倚在谢砚宁的肩膀上，轻轻地叹气。

谢砚宁没催她，只是搂住她，低头贴着她。

夜深了，谢砚宁准备离开。许唯跟着他走到门口，他转身圈住她的腰。

吻即将落下来，许唯下意识地躲开了。躲开后她又有些慌乱，害怕谢砚宁生气，攥紧了谢砚宁的衣袖。

谢砚宁把她抱住了。

许唯懊恼地说："我……我不是想要吊着……"

谢砚宁却打断她："没关系，你可以一直吊着我。"

新的一天，许唯准时起床。

手机有未接电话提醒，电话分别是严文江和费闻远给她打来的，她都不想接，但想到费闻远可能是担心她的情况，犹豫片刻后还是给费闻远发了条消息。

许唯：我和严文江摊牌了，也和他老婆闹翻了，就这样。

费闻远有些歉疚：我是不是不该跟你说那些？

许唯：不会，谢谢你告诉我。

许唯放下手机，去厨房做了一份简单的早餐。谢砚宁昨天在她的厨房里捣鼓了一通，虽然饭做得一般，但结束时把她的厨具收拾得很干净，甚至仔细到把台面的边缘都擦了一遍。

许唯倚着橱柜门，怔怔地等着奶锅被加热。

谢砚宁昨天说了很多，她都记得，但印象最深刻的还是谢砚宁赖在她身上，把脸埋在她的肩窝处撒娇时的温存。他零距离地贴近她，就好像她不再是一个人了。

许唯一直觉得自己需要一个成熟稳重的年长者来做她的爱人，很显然，现在已经完全改变了这个想法。谢砚宁很好，好到她每天睁开眼都要看一看微信上谢砚宁的账号是否真实存在，这一切是不是一场梦，小熊是否摘下了月亮。

也许她和谢砚宁在彼此的眼里都是月亮。

这个认知让许唯有些心动。

她最近心动的频率明显提高，前几年她的心就像一潭寂静的死水，现在被风一吹就起了波澜。

吃完早饭，她把手上的工作整理了一番，筛出了她拿下的项目里第一期合作已经结束的几家医院，列了清单。

她用了一个下午的时间，分析出自己之后若是单干需要面临的问题：一是货源，二是客源。

严文江没有在劳动合同里写竞业限制，但这不代表她能和严文江对着干。如果她一离开就抢老东家的单子，这说出去也影响她自己的口碑。

思前想后，她想到了金泉。

金泉也是一家销售公司，主营医疗设备代理，是盛风在桐江市最大的竞争对手，两年前就向许唯抛过橄榄枝。

许唯没想到，她这边刚想到金泉，金泉的副总就给她打来了电话。

金泉的副总在电话里表达的意思是，盛风的风波他知道了，他觉得许唯不应该受这样的委屈，并特意强调，如果许唯去金泉，可以直接任区域销售经理。他还说：金泉现在拓展了很多板块，除了医疗器械，还有建筑器材。许小姐，您可以来金泉大展拳脚。

许唯并没有多动心，因为知道以她现在的年纪、资历和风评，空降金泉其实和留在盛风的结果是一样的，都会被人指指点点。

在一个待了七年的地方她都处理不好同事关系，更何况去一个完全陌生的公司？

不过金泉的这位副总倒是提醒了她，她不应该把目光局限在医疗器械上，销售的种类和范围很多，但设备销售的套路万变不离其宗，那就是聚焦大客户。只要打通渠道，"三年不开张，开张吃三年"并不是诳语，她确实可以研究研究建筑设备。

她委婉地拒绝了金泉的副总的邀请，只说自己和盛风还有很多工作没有结束，一时半会儿没法离职。

晚上，她开车去接苏桐和哆咪。碰面后，苏桐把她赶到副驾驶座上："你绷带还没拆就开车？你敢开我还不敢坐呢。"

许唯抱着哆咪笑了笑，朝哆咪扮鬼脸："你妈妈好凶啊。"

苏桐挑眉看她："心情不错？"

"其实本来心情应该不好的，但是意外地很好。"

苏桐不解。

"说来话长，我应该从严朝雨让我帮她去相亲这件事说起。她让我帮她去相亲，但是这件事很快就被她妈发现了，母女俩大吵一架，严朝雨拖着行李箱就来我家了，说第二天去英国。严文江的老婆以为严朝雨出国是我挑唆的，对我有了怨气。后来我做手术，严文江下了飞机就来医院看我，这件事传到他老婆的耳朵里，引线被点燃，汽油桶就炸开了。"

"啊？"

"昨天严文江的老婆听说我回公司了，直接来公司堵我，严文江则装模作样地和稀泥。我正好心里也憋着火，就和他们闹翻了。"

"闹翻了？"

"嗯，我没留情面。"许唯抱着哆咪，让她靠在自己的怀里，轻轻地拍着她的后背，对苏桐说，"我在盛风恐怕待不下去了。"

"也好，哪有像你这样有业绩的金牌销售在一家公司里待六七年的？"

"我本来还想待更久的。"

"傻子。"苏桐直言不讳。

许唯无奈地笑了笑:"我是挺傻的,严文江给我房子我就住了,还住得感激涕零。"

"那你现在要搬出来吗?"

"嗯,我托朋友帮我看房子了,想买个小户型的,位置的话,离市区近一点儿,别的没要求。"

"我也找人帮你问问。"苏桐说。

"谢谢。"

苏桐开车开到一半才忽然反应过来:"不对,那你的心情怎么会这么舒畅?按理说,你现在应该很低沉啊。"

许唯无意识地咬了一下嘴唇,指尖相互摩挲着。

"小唯?"苏桐喊她。

许唯陡然回过神,神色有些不自然地望向车窗外,说:"认清现实是值得开心的事,而且不破不立……"说到一半,许唯对上苏桐了然的眸子,编不下去了,老实交代道,"我喜欢上谢砚宁了。"

苏桐沉默了足足半分钟。

许唯深吸了一口气,后悔脱口而出这样的话。她有些尴尬地问:"你这个反应是什么意思?"

"替你高兴,真的,我实在太替你高兴了。"

许唯笑了笑:"是吗?你不觉得这像灰姑娘嫁入王室吗?故事脱离了童话背景,就变得很不切实际。"

"你可不是灰姑娘。你和谢砚宁应该算是……穆桂英和杨宗保!"

许唯"扑哧"一声笑出来:"我谢谢你,故事很好,但我不想守寡。"

苏桐也跟着笑:"那你接下来有什么打算?"

"走一步看一步吧,也不是说我昨天闹翻今天就拎包走人。手上好几个项目还在进行中,我想着要不要带走。"

"哪几个?"

"先前我去首都搞了一个月的那个项目、手上正在推进的旭江医院项目,还有百川……"

"百川集团的项目你不用想了啊，肯定得带走啊。你不带走，谢家少爷也不答应啊。"

许唯对上苏桐戏谑的眼神，无奈地摇了摇头。

"销售跳槽的时候把单子带走，这不是很常见的事吗？这单子前前后后本来就是你一个人跑下来的。你别有那么重的心理负担，道德感强的人可赚不了钱。"

许唯笑着捂住哆咪的耳朵："你在闺女面前说什么呢？"

"这是实话啊。"

两人说笑着就来到了儿童餐厅。苏桐停好车，把哆咪抱下来后，她们一起进了餐厅。刚坐下，许唯就问苏桐："净说我的事了，我还没来得及问清楚你的事。"

"我的什么事？"

"付梓升啊。"

苏桐冷笑一声："他算什么事？"

"他从派出所出来后没再找你麻烦？"

"他不敢，我什么性格他是知道的。我不怕鱼死网破，也不怕丢人。"

许唯一边看菜单一边感慨："说实话，我真想不明白他怎么会出轨呢？在我的印象里，他完全就是模范男友、模范丈夫啊。"

"男人在婚前都是这样的，嘘寒问暖，百依百顺，把你捧上天，让你觉得你在他的心里比他的命还重要，等把你骗到手，婚后没过多久就现原形了。"

许唯的手一顿。

苏桐反应过来，连忙解释："你家谢砚宁不一定在此列啊，我说的是普通男人。婚姻对谢砚宁来说又不是必需品，他应该不会这样。"

"他会不会这样都无所谓，"许唯耸了一下肩，说，"我和他又走不到那一步。"

苏桐想再说些什么，可许唯已经开始点餐了。

哆咪趴在菜谱上，用小手划拉了几下。许唯把小家伙划到的菜都点了，苏桐拦都拦不住。许唯捏了捏哆咪软软的小脸，问她："姨姨好不好？"

哆咪含混不清地说："好！"

"姨姨把钱都给哆咪，哆咪以后给姨姨养老好不好？"

哆咪听不懂，但还是说："好！"

许唯欣慰地笑了笑。

谢砚宁结束了一天的工作，刚想给许唯打电话，他父亲就敲门进了他的办公室，让他陪同去参加一个慈善晚会。

谢砚宁面露难色，谢伯豪察觉出来，问他："怎么，你谈恋爱了？"

"是啊，我妈竟然没告诉您？"

"她之前提过一次。"谢伯豪点点头，"那随你，你不去就不去吧。"

"您这么放任我？"谢砚宁笑着问。

"谈个正经的恋爱也挺好的，反正你还年轻。"

"工作我没耽误。这是我去分公司视察过后写的调研报告，我写了一整天。还有这是我对百川旗下的私立医院的几点建议，您过目一下。"

谢伯豪接过报告："怎么突然有兴致研究私立医院？"

谢砚宁说："我女朋友对这方面比较了解。"

谢伯豪看了他一眼，虽不苟言笑，但还是忍不住弯起嘴角："瞧你那嘚瑟样。报告的整体框架不错，我带回去看，你有事就下班吧。"

"嗯。"

"什么时候带你女朋友回家？"

"早着呢，人家还没答应。"

谢伯豪倒不意外，毕竟他当年追商妍就追了五年，久一点儿也好，考验真心。

谢伯豪离开后，谢砚宁打电话给许唯。许唯正在给哆咪撕鸡块，半天才腾出手接电话。

"小唯，你在干吗？"

"我在和朋友吃饭，你吃了吗？"

"还没。"

许唯想了想："那你要过来一起吃吗？"

谢砚宁语气委屈地说："不用，我不打扰小唯和朋友的私人空间，随便对付几口就好，没关系的，小唯不用担心我。"

"你再给我装！"

许唯有时候都看不懂谢砚宁，他成熟起来会细致到让人心尖发颤，幼稚起来又让人气得牙痒痒。

在成功惹恼许唯之后，谢砚宁得逞地笑起来："逗你的，我去我朋友那儿吃一顿，就是上次带你去的那家，吃完了再去找你，好不好？"

"嗯。"许唯忍不住弯起了嘴角。

许唯放下手机，发现苏桐正眼含笑意地看着她。许唯的脸色有些僵，她清了清嗓子，想解释，又不好开口。

"其实三岁的年龄差并不大啊，"苏桐疑惑地说，"你才二十七岁，又不老，他也不是什么男高中生，可为什么你们俩的姐弟感这么强烈？就是……我不知道怎么说，你会因为他忽然变得很鲜活、很年轻。"

苏桐的话让许唯迷茫了片刻，然后许唯轻笑着说道："我也这样觉得。"

她把撕好的鸡块送进哆咪的嘴里，然后对苏桐说："不瞒你说，我现在每次见他，就好像还有三十秒就要自动关机的手机找到了电源。"

苏桐一下子就懂了。

许唯咬了一口汉堡，说："等我把工作安顿好，也许可以谈场恋爱。"

苏桐笑着和她碰杯。

把苏桐母女俩送回家之后，许唯独自开车回去，到半路才想起来联系谢砚宁。准备打电话前她又留了个心眼，直接在导航上定位，在前方路口转弯，去了谢砚宁朋友的那间民谣餐厅。

谢砚宁果然还在。

他坐在吧台侧边，正和朋友聊天。

店里的灯光有些暗，但许唯还是一眼就看到他了。他在黑色的毛呢大衣里叠穿了焦糖色的衬衫和黑色高领毛衣，在冬天的压抑色调里显得格外亮眼。

许唯刚在外面观察完，准备走进店里的时候，就看到有女孩走过

· 163 ·

去，倚着吧台和谢砚宁打招呼。

视线被女孩挡着，许唯的嘴角不自觉地往下撇，她整理了鬓发和衣领，走进去，背对着他们坐在离吧台最近的卡座上。

双方距离很近，许唯能听见他们的对话。

谢砚宁正和朋友聊着投资的事，话没说完就被人拍了一下肩膀，长发及腰的女孩巧笑倩兮，问他："帅哥，可以加一下你的联系方式吗？"

许唯莫名其妙地觉得有些烦闷。

就像谢砚宁自己说的，他只是没找到那个让他动心的人，但从来不缺谈恋爱的机会。

许唯正在气头上，自动忽略了谢砚宁这段剖白的前提是，许唯就是那个让他动心的人。

谢砚宁还没开口，他身旁的朋友就先"扑哧"一声笑出来："谢少，你还真是帮我揽客，来一次就有美女跟你要一次微信。"

许唯更气不顺了。

她抱着胳膊坐在一旁，屏声静气地等着谢砚宁的回答。

"不好意思，我有女朋友了。"谢砚宁说。

他的声音很疏离，他好像又变回了他们初见时的贵公子样子。

"帅哥，那我请你喝杯酒吧？"

"我不喝酒。"谢砚宁再次回绝，态度坚决。

许唯的呼吸停了一瞬。

原来谢砚宁在外人面前和在她面前是不一样的，她还以为谢砚宁的本性就是活泼、爱撒娇的，其实不是。

谢砚宁的本性是那天在咖啡店里，他散漫地靠着椅背，用修长的手指拨弄着桌上的手机，或者熟络地提出搭车请求，又或者在确认她状态还行的时候主动下车。

他行事没有局促感，也不会让人觉得不礼貌，但还是有种淡淡的疏离和矜贵。

是从什么时候开始，他身上的那种疏离感突然消失了呢？是因为他口中的"动心"吗？

就像他父亲对他母亲一见钟情，不顾家中反对，执意等她五年一样，谢砚宁在很纯粹的爱情里长大。

"小姐，想好点什么了吗？"服务生走过来，询问声打破了死寂的场面。

谢砚宁随意地一瞥就看到了在旁边坐着的许唯——她的鬓发从耳边垂落下来，挡住了脸。

谢砚宁立即走了过去，把左右两边的人吓了一跳。他直接挤在许唯旁边坐下，搂着许唯的腰，抱住她，说："小唯来接我回家了吗？"

许唯忍不住笑，翻着菜谱问："我是不是打扰你和美女聊天了？"

谢砚宁知道许唯听到了。见许唯此刻眉眼挂着笑意，绝不是生气、吃醋的模样，他便放下心来，将胳膊撑在桌边，气定神闲地看着她。

许唯瞥了他一眼，没理他。

两个人就这样各怀心思地僵持着，最后还是谢砚宁先败下阵来。

"你就不能稍微吃点儿醋？正常的剧情应该是，你进来的时候刚好看到我被搭讪，于是心灰意冷地离开了。我冲上去追你，怎么解释你都不听，然后正好下雨……"

许唯又气又想笑："你平时都在看什么啊？"

"我妈十年前拍的言情剧。"

许唯笑出声来。

"你要是嫁到我家来，要做好天天看现场版《歌剧魅影》的准备，因为我妈真的很浮夸。"

许唯脸上的笑容倏然淡了，她没有搭腔，只是合上菜谱，说："你吃过晚饭了吗？吃过我们就走吧。"

谢砚宁察觉到许唯在逃避这个话题，也没有再提，应着许唯的话站起来："吃过了。"

餐厅的老板魏老板走过来，和许唯打招呼："许小姐，又见面了，喝咖啡吗？"

许唯拿起包，笑着说道："不了，下次再来给魏老板捧场。"

被谢砚宁揽着离开时，许唯回头看了一眼刚刚的那个女孩，那个女孩正好也在看她。

女孩二十二岁左右，长发光滑柔顺，苹果肌泛着粉色，脸上胶原蛋白满满，很漂亮，穿着也足够时尚。她看到谢砚宁搭在许唯肩上的手，第一反应是皱眉，然后用胳膊顶了顶身边的朋友，表情看上去很费解。

许唯并不觉得有什么冒犯的，甚至觉得如果她是那个女孩，大概也会不解。

谢砚宁走到门口，忽然想起来自己也是开车来的，于是让许唯在门外稍等。他去车上拿了东西，然后转身进餐厅，把车钥匙交给朋友老魏，麻烦老魏晚上帮自己把车开回去。

老魏接过车钥匙，对谢砚宁坏笑着说道："谢少，让你以前笑话我，现在和我一样，陷进去了吧？"

谢砚宁也不恼，只说："我现在终于理解了一个成语。"

"什么成语？"老魏问。

"甘之如饴。"

谢砚宁送出了自己的车钥匙，却又抢过许唯的车钥匙，自来熟地坐进许唯的车的驾驶室，然后把许唯赶到了副驾驶座上。

许唯没和他争。

谢砚宁关上车门，准备倾身过去帮许唯系安全带，但还没伸手，许唯就自己系好了。她甚至对谢砚宁莫名其妙地凑过来的行为很是疑惑："你干吗？"

"我……我看后视镜。"

车子缓缓地上路，许唯说："我之后可能不在盛风工作了。"

谢砚宁有些惊讶："发生什么事了？"

"一些不太好的事，风言风语，搞得我很累。"许唯不想说太多，语气有些低沉，"我虽然知道女销售这个职业本身就带着某种色彩，但不能忍受公司的同事也那样议论我，所以打算明天去辞职。"

"职业本身没有错，小唯，你不要多想。"

"我没有多想，是实话实说。我如果也觉得女销售就活该被人造谣、诬蔑的话，现在应该以泪洗面，而不是在这里和你有说有笑。我把这件事告诉你，就说明我已经跨过这道坎了。"

"可我应该陪着你跨过这道坎的。"

"你就是在陪我啊。如果做手术这阵子没有你守着我，我大概撑不过这次的风波，谢谢你，真的。"

"那你接下来怎么规划的？"

"我还在想。"

她大概率会出来单干，但暂时还不能告诉谢砚宁，因为怕谢砚宁会在暗中帮她。

许唯只需要谢砚宁的情感慰藉，其余的绝不依靠别人。

开到许唯家楼下，谢砚宁停好车，神神秘秘地对许唯说："我有一个礼物要送给你。"

许唯这才注意到谢砚宁刚刚从他自己的车上拿下来的牛皮纸袋，接过来，看到里面是一个毛绒玩具。她隐隐约约猜到这是什么，拿出来一看，果然是那只穿着背带裤的小熊，它的兜里还塞了一个扁扁的月亮。

"我找人定制的，材质都是婴儿级亲肤的那种，你可以抱着它睡觉。"

许唯感觉自己的心尖又被谢砚宁轻轻地掐了一下，鼻间涌上酸涩感。她说不感动是假的，谢砚宁明明对她的身世情况毫不知晓，却总能一把抓住她的软肋。

她无比珍惜地抱着牛皮纸袋，说："我回去洗了手再摸。"

谢砚宁笑着问道："那你喜欢吗？"

"喜欢。"

"那你今晚会抱着它睡觉吗？"

许唯怔住了。原来在谢砚宁的心里，她才是那轮月亮吗？

"会的。"她很乖地回答。

谢砚宁总是对许唯的这副模样难以自控，于是再次凑上去。许唯没有问他的意图，因为意图很明显，暧昧的气氛已经渲染到位了。她没有躲，牛皮纸袋被压扁，她感觉到谢砚宁的唇覆上来，这次他入侵的范围比上次大了许多，声响在狭小的车厢里显得尤为清晰。

可怜的小熊玩偶在被压扁之后又被谢砚宁无情地扔到了车后座上。

许唯还有些不舍，可是谢砚宁黏人的功夫实在厉害，几秒后，她就无暇顾及小熊了。

成年人的冲动如春风里的野火，一触即发，幸好许唯尚存理智，及时遏制燎原的火势，呼吸不稳地推开了谢砚宁。她背过身整理好衣服，对谢砚宁说："我……我先回家了。"

她都忘了这是她自己的车。

谢砚宁陪着她下来，把车钥匙和玩偶交给她，她接过来，说了声"谢谢"。走了几步，她又回头，补了句"晚安"。

谢砚宁朝她摆手，笑着说道："小唯晚安。"

他又是那副闲散少爷的模样，让人不知如何应对。

许唯匆忙转过身。

等许唯进了电梯，谢砚宁收起笑容，拿出手机打了一通电话。他语气冷漠，甚至有些愠怒，对电话那头的人说："帮我查一下盛风销售公司。"

谢砚宁很快就通过各方渠道查到了盛风最近发生的事。

公司的男女八卦总是像病毒一样飞速传播，谢砚宁在前一个人那里听到的版本是"盛风的金牌女销售被老板娘指着鼻子骂狐狸精"，在后一个人那儿听到的版本则是"盛风金牌女销售小三上位还去正宫面前耀武扬威"。

总之，许唯在每个版本的流言里都是负面形象。好像一时间所有陌生人都对她了如指掌，都能站在道德制高点上肆无忌惮地辱骂她，指责她的恶劣行径。

谢砚宁的面色越发阴沉，电话挂断后，他怒火中烧到几乎失去理智。

他尚且如此，许唯该有多难受呢？

所以那天她主动索吻，寻求拥抱，是因为积攒的痛苦将她压得喘不过气来了吗？

谢砚宁开始反省，自己不应该受情欲驱使而吻许唯，应该再多问一遍，问她到底为什么不开心。

他嘴上说着可以等她，可实际行动已经逾矩了。其实许唯一直是被动的，也从来没有真正地拒绝过他。她根本没有看上去那么精明强势，也有很脆弱的一面。谢砚宁曾经轻轻地触碰过那一面，但被许唯躲开了。

谢砚宁感到后悔了，他原本爱上的就是许唯身上的那种矛盾感，可在被爱情冲昏了头脑后，竟然想要许唯抛下心中的重担，和他谈一场无忧无虑的恋爱。这几乎是一种残忍。

　　他坐在自家院子里，抬头看向天空。

　　夜幕低垂，星星泛着微光。

　　他给许唯打去了电话。许唯可能刚洗完澡躺到床上，四周很静，她的声音缱绻慵懒，撩拨着谢砚宁的心弦："怎么了？"

　　谢砚宁问她："小唯今晚会不会抱着小熊睡觉？"

　　许唯正在捏小熊兜里的月亮，浅笑着说道："会的。"

　　"那小唯要一直抱着它，就像我抱着小唯。"

　　许唯沉默片刻，然后说："好。"

　　快挂电话时，许唯又说："谢谢你。"

　　"有什么好谢的？小唯晚安。"

　　许唯挂了电话之后并没有立即睡着，因为严朝雨的电话打了过来。严朝雨完全没有在意时差问题，十一点十五分，许唯被铃声惊到，困意顿消。

　　"姐，我替我爸妈向你道歉。"严朝雨很诚恳地说。

　　许唯揉了揉眉心："这件事与你无关，也不用你来道歉。"

　　"我妈只是富太太做久了，闲得慌，成天在家里想东想西。我也快被她烦死了，但没想到她会那样对你。抱歉，我替她向你道歉。"

　　"小雨，道歉是没有意义的。"

　　"那你要离开盛风了吗？"

　　"嗯。"

　　"你可以不走吗？要不然我让我爸把首都和中国香港的业务全交给你……"

　　"不用了，我不是为了那几个业务才离开盛风的。"

　　"你要是走了，我妈明天就能过来把我抓回国，让我继承家业。我真的不想回国，也不想要那么多钱。我不知道我妈在急什么，我爸就我这么一个女儿，钱不是都在那里吗？那些够我花一辈子了啊。姐，我有时候很羡慕你，你的父母不这么管你，所以你一毕业就有动力去拼搏。"

听到最后，许唯不禁冷笑："你知道我父母为什么不管我吗？"

"为……为什么？"

"因为我是被领养的。我被带回去不到一年，他们就有了自己的亲生女儿。从那天起，他们就没有管过我。"

严朝雨被震惊到噤了声。

"这件事我没有告诉过你，所以你说什么我都不会怪你。"

"姐……"

"小雨，我没有任何立场去劝你早点儿长大、成熟，可还是想要提醒你，你爸爸在外面……"许唯顿了顿，犹豫再三后还是说了出来，"不止一个私生子。"

"什么？"严朝雨如遭雷击。

"小雨，我不是想要激化你家的矛盾，但是你现在应该知道你妈妈为什么那么偏激，想要你嫁给有钱人还要你继承家业。你能明白她的用意吗？所以你不要再逃避了，不管是接受还是拒绝，都应该正面面对。"

"你为什么要告诉我这些？"严朝雨做惯了大小姐，一时无法接受许唯用一种洞悉一切的态度去对她的人生指手画脚。

她痛哭到失声，情绪崩溃地质问许唯："我妈都瞒着我，你为什么要告诉我这些？我爸……我爸很好的！他那么爱我，你为什么骗我？你一定是在骗我！"

许唯闭上了眼睛。

被宠爱着长大的人在得知自己父母的阴暗之处后原来是这个反应吗？

与之相反，那天许唯听到许致军和叶惠婷商量着要不要把自己送走时，她的反应是自责和羞愧。

严朝雨还在哭，许唯已经有些烦躁了，揉着眉心，留了一句"就这样吧"，然后挂了电话。

谁不可怜呢？严朝雨前二十四年的人生已经赢过这个世上90%的人了，许唯没有必要替她共情难过。

就像谢砚宁说的，他也有压力，但很少有事情能紧迫到影响他的生活。

他们都是一样的。

许唯忽然觉得自己很仇富、很阴暗。比起优点，她一向很容易接纳自己的缺点。

她把脸埋在软绵绵的小熊上，手握着月亮，很快就来了困意。

一觉醒来，她去医院拆了绷带，然后就径直去了盛风。

看到她从电梯里走出来，所有员工的视线都汇聚到她身上。她把辞呈交给了严文江，任严文江再三挽留也没有用。后来就是人事、财务等同事为她办一系列的手续，办得很快，比她想象的更快。

许唯站在自己的办公室里，简单回顾了这七年。

她最好的七年。

姜于晴走过来，依依不舍地拉着她说了会儿话，告诉她这几天发生的事。

"你这个定海神针要走，严董整个人都慌了，他老婆现在也很后悔，反正整个公司都人心惶惶的。现在大家不担心裁员了，都在担心公司会不会垮。"

许唯收拾好东西，笑着说道："哪有这么夸张？"

正说着，保洁阿姨进来打扫卫生，还把垃圾桶都清干净了。

许唯疑惑："这是做什么？"

"听说今天有贵宾要来参观公司，"姜于晴摊手，"莫名其妙地，怎么会有贵宾来我们这里？"

"难怪今天严文江这么好说话，辞职流程办得这么快，原来是心不在焉。"许唯笑了笑，没在意。

姜于晴刚要问"你手上的客户带不带走"，话还没说完，她们就听见外面一阵吵嚷。姜于晴走到办公室门口看了看，才注意到电子显示屏上亮着硕大的字："'欢迎百川集团副总经理谢砚宁先生莅临指导'，这名字好眼熟啊。"

许唯的手一顿。

不会吧？

严文江恭恭敬敬地陪同谢砚宁走出电梯，向他介绍公司近年来的重大项目以及和百川集团合作的那批医疗设备的情况。

"谢总，这款植入式电脊髓神经刺激器是去年刚刚获得批准上市的，临床效果非常好，希望能够为百川旗下的几家医院提供最大的设备支持。"

谢砚宁站在人群中央，淡淡地笑了笑。

许唯本来想躲在办公室里不出来的，可是谢砚宁偏偏问了句："许小姐呢？"

许唯在心里叹了一口气，就见严文江匆匆地走了进来："小许，你再帮我个忙，出来，出来一下。"

严文江把许唯推出去的时候，许唯感觉自己就像动物园里被人观赏的猴子，一束束目光像是利箭，让她芒刺在背。

她甚至不想看谢砚宁。

那天被她讥讽的姜明站在一旁，自作主张地介绍道："谢总，许小姐可是我们盛风业绩最好的金牌销售，手上客户无数，在桐江都是很出名的。"

"是吗？"谢砚宁眉梢微挑。

"许小姐在酒桌上的英姿更出名。"

严文江脸色一变，怒斥道："小姜，瞎说什么呢？"

众人互相交换了一下眼色，都等着看许唯的笑话。

许唯一副轻松的姿态，抬眸望向姜明："大惊小怪，谢总又不是没见识过我喝酒。"

姜明愣住。

谢砚宁勾唇笑："我不仅见识过，想当司机送许小姐回家还被拒绝了，许小姐可真难追啊。"

众人哗然。

严文江瞪大了双眼，难以置信地望着许唯。

姜明一下子就蔫巴了。

谢砚宁继续说道："严董，你能有许小姐这样的得力干将，可真是让人羡慕。我是追也追不到，挖也挖不走，送她房子她都不收，非要住在那个一百多平方米的二手房里。"

严文江此刻只能尴尬地赔笑。

许唯一下子就明白了谢砚宁这次来的意图——他是来替她解围出气的。

她暗自攥紧衣袖，然后强撑着漠然的表情，转身回了办公室。她把自己收拾好的箱子堆好，谢砚宁派秘书进来帮她搬。

她就这样离开了盛风，也算体面。

离开公司后，许唯径直走向自己的车。谢砚宁追上来，刚握住许唯的袖子，许唯就猛地甩开了他的手。

"小唯？"

许唯红着眼问："你调查我？除了公司的事，你还知道什么？"

谢砚宁解释道："我只是让人查了一下那天盛风到底让你受了什么样的委屈。"

"我不要你知道！我就是不想让你知道才不跟你说的！谢谢你相信我，还特意赶过来替我出头，可是我不想让你知道。"许唯哽咽着说。

谢砚宁想要抱她，却又被她推开。

许唯拉了几下车门把手都没有打开车门，最后崩溃地捂着脸说："我真的……我不想让你知道这些。"

她不想让谢砚宁沾染这些肮脏的事情。

谢砚宁就一直做他的贵公子，不谙世事，闲云野鹤，吃着口味清甜的菜式，隔三岔五和朋友去喝酒、滑雪，这样就很好。

和她在一起后，谢砚宁过得好辛苦，要察言观色、谨小慎微，生怕惹她生气，还要逗她开心，给她买礼物。

许唯还什么都没为谢砚宁做过。

谢砚宁走过来："小唯，我从来都没有介意过，真的。"

许唯往后退了一步："谁知道你心里怎么想的？谁知道你是不是一时好奇？"

她的语气突然变得生硬，谢砚宁怔了怔，有些受伤。

许唯说完就后悔了，后悔到眼泪顷刻间就落下来。她几乎是害怕地攥紧了自己的袖口。

她又口不择言了吗？她怎么总是控制不了自己的情绪？她为什么要对真心待她的谢砚宁恶语相向呢？谢砚宁会因此不再喜欢她吗？

"对不起，对不起……"许唯哭着道歉。

谢砚宁直接把她搂到怀里，抚摩着她的头发和后颈："没事，没事，我知道你不是针对我。你只是离开了这家你待了很多年的公司，一时情绪激动，我都明白。"

谢砚宁发现了许唯自己都没有察觉出来的情绪——她的眼泪一半是为了离开盛风而流的。她紧紧地攥着谢砚宁的外套："七年，谢砚宁，我还没毕业就来盛风了，从二十岁开始，在这里付出了所有。"

"我能理解，但是小唯，七年而已，以后我们还有很多个七年。"

许唯的眼泪倏然停住了。

"对不对？七年没什么大不了的，就是一段经历而已，不管是好是坏，是哭还是笑，都告一段落了。小唯，你很优秀，以后会过得更好的，我会陪着你开启接下来的人生。"

许唯把脸埋在谢砚宁的胸口，缓了很久。

谢砚宁一直温柔地抚着许唯的后背。

终于恢复了平静之后，许唯闷闷地说："我刚刚不应该质疑你的真心，对不起。"

她在所有人面前都下不了狠手，拒绝谢砚宁时却总句句伤人。

"没关系，"谢砚宁低头亲了亲许唯的耳尖，轻笑着说道，"你就是窝里横，小孩都这样。"

谢砚宁帮许唯把箱子都搬回了家。许唯简单收拾了一下，见谢砚宁卷起袖子准备帮忙，忙拦住了他。

"你别管，在沙发上坐着。"许唯脱了外套，把谢砚宁推到沙发上，说，"我说了要请你吃午饭的，今天亲自下厨。"

许唯刚进厨房，谢砚宁就跟了上来，手像装了磁铁一样，非要腻腻歪歪地贴在许唯身上。许唯拿出生姜，他就削生姜皮；刚拿出葱，他就抢过来切葱段。

许唯穿围裙，他也黏上来，非要把围裙的带子系成蝴蝶结，最后被许唯的一个眼神震退，委屈巴巴地抱着松子守在厨房门口。

松子和他并不对付，咬住他的衬衣纽扣肆意撒欢。

许唯在等锅加热的间隙里回头望了一眼，看到谢砚宁和小狗闹得正凶。许唯没忍住，笑出声来，郁结的情绪被一扫而空。

她甚至有一瞬闪过一个念头——自己和谢砚宁的婚后生活是不是也可以这样？他们有了孩子，孩子和小狗一起对抗，闹得不亦乐乎……这个想象一出来就把许唯吓了一跳，她做贼心虚地咳了两声，然后把葱姜蒜倒进锅里。

她第一次觉得做饭的过程很愉快，因为自己要做给喜欢的人吃。

这让她想起高中的时候她放月假回家，在楼下闻到从家家户户的厨房的窗户里飘出来的饭菜香，那时她也曾有过这样的憧憬。

许唯很快就做好了三菜一汤，外加一份甜品。

谢砚宁海豹式鼓掌："小唯，你好厉害。"

饭桌上，谢砚宁问许唯接下来有什么打算。这是他第二次问了，许唯也不能完全不作答，犹豫了一下，说："打算出来单干。"

"好啊，我……"

许唯立即打断他的话："不用你帮我。"

谢砚宁收回即将脱口而出的话，郁闷地问道："为什么？"

"我在职场里也不是白混七年。如果离开盛风就活不下去，过得穷困潦倒，那我是不会和他们撕破脸的。我既然敢撕破脸，就说明有底气。谢总，我知道你想帮我，但我也有我自己的做事原则，可以吗？"

谢砚宁想了想，说："好。"

"我过几天会搬家，到时候你可以来帮我吗？"

谢砚宁眼睛立即亮了："可以！"

许唯弯起嘴角，刚喝了一口汤，谢砚宁的情绪忽然又低落下来，他拧着眉问："小唯，你刚刚叫我什么？"

许唯一时没反应过来："什么？"

"你叫我谢总。"

许唯深吸了一口气，故意不搭理他："不然我应该叫你什么？谢少？"

谢砚宁这回好像真的生气了，夹了菜闷声吃，也不催着许唯改称呼。许唯试探着给他盛了碗汤，他还阴阳怪气地说："多谢许小姐。"

吃完饭，谢砚宁主动去打扫厨房。许唯几次要帮忙，都被谢砚宁拒绝了。许唯站在门口，在谢砚宁转身的时候趁机问："真生气了？"

谢砚宁把碗筷放进洗碗机里："没有啊，我有什么资格生气？我在小唯的心里连松子都比不上，我很清楚的。"

许唯懒得搭理他的这番装可怜行径，回身抱起松子。松子在许唯的怀里就很乖，把小脑袋埋在许唯的肩窝处，毛茸茸的触感让人心头发软。

此刻本该是许唯的人生低谷，却因为谢砚宁的到来，成了她这些年最愉悦、轻松的时刻。

谢砚宁洗了手，坐在沙发上，时不时瞥许唯一眼。等许唯看过来，他又装模作样地低头看手机。

可许唯抱着松子去了卧室。

谢砚宁停止这样的行为，只觉得自己幼稚、无聊。他叹了一口气，正准备起身离开的时候，许唯抱着毯子走了出来。

"你……要走了吗？"

谢砚宁怔住，旋即挺直腰背，正襟危坐："没有，我整理一下衣服。"

许唯心中了然，忍不住莞尔，走到谢砚宁身边把毯子交给他："我还以为你要在这里躺一会儿。"

谢砚宁抢过毯子："是，我就是要睡一觉的。"

"哦？那正好。"

谢砚宁已经受宠若惊了，可刚刚展开毯子，许唯就坐到他身边了。她面色平静地窝在沙发的角落里，摘下发圈，做饭时被束起的鬓发此刻倏然散下，让她整个人都变得柔软起来。

谢砚宁僵了几秒，把毯子盖在许唯身上，然后抱住了她。许唯转过了头，两个人的鼻尖几乎碰到一起。她轻声问："还生气吗？"

谢砚宁抱紧她："我怎么会生气？我逗你的。"

许唯这才放下心。

"小唯这是在哄我吗？"

"嗯。"

许唯没再端着架子，任由谢砚宁抱着她，把她从角落揽到怀里。谢砚宁爱撒娇的性格总是让许唯忽略他的身形，每次窝在他的怀里，许唯才会意识到谢砚宁有多高大。她一米六八的个子，在谢砚宁面前显得很娇小。

谢砚宁环抱着她，这让许唯很有安全感。许唯在温暖中逐渐有了困意，强撑精神地嘀咕着："我不知道该叫你什么。"

"你想怎么叫？"

"我不知道，想过叫你砚宁，可是总觉得怪怪的。"

"哪里怪？"

许唯说不出来哪里怪，但就是叫不出口。

谢砚宁也没再催她，笑着说："那就换一个。"

可许唯已经开始困了，眼皮在打架。谢砚宁凑近了，听到她呢喃着："叫狗狗。"许唯迷迷糊糊地伸出手，摸了摸谢砚宁的头发，然后说，"松子二号。"

谢砚宁也不恼，装模作样地惩罚许唯，捏了一下许唯的胳膊，在许唯躲避的时候又把她往怀里搂了搂。

松子不知怎么从窝里跑了出来，小羚羊似的跳到沙发上，把自己团成个小毛团，窝在许唯身边，很快也睡着了。

谢砚宁用手指梳着许唯的鬓发，静静地听着墙上钟表的响动。阳光照射进来，一切都很温柔。

谢砚宁想：能成为她的依靠，真是人间幸事。

许唯的熟人帮她找到一个不大不小的复式公寓，精装修，拎包入住。许唯看过之后很是满意，于是敲定后付款，第二天就找了搬家公司，帮她把东西都搬了过去。

她的东西并不多，倒是松子零零散散的小玩具、小碗盘有一堆。

一个人在新家里收拾得差不多了，许唯才让谢砚宁过来帮忙，第二天又喊来苏桐和她的女儿，一同庆祝乔迁。

姜于晴发消息告诉许唯，那天她和谢砚宁走了之后，严文江被气到血压飙升，差点儿晕倒。

许唯的心里竟然没起半点儿波澜。也许就像谢砚宁说的，七年而已，没什么大不了的。

一切都翻篇了。

等完全安顿好，许唯就收心于工作了。

客源暂时不用担心——她的忘年交王总还特地打电话过来让她宽心——她现在最需要解决的问题是货源。医疗设备的厂家她这些年也积攒了一些，但这种高精尖的大型设备的源头厂家一般和销售公司有不少于五年的长期合同。

许唯一时半会儿撬不动别人的蛋糕，在医疗这一块处处碰壁后，只能转变思维，改在建筑机械方面寻求出路。翻阅资料之后，许唯在心里有了一个大概的了解，然后独身前往沿海城市寻求合作。

她制订了一份出差计划，发给谢砚宁。谢砚宁沮丧坏了，连忙把自己的工作行程发给许唯对照："我下周也要出差，我们全都错开了，那这个月都见不了面了！"

许唯笑着安抚他："下个月我就没这么忙了。"

"小唯，你如果累了就打电话给我，我立即赶过去陪你。"

许唯心头一暖："好。"

她拖着小行李箱就进了机场，在候机室里接到叶惠婷的电话。

叶惠婷听起来似乎十分担忧："小唯，我听说你辞职了，还从那个大房子搬出来了，有这事吗？"

"嗯。"许唯低头检查自己的身份证和机票。

叶惠婷的声音听起来非常惋惜："你怎么这么冲动啊？那你现在怎么办？收入有保障吗？"

她不问许唯为什么会放弃一份干了七年的工作，只问收入。

身后的广播在响，许唯不免烦躁，声音就大了些："我在外面露宿街头又关你们什么事？我说过了，咱们之间的关系就是份领养协议，我赚不赚钱、赚多少，都和你们没有任何关系。"

叶惠婷还想说什么，许唯就把电话挂断了，一转身差点儿撞上人。

那个人穿得西装革履，戴着一副金丝边眼镜，看起来精英派头十足，年纪在三十岁左右。

他似乎听见了许唯刚刚的通话，若有所思地看了她一眼。许唯连声道歉，那个人笑了笑，说"没关系"。

很巧的是，他们竟然坐同一班飞机。

更巧的是，他们下了飞机之后竟然去往同一个目的地——一家规模很大的建筑机械生产工厂。

经工厂的老板介绍，许唯才知道和她同行的男人姓林，叫林从南，从事建筑设备的大客户销售，和许唯算是同行，只是林从南的身价明显比许唯的高一些。

许唯主动打招呼，林从南笑了笑，与她握手："许小姐之前负责哪方面的销售？"

"医疗设备。"

"和建筑机械略有些区别，不过万变不离其宗。"

"我也觉得。"许唯点头，笑着说道，"不过我需要恶补的知识还有很多，工科对我来说和医学的难度不相上下，这些参数和型号实在太复杂了。"

"多看看就熟悉了。"

林从南倒是不怕许唯成为他的竞争对手，主动给许唯讲了很多建筑机械销售方面的细节，工厂老板也带他们四处逛了逛。

结束时，许唯留了林从南的联系方式，熟络地说："回桐江之后，我还有很多地方要向林总讨教。"

"许小姐客气了。"

许唯又去几家工厂做了调研。回程时，林从南问许唯要不要一起走，许唯想着时间也差不多了，便答应了同行。

两个人在飞机上聊起来，发现对方竟是同一所高中的校友。许唯在陌生人面前一向是主动熟络的，再加上两个人都是做大客户销售的，也算有共同话题。

飞了四个多小时的飞机缓缓降落，许唯一开机就收到了谢砚宁的微信。

谢砚宁：小唯，我到机场了。

许唯立即变得归乡心切，心跳都加速了，下飞机时还差点儿被绊倒。一个月没见，她比想象中更思念谢砚宁。

越过人群，她一眼就看到谢砚宁了，整颗心都松弛下来。

她径直往谢砚宁身边走，还没到他面前，就被谢砚宁搂到怀里。

"小唯，我好想你。"

许唯很羡慕谢砚宁这种随时都能表达情绪的能力——她想说一声"我也想你"都要酝酿很久。

刚想说话，她身后就传来一声"许小姐"。

两个人同时看过去。

林从南拿着许唯的随身公文包走过来："许小姐，你忘了拿这个。"

许唯刚要转身，却感觉腰上一紧。

"许小姐。"林从南把包递过来。

谢砚宁帮许唯接了过来。

许唯面不改色地挣脱开谢砚宁手臂的桎梏，朝林从南友好地笑了笑："多谢林总。"

"小唯，这位是……？"

许唯主动介绍："砚宁，这位是我在永华市遇到的林总，做建筑机械方面的销售代理，之后我还有很多知识要向林总讨教。"

林从南朝许唯点头，目光缓缓地打量着谢砚宁。

许唯的一声"砚宁"还有她话语里的偏向在很大程度上让谢砚宁的心情变得愉悦，他主动伸手："林总，你好，我是百川集团的谢砚宁。"

林从南微怔，诧然地望向许唯，迟疑了两秒后才伸手与谢砚宁相握："原来是谢先生，早有耳闻，我去年和百川集团有过合作。"

"那真是很巧。"

简单聊了两句之后，三个人便分开了。谢砚宁牵着许唯的手走出机场，许唯则一直观察着谢砚宁的神色。

谢砚宁说："我才没吃醋。"

"你竟然没吃醋？"

"我吃了，但自我消化了，免得你说我幼稚。"

许唯笑出声来："你不幼稚吗？"

"我只在你面前幼稚。"

许唯挑了一下眉。

坐进车里，许唯感觉谢砚宁的情绪似乎还没完全恢复。她歪着头，不解地说道："林总方方面面的条件是不错，但……不至于让你不自信吧？谢少，你可是谢少啊。"

谢砚宁看向她："能让人在感情里高枕无忧的从来都不是条件上的优越。如果你的回应足够坚定，我就不会不自信。"

许唯脸上的笑意陡然僵住了，不自然地收回了目光。

她的心理建设已经做到了99%，就差最后一步，可那一步她真的很难跨越。

她岔开话题说道："你能先送我回家吗？我想换件衣服。桐江的温度比永华的低很多，我有点儿冷。"

"好。"谢砚宁发动了跑车。

临走前，她把松子托付给了苏桐。苏桐说哆咪有点儿舍不得松子，求许唯阿姨能让松子多陪自己一天。许唯当然同意，于是出了机场就直接回家了。

换了件长款羊绒大衣后，她随着谢砚宁出去吃饭。

谢砚宁带她去了一间位置偏僻、店内却热闹非常的饭馆，菜式都偏北方，多是红烧和一锅炖，浓油赤酱，色泽鲜艳，看着就让人有食欲。谢砚宁捏了捏许唯的手："你在外面几天一定没什么胃口吧？我这个安排小唯还满意吗？"

许唯笑着说："满意。"

许唯不挑食，但比起强调食材鲜美的江南菜色，更偏爱滋味浓郁又过瘾的硬菜，毕竟小时候在福利院和之后在许家的日子里没有品尝过太多的美食。她对吃饭的第一要求是吃饱，其次是滋味。

每次费闻远拿她一口气吃两份盒饭的事情笑话她，她都在心里默默地想：没饿过肚子的人才会觉得这件事好笑。

可是谢砚宁总能注意到这些细节，比如她不吃海鲜，比如她不喜欢清淡的饮食。

谢砚宁不会主动说，只会默默地行动，让许唯在不知不觉中适应他的细致与周到，而不会让她觉得有负担。

"谢谢。"许唯忽然说。

谢砚宁拆开餐具的包装，然后笑着说道："我不爱听这两个字。"

许唯知道他想听什么，但还是没说。

饭桌上，她简单讲了自己去永华市调研的工厂，还说回来之后就要开始在桐江找客源了。

谢砚宁在心里记下，然后把热气腾腾的粉丝煲推到许唯面前。

他们吃到一半，有个六七岁的小孩捧着一个红色的塑料箱子走过来，对许唯和谢砚宁说："叔叔、阿姨，我们今天有一个慈善小红花活动，不管您捐多少，我们都会送您一个我们自己折的小红花。"

小姑娘把五颜六色的儿童手工展示给许唯看，笑得很单纯。

塑料箱上写着"桐江市心欣儿童福利院"。

谢砚宁刚想问有没有二维码，许唯就倏然起身，去前台兑换了一千块钱现金，回来之后二话没说就塞进了小姑娘的塑料箱子里。

谢砚宁有些意外。

小姑娘被吓了一跳，半天才说："谢谢阿姨。"

然后她把小红花放在了许唯的手里。

谢砚宁本打算转账，可想了想，也学着许唯去前台兑了一千块钱现金，放进了小姑娘的箱子里。

许唯看了谢砚宁一眼，没说什么。她低头问小姑娘："没有大人陪你吗？"

小姑娘指着门口说："在外面。"

许唯点点头，微笑着说道："谢谢你的小花，折得很漂亮。"

小姑娘又拿了一朵小花给谢砚宁，然后就很羞涩地跑出了餐厅。许唯怔怔地看着小姑娘的背影，心思逐渐变沉。

谢砚宁看到小花的边缘写着字，那是小朋友写的祝福语。

察觉到许唯低落的情绪，谢砚宁以为她在心疼刚刚那个福利院的小孩子，于是活跃气氛："小时候我妈每个月都会带我去福利院里做慈善，有一次我眼馋小朋友们吃的小面包，就自己搬个小凳子坐在桌边，福利院的工作人员也没注意，还给我发了牛奶和面包。"

许唯勉强提起精神，抬眸问："然后呢？"

"然后我妈就把我忘了，发完水果和书之后就坐车走了，快到家才想起来我没上车，连忙回来找我。"

许唯弯了弯嘴角。

"不过那个福利院的小面包真的挺好吃的，后来我凭着记忆买了很多类似的，都不是那个味道。"

"那时候你几岁？"

"五六岁吧。"

"你去过思南福利院吗？它是靠近新南大厦的一家很小的福利院。"

谢砚宁思索片刻，然后摇头："应该没有，我妈带我去的应该是中心福利院。怎么了？你怎么突然问起这个？"

许唯夹了一块排骨放到碗里，说："没什么，我随口问的，之前开车常常经过那里。"

"哦。"谢砚宁也继续吃饭。

许唯的思绪被突然出现的小女孩全部打乱了。

福利院，好遥远的三个字，许唯都快忘了自己在思南福利院里待了八年。其实那里的条件不算太差，食堂每天都有三菜一汤，宿舍是六人一间，下午老师会分发水果，偶尔会有志愿者来和他们一起做游戏。

她那时候是把福利院当家的，直到犯了错误，老师拿着戒尺打她的手，问她："为什么违反纪律？你以为这里是你家？"

七岁的许唯困惑不解：这里难道不是我的家吗？

后来看着小伙伴一个个离开，有的被领养走，有的去读寄宿学校，她才明白，福利院只是一个供他们逗留的遮雨棚。

当然，许唯很感谢那段时光。福利院至少给了她吃住的地方，不至于让她流落街头。

谢砚宁说他小时候常常去福利院做慈善，许唯不禁幻想，如果那时候他去了思南福利院呢？这样他们会不会早二十年就有一面之缘？他们

183

的缘分会不会因此更深些？

见许唯神色怔怔的，谢砚宁在她面前打了个响指："小唯？"

许唯回过神，朝谢砚宁笑了笑："你妈妈现在还会去福利院做慈善吗？"

"会。"

"你妈妈真的很好。"许唯由衷地感慨。

谢砚宁差点儿就要把"她也会是一个好婆婆的"这句话脱口而出，幸好及时忍住了。

吃完之后，谢砚宁开车到江边。许唯说吃得多了，想散步消食。谢砚宁把围巾左三圈右三圈地裹在许唯的脖子上，确保密不透风之后才让她下车。

"你妈妈对你的感情生活有什么要求吗？"许唯边走边问。

"没有，我喜欢就好。"

"怎么可能一点儿要求都没有呢？他们只是对你谈恋爱没要求吧？结婚还是要门当户对的。"

"我们门不当户不对吗？"

许唯没有正面回答，只是说："我没有结婚的打算。"

谢砚宁握着许唯的手，放进自己的口袋里。谢砚宁的手很温暖，包裹着许唯，然后慢慢地变成十指相扣，许唯没有抗拒。

"我怎么感觉隔了一个月，你的话变少了？"许唯觉得奇怪。

他们之间的相处好像也没之前那么自然了，谢砚宁不会频繁地跟她撒娇了。

"因为想亲你，我不知道怎么开口，又怕你讨厌我。"

谢砚宁说得赤裸裸的，这回倒变成许唯脸红了。她看向别处，尴尬地咳了两声，嘟囔道："你怎么净想这些？"

"谈恋爱不想这些，想什么？"

许唯瞥了他一眼："我们不是还没谈吗？"

"所以我才说，不知道怎么开口。"

"谁允许你没谈恋爱就亲别人？"

话音未落，谢砚宁已经俯身在许唯的脸颊上印了一个吻。

谢砚宁故态复萌——明明先作恶的人是他，但现在把脸埋在她肩头的围巾上、可怜兮兮地一个劲喊"小唯"的人也是他。

感受到阔别已久的撒娇，许唯竟然有一刻觉得心安，但很快清醒过来，把谢砚宁推开，独自往前走。

狭窄幽深的小道让许唯的心情慢慢平复下来，路灯把她和谢砚宁的影子无限拉长。在被树叶打散的阴影中，谢砚宁朝她走来，渐渐地，他们的影子越发靠近，最后她和谢砚宁并肩站在一起，身形看上去很相配。

他们真的适合吗？

江风带着深沉无边的黑暗席卷而来。

一个月以来的疲惫忽然充斥着许唯的脑袋。她辞了工作，又拿不到医疗设备的货源，现在投身于建筑设备领域，虽然工作内容差不多，但她需要恶补的知识点很多，还需要积累新的客源，可能又要像以前那样，在饭局上四处逢迎。建筑公司的老板应该比医院领导更难对付一点儿。

她竟然觉得累。

她想寻求其他方法，不用陪酒、不用出卖色相的方法。

谢砚宁刚要说话就被许唯抱住了。许唯没有任何预兆地突然踮起脚抱住了他，淡淡的香味扑面而来。

谢砚宁怔了几秒才伸手回抱她。

"谢砚宁，好奇怪。"

"怎么了？"谢砚宁有些紧张。

许唯喃喃地说道："被你喜欢上后，我竟然开始爱自己了。"

这天晚上谢砚宁又死乞白赖地跟着许唯回了家，非要等许唯睡着之后再走。

许唯拗不过他，洗了个澡后从雾气蒙蒙的浴室里出来，穿着棉质睡裙坐在沙发上。谢砚宁正好打完一盘游戏，闻着香味就挨挨蹭蹭地凑了过去。

许唯擦了擦头发，转头看向谢砚宁，两个人的鼻尖差点儿撞到一起。

"你想干吗？"许唯淡定地看他。

谢砚宁厚着脸皮说："我什么都没想。"

"快十点半了，你还不回去吗？"

"我再陪陪你，等你睡着再走。"

许唯以为谢砚宁会伸手搂她，可等了半分钟都没见谢砚宁有动作。她别开视线，继续用干毛巾擦头发。

谢砚宁像是看穿了许唯的担忧，认真地保证道："我不会乘人之危的。小唯，确认关系之前我绝对不会做违背你意愿的事。"

许唯瞥了他一眼："你已经违背我的意愿跟着我回家了。"

谢砚宁皱着脸倒在许唯的肩上："小唯好狠心啊。"

许唯始终对他无可奈何，任他闹了一会儿，正要起身，却不想裙摆被谢砚宁压住了，两个人都没注意。许唯起身时一使劲，裙摆受力，她直接被扯了回去。

谢砚宁这时倒反应迅速，伸手把许唯揽进怀里。

许唯做完手术后天天吃营养餐，没有健身，又跟着谢砚宁到处品尝美食，疏忽了身材管理，虽然体重没有增加多少，但腰上摸起来很软。

两个人也不是没抱过、亲过，只是以这样暧昧的姿势还是第一次。

许唯坐在谢砚宁的腿上，两个人贴得很紧，谢砚宁一抬头就能吻到许唯，两个人的呼吸都交汇到一起。许唯身上散发着淡淡的白茶香，萦绕在谢砚宁的鼻间，搅乱了他的心神。

"谢砚宁，你刚刚自己说了什么？"

谢砚宁老实地重复："我说我不会乘人之危，不会做违背你意愿的事。"

"所以呢？"

谢砚宁不吱声了。

被许唯捏了捏脸，谢砚宁抬眸看向她。许唯一对上那含着侵略性的目光，心脏就猛地震颤。

她好像误把谢砚宁当成松子那样的小奶狗了。

谢砚宁二十四岁，这是一个很躁动又禁不起撩拨的年纪。那天他说"你可以一直吊着我"，但这话似乎不是免死金牌，不能保证许唯在这种时候可以全身而退。

许唯的手臂抵着谢砚宁的胸口，隔着薄薄的毛衣感受到谢砚宁健硕的肌肉。

谢砚宁的吻落在许唯的颈侧。

这次是他蛊惑了她。

许唯低下头，主动回应谢砚宁的吻。她搂住谢砚宁的脖颈，掌心贴着谢砚宁的后背轻轻地摩挲。

食色性也，人欲如此。许唯给自己的冲动找了借口。

前二十七年，她为了生存而活。现在谢砚宁来了，带着她走出混沌的过去，她突然就想要满足一下自己的需求，想耳鬓厮磨，想肌肤相亲，和小三岁的男人，和谢砚宁。

谢砚宁的吻从许唯的唇慢慢往下游移，睡裙的裙摆在慢慢地往上卷。

最后是谢砚宁主动停下的。他松开手，将额头抵在许唯的胸口。

许唯也从悸动中平静下来，有些后悔，但更多的是歉疚。她觉得自己的行为很不负责任，每次都不抗拒，甚至主动，然后又拒绝谢砚宁的示爱。

她曾在深夜卑劣地想：如果她和谢砚宁就仅仅保持着这样的身体关系，一直这样下去就好了。等谢砚宁厌倦，等他离开，她不用投注真心，更不用承受心碎的风险。

没有被爱过的人该怎么坦然地接受一份爱呢？

她如果年轻几岁，一定会毫不犹豫地扑进谢砚宁的怀里，可现在顾虑太多了。

在这个薄情的世界里，真心变成了奢侈品。经年之后，许唯不再是福利院里的孤儿，也不再是许家没人疼的大女儿。她已经打拼出一番事业，不愁吃，不愁穿，但面对着炙热的真心，仍只敢隔着玻璃窗窥探，不敢触碰。

她在心里叹了一口气，然后抬手揉了揉谢砚宁的耳朵，说："对不起。"

"没关系，我说过的，都随你。"

"再给我一点儿时间。"

"好。"

谢砚宁把许唯搂到怀里，两个人静静地靠在一起。

"小唯。"

"嗯？"

"我有一个优点，我从小到大对待喜欢的事都不是三分钟热度，"他低头看着许唯，轻声说，"所以，你不用担心。"

出差回来在温柔乡里恢复了精力后，许唯再次投入工作。

在谨慎地查阅资料、咨询同行以及参考了林从南的意见之后，许唯最终决定在智能爬架和大型起重设备两个方向上下功夫，尤其是前者，其市场未被垄断，她还有很长的上升通道。

许唯花了一个星期，把市面上能找到的所有相关设备的型号、吨位、操作方法和优缺点都做了详细的列举和对比，又跑了桐江的几家机械代加工工厂。

温度太低，工厂又都在偏僻的开发区，许唯开车都差点儿打滑，去了工厂还见不到人。忙了两天，在林从南的帮助下，她终于把方案确定下来，接着就是考虑自己目前的条件。

她现在住的这套复式公寓是她贷款买的，付了40%的首付，还贷的压力不算太大。交完首付之后，她现在手上还有两百多万元的存款，即使两三年不开张，这些也足够支撑她的生活。

她有信心开启这份新事业。

为了感谢林从南不厌其烦的帮助，许唯主动请客，邀请林从南在秋居阁吃晚餐。

菜上齐之后，林从南用纸巾擦了一下眼镜，重新戴上，说："我一直听闻盛风有个撑起全公司业绩的金牌销售，原来就是许小姐。"

"林总说笑了，我已经离开盛风了。"

林从南又说："许小姐，个人做大型机械的销售是很难的，尤其是女生。"

"没办法，我做医疗器械好几年了，已经习惯了设备销售的工作模式。你现在让我去做金融销售或者理财顾问，我都觉得有点儿隔行如隔山的意思。"

"大型设备的利润确实高，但风险也高，万一工程建设出现问题，那收款周期就会被无限拉长，许小姐有抵御风险的能力吗？"

许唯晃了晃手中的瓷杯："我会尽力。"

"不过我这个问题实属多余，有百川集团的未来继承人做男朋友，许小姐大可以放手去干。"

许唯淡淡地说道："林总的话里带着讽刺，我听出来了。"

林从南笑了笑："许小姐多心了。"

"我走到现在靠的是我自己。说实话，在永华市的时候，我也向朋友了解了林总的一些情况。林总白手起家，能做到现在这个规模，一定尝了很多常人无法承受的苦楚。林总经历过的我都经历过，林总作为男性在职场上遇不到的一些情况，我也经历过，所以，还请林总把刚刚的话收回去。"

林从南看许唯的眼神变了变，他举杯致歉："我说错话了，还望许小姐不要放在心上。"

"不会。"许唯仰头饮尽茶水。

"许小姐怎么会想到来这里？"

许唯指着斜对面的戏台："好几年前我就在戏台下面那个位置，因为一句戏词得到了人生中第一份大单子，也遇到了事业上的第一位贵人。"许唯转头望向林从南，"谢谢林总这些天不吝赐教，您算是我新事业上的第一位贵人，所以我自作主张地把饭局安排在这里，就当是迷信，博个好彩头。"

林从南笑着饮茶，说得直白："许小姐客气了。我和许小姐的销售方向不太一样，所以我们之间没有太大的竞争。"

"那可以合作吗？"

林从南没有直接回答，笑了笑，说："许小姐可以先尝试尝试。"

许唯也不气馁，认真地低头吃菜，心里想着：这道白灼虾不错，明天做给谢砚宁吃。

吃完之后，许唯去结账，回来时林从南指了一下戏台，四周灯光已经被打开，似乎接下来有戏开场。林从南随意发问："许小姐对这些感兴趣吗？"

许唯笑着摇头："没这个精力。"

他们说笑着一同往外走时，却见到两个人穿过另外一边的走廊，往餐厅的方向走。

那是谢砚宁和他的母亲商妍。

商妍的穿着打扮本就显得年轻，再加上她保养得当，和谢砚宁走在一起时，许唯定了定神才反应过来，那是谢砚宁的母亲。

"许小姐？"林从南循着许唯的目光看过去，认出来之后便没有再说话。

谢砚宁的眉眼完全遗传他容貌艳丽的母亲，他把胳膊搭在了商妍的肩上。商妍不知在讲什么高兴事，看着谢砚宁乐不可支。母子俩有说有笑，气氛十分融洽。

难怪谢砚宁的性格这么好。

许唯往漏窗边上站了站，避免被谢砚宁看到。等谢砚宁走过湖边，他的视野完全被湖石屏风遮住之后，许唯才继续往前走。

"我和几个朋友聊天时常常提到百川，然后就会顺势提到百川的小少爷，一提到就会感慨谢少的投胎技术真的太好了，不仅自身条件优越，还是家中独子。"

林从南强调了"独子"这个词。许唯明白他的意思，他大抵是说她攀上这样的高枝，后半辈子都不用愁了。

她不喜欢在背地里议论人，更别说议论她喜欢的人，所以只是笑了笑："是啊，命真好，他真是让人羡慕。"

走到车边，许唯突然反应过来，问林从南："林总，您的意思是不是，如果我和谢少是情侣关系，您就愿意和我合作了？"

许唯的直白让林从南有些猝不及防，他也诚实地回答："如果你们是情侣的话，有百川的财力做背书，我想大家会抢着和许小姐合作。"

"林总，我凭自己也可以做到，两年不行就五年，五年不行就十年。

我不怕辛苦，也不需要走捷径。"

林从南脸上的笑意淡了淡，眼神也随之有了变化，从一开始的打量变成了欣赏。

商妍抿了一口茶，忽然问："那个女孩叫许唯是吧？"

谢砚宁的眉头陡然蹙起了，他问："妈，你调查她？"

商妍压了压手，莞尔说道："别紧张，别紧张，我不是调查，就是单纯地好奇。做父母的不能干预子女恋爱，但是丝毫不关心也不太对吧？所以我就找人查了一下。"

"你查到什么了？"

"就是相貌、年龄啊，"商妍笑着说，"没想到我儿子会谈姐弟恋。"

谢砚宁倒无所谓："什么年代了，你还在意这个？"

商妍观察着谢砚宁的表情，戏谑地说道："看来你们不是特别顺利啊？"

"我们其实很顺利，只是如果可以，我想对她更好一些。她的父母好像不是很关心她，她辞职之后又全身心扑在工作上，我想帮忙也无从下手。"

"她是做销售的，那有跟你提过百川的……"

"没有，她什么都不肯跟我讲，也没有向我要过什么。"

"她还是不接受你？"

谢砚宁看向一旁的湖面："可能她觉得我幼稚。"

商妍忽然转了话题，问："你爸爸说准备把私立医院的事务交给你处理，说你有新想法。"

"嗯。"

"你既然已经回国了，也接受了将来要继承公司这个事实，为什么不试一试，做做看呢？虽然你大学读的是商科，成绩也很好，但实务工作和理论到底还是不一样的，你就拿你爸爸交给你的这个事情练练手吧。"

谢砚宁答应下来："好。"

"从你的描述来看，这个女孩子还是很要强的。也许她需要的不是帮助，而是一种精神支持，一种精神上的势均力敌，你明白吗？"

谢砚宁怔了怔。

也许他在许唯的心里确实是幼稚的——他缺乏工作经历，也没有受过挫折，从生下来就拥有一切。而许唯的心里藏了很多东西，那些东西可能是谢砚宁无法理解的，比如他无法理解一个人在接受另一个人的表白时会显得如此局促、为难和痛苦。

谢砚宁凝神想了一会儿，然后认真地说道："也许我做好我的工作，她会更认可我。"

商妍感慨道："哎呀，我要做婆婆了，可我还是少女啊。"

谢砚宁给她添茶："你永远都是少女。"

吃完饭把商妍送回去之后，谢砚宁准备给许唯打电话，但手指刚要触碰到屏幕时又停住了。他想了想，还是驱车回百川，着手负责私立医院的事。

许唯之前给他提的意见很好，但实践起来非常难。他需要组织相关人员开会，制订方案，再层层汇报给领导，每个环节都要花费精力。

到了下班时间，秘书提醒他，他才从文件堆里抬起头。

手机屏幕亮了亮，许唯竟给他发来了消息。

许唯：今天很忙吗？

他很少这样一整天不联系许唯，许唯却主动联系他了。

谢砚宁勾了勾唇，难掩愉悦地回复：我刚忙完，一起吃饭吗？

许唯：好。

开车接到许唯后，在路上他讲了自己准备在其中一家私立医院试点开展专家库建设的计划："目前我的初步设想是利用高薪、高福利吸引优秀的医学毕业生入职，长期培养他们。"

许唯有些惊讶："我上次就是随口一说。"

"但你说得有道理，我调研一圈之后发现这个问题确实严重。还有，你做医疗设备代理，我也能稍稍了解你的工作内容，说不定之后我们还能碰上。"

许唯没敢告诉他，自己已经暂时放弃医疗设备销售了。

如果谢砚宁问她原因，她不能说因为盛风堵住了她的进货渠道，这样谢砚宁又要替她出头，甚至要替她解决货源问题。

她实在不想麻烦谢砚宁太多。

他们之间的利益牵连得越少越好，这样她才能爱得坦然。

听着谢砚宁认真地讨论工作，许唯忽然觉得他这副模样有些陌生，心尖一动，就忍不住转头看他，却正好对上谢砚宁含着笑意的目光。

谢砚宁问她："累吗？"

许唯摇头。

她想说：本来挺累的，我今天下午开车去拜访一位工程承包商，却被人拒之门外，在路上就花了半天时间，但是看到你就不累了，好神奇。

但她不习惯撒娇诉苦，只是伸手捏了一下谢砚宁的脸，什么也没说。

谢砚宁主动把自己的脸颊贴在许唯的掌心上，然后趁许唯不备，在许唯温热的手心里印了一个吻。

许唯无奈地笑了。

谢砚宁载着她去餐厅吃饭，吃完又带着许唯去不远处热闹的老街上散步。

快过年了，老街上到处张灯结彩，人来人往，好不热闹。小孩子提着玩具灯笼追逐着疯跑，差点儿撞到许唯，但被谢砚宁及时挡住了。

他们像寻常情侣一样往前走，途经一座姻缘庙，谢砚宁打趣道："进去抽一签？"

许唯没搭理他。

"小唯信姻缘吗？"

许唯反问他："你信吗？"

"信啊，遇见你的第二天，我以为已经被我妈养死的那盆文心兰突然开花了。"

许唯嫌他油嘴滑舌："你就编吧。"

"你怎么不信呢？你不信跟我回家看看？"

许唯搡了他一把，两个人正说笑着，迎面却撞上了许唯最不想看见的人——叶惠婷一家。

夫妻俩都穿着厚实的羽绒服，走在许优的两边，一个人拿着鸡排，另一个人拿着一碗红糖汤圆，大概是在哄闹脾气的许优吃东西。

许唯的呼吸一顿，她下意识地就想拐进一旁的巷口里，躲开这三个人。可谢砚宁不明所以，停住脚步，正想问她怎么了，就听见一声"姐姐"。

谢砚宁循着声音望了过去，

叶惠婷也随着许优的声音看过来，诧然地说道："小唯？"

叶惠婷立即走了过来，打量着谢砚宁，见谢砚宁的穿着打扮不俗后，倏然露出和善的笑容："小唯，这位是……？"

许唯挣开谢砚宁的手，冷静地说道："朋友。"

她不主动介绍，叶惠婷也不在意，热情地开了口："你好，我们是小唯的爸爸妈妈，你……你叫什么名字啊？"

谢砚宁立即反应过来，笑容开朗地跟叶惠婷和许致军打招呼："叔叔阿姨好，我叫谢砚宁。"

谢砚宁的话音刚落，叶惠婷就问："你在哪里工作啊？"说罢，她还不忘故作亲昵地说："小唯你也真是的，谈恋爱这么大的事也不跟我们讲。"

谢砚宁感觉气氛古怪，余光又瞥到了许唯紧抿的唇线，犹豫片刻后回答："我在百川集团工作。"

"百川，好公司啊。"叶惠婷说。

许致军不合时宜地插话进来："你有名片吗？"

许唯握住谢砚宁的手腕，把他拽到身后，冷漠地说道："一个普通员工有什么名片？"

"小唯，你谈恋爱怎么不告诉……"

"我劝你闭嘴。"许唯压着嗓音警告叶惠婷，她的声音极其严肃，好像有按捺不住的火气往外喷。

叶惠婷便噤了声。

许唯淡漠地说道："你们继续逛吧，我先走了。"

她拉着谢砚宁离开后，见谢砚宁想说话，不爽地说道："别问。"

于是谢砚宁委屈巴巴地跟在她后面，不开口了。直到走到路的尽头，许唯才停下。平复好情绪后，她低着头说："我和我父母的关系不太好，让你看笑话了。"

"不会。"谢砚宁把她抱进了怀里。

许唯靠在他的胸膛上，心也安定下来。

"就是吓了我一跳。我还以为这么快就要见家长了，还没有做好准备。"谢砚宁逗她。

许唯笑了笑："你要做什么准备？"

"很多，毕竟这是一辈子的事情。"

许唯问了一个她一直不敢问的问题："谢砚宁，你在恋爱的时候也会想一辈子吗？"

谢砚宁没有立即回答。

许唯那一刻心情很复杂，内心深处渴望谢砚宁给出毫不犹豫的肯定回答，告诉她：是，我就是想和你在一起一辈子。我们从恋爱到结婚，我会永远如初地爱你、陪伴你，弥合你前二十几年的伤痛。

但那是很幼稚的想法，恋爱时谁没发过誓、做过保证呢？那又如何呢？两个人结婚时在教堂里许愿一生一世，也不影响之后离婚。

许唯太悲观了，对自己的感情不敢抱半点儿希望。

谢砚宁才二十四岁，还可以经历很多次恋爱，最后找到最适合自己的那个人。

"我……"谢砚宁没有立即给出肯定的回答，"'一辈子'这个词太重了……"

他还想说"我会用行动来践行诺言"，可许唯会错了意，直接打断谢砚宁的话，莫名其妙地露出笑容，搂着他的脖颈，语气轻快地说："是啊，我也觉得这三个字太重了，所以我们要及时行乐。"

她主动牵住谢砚宁的手，陪着他走出老街。

她想：谢砚宁说得对，一辈子太重了。谢砚宁没有义务对她的童年伤痛负责，她及时行乐就好。

她看起来没有半点儿异样，可谢砚宁总觉得哪里奇怪。

直到几天后，他向许唯抱怨自己又要参加无聊的晚宴，许唯正忙着整理材料，随口打趣道："那你打扮得帅点儿，万一有美女呢？"

谢砚宁愣住："什么？"

许唯的心思全在材料上，再加上她前几天被谢砚宁的话搞得情绪有些低落，便脱口而出一句："我说，有钱人家的联姻不都是发生在这种晚宴上吗？"

"你为什么这样说话？"

"我说什么了？"许唯疑惑。

"我惹你生气了吗？"

"没有啊，"许唯反应过来，解释道，"我只是开个玩笑。"

"我不喜欢这样的玩笑。小唯，你如果有不开心的事，随时都可以告诉我，我愿意替你分担，但是你什么都不说，而且情绪总是莫名其妙地转变，我跟不上你的节奏。"

许唯顿住，指尖逐渐发凉。

"还有关于刚刚的玩笑，我觉得我们是互通心意的关系，你开这样的玩笑很伤人。司机把车开过来了，我先挂了。"

第五章
保持清醒

谢砚宁脸皮很厚，笑着说："现在是把小唯拐回家的时候。"

许唯还以为自己会松口气。

如她所愿，谢砚宁开始讨厌她了，像当年的费闻远一样。这样的对话在许唯很多次试图维系关系的过程中都会发生。

可是这一次她为什么这么难受呢？她揉着心口，喘不过气来。

谢砚宁的电话戛然而止，留下他的声音在许唯的脑海里无尽地盘旋。她能理解谢砚宁的怒火，也知道她最大的毛病就是故作坚强。

以前她是无人倾诉，现在是不敢倾诉。父母她指望不上，苏桐一个人带孩子已经很累了，至于谢砚宁……

她何尝不想说呢？

可是谢砚宁的爱太不真切了，来得太急又飘忽不定。

苏桐那天对她说："小唯，我们都是第一次来到这个世界上，你要允许意外发生，允许突如其来的爱情走进你的生活，就把它当作一次体验。"当时许唯想都没想就摇头了。

得而复失的滋味真的很疼，许唯没法再承受一次了。

谢砚宁坐进车里，司机见他面色不悦，也不敢开口，只驾驶着车子缓缓地往宴会地点开。

谢砚宁一进大厅就成为了全场最瞩目的焦点，很多人围上来，语气熟稔地喊他"谢少"，他笑着同众人打招呼，然后走到他父亲身边。高朋满座，觥筹交错，巨型吊灯垂下无数碎钻，切割着璀璨闪烁的光线。

所有人都在笑，红酒杯碰撞在一起，发出清脆的声响，但谢砚宁的心是沉的。

他在想许唯。

一想到许唯，他的心思便全散了，一切声响都变得无足轻重，他脑子里只剩下许唯。

有人走过来："砚宁。"来人是他父亲的好友，还领着女儿，"砚宁，念念回来了。"

谢砚宁转过身，见舒念月穿着一身娇俏的白色礼服，朝他眨了眨眼。

"好久不见。"

舒念月和谢砚宁从小就认识。她比谢砚宁小一岁，她的父母一直都很想撮合她和谢砚宁，常常在宴会或者其他场合当着众人的面让两个年轻人站在一起，营造出一种要结秦晋之好的气氛，给旁人暗示。

谢砚宁对这种刻意安排感到厌烦，又不好意思当场驳长辈的面子，便打招呼道："念念，什么时候回国的？"

舒念月的父亲看着这两个人，心情大好，拉着谢砚宁的父亲谢伯豪说："让两个孩子自己聊去。"

谢伯豪回头看了谢砚宁一眼，发现谢砚宁脸色平淡，甚至有些不耐烦。

舒念月也注意到了，所以在父亲走后伸出拳头往谢砚宁的肩上砸，刚刚温婉可人的样子完全消失了："你那是什么表情？你以为我愿意和你站在一起？"

谢砚宁笑着说道："你露出真面目了吧？"

两个人走到僻静处，舒念月问他："怎么了？我感觉你的心情不太好，你和你女朋友吵架了？"

"没。"

"那怎么了？"

谢砚宁看着远处色彩斑斓的夜景，道路尽头连接着一片高层住宅，点缀着万家灯火。

他又想起了许唯，总是孤独一个人的许唯，惹人心疼的许唯。

"砚宁，你谈恋爱之后变化好大，怎么看上去……这么沉默寡言？"

"有吗？我只是在想事情。"

"我早说过的，恋爱是要把酸甜苦辣咸都尝一遍的。当时在大学里有那么多机会，可你说要等真爱出现，谁追你都拒绝。你看，等待的结果就是没有前期练手的铺垫，遇到真爱时才发现自己毫无经验，露怯了吧？"

谢砚宁无奈地笑："你倒成了导师。"

舒念月捻了捻自己的发尾："没办法，我的经验实在丰富。"

"可惜恋爱的成功率不高，质量嘛，如果周暄也算在内……"

舒念月恨不得捂住谢砚宁的嘴，生气地说道："你别提他！当时我年幼无知而已！"

谢砚宁轻笑。

"你还好意思嘲笑我，自己成功了吗？"

"没。"谢砚宁老实地回答道。

"你们真吵架了？"

"前提是她愿意和我吵架。"谢砚宁叹了一口气。

"到底怎么回事？"

谢砚宁并不想和其他人分享这些事，更不想在背后和人探讨许唯，所以只说："不提了，我先溜了，这边你帮我应付一下。"

"什么？谢砚宁你……"

谢砚宁直接开车去了许唯家，半点儿没有停留，一路风驰电掣，等到了许唯家楼下，却顿生怯意。

他那番话是不是说得太重了？

许唯本就敏感，他又缺乏经验。

他正想着，就看到一个熟悉的身影从公寓楼里走出来，是许唯。

她穿着墨绿色的丝绒长裙，缓缓地走出来，似乎是感觉到冷，在门口停了几秒，但依旧走下了台阶。

寒风吹动她的裙摆，墨绿色的衣裙把她的脸色衬得更加苍白。

是许唯先发现了谢砚宁的车。

她定定地看了几秒，然后走过来。

谢砚宁没想到许唯会主动过来，后知后觉地走了下来，关车门前才想起来把后座的大衣拿出来，要往许唯身上披。

许唯拒绝了，笑着说："没关系，我不冷。"

谢砚宁垂下手。

"宴会结束了吗？"

"还没。"

许唯似乎不意外，又问："这套西装很适合你，是定制的吗？"

"是。"

许唯伸手帮谢砚宁整理好领结还有胸前的方巾，但在谢砚宁想要握住她的手时又提前收回手。她闻到谢砚宁身上有淡淡的香水味。

"对不起，我不该冲你发脾气。"谢砚宁说。

许唯摇头说道："没有啊，你只是在陈述事实。"

"我……"

"砚宁，我如果是你，也会生气的。"许唯看着谢砚宁的眼睛说，"你给过我很多次机会，想要听我把心里话讲出来，但都被我拒绝了。我如果是你，早就甩手走人了。"

"我让你有负担吗？"

"是，你对我越好，我的负担就越重。砚宁，这样的性格已经伴随我二十七年了，不是和你谈一场恋爱就能变好的。"

"我会陪着你。"

"可是我真的不想说，不想把已经结痂的伤疤揭开，翻来覆去地卖惨给人看。"许唯没等谢砚宁回答就继续说，"我从一开始就没有表现得很开朗啊，我的心思一直都很重。我过得像苦行僧一样，你是知道的，所以现在为什么要把'袒露心声'和'爱你'画上等号呢？那样对我太残忍了。"

"对不起。"

"不要说对不起，你没有做错什么。有你陪伴的这两个多月是我这几年最开心的一段时间，我应该谢谢你。"

"那我们还可以继续吗？"

许唯失笑着说道："还可以吗？你难道不觉得委屈吗？"

"之前还好，下午你提到联姻时那种毫不在乎的语气确实让我有点儿受伤。"

许唯的眼眶瞬间湿润了。

"但这不代表我后悔喜欢你了，我还是很喜欢你。"

他说得真诚，许唯却越发难受。

"我不是觉得自己配不上你，只是觉得，"许唯哽咽着停了一下，低着头说，"你本来可以不用这么累的。"

谢砚宁想要抱她，可许唯往后退了一步，说："砚宁，我们都冷静一下，好吗？"

谢砚宁眸色深沉，带着浓重的心疼意味。

许唯转身准备回去。

"小唯。"谢砚宁突然喊住她。

许唯的脚步顿住，她听见谢砚宁说："我不觉得累。这几个月我也很开心。"

许唯的眼泪扑簌簌地落了下来，她不想让谢砚宁看见，于是继续往前走。

直到走进电梯，她的情绪才崩溃，她捂住脸，痛哭失声。

刚刚那一刻她差点儿就要说出来了，好想告诉他她是如何长大的，一路遇到的不公、受过的委屈、经年不能愈合的伤疤，还有表面坚强实际脆弱的内心……她真的好想告诉他。

谁能教教她，她应该怎么办？

谢砚宁在车里坐了一夜，许唯卧室的灯也一夜没关。两个人各怀着心思，等着天边泛起鱼肚白。

天光大亮后，许唯擦干净脸上的泪痕，去卫生间里洗了个澡，然后给松子准备早餐。九点多的时候，之前联系过的工程采购部经理打电话给她，问她有没有时间。许唯立即说"有"，然后穿好衣服就出发了。

她下楼时，发现谢砚宁的车已经离开了。

许唯的心情低落了一瞬，她又逼着自己打起精神。

爱情这种不稳定的东西只在她的生命里占据一小部分，她认为自己的安全感应该来自稳定增长的银行存款。

她在车里补了口红，便开车前往对方的公司。

她没想到的是，双方谈得异常顺利。

这是她换方向后的第一单。她跑前跑后地缠了对方的经理很久，本来不抱希望的，但赶上政府"桩基先行"的新政策，施工时间提前了三个月，正好对方和她的老客户王总是多年的朋友，王总帮忙说了几句话，她就捡了个漏，成功地把去永华市签的那批智能爬架推销了出去。

林从南不知道在哪里听说了这件事，主动发消息来祝贺许唯："恭喜许小姐赢得开门红，我还以为你至少要等到年后。"

许唯笑着说道："我也没想到，还要多谢林总的指导。"

"不敢。许小姐今晚有空吗？"

许唯一愣，然后撒了个谎："实在抱歉，今晚有朋友要来我家。"

"没事，我们改天再约。"

许唯挂了电话，看着屏幕，心生疑惑：这个林总不是一直对她有看法吗？

她没多想，先开车回了家，结果在楼下遇到了严朝雨。

这还真是让她说对了——有朋友来了。

严朝雨把之前的波浪鬈发拉直了，朝许唯挥了挥手。时间好像被拉回到几个月前，严朝雨去英国前拖着行李箱来找她时，也是这样在门口朝她挥手。

许唯第一次直观地感受到"物是人非"这个词的威力。

"小雨，回来了？"

"回来了，我再不回来，我妈就要闹自杀了。"

许唯不知道该作何反应，幸好严朝雨主动说："我问了费闻远你现在住在哪里，然后就找过来了。我想替我父母，当面和你道个歉。"

"不用。"

"我妈觉得我没有能力打理我爸的公司，所以准备和我爸打离婚官司，分走她的那部分股份之后变现，帮我开一家美容院，然后再帮我找个门当户对的人嫁了，日子应该能过得很顺遂。"

"你想这样吗？"

"不想。"

许唯还以为严朝雨会说：不想，我偏要在盛风站稳脚跟。结果严朝雨说："我想创立一个自己的服装品牌——我在英国学的就是服装设计。"

许唯愣住了。严朝雨似乎早有预料，笑着说："我就是很自私的人，对销售公司没有兴趣，也不想结婚。我还是想做我喜欢做的事。我妈很可怜，我会爱她，对她好，但也仅此而已。"

许唯说："我明白。"

"谢谢你告诉我家里的事，我过来就是想对你说，你不用有负罪感。"

许唯的表情有些不自然，她当时确实不该一冲动，告诉严朝雨严文江在外面有私生子的事。

"反正我早晚会知道的，当时那一刻很崩溃、很痛苦，但是后来也释然了。家庭破裂了很可惜，但我不想拿我爸的错误惩罚自己，过得像什么复仇女王一样，没必要，反正他已经身败名裂了。"

"你能这么快调整好心态，我替你开心。"

"活得自私一点儿，爱自己，把自己当公主宠，什么心态都能被调整好的。"

许唯的笑容凝滞在脸上。

这话对许唯的冲击力很大，她好像从来没有过"把自己当公主宠"这样的想法。

"我妈说你和谢砚宁在一起了，真没想到。"

"没有。"许唯下意识地否认。

"是因为那次乌龙的相亲吗？"

许唯有些尴尬，错开视线说："我们没在一起。"

"你们为什么不在一起？他没传闻中那么好，表里不一？"

许唯无奈地说道："不是。"

严朝雨也没有多问："总之，我希望你幸福。"严朝雨耸了耸肩，"我真的希望你幸福。"

许唯抬头看着她："谢谢，你也是。"

严朝雨离开之前问许唯，表情不再轻松："以前你是真的把我当朋友吗？还是只为了工作，所以尽可能地讨好老板的女儿？"

四目相对，两个人都在彼此的眼中读出恍若隔世的无奈。许唯认真地说："我是真的把你当朋友，当妹妹。"

严朝雨冲她笑了笑："那就好。"

司机在车边等严朝雨，看到她上了车，许唯由衷地想：她真的是小公主。

她恣肆又自信，虽然偶尔会惹人不快，但大多数时候还是很招人疼的。

也许严朝雨是对的，爱自己的人才会被人爱。

可惜性格不像工作一样，想辞就辞，要彻底转变，许唯还有很长的一条路要走。

过了一个多星期，许唯接到工程总监的电话，对方让她一起去参加饭局。

许唯急忙关了电脑，收拾了一下，到那边才发现林从南也在。

林从南招呼她坐在旁边，工程总监惊讶地问道："两位认识？"

许唯笑了笑。

林从南靠近了许唯，小声地告诉她："左边那个稍胖的人是桐江四建的刘总，在四建里的话语权很大；他旁边的人是全省最大的铝型材生产厂家的负责人，姓尤。"

许唯会意，趁着气氛热闹，便主动起身敬酒。

同是销售，林从南并不避讳这种事。许唯喝酒很爽快，刘总酒过三巡，劣根性就开始暴露了——许唯一起身，他就开始劝酒。

这次许唯没有强撑，说了几句讨巧话躲过一劫，林从南也帮她岔开话题。

饭局结束时，许唯在手机上找代驾。林从南走了过来："坐我的车吧，我的司机在那边。"

许唯笑着摆手："不用了。"

林从南又说："之前我听说许小姐千杯不醉，在酒桌上厉害得很，今天是怎么了？"

许唯忽然想到那天也是在酒店门口，谢砚宁用围巾围着她，眼里的心疼意味很明显。他说："一定要这样喝酒吗？身体不难受吗？"

谢砚宁的围巾很温暖，他的关心更温暖。

许唯笑着说："前阵子我做了个手术，不敢喝了。"

一转眼就快过年了。

离年三十还有两天，许唯忙里偷闲，去了一趟苏桐家。苏桐年底也忙，哆咪得了重感冒，她的前夫又隔三岔五地来献殷勤，反正都是一堆鸡毛蒜皮的事情。

"你之前说想要对付他，有什么计划吗？"许唯问。

苏桐关了电脑，取下蓝光眼镜，说："他现在隔两天就过来给我和哆咪送礼物，我不要，扔到门外了，他还是继续送。我就等着他哪天露出马脚，然后我立即报警，再去他的公司拉横幅，非把他弄得身败名裂不可。"

"那天你别忘了叫上我，我在底下拿大喇叭喊：'付梓升你个孕期出轨的王八蛋！你还有脸上班？你迟早要被天打五雷轰！'"

苏桐被逗得"哈哈"笑。哆咪在旁边，也稀里糊涂地跟着张嘴笑。

许唯捏捏她的小脸，学着她奶声奶气地说："你笑什么呀？"

苏桐观察她的表情，突然问她："你和谢砚宁最近怎么样？"

许唯整个人僵了僵："挺好的啊。"

"真的？"

"当然是真的，我骗你做什么？"

"可是你看起来一点儿精神都没有，眼睛还有点儿肿。"苏桐指了指许唯的眼圈。

"眼睛肿是我昨天熬夜看产品分析熬出来的。你都不知道一个智能爬架的数据有多复杂，还有平面图、侧面图，这对我一个文科生来说真的像天书一样。"

"你一紧张就话多。"

许唯的笑容凝固，但她始终嘴硬："真没有，我和他挺好的，今年过年他还要陪我一起呢。"

苏桐这才稍微放下心："有人陪你就好了。"

许唯扯了扯嘴角："嗯，有人陪我。"

苏桐和她是知己好友，可成年人各有各的生活，各有各的困境。单亲妈妈已经很辛苦了，她不想多说，不想让苏桐替她忧心。

回到家，许唯抱起松子，躺倒在床上，靠在小熊玩偶的旁边："你们两个陪我过年，好不好呀？"

小熊兜里的月亮已经扁了，许唯还是喜欢它鼓鼓囊囊的手感。她仔细瞧了瞧缝合线，准备等年后找个裁缝，再塞些棉花进去。

叶惠婷给她打来电话，让她年三十回去吃饭，她拒绝了。

"以后就不要打这种没意义的电话了。"

叶惠婷解释道："那天是我们太冒失了。我和你爸爸也是看那个男孩子的条件不错，想帮你问问情况。"

"你们省省吧，我用不着你们操这份心。"许唯挂电话之前又说，"我和他已经没关系了。"

接下来是费闻远和杨卉问她近况，杨卉的单位发了三箱橘子，费闻远开车过来，给许唯送了一箱。

这是许唯今年收到的第一份礼物。

她由衷地感谢，然后回赠了两套护肤品，男士女士各一份。费闻远推搡着说："你这是干什么？我们买不起？"

许唯坚持要送，打趣地说道："你先收下，到时候婚礼的份子钱我少塞五百块。"

费闻远推不掉，只好收下。

许唯看着地上一箱黄澄澄的橘子，终于有了过年的实感。她蹲下来，拿了一个橘子放在鼻间闻了闻，闻到沁人心脾的果香，她的心情也变得舒畅了。松子跑过来，扒着纸箱好奇地往里看，许唯笑着揉了揉它的脑袋。

她打扫了一下家里的卫生，把纱窗、窗帘和地垫都洗了一遍。等搞完已经快天黑了，她就坐在阳台上发呆。

林从南发消息过来：许小姐，提前祝你新年快乐。

许唯莞尔，回复道：谢谢林总，也祝你新的一年平安顺遂，财源广进。

林从南：许小姐年三十打算怎么过？

许唯刚要回复，林从南紧接着又发来一条：应该不是和父母过吧？

许唯微怔：林总这是什么意思？

林从南：那天在机场，我不小心听见了许小姐的通话内容。许小姐不用太在意，我和许小姐差不多，我的父母在我十二岁那年去世了。

许唯很久没有回复。

林从南竟然知道了这件事。除了苏桐和严朝雨，第三个知道她的领养身份的人竟然是萍水相逢的林从南。

许唯本来对此讳莫如深，可看着林从南平淡的表述，她的恼意也莫名其妙地变得无凭无据。原来可怜人不只她一个。

林从南：说这个不是想戳许小姐的痛处，我只是想邀请许小姐一起过年。

许唯：谢谢林总的邀约，不过我习惯了一个人过年。等年后我请林总吃饭，到时候林总如果愿意，可以和我讲讲您的事情。

林从南：好。

许唯茫然地看着屏幕，能感知到林从南的话里的意思，也明白一起过年代表什么，但她的心里没有起半点儿波澜。

许唯放下手机，又不由得想起了谢砚宁。

她逃避了这么久，还是一想到他就难过。

其实她和谢砚宁没有断绝联系。谢砚宁偶尔会给她打电话，两个人在电话里也没什么说的，就是聊一些近况，谢砚宁说私立医院的事，许唯说医疗设备销售的事。

她始终没告诉谢砚宁，她已经转去做建筑机械销售了。

工作的话题聊着聊着就变得枯燥，然后两个人齐齐陷入沉默，最后通常是许唯找个借口挂断电话。

谢砚宁还来送过两次他家保姆炖的汤。

许唯收下之后，回赠了她自己在家做的三鲜馅蒸饺。

若是以前，谢砚宁肯定会撒着娇，赖在许唯家里把蒸饺吃完，但现在两个人不尴不尬的，他也没法提。他们站在电梯口，许唯帮他按电梯下行键，然后说："路上小心。"

谢砚宁看了看许唯，终究还是进了电梯。

他们上一次见面已经是五天前，这几天许唯忙得团团转，此刻闲下来才想起来，自己已经五天没有见到谢砚宁了。

她的心像缺了一块，不见血地疼。

许唯一个人去逛超市，买了蔬菜、鲜肉，又去逛了零食区，买了一个零食大礼包。结账时收银员问她要不要春联和窗花，许唯想了想，然后拿了一盒放进自己的推车里。

许唯还在超市外面看到有个七八十岁的老奶奶，摆地摊卖自己家里长的冬笋。

老人缩在停车场的旁边。许唯走过去，看着老人家衣衫单薄，在冷风中被吹得可怜，便心生不忍，直接把剩下那点儿冬笋全包了，然后给老人塞了三百块钱。

见老人局促不安地望向她，许唯摆摆手说"没事"，就转身离开了。

她带着大大小小的塑料袋回了家，松子看到她，开心地跑过来。许唯把脸埋在它的小肚子上面："乖宝宝，我们一起贴春联。"

她在家里翻出了透明胶带，展开春联，走到门外，把春联贴了上去，然后抱着松子，捏着松子的小爪子在上面戳了戳："我们家松子第一次过年呀，要健健康康的，多陪陪妈妈。"

念及此，许唯忽然开始后悔养小宠物了，一想到小家伙只能活十几年，许唯的心情就开始沮丧。

她亲了亲松子，松子乖乖地窝在她的怀里，时不时舔舔她。

许唯把买回来的冬笋都洗干净，然后一边看电视一边吃礼包里的坚果和棉花糖。她其实不太爱吃甜食，但今天鬼使神差地，一个人躺在沙发上吃了一整袋棉花糖。

好甜啊，她不知道为什么谢砚宁喜欢吃这么甜的东西。

松子抱着和它一样大的磨牙棒，玩得不亦乐乎。忽然门铃响起，把它吓得钻进了茶几下面，许唯安抚着它，走过去开门。

她在猫眼里看到了谢砚宁。

她的心跳停了一拍，握在门把上的手倏然失了力，她使劲往下按了好几下才重新攒起力气。

门被霍然打开，两个人四目相对，一时都有些语塞。

谢砚宁说："我送点儿东西过来。"

那不是一点儿东西，大大小小的礼盒加起来有七八个，有白葡萄酒，也有燕窝补品，还有一条钻石项链。谢砚宁把项链递到许唯的手里："我之前就买好的，一直没机会送给你。"

许唯知道没法推辞，便收下了："谢谢。"

他们一个人站在门里，另一个人站在门外，相对无言。许唯想了想，还是当着谢砚宁的面戴上比较好。

她刚撩开后颈的头发，谢砚宁就伸手过来帮她。吊坠的细链被他捏着，他的指尖时不时碰到许唯的皮肤，像一阵电流穿过许唯的全身，她感到酥酥麻麻的。

搭扣太小，谢砚宁试了几次才扣上，从他的角度能看到许唯的后颈，苍白细瘦，颈骨凸起。

"你瘦了。"谢砚宁说。

许唯感觉鼻酸，但没有表现出来，笑着说："没有啊，我还觉得自己这阵子过劳肥了。"

许唯转过身，散下头发，低头看了看吊坠，发现它是月亮形状的，钻石亮得很耀眼。

他还记得她是他的月亮，依旧愿意把她当作月亮。

许唯差点儿就要落泪，但及时忍住了。谢砚宁总让她变得脆弱不堪。

抬头时对上谢砚宁的眸子，许唯心神一震，差点儿忘了一件重要的事。

她进卧室拿了一个长方形盒子出来："我本来想给你订套西装的，可是没有你的尺码，买成衣又怕不合适，想了想还是换成了领带、领夹。两样东西都是藏青色的，应该比较好搭衣服。"

许唯将盒子放在谢砚宁的手上，朝他笑了笑。

谢砚宁却问她："就一定要立即回赠才算不亏欠吗？"

许唯脸上的笑容僵住了。她感觉到了无法言说的委屈，移开视线，攥着手说："没有啊，我这个也是之前买的，今天正好送给你而已。"

谢砚宁打开盒子看了看，然后说："谢谢，我很喜欢。"

"那就好。"

谢砚宁看了看许唯的小公寓："你就在这里过年？"

许唯急忙扯谎："不是，明晚年三十我当然回我爸妈家。"似乎怕他不信，许唯还刻意补充道，"我和我爸妈的关系也没那么坏，逢年过节我还是要回去的。"

"那就好。"

许唯笑了笑："嗯，你呢？过年有什么打算？你家里应该很热闹吧？我昨天还在电视上看到你妈妈了，好像是一个电影节的采访。你妈妈保养得真好。"

她的话又开始变多，絮絮叨叨得让人插不上嘴，但她的神情并不如她的语气一样轻快。

谢砚宁感觉到了，走上前抱住许唯。

许唯的话戛然而止。

她的呼吸都随之停住，鼻酸一下子冲击得她几乎要落泪，尤其是在这万家团圆的时刻。

她强撑了这么久，装模作样了这么久，谢砚宁一抱她，悲伤就变得无处遁形。

"你的心就这么狠，你一次都不主动联系我，一通电话都不给我打。"谢砚宁抱紧了许唯，把她往怀里按。

许唯把脸埋在谢砚宁的肩头。

"我很想你，很想你。"谢砚宁说。

许唯这才意识到自欺欺人的可笑之处。

她之前赌气想的那些都是假的。她从来都不希望谢砚宁讨厌她，就是要谢砚宁这样抱着她，说想她，说还爱她。

他们明明才认识三个月，这么短的时间对许唯来说，根本不够巩固好和一个客户的关系，甚至远不够销售出一套产品。可是谢砚宁能用三个月轻而易举地走进许唯的心，在许唯的生命中留下足以改变她的痕迹。

他给了许唯满满当当的爱，从那之后，许唯就开始变得贪心。

她有很多话想要倾吐，可到了嘴边又说不出口，只能用力地攥紧谢砚宁的外套。谢砚宁感觉到许唯低落的情绪，低头蹭了蹭她的脸，在她的耳边说："没关系，你什么都不用说，我都懂。"

他说他懂。许唯不想深究他这话是否属实——她已经足够感动了。

"谢谢。"

谢砚宁总是在她最脆弱的时候出现，几句话就让许唯的心堤崩塌。

谢砚宁松开许唯，轻声说："我在你这里待一会儿，好不好？"

许唯都不敢抬眸看他，生怕暴露自己通红的眼。她说"好"，然后绕开谢砚宁去关门。

谢砚宁刚走到沙发边，松子就扑了过来。谢砚宁顺势抱起它，松子在他身上闻了又闻，大概是闻到了熟悉的小狗的味道，这才放心地蜷缩在他的怀里。

"它长得好快，都快和坚果一样大了。"

"是啊，长得好快。"

"小家伙有点儿胖，小肚子圆滚滚的。你给它买新年衣服了吗？我妈给坚果买了七八件。"

"买了，它不肯穿。"

谢砚宁眼尖地看到沙发上的粉色小马甲，把松子抱到腿上，帮它穿。

许唯松了一口气，忍不住弯起嘴角。她本以为气氛会很尴尬，幸好谢砚宁总会主动化解尴尬。

她反身走进厨房，给谢砚宁泡了杯热气腾腾的红茶。

窗外响起烟花盛放的响声，忽然又把许唯拉回到过年的现实里。明天是年三十，她还是要一个人过的。谢砚宁的到来像一场美梦，他没来时万物沉寂，一出现，身边的所有事物都变得生动且热闹，连玻璃上的窗花看起来都格外漂亮。

许唯表现得像第一次招待客人，拘谨又紧张。

她把茶端出来，又把空调的温度调高，拆薯片时手一抖，薯片"哗啦啦"地撒了一桌子。许唯整个人僵住，在心里骂了自己几句，然后急忙把完好的薯片重新放回袋子里，再用面巾纸把碎屑拂进垃圾桶里。

许唯觉得自己好狼狈，做多错多。

谢砚宁就静静地看着她，然后伸手把她拉到身边。他们靠得很近，许唯能感觉到谢砚宁身上的温度。

两个人都欲言又止。

幸好有松子打破僵局。它从谢砚宁的腿上跳到许唯的腿上，仰着小脑袋左看看右看看，似乎不明白这两个人之间的奇怪氛围。它正忙着观察时，爪子一踩空，"嗷"的一声，骨碌碌地掉了下去。

许唯和谢砚宁同时去抓它，可因为靠得太近，身体一倾，额头就撞到了一起。

谢砚宁急忙去揉许唯的头，许唯一边下意识地躲，一边又想去捞小狗，两个人手忙脚乱地挤成一团。谢砚宁不知什么时候压在她身上了，许唯过了几秒才反应过来，立即推开谢砚宁。

谢砚宁也知道自己失态了，压抑着紊乱的呼吸，坐到了侧边的单人沙发上。许唯也慌忙整理着衣摆。

谢砚宁刚想说话，手机就振动起来。他把手机拿出来接电话，舒念月清脆的声音在安静的客厅里显得尤为清晰。

"谢砚宁，你在家吗？我做了点儿甜品准备送过去。"

"我不在家。"

"那干妈在家吗？我去找她玩。"

"应该在。"

"好的好的，我挂了。"

舒念月说话总是风风火火的。谢砚宁看着被挂断的电话，正一头雾水的时候，余光瞥到许唯整理衣裙的手停住了。他这才反应过来，解释道："这是我的一个朋友，和我从小一起长大的，我和她只是朋友关系。"

"嗯。"许唯回答得很漫不经心。

谢砚宁急了："我们真的只是朋友关系，你不要误会。"

许唯起身，状若无事地说："我没有误会啊。"

谢砚宁跟了过去，见许唯走进卧室，就把许唯困在卧室门口："她有男朋友。"

卧室没有开灯，所以谢砚宁的脸半明半暗，让人看不出喜怒，许唯低着头不吭声。

谢砚宁抱住她，把她压在卧室的门上，委屈地问："你为什么吃醋？我们是男女朋友的关系吗？你从来都没有答应我的表白。你不是不喜欢我吗？为什么还要因为一通电话和我闹脾气？"

许唯的整颗心都揪了起来。

时间被放大到每分每秒都清晰可感，许唯感觉到时间在流逝，谢砚宁的耐心也在消减。满腹的委屈都已经挤在了嗓子眼，也许再多几分钟，她就会压抑不住，全都宣泄出来。

自己在吃醋吗？

她当然会吃醋，那样年轻的女孩的声音、那样亲昵的语气，还有在青梅竹马的小说里常常出现的称呼和场景……

许唯的危机感陡然上升，慌得她坐也坐不住，想掩饰都掩饰不了。

谢砚宁的问话坦然又直白，一下子把许唯问蒙了。她甚至不知道该先回答哪个问题。

窗外又响起爆裂的烟花声。

谢砚宁颓丧地倒在许唯的肩上。

"我可以等，等多久都没关系。你一直吊着我也没关系，我认栽。"

"谢砚宁。"许唯突然开口。

"嗯？"

"为什么要在我身上浪费时间呢？"

"这怎么会是浪费时间呢？我明明乐在其中。"

许唯愣住了。

"只是有的时候，我会很困惑，想问你，小唯，你这样千方百计地躲着我，是为了遇见谁？什么样的缘分值得你放弃一切可能，只为了等他出现呢？"

他竟是这样想的吗？在感情里，纵然是谢砚宁，也会这样不自信吗？

"我没有等谁，也从来没有期待过，你的出现已经是最大的惊喜了。"

"那为什么……"

"砚宁，不是谁都像你一样，在很幸福的家庭里长大，拥有爱也相信爱。"

谢砚宁沉默了片刻，然后小心翼翼地问："你的父母很偏心，是吗？"

谢砚宁想起那天在老街，许唯的妹妹被父母呵护着、围绕着，和形单影只的许唯形成鲜明的对比。

偏心……如果他们只是偏心也就罢了。

许唯不敢说自己是个被领养的孤儿，真的不敢说。

她在大学时曾在某个聊天论坛里遇见一个同是孤儿的女生，她们迅速熟络起来。那个女生说自己正准备离婚，跟许唯讲她的恋爱经历，讲她的丈夫最初是如何体贴入微地关心她，可结婚后又是如何性情大变，一次次用语言暴力伤害她。

"他说过最狠的话是，'你要不要去检查一下自己的脑子是不是有病？不然你爸妈为什么要把你扔掉？'

"你看，你把你的悲惨童年展示给他看，想要博取他的同情，其实只是暴露了自己的软肋，让他知道什么最能拿捏你。

"我们是没有娘家撑腰的，受了欺负，不管是反抗还是忍耐，都是由自己承受后果。

"也许有人很幸运，能遇到一个治愈她的爱人，但大多数像我们这样的人，太缺爱了，没有能力经营好婚姻，结局都不太好。"

…………

思绪回笼，许唯抬头望进谢砚宁的眼里，淡笑着回答："是啊，他们偏心。"

谢砚宁把她搂进怀里。

"砚宁，天不早了，你先回去吧。"许唯说。

"小唯……"

"你先回去吧。明天年三十，你家里肯定会很热闹，会很忙的，你回去好好睡一觉。"许唯抬起手，犹豫地落在谢砚宁的头发上，摸了摸谢砚宁的头，然后滑到他的耳朵上，轻轻地揉了一下，"提前祝你新年快乐。"

"我可以讨一个新年礼物吗？"

许唯没回答，谢砚宁的吻已经落了下来。就在他们的嘴唇快要贴上的时候，许唯还是躲开了，挣脱出谢砚宁的怀抱："回去吧。"

谢砚宁最后还是离开了。

门被关上的那一刻，许唯颓然地坐在地上，松子在她身边缩着。

情绪最激烈的时候，许唯在自己的手臂上狠狠地抓了一把，抓出了四条细长的血痕，最重的地方迅速渗出血珠，可许唯没有管。她把脸埋在臂弯里，闷声不语。

许唯再醒来已经是凌晨五点了。她撑起酸痛的身子，踉跄着进了卫生间。

年三十就这样来了。

许唯逼着自己睡到下午，起来给松子做了美味又丰盛的饭，带着它下楼逛了一圈，回来后简单做了一菜一汤，汤快烧好时才想起来没煮饭。

她急忙淘了米，放进电饭煲里。眼见这边的菌菇汤又沸腾得溅出来，她急忙关了火。

许唯擦着台面，看到手臂上的伤，突然笑出声来。

"妈妈过得好狼狈啊，"她对松子说，"真的好狼狈。"

吃完饭后，她一只手搂着松子，另一只手搂着小熊玩偶，把电视的声音开到很大，然后茫然地听着背景音发呆。

春晚倒计时响起时，门被人敲响。

许唯还以为自己幻听了，把电视的声音调小，敲门声又响起来了。

许唯隐隐预感到了什么，迟疑地走过去，呼吸变得急促，手都在发抖。

她把门打开，站在外面的人真的是谢砚宁。

"我就知道。"谢砚宁一副了然的模样，抓着许唯的手，环视着许唯的小公寓。

许唯根本没回家。

他说："小骗子，又撒谎。"

许唯又慌又气，挣扎着想要收回手，愤然地说道："我比你大三岁！"

"那又怎么样？"

"谢砚宁！"

"跟我回家过年，好不好？"

许唯整个人都僵住了，难以置信地问："什么？"

"跟我回家。"

谢砚宁走进来，把松子放进他之前带来的宠物包里，余光瞥到沙发上的玩偶，问："这个要带吗？你是不是要抱着它睡觉？那就带吧。"

他根本没问许唯的意见，自顾自地拎着袋子和宠物包，走过来牵许唯的手。

"你疯了？"许唯完全蒙了。

"我没有。我在开车过来的二十分钟里已经经过了深思熟虑。"

"谢砚宁！"

"在，"谢砚宁不以为意，还贴心地帮许唯关了灯，"走吧。"

"且不说我们还没谈恋爱，就算是恋爱关系，才认识没多长时间我就跟你回去过年，你父母会怎么想我？"

"他们应该挺开心的。"谢砚宁耍起无赖来，许唯完全不是他的对手，"走吧。"

谢砚宁把许唯拉出来，然后手疾眼快地关上门，许唯拦都没拦住。她瞪大眼睛，对谢砚宁说："钥匙还在里面！"

谢砚宁坏笑："那不是更好？"

许唯急得快要哭了："你到底想干什么啊？真的不行。"

谢砚宁在这时候还能悠哉地俯身索吻，啄了两下许唯的唇，一脸无辜地说："我想带小唯回家过年。"

许唯整个人都是崩溃的。

她穿着家居服，发型蓬乱，身上还粘着狗毛，可谢砚宁把外套脱下来，披在她身上，捧着她的脸，说："好可爱。"

许唯烦闷地推开他的手，低着头在走廊里乱转，像一只随时准备挖洞逃跑的小老鼠，处在极端焦虑的状态中。

"不行，真的不行。谢砚宁，你发什么疯啊？你知不知道什么叫带我回家过年？你总是这么冲动，每次都不顾我的反对，之前在医院就是，现在也是。"

许唯蹲下来捂住脸。

"我不是冲动。我想过留在这里陪着你过年——二人世界也不错——可是总觉得这不是最好的解决办法。"

"谁要你解决了？"许唯的情绪瞬间爆炸，她起身愤怒地质问谢砚宁，"我一个人过年怎么了？碍着你什么事了吗？"

"小唯……"

"你当你是救世主吗？谁要你来救我了？我过得很好，能赚钱、有工作、有社交，哪一点需要你来救我？"许唯眼眶里盈满泪水，"你凭什么可怜我啊？我是喜欢你，但这不代表我要为了你改变自己。"

她喃喃地说道："你想要我改变，不就意味着你觉得我不够好吗？"

可谢砚宁直接抓住了许唯话里的另一个重点："你刚刚说，你喜欢我？"

许唯停了一瞬，更想哭了。

谢砚宁把她揽到怀里，隔着自己的外套抱紧她，撒着娇说："我就知道，小唯是喜欢我的。"

许唯费力地推搡着他，可谢砚宁一个劲地往她身上黏，嘴里还哼哼唧唧地喊着"小唯"。

"谢砚宁！"

"在！"谢砚宁乖巧地松开手。

许唯赤红着眼瞪他，指着门说："帮我去找物业，想办法开锁。"

"你不是要跟我回家的吗？"谢砚宁毫无愧怍，还凑到许唯面前，轻声诱哄她，"小唯，你要不要试试，来我的世界里逛一逛？"

他的世界一定是熙来攘往、热闹非凡的，和许唯的世界隔山隔海。

许唯的指尖陷入掌心。

"就当是送我一份新年礼物，好吗？"

可能是谢砚宁的声音太诚恳，也可能是许唯在内心深处有隐隐的期待，总之，等谢砚宁再次牵她的手时，她没有挣脱。

许唯到了楼下才意识到自己穿得太随便。虽然她穿的是能外穿的家居服，但这毕竟是她第一次见人家的父母。许唯正纠结着，谢砚宁朝她晃了晃手机。

"我已经跟我妈说了，让她帮你找两套衣服。"谢砚宁颇为得意地朝许唯眨了一下眼，好像在等着许唯夸他。

许唯一阵无语。

"走啦。"

谢砚宁把她拉到车上，倾身过来帮许唯系安全带的时候，被许唯狠狠地捶了一拳。

谢砚宁自知理亏，朝许唯笑了笑，然后捂着胸口说："小唯，好痛啊。"

"活该。"

谢砚宁伸手帮许唯理了理额前的头发，然后在她的脸颊上印了一个吻："很漂亮，小唯，没什么好紧张的。"

他把车内空调的温度调高，又让许唯拢好衣领，然后驱车往他家开。

街道上几乎没人，到处张灯结彩，住宅楼里的家家户户灯火通明，公园的门口有几个孩子在玩仙女棒。小小的烟花璀璨绚丽，照亮了孩子稚嫩的脸庞。

新年伊始，万物更新。许唯的脑海中突然冒出这两个词。

她转头望向谢砚宁。

也许谢砚宁真是老天派来拯救她的。

谢砚宁察觉到她的视线，笑着问："怎么了？"

"不管怎么样，谢谢你。"

谢砚宁握住许唯的手，和她十指相扣："小唯，我们之间不说这个。"

城南公馆在桐江主城区的南边，是地段最好的湖景别墅区。车还没开进林道，许唯就能望见不远处泛着粼粼波光的湖面，这里依山傍水，树木葱郁，若是夏天，竹海环绕也有一番雅致惬意的情调。

跑车缓缓地驶入公馆大门时，许唯再次开始紧张，她的手心不停地出汗，呼吸都变得不稳了。

幸好车内昏暗，否则谢砚宁就能看到她脸上的绯红从耳尖一路蔓延至脖颈。

许唯搓着手，局促地问："我……我要不要买点儿东西？这附近有商场吗？你爸妈喜欢吃什么？"

谢砚宁笑着说："小唯，现在连二十四小时便利店都关门了。"

"可是我不能空着手啊。"

"没关系，我爸妈知道你是被我绑架来的。"

"可是……"

谢砚宁停好车，倾身按住许唯的手："我父母不会对你有任何意见的。小唯，你就当订了间民宿，安心住下。"

许唯泫然欲泣地看着他。

她很少完全展现自己柔弱的一面，尤其是这种可怜模样。谢砚宁愣了愣，瞬间就被吸引住了，说罢就要凑上去。

可许唯推开他的脸，怒道："你怎么就知道亲？好烦啊。"

她焦虑得都快揪头发了，谢砚宁还在一个劲地找机会亲她。

"你也不看看现在是什么时候？！"许唯重重地叹了一口气。

谢砚宁脸皮很厚，笑着说："现在是把小唯拐回家的时候。"

许唯狠狠地瞪了他一眼。

她在车里匆忙地照镜子、理头发，可半点儿妆都没化，脸上就擦了点儿素颜霜，眉毛没描，口红没涂，黑眼圈清晰可见……她简直想把谢砚宁掐死。她万念俱灰地把脸埋在掌心做了个深呼吸，然后破罐子破摔地推开车门。

谢砚宁帮她把车门拉开，朝她挑了一下眉。

许唯像要上刑场一样，面如死灰地走出来，最后问谢砚宁："在你父母面前，我有什么要注意的吗？"

"比如呢？"

"比如他们有没有什么不能提的话题，还有你妈妈喜欢聊什么？"

"我爸就是脸比较冷，但其实人很随和的，你跟他说什么他都不会生气，至于我妈——"谢砚宁拖长了尾音，故意停了下来。

许唯疑惑地追问："你妈妈怎么了？"

谢砚宁不说话。

许唯瞬间紧绷起来："你告诉我啊！她是不是不太爱聊天？这也有可能，她当了那么多年演员，老是接受采访，肯定懒得跟人聊天了。她是不是也不喜欢别人提娱乐圈的事情啊？那我该找什么话题？"听到谢砚宁笑出声来，许唯把他拉住了，"你说清楚啊！"

"你亲我一下，我就告诉你。"

许唯被欺负到没脾气了，只能看着谢砚宁俯身靠近。她含冤受辱般地凑过去，在他的脸颊上碰了一下。

谢砚宁这才满意了，然后搂着许唯的腰往前走："我妈不是不爱聊天，是太爱聊天了，还最爱聊娱乐圈的八卦。你千万不要跟她提某个演员的名字，不然可能要被迫听一晚上八卦，"谢砚宁神神秘秘地说，"保真的那种。"

"你不会骗我吧？"许唯将信将疑。

"我骗你干吗？"谢砚宁指了一下几米开外的别墅，"到了。"

许唯心里"咯噔"一下，条件反射般地想要逃走，又被谢砚宁轻松搂住。

她还没来得及挣扎，别墅的大门就被打开了。商妍站在门口，很开心地朝他们俩招手："小唯，快来。"

许唯身子一僵，然后迅速推开谢砚宁站好，露出销售的标准微笑，和商妍打招呼："阿姨好。"

"外面可冷了，快来快来，阿姨给你拿了一套衣服。"

许唯看了谢砚宁一眼，然后走过去。

她还在为自己的狼狈模样而懊悔，商妍已经打量完她的身材，兴奋地一拍手："太好了，小唯，这几套衣服的尺码你都正好能穿！"

许唯被吓得往后退了一步。

这母子俩，怎么都这么自来熟啊？

许唯进门才发现，这哪里是几套衣服？这分明是整个衣橱！许唯倒吸了一口凉气。

商妍立马挑出其中一件绀青色的长裙，热情地介绍道："这件怎么样？这件和阿姨身上的是一个系列的，颜色是今年的流行色。阿姨买回来之后还没有穿过，标签都是刚刚摘的，已经洗过烘干了。"

"谢……谢谢阿姨。"

许唯都不敢喊阿姨，因为商妍看起来实在太年轻了，她的言行举止，包括神情，都透着一股娇俏。

尤其是她挑眉时，简直和谢砚宁一模一样。

谢砚宁走过来，扶着许唯的腰："妈，你吓到她了。小唯，你要不要去换一下？不换也行，你怎么舒服怎么来。"

许唯连忙接过衣服，还不忘和商妍打招呼："阿姨您好，我叫许唯。"

"知道的，知道的，'小唯'这两个字阿姨已经听到耳朵生茧了。"

谢伯豪也走过来，冲许唯点了点头："来了。"

许唯连忙站直，拘谨地说："叔叔好。"

谢砚宁把门关上，风雪都被隔绝在门外。整个别墅里回荡着悠扬的音乐，灯光很明亮，家里的布置是复古奢华的风格，随处可见镏金装饰，透着纸醉金迷的色彩。许唯正感叹着自己犹如走进了《了不起的盖茨比》的拍摄现场，一转头看见商妍，才发现商妍正是黛西本人。

商妍尽管年近五十岁，却依然透着天真和娇憨，那是许唯从未拥有过的状态。

她被商妍拉着去往了客房。商妍朝她笑，轻轻拍了拍许唯的手背："别怕。"

许唯的心一下子就落到了柔软的棉花上。

商妍刚刚的语气就像十年前叶惠婷把她从福利院带走时那样。

"砚宁这家伙太冒失了，我会教训他的。小唯你别生他的气，今晚呢，就在这里安心地待一晚上，好好睡一觉。"

"给您添麻烦了。"

"怎么会呢？阿姨欢迎你来。"

她领着许唯走上二楼，转弯进了客房，倚着门框把衣服交给许唯，对许唯说："小唯，不要有什么心理压力，也不用把今晚当成见家长，咱们就是……"她想了想，笑着说道，"交个朋友。"

许唯感激地回答："好。"

"我年前正好买了很多衣服，明天你陪我一起试，好不好？"

许唯发现谢砚宁和他母亲一样，都喜欢在句尾加上一句"好不好"，语气很像在撒娇，让人拒绝不了。

她说："好，我明天陪您一起。"

商妍朝许唯眨眨眼，然后帮她关上门。

见谢砚宁走过来，商妍拦住他："你干吗？"

"没干吗啊，我在这边等。"

"我让你把小唯带回来，你也没必要急到连换个睡衣、化个妆的时间都不给人家。小姑娘穿着睡衣素颜来见公婆，心理压力得有多大啊？"

谢砚宁不解："当时情况紧急嘛，而且她这样很可爱啊，为什么要化妆？"

商妍朝他摆了摆手："我不和你这种直男浪费时间，你下去给小唯倒杯茶。"

"我爸已经倒好了。"

许唯站在门口，把外面的动静听得很清楚。她忍不住鼻酸，又觉得心暖。

她知道谢砚宁的父母爱屋及乌，但被爱包围的感觉真的很好。

她换上裙子，把自己的家居服放在一旁的椅子上，然后紧张地走出来。商妍看了看，赞赏道："不错不错，我的眼光就是好。小唯比我高一点儿，穿这个裙子都不用配高跟鞋，这样就很好看。"

许唯被商妍看得整个人都快烧红了，幸好谢砚宁来解救她："走啦走啦，我们下去看晚会。"

　　他牵着许唯的手下楼，许唯不好意思，挣扎了几下，努力地挣开，然后转身和商妍说话。她找着话题："阿姨，这个颜色是今年的流行色吗？"

　　"是啊，"这个话题瞬间打开了商妍的话匣子，她挽着许唯的胳膊滔滔不绝，"时尚总监跟我讲，今年是蓝色年。你别看这个绀青色很深，但是配上明黄色或者米色都特别好看。"

　　许唯是一个很好的倾听者，时不时点头，流露出好奇又恍然大悟般的眼神。

　　谢砚宁瞬间失宠，幽怨地看了许唯一眼，手伸过来偷偷捏许唯的腰，但被许唯拍开了。

　　刚坐到沙发上，谢砚宁立即和许唯挤到一起："小唯，我给你剥个橘子。"

　　许唯忍着笑，感觉到谢砚宁的手慢慢地环住她的腰。

　　可晚会已经开始了，有几个演员走出来唱歌，许唯想找话题，刚开口就被谢砚宁止住："不能说。"

　　"嗯？"

　　谢砚宁朝商妍瞥了一眼，又指了一下谢伯豪："不能在我妈面前提演员，她会说得滔滔不绝的。你陪陪我嘛，陪陪我。"

　　许唯不敢在谢砚宁的父母面前和谢砚宁太过亲昵，往旁边坐了坐，主动对商妍说："阿姨，刚刚那个演员好像和您合作过。"

　　谢砚宁叹了一口气。

　　商妍眼睛一亮，立即兴奋起来："小唯，你不知道，别看他衣冠楚楚的，其实是个'超级渣男'，脚踏四条船，而且还隐婚了！他老婆你肯定听说过，是叶筱筱，想不到吧？叶筱筱在事业上升期，不敢公开，其实孩子都有了，但他们的婚姻已经名存实亡了。我就说这些年轻演员一点儿责任心都没有，因戏生情可以，还搞个孩子出来。"

　　许唯震惊得合不拢嘴，转头一看谢砚宁，他正和他爸一起低头玩手机。

"他竟然是这样的一个人。"许唯装作感慨的样子。

商妍还没说尽兴，便拍拍自己身边的位置："小唯你来，你来。"

许唯刚想起身就被谢砚宁拉住了，谢砚宁眼巴巴地望着她："小唯……"

许唯安抚地揉了一下他的耳朵，就坐到商妍身边了。

谢砚宁孤孤单单地坐在一边，和他爸聊了几句，就开始打游戏了。

一直到晚上睡觉的时候，谢砚宁才找到机会独占许唯。

他殷勤地为许唯准备好洗漱用品和睡衣，等许唯洗漱完，就坐在她的床边，也不说话，眼含笑意地看着她。

他还把小熊玩偶往床头推了推，说："让小熊代替我陪着小唯睡觉。"他摆出一副委屈模样。

许唯躺到床上，拉好被子，瞥了谢砚宁一眼："装什么纯情少男？"

谢砚宁挑了一下眉："那我就不装了。"

说完他就扑上去，黏黏糊糊地压在许唯身上。许唯也不反抗，还伸手揉了揉谢砚宁的头发。

谢砚宁问她："小唯，你开心吗？"

"开心，"许唯在谢砚宁的耳侧亲了一下，说，"很开心，谢谢。"

许唯问谢砚宁："你怎么这么黏人？"

"因为喜欢小唯。"谢砚宁趴在许唯身上，玩着她睡衣肩头的花边。

"这种话你张口就来，我现在越来越不信你没谈过恋爱了。"许唯故意说道。

谢砚宁撑起上半身，斜倚在床头上，眼神玩味地看着许唯，指尖钩着许唯胸口的绸带，绕了两圈。他的手指修长，被白色的绸带缠着，有种意有所指的欲。

许唯被他看得浑身不自在，推了两下又推不开，刚要说话，谢砚宁的吻就落了下来。

和之前蜻蜓点水的吻不同，这次谢砚宁明显大胆了许多。许唯的胸口起伏得厉害，她下意识攥紧的手被谢砚宁按住，继而十指相扣。他用指腹摩挲着许唯的手背，掌心每一次的贴合和分开都带着暧昧的暗示，许唯的身体随之轻颤。

谢砚宁的吻慢慢地滑到许唯的脖颈上，他在许唯的颈侧咬了一口。

许唯吃痛，皱着眉望向谢砚宁。

"你真的是窝里横，只敢欺负我。"谢砚宁评价道。

许唯被他说得脸颊发烫，可也清楚谢砚宁说的是实话。她好像总是控制不住地向谢砚宁发脾气，因为知道谢砚宁喜欢她，不会生她的气。谢砚宁是她所有的人际关系里唯一不需要她戴着面具相处的对象。

谢砚宁让她觉得轻松。对许唯来说，"轻松"是比"爱"更有意义的词。

她嘟囔着："谁让你脸皮这么厚？"

谢砚宁也不恼，靠在许唯身边，有一搭没一搭地拍着她的小腹，像是在哄她睡觉。

许唯又觉得一切像梦一样了。

自己就这样睡在了谢砚宁的家里，还和他的父母相处了一晚上，这是她从来没想象过的事情。

至于谢砚宁的父母，不管他们对她是否真的满意，起码给了许唯百分百的热情和尊重，这已经出乎许唯的意料了。

下车的时候，她都做了破罐子破摔的准备，心里想的是：我蓬头垢面地见人家的父母，毁了所有的好印象……算了，就这样吧，就借这个机会让谢砚宁死心。

她都没意识到，她在潜意识里最抗拒的不是"见父母"，而是"蓬头垢面"。

一见到商妍，许唯还是忍不住表现出自己最好的一面，举止礼貌，笑容端庄。可能在内心深处，她还是期待得到谢砚宁父母的认可。

她不敢多想更不敢宣之于口的，也许是她希望自己和谢砚宁有一个好结局，但这个秘密只能永远埋在她的内心深处了。

因为愿望说出来就不灵了。

许唯转头看了一眼谢砚宁，谢砚宁朝她笑："怎么了？"

"你还不睡？"

"我等你睡着再走。"

"松子呢？"

"和坚果睡在一起，睡得可香了。"

"那就好。"

"你爸爸妈妈早上一般什么时候起床？"

"我爸七点多起，我妈基本上会睡到十点，但有你在，我感觉她会稍微早一点儿。"

"那早饭谁做？"

"我爸。"

许唯想：那她明天起来得早一点儿，争取能帮上谢砚宁父亲的忙。

两个人就这么静静地靠在一起，听不远处烟花绽放的声音。

许唯静静地回忆自己过去一年的经历——年初她拿下了她迄今为止最大的一笔单子，然后好运接踵而至，她又拿到了和百川的合作。可惜祸福相依，在她事业上最志得意满的时候，老板和老板娘携手作妖，把她的耐心耗尽，她选择离开自己待了七年的盛风，现在出来单干。可能是谢砚宁带给她的好运气，她又顺利地向一个亟待开工的建筑项目销售出一批智能爬架，虽然金额不大，但这也算是开门红。

以前她回顾自己的一年都像做工作总结。一年到头，她忙于工作，忙到头晕目眩、身体亏空，没半点儿私生活，没半点儿欢愉的色彩。但这次有了变化，因为在十一月，她遇到了谢砚宁，一切都在谢砚宁出现后变得截然不同。

窗外的烟花绽放如漫天星辰，落下时又像道道流星。谢砚宁感叹道："好浪漫。"

许唯在心里纠正：浪漫的不是烟花，是你。

因为两个人靠得近，许唯感觉谢砚宁几次想开口。他应该有问题想问，也许是关于她父母的，也许是关于她为什么独自一人过年的，但她等了好一会儿，谢砚宁始终没有说话。

他小心翼翼地呵护着许唯的自尊心。

片刻后，谢砚宁的手机振动了一下。

他翻身去拿手机，拿到之后又重新靠过来，他的手机屏幕被举到许唯面前，许唯下意识地避开。

谢砚宁却不愿意了："这是我的高中同学发的新年祝福，男的，还是群发的。"

许唯笑着说："不用解释啊。"

"你别乱想。你看一眼，看我说的是不是真的。"

"哎呀，我不要。"许唯嫌他烦。

"你要。你检查一下我的手机，快检查。"

谢砚宁非要把手机往许唯的手里塞，许唯简直抓狂，最后无可奈何地举手投降，只能勉强握着谢砚宁的手机，看到屏幕上是微信的页面，最上面的一条新消息明显是群发的新年祝福。

第二条来自谢砚宁的大学同学群，不停地有新消息弹出来，但是谢砚宁开了免打扰。

第三条是周暄的，他问谢砚宁明天有没有空。

"不回一下吗？"许唯指了一下周暄的那条消息。

谢砚宁把脸埋在许唯的肩头，闻着许唯的头发上的香味，撒着娇说："那小唯帮我回复一下'没空'。"

许唯嗤笑："自己回。"

许唯还想找找自己在他微信消息列表里的位置，往下滑了滑发现没有，正觉得奇怪，再重新滑回到消息列表的顶端时，才发现谢砚宁把她和父母置顶了。

他给她的备注是"小唯"。

原来他早就把她放在这么重要的位置上了吗？

许唯莫名其妙地有些心慌，手机差点儿砸下来。她忙故作轻松地问："你之前那些小熊的表情包是从哪里来的？发给我吧。"

"不行。"

"为什么？"

"因为那是我给小唯准备的礼物，如果一次性发完，就没有惊喜了。"

"那个图是哪里来的？"

"遇见你的那天晚上，我在一个插画师的 ins（指 Instagram，一款主要分享照片和短视频的社交应用）上看到了这组图，就买断了。"

"多少钱？"

许唯半天等不到谢砚宁的回答，转头对上他含笑的眼，不服气地哼了一声："我就是很庸俗啊。"

"务实点儿好啊，那以后小唯管钱。"

许唯这张金牌销售的嘴竟然完全说不过谢砚宁，倒把自己气个半死。她推了推谢砚宁，然后翻身背对着他。

谢砚宁惯会死皮赖脸地跟过去，从后面搂住许唯的腰。但他还算有分寸，没有靠得太紧，两个人之间也始终隔着被子。

"谢砚宁，我……我其实没考虑过结婚。"

许唯说完就有些后悔，后悔打破此刻暧昧的氛围。

可谢砚宁没有介意，说："没关系，我也不想太早考虑结婚。我带你回家是想陪你过年，你不要有压力。"

"见了你父母，我终于知道你这样的性格是怎么形成的了。"许唯忍不住笑。

"小唯笑话我。"谢砚宁把脸埋在许唯的后颈处，闷闷地说，"我生气了。"

许唯拍着谢砚宁的手背，没理他："去睡觉吧。"

"小唯，你明天别太听我妈的话，她很人来疯的，你多陪陪我。"

许唯失笑着说道："你怎么和深闺怨妇一样啊？快回自己的房间去！"

谢砚宁委屈巴巴地坐起来："我走了。"

许唯转身把小熊抱到怀里："嗯，走吧。"

谢砚宁凶巴巴地拧了小熊的屁股一把，然后才离开。许唯等谢砚宁关上门之后才轻笑出声。

有些人生来就被爱围绕，有些人一生都在追逐爱。许唯通常只会感慨命运不公，却没想到老天给了她另外一个难题——如果这两种人碰到一起了，会有什么样的结局呢？

许唯不知道，也拿不准。感情的事没有规律可循，她只能走一步看一步。

这一觉她睡得很沉。

第二天七点不到，她就醒了过来。虽然还不到八小时的睡眠时长，但她感觉精力前所未有地充沛。她起身洗漱，找梳子的时候随意拉开抽屉，才发现商妍事先给她准备了一套化妆品，里面工具齐全。她又被这种重视所感动，愣愣地看了很久。

她简单地化了个淡妆，然后穿着昨天的长裙下了楼。

谢伯豪正在厨房里做早餐，看到许唯时笑着和她打招呼："小许，起这么早？"

"叔叔，我来帮您吧。"

谢伯豪推托说"不用"，但许唯还是卷起了袖子，帮谢伯豪清洗蔬菜。

"我之前和盛风的严总吃过饭，听说过你。"

许唯顿住。

所以他们都知道她的工作是销售，也知道像她这种大客户销售最依靠的是人脉。谢砚宁会对父母说她陪酒喝醉的事吗？他们是怎么看待她的？

"你很优秀，小许，在工作能力上，砚宁远不如你。"

许唯怔了怔，然后才松了一口气："没有，您说笑了。"

谢伯豪虽不苟言笑，但语气温和："小宁遗传他妈妈比较多，人很单纯，但有时候也会有点儿冲动。如果他有做得不够好的地方，你可以实话实说，他会改正的。"

"砚宁他很好，已经很好了。"许唯忍着鼻酸，继续切菜。

谢伯豪做的是蔬菜饼，许唯正好也会，便熟练地帮他准备配菜，但被谢伯豪拒绝了："去沙发上看看电视，或者去院子里逛一逛，这里油烟重。"

许唯听话地在院子里看了看。十几分钟后，谢伯豪说早餐好了，让她帮忙喊谢砚宁起床。

许唯上了楼，好不容易才凭着记忆找到了谢砚宁的房间。

谢砚宁的房门半掩着，许唯敲了敲门，没有人应。许唯犹豫了几秒，轻轻地推了一下，门就霍然被打开了。

许唯被吓了一跳，像做了什么坏事。

谢砚宁的房间布置得有一种大男孩的风格，蓝白色调，一整面墙的手办，还有一堆看起来很高端的天文望远镜。

谢砚宁的床很大，是深灰色的地台床，羊绒的床单看起来就很舒服。谢砚宁穿着睡衣大大咧咧地躺在正中央，将被子踢了一半，睡得毫无防备。

他明明是很小孩的模样，许唯却忍不住多看了一会儿。但她没忘记进来的目的，坐到床边，挠了挠谢砚宁的手心："起床了。"

谢砚宁在睡梦中抓住了许唯的手，翻了个身，一副"起床困难户"的模样，哼唧着靠到许唯的身上。

许唯又喊了他一下，他才睁开惺忪的睡眼，迷迷糊糊地把许唯的手往怀里揣。

许唯用另一只手揉了揉他的耳朵。

"小唯，我的头好疼，我夜里一定是受凉了。"谢砚宁忽然说。

许唯立即俯身去摸谢砚宁的额头，探不出温度，又急忙用自己的额头去贴谢砚宁的额头。

"感觉不是发烧，你还有其他反应吗？"

谢砚宁只说头疼。

许唯很紧张，眉头都皱起来了。

她刚想去找体温计进一步确认，就被谢砚宁抱住了。谢砚宁笑着亲了她一下，然后把脸埋在她的肩窝处闷笑。

"你烦不烦？"

"原来小唯这么爱我，被我发现了。"

第六章

终有回甘

她就要谢砚宁给她圆满的、温柔的、像梦一样的爱情。

　　如谢砚宁所料，商妍今早不到九点就起床了，拉着许唯做了会儿瑜伽。

　　谢伯豪说今天的蔬菜饼有许唯的一份功劳，谢砚宁听到这话，一口气连吃了五个。许唯止不住地笑。

　　他们一家三口坐在一起时什么话题都聊，从公司聊到社会新闻，但大多是商妍在说。谢伯豪的话很少，除了商妍问保姆几号放假回来时，他插了一句："我做饭不好吃？"

　　商妍立即说："好吃！"

　　谢砚宁则在旁边拉着许唯说他昨晚做的梦，说他梦到他们俩一起去海边旅游了，他冲浪时不小心掉进海里，在海底深处看到了一座长得和许唯一模一样的石像。

　　许唯嘴上吐槽着"你的脑袋每天都在想什么乱七八糟的"，但还是默默地把海边旅行记在心里。

　　吃完饭后，许唯陪着商妍玩了一个上午的真人版《闪耀暖暖》游戏——商妍精心挑选，许唯一键换装。

从衣裙到发型，商妍都事无巨细地帮许唯搭配好，还附带彩虹夸夸。

"好漂亮，小唯，这件好适合你！我们家小唯气质这么温柔，真的好适合卡其色！这个裙摆我找人再改一下……哎呀，这件长款实在太好看了，比我在秀场看到的效果还好……"

许唯被商妍夸得头晕目眩，心里诧异地想：我真有这么漂亮吗？我自己怎么不知道？

谢砚宁中途来看许唯，许唯立即朝他露出求助的眼神。谢砚宁刚想救出许唯，就被商妍扔了出去："你别来烦我和小唯。"

谢砚宁倚着房门："妈，你要试衣服就找模特来家里，为什么要折腾小唯啊？"

许唯立即出卖谢砚宁，正色说道："你不要乱说话，阿姨没有折腾我。"

"听到没有？不会说话就走开，你不要打扰我和小唯。"商妍拿起同一个系列的两条裙子，说："小唯，我们穿这个姐妹装。"

许唯弯起嘴角，抱着衣服朝商妍乖巧地笑："好。"

她刚穿好就被谢砚宁揪住了，谢砚宁怒其不争："你对我从来没有这么好的脾气。小唯，你看看你现在这个谄媚的样子。"

许唯揪了他一下，然后过去帮商妍整理系带。

她虽然不能理解商妍这种一买就买整个新款系列，然后回来再一件件地试的习惯，但喜欢被商妍当成女儿宠爱，所以怎么都不说累。她即使换衣服换到胸前的刀口疼，胳膊都抬不起来，也一声不吭。

每次商妍说"我们家小唯"的时候，许唯都微微一怔。她不会想起叶惠婷，心里想的是：我如果一出生就是商妍的女儿该多好，有这样的妈妈应该会很幸福吧？这样的妈妈一定不会抛弃小孩。

最后还是商妍发现了许唯额头上的汗，看到她的脸色不太好，连忙停下来，扶着许唯的胳膊说："小唯你怎么了？"

许唯状若无事地说："没怎么啊，阿姨，这个带绑带的衣服好难穿，我再研究一下。"

“快快坐下来。”商妍把她按在衣帽间的小沙发里，然后让谢砚宁端杯茶上来。

谢砚宁上来之后第一时间发现了许唯发白的脸色。他和商妍一起围上来的时候，许唯整个人都僵住了。

她嘴上说着“不用不用”，眼神一下子变得慌张起来。她像做错事的小孩一样，很紧张地低下头，捧着热茶大口大口地喝。

她觉得自己给别人添麻烦了，局促地说着：“我真的没事，真的没事。”

商妍察觉出许唯的紧张，拍了拍谢砚宁，让他先去楼下。谢砚宁不愿意，商妍还是执意将他赶走了。

谢砚宁离开之后，商妍坐到许唯身边，搂着她的肩膀。

商妍看起来年轻娇俏，被丈夫和儿子宠爱着，在许唯面前却展现出一种母亲般的温柔。她轻轻地拍着许唯的肩膀，说：“小唯，如果你愿意，可以把我们当成家人。”她看着许唯说，“家人就像港湾，或者是归巢，当你累了、倦了，回到家人身边，一起吃个晚饭，坐着聊聊天，就能重新获得力量，这就是家人的意义。”

许唯的眼眶变得潮湿起来。她忍不住抽了抽鼻子，低下头说：“抱歉阿姨。”

“怎么了？”

许唯的声音鼱鼱的，她纠结了很久，还是说出了口：“如果我和砚宁，最后没有……没有在一起，我不知道该怎么回报您和叔叔这两天的照顾。”

“不用回报啊，我们已经单方面把你当成家人了，家人是不求回报的。”

许唯红着眼看向商妍。

家人是不求回报的吗？许唯在此之前都没想过这个问题。在她的世界里，家人是最需要回报的，甚至是最大的负累。

叶惠婷和许致军只是把她从福利院里领出来，甚至没给过她多少关爱，就可以无止境地向她索取。

原来家人能成为港湾和归巢。

许唯看着商妍，就像少女时期的她看着玻璃橱窗里的华美婚纱，向往、羡慕、憧憬，但不敢拥有，就算明知商家了推出免费的试穿活动，也会逃得远远的。

所以，商妍说的话对许唯来说，更像是绚丽夺目又一触即破的泡沫。

喜欢就拥有，想要就得到，那不是许唯。许唯是习惯了失望的人。

商妍帮许唯换了一身简单舒适的衣服。两个人正聊着天，门铃响了起来。

原来是舒念月一家来了。

因为两家是世交，再加上工作上也有紧密的来往，舒念月的父母每年都会来谢家拜年。

舒念月不情不愿地跟在父母后面，听她父亲不厌其烦地念叨："你和砚宁多合适啊，门当户对又知根知底……"

"你再说我就回家了。"舒念月拧着眉说，"而且，谢砚宁已经有女朋友了！"

"怎么可能？"舒父全然不信。

"他亲口告诉我的，他女朋友在盛风公司做销售工作。"

"那就更不可能了，你觉得他家会允许谢砚宁娶一个销售？"

"销售怎么了？你不就是销售起家的？你还看不上老本行了？"

"你这丫头没大没小的！"

舒父气不打一处来，按了按门铃。谢伯豪出来迎接了他们。舒父和谢伯豪老友见面，相谈甚欢，但他的笑容在看到从楼梯上和谢砚宁并肩走下来的许唯时瞬间凝固住了。

舒念月用手肘顶他："我就说吧？人家都见家长了。"

许唯听闻有客人来，本来是想躲开的，可抵不过谢砚宁的软磨硬泡。

谢砚宁一直很清楚舒念月父亲的想法，一走下来，就感觉到舒父的目光在许唯身上徘徊。意识到舒父似乎在仔细地打量、审视着许唯，谢砚宁很是不悦，挡在许唯前面，和他们一家打了招呼。

"这位是……？"舒父问。

商妍走过来，搂住许唯的胳膊，说："这是小许，是砚宁邀请来我们家过年的。"

舒父的表情明显变得严肃起来。

许唯也察觉到空气中弥漫的对峙氛围，看着年轻漂亮的舒念月，还有她的父母，默默地在心里叹了一口气。

自己怎么还要面对这种事情啊？

商妍活跃了气氛，邀请大家坐下，说保姆不在，待会儿打电话让酒店安排一桌饭菜。舒念月坐不住，主动走上去想和许唯说话，可半路被谢砚宁拦住了。

"你干什么气势汹汹的？"

"我……"谢砚宁伸直胳膊，一副"咱俩没关系"的模样，"你别这么熟门熟路的，咱们保持距离，免得小唯误会。"

舒念月被气到吐血，攥紧拳头就想揍人。

谢砚宁未免太自作多情了！他以为她是学校里那些暗恋他的小迷妹？就他们俩这种一起穿开裆裤长大的关系，在她的眼里，谢砚宁别说是什么高岭之花了，连根狗尾巴草都算不上。

真是可笑！

舒念月的眼睛骨碌一转，她想出了好方法，朝谢砚宁微微一笑："好的。"

谢砚宁放下了心，去厨房帮谢伯豪端茶。

舒念月趁谢砚宁不在，直奔向许唯。她相貌可爱，还特地在许唯面前眨眨眼睛，装出一副清纯无辜的模样。

许唯有些猝不及防，往后退了一步，勉强地笑着说道："舒小姐，你好。"

"你好呀！你叫我念念就好，我和谢砚宁……"舒念月笑得像只小狐狸，还故意压低了声音说，"我和他算是青梅竹马的关系吧，真没想到他竟然喜欢许小姐这样的女孩子，我爸妈都好喜欢他的。"

舒念月只是想使个离间计，气气谢砚宁，让谢砚宁哭着追妻，可没想到这话正中许唯脆弱敏感的心。许唯脸色没变，但眼神瞬间落寞下去了。

她本就在这个别墅里难以自处。

舒念月还提及自己的父母。

左边是谢砚宁一家，右边是舒念月一家，她已经很久没有如此清晰地想起自己的孤儿身份了。

她上一次这样自惭形秽还是在大学开学时，一个人拖着行李箱走进宿舍后，发现其他三个室友的父母都挤在宿舍里打扫卫生。

她陡然站直，讪讪地笑了笑，撒谎说她的父母都是医生，请不了假，没法送她来上学。

许唯一直觉得，有父母的孩子，就算出身单亲家庭，甚至父母成天吵得鸡飞狗跳、要死要活，也比孤儿好。

孤儿就像一株无根无依的浮萍，风把她吹到哪里，她就停在哪里，无来路也无归处。

许唯一直很抗拒旧事重提，希望自己积极地向前看。可谢砚宁出现后，带来新气象，也让许唯一次又一次地回溯过去。因为不断地用自己的出身敲警钟，她才能回到现实。

舒念月就像一次惊梦的闹钟，把许唯从刚刚的美好幻觉中拽了出来。

她朝舒念月友好地笑了笑，只说："他和我提过。"

商妍把许唯喊过去坐下。

舒念月感觉到哪里不对，但来不及反应，她母亲就朝她招了招手。

许唯伪装得很好，谢砚宁一直到酒店才有所察觉。他捏了捏许唯的手，问她："怎么了？"

许唯表情轻松地说："没有啊。"

许唯下车时看到商妍和舒念月走在一起，舒念月不知提到了什么，抬着胳膊把手腕上的手链展示给商妍看，笑靥如花。她们明显更有共同话题，商妍拍了拍舒念月的手背，舒念月就撒着娇靠到她的肩上。

她们亲昵得好似母女，舒念月活泼开朗，和商妍很合拍。

许唯就永远学不会撒娇。

她总是很笨，只会很早地起来帮忙洗菜、做菜，忍着疼还要换衣服讨好商妍，然后疼得脸色发白，搞得商妍心生愧疚，无奈地安慰了她一通。

用严朝雨很久之前对她的评价说，她就是天天摆着一张苦大仇深的脸，好像谁都欠她两百万一样。

许唯低下头，很是沮丧。

下车时，她忽然转身抱住谢砚宁，把脸埋在了谢砚宁的肩窝处。

纵然是浮萍，也有想要抓住的、想要珍惜的东西。

一顿饭许唯吃得索然无味。

舒念月对着商妍一口一个"干妈"，听得许唯无比沮丧。她们之间的话题许唯也插不进话。舒家父母还有意无意地频繁提谢砚宁和舒念月学生时代的事，说砚宁在上学时帮念月挡了很多桃花。

"那时候有人想追念念，但一想到念念和砚宁是青梅竹马，就自动放弃了。"

舒念月翻着白眼，刚想反驳，她父亲就说："这桃花怎么从初高中一直挡到现在啊？砚宁，你要负责任的啊。"

"叔叔，您可别冤枉我，"谢砚宁把胳膊搭在许唯身后的椅背上，正色说道，"谈恋爱的事情我可是第一时间告诉了念月，她还恭喜我，说一定要赶在我前面结婚呢。"

他的意思很明显，这让舒父的脸色沉了下来。谢伯豪主动把话题揽到自己身上，聊起了百川的工作，说谢砚宁这几个月已经熟悉了私立医院的事务。

舒母好奇地问谢砚宁："私立医院有什么需要花心思的地方？你怎么会想到负责那方面的工作呢？"

谢砚宁看着许唯说："小唯的工作涉及这方面。"

众人的目光汇聚过来。许唯的心头微暖，谢砚宁总是毫不顾忌地向她表达爱意。

快结束时，许唯去了一趟洗手间，却在走廊上遇到了林从南。

林从南也刚从包间里出来，可能是酒意上头，便扯了扯领带。他一抬头就看到了许唯，愣了愣，看到许唯身上明显不是她的风格的裙子，笑着说道："许小姐，新年好。"

许唯连忙打招呼："新年好，林总怎么在这里？"

"一个远房亲戚攒的局。"

许唯笑了笑。

"许小姐呢？"

许唯没正面回答，低头理了理袖子的褶皱："也是朋友攒的局。"

两个人都在沉默和掩饰中感受到了同一种情绪，许唯想起林从南那天说的话——他的父母在他十几岁的时候就去世了。许唯受突如其来的情绪操控，莫名其妙地问了一句："林总喜欢过年吗？"

"不喜欢，我讨厌一切节日。"

许唯低笑："我也是。"

"一个我都叫不出名字的远房亲戚非要拉着我一起吃饭，如果在平时，我肯定会拒绝，但今天也不知道怎么回事，就答应了。"林从南倚在走廊的墙上，抬眸看了许唯一眼，意有所指地说，"可能是我冥冥之中感觉到会遇见许小姐。"

"林总喝醉了？"

林从南笑了笑："许小姐怎么一点儿玩笑都开不得？"

"因为这里不是酒桌，不需要我应酬。"

"这里是百川旗下的酒店，而且我刚刚也看到了谢砚宁。"

许唯脸色一变。

"见家长了吗？"林从南问。

"没有。"

"许小姐那么抵触做什么？被百川集团的未来继承人追求，难道不是一件很值得炫耀的事情吗？对了，百川明年有好几个工程要动工，许小姐一口气签了那么多智能爬架，明年可以很轻松地卖出去。"

"林总不必用这种话激我。"

"你不喜欢他？"

"以我和林总目前的关系，林总应该还问不到这么私密的话题。"

林从南还是笑，稍微靠近许唯一些，轻声说："你们不合适。"

许唯已经感觉到被冒犯了，往后退了一步，不想在新年第一天和人发生争执。

"他现在太年轻，涉世未深，又被父母保护得太好。也许他能给你很多的爱，但这份爱是有保质期的。他将来接手百川之后，会有多忙，会受到多少外在的诱惑，你想过吗？"

"林总，我觉得你……"

"而我们，可以互相取暖，各取所需。"

许唯猛然望向了林从南，发现林从南一副气定神闲的模样，就好像对许唯早已了如指掌。许唯气极反笑："林总，我们才见过几面？"

林从南只是笑。

"林总，把自己的想法强加给他人，并且随意地揣测、评价，我觉得这是有损修养的行为。"

林从南谦恭有度，说："许小姐教训的是。"

许唯本就烦闷，说完便去了洗手间。她出来时刚洗完手，就看到谢砚宁在外面等她，他的小臂上搭着她的外套。

谢砚宁站在哪里都会挺直腰背，总让许唯想起"芝兰玉树"这个词。

看见许唯出来，谢砚宁担心地说："你出去好久，我怕你冷。"

她的脑海中响起林从南的话。

林从南说的话不无道理，但那不是谢砚宁。谢砚宁是不可被归类的，独一无二，好到许唯不舍得让任何人来评论他。

她悲观地预设以后的结局没有意义，现在有谢砚宁爱她，就是人生之幸事。而且在所有稍纵即逝的快乐里，只有谢砚宁是她触手可及的那个。她都不需要用力讨好，谢砚宁就会主动走来，表达他的爱意。

工作会丢，朋友会走散，商妍会喜欢舒念月到无暇顾及她，只有谢砚宁是她现在唯一拥有的真实。

她怎么能一再冷落他？

许唯走过去的时候，谢砚宁把她的外套展开了。可许唯没有伸手，而是往前一步，抱住了谢砚宁的腰。

谢砚宁愣怔了片刻，直接把她带进了一间空的小宴会厅里。谢砚宁把门关上，然后用外套裹着许唯，将她抱住。

宴会厅里空无一人，窗帘被拉得很严实，光线昏暗。

"你今天主动抱了我两次。"谢砚宁嘟囔着。

"嗯，"许唯笑着说，"你受宠若惊了吗？"

她像是喝醉了，指尖从谢砚宁的肩头滑到他的耳侧，再到脸颊，最后到嘴唇："头低一点儿，你好高啊。"

谢砚宁看着许唯，像看一个陌生人，甚至有些僵硬，难以置信地问："你怎么了？"

"不知道为什么，我忽然很想亲你。"

谢砚宁还想追问发生了什么事，可许唯已经把他的后颈压了下来。他们的唇碰到了一起，许唯先咬住，再撩拨。谢砚宁一直觉得自己算得上自制力很强的人，可除了他们刚认识的那几天，后来的自己在许唯面前就像个愣头青，被许唯呼来唤去也甘之如饴。

许唯的吻技并不高超，但她在和谢砚宁相拥时总会流露出一种全身心投入的依赖感，会先退却再主动，像在百般思虑之后还是决定把自己交给谢砚宁一样，这种变化最能把谢砚宁勾得魂不守舍。

谢砚宁的手从她的腰慢慢向上，许唯依旧纵容。

可惜商妍给她挑的这件裙子的样式太复杂，谢砚宁找了很久都没有找到纽扣或者拉链，这几乎将他的耐心耗尽。许唯忍俊不禁地说道："好笨啊。"

谢砚宁无法忍受这样的嘲讽，凶巴巴地咬了许唯一口。

许唯笑出声来，在谢砚宁气急败坏前，帮了他的忙。

昏暗的空间将两个人的呼吸声都放大，谢砚宁在许唯耳边问："你今天到底怎么了？"

"我不知道，可能……想犒劳一下我的'小狗'。"

谢砚宁听到许唯给他起的外号之后丝毫没有恼意，还说："'小狗'觉得不够。"

许唯失笑："'小狗'还要什么？"

"我想看看你做手术的地方。"

许唯的呼吸停滞了片刻，然后她慢慢弯起嘴角，靠着谢砚宁的肩头，说："可以。"

后来许唯的思绪都是混乱的，谢砚宁从一开始的毫无章法，再到后来的得心应手，揉得许唯整个人都没了力气。听到谢砚宁抱怨了几句裙子华而不实，许唯笑着说："你别把裙子扯坏了，阿姨一眼就能看出来。"

"会疼吗？"旁边就是许唯动手术的地方，谢砚宁不敢乱碰。

许唯摇头："不疼。"

"你别勾引我了。"

谢砚宁声音低沉，许唯的心跳陡然加速。

直到走廊里传来谢伯豪的通话声，许唯才被吓得瞬间清醒。她急忙避开谢砚宁的吻，把脸埋在了谢砚宁的肩上。

谢伯豪聊着公司相关的事，有人走过来喊了一声"谢董"，谢伯豪的声音就逐渐变远了。

"胆小鬼。"谢砚宁反过来嘲讽她。

许唯气恼地拧了他一下。

谢砚宁变回之前游刃有余的模样，帮许唯穿好凌乱的裙子，又在许唯的威逼之下，仔细地整理了她的裙摆，将其恢复成最初的模样。

但谢砚宁还是没放过许唯，搂着许唯问："今天到底怎么了？"

"你的小青梅……你们互相有过好感吗？"

谢砚宁恍然大悟，说："没有，我发誓没有。我和她虽然一起长大，但互相不是对方喜欢的类型。"

许唯看着谢砚宁的眼睛，笑着说道："好，你发誓我就信。"

"所以你是吃醋了？"

许唯没回答，等同于默认。谢砚宁激动地又要黏上来，但被许唯及时制止了。

回到饭桌上，两个人虽然衣衫平整，但微红的脸颊还是将他们刚刚的行径出卖了。舒念月"扑哧"一声笑出来，咬着筷子朝她爸眨眼。

舒父已经完全没了盼头，无奈地叹了一口气。

大概是因为和谢砚宁待久了，许唯的脸皮也变厚了，她自顾自地喝了一碗谢砚宁递过来的羹，什么都没解释。

饭局结束之后，许唯便对商妍说准备回家了。商妍挽留她，许唯先表示了感谢，然后还是委婉地拒绝了。商妍见状，也没有再坚持。

谢砚宁带着许唯的东西，陪着她回了家。

他们没有找物业开锁，因为许唯有备无患地在苏桐那里放了一把备用钥匙。谢砚宁载着她去找苏桐，苏桐下楼走过来，打量他们俩，然后打趣道："什么事这么急，让你们连钥匙都没带？"

许唯后知后觉地羞臊起来，拿了钥匙就坐进车里。

回家的路上，她收到了苏桐的消息。

苏桐：什么情况啊？

许唯想了想，回复道：他带我回家过年了。

苏桐发了三个问号。

许唯：字面意义上的"回家过年"。

苏桐：不懂。

许唯：换句话说，我决定跟他走了。

苏桐很久都没有回复，许唯看了谢砚宁一眼，然后低头输入。

许唯：能走多远走多远，我都随他。

许唯：就算日后有一天他把我留在某个地方，独自往前走，我也认了。

许唯：我想我是真的爱上他了。

打出这几个字后，许唯像是卸下了千斤重担，有种恍惚的轻松感。她紧接着又输入——

许唯：你知道我是怎么确定这件事的吗？

许唯：因为这是我第一次受了委屈之后不想逃避，而是想要抱住他，告诉他我受了委屈，快多爱我一点儿。

苏桐回了一句：明白了。

许唯：我以前最不齿这样的人了，一个人怎么可以把自己的情绪寄托在另一个人身上呢？这太冒险了。可现在我的想法变了，我这样一个了无牵挂的人，最适合冒险了。

林从南说的不是没有可能发生。也许从现实的角度考虑，她和林从南这样的人更相配。但她不要和林从南互相取暖，不要从痛苦中寻求慰藉。

她就要谢砚宁给她圆满的、温柔的、像梦一样的爱情。

苏桐：你会幸福的，小唯。我替你求过，你会幸福的。

许唯笑着回复：谢谢。新年快乐，新的一年你和哆咪也要好好的。

到了公寓楼下，谢砚宁把车停好。许唯关了手机，放进口袋，谢砚宁把后座上的宠物包、放小熊玩偶的袋子还有商妍给许唯的熟食都拿好，陪着许唯回了家。

"小房子也有小房子的好处，从卧室到厨房只有几步远。"许唯进厨房烧热水。

谢砚宁从后面搂住她："其实我可以入赘的。小唯，你要是不嫌弃，我明天就拎着行李过来。"

许唯无语。

"我可以和松子睡一起的，没关系。"

许唯嫌他油嘴滑舌，没搭理他。可谢砚宁缠人的功夫实在太好，没一会儿许唯就又被他搂到怀里。

"三个月才犒劳一次，'小狗'想抗议。"谢砚宁闷闷地埋怨道。

"抗议无效。"

"那下一次还得等多久啊？"谢砚宁黏黏糊糊地亲她。

"看你表现。"

"我表现得还不够好吗？"

许唯想了想："很好，所以才要犒劳你嘛。"

谢砚宁皱着眉头，然后委屈巴巴地靠在许唯身上，说："好吧。"

"谢砚宁。"

"嗯？"

"你会一直喜欢我吗？"

"当然，我会一直一直喜欢你。"谢砚宁俯身亲了一下许唯的额头。

"那从今天开始，恋爱过程可以由我主导吗？"

谢砚宁的关注点又偏了，他惊道："你说，恋……爱？"

恋爱？！

许唯坦然地望向他："是，可以由我主导这场恋爱吗？可以一切由我说了算吗？"

243

"当然可以，本来就由你说了算！"谢砚宁搂紧许唯，大喜过望，又强忍着不敢用力抱她。

他很认真地说："我一开始就答应你的，你想怎样都可以。"

许唯躺回到自己的床上，被熟悉的味道包围，长长地舒了一口气，然后平静地看着天花板。

谢砚宁的家很好，但许唯始终找不到自己的位置，相比之下还是自己的小窝更舒服。

几分钟后，谢砚宁给她发来一个小熊对着屏幕亲亲的表情包。

恋爱的感受忽然变得真实。

她说她要主导整个过程，其实是希望每一次约会的开始和结束都能掌握在自己的手里。她不想太被动，不想为谢砚宁偶尔的一次迟到或分神而患得患失。

她本来和苏桐说她想等一切安定下来再谈恋爱，但现在有点儿等不及了。

趁谢砚宁对她的爱还在顶点，她不能轻易放手。

以前她收到谢砚宁的小熊表情包，都是笑一笑，收藏下来，但不会回复。这次她回了一个爱心的小符号。

谢砚宁再次受宠若惊。

他迅速发消息过来：我们是男女朋友的关系了，对吧？你不能反悔的。

许唯：对。

谢砚宁：我截图了，你不能反悔！

许唯故意逗他：我反悔了怎么办？你拿着截图去法院告我？

谢砚宁：你就欺负我吧。

许唯莞尔：如果我没答应你，你会怎么办？

谢砚宁：还能怎么办？我继续死缠烂打。如果小唯还不同意，那就……

谢砚宁迟迟没有发来后一句，许唯有些心急。她明知他是故意的，但还是忍不住多想，胡思乱想一通后倒把自己搞得心情低落。就在她准备追问的时候，谢砚宁得逞地回复了她。

谢砚宁：那我就默默地陪在小唯身边，不求名分。

许唯发了一串省略号。

许唯：谢砚宁，你少看点儿言情剧。

谢砚宁：没办法，我妈强迫我看的。每次我想看动画片的时候，我妈都会把电视调到她的八点档独播剧场，让我和她一起欣赏她的作品。

许唯被逗得捧腹。正好松子跳上床，许唯把它揽到怀里，挡住自己脸上难掩的笑容。她小声嘀咕着："松子，妈妈要恋爱了。"

松子像是听懂了一样，摇着尾巴，咧开嘴巴跟着笑。

"你笑什么呀？小笨蛋，那个'大狗'住进来之后就没你的位置了，你就睡不了床了。"

松子果然没听懂，依旧摇着尾巴挤到许唯的怀里，许唯低头亲了亲小狗的脑袋。

"大狗"发来消息：晚安小唯，做个好梦。

许唯：晚安。

许唯在情场得意，在工作上就难免出点儿岔子。

许唯第二天一醒来就接到了电话，是工程承包商打来的。工程经理说听到其他工地用了先前那个建筑机械工厂出的智能爬架出了事故，便直接质问许唯安全问题能不能保障，态度很恶劣。

许唯只是销售，并不负责质量，但她现在毕竟不归属于公司，出了事也没有公司替她担责，只能忍气吞声地吃下哑巴亏。

挂了电话之后她去了解对方所说的事故，再去找厂家。

她沟通了一整天，厂家拍着胸脯保证质量绝对过关。可她还是担忧，便特地去了一趟出事的工地，问了其他工人才知道，事故原因其实并不是爬架的问题，是受伤的工人自己一时不小心。

许唯这才松了一口气，连忙回拨电话。

工程经理大概看许唯是从公司出来单干的销售，没把她放在眼里。虽然当时有人帮她牵线搭桥，他就把单子给了许唯，但始终对许唯这样年轻的女销售很不屑。

挂了许唯的电话之后，他点了根烟，对办公室的会计说："这么年轻就能让王总出来替她说话，鬼知道她是怎么上位的。"

会计笑了笑："这个许小姐还挺厉害的，人脉很广。"

"他们这种大宗货的销售，说出去好听点儿叫靠人脉，可是人脉是怎么搭建起来的？那就是大家都心知肚明的了。"

许唯并不知道对方在议论自己，以防万一，又把工厂的质检证书等材料备了一份送过去，当面耐心地解释了一番。话还没说完，她就快要被对方一根接着一根的香烟熏得落泪。她强忍着眼睛的干涩感，继续解释。

最后工程经理勉为其难地说："行吧，到时候等年后开工再说。"

许唯脸上笑着，心里却恨不得磨刀"霍霍"。不过她能免去一场风波也是好事。

许唯从工程部出来，被冷风吹得瑟瑟发抖，穿着高跟鞋走在砂石路上也不稳，崴了两三次，差点儿摔倒。回到车里之后，她连忙脱了鞋子，揉了揉脚踝。

下午三点，许唯想了想，也没有其他事情了，就决定去一趟苏桐家，结果正好碰上付梓升在门口和苏桐纠缠不清。

"你就让我进去看看哆咪，我知道今天不是周末，但我真的想女儿了。小桐，你别这么狠心。"

苏桐推搡不过，说报警都没用。

眼看着付梓升就要破门而入，许唯冲上去一把就推开了付梓升。

付梓升完全没防备，往后踉跄了几步，撞在电梯门上，刚要骂人，才发现对方是许唯。

"不是，"他瞬间皱起眉头，"许唯，我们俩的事跟你有什么关系啊？"

"跟你又有什么关系呢？请你不要一次又一次地来打扰苏桐和她的女儿！怎么了，你的外遇对象呢？这么相配的两个贱人，怎么没能有情人终成眷属啊？还想吃回头草，你配吗？"

苏桐倚着门框，大口大口地喘着气。

付梓升丢了面子，索性撕破脸，整理了一下衣服，然后问许唯：

"你这么喜欢插手别人家的事,是因为你没爹没妈,所以想在别人的家事上找存在感吗?"

许唯还没反应过来,苏桐直接冲上去,一巴掌扇在付梓升的脸上,怒斥道:"付梓升,你怎么会变成一个这么恶心的人?"

许唯懒得和付梓升缠斗,只是冷笑着说道:"对,我没爹没妈,了无牵挂。我早就和苏桐说过,你要是再来纠缠她们娘儿俩,我就去你公司闹。苏桐丢不起这个人,我丢得起。"

付梓升的脸色一下子僵住了,他没想到一向和气的许唯竟然变成了硬茬。

原本他听说许唯离开了盛风,还以为她一定处在失业的落魄状态,可短短几个月的时间,许唯不仅不落魄,甚至神采奕奕、顾盼生辉,像变了个人。

但他实在不能理解朋友关系就能让许唯为苏桐做出这么大的牺牲,于是反感地说道:"你有病啊?"

"对啊,我有病,是偏执型人格。我把苏桐当亲姐姐,你少来招惹她,不然我真的会去你公司拉横幅、骂街,不让你身败名裂我不甘心。"

最后付梓升灰头土脸地走了。

苏桐一把把许唯抱住了。明明被骂的人是许唯,苏桐倒先哽咽起来。

"他说的话,你别放在心上。"苏桐说。

"不会的。"

苏桐抚摩着许唯的头发:"哆咪在家里,我不敢在门口和他闹。之前就差点儿打架了,我怕哆咪害怕。"

"我知道,所以帮你把话都讲了。"

苏桐抱紧她,眼泪大颗大颗地落下来:"你不要那样说自己。你怎么没有牵挂?你还有谢砚宁,还有我。"

许唯"嗯"了一声。

"以后就算是吓唬人,你也不能说这样的话,我真的……"苏桐抹着眼泪说,"我真的心疼死了。"

许唯和苏桐其实都不算是把亲昵的话语挂嘴边的人,所以听到苏桐这样说，许唯也不免动容。

好奇怪，自从她爱自己之后，好像别人都开始爱她了。或者说，当她释放爱意之后，就莫名其妙地能够感受到别人的爱意了。

"对了，付梓升在哪个公司上班来着？"

"百川，"苏桐说完也一愣，"好巧啊。"

许唯挑了一下眉："那以后还怕没招对付他？"

苏桐破涕为笑，把许唯拉进来，关上门："你知道你现在像什么？"

"嗯？"

"像个狐假虎威的宠妃。"

许唯笑出声："谢砚宁是昏君吗？"

"心情这么好？"苏桐给她倒了杯水。

"本来很不好的，我一大早被一个中年的油腻工程经理劈头盖脸地骂了一通。幸好有付梓升，让我把气撒到他身上，不然我就得撒到小昏君身上了。"许唯哄了哄哆咪，然后拿起手机，嘟囔着，"小昏君在忙什么？一整天都没联系我。"

这边谢砚宁确实忙得团团转。

在私立医院建立规培制度比他预想的难很多，耗钱、耗力，还达不到效果。为了把新制度贯彻下去，他特地开了会，结果会上的几个负责人都不赞成谢砚宁的提议，最后众人闹得不欢而散。只有其中一家医院的院长年轻些，说可以先在他那里搞试点。

忙了一通，谢砚宁才抽出时间打电话给许唯，此时许唯正在做晚饭。

"有我的一份吗？"

许唯笑着说："没有。"

"没有就没有，"谢砚宁穿上大衣，往电梯的方向走，"把我饿死吧，饿死我就没人缠着小唯了。"

许唯掀开锅盖，鱼汤的香味扑面而来。

因为谢砚宁的口味淡，所以她没有放太多胡椒粉。

谢砚宁和秘书一起等电梯，秘书帮谢砚宁按了电梯的按键，说："谢总，您最近看起来心情很好。"

谢砚宁弯了弯嘴角，走进去："心情确实好。"

"因为……之前那位许小姐吗？"

"你怎么猜到的？"

"就是感觉。"

助理在心里想：那天也不知道是谁，让自己像演谍战剧一样站在采购部门口等着许小姐开完会，踩着点把人家邀请进办公室。

谢砚宁听到助理说到他和许唯，心情更好了，随后一路开车到许唯的公寓楼下。

许唯正在炒西葫芦，给谢砚宁开完门就钻进了厨房。谢砚宁脱了大衣就走过去，从后面抱住许唯。

"小唯，我今天好累。"

"做什么坏事了？"

"就是私立医院的事，我想在私立医院里搞规培。"

"挺好的。"许唯也没想到她随口一说的话，谢砚宁真的放在心上了。

"可是很难。"

"万事开头难，你想要变革就更难了，但是谢叔叔不是全力支持你吗？"

"你支持我吗？"

"支持啊，但我只是精神支持。"

"有小唯的精神支持就足够了。"谢砚宁用手在许唯的腰上一通乱摸，然后想要换地方摸的时候被许唯一巴掌拍开了。

"大狗"做坏事被抓包了，灰兮兮地去找小狗诉苦。

松子正在吃狗粮，莫名其妙地就被人抱起来晃来晃去，气恼地龇牙。谢砚宁把松子放回原位："好凶啊，比你妈妈还凶。"

谢砚宁想了想，又回到厨房，一脸严肃地说："不对不对，辈分错了，小唯。"

许唯没搭理他。

"我是坚果的爸爸，坚果是松子的妈妈，你怎么能是松子的妈妈呢？这样我们就差一辈了。"

许唯在心里翻了个白眼。

谢砚宁坏笑着抱住许唯："这样小唯就比我小了——小唯变成宝宝了。"

许唯举着锅铲看向他："谢砚宁，要不要我明天带你去上幼儿园？"

谢砚宁撇了撇嘴，低着头把米饭端到桌上。本以为他变乖了，可是许唯把鱼汤端到桌上，刚准备转身去拿汤匙时就被谢砚宁捞到了腿上。

谢砚宁很轻松地就能圈住许唯，让她动弹不得。

"干吗？"

"想抱抱你。"谢砚宁把脸埋在许唯的肩窝处。

许唯在家里只穿了一件薄薄的针织衫，此刻感受到谢砚宁身上的热量，低头亲了亲谢砚宁的耳尖："今天一整天都在忙吗？"

"嗯，我几次想给你发消息，都被人打断了，一直忙到晚上。"

许唯搂住谢砚宁的肩膀，任他的吻落到哪里："今天辛苦了，允许你留下来。"

"是留下来吃晚饭，还是留下来……？"谢砚宁眼神玩味。

许唯笑而不语。

"'小狗'需要明确的指令。"

许唯于是在谢砚宁的耳边说："是留下来……陪我睡觉。"

许唯的一句话把谢砚宁的心神搅得天翻地覆，他整个人都恍惚了，吃饭的时候还直勾勾地看着许唯。

见许唯对他爱搭不理，谢砚宁又"小唯""小唯"一个劲地叫，最后被许唯用一碗鱼汤封了口。

许唯很少炖鱼汤，但这次为了谢砚宁，专门向苏桐讨教了方法，把鱼汤炖得汤白肉鲜，谢砚宁连喝了三碗。

许唯做饭时因为谢砚宁走进来，一时没注意，在素炒西葫芦里多放了点儿小米椒，但谢砚宁尝了之后没有挑，还说再辣一点儿也没关系。

他们都在适应彼此的口味。

吃完饭后，谢砚宁主动抱着松子去楼下遛了遛。许唯下午崴了脚，就没陪着他去，而是在阳台上看着谢砚宁抱着松子走到花坛边。

谢砚宁的衣品很好，可能是遗传了商妍，他的身高和比例决定了他很适合穿长款的毛呢大衣，让他看上去像从韩剧里走出来的男主人公，但他的英俊里透着一种朗月清风的自在。

在他身上，幼稚和成熟共存得很融洽。

许唯能够感觉到，从节前到现在，谢砚宁一直在努力地逗她开心，排解她的负面情绪。

也许真的像网上说的那样，一个好的爱人是最好的心理医生。

"被爱恐惧症"重症患者许唯打算豁出去了。可能会一次次反复，一次次伤人又自伤，但许唯还是想试一试。

她倚着落地窗，看着楼下的谢砚宁把松子放下来，让它自己跑一跑、玩一玩。

松子毕竟是马尔济斯犬，运动量不大，在家里就可以定点排便，但谢砚宁坚持要让狗狗进行社会化训练。

话是这么说，但当有人牵着阿拉斯加走过来的时候，谢砚宁还是第一时间把松子抱到怀里，以免它被惊吓到。

许唯看着谢砚宁把松子放到腿上，指了指远处的阿拉斯加，然后低下头，不知道絮絮叨叨地说了什么，松子很安静地缩在他的怀里。

许唯觉得谢砚宁幼稚得可爱。

可能就像林从南说的那样，谢砚宁被父母保护得太好了。但也正是如此，他才能给许唯百分百的爱，且不求回报。

谢砚宁让许唯的整颗心都变得安宁，她甚至在谢砚宁的身上看到了家的影子。

也许在她的潜意识里，她是想和谢砚宁组建家庭的。可这个愿望听起来太过荒谬，她还是不敢多想，能陪他一程就足够了。

谢砚宁遛完狗上来，敲了敲门。许唯帮他开门，然后把备用钥匙交给了他。

"嗯？小唯这是什么意思啊？"谢砚宁明知故问。

许唯接过松子："以后遛狗的事情就交给你了，三天一次，记得帮它擦干净屁股和爪子。"

"没问题。"谢砚宁欣然接下任务，然后把钥匙放进口袋，"小唯，其实可以换指纹锁，比较方便。"

"不想换，我喜欢钥匙转动的声音。"

这像是一种回家的仪式，即使没有人在家里等她。

谢砚宁若有所思地看了许唯一眼。

时间还早，谢砚宁就靠着许唯躺在沙发里，向许唯汇报下午开会的情况："你最近在和哪家医院对接？涉及百川吗？"

许唯还是打算隐瞒自己已经不做医疗设备销售这件事。谢砚宁刚刚在提升私立医院的业绩这件事上找到点儿工作的动力，她不想给谢砚宁泼冷水。

于是她撒了个谎："最近就是跟进之前的项目，没对接新的。"

谢砚宁点点头："我还想和小唯在工作中偶遇呢。"

许唯摸了摸他的头发。

"大家都不怎么认可我，可能都觉得我是不学无术的少爷。"

"所以这一次就是你改变他们的印象的机会，但也不要有太大的压力。"

"嗯。"

"私立医院留不住专家又不是百川旗下的几家医院特有的情况，是全国所有私立医院的通病，是由它的私有属性决定的，所以……"许唯转过头安慰谢砚宁，"能办好是最好不过的，办不好就慢慢来，没关系的。"

谢砚宁像八爪鱼一样黏在许唯身上："其实我原本对这些不感兴趣的，但小唯让我充满力量。"

许唯觉得奇怪："为什么？"

难道她对谢砚宁也有正向的影响吗？她还以为自己对谢砚宁来说只是情绪黑洞。

"别人都觉得我是不学无术的少爷，对我来说无所谓，但小唯不可以这么想。"

许唯微怔。

"而且因为小唯很努力，我也不想给小唯拖后腿。"

许唯有些不自然地揪了揪衣摆："我只是为了生活奔波。"

谢砚宁把许唯揽到胸口，轻声说："不是，你很努力。你最吸引我的就是那种认真的态度。"

许唯的脸色更加不自然，脸颊绯红，她只能转头望着别处，故意打破暧昧气氛，干巴巴地说："哦，我就知道我不是靠脸吸引到你的。"

谢砚宁翻身将她压住："哪里来的这么不讲道理的人？"

许唯嫌痒，笑着躲开，可逃不出谢砚宁的禁锢。谢砚宁的吻轻轻地落在许唯的额头上，许唯抬眼看他，谢砚宁又去吻她的鼻尖："你不要觉得我有多好，喜欢上你对我来说才是一件很值得骄傲的事情。"

许唯似是不信，眼神躲避，可谢砚宁分明看见她一闪而过的泪光。

"我很早就对你动心了，很早就忍不住和我的父母、朋友分享。我说，我最近遇见了一个很特别的女孩。"谢砚宁深深地望着许唯，向她传达他炙热的爱意，"我的朋友问我什么叫特别，我说我也不知道，只是遇见她之后，我的眼里就只有她了。"

谢砚宁是个很擅长表达的人，在外不太爱说话，看上去清冷矜贵，对待身边人却常常撒娇卖乖，这和许唯完全相反。

许唯抬手用指尖仔细地描摹谢砚宁的五官："我不知道该说什么才能让你相信我喜欢你。"

"你不用说，我都知道。"

谢砚宁俯身吻她。

两个人在沙发上腻歪了一阵子，谢砚宁接到朋友的电话，起身去接。

许唯的大脑放空了几分钟，然后她拿了换洗衣物去浴室。热气升腾，将她包裹着，她这才想起来自己没有锁浴室的门。

她走过去，想了想，还是没有锁。

自己要和谢砚宁在哪个阶段发展到哪个步骤，她没有细想过。若是此刻谢砚宁进来，发生点儿什么，她也不会拒绝。他们毕竟是成年男女，许唯并不排斥这方面的需求。

但她莫名其妙地可以肯定，谢砚宁不会进来。

她放水泡了个澡。脚踝稍微有点儿肿，但不明显，许唯揉了揉。

水声渐小后，她听到谢砚宁一边往客厅走一边通电话，聊着不知是球赛还是基金的内容，有说有笑的。许唯听不太清楚，索性闭起眼睛凝神思考。

又过了两分钟，谢砚宁通话结束，声音戛然而止。

许唯睁开眼，感觉到谢砚宁在往浴室的方向走。

她难免有些紧张，不自觉地屏住呼吸。

但她很快就听到了谢砚宁的声音："小松子，你在这里闻什么？妈妈在洗澡，我们一起等她出来。"

他大概是弯腰把松子抱起来了，然后他的声音越来越远。

许唯盯着白色瓷砖上的水雾，然后忍不住勾起嘴角。

谢砚宁怎么……这么好玩啊？

她拿了一条藕粉色的真丝睡裙，胸口处绣着蕾丝，若隐若现。她从浴室出来时，见谢砚宁刚关上门转过身，便疑惑地问他去哪儿了。

谢砚宁说："让人送了点儿我的衣服过来。"

许唯了然，倚着浴室门："你要洗吗？"

"要啊。"

谢砚宁走过来，许唯的视线就从他的脸往下，最后落在他的腰上。谢砚宁准备脱上衣时，许唯还站在原处，他从镜子里望向许唯，笑着问："小唯要看着吗？"

许唯朝他挑了一下眉。

虽然许唯是观众，但谢砚宁看起来似乎比许唯还要期待。他一颗颗地解开黑色衬衣的纽扣，健硕的身材显露无遗。他解到最后的两颗纽扣时，许唯看到谢砚宁线条分明的腹肌如刀刻一般，下意识地错开了视线。

然后她听见了谢砚宁的低笑。

她隐约记得，他们第一次见面时，她就随口问他是不是经常健身。

谢砚宁说"是"。

许唯强装镇定地帮谢砚宁关上门，然后倚着门捂住胸口，重重地呼出一口气，感受着自己很不争气的震荡心跳。

谢砚宁的身材和谢砚宁的性格，像分属于两个人。

许唯躺到床上刷了很久微博，都没能将她刚刚看到的画面从脑海里清除出去，甚至幻想着谢砚宁在浴室里的样子。

她真是单身太久了。

许唯叹了一口气，正烦躁着，谢砚宁就带着一身湿漉漉的雾气走过来了。他直接上了床，将许唯抱住。

她的呼吸停了一瞬。

相同的沐浴露香味飘过来，许唯轻咳了两声。

她没话找话地问："洗完了？水热吗？"

谢砚宁把脸埋在许唯的身上，笑个不停。

许唯低头瞥了一眼自己的睡裙，因为谢砚宁刚刚冲过来的一个拥抱，它此刻已经乱得不成样子，蕾丝领口也歪了。谢砚宁的手还是迅速地摸到了他最喜欢的地方，许唯把空调的温度调低了些。

她以为会发生些什么，但谢砚宁吻了她一会儿之后就放开了她。在她还没反应过来的时候，他抱了她一下。

"小唯，随便讲点儿什么，我想听。"

"什么？"

许唯慢慢地反应过来。

谢砚宁的声音隔着被子，听起来有些不清晰。听觉被影响，其他的感知就被无限放大。

许唯茫然地看着天花板。

灯光是昏黄的，照着弧形的吊顶，还有床头的波浪形雕刻。窗外月光温柔，和灯光融合在一起，许唯的视线随着弯曲的线条，追逐着光源起起伏伏。

"讲……讲什么？"

谢砚宁没有回答。

许唯想了想，然后缓缓地开口："我在上大学的时候，有一个室友长得很漂亮，她活得很肆意，敢在校园里穿很暴露的吊带或者超短裙。

"然后……然后我陪她逛街的时候，她带着我进了一家我从来没进过的店。那里的衣服都很性感，我完全不知所措。

"她拿给我一件黑色吊带裙，很短。她让我穿上，我不愿意。"

许唯整个人剧烈地颤了一下，声音几乎哽咽，难以自控。

"她接过去，自己穿上了。

"她走出来，倚着镜子，在镜子里看着我，问我：'你这辈子都不想放纵一次吗？'"

谢砚宁在休息的片刻空隙里问："你回答什么？"

"我不知道怎么回答，只是看着那件黑色吊带裙。

"那件黑色吊带裙……"

许唯的呼吸变得急促。

谢砚宁在被子里依旧能完全掌控她，许唯的思绪是混乱的，脑海中如同播放电影一般闪过无数画面，从幼年时期到十七八岁的少女时光，从桐江二中到千里之外的大学，从廉价的面霜到昂贵的护肤品。

什么都变了，其实什么都没变。

一直到此刻才是真正的改变。

房间里很热，她的身体很热，似乎是在暗示着她的人生底色不再是寒冬。

谢砚宁躺到许唯的身边时，许唯主动翻身抱住了他。谢砚宁愣了愣，然后迅速将她抱到怀里。

"谢砚宁，谢谢你带着我放纵了一次。"

七年后，那个问题终于有了答案。

许唯不再羡慕室友的那条黑色吊带裙，原来冥冥之中真的有人是为她而来的。

许唯问谢砚宁想不想要，谢砚宁说："不用，很晚了，等下次。"

许唯竟然真的困了，可睡到半夜又忽然惊醒。

谢砚宁的胳膊搭在她的腰上，他睡得很沉，月光下，他的轮廓看起来更加英俊了。

幸好他还在。

许唯还以为自己做了一场太好的梦。

许唯亲了亲他，然后拿起手机，订了两张去海边的机票。

她想去旅行，和谢砚宁去海边。

浅尝难止

镜 许 著

下 册

青岛出版集团 | 青岛出版社

第七章

枯木逢春

就好像命运终于给她开了一扇窗，她透过这扇窗，看到了值得期待的未来。

谢砚宁被朋友邀请去滑雪，想带着许唯一起，刚要问许唯的时候忽然想起许唯说过，她在大学的时候骨折过。他没办法，这个计划只能被搁置。

况且，许唯似乎对这种娱乐活动不感兴趣。许唯总是很忙，在同居的半个月里，常常一进书房就待一整个下午；若是出门，电话也不断，谢砚宁打过去时总是占线。

谢砚宁虽然不愿承认，但相比之下，自己确实很像一个不学无术的闲散少爷。

医院的工作已经安排下去了，不需要时时监督，再加上年初的各项工作才刚刚开始，应酬并不多，他忙完手上的事情，又联系不上许唯了。

正巧朋友的电话打过来，谢砚宁就应朋友的约，滑雪去了。

周暄正好也在，朝谢砚宁"啧啧"了两声："谢少，你还记得我们啊？"

谢砚宁笑了笑，戴上护目镜。

旁边人起哄道："咱们谢少洁身自好这么多年，到底是为了等一个什么样的人出现啊？"

周暄拿了个单板，说："他谈恋爱的事没跟你们说吗？我可是知道的。"

"什么样啊？"众人好奇。

周暄憋了半天没想出形容词，摆了摆手，说："总之，不一样。"

谢砚宁的半张脸被护目镜挡着，但他还是笑得灿烂，出发前朝众人说了句："当然不一样。"

他一路滑下，驰骋如飞。冷风在他的耳边"嗖嗖"作响，他很享受这种自由地放任的快乐。

休息期间，有个叫赵明旭的带着两个漂亮女孩走过来，和谢砚宁打招呼。

赵明旭知道谢砚宁是百川集团的未来继承人，也知道他是谢百川的独孙，料想他肯定过惯了众星捧月的生活。赵明旭虽然刚刚听说他已经大方地宣布自己有恋人了，但猜想着以谢砚宁这样的身份，他应该不会为了一个人而放弃声色犬马。

赵明旭却没想到，谢砚宁对此反应大得很。他刚准备把美女介绍过去，谢砚宁就拿起单板，拧着眉把周暄喊过来，低声说了几句之后便回了贵宾室。

周暄挡在前面，拍了拍赵明旭的肩膀，安慰道："哥们儿，找错人了。谢少在这方面没兴趣，不玩的。"

"怎么可能？"

"他确实不玩啊，人家谈恋爱是冲着结婚去的。"

赵明旭像听了个天大的笑话，脸都皱了起来，重复地问了一遍："怎么可能？"

周暄让工作人员拿了瓶啤酒过来："怎么不可能啊？你不信拉倒。"

见赵明旭难以置信，周暄递了瓶酒给他："他一直是这样的，从小就是这样，也不是循规蹈矩，就是……严于律己？我也不知道怎么形容他。"

赵明旭接过啤酒，望着谢砚宁的背影，依旧觉得不能理解。

谢砚宁在单人休息室里换衣服的时候看到手机屏幕亮了一下，心里迅速闪起小火花。他满怀期待地拿起手机来，发现是助理给他发来的工作信息。

他有些失望，但这也在他的意料之中。

谢砚宁处理完工作之后就在沙发上坐了一会儿，周暄进来问他要不要一起吃饭。

谢砚宁说："不了。"

"有应酬？"

"不是，回去陪女朋友。"

周暄立即露出痛苦的表情："我妈昨天还说你的性格和你爸的像，我本来没觉得，今天一看，你简直是一模一样啊！怎么？现在当总裁都有模范老公的附加条件？"

谢砚宁轻笑。

"你什么时候把弟妹带出来让我们见见啊？你不是说她是金牌销售吗？我也想见识见识。"

谢砚宁倒是想，但许唯不会同意的。

他能感觉到许唯在这段感情里能接受的范围只有他们两个人，许唯的主动也仅仅出现在她的小公寓里。他若是把她带到人前，许唯大概会立即甩开他的手，恨不得把他当陌生人。

"再过一阵子吧。"谢砚宁准备离开。

"为什么？你们俩吵架了？"

"不是，"谢砚宁把装备交给工作人员寄存，回头对周暄说，"主要是我现在还没名分。"

周暄僵了两秒，大声地吐槽："你还真是和你爸一模一样！"

当年谢伯豪为了追商妍，也是这样不求名分地守在商妍身边，还成了桐江市人民很长一段时间的茶余饭后的话题。

谢砚宁朗声笑了笑。

刚走出滑雪场，谢砚宁就问周暄把车停在哪里，要求周暄载他一程。周暄说自己喝了酒，还得麻烦谢砚宁帮忙开。两个人正说着话，谢砚宁的余光突然瞥见一辆熟悉的黑色车朝他开了过来。

那是许唯的车。

谢砚宁还没反应过来，车就停在了他面前。

许唯推开门走出来。她穿了一件红棕色的绒面长裙，齐肩的鬈发蓬乱而慵懒，再配上深红色的口红，她的一颦一笑都带着成熟的勾人意味。

一条纯黑的皮带被她系在腰间，让她的腰看起来不盈一握。裙摆是高开衩的，风一吹就能看到她笔直修长的双腿，再往下是一双极具风情的细高跟鞋。

许唯的五官算不上出众，但她这样打扮之后有种与众不同的风韵。眼神里带有强烈的目的性，她直勾勾地望着谢砚宁，性感又不落俗套。

她朝谢砚宁眨了一下眼："结束了？"

谢砚宁愣了足足半分钟，才走过去揽住许唯的腰。

许唯仰头看他："认不出来了？"

"你怎么会来？"

"来接你回家啊，我昨晚看到你答应你朋友要来滑雪。"许唯帮谢砚宁理了理额前的碎发，轻声说，"我没有偷看你的手机，就是无意中看到的，你会介意吗？"

"不介意，你再多看几次吧，随你检查。"

许唯的眼里噙着笑，她转身看向了周暄，周暄立即走过来："许小姐您好，早有耳闻。"

谢砚宁介绍道："这是我跟你提过的周暄，我和他是从小一起长大的朋友。"

"周总你好。"

"许小姐吃晚饭了吗？这边有一家山间酒店，口味还不错。"周暄提议道。

许唯还没说话，谢砚宁就帮她拒绝了："不用，改天再吃吧，我们先回去了。"

周暄不明所以，但许唯先笑了。周暄茫然地看了看许唯，再看谢砚宁，一下子就捕捉到他眼里赤裸裸的急不可耐的神色。

周暄懂了，便不再强凑热闹，和许唯说了"再见"之后就转身回了滑雪场。

许唯坐上驾驶座，还没来得及发动车子，谢砚宁就覆过来吻住了她。许唯一边笑一边推搡他："人来人往的，你给我安分一点儿！"

谢砚宁依依不舍地坐了回去。

原本停车场的出口就在正前方，但许唯想了想，还是把车开到了无人的角落。

谢砚宁像猛虎扑食一样，把许唯逗得乐不可支。她都不知道谢砚宁是怎么轻松地摸到她的座椅控制杆的，反正只感觉身后一抖，整个人都躺了下去。

"你从来没在我面前这样穿过。"

"这不是想帮你挣面子吗？"许唯捂住自己逐渐被解开的领口，笑着问，"好看吗？"

"特别美，你能感觉到我的心动吗？"谢砚宁认真地说道，"我以前从来没想过我会谈姐弟恋，但是你一出现我就知道我错了。我大概……不会再爱上其他人了。"

这话的分量太重，连许唯都有片刻的愣怔。她搂住谢砚宁的肩膀。

谢砚宁从不吝啬夸奖和表白，许唯感觉到眼眶发热。

她在来之前做了很久的心理斗争。

昨晚她看到谢砚宁的手机屏幕亮起来，一瞥就看到一句"谢少，那明天下午滑雪场见"。谢砚宁几次看着她欲言又止，她知道谢砚宁想带她一起去，但最后他还是没说出口。临睡前，她感觉到谢砚宁的手按在了她的膝盖上，仔细地揉了揉。

他还记得她随口说的话——她骨折过。

其实她都没怎么心疼过自己。她大学时膝盖骨折，绑着石膏疼得睡不着觉，最后保守治疗，留下了一辈子的后遗症——阴雨天疼，走路太多疼，尤其是她穿高跟鞋久了，偶尔也会疼到抽筋。

她对于疼痛一直抱着自虐的态度，想着：疼点儿也好，至少这是一种切身的感受，不然她的人生就太寡淡无味了。

但谢砚宁记得这件事，还会在夜里偷偷地给她按摩。

被爱的感觉胜过一切。

许唯第二天一早就去买了条红丝绒的长裙。

滑雪场里净是皑皑的白雪，一条红裙应该看起来很亮眼。

她又去了一趟美容院和理发店，把自己的上上下下都收拾得焕然一新。她知道自己不够好看，但还是尽可能发挥自己的优势，希望不让谢砚宁在朋友面前丢脸。

看来谢砚宁还是很满意的。

她第一次感觉到谢砚宁的心跳比她的更快。

"冷不冷？你的小腿冰凉。"

许唯笑着裹上谢砚宁的外套："怎么会不冷？我快冻死了。"

她正想逗谢砚宁，却看到谢砚宁的眼底有水光。她愣住了："怎么了？"

她捧着谢砚宁的脸，指尖有些紧张地碰了碰谢砚宁的眼角。

"小唯，谢谢你今天出现在这里。"谢砚宁抱住许唯。

许唯失笑，抚摸着谢砚宁的后颈："这就感动了？'小狗'怎么这么好糊弄？"

"这是你第一次让我真切地感受到，我在你的心里终于占据了一席之地。"

"我表现得这么不爱你吗？我一直在让步，一直在为你打破原则，你没有发现吗？"许唯亲了亲谢砚宁的耳尖，笑话他，"小笨狗。"

"我发现了，但还是要谢谢你接纳我。"

谢砚宁靠在许唯的颈侧，印了一个吻。

"不是的，我不是接纳你，是在接纳我自己。"

许唯想起那件黑色吊带裙。

如果现在的她回到七年前的那天，一定会接过室友手里的吊带裙，穿上身，站在镜子前，看着二十岁的青春洋溢的面容和姣好的身材，不会感到自卑。

如果谢砚宁早一点儿出现该多好。

许唯将思绪收回，把谢砚宁从自己身上扒拉下来，然后按着他的肩膀说："不许在车里。"

谢砚宁略显失望，但还是妥协了。

回家之后，谢砚宁还是没能实现愿望，因为许唯感冒了。谢砚宁煮了姜茶给她，然后躺在床边眼巴巴地望着许唯喝姜茶。

许唯捧着杯子，朝他歉然地笑了笑。

"小狗"的心情瞬间恢复晴朗了。

谢砚宁抱住她，八爪鱼似的贴在她身上，说："我好爱你。"

感冒的原因倒不是许唯穿露腿的裙子，她感觉自己每年在这时候都会感冒一场，听说这是身体在周期性地排毒，也不知道是真是假。

只是小病未愈，工作的难题就接踵而至。她之前联系过的一个工程承包商给她发消息，委婉地表示自己已经有固定的供应商了，话里话外的意思是让许唯不要再联系他了。

许唯收到消息时心里"咯噔"一下，烦躁和失望的情绪瞬间溢满了整颗心，但她没有给自己伤春悲秋的机会，而是拎着礼品主动登门拜访。工程承包商没有收，还对她爱搭不理的，让许唯碰了一鼻子灰。

离开前她注意到这家的女儿在练钢琴，女主人在房间里说了句："你这样就不要学艺术了。"

许唯离开之后问了熟人，才知道这个承包商的女儿今年高二，想走艺考路。

许唯费了老大劲，托了很多关系，甚至打电话给几年没联系的室友，找到了省会的一个很有名的艺考老师，介绍给了承包商。

承包商欣喜若狂，连忙带着女儿来见老师。

至于许唯的那批起重机，承包商表示之后会考虑。

许唯期待的眼神瞬间黯淡。

她泄气地站在自己的车边，正心烦时，接到了林从南的电话。

"许小姐，今晚桐江四建的刘总请吃饭，你要来吗？他特地提到你。"

许唯朝着虚空翻了个白眼，然后勉强笑着说："好啊，麻烦林总把地址发给我。"

男人估计又找她当酒桌上的吉祥物了。许唯叹了一口气，如果不是为了几两碎银，谁愿意搭理那些斜着眼睛打量人的中年男人？

结果到了那边她才知道是林从南别有用心。

她坐在林从南身边，旁人劝酒时，林从南忽然就把手搭在了许唯的椅背上。

"你……"许唯刚要问，就听见旁边有人喊她喝酒，只好先举起杯来。

"许小姐，这杯干了，之后咱们换红的，行不行？"

许唯脸色尴尬："干了？我这儿还满满一杯呢，刘总您也太难为人了。"

他们正僵持着，林从南忽然接过许唯的酒杯，倒了一大半在自己的杯子里："刘总，我替她。"

全桌静了静，刘总先反应过来："从南，原来是这么回事啊！我还想呢，哪有人一次两次地把竞争对手喊过来，抢自己的生意的？"

众人哄笑，林从南并不否认。

许唯连忙说："我和林总不是……"

话音未落，许唯就看到刘总的视线停在门外一个经过的身影上，刘总连忙起身打招呼："谢总。"

许唯的心头涌起一种不太妙的预感。

"谢总，我是四建的刘正泰，咱们见过的。"刘总走到门口。

谢砚宁刚从宴会上逃出来。许唯的电话总是打不通，他正烦躁着，又被人喊住了，更心烦了。

结果他一转头，从迎上来的中年男人身侧的空隙里看到了熟悉的身影。

见他走进包间，刘正泰也是一惊，连忙用眼神示意服务员加餐具和凳子。

坐在刘正泰旁边的人也起身，自我介绍道："谢总，我是四建的谢宏涛。"

众人纷纷起身时，只有林从南和许唯没有动。气氛有些诡异，刘正泰怕冷场，急忙笑着说："谢总，那是我的两个朋友，做建筑机械销售工作的。"

谢砚宁定定地看着许唯。

"左边这位姓林，旁边的是他的女朋友，姓许。从南，起来和谢总打个招呼，这是百川集团的小谢总，你不会不认识吧？"

"当然认识，"林从南缓缓地起身，走过来朝谢砚宁伸手，"谢总，我们又见面了。"

谢砚宁冷漠地看着他。

许唯怎么也没想到会出现这样的场面。短短半分钟，她简直喘不过气来。

她缓了好几下才起身，对众人笑着说："刚刚我没来得及解释，我和林总不是男女朋友的关系。"

话一出口她就后悔了，这话简直是欲盖弥彰。她说给酒桌上的人听，旁人并不关心；说给谢砚宁听，只怕谢砚宁误会得更深。

她走过去握住谢砚宁的手："谢总您好。"

她还是得装陌生人，因为实在不想被冠上"谢砚宁的女朋友"这个名号。

她不能不靠自己——这是她二十几年的处事原则。

谢砚宁先松开了她的手，许唯甚至不敢抬头看他。

谢砚宁离开时明显不悦，刘正泰有些懊恼："我早知道他心情不好，就不该喊住他的。"

许唯坐回到座位上，内心早就崩溃、混乱到了极点，结果一转头就对上林从南戏谑的眼神。林从南笑着说："他还是不懂你。"

酒局结束后，许唯喊住林从南，明显表现出了怒意："林总，您这是什么意思？"

林从南走回到她身边，淡定地说道："我在帮你啊，你最近不是想联系上盛邦工程的殷总吗？四建的刘正泰是他的姐夫，你是不是还不知道这层关系？"

"我说的不是这个。"

"哦，你说女朋友的事？那是他们误会了，我只是想帮你挡酒。"

"林总，大家都是成年人了，你不用遮遮掩掩的，没意思。"

林从南拿了根烟出来，没有点燃，只是把它捏在手里："你看，他不能理解你为什么需要和一群男人拼酒，也不能理解你刚刚为什么要装作不认识他。"林从南笑了笑，"也许他很喜欢你，但永远没办法和你感同身受。一笔单子你辛辛苦苦地忙活半年才能赚个七八十万块钱，在他那里可能只是随手一件礼物的价格。"

"这和你有关系吗？"

"这是我善意的提醒，许小姐，矛盾会越积越多的。"

林从南从头到尾都是一副云淡风轻、了然于胸的模样，好似比许唯更清楚他们的感情。

"林总，你很忌妒谢砚宁，是吗？"

"什么？"林从南点火的手顿住，把烟从嘴里拿出来，重新捏在手里。

"他如果只是一个普普通通的不学无术的少爷也就罢了，可偏偏很完美，家庭很幸福，工作也很努力，上天没有给他关上任何一扇窗户。其实你心里是很忌妒的，是吗？"许唯转过身面对着林从南，"你看，我也很懂你。"

林从南猛地别开视线，逐渐失去耐心，于是再次把烟点燃。

许唯轻声说："'懂'这个字，其实没那么昂贵。"

"我们的身世……"

"是，我们都有不太好的身世，我是孤儿。林总你年少失去双亲，我们都靠自己打拼到现在，所以你确实在某些方面比谢砚宁更懂我。可是那又怎么样呢？你不要再把你的情感需求投射到我身上了。"

"难道我们不是更适合吗？"

"相似就等于适合吗？你是真的喜欢我吗？爱情又不是靠互相揭伤疤来维系的。"

林从南沉默地望着远处。

"林总，我很感谢你之前对我的提携和帮助，之后我会找到合适的方法回报你，其他的就到此为止吧。"

许唯独自离开，没有给林从南辩解的机会。

林从南望着许唯的背影，猛然发现许唯越走越远，但她的身影越来越清晰。

他真的忌妒谢砚宁吗？林从南吸了一口烟，轻笑了一声。

这怎么可能？这不可能。

许唯在进小区前接到了许致军的电话。

一般都是叶惠婷和许唯联系，许唯和这个沉默寡言的父亲一年都不会有几次交流。她有些困惑地接通电话，生硬地问："什么事？"

"你妹妹的身体又出问题了，前阵子好了点儿，最近又开始吐，可能又背着我们偷吃减肥药了。"

"哦。"许唯并不是很在乎。

"你之前跟你妈提过的那个徐主任……你明天有时间带着妹妹去看一下吗？"

"出门右转五百米。"

"什么意思？"

"出门右转五百米，平安医院，挂号机就在门口。"

许致军强压着不悦的情绪："我的意思是，你认识人家专家，咱们好说话一点儿。"

"说什么？让专家二十四小时看着许优，不让她吃减肥药？"

"你这个丫头怎么变得这么冷漠？我发现就是这个销售工作把你害的，你成天跟一群大老板、大领导在一起吃饭，把你吃得不知道自己几斤几两了。"

"你是来求我办事的吧？"

许致军一下子哑然。

"作为我的养父，你又有几斤几两呢？"

"你……"许致军怒不可遏。

"你家的事和我没关系。以后我们就别联系了，我真的很烦。"

许唯挂了电话，直接拉黑了许致军。

她深吸了一口气，感觉到一种难以言说的畅快。

谢砚宁常说她只知道欺负他，许唯最初听着觉得有趣，现在想来完全是错的。爱她的人她应该好好珍惜，至于那些只会给她带来伤害的人，她已经仁至义尽，无须再忍。

坏情绪她应该及时发泄出来。

这是和谢砚宁谈恋爱之后，许唯做出的第一个改变。

许唯把手机放进口袋才发现自己已经走到了公寓楼下，抬头看向公寓七楼的卧室的窗户。

灯亮着——谢砚宁回来了。

她松了一口气。

饶是在酒桌上八面玲珑的许唯，在面对哄男朋友这件事上也着实犯了难。她实在没有经验可以借鉴，只能迎难而上。

她乘电梯上楼，故意在出电梯时咳了两声，还把高跟鞋踩得重一些，搞出点儿声响来。

她一开门，谢砚宁正好端着杯子从厨房里走出来。他穿着灰蓝色的睡衣，目不斜视地从许唯面前走过，没有半点儿停留，径直走向卧室，像一只高傲的公孔雀。

许唯差点儿就破功地笑出来。

她先蹲下来揉了揉松子，然后抱着松子去找谢砚宁。见谢砚宁躺在床上玩手机，许唯走过去，坐到床边，清了清喉咙："还生气呢？你听我解释好不好？"

谢砚宁翻身朝向另一边。

他装作一副忙着打游戏的样子，其实选道具就选了半天。许唯脱了外套，伏在谢砚宁的胳膊上，指了指屏幕上的一把看上去很酷的狙击枪："这个。"

谢砚宁的身体一僵，然后他冷漠地选了狙击枪旁边的轻机枪。

许唯在旁边看了一会儿，只觉得眼花，就把松子放到一边，转身去了浴室。洗完澡出来的时候，她刚开门，两秒后就听见卧室里的游戏提示音响起。

谢砚宁根本没心思玩游戏。

许唯忍不住笑了笑，关了浴室的灯，走到床边的时候，谢砚宁又翻了个身，继续背对着许唯。

许唯爬上床，从后面搂住谢砚宁的腰："听我解释好不好？"

谢砚宁不吭声。

"今天是林从南喊我去的这个饭局。因为桐江四建的刘总是很重要的人物，之前和他一起吃过饭，所以我不敢推托。

"刘总劝酒的时候，林从南帮我挡了，他们就误以为我和林从南是情侣关系。我正要解释的时候，你进来了。

"我和林从南只有工作关系，他帮过我，除此之外，我们没有其他任何关系。"

许唯摩挲着谢砚宁的睡衣纽扣："我解释得够清楚吗？"

"这不是重点。"谢砚宁终于开了金口。

"重点应该是什么？"

"重点是你转做建筑机械的销售，为什么不告诉我？"

"销售嘛，不就是卖东西？换方向很正常啊。我的一个朋友之前在银行做投资顾问，现在在做地产销售，我觉得这不是什么大不了的事。"

"我找人问过了，盛风压着你的进货渠道，你就算想继续做医疗设备，在桐江也找不到货源。"

许唯收回手，拽了拽被子。

"为什么不告诉我呢？"

许唯皱起眉头，终于要面对这个她一直逃避的问题了："因为你会帮我，我不想让你帮我。"

谢砚宁倏地坐起来，看着许唯质问道："那为什么林从南可以帮你？"

许唯没有回答。

"被人称作'谢砚宁的女朋友'是很丢脸的事吗？那为什么你可以被称为'林从南的女朋友'？"

许唯的瞳孔猛地收缩了一下，脸色瞬间变了，房间内的气氛降至冰点。

"我为什么要被人称作'谁谁谁的女朋友'？没有这个名号我就做不了事吗？得到你们两个人的青睐，我是不是应该感恩戴德啊？"许唯颤声质问，"难道是我主动招惹你的吗？"

"我不是这个意思。"谢砚宁有些后悔。

"我告诉你为什么他可以帮我，因为那对我来说是利益交换。他帮我介绍的客源，我之后会悉数回赠；而你帮我的，我该怎么还呢？"

"我不需要你还。"

"我需要。我不想欠你的。"

谢砚宁定定地看着许唯，眼神忧伤："小唯，我不明白。"

"不明白就算了，你也不是第一天认识我。"许唯抹掉眼角的泪，起身下床，却被谢砚宁拉住了。

"要出去也是我出去，你别感冒了。"谢砚宁撂下一句硬邦邦的话就走出了房间。

许唯把脸埋在被子里，无声地哭了出来。谢砚宁甚至没朝她发脾气，她就已经感觉到委屈了。可是她真的不明白，难道爱人之间就不用还了吗？

谢砚宁为她做了那么多，承受了她那么多次突如其来的负面情绪，一次次被她推开最后还是义无反顾地说爱她，难道这样的付出是她不用还的吗？

她买了很昂贵的领带、领夹，变着花样地做饭给谢砚宁吃，穿着漂亮又性感的裙子去见谢砚宁……她觉得这都是回报的方式。

即使无法精准地等价，但她努力地用自己的方式不辜负谢砚宁给她的爱。

她无法理解这个世界上有无条件的爱和不求回报的付出，就像谢砚宁无法理解她的行为一样。

完全相反的生长环境让他们在爱情里像是两个极端，一个太多，另一个太少。

也许林从南一语成谶了，矛盾确实会越积越多的。

谢砚宁大概在客房里睡了。许唯听到隔壁的门被关上的声音，越发委屈，眼泪就像收不住一样，扑簌簌地往下掉。

快到凌晨的时候，她还没有睡，保持着一个姿势僵坐了几个小时，直到听见隔壁的门被打开的动静才恍然回过神来。她抹了抹眼泪，迅速关了灯躺下。

她感觉到谢砚宁走了出来。谢砚宁的脚步很轻，也很慢，许唯的心完全追随着他。

她听见自己的卧室门发出"咔嗒"一声，是谢砚宁拧转金属把手，开门走了进来。

许唯先是屏住呼吸，紧接着又慌忙地改成匀速呼吸。

谢砚宁走到床边坐了下来，帮许唯盖好被子，然后在床边坐了很久。许唯知道自己装睡装得不像，索性睁开眼："怎么还不睡？"

谢砚宁闷闷地说："我不想和你分床。"

许唯又舍不得和谢砚宁冷战了。谢砚宁的这个样子真像小孩，幼稚得可爱，明明是自己占理，生气了还要主动找台阶下。

"那就上来睡吧。"

许唯掀开被子，谢砚宁就慢吞吞地钻了进来。男人的体温总是更高一些，尽管房间里的温度是舒适温暖的二十七摄氏度，但许唯的手脚都是冰凉的，直到谢砚宁进来，她才感觉到源源不断的热量传递过来。

他们共盖一条被子，中间却像隔了天堑，谁都没有动。许唯睡在靠窗的一边，静静地看着从窗帘的缝隙里透进来的清白的月光，分散着注意力。

"我没有他成熟。"谢砚宁忽然开口。

没头没尾的一句话，许唯却瞬间听懂了。她失笑着说道："你对成熟的定义是什么？"

"如果我行事更成熟一点儿，在今天晚上那个场合，应该像你来百川谈合作时那样，主动对你笑一笑，说几句模棱两可的话，让别人以为你和我是有交情的，这样你就能很顺利地把单子拿下来了。"

他的几句话惹得许唯更想哭了。

谢砚宁那么好——她在旁人面前装作不认识他，他却在反省自己的不足。

谢砚宁在这场恋爱中收获了什么呢？忙碌的工作和不该出现的自卑？

"那不是成熟，是世故。你如果变成那样，就不是你了。"

在许唯心里，谢砚宁应该是坐在秋居阁里赏景听曲的小少爷，坐在哪里都是一副闲云野鹤的清高模样，就算变成爱撒娇的小狗，也比现在深沉的模样好。

许唯的眼泪无声地落下来。

她没有很难过，只是茫然。她没接触过这样毫无保留的爱，所以每一步都走得惴惴不安。谢砚宁握住了她的手。

　　可能是哭累了，也可能是酒意上头，许唯竟然在万千思绪的环绕中睡着了。

　　蒙蒙眬眬时，她感觉谢砚宁抱住了她。她没有抗拒，循着热源钻到了谢砚宁的怀里。在彻底进入梦乡前，她感觉到谢砚宁在她的额头上印了一个吻。

　　她再醒来时，床上只剩她一个，空落落的。

　　谢砚宁在厨房里做早餐。

　　许唯走出卧室时，谢砚宁端了两杯豆浆出来。他没主动说话，许唯也没找到机会开口。

　　两个人默默地拉开了一场非典型的冷战。许唯明白这场冷战迟早会发生，但没想到它会来得这么早。两个人的心里都有怨气，又都体恤对方，只是自尊心支棱在那里，谁都不愿意先低头。

　　许唯在刷牙时才想起来海边旅行的事。她无奈地叹了一口气，订机票时一时冲动，谁能想到几天后会来这么一出，完全打乱了计划。

　　谢砚宁把早点端上桌，许唯喝了一口豆浆，然后故作镇定地问："那个……这周的周末你有安排吗？"

　　"什么事？"

　　"也没什么事，就是我前几天闲着无聊，看到有个什么海岛三日游的活动，就……订了机票，你有空去吗？"

　　谢砚宁顿了顿，然后故作冷淡地说："哦，我待会儿问下我的助理，看看我这周周末有没有工作安排。"

　　许唯忍着笑说"好"，顺着谢砚宁的小脾气来。

　　等到了旅行的前一天晚上，谢砚宁装模作样地躺在床上看文件，始终没表态自己去不去。

　　许唯也没催他，慢悠悠地收拾行李，摊开行李箱，挑了两件低胸的吊带长裙放进去，内衣也挑的是法式。

　　谢砚宁立马坐不住了，欲盖弥彰地咳了两声。

　　许唯没搭理他，也不问他去不去，照旧慢条斯理地收拾，把洗漱包和化妆包放进去之后，又从床头的抽屉里拿了一沓小方盒扔进箱子里。

谢砚宁的耳朵都红了。

听见他清了清嗓子，许唯装作无辜地问："不放这个吗？你不要？"

她作势要把安全套放回去，谢砚宁冲过来按住她的手，老实地说道："要。"

两个人持续冷战。

因为昨天晚上在许唯面前丢了脸，谢砚宁现在更生气了。

他最怕的就是许唯觉得他不稳重，但他昨晚那个猴急的模样确实很不稳重。

他冲过来按住许唯的手的时候，许唯"扑哧"一声笑出来，了然地挑了一下眉，继续收拾行李，心情大好。

谢砚宁这才恍然意识到许唯是故意的，脸色更差了。晚上他被气得从衣橱里翻了条四季被出来，裹着自己，硬是一晚上没抱许唯。

许唯从后面搂住他的腰，还把手从他的睡衣衣摆里探进去摸他的腹肌，都被谢砚宁气呼呼地拽了出来。

许唯没再逗他，翻了个身玩了会儿手机，很快就睡着了。

不过许唯早上醒来一低头，就看到谢砚宁八爪鱼一样紧紧地贴着她，搂着她的腰，呼吸均匀，睡得正香。许唯翻了个身，借着晨光静静地欣赏着谢砚宁的睡颜，又亲了亲他，然后蹑手蹑脚地下了床，起来做早餐。

谢砚宁始终摆着张臭脸，下楼的时候还不准许唯拉行李箱，夺过许唯的行李箱的拉杆，一个人拖两只行李箱走在前面。

许唯不和小孩赌气，戴上墨镜，悠闲地走在后面。

她突然感到前所未有的放松，因为谢砚宁会帮她打点好一切，会开车去机场，会独自一人去安排托运，然后牵着她的手去休息室候机，会在休息室里给她披上毯子。

谢砚宁事无巨细地帮她准备好，尽管他们还在冷战。

如果是以前，许唯一边候机一边还要不停地接打电话。有一次工厂出货有问题，货物的买方和卖方两头都在催她，许唯和对方解释了半天，一转身已经过了登机时间。

现在有了谢砚宁，她好像什么都不用管了。

谢砚宁走在她前面，后背宽阔，身形健硕，好像能为许唯抵御所有风浪。谢砚宁比她小三岁，但做事有条不紊，这种靠谱让许唯很安心。

上飞机之后，许唯故意装作座椅的调节出故障的样子，喊谢砚宁过来看。谢砚宁刚凑过去，许唯就拽了拽他的袖子，轻声问："还生气呢？"

谢砚宁低头检查按钮："没有。"

许唯也不知道该说些什么。她和谢砚宁之间的矛盾是观念上的分歧，不可能被彻底调和，她只能轻轻地叹了一口气。

他们的手时常碰到一起，飞机起飞时有些颠簸，他们的手背再一次相碰，许唯主动握住了谢砚宁的手，谢砚宁几乎是条件反射般地和她十指相扣。

许唯弯了弯唇角，闭上眼休息。

他们要去的海岛叫日落岛，离桐江很远，是一个近几年才出名的旅游胜地。四个多小时后，飞机缓缓降落，谢砚宁看到远处的海面，转身叫醒许唯，两个人一同起身。

谢砚宁有朋友正好在日落岛附近，听说谢砚宁要来，一早就在机场外等着了。许唯跟着谢砚宁出来的时候，远远地就听见有人喊"谢少"。

三月，海岛的温度正适宜，柔风吹拂过来，带着湿润的潮意。

许唯闻声望过去，见到一个瘦高的年轻男人跑过来，主动朝自己笑："许小姐你好，我终于见到真人了。我叫祝梁，是谢砚宁的高中同学。"

许唯看了眼谢砚宁，然后笑着和祝梁握手："你好。"

"我送你们去酒店，都安排好了。"

待谢砚宁把行李放进后备厢里后，祝梁问起他工作上的事情。谢砚宁和祝梁站在一起，说起正事时眸色深沉，偶尔会皱眉，好像又变回了许唯一开始见到他的那副矜贵模样，站在哪里都会把身边人衬得平凡。

许唯并不打扰他们聊正事，站在车边远眺海面。

自己上一次旅行是什么时候？三年前？那次好像还是盛风搞团建，

严文江亲自带着一群骨干去了泰国。许唯实在不喜欢热闹，谎称身体不适，在酒店躺了三天。

午后的阳光洒在一望无际的蓝色海面上，波光粼粼如同跳跃的碎金，海滩上的少年奔跑追逐，虽是初春，入目却是盛夏景象。

谢砚宁走到她身边，问："喜欢吗？"

许唯笑着看向他："喜欢。"

谢砚宁没有笑，即使板着脸，许唯也能从他的眼睛里感觉到愉悦和满足。

他们一起往酒店走，祝梁向许唯介绍道："许小姐，你来得正巧，今天晚上八点有烟火盛会，很漂亮的。"

"是吗？"许唯主动和祝梁搭话，"祝先生在这里工作吗？"

"是，待会儿要带许小姐去的酒店就是我开的。许小姐是第一次来吗？你是不是还不知道，其实这个景区是百川集团投资的。"

"什么？"许唯诧然。

"当时日落岛还没怎么开发，谢少和我们几个人到这里自驾游，他觉得这里的风景不错，就建议谢董事长投资这里。没想到几年过去，日落岛竟然发展得这么好，收益可观。我也是沾谢少的光，挑了个好地段，把酒店办了起来。"

许唯看向谢砚宁，笑着问："谢少的商业眼光原来这么好呀？"

谢砚宁被许唯含笑的目光看得脸色越发不自然，闷声问："我在你的眼里就只会吃喝玩乐？"

他们又回到老话题上了。

许唯没理他，继续问祝梁："祝先生和谢少是高中同学，那他在高中的时候有没有什么有意思的事情可以和我讲讲的？"

祝梁想了想："那可多了，我说不完的，谢少在学生时代一直是风云人物。"

许唯笑着说："他这么厉害啊？"

"高中时候我们学校有俩帅哥，一个是谢少，还有一个是篮球校队的队长。关于他们俩谁是校草这个问题一直是我们年级经久不衰的热点话题，有人还特地在论坛里搞投票，最后出来的票选结果特别诡异。"

许唯好奇地问道:"怎么诡异了?"

"许小姐你猜猜,支持谢少的是女生多还是男生多?"

许唯想了想:"女生?"

"不是,是男生,90%的男生选了谢少。"

许唯不解:"为什么?"

"因为在我们的眼里,谢少的帅是其次的,重要的是他曾经打到过DOTA(游戏名)的国服第一,得过奥数比赛的金奖,更重要的是他还会在每次放寒暑假的时候无偿地把自己的作业发给全年级的同学抄。许小姐,你都不知道谢少那个时候在我们学校里威望有多高!"

许唯笑出声来。

祝梁一说还停不下来了:"后来老师发现很多人的作业都用的是同一个解题步骤,整个年级,硬是没有一个人敢把谢少供出来。"

谢砚宁不耐烦地把许唯拉到自己的左边,和祝梁拉开距离。

许唯笑得停不下来:"谢少的履历好丰富啊。"

祝梁把他们带到酒店:"我特意给二位留了我这儿最好的一间房,窗外就是大海。"

进电梯之后,许唯笑着问谢砚宁:"谢少,我想知道你是出于什么样的考虑,把自己的寒暑假作业送给全年级的同学抄?"

谢砚宁沉着脸,不理解这件事的笑点在哪里,但还是有问必答:"他们要,我就给了。"

许唯想想就觉得好笑:"你竟然是会乖乖地做寒暑假作业的人?你是放学回来的第一件事就是做作业的那种学生吗?你真的好可爱啊。"

谢砚宁最受不了许唯这种逗小孩的语气,两个人刚进房间,他就把许唯压在了墙上。许唯愣怔片刻之后,笑着圈住谢砚宁的脖颈,轻声说:"你怎么这么乖啊?"

"不许说。"谢砚宁俯身堵住许唯的唇。

两个人冷战了好几天都没有亲热过,此刻自然一触即发。谢砚宁的吻慢慢往下,许唯搂着他,哄道:"不生气了好不好?我错了。"

谢砚宁停下,直起身子望向许唯。

"可能是我的想法太极端了,总觉得就算是爱人之间也应该两不亏欠，但在来的路上我想了想，其实不亏欠是做不到的。"

"你欠我什么？"

"我让我的'小狗'不快乐了。"许唯摸着谢砚宁的脸。

"你从哪里看出来我不快乐？"

"刚认识的时候，你那么轻松自在，跟我谈恋爱之后，你竟然开始觉得自己不够好、不够成熟，我很难过。"许唯把脸埋在谢砚宁的肩膀上，她的语气有些沮丧。

"为什么这样想？"谢砚宁抱紧许唯。

"难道不是吗？"

"可是，"谢砚宁在许唯的耳边说，"一切与你有关的事情，我都乐在其中。"

许唯怔住。

"我不是想和你同频率或者想和林从南比较，只是希望自己能更强大一点儿，能为我爱的人保驾护航，你明白吗？"

许唯哽咽着点头。

"我承认，我接手私立医院是因为想和你在工作上有交集。这个想法的初衷很幼稚，但我既然已经做了，就会继续推进下去，一定会让你看到成果的。"

"好。"

在许唯的心里，谢砚宁就像一块莹润光泽的美玉，他的家境、他的父母、他顺遂的生长环境都小心翼翼地将他打造成最完美的模样。但在谢砚宁自己的眼里，他只是一块未经雕琢的璞玉，愿意为了许唯去挑战自己，做出改变。

许唯望着谢砚宁，用指尖摩挲着谢砚宁的脸："所以我的'小狗'其实是快乐的，对吗？"

"这几天不太快乐。"谢砚宁闷闷地说。

"嗯？"

他一边说一边揉着许唯的腰："想看那件。"

"哪件？"许唯眼波流转。

"哪件都可以吗？"谢砚宁的声音低哑。

"都可以。"

许唯附到谢砚宁耳边，又用气音说了五个字，谢砚宁就直接把她打横抱起，放到了床上。

之前因为许唯做完手术没多久，两个人始终没有进入过正题。此刻看着谢砚宁在她的眼前脱了上衣，许唯心跳加速，甚至都忘了害羞。

她穿了一件紧身的针织衫，领口往下有一排小圆纽扣。她刚解开一颗纽扣，就被谢砚宁制止了。谢砚宁明显想代劳，许唯笑着问他："不用我换那件吊带裙吗？"

"不用。"

谢砚宁的吻落了下来，许唯竟然有种归属感。就好像命运终于给她开了一扇窗，她透过这扇窗，看到了值得期待的未来。

她抱紧谢砚宁的肩膀。

海浪层层叠叠，浪花拍打在礁石上。

远处传来鸥鸟的叫声，许唯望向窗外时，鸥鸟正好在寂静的空中飞过。谢砚宁说爱她，许唯抬头时已经寻不到那只鸥鸟了。

再然后是日落，月亮牵引着海水一次次涨落，仿佛来自遥远宇宙的呼吸声，起初像"汩汩"泉水，后来像暴雨。许唯感觉到她的防线被蓝色的潮汐一次次入侵，水光潋滟，破碎淋漓。

最后烟花盛放，响彻天际，许唯才惊觉时间的流逝。

八点了。

她分不清时间是快是慢，茫然地被谢砚宁抱来抱去。她裹着睡袍躺在他的怀里，看着窗外的烟火晚会。

烟花燃尽时，谢砚宁低头吻她。

"你会一直爱我吗？"他问。

许唯没想到这个问题竟然是谢砚宁先问出来的。

她摸了摸谢砚宁的耳朵，说："只要你爱我，我就会一直爱你。"

许唯第二天没能起床。她倚着靠枕，怨念颇深地望向谢砚宁。

谢砚宁半点儿愧疚的意思都没有，还黏黏糊糊地凑过来，抱住许唯的腰，冲她眨了眨眼，无辜得好像昨天把她折腾得半死不活的人不是他一样。

许唯没理谢砚宁，谢砚宁就把许唯睡袍上的带子解开又系上，解开又系上，直到被许唯拧住耳朵才消停。

"还是不舒服吗？"谢砚宁躺到许唯身边，把她搂进怀里。

"没有，就是有点儿累。"

"吃早饭吗？我端过来。"谢砚宁殷勤地说道。

许唯摇摇头，闭上眼睛，窝在谢砚宁的怀里又休息了几分钟。两个人静静地靠在一起，阳光洒到床上，远处是蔚蓝的海面，云朵蓬松可爱，许唯闻到谢砚宁身上有淡淡的须后水的薄荷味。

谢砚宁则用手指梳着许唯的头发，指尖缠着许唯卷曲的发丝，忽然问："这是烫的还是自然卷？"

"是自然卷，又烫了。"

谢砚宁回想起许唯的父母和妹妹，他们三个人好像没有一个是鬈发。

他刚觉得困惑，许唯就起身了。

她下了床，当着谢砚宁的面从行李箱里拿了一条吊带裙出来，然后进了卫生间。等她洗漱出来后，谢砚宁已经把早餐摆在了桌上。

许唯的身上穿着一条银色的吊带裙，裙摆处缀了一圈闪闪发光的亮片，她走动时像条美人鱼。谢砚宁的眼神沉了沉，他放下了牛奶，走过来拦住她。

许唯咬着发圈，两只手以指作梳，准备将鬈发盘起。

谢砚宁目光灼灼地说："我想帮你。"

他拿着许唯的细发圈，走到许唯身后，小心翼翼地捧住了许唯刚刚拢好的头发。

"绕两圈就可以。"许唯提醒他。

谢砚宁的动作太过轻柔，许唯觉得痒，肩膀瑟缩了两下。谢砚宁还以为自己扯疼了她，连忙道歉。

许唯安慰他："没事，不疼，是你的动作太轻了。"

许唯说完之后，谢砚宁半天没动静。许唯转头看他，才发现他早就神色怔怔、心驰神往，视线落在许唯的银色肩带上。

许唯清了清嗓子，冷声说道："谢砚宁，你要么把脑子里的黄色废料扔出去，要么连人带废料一起出去。"

谢砚宁立即尿了，乖乖地帮许唯扎头发。

他手法生疏，但好在聪明。许唯指导了他一下，发圈就被顺利地绑在了许唯的头发上，之后谢砚宁又缠了一圈。

虽然头发有些松松垮垮的，但许唯依然说"很满意"。她踮起脚，亲了亲谢砚宁的脸颊，说："谢谢。"

许唯整个人都沐浴在阳光下，皮肤很白，穿着银色吊带就更显得诱人，尤其是准备亲谢砚宁的时候，谢砚宁刚要低头，她的身体就靠近了。

她总是在谢砚宁没有防备的时候主动，像一种在试探的勾引。

谢砚宁愣了片刻，然后直接抱住她，气恼地说道："你故意的！你就知道逗我，逗我很好玩吗？"

许唯笑着说："好玩啊。"

谢砚宁在许唯的肩膀上咬了一口，假装用力，实际都没敢留下印子。

他知道许唯喜欢逗他，也配合许唯。

许唯分不清谢砚宁本来的性格到底如何，也不知道他的撒娇卖乖是因为想要哄她开心还是他本身在恋爱里就是如此。

反正他们都是彼此的初恋，无从印证。

昨天在床上，谢砚宁抱着她，小声嘟囔着自己没有经验，怕许唯不满意。许唯捏了捏他的脸，忍着笑："没关系，反正我也没得比较。"

谢砚宁僵了僵，然后问许唯："你不是谈过恋爱吗？"

许唯躺在谢砚宁身下，坦然地望向他："我什么时候说我谈过？"

谢砚宁怔怔地问："什么意思？"

许唯眉梢微挑："这很难理解吗？"她点了点谢砚宁的鼻尖，勾唇笑道，"如果算我真正喜欢的人，你是第一个。"

谢砚宁明显兴奋起来，眼神像是下一秒就能将许唯拆骨入腹。

"我是小唯的初恋吗？"他问。

许唯故意装作思考的样子："如果算上暗恋……"

"暗恋不算！"谢砚宁立即堵住许唯的嘴，含混不清地说，"暗恋不算，什么都不算，我是你的初恋。"

许唯笑着吻他："嗯，你是我的初恋。"

谢砚宁真的是一只很好哄的小狗。

许唯坐下来，问谢砚宁："今天有什么安排吗？"

"出去逛逛，我陪你。"

"你对这里应该很熟吧？"许唯喝了一口牛奶，然后皱着眉说，"你明知道要来这里，怎么也不告诉我？如果我知道这是你投资的景区，就不傻呵呵地过来了。"

"为什么？"

"这里对你来说没有新鲜感啊，我们来这里都算不上旅行。"

谢砚宁反驳道："怎么没有新鲜感？"

许唯竟然瞬间懂了，轻笑了一声："行吧。"

吃完，两个人一起走在沙滩上。海岛的温度高，到了正午时，许唯披着外套都嫌热。她坐在棕榈树下，等着谢砚宁给她送来椰子菠萝冰沙。

许唯望着四周，忽然觉得自己年轻了几岁。

之前她时常会想，如果她在二十岁的时候遇到二十四岁的谢砚宁就好了。那时候的她还没有进入社会，还没有看过太多人性的丑恶，还排斥在酒局上和一群中年男人推杯换盏……那时候的她还很单纯，如果遇到谢砚宁，一定不会有那么多顾虑，不会反复无常地拒绝又挽留，不会平白无故地浪费时间。

可现在想来也未必，她二十七岁遇到谢砚宁，也许迟了一点儿，但会更珍惜。

谢砚宁朝她走过来时，身后有一个小女孩跑了过去。她穿着红色波点的小泳衣，腰上围着儿童游泳圈，开心地朝着一对年轻的男女跑过去。

那是很幸福的一家三口，许唯看得有些出神。

直到谢砚宁走到她身边，她才回过神。谢砚宁问："怎么了？"

许唯摇了摇头，笑着岔开话题："哇，这个冰沙看起来好棒。"

谢砚宁把椰子菠萝冰沙放到许唯的手里，两个人并排坐着。

"那个祝梁是桐江人吗？"许唯问。

"是。"

"那他现在在这边发展吗？他离家未免太远了。"

"但是这里赚钱啊。日落岛这几年发展得很好，有很多知名网红来探店，还有综艺节目来这里拍摄，旺季的话，收入的确很可观。"

"你和他的关系很好吗？"

"还不错，他之前想进百川上班，但我记得他在自驾游的时候一直提到自己想开个酒店。景区开发出来之后，我就打电话问他愿不愿意试一试。"

"然后他就来了？"

"嗯。"

"他就这么相信你？景区刚被开发出来，他就愿意投资酒店？"许唯说完莫名其妙地笑了起来，捧腹道，"也对啊，我们谢少在学校里的威望是仅次于教导主任的。"

谢砚宁始终不明白把寒暑假作业借给全年级的同学抄这件事的笑点在哪里。他把乐不可支的许唯拽到怀里，凶巴巴地作势要亲她。

许唯却忽然停下来，静静地看着谢砚宁，说："你有很多朋友。"

她躺在了谢砚宁的腿上。

"是你让我看到了，一个人如果在最好的环境里长大，应该是什么样子的。但是我现在没有以前那么讨厌自己了，偶尔也会觉得自己很好，尤其是在你的眼里。"

谢砚宁说："我一直觉得你很好。"

"我一点儿都不怀念自己的学生时代，也不想回到十八岁。砚宁，你信不信？现在是我最好的时候。"

"我相信。"

虽然二十七岁的许唯已经感觉到脸上的胶原蛋白正在一点儿一点儿地流失，素颜时能看到眼纹，还因为常年喝酒、熬夜，早早地透支了身体，稍一运动就哪儿哪儿都疼，但还是觉得自己现在最好。

摆脱了很多不必要的桎梏，现在她属于她自己。

谢砚宁的电话突然响起，他拿起来接通。可能是关于百川的事，谢砚宁全程都是"嗯""知道了"。

他的语气不太好，许唯有些担心。

"有什么急事吗？"

"没有，下周集团要开董事会，我爸想让我参加。"

"你不想，是吗？"

"不是，我就是觉得有点儿麻烦。其实百川不是铁板一块，我爷爷的年纪已经很大了，当初和他一起打江山的那群人也都退居二线了，留下的都是我父亲的同辈人。"

许唯安静地听谢砚宁讲着话。

"他们就没那么齐心了，尤其是听说我回国之后，他们的反应还挺大的。"

许唯握住谢砚宁的手："都会有这样的过程，毕竟那些董事入股是为了分红、为了钱，本来就是带着逐利的目的聚到一起的，更需要磨合。你还年轻，还有很长的时间可以赢得他们的信任。"

谢砚宁点头："我知道。"

许唯起身抱住谢砚宁，谢砚宁就顺势撒起娇来，故作委屈地求许唯亲他。

许唯总是拿他没办法。明知道他的可怜全是装出来的，明明昨晚在床上可怜的人是她，可谢砚宁凑过来的时候，她还是忍不住张开怀抱，任由他把脸埋在自己的肩窝处。

"你爸爸准备把百川交给你了吗？"

"我回国前他说暂时不用，我可以投资自己喜欢的事，但等我回来之后就变卦了。"

许唯觉得奇怪："为什么？"

"不知道，可能他累了，想早点儿退休，和我妈过二人世界。"

许唯笑了笑："很有可能。"她搂着谢砚宁的肩膀，在他的后背上拍了拍，"有我呢，我陪着你。"

谢砚宁把化成水的椰子菠萝冰沙扔掉，走到很远的地方。许唯正看着他，旁边却突然冒出来一个二十岁不到的男孩子，穿着沙滩裤，走到许唯身边。

男孩略带羞涩，问许唯："我可以加一下您的联系方式吗？"

许唯诧然地指着自己："我？"

男孩立即点头："是，我……可以吗？"

许唯失笑问道："你多大？"

"十九岁。"

"我比你大八岁。你是替谁过来的吗？"

男孩摇头说："不是不是，我自己……我觉得你很好看。"

许唯自认长得不难看，也有很多人夸过她很耐看。工作赚钱之后她开始学着打扮自己，偶尔会有人回头看她，但这样被人直接要联系方式，还是头一回。

难道谈恋爱对她的改变已经由内发展到外了？

许唯笑着说："不了，我有男朋友了。"

男孩很是丧气，把不开心都写在脸上了，但还想再努力一下。许唯指了指他身后："我男朋友回来了。"

男孩一回头，看到谢砚宁，被吓得打了个激灵，好像被谢砚宁浑身散发的冷意威慑到了。他向许唯说了声"抱歉"，然后就迅速地跑开了。

许唯摸了摸自己的亮闪闪的银色裙摆，抬头朝谢砚宁笑："怎么回事啊？我以前都不知道自己竟然这么吸引弟弟。"她故意说，"刚刚那个男孩才十九岁。"

谢砚宁的脸色更沉了。

许唯的眼睛在阳光的映照下显得顾盼生辉，水波潋滟，谢砚宁看得心尖又动了。

他最初爱上的就是这样的许唯。

那天在咖啡馆里，当听说他不是周暄时，她松了一口气，之后立即笑着说"既然如此，任务完成"，带着肉眼可见的雀跃，毫不拖泥带水。

在谢砚宁的心里，许唯一直是聪明理智的，又带着不失分寸的成熟。

这很吸引人。

刚刚他听见许唯说"我男朋友回来了"。这是他第一次从许唯的口中听到这个称呼，他的身心都得到了巨大的满足。

许唯朝他勾勾手，他就蹲了下来，问许唯："你刚刚说我是你的什么？"

许唯装傻："什么？"

谢砚宁撇撇嘴，幽怨地望着许唯。

"哦，你说'男朋友'？"许唯决定对"小狗"态度好一点儿，把谢砚宁的手拉到自己的腰上，任谢砚宁欺身靠近。

她语气淡淡的，又刻意放缓语速："我说，'我男朋友回来了'，我是有男朋友的人了。"

"你真是……"谢砚宁想了很久都没想出一句狠话，最后把许唯压在树上亲了半天，唇舌分开时，才装出一副恶狠狠的模样说，"自找的。"

许唯轻笑了一声。

两个人牵着手回到酒店，在电梯里遇上一对兄妹，哥哥是刚上大学的模样，妹妹才七八岁。

女孩一直盯着许唯的裙子看，许唯觉得她模样可爱，便伸手摸了摸她的小麻花辫。兄妹俩在七楼下，他们出电梯时，许唯听到小女孩追着哥哥说："哥哥，我也要穿美人鱼的裙子！"

进房间前谢砚宁莫名其妙地停下来，许唯疑惑地看向他。

"你刚刚一直盯着那个小孩看，是不是……"

许唯的心突然悬到嗓子眼，她以为谢砚宁想问她是不是想结婚，或者想要小宝宝，正慌忙想着如何应答时，听见谢砚宁一字一顿地问："你是不是嫌我不够年轻？"

许唯一阵无语，觉得自己真是高看他了。

二人回桐江前，商妍打来了电话，开口就是："儿子，蜜月怎么样？"

谢砚宁和许唯俱是一愣，许唯强装镇定地继续收拾行李，谢砚宁则破天荒地局促起来，起身走到阳台上去接电话了。

许唯怔怔地看着行李箱，都能想象到谢砚宁临走时是怎么对父母说的，大概是"我和小唯去度蜜月了"。

他的父母会不会追问一句——"你们考虑过什么时候结婚吗？"

许唯坐在一旁的坐垫上，低下头思考着以后的事情，可谢砚宁接完电话从后面搂住她，在她的耳边说："不要有压力。"

"嗯？"

"你说过你不想考虑结婚的事，我记得，不会催你的，所以小唯不要有压力。"

"如果我一直不想结婚呢？"见谢砚宁略显沉默，许唯不忍心为难他，"你想结婚吗？你不会觉得太快了、太早了？你才谈了一次恋爱，不会后悔吗？"

"不会啊。"

"如果，我是说如果，你听了不要生气……"许唯顿了顿，然后犹豫着发问，"如果你的真爱还没有出现呢？"

"这个问题没有意义，小唯，我不喜欢这种问题。你怎么定义真爱呢？如果一见钟情、三观相投、这么舒服的相处状态再加上没有争吵的旅行都不能算作真爱，那真爱应该是什么？"

许唯沉思片刻，然后莞尔。

谢砚宁抱紧她，两个人依偎着。许唯握住谢砚宁的手揉了揉，轻声说："谢谢。"

"没什么好谢的，感情是相互的，你也给我带来了很多快乐。不管是付出还是妥协，我都愿为你做，因为觉得你值得。"

许唯感觉到心脏跳得很快，被谢砚宁的呼吸拂过的皮肤在发烫。谢砚宁说过很多情话，每一句都让许唯心慌意乱，可这次她的反应尤其明显，她直接转身投入谢砚宁的怀中，紧紧地抱住了他。

"谢砚宁，不要再看言情剧了，情话不可以一次性说太多，我会不相信的。"

谢砚宁笑了笑，想到之前自己说商妍天天逼着他看八点档电视剧："我才不喜欢看，那是逗你的。"

许唯把脸埋在谢砚宁身上，闷闷地笑。

谢砚宁能清晰地感觉到，许唯正在慢慢打开自己，与初遇时相比，变得柔软很多。

阳光正好，许唯坐在谢砚宁的怀里主动吻他，啄了两下就被谢砚宁搂住腰，然后愈演愈烈。

直到祝梁打电话来问他们的飞机是几点的，两个人才分开。

许唯刚理好衣领，又被谢砚宁撩开了——他嘟囔着要在许唯的肩膀上"种草莓"。

许唯嫌痒，笑着推开了他。

旅行有多快乐，回到工作状态就有多困难，在第三次走神之后，许唯煮了杯黑咖啡，努力让自己清醒起来。

工程在年后开工，在永华市的机械工厂也把智能爬架准时运了过来。

这是出来单干的第一单，许唯自然操心得多一些，特地去现场确认了货物的数量和各项手续。

工地上的风很大，沙子混在风里，叫人睁不开眼。工程部经理叼着烟和许唯打招呼："许小姐，你来了。"

许唯察觉到这个人的态度似乎好了一些，没之前那么看她不顺眼了，语气甚至还有点儿讨好的意思。

许唯有些疑惑，把清单交给采购部的人之后，还没走出几步远就听见那个人低声说："够厉害的，能搭上百川的人。"

许唯立即转身，拧眉望向那个经理："您刚刚这话是什么意思？"

经理面色一僵，连忙赔笑道："我没有啊。"

"姚经理，我不知道您对我有什么意见。您本来也没有固定的供应商，我的货价格好、质量高，第一次给您看的时候您就很满意。自从王总帮我说了几句话之后，您就开始对我很有意见，说话夹枪带棒的我也不计较了，但是您刚刚的话是什么意思呢？"

经理讪讪地说道："许小姐，您听错了。"

"我的工作性质决定了我就是要靠人脉拿到货源和客源，这是我的本事。如果你一定要用那种龌龊的思想去看待我，我也没有办法。但在我面前，请你不要显露出来，大家互相尊重，可以吗？"

"抱歉，实在抱歉。"经理这才知道许唯是个硬茬。

许唯转身离开，坐上车之后才憋出两个字："找骂。"

谢砚宁一定打电话给这家公司的老板了，所以他们才会这样毕恭毕敬地对待她。

许唯原本觉得抵触，现在倒觉得不能浪费机会。反正这单合同双方已经签了，接下来她不需要再和施工方有太多接触，再加上还有谢砚宁这层保障，她莫名其妙地受的气就应该即刻发泄回去。

她可以吃苦、吃亏，但既然有机会发泄，就不能放过。

许唯忽然觉得自己现在很像一个人——严朝雨。

正想着，开过红绿灯时她随意一瞥，看到了一家新开的设计师品牌店，名叫"朝雨"。

许唯停下车，走了过去。

严朝雨正好走出来，见到许唯时也是一愣："唯姐？"

许唯指了指招牌："执行力好强啊，你这么快就把店开起来了？"

"其实我在上大学的时候就已经在筹备了，本来打算毕业就开店的，只是被我妈打乱了计划。"严朝雨朝许唯笑了笑，侧身说道，"进来逛逛？"

"好啊。"

整个时装店的面积很大，有两层，店员正在理货，店面的色调以白色和复古绿为主，墙壁的装饰多是明朗的线条和波点，缀以绿植，看起来很清新，衣服的款式也偏小众，设计感很强。

"我负责设计，我朋友负责经营，还有一个朋友负责把服装推广到时装周。"

"挺好的。"

"我帮你挑一件。如果是一年前，我会给你挑这件鹿皮色的，但是现在……"严朝雨拿了一条浅绿色的长裙出来，说，"我想给你推荐这件，等温度再高一点儿你就可以穿了。"

这是一件春季连衣裙。

许唯接过来："这颜色未免太少女了。"

"你现在的状态也很少女。"

许唯一怔，笑着岔开话题："这款一定是你设计的，我记得你很喜欢这种腰间带褶皱的款式。"

"是，这款是我亲自设计的，有两个颜色，一个浅绿，一个鹅黄。"

许唯拿了一件自己的尺码的，去更衣室里试。她出来时严朝雨倚着镜子，对她说："我知道你和谢砚宁的事了。"

许唯的脸色有些僵。

"挺好的，真的，我一直觉得你以后会很幸福。"

许唯还不太适应在外人面前提起谢砚宁，所以只是低头整理裙子。

"怎么了？你就不能满足一下我的八卦心理吗？"

许唯看了她一眼，无奈地说道："你让我说什么？我们就是很简单的恋爱关系，我也不知道该对你讲什么。"

"讲怎么认识的，怎么熟悉的、相处的，进展到哪一步……你从来没跟人分享过吗？"

许唯怔了怔，好像确实没有。

"这不是姐妹们的聊天日常吗？"

许唯无奈，坐下来，犹豫了很久还是不知道怎么说："就是因为帮你去相亲，我认识了他，然后又偶遇了两次，接着约饭。我生病时他主动来照顾我，慢慢地我们就在一起了。"

"就这样？"严朝雨皱起眉头。

"还要怎样？"

"那是谢砚宁啊！和桐江首富的儿子谈恋爱，就这么……平淡？"

许唯听着，莫名其妙地气恼。

这很平淡吗？这对她来说已经是最与众不同的几个月了。

她对严朝雨说："我们又不是十七八岁，也不是演《罗密欧与朱丽叶》，能有多轰轰烈烈？"

严朝雨突然安静了下来，抱着胳膊上下打量许唯。许唯被她看得浑身不自在，刚要问怎么了，严朝雨就说："好久没见了，我想抱一下你。"

许唯笑着伸出了手。

严朝雨把重量都压在了许唯身上。许唯问她："最近没谈恋爱吗？"

"没，太累了。"严朝雨回答完，感受到许唯摸了摸她的头发，又说"但我最近看上了一个男模。"

许唯破功，笑着拍了一下严朝雨的头："你真的是……"

严朝雨松手时说："其实我一直觉得，你有种说不上来的气质，就是……很像妈妈，为母则刚的感觉。"

许唯作势要揍她。

严朝雨笑着躲开："这是褒义的，褒义的！你就是很像妈妈，让人情不自禁地想要去依靠，让人觉得很安心，真的是这样。"

"我谢谢你啊。"

"我妈太不靠谱了，所以我每次看到你就想，你将来要是有了小孩，一定是特别好的妈妈。"

许唯却停下来，敷衍地调笑了两句，转身回了更衣室。衣服换到一半，她倚在墙上，重重地叹了一口气。

她会有小孩吗？

她真的可以经营好家庭，然后拥有一个属于自己的小孩吗？

那是许唯半点儿都不敢想的梦，她怕沉溺，也怕失落。她尽管现在被谢砚宁悉心地爱护着，但还是不敢轻易地跨进那道门。

那太遥远了，半年前，她甚至觉得自己这辈子都不会恋爱的。

许唯离开时，严朝雨站在台阶上朝她摆手。许唯说："我会帮你宣传的。"

"我知道，你认识很多富太太。"

许唯笑着说："富太太怎么了？那你要不要我帮你宣传啊？"

"要啊，我就靠你了。"

许唯回头对严朝雨说："我一直很羡慕你，现在也是。"

严朝雨挑了一下眉，眼神很得意。

严朝雨对许唯而言有着很特别的意义，好像给许唯开了一扇窗，让许唯得以窥见一个自信、阳光又被爱环绕的女孩该是什么模样。

许唯每次回想几年前她们的相处，都觉得有趣。

她们一开始相处时，她很受不了严朝雨的霸道和自私，后来意识到那不是严朝雨自私，是她自己太讨好别人，太在乎别人的眼光。

她一忍再忍还要忍的时候，竟然觉得别人的坦然是情商低的表现，现在想想也是可悲。

又过了半个月，这天许唯从一家建筑公司里走出来，和对方负责采购的人说话说得口干舌燥，太阳也刺眼，叫人累得慌。

她买了瓶矿泉水，倚在车边准备给谢砚宁打电话。

正要拨通电话的时候，她收到了谢砚宁的秘书的短信。

小吴：许小姐，不好意思，冒昧给您发了消息，我是谢总的秘书小吴。

小吴：最近几天，您的父母一直在百川大厦的楼下徘徊，想要进来见谢总。谢总让我拒绝他们，可无论我怎么说他们都要冲进来，还说是您让他们来的。

小吴：我不敢告诉谢总我没处理好。

小吴：现在他们又来了，旁边有很多员工看热闹，我实在不知道怎么办了，所以冒昧地给您发了消息。您可以劝劝他们吗？

许唯只觉得气血上涌，一时间视线都模糊了几秒。她坐进车里，握紧方向盘，逼自己镇定下来，然后给小吴回消息。

许唯：谢谢你告诉我，我现在就去解决。

她一路飞驰到百川大厦的楼下，然后冲进大厅里。叶惠婷和许致军正坐在会客沙发上，小吴站在他们对面，看到许唯后如同看到救星。

叶惠婷瞥见许唯时冷不丁被吓了一跳，站起来冲许唯笑："小唯你……"

"你是不是觉得我不会和你们撕破脸？"

叶惠婷搓着手说："你一直不回家，也把我们都拉黑了，我们就想找谢总问一下你的情况。"

"你们怎么好意思的？你们还要脸吗？"

叶惠婷横眉竖眼："你怎么说话的？你竟然……"

叶惠婷说罢就要扇许唯，许唯还没来得及反应，忽然身后伸出来一只手，攥住叶惠婷的手腕，然后把她猛地甩开。

叶惠婷一时没站稳，直接摔在沙发边上，好不容易才站起来。

谢砚宁把许唯拉到怀里，哄道："你先去我办公室，这边我来解决，好不好？"

许唯泪眼蒙胧地望向他。

"你知道了？"她问他。

谢砚宁没有说话，只是疼惜地看着她，可许唯觉得整颗心都碎了。

他知道了，知道她的身世，知道她的胆怯和弱点……她最害怕的事情还是发生了。

许唯没有精力再面对叶惠婷夫妇，便跟着小吴往电梯的方向走，每一步都像踩在刀尖上，疼得厉害。

谢砚宁等许唯进了电梯之后，才转身望向叶惠婷和许致军。

"我让我的秘书告诉过你们了，我和你们没有任何关系。"

"我们是小唯的父母……"

"改天我会带着小唯去解除你们之间的收养关系，你们可以不配合，但我会让你们付出代价的。"叶惠婷刚要说话，谢砚宁就打断她，"你们既然收养了她，为什么不好好对她呢？"

叶惠婷原本想着，谢砚宁虽贵为百川集团的未来继承人，但那天自己在老街看到他时，他在许唯面前显得很听话。叶惠婷有自知之明，知道自己攀不上百川这个亲家，就想趁许唯和家里没完全断交，能从谢砚宁身上捞一点儿是一点儿。

她本以为谢砚宁很好说话，但谢砚宁的温柔和听话只属于许唯。

谢砚宁冷漠起来很像谢伯豪，气场强大，脸上没什么表情，却令人汗毛直竖。

他淡淡地瞥了面前的两个人一眼，说："我正想着怎么收拾你们，没想到你们就送上门来了。"

他一句话就断了叶惠婷和许致军的路，把夫妻俩吓得脸色发白，连忙道歉。

"向我道歉？你们应该向小唯道歉。"

"我……"

"你们以后有的是机会，等着吧。"

叶惠婷被吓得又瘫下来，许致军拖着她离开了百川大厦。走到转角处，许致军指着鼻子骂叶惠婷净出馊主意，叶惠婷哭着说："有本事你给闺女买房啊！"

许致军哆嗦着抽了根香烟出来，说："谢砚宁要是真对付我们，我们在桐江就待不下去了。"

"那小优怎么办？"叶惠婷抹着眼泪说。

许致军的拇指按了几次打火机，火都被风吹灭了，最后他烦躁到直接把香烟扔了。

处理完这场闹剧之后，谢砚宁回办公室找许唯，可小吴一脸为难地站在门口说："谢总，许小姐回去了。"

谢砚宁立即拿上大衣回家，回去之后才发现，许唯也不在家里。

第八章
她的过往

她可能是太想有个家了，竟这样被困了将近二十年。

谢砚宁是在两天前得知这件事的。

他听说许唯的父母在百川大厦的楼下等他时就觉得不对劲，联想到之前的种种细节，心中的疑惑彻底爆发了，他立即找人查了这夫妻俩的情况。

得到的结果让他震惊：许唯竟然是被领养的，在八岁时就被许致军夫妇从福利院带走收养了。

所以她有着和父母不同的自来卷；所以那天在餐馆里看到有小女孩拿着募捐箱走过来，她二话不说就兑了一千元现金塞了进去。

他想知道更多，于是又去找苏桐问了情况。

苏桐沉默片刻后告诉他："许唯的命很苦，她没有被爱过，一直被抛弃。"

苏桐讲了很多，把许唯这些年不小心透露的种种细节都讲给谢砚宁听，再抬头时看到谢砚宁的眼眶已经红了。

她同样哽咽了，抽了抽鼻子，说："我很开心你今天来找我。我知道，她轻易不会说这些。"

"谢谢。"

"不用谢，应该是我谢谢你。我给你看个东西。"苏桐拿出手机，翻找出聊天记录，然后放到谢砚宁面前，"这是新年之后，你们来拿钥匙那天，她给我发的。"

谢砚宁接过来，只看了一眼便觉得心疼到无法呼吸。

许唯：换句话说，我决定跟他走了。

许唯：能走多远走多远，我都随他。

许唯：就算日后有一天他把我留在某个地方，独自走了，我也认了。

许唯：我想我是真的爱上他了。

他冲动又莽撞地拖着许唯回了家，许唯也没有生他的气，甚至还在回公寓的路上向好友分享了喜悦。

其实他做得不够好，但许唯很容易满足。就算被迫素面朝天地见谢砚宁的父母，就算被谢砚宁的青梅朋友捉弄，但因为不用一个人过年，许唯还是感动到决定和谢砚宁走下去。

她比谢砚宁更容易满足。

苏桐拿纸巾擦掉眼角的泪："她很逃避亲密关系。有一次她喝酒喝醉了，把身世都说了出来，酒醒之后愣是一个月不肯见我，觉得丢人，怕我看不起她。我说这又不是你的错，可她觉得自己一定是有错的，一定很差劲，不然为什么那些人都要抛弃她呢？"

谢砚宁强忍着眼泪望向别处。

"所以我看到她这番话的时候，真的很替她开心。"

谢砚宁反复地看着聊天记录。

苏桐问："谢总，你可以一直爱她吗？她不能再经历一次抛弃了。"

"可以，我保证。"谢砚宁说。

苏桐点了点头。

那天谢砚宁回到家时，许唯正在厨房里做晚餐，做的都是谢砚宁爱吃的菜，口味偏淡、偏甜。谢砚宁喜欢吃鱼，她就经常做鱼，还在家里尝试过松鼠鳜鱼，虽然被油溅到了手。

苏桐说许唯小时候常常挨饿，因为她的养父母并不关心她，所以她吃东西时不会顾及淑女形象，还喜欢浓油赤酱的、饱腹感很强的菜。

谢砚宁想起这些，鼻酸到不行，走上去从后面抱住她。

许唯被吓了一跳，回过头朝他笑："你不是说要开会吗？"

谢砚宁紧紧地贴着她，喉头哽住，一句话都说不出来。

"怎么了？你遇到不开心的事了吗？"许唯洗了手，擦干净，转身抱住谢砚宁。

谢砚宁定定地看着她："我应该早一点儿遇到你的。"

许唯歪了一下头："什么意思？"

谢砚宁俯身抱紧她，轻声说："我应该早一点儿来到你身边的。"

在第一次陪着商妍去福利院做志愿者的时候，他不该去市中心的那家，而应该去思南福利院。如果那时候他就发现许唯，然后把她带回家该多好，这样许唯就不用一个人做手术，也不用一个人过年了。

平日里谢砚宁撒娇惯了，所以许唯只觉得奇怪，并没发现什么问题。

谢砚宁洗了手，帮她做饭。

他想把土豆切丝，但因为不熟练，切成粗条了，最后还是得许唯来。准备配菜的时候，许唯的脸上一直挂着淡淡的笑意，谢砚宁真的好想再抱抱她。

晚上睡觉的时候，许唯看了会儿书。那时她准备考个建筑方面的证书，所以每天晚上都会看专业书。谢砚宁打完电话回到房间，许唯正好看完一章。她朝谢砚宁伸手，谢砚宁就把她搂进了怀里。

谢砚宁不停地亲许唯的脸和脖颈，恨不得整个人都贴在许唯身上。

许唯躲着他："你今天好黏人。"

谢砚宁在许唯的肩头留了一个很深的吻痕，又咬了一口。许唯装作生气的样子，揪了揪谢砚宁的耳朵："你是小狗吗？"

谢砚宁没有回答，只和她耳鬓厮磨。

许唯在床上总是表现得很包容。

夜深后，谢砚宁借着月光看怀里的许唯。他找不到更好的办法去表达爱，忽然很想结婚，想为许唯举办盛大的婚礼。

他趁许唯睡熟，量了许唯的无名指的尺寸。

一种从未有过的想要结婚的强烈冲动涌了上来，他在许唯的掌心印了一个吻，然后把她的手握在自己的手中。

他还没想好该如何处理许唯的养父母，没想到这两个人竟然主动往枪口上撞。

怎么会有这么冷血冷情的人？他们领养了许唯又把她扔在一边，和弃养许唯的亲生父母没有任何区别。

许致军原本是货车司机，现在给一家公司的老板开车；叶惠婷没有工作，在家里照顾即将高考的女儿。

他想要让他们付出代价是很简单的。

这天，谢砚宁向朋友交代了一下，就开车出去找许唯。

许唯去了福利院——思南福利院。

她没有进去，只是把车停在门口，关了手机，失神地看着福利院老旧的大门。

福利院几年前被翻新过了，当时许唯还捐了很多钱。但她始终不敢回去，没有勇气直面这个地方。

大学时，她和室友报名参加了社团，室友拖着她去青年志愿者协会，许唯抵在台阶上死活不肯进去。室友还鼓动她："我们只需要周末去福利院陪孩子做游戏什么的，很简单的，而且算时长，对评奖很有用的。"

许唯哭笑不得。这些事情对室友来说是志愿活动，对她来说却是童年阴影。

这些事她从来不敢和人讲。

她曾经在高中时和一个室友半遮半掩地提过自己的事情，然后转头就在走廊的尽头听到室友把这件事当成新闻讲给自己的妈妈听，语气很夸张，好像许唯是需要社会扶助的可怜人。

之后许唯就对谁都三缄其口。

一晃就快二十八岁了，她想进去找一找当年的老院长，还有负责后勤的秦阿姨，但始终不敢下车，怕故人已经不在，自己徒增伤感。最后她还是离开了。

她找了间酒吧坐下，刚点了杯酒，旁边就有人落座——是林从南。

"林总，好久不见。"许唯神色淡淡。

"我跟着你的车来的。"林从南点了杯酒，说，"我在汇丰路看到你，然后跟着你去了那家福利院，又跟到这里。"

许唯并不意外，用指尖敲了敲大理石台面。调酒师把酒递给了她。

许唯喝了一口，忽然说："林总，跟我讲讲你十二岁之后的生活吧。"

"你怎么突然对这个感兴趣？"

许唯笑了笑："可能你想讲，我也有点儿想听。"

"我的父母因为车祸去世。他们离开后，我的舅舅资助我到大学，我上大学之后就开始打工、创业，最后走上客户销售这条路。"

许唯瞥了他一眼。

林从南笑着说："我没你惨，是吗？"

"我可没这么说。"

"其实惨也没多惨，我就是这么多年一个人，太孤单了，这种孤单是如影随形的，就算谈恋爱也没有办法排解。这些年我也谈了好几段，最后都无疾而终。"

"那是你没有遇到对的人，我已经没有这方面的困扰了。"

林从南不信："他这么好？那为什么你还一个人在这里喝闷酒？"

"跟他没关系。"

"许小姐……"

许唯打断他："林总，我不懂你为什么执着于找一个和你一样的人呢？"

林从南仰头喝了一口酒。

许唯用胳膊撑着头："你知道你和谢砚宁对于我而言，最大的不同是什么吗？"

"什么？"

许唯看着水晶杯里晃荡的酒，说："他喜欢的是我，而你喜欢的是你自己。"

林从南僵住。

许唯笑道："我说的对吗？"

片刻之后，林从南跟着笑了，不置可否。

两个人都有心事，所以又叫了一瓶烈酒对酌。

最后许唯先醉了，倚在卡座的靠背上，摆摆手，说："我没醉啊。林总，我的酒量很大的，白的、红的混起来喝我都不醉的。"

林从南问："我帮你打电话给谢砚宁？"

许唯的注意力好像瞬间集中起来，她毫无醉意地望向林从南，眼神里又是委屈又是茫然："不打，不打，小谢别来。"

林从南脱了外套披在她身上，然后坐在她对面："为什么？"

"小谢知道了。"

"知道什么？"林从南刚问就猜出来了，然后轻声说，"你是孤儿的事？"

许唯慢慢弯下腰，把脸埋在掌心里，然后将手抵在膝盖上。林从南几乎听不清她的说话声，分辨了半天还是凑过去，听到许唯哭着说："他会开始同情我，即使有一天不喜欢我了，还是会因为我是孤儿，怕抛弃我对我伤害太深，然后……然后就不提分手……然后就拖着……"

林从南无奈："你想得太多了。"

"会发生的，一定会发生的。"许唯痛哭到失声。

林从南一边安慰她，一边向朋友问来了谢砚宁的电话号码。

许唯哭着哭着又掏出手机："我的工作还没做完……那个该死的殷总，前面答应了我，转头又说早就有供应商了，害我白白跑了好几趟！我要找下一个……不行，就这个。"

她的眼神涣散，她竖起指头点了点已经关机黑屏的手机，皱着眉头，然后戳了戳又戳。

林从南觉得好笑，静静地看着她。

许唯拿着关机的手机，絮絮叨叨打了两分钟电话，然后又陡然精神起来。

她对林从南说："林总，建筑机械赚钱没有医疗设备快，合同签了，钱还一分都没拿到！"

她的表情严肃又愤慨，林从南忍俊不禁："你喝醉了就睡觉，乖乖地等你男朋友来。你有谢砚宁这样的男朋友，还愁没单子？你用不着天天把钱挂在嘴边。"

许唯垂下头，晃了晃，反驳道："不行的，我要给自己攒嫁妆，要有很多很多的钱。没有钱我就没有安全感了，房贷还没还完呢。"

林从南正要说话，一抬头就看到谢砚宁焦急地推门进来。

谢砚宁在人群中很显眼。

他很快就发现了许唯，然后迅速走到她身边。谢砚宁刚要伸手把许唯扶起来的时候，林从南忽然问："许唯，你为什么要攒嫁妆？"

谢砚宁脸上的愤怒变成困惑，林从南似笑非笑地看了他一眼。

两个男人之间的对峙局面被许唯醉醺醺的话打破。许唯歪倒在沙发上，说："因为，我想嫁给小谢。"

谢砚宁怔住。

"我好想和他结婚，可是不敢。"

谢砚宁蹲下来，捧住许唯的脸："为什么不敢？"

许唯却像受惊一样，疯狂推开谢砚宁："别碰我，别碰我！"

"我是谢砚宁，小唯，你看清楚。"

许唯呆呆地望着谢砚宁，刚哭着抱住他，又缩回手，然后猛地推开他，跌跌撞撞地往外走。

林从南的西服滑落在地，他叹了一口气，过来俯身捡起。

谢砚宁在离开前对林从南说了声"谢谢"。

林从南没有看谢砚宁，独自倒酒，然后在谢砚宁离开后一饮而尽。

可能许唯说的是对的，他的确在许唯的身上看到太多自己的影子，所以有执念，但也不是全然没有心动的。看到她哭着往谢砚宁的怀里钻的时候，那一刻他感到很无力。

原来他真的从未走进过她的内心。

可能爱情需要的是互补，而不是相似。

许唯摇摇晃晃地走在酒吧街上，谢砚宁跟在她身后护着她。

夜晚的酒吧街很繁华，五光十色的招牌、律动的乐声还有忽隐忽现的雾气，都让人忍不住沉溺在声色犬马里。

许唯觉得自己可能还残留着一点儿清醒的感觉，可那点儿清醒的感觉就像断了线的风筝，偶有踪影，转瞬又消失不见。思绪都是散的，所以她索性放任自己。

三月底的桐江已经不再寒冷，许唯穿了条长袖连衣裙。谢砚宁脱了自己的外套，逼着许唯穿起来。

许唯挣扎了两下，还是穿上了。

他们走了很远，走出了被霓虹灯照耀的酒吧街，走到了一个僻静的公园里。

许唯感觉到腿酸，然后停下来。

"林总。"

谢砚宁愣住："你喊我什么？"

许唯试图看清自己现在身在何处，两只手在空气中抓了抓，然后嘟囔着："林总，不要小谢来。"

谢砚宁把她搂到怀里："为什么不让我来？"

"小谢知道了。"

许唯的眼泪又落下来，谢砚宁轻轻地抚摩着她的头发："难道你还想一辈子瞒着我吗？"

这里没有坐的地方，于是谢砚宁把许唯背起来，往车的方向走。

许唯的眼泪扑簌簌掉下来，她说："小谢知道了，怎么办？"

"小谢不可以知道吗？"

"不可以。"许唯抽噎着说。

许唯喝醉之后变得很幼稚，可能是她闻到了安心的味道，紧绷的身体逐渐松弛下来，手臂环着谢砚宁的脖颈，用脸颊蹭了蹭谢砚宁的耳朵。

"是小谢。"

"不是林总？"谢砚宁还是忍不住吃醋。

"不是林总，"许唯摇了摇头，说，"是小谢。"

谢砚宁以为许唯清醒了，刚要说话，就听见许唯说："林总，盛邦工程那个殷总怎么油盐不进啊？我给他的女儿找艺考老师，打通关系就花了好几万块钱，这些钱都打水漂了。"

许唯气到攥紧拳头："他真不要脸，不买我的起重机就把钱还我啊！他真不要脸！"

谢砚宁失笑："盛邦工程的殷总是吧？我记住了。"

许唯掰了掰手指头："我算了算，现在的存款还剩不到三十万元，能不能撑到明年工程结算的时候啊？"

"钱都花到哪里去了？"

"疏通关系、请客吃饭，还有……还有……帮小谢定制了一套西装，花了好多钱。"

"多少？"

许唯把脸埋在谢砚宁的肩上，心虚地说："好多好多。"

谢砚宁很动容，又忍不住心疼："有我呢，我不会让小唯饿肚子的。"

许唯忽然笑出声来，声音轻快地说道："今天小谢护在我前面。第一次有人护在我前面。但是被小谢看到了那种事情，我又很难过……"她的语气不知为何又迅速落寞下来，"小谢知道我是孤儿了。其实我不算孤儿，是有养父母的……我有养父母。

"我害怕小谢看不起我，他的家庭那么好，正常的父母都不会允许自己的小孩和一个孤儿结婚的，更何况小谢那种家庭。"

谢砚宁感觉到许唯的眼泪滴在自己的衬衣上。

"今天在去百川的路上，我心里想，要是他们闹起来，实在不行我就给妹妹买房子吧，这样他们就能在小谢面前好好地扮演一对正常的父母，一直到我结婚，就这样装下去。"许唯用手攥拳砸自己的头，"这个念头只出现一下子，我就觉得自己很没用，但当时真的很害怕。如果小谢公司的员工都来看热闹，我真的很害怕丢脸……可是……可是小谢挡在我面前。"

"我本来就应该挡在你面前。"

"怎么办啊？小谢知道了。他是什么时候知道的？"许唯再次哽咽。

"小谢知道了会怎么样？"

"就不能结婚了。"

谢砚宁倏然停住："什么？"

"我们就不能结婚了。小谢知道我没有娘家了，将来我们结婚之后要是欺负我，都没人给我撑腰……"许唯说着说着就睡着了。

谢砚宁怎么催问她，她都没有醒过来。谢砚宁背着她到车前，开了车门把她放进去。

在颠簸动荡中，许唯缓缓地睁开了眼，看到谢砚宁时还以为是幻觉，一下子委屈起来，哭着抱住他。

"谢砚宁。"

谢砚宁把她搂到怀里："我在。"

下午的种种画面又重回脑海，许唯仓皇地抱紧谢砚宁的肩膀。

谢砚宁说："许致军和叶惠婷两个人我来解决。小唯，不要有什么负担，我来解决。我会让他们付出代价。"

谢砚宁说这番话的时候语气很沉着，许唯从来没听过谢砚宁用这种语气说话。

"我……"

"不要多想，也不要心软，那是他们活该。"

许唯很久之后才点头，说："好。"

"还有，我今天问了律师，你是可以和他们解除领养关系的。"

许唯愣住："我已经成年这么久了。"

"可以解除的，去办手续，和他们切断所有关系。"

许唯的眼神很无助，她从没想过这个可能。

她又沉默了很久，谢砚宁就静静地等着她。

"那天你可以陪我吗？"许唯鼓起勇气。

"当然，我陪着你，从今往后会一直陪着你。"

许唯望向别处，偷偷地抹眼泪，整个人都在颤抖："谢砚宁，我在福利院待到八岁。那时候我身体健康，没有疾病，长得又不丑，可是一直到八岁才有人把我带走。带走我之后不到一年，他们就把我扔到一边不管了，可能我真的是有问题的。"

"你有什么问题？"

谢砚宁抓着许唯的手，逼她转过身望向自己。昏暗的车厢里他们四目相对，许唯的眼中泪如星光。

"你知道我昨晚做梦梦到了什么吗？"

许唯抽噎着问："什么？"

"我梦到一个叫许唯的小天使，来到人间想选一个喜欢的人。我一直等着她来，可她挑挑拣拣，还选错了几次，最后好不容易才来到我身边。我睁开眼就看到你躺在我身边，我的梦想实现了。"谢砚宁用指腹擦去许唯脸上的眼泪，"以后你不可以再哭了。"

许唯一觉睡到第二天中午。

醒来时她头疼欲裂，刚想按太阳穴，就有人伸手替她按了。男人微凉的指尖抵在她的太阳穴上，不轻不重地揉着。

许唯感觉很舒服，索性继续闭着眼——她知道那是谢砚宁。

她闻到了谢砚宁身上的味道，一股淡淡的、清冽的冷杉香味，中和了谢砚宁的温润气质。许唯很容易就上瘾了。

"谢砚宁。"

许唯轻唤一声，额上就落了一个吻。许唯的呼吸微窒，她索性钻进他的怀里。

"还继续睡吗？"谢砚宁抱住她。

许唯摇头。

见许唯醒了，谢砚宁就告诉她："许致军的工作已经没了。"

许唯愣住，在谢砚宁的怀里睁开眼，刚要说话，就被谢砚宁忽然搂紧了。

"不要心软，小唯，那是他们自找的。"

许唯沉默地望着谢砚宁的衬衣衣扣。

"他们对你早就没有恩情了，还妄图从你身上捞钱，吸你的血，我怎么样收拾他们都不为过。"

"我妹妹……"

"我知道，她马上要高考了，一切等她高考完再说。但是你不要心软——你比她更无辜。"

许唯的眼泪滑下来，洇湿了谢砚宁的衬衣。谢砚宁说："都过去了，小唯，明天我陪着你去解除收养关系。"

他再次强调："不要心软，小唯，一切让我来解决。"

许唯闷闷地"嗯"了一声。

她起身去洗漱，下床时才意识到谢砚宁昨晚大概帮她洗了澡。她记不得自己喝醉之后说了什么，只记得在酒吧里和林从南两个人一口闷地连拼了好几杯，之后的记忆就一片空白了。

她转过头问谢砚宁："我昨晚……有说什么胡话吗？"

"说了。"

许唯震惊："说了什么？"

谢砚宁侧躺着看她，唇边挂着一抹意味不明的笑："你说你想嫁给我。"

许唯的脸"噌"的一下红了，她立即否认："不可能，我那是喝醉了。"

谢砚宁故意诓她："我还拍了视频，你要不要看？你当着我和林从南的面说的，说你想嫁给小谢，在攒嫁妆。"

许唯整个人都快烧着了，在谢砚宁碰到她之前倏然起身，迅速溜进了卫生间。

谢砚宁起身帮许唯拿过长袖外套，等许唯洗完脸就拿着外套裹住她，直勾勾地从镜子里看她。许唯一直躲避着他的视线，低头往脸上抹水乳。

抹到一半她又叹了一口气——自己简直把脸都丢光了。

谢砚宁轻笑，从后面抱着她："好香啊。"

许唯试探着问："我昨晚真的……说了那些话？"

"我现在把手机拿过来给你听？"

"不要！"

许唯成功被吓到了，像鸵鸟一样埋着头，后悔到想捶死自己。

可还没等她想出狡辩的理由，谢砚宁就把她抱到了洗手池的台面上。许唯被吓了一跳，连忙撑着谢砚宁的肩膀才坐稳。

两个人面对面，谢砚宁贴着她，轻声说："我可以当作没听见你的醉话，也可以不提结婚的事，但想为自己申辩一下。"

"嗯？申辩什么？"

"你昨天说，你觉得自己没有娘家，怕结婚后我欺负你，也没人给你撑腰。"

许唯的脸更红了，她说："我瞎说的。"

"我不知道该如何给你更多的安全感，这样吧，我们签婚前协议好吗？我的财产，包括房产、百川的股份和其他零散的投资，都是你的。"

许唯的心脏都停了一拍。

谢砚宁知道他在说什么吗？那是怎样的一笔资产？他竟然就这样轻飘飘地说了出来。

"别说这些，"许唯用手指抵住谢砚宁的唇，难掩失落的神色，"这个对我来说算不上筹码。我要那么多钱做什么？"

然后，她搂住谢砚宁，一字一顿地说道："我只要你爱我。"

"我会一直爱你，说到做到。"

两个人交颈相拥，许唯在谢砚宁的耳边说："想要了。"

谢砚宁的手也默契地从许唯的衣摆伸进去，他笑着问道："不吃饭吗？"

许唯摇头，随后就被谢砚宁抱到了床上。许唯的卧室不大，床也不大，但很柔软，许唯感觉到自己在慢慢地往下陷，整个人被环绕、包裹着，伸手就能碰到谢砚宁的肩膀。

她不再是无根的浮萍了。

谢砚宁吻她时总是很认真，会闭上眼，睫毛轻颤，这让许唯觉得自己是一个易碎的稀世珍品，让她产生自己值得被疼爱的错觉。

因为谢砚宁的存在，许唯第一次产生这样的错觉。

睡衣的带子被解开，自己的身形若隐若现，许唯忽然有些不自信，把胳膊挡在身前，问道："我要不要换上那件裙子？"

她指着衣橱里那件银色的亮片长裙。

谢砚宁停下来："我一直很想问你，那些裙子是你之前买的，还是恋爱后才买的？"

许唯根本不像会主动买性感裙子的人。谢砚宁还记得他们第一次见面时，她穿着白色的针织裙，把自己裹得严严实实的。但是去日落岛旅行时她一天换一件，像变了个人。谢砚宁对此早有疑惑。

"搬到这里来之后买的。"许唯老实地说。

"那个时候我们不是还没确认关系吗？"

"感觉你想留宿。"

谢砚宁挑了一下眉："所以那时候如果我想留下来，小唯也会同意的，是吗？"

他慢慢地往下压，两个人的心跳声几乎重叠。他问："小唯是因为喜欢我，还是单纯地想回报我？"许唯垂眸不语，可谢砚宁偏偏缠着她，"我想知道小唯是什么时候心动的。"

"我才没有。"许唯嘟囔着。

"没有心动吗？小唯对我没有心动的感觉吗？"谢砚宁明知故问，就是故意在逗许唯。他蹭着许唯的肩窝，嘴上撒娇卖乖，身体却强势地压制着她。

"没有。"许唯嘴硬。

“那可不行，我会生气的。”

谢砚宁伸手挠许唯的腰，许唯痒得直往被子里躲，最后实在逃不过，又精疲力尽，脱口而出一句：“你本来也不是我的理想型嘛。”

说完两个人都僵住了，许唯感觉空气都凝固住了。

谢砚宁的脸瞬间沉了下来。

许唯连忙解释：“不是，我的意思是，我之前一直觉得年纪比我大的、比较成熟的那种男生适合我，因为我……”

她越描越黑。

谢砚宁冷着脸松开了许唯，然后从她身上起来，躺到另一边去了。

许唯也不知道自己为什么突然发疯，说了那样的话，可能昨天的酒还没醒。她试探地碰了碰谢砚宁的手，说：“遇到你之后我就没想过这些了……不是，我本来也没怎么想过。”

谢砚宁没理她。

“你知道的，我这些年就埋头工作，忙都忙不过来，哪有时间想那些？”

“你说过你有暗恋的人。”

“暗恋都不可以吗？那个时间很短的，我早就忘了。”

“呵。”谢砚宁越听脸越黑。

许唯又懊悔又委屈，蜷缩在谢砚宁身边：“别生我的气了。”

谢砚宁还是没有反应，许唯整个人难过得快要窒息了。她不会哄人，脑袋里思考了很多撒娇的语句，可话到嘴边又觉得怪异。

她就没撒过娇——说一句软话对她来说比登天还难。这些年她遇到什么委屈都强撑着，别人看她坚强，也不会主动安慰她。

大家都习惯了把她当作依靠。

她想起谢砚宁的小青梅舒念月，想要模仿舒念月在商妍面前的样子，娇俏可人，每句话的尾音都在发嗲。

她清了清嗓子，刚张开嘴就觉得自己像东施效颦，于是索性放弃，心灰意冷地蜷缩着。

但谢砚宁对她这么好，为她解决了养父母的事，她又不能不回报。想了想，她慢吞吞地爬起来，掀开被子，准备下床时被谢砚宁抓住了。

谢砚宁问她：“你要去哪里？”

许唯说："我换那条裙子。"

"什么？"

"要不然我换那条裙子吧，你看起来好像没有兴致了。"

谢砚宁被气到直接把她塞回被子里，恨铁不成钢地看着她："你真以为你对我的诱惑是来自那些裙子？"

许唯一副"不然呢？"的表情，听完谢砚宁的话后还认真地思考起来。"你……"

谢砚宁这次才是真的生气了——许唯到底把他看成什么了？

他以为他们处处合拍，每次巫山云雨都舒服得不行，结果许唯以为这些都是她那些露胸、露腿的性感裙子的功劳？

他简直不知道该拿许唯怎么办，无可奈何，被气到胸口发闷，只能俯身封住了许唯的唇。许唯被亲得有些发蒙，茫然地看着他。

谢砚宁说："听好了，小唯，是我先动的心，是我对你一见钟情，是我死缠烂打地追着你，在爱情里没有安全感的人应该是我，我才是应该担心自己魅力不够的人。"

许唯怔怔地望着他，更加困惑了："可你不需要担心啊。"

"我为什么不需要担心？我常常觉得自己不够好、不够成熟，还不会做饭，有时候幼稚得让你头疼。林从南一出现，我就很有危机感。"

许唯摇着头说："不要这样。"

"我昨晚在车上对你说的话，你还记得吗？"

许唯依稀记得，但摇了摇头。她想再听一遍。

谢砚宁不厌其烦地重复了昨晚的表白："我说，我梦到一个叫许唯的小天使，她来到人间想选一个喜欢的人。我一直等着她来，可是她挑挑拣拣，还选错了几次，最后好不容易才来到我身边。我睁开眼就看到你躺在我身边，我的梦想实现了。你明白我的意思吗？我才是那个很幸运的人。"谢砚宁又亲了许唯一口，"在遇到你之前，我也没想过我会喜欢上一个姐姐。"

许唯噘起嘴。恋爱之前，她逼着谢砚宁喊她姐姐，恋爱之后自己却万分抵触这个称呼。

"可是这个姐姐除了在年龄上比我大，在其余的地方都像个小女孩，实在惹人疼。"

他话音刚落，就见到许唯的眼眶里开始蓄起泪光。

"就算我不是你的理想型，你也给我一个机会吧。"谢砚宁说。

许唯这次没有哭，说："好。"

许唯掀开被子接纳了他。风从微开的窗户的缝隙漏进来，吹动了窗帘，但两个人贴在一起，许唯就不觉得冷。她帮谢砚宁解开衬衣的纽扣，谢砚宁摩挲着她的腰，还是忍不住问她："我们第一次见面的时候，你对我真的完全没感觉吗？"

许唯笑着说："有的，我觉得你好帅，可以吗？"

"敷衍。"谢砚宁很是不服。

许唯敷衍他的结果就是她在二十分钟后就开始后悔自己主动撩拨的行径——她应该先吃饭的。

现在她又饿又累，还要被谢砚宁逼着说他是她的理想型。

许唯反抗不了，但不娇弱，在谢砚宁的威逼利诱下依旧不屈服，故意说道："是，我就喜欢谢砚宁这样的，又帅又有钱，比我小三岁的……"她停了两秒，接着说，"幼稚小男孩。"

最后这话换来谢砚宁更严重的报复。

中途苏桐打电话过来，许唯怕有急事，就伸手去接。可她刚一出声，苏桐就听出来不对劲，干咳了两声："果然是小男朋友，真有精力啊。"

"不……不是，我……"

"我没什么事，就是找你聊聊天的。你继续，继续。"

"桐姐！"

许唯欲哭无泪地听着"嘀嘀嘀"的电话被挂断的声音。谢砚宁咬住她的耳垂，乖巧地说道："我继续了。"

幸好他人性未泯，在强迫许唯喊了两次"哥哥"之后，终于放过她。许唯望着天花板放空，喝了几口水，然后勉强起床，踩着发虚的步伐走到餐桌前。

谢砚宁给她端上了早就订好的饭菜。

他订的是许唯爱吃的北方菜，还有一盅鸡汤——他说是他家保姆特意炖的。

"你跟你爸妈说了？"许唯有些紧张。

"没有，没有你的允许，我不会说的。"

许唯这才放心。

此时的她拿筷子都嫌累，眼见松子在她的腿边蹦来蹦去，刚想抱它，一弯腰，整个人都要散架了。

她瞪了谢砚宁一眼，谢砚宁恬不知耻地冲她笑，一副得逞的模样。

两个人吃到一半的时候，谢砚宁说："我已经给许致军夫妇打了电话，明早九点半，我们一起去民政局办理解除领养关系的手续。我带着律师，你放心，不会出差错的。"

许唯低头吃饭，半天才说："好。"

原来她只需要去一趟民政局，这么简单的事，自己竟然被折磨了这么多年。

吃完饭之后，谢砚宁把碗筷放进洗碗机里，然后走出来帮许唯揉腰。

许唯把柜子里的一些和养父母有关的相册等物件都拿出来，准备扔掉。谢砚宁抱着她，帮她一起收拾。

许唯说："谢谢。"

"应该是我谢谢你。"

许唯歪头看他："为什么？"

"谢谢你让我变得成熟，也希望你在我这里能永远做小孩。"

许唯忍着泪没有哭，然后说："明天结束后，我们去拍些照片好吗？我想把这个相册里的照片换成我们的。"

"好。"

下午的短暂时间里，他们并排坐在书房里，许唯写产品分析报告，谢砚宁则在看百川前两年的招股说明书。两个人互不打扰，许唯累了就倚在谢砚宁身上小憩。

松子躺在许唯的怀里，舒舒服服地翻了个身，许唯摸了摸它的小肚子。

许唯觉得一切温柔得不像话。她问谢砚宁："我们这样和结婚有什么差别吗？"

"当然有差别，没有那个小红本，我就亏大发了。"

许唯皱起眉头："什么意思？"

谢砚宁的反应很大，他一一列举道："我们没有结婚的话，就不能办婚礼，我就不能给你戴钻戒，不能在所有人面前对你承诺一生一世，也不能让所有人知道你是我老婆。最重要的是，我不能上交工资，在外面喝酒的时候也不能当着我朋友的面接老婆的查岗电话，那岂不是很亏？"

许唯觉得自己好像听懂了，又好像没有。

"你别想白睡我。"谢砚宁冷哼道。

谢砚宁喜欢看着许唯化妆。

他对许唯做的任何事情都表现出关注和好奇的样子。许唯原本都由着他，但今天有心事，手里握着睫毛刷对着镜子发呆，直到谢砚宁碰了碰她的手："小唯？"

许唯回过神，朝谢砚宁歉然地笑了笑。

她继续化妆，然后若无其事地问谢砚宁："你今天穿什么？"

谢砚宁回答："黑色西装，带暗色条纹的那套。"

许唯点点头："好，那我也穿黑色。"

她把自己的首饰盒拿出来，让谢砚宁帮她挑一副耳饰。谢砚宁选了很简单的珍珠耳环，许唯直接戴上，然后从镜子里看谢砚宁，问他："好看吗？"

她问完才发现这是破天荒头一遭。

在装扮过自己后，她会等不及地问别人：好看吗？

这在几年前是她难以想象的。

谢砚宁说："特别好看。"

谢砚宁的眼里闪着星星，就好像许唯真的美到如此令人心惊。许唯分不清谢砚宁是被爱蒙蔽了双眼，还是天生就嘴甜、爱夸人，反正她很是受用。

她的生日是六月三十号，也就是说还有两个月的时间，她就要二十八岁了。但她现在对这个数字没有太大的感触，不会觉得岁月催人老，也不会遗憾相爱太迟。

谢砚宁给她的温暖太多，多到她觉得这些烦思都是无用的矫情。

她化好妆，换好衣服，对谢砚宁说："走吧。"

民政局的门口人不多，许唯下车时，谢砚宁还不忘跟她开玩笑："要不然我们顺势把结婚证也领了？"

许唯捏了一下谢砚宁的手心。谢砚宁吃痛，委屈地说道："不结就不结嘛。"

谢砚宁嘴上抱怨着，手还是紧紧握着许唯的手，两个人十指相扣。许唯一抬眼就看到了许致军和叶惠婷夫妇，他们站在台阶下，看起来很局促，腰都佝偻着，神色仓皇。

许唯的脚步停了停，谢砚宁也没有催她。

许唯喃喃道："他们办领养手续的时候好像是在老城区的民政局，快二十年了。"

当时那个民政局还是一个小矮楼，办事大厅里也只有四个窗口。领养手续不常办，业务员不熟悉流程，特地喊了老员工和她一起办理，花了很长时间才办好。

八岁的许唯乖巧地站在叶惠婷身边，等待着一张盖了戳的领养协议，让自己有个家。

许唯以为自己忘了，没想到这些她历历在目。

"许唯是他们给你起的名字吗？"谢砚宁打断许唯的回忆。

许唯点头。

"要改吗？"

许唯想了想："不了吧，我都这个年纪了，改名字太麻烦，工作上也不方便。"

"好。"

他们继续往前走，律师也开车赶了过来，快步走到谢砚宁身边："谢总，抱歉我来迟了。"

许唯主动伸手和律师打招呼："今天麻烦您了。"

律师连忙说："不麻烦，不麻烦。"

许致军先看到了许唯，眼神瞬间变得阴鸷，可紧接着又看到了谢砚宁跟在她身后，便立即背过身去。

许唯没有和他们说话，略过他们径直往大厅里走。

律师代替许唯说了情况，拿出了事先草拟好的协议："许小姐和她的养父母之间的关系早已恶化，双方无法共同生活，经协商决定解除收养关系，这是协议。"

登记流程很快，许唯签了字，然后就坐到一边的长椅上。谢砚宁坐在她身边，握着她的手。

许致军和叶惠婷也签了字。

手续就这样结束了。

许唯发现，她甚至不用从许家的户口簿上移出来，因为买了房，户口早就独立了。

其实没有任何东西能表明她是许家的女儿。她可能是太想有个家了，竟这样被困了将近二十年。

结束后，叶惠婷走过来。她好像一夜间苍老了二十岁，头顶的白发很多，还哭肿了眼睛。她对许唯说："小……小唯，我可以单独和你说几句话吗？"

许唯跟着她走到门外。

"你能不能和谢总说说，不要再对我们赶尽杀绝了？老许的工作已经没了，他这个年纪，还能找到什么样的工作？他除非去工地上给人搬砖头。"

许唯不吭声。

"我们错了，是错了，这些年冷落你了。因为你太乖，我们以为你不需要我们的照顾，我在这里跟你说声对不起，可是……"

他们真的在道歉吗？不，他们从来不觉得自己错了。

许唯心中的最后一点儿期待也被浇灭了。她冷漠地说道："你们跟谢砚宁说吧，我不参与这些事。"

说完，许唯就转身离开了。

谢砚宁正好走出来，许唯朝他伸出了手，谢砚宁将她牵住了。

叶惠婷在后面痛苦地喊了一声"小唯"，许唯装作没听见，目不斜视地往前走。

她的身后传来叶惠婷的哭声，叶惠婷哭着说："你怎么心这么狠啊？"周围人看向她，那眼里的指责好像在说，她这样一个遗弃养父母的不孝女怎么还能趾高气扬地走着。

下了台阶之后，许唯问谢砚宁："是他们错了，对吧？"

"当然，是他们的错。"

他们和律师道了别，上车之后许唯倾身过去，抱住谢砚宁。谢砚宁以为她哭了，但许唯说："我不会哭的，只是想抱抱你。"

"抱吧，你想怎么抱都可以。"

许唯笑道："我还能怎么抱？"

"你还可以坐在我的腿上。"

许唯拧了一下他的肩膀："不准油嘴滑舌。"

谢砚宁总能在她最抑郁的时候出现，三言两语就逗得她很开心。有一瞬间，她甚至觉得她很想完全依赖谢砚宁。这个想法有点儿可怕，像从一个极端跳到了另一个极端，她觉得自己需要冷静。

她松开手，坐回副驾驶座，看着前方说："我想一个人静一静。这里离公寓不远，我想自己走回去，可以吗？"

谢砚宁抚摩着许唯的鬓发："好，注意安全。"

"谢砚宁。"许唯喊了一声，然后毫无理由地扑上去，咬了一口谢砚宁的耳垂。

"你就会欺负我。"

许唯闷笑。

她放开谢砚宁的手，准备推门前想了想，又返回来抱住谢砚宁，好像舍不得分开一样。拥抱的温度几乎将让许唯化开，谢砚宁抚摩着她的鬓发，然后是后背，说："我在。"

谢砚宁没有说谎。从初见到现在，许唯遇到每一个坎时，谢砚宁都陪在她身边。

许唯依依不舍地松开他后，谢砚宁忽然想起什么，轻声说："我要去公司一趟，可能会晚点儿回来。"

"有急事吗？"

"没什么，就是开个会。"

许唯摸了摸谢砚宁的头："好，那结束之后你打电话给我。"

"嗯。"

许唯走下车，拢了拢外套，独自走在人行小道上。风吹动她的头发和裙摆，她看起来比往常任何时候都要轻松、自由。

谢砚宁跟了她一会儿之后才加速离开。

谢砚宁到公司之后，发现谢伯豪在办公室等着他："刚刚公司在舆论上出了点儿事，你来解决一下。"

秘书告诉谢砚宁："今早工程部的刘总在群里说，员工公休假也要上班，不上班公司就辞退他们。他的发言被人截图发到网上了，现在引起轩然大波，已经上了热搜。"

"你来解决。"谢伯豪望向谢砚宁。

"好，"谢砚宁略有些迟疑，"可是为什么突然把事情交给我？"

"让你锻炼一下。"

谢砚宁没有拒绝，虽有疑惑，但还是把事情接了下来。他回到自己的办公室里，脱了西装外套之后的第一件事就是喊来运营部的主管，先花钱降热搜，再草拟公开致歉的稿子。

等待致歉信发出的过程中，谢砚宁再次喊来运营部的主管，关了门，不知道在商议什么。

他不知道的是，百川大厦里的所有人都在期待他的表现。

昨天的例行董事会上发生了争吵，百川的第三大股东公开在会上反对谢砚宁进入董事会，理由是谢砚宁太年轻。

然而巧合的是，今天早上就爆出了高管群聊的消息。谢伯豪不动声色地把谢砚宁召了回来，谢砚宁走出电梯的时候，所有人都明白了谢伯豪的用意——这是谢伯豪给谢砚宁出的一道题，是出给董事会看的。

谢砚宁如果交出了满意的答卷，那进入董事会的阻碍就小了很多。

两个小时后，董事长办公室。

秘书给站在落地窗边的谢伯豪添了杯茶，告诉他好消息："小谢总已经把舆论压下来了。"

谢伯豪松了一口气："他怎么做的？"

秘书把笔记本电脑展示给谢伯豪："小谢总一方面让人草拟致歉稿，发布了官方微博，然后压下热搜；另一方面又在百川旗下的私立医院迅速开展惠民义诊活动。"

"他想得挺周到的。"

"是，小谢总还让运营部的人找了网络大V（在微博上获得个人认证及拥有众多粉丝的用户），把劳动者权益的话题矛盾转移到其他话题上了。现在大家都在讨论各省、市的薪资水平，原来关于不放公休假的新闻都被覆盖了。"

谢伯豪咳了两声，助理连忙递上茶水。

"谢董，您身体不舒服的话……"

"没事没事，别慌，"谢伯豪摆摆手，咳嗽完之后问助理，"砚宁现在在做什么？"

"在看网上的舆情。"

"他是有能力的，只是我从来没让他做过什么。他没压力，也不感兴趣。"

"小谢总这么优秀，将来也没问题的。"

谢伯豪叹了一口气："就怕董事会里的那些老人难为他，我起码得保他进董事会啊。"

谢砚宁处理完网上的事情后走出办公室，好几个高管朝他笑："谢总，厉害了。"

秘书小吴也是一副如蒙大赦的表情。

谢砚宁不明所以，走进他父亲的办公室时，看见谢伯豪正准备下班。

谢伯豪起身说："你处理得不错，还得是你们年轻人，对网络舆论的把控能力比较强。"

谢砚宁没觉得处理这件事有什么难度，耸了耸肩，疑惑地发问："爸，你想退休了吗？"

"想啊，我想和你妈过二人世界，陪她出去旅游。"

"我就猜到是这样。"

"怎么？你不想继承家业？"

"没想这么快。"

谢伯豪看了谢砚宁一眼，笑着问："晚上回家吗？"

"不了，我和小唯约好了。"

谢伯豪了然，于是转而问："你们俩什么时候结婚？"

"早呢，小唯还没做好准备。"

"那就慢慢等，别催她。"

谢砚宁帮他爸穿上外套，戏谑地说道："我怕我没您那种毅力，等我妈等了五年。我等不及。"

"小唯和你妈妈不一样，这孩子的心智比较成熟。"

"我去告状了。"谢砚宁笑着说。

谢伯豪的手下意识地拍了拍谢砚宁的后脑勺，像在谢砚宁小时候他常做的那样。父子俩同时愣住，旋即又都笑了。

谢砚宁小时候常常挨揍。他很皮，活泼好动，到处捉弄人，可偏偏又长着一张漂亮可爱的小脸，谁都不忍心打他。

只有谢伯豪舍得。

小谢砚宁哭着拽住谢伯豪的手，又怕又赌气地说："我去告状了！我去找妈妈！"

话音未落，谢伯豪一巴掌就打在他的后脑勺上。

小谢砚宁哭得更凶。

谢砚宁越长大越听话，可能是父母时常不在身边。有一年谢伯豪陪着商妍从国外回来，吃饭时发现小谢砚宁一直在观察他的表情。他一抬头，谢砚宁就低下头，有点儿怯生生的，也会察言观色了。

谢伯豪意识到，即使再富足的家庭，孩子缺了父母的关爱，心智也不可能健全。后来他和商妍就再也没离开过谢砚宁身边，谢砚宁快乐地长大，然后出国读书。

总的来说，谢砚宁的人生是一帆风顺的，他几乎没遇到过什么坎。他头脑聪明，在学生时代就拿奖无数，顶着"桐江首富的儿子"的名号，还是家中独子，竟不张狂、放肆。

谢伯豪把百川交给谢砚宁很放心，但董事会的人不干。

谢砚宁问："公司最近有什么事吗？是不是董事会……"

谢伯豪摇头："能有什么事？我和你妈妈约好了下半年去环游欧洲，你要做好上任的准备。"

谢砚宁"哦"了一声。

董事会的事，谢伯豪暂时不想让谢砚宁知晓，想等到全部处理完之后再辞去职务，给谢砚宁一个安稳的环境。

他不想让自己的儿子经历什么坎坷，只想让谢砚宁继续顺遂下去，像商妍一样无忧无虑。

两个人进了电梯，谢砚宁按下负一楼的按钮，谢伯豪说："以后你的工作量会增多，实在不行你就找个保姆，别让小唯照顾你。"

"我在学做饭，等这周末回去炒两个菜让您尝尝。"

"稀罕。"谢伯豪笑了笑。

谢砚宁把他爸送上车，然后就走到自己的车边。有员工经过他身边，连忙拘谨地打了招呼。谢砚宁冲他点头，神色淡淡的。

谢砚宁在所有人面前都是理智、沉稳的，甚至有些不苟言笑，但一坐进车里，刚拨通许唯的电话，他的语气立马就变软了。

"小唯，你在哪里？"

话音刚落，他的车窗玻璃就被人敲了敲，他一扭过头就看见许唯正站在车外朝他笑。

谢砚宁还没反应过来，许唯就打开车门坐了进去。她从身后掏出一束玫瑰，冲谢砚宁挑了一下眉："送给你。"

十二支红玫瑰。

谢砚宁受宠若惊，好像第一次收礼物，两只手都僵住了，不知道怎么捧。

许唯看得发笑："装什么装？你在学校没收过花？"

"收过……"谢砚宁连忙解释，"不是不是，我收过，但退回去了。来自女朋友的花我还是第一次收。十二朵有什么花语吗？是长长久久的意思吗？"

"那是九十九朵的花语吧？"

"那十二支是什么意思？"谢砚宁刨根问底，还着急忙慌地拿出手机用百度搜索。

许唯只是随便挑了十二支，谁承想谢砚宁这么认真。她无奈地按住谢砚宁的手，临时想了个理由，告诉他："十二代表一个轮回，意思是，我希望下辈子也能和小谢在一起。"

话音刚落，她就被谢砚宁吻住了。

许唯开始关注百川的新闻。

她会背着谢砚宁偷偷地去查阅百川的官网，想知道百川有哪些高层领导，他们都负责哪些方面的工作，借此了解谢砚宁需要面临的竞争环境。

她研究到了晚上，放下手机才反应过来，自己已经自动代入"谢砚宁的妻子"的角色了。

这个认知让她有些恍惚。她算了算，和谢砚宁认识到现在才半年时间。

谢砚宁常说"命中注定"，许唯一开始对这个词没什么感觉。直到这天结束工作，谢砚宁说想吃烤肉，于是她把车开回家，在公寓的楼下等着谢砚宁。微风吹动树叶，"沙沙"作响，远处夕阳西下，染出一片绛红色的晚霞。她远远地看着谢砚宁的车开过来，她的心也随之越发安定，疲惫顿消，好像一整天的忙碌都是为了晚上和他依偎、拥抱，日子开始变得有盼头。

但她感觉谢砚宁忙了起来。从年后到现在，谢砚宁忙碌得越发明显，有时候下班很晚，还经常开会，出差的频率也变高了很多。

谢砚宁的车在她面前缓缓地停下，两个人隔着玻璃相视而笑，而后许唯上了车。

谢砚宁穿的是许唯为他定制的西装，许唯凑过去帮他理了一下衣领。

两个人之间已经默契得不用太多对话，目光一对上就心领神会。许唯笑了笑，然后亲了一下谢砚宁的脸颊。

吃烤肉的时候，谢砚宁说着公司的事情，说一天都忙了什么，许唯偶尔也会说自己的事情。她问谢砚宁："盛邦工程的殷总那边，你是不是帮我说过话了？"

谢砚宁的脸色微变，他否认道："没有啊。"

"还装？"许唯平静地望着他。

谢砚宁一开始还很淡定，没几分钟就变得心虚，烤肉的手顿了顿，迫于无奈坦白道："就……打了个电话，因为我之前在酒会上见过他。"

谢砚宁一直偷瞄着许唯的表情，然后卷了一个生菜卷，递到许唯的嘴边。

他诚恳地道歉："你生气了？真生气了？我下次再也不敢了。小唯，我错了。"

许唯不张嘴。

谢砚宁急忙为自己辩解："我绝对没有否定你的能力，只是想帮你做一点儿力所能及的事情，不想看到你那么辛苦。"他说，"抱歉，我以后不会自作主张了。"

他明明已经很累了，却还要小心翼翼地哄着她。

谢砚宁说谢谢许唯让他变得成熟，许唯却对这样的成熟感到难过，明明谢砚宁的纯粹和温柔更珍贵。

谢砚宁是被爱围绕着长大的。

看着谢砚宁习惯性地哄她的样子，许唯只觉得心里闷，仿佛这段感情只让她变好了，而对于谢砚宁来说是一种负担。

她接过谢砚宁递过来的生菜卷，说："我没生气。"

谢砚宁又包了一个，递过来。

许唯把这个塞到谢砚宁的嘴里，莞尔道："你在背地里帮我，我还挑三拣四，是不是太不知好歹了？"

两个人的矛盾顷刻间被化解，谢砚宁弯了弯唇角，明显心不在焉。

吃完之后两个人沿着小道走了走，许唯几次提到百川的事，但谢砚宁都只挑好的说。他状若轻松地朝许唯笑："小唯，等下个月我们再去旅游吧，之前去的海岛，这次去爬山？"

谢砚宁从后面抱住了许唯，许唯听到耳边传来谢砚宁轻轻的叹气声。

谢砚宁把她的手握在掌心里揉了揉。

"小唯，有你在真好。"他说。

许唯看了他一眼，然后说："不爬山，等忙完了，你陪我去福利院做志愿活动，好不好？"

谢砚宁蹭着她的脸颊，说："当然好。"

一回到家，谢砚宁的电话就响了起来，好像是谢伯豪打来的，让他处理一个紧急的事。许唯跟着紧张起来，坐在客厅里把百川集团的所有实时新闻都看了一遍。

没有负面新闻出现，她推测集团里应该没出什么乱子，只是公司日常的事务。

看来谢伯豪已经准备把百川交给谢砚宁了，谢砚宁可能没过多久就要走马上任。

一个规模巨大、结构复杂的集团，容纳几万人就业，交给谁领导都是难以想象的压力。

谢砚宁嘴上不说，心里一定是累的。

快十一点的时候，谢砚宁洗完澡出来，一边系睡衣的纽扣一边往床上走。可能以为许唯还在介意他擅作主张找殷总的事，上了床之后他都不敢抱许唯，只挨挨蹭蹭地躺在许唯旁边，安静地陪许唯看书。

许唯翻页，他就伸手帮许唯压住书角。

"今年要考证吗？"他没话找话地问。

许唯实在受不了谢砚宁这副委屈巴巴的讨好模样，放下书，直直地望着谢砚宁。谢砚宁心里一紧，喉结滑动，连忙说："我打扰你看书了？"

许唯沉默地看着他。

"那我先去客厅。"

谢砚宁掀开被子走了出去，许唯拦都拦不住。

许唯简直一头雾水。

十几分钟之后，谢砚宁还没进来，许唯等不及了，直接下了床，蹑手蹑脚地走到房门口，偷偷地往外看。

谢砚宁坐在沙发上，身子微仰，一只手搭在额头上，闭着眼。

他可能是真的累了。她的"小狗"好像没以前那么快乐了。

许唯也不知道自己能做什么，想了想，决定抱着毯子走过去。她坐到谢砚宁身边，谢砚宁听到动静，慢半拍地睁开眼，诧然道："小唯？"

许唯张开怀抱，拍了拍自己的肩膀："枕这里。"

谢砚宁愣了愣。

"抱抱。"

谢砚宁下意识地伸手去抱她。

许唯不满意，于是坐直了身子，然后强行把谢砚宁搂进怀里，问："为什么我受伤、难过的时候，你能闯进我的生活里帮我分担，但是你有心事的时候要一个人承受呢？"

许唯的身上散发着淡淡的香味，谢砚宁逐渐放松，抱紧了许唯的腰，把脸埋在许唯的肩窝处。

许唯摸着谢砚宁的头发，他的发顶还有些湿意，真像一只落水的小狗。

虽然低估了把一米八六的成年男人抱在怀里的重量，但谢砚宁压着她的半边身子，呼吸隔着睡衣传到她的皮肤上，她又觉得满足。

"最近很累，是不是？"她柔声询问。

谢砚宁经历了漫长的内心挣扎和犹豫，最终还是点了点头。

"谢叔叔把事情都交给你了？"

"嗯，很多。"

"怎么会这么急？"

"不知道，我感觉我爸好像瞒着我什么。他说他想提前退休，和我妈去旅游。"

许唯也觉得奇怪。

"难吗？"她问。

"其实不难，只是我感觉好像所有人都在审视我。"谢砚宁重重地叹了一口气。

许唯揉着谢砚宁的肩膀，帮他舒缓。

"我的一举一动都在被他们讨论，有人在等着看我的笑话，有人在等我做出成绩，我不知道他们在审视我什么。小唯，难道我必须天赋异禀，刚进公司就做得像我爸那么好才可以吗？"

"不要给自己这样的压力，你已经很棒了。"

"我不怀疑自己，只是不喜欢像实验体一样，被别人观察和比较。"谢砚宁烦躁地说道。

许唯只能一遍遍地抚摩着谢砚宁的后背，给予他微薄的安慰，轻声说："可能继承人都是要经历这样一番审视的。我看了网上写的关于谢叔叔的报道，他刚刚接手百川的时候，也经历了和你差不多的局面。但那个时候他快三十岁了，而你现在还不到二十五岁，他们不信任你也能理解。"

谢砚宁沉默地靠在许唯怀里。

"你会用实力证明自己的，我相信你。"

许唯的声音温柔又有力量，让谢砚宁的烦躁瞬间化为乌有。

很久之后，谢砚宁才后知后觉地意识到自己的幼稚。他松开许唯，欲盖弥彰地咳了两声，在对上许唯似笑非笑的目光后懊悔更甚。

他觉得脸面挂不住，直接压着许唯亲了很久。

许唯并不挣扎，他怎样她都配合。

分开时，谢砚宁咬了咬许唯的嘴唇，小声问："你会不会在心里嘲笑我？"

许唯不满地问道："你就是这样想我的？"

"不是。"

"谢砚宁，我不会嘲笑你，只会难过不能替你分担。"

谢砚宁瘫倒在许唯身上。

许唯摸了摸他的耳朵："为什么要瞒着我呢？你可以跟我说啊，可以向我抱怨，可以和我一起讨论，累了也可以来我的怀里休息。我们都改正一个缺点，以后都不要报喜不报忧了，好不好？"

谢砚宁没有说话。

许唯轻笑，故意说道："你不会以为你在我心里的形象是无所不能的总裁吧？你对自己有误解啊谢砚宁。"

谢砚宁幽怨地抬头看她："那我在你的心里是什么？"

"是'小狗'啊，"许唯曲起手指刮了一下谢砚宁的鼻梁，笑着说，"我的'小狗'皱一皱眉头，我都会心疼得要命。"

谢砚宁还算满意，心情立即由阴转晴。

"可是你在我心里真的很厉害。砚宁，我不是哄你才这样说的，难道你房间里那些学生时代的奖项是假的吗？日落岛的投资是假的吗？你在我的心里比所有人都要厉害。"

"真的吗？"

"我骗你干吗？当然是真的。"

谢砚宁立即化身很好哄的"小狗"，在许唯身上蹭来蹭去，全然没了刚刚的可怜模样。

许唯亲了亲他，下一秒就被他抱进了房间。松子刚要追过去，就被关在门外。

房间里面传来主人的声音，像是哭声，松子着急地拍了拍门，又"嗷嗷"地叫了两声，可惜没人理它。松子只能伤心地回到窝里，决定明天早上再去报复谢砚宁。

重新恢复能量的谢砚宁整个人焕然一新。

第二天，许唯刚迷迷糊糊地醒过来，就看到谢砚宁侧躺在她身边，眼里含笑地看着她。

许唯被他看得头皮发麻，钻进被子里继续睡。

谢砚宁出去晨跑，又精力旺盛地开车去买了早茶，回来时喊许唯起床。

许唯还没醒，他就先去洗了个澡，出来后趴在许唯身边，把脸埋在她身上黏糊了半天，最后被许唯推开。

"我今天要出差，十一点的飞机，去上海，后天就能回来。"他交代道。

许唯"嗯"了一声。

谢砚宁把玩着许唯的手指："你怎么一点儿反应都没有啊？"

"我应该是什么反应？"许唯一大早被他烦了两遍，起床气都被他磨了出来，直接一拳捶在谢砚宁的肩膀上，语气暴躁，"我是不是应该像个泼妇一样说'三天两头出差，天天不着家，有本事不要回来了'？"

谢砚宁哭笑不得，纠正道："才不是这种反应，你应该哭得梨花带雨，然后说'老公不要走，我会很想你的'。"

许唯瞥了他一眼。

谢砚宁继续笑，然后抱住许唯，撒娇地说道："老婆，我会很想你的。"

许唯简直被他缠到抓狂，茫然地望着天花板。忽然，她觉得自己被谢砚宁的话提醒了——她应该去拜访一下谢砚宁的父母。

自从上次在日落岛和商妍视频通话了一会儿，至今她都没有买点儿礼物回去探望他的父母，实在是失礼。

吃早饭的时候，她让谢砚宁把他父母的联系方式都推过来，刚加上商妍的微信，就收到了商妍的邀请。

商妍：小唯宝贝，最近忙不忙？和阿姨一起去做美容吗？

许唯怔了怔，立即放下筷子回复。

许唯：不忙，好的阿姨，什么时候啊？

商妍：今天下午呢？有事吗？

许唯：可以的，没问题。

谢砚宁全程目睹了她们两个人的对话，然后整张脸都皱了起来，控诉道："好谄媚的小唯，你对我从来没有这么好的脾气！"

许唯没理他，继续和商妍约时间。商妍说下午来接她，还说"要不然你来家里吃午饭吧，不要自己在家里做了"。

许唯再次被商妍的自来熟震撼到，大脑空白了半天，才回复一个"好的"。

放下手机后，她歪头看着谢砚宁。谢砚宁朝她笑："怎么啦？"

"你……你的父母问过你结婚的事吗？"

"问过啊。"

"你怎么说的？"

"我说我想结婚，但小唯还没做好准备，我爸说那就慢慢等，不要催你。"

许唯沉默了很久，低头喝了一口粥，想了想之后说："等你这段时间忙完，我们……"

许唯说到一半就止住了，谢砚宁立即坐不住了："我们什么？"

许唯笑了笑，低头继续吃早饭，不再言语。

这可把谢砚宁急坏了，直到快上飞机还缠着许唯问："我们什么啊？你快说！"

许唯笑着推开了他。

好不容易把这个难对付的主儿送上飞机，许唯打车去了谢家。

可刚到谢家，她就看到商妍神色慌张地站在卧室门口，紧接着私人医生从谢伯豪的房间里走出来，面色严肃地说："太太，谢董需要尽快动手术。"

第九章

夜雨忽至

"小唯，你陪陪我，好不好？我真的快撑不下去了。"

"谢董长时间、高强度地工作，导致心肌劳损，引发了急性心梗。"私人医生说。

见商妍身形晃动，许唯扶住了她。

许唯勉强镇定地询问了医生具体情况，医生把检查报告交给许唯和商妍："现在必须尽快进行支架植入手术，恢复心脏的正常供血，但是二位放心，谢董之前都交代好了，我们也都准备好了。"

"所以这不是他第一次突发心梗是吗？"许唯抓住了重点。

医生说漏嘴了，神色有些慌，在商妍的要求下还是说了出来："是，谢董之前是急性胸痛，查出来心梗……但他说最近百川的事很多，他不能倒下，也不能影响到谢少，所以……"

商妍又气又心疼，转过身抹着眼泪。

许唯做过几年医疗设备代理，所以对大大小小的手术都有所了解。她询问道："手术的风险呢？"

"我们会竭尽全力。"医生说。

医生把手术详情讲给许唯听，许唯为了缓解商妍的恐惧感，一直轻声安抚她。

许唯进房间看了看谢伯豪，他的面色比之前苍白了许多，他说："小唯啊，砚宁那边你先帮我瞒着，拜托你了。"

许唯一下子就领悟了谢伯豪的用意，说："好。"

谢伯豪笑了笑："你在他身边，我就很放心。"

他朝商妍招了招手。商妍坐在床边，紧紧地握住谢伯豪的手。

谢伯豪摸了摸商妍的头发，哄道："哭什么？这有什么大不了的？这就是个小手术，你别怕，我说了要陪你到一百岁的。"

许唯忍着泪离开了房间。

她站在走廊里，看到谢砚宁在坐上飞机之后还不忘给她发的消息。

谢砚宁：小唯，想结婚想结婚想结婚。

他时常这样撒娇，许唯没有太当真，可这次想到房间里的谢伯豪和商妍，过年时谢伯豪还笑着跟她聊天……许唯意识到，她不能再逃避了。世事无常，她不知道明天和意外哪个会先来。

"等你回来，我就告诉你答案。"她这样回复谢砚宁。

谢伯豪已经睡着了，手术被安排在明天早上十点。

商妍掖好谢伯豪的被角，从房间里走出来。她握了握许唯的手，苦笑道："抱歉啊小唯，本来和你约好出去的，结果我一上楼，就发现老谢倒在床边。"

"当然是叔叔的身体要紧。"

商妍说："有你在身边，我就安心很多。砚宁出差了是吗？"

许唯点头："我把他送上飞机才过来的。"

"辛苦你了。"

"怎么会？"许唯扶着商妍坐下来，"明天叔叔做手术的时候我陪着您，好吗？"

"好，麻烦你了。"商妍擦着眼泪，哽咽道，"难怪这阵子他的脸色那么差，我还怪他不陪我。"

许唯给商妍倒了杯茶。

"董事会里的几个人看到砚宁回国，坐不住了，这半年里隔三岔五地闹。老谢一定是想保砚宁进董事会，让砚宁顺利坐上董事长的位子，才会累到心肌劳损的。"商妍说。

"原来是这样。"

"他就是这样的性格，什么事都自己扛着……"商妍说着说着就陷入回忆，"他刚追求我的时候刚刚继承百川，这边累得像陀螺了，那边还要好声好气地哄着我。我不答应和他在一起，他就一直等，从来不告诉我他工作有多累，什么都不说，就一个人撑着。"

许唯看着商妍昳丽的容貌，依稀能想象出当年她该有多美、多好，才能让谢伯豪心甘情愿地等了那么多年。

商妍忽然想到谢砚宁，拍了拍许唯的手背，说："幸亏砚宁不这样。"

许唯无奈地叹道："砚宁也这样。"

商妍一怔，旋即无奈地叹了一口气："那他长大了。"

许唯想到昨天谢砚宁在她的怀里说的话。所有人都以为谢砚宁遗传商妍更多，母子俩都向往自由、简单纯粹，但亲近的人会知道，谢砚宁在很多时候都更像谢伯豪，而且越来越像。

许唯陪着商妍吃了午饭。商妍原本没胃口，在许唯的劝哄下才勉强吃了半碗，然后郁郁寡欢地放下筷子，回房间陪谢伯豪去了。

许唯始终不放心，于是请私人医生带着更详细的报告过来，这才知道原来谢伯豪早在一个月前就已经做了全套的检查，在知晓严重性后还一直拖着。

医生好奇地问："您是谢少的女朋友吗？我之前听谢董提过。"

许唯顿了顿，然后点头："是。"

"我们之前是不是见过？"医生又问。

许唯想了想："有可能，我之前做医疗器械的销售。"

"难怪看您眼熟，"医生对谢家的情况还算了解，就告诉许唯，"谢董就是太不放心谢少了，把那么大的家业交给谢少，谢少实在太年轻了。"

许唯想为谢砚宁辩解，想告诉他们，谢砚宁没有他们想的那么脆弱，但想到谢伯豪的病情，也只能可怜天下父母心，不方便多说。

谢砚宁代替谢伯豪去上海开会，出席了企业家论坛会议。

小吴找到谢砚宁的席位卡，环顾四周才发现谢砚宁是场上最年轻的企业家。

谢砚宁和几位主要的嘉宾打了招呼，坐下来之后揉了揉眉心。

"谢总，要咖啡吗？"小吴问他。

"不用。"

小吴看着谢砚宁紧皱的眉头，把会议流程和讲稿拿出来交给他："我帮您订明天早上的飞机行吗？您开完会参加晚宴，今晚再去赶飞机就太累了。"

谢砚宁摆手道："没事。"

会议结束后，谢砚宁走过来问小吴："我让你帮我问杨秘书前阵子董事会发生了什么事，你问了吗？"

小吴被吓了一跳，支支吾吾地说："我问了，杨秘书说没什么，就……就王总对您的那个开拓游戏市场的提案不满意，谢董和他发生了点儿小争执，其他他也没什么。"

小吴口中的王总名叫王振青。他手中有百川8%的股权，话语权很大，而且一直都看谢砚宁不太顺眼。

小吴受了谢伯豪的嘱咐，不能透露王振青坚决反对谢砚宁进董事会的事情。

谢伯豪已经利用多方施压，让王振青放弃阻挠，下个月的例会上此事应该就可以见分晓。

可屋漏偏逢连夜雨，谢砚宁越是着急回去就越是出问题，先是遇上大雾，航班延误，然后又被另一家公司的老板邀请去概念工厂参观。

时间一拖就拖到了第三天。

这边谢伯豪的手术已经做完了，谢砚宁还不知情。

许唯问谢伯豪为什么非要瞒着谢砚宁，谢伯豪摆了摆手，缓声道："他有他的计划，我不想打乱他的步调。

"他先熟悉董事长的各项工作，再把自己之前的提案付诸实践。我看他做得有条不紊，挺好的。我告诉他这些事只能让他徒增压力。

"砚宁的工作能力没有问题，问题在于他没有意识到自己的责任有多重大。

"百川是一个容纳几万人的大型企业，董事长的一个决策的失误就可能造成连锁反应，影响很多普通职工的生计。但砚宁还没有完全转变思维，对工作的想法依旧是继承家业，并不想创造什么行业奇迹或者带领百川走向更高的台阶——他暂时还没有这个想法。

"百川对他来说，是个任务，不是责任。我不想逼他，就让他慢慢来吧。"

许唯听了之后，却开始担忧谢砚宁若是知道了，该是什么反应。

晚上和谢砚宁视频通话的时候，许唯侧躺着，静静地看着屏幕里的谢砚宁，看他英俊的脸、他的头发，还有他明显疲惫的眼睛。

"我想你了。"谢砚宁说。

许唯笑了笑。

谢砚宁趴着看她："等回去之后，你要告诉我什么答案？"

许唯看着他，目光毫不躲闪，一字一顿地说道："你想要的答案。"

谢砚宁连呼吸都变得急促了。许唯穿着真丝睡裙，他已经能想象到把许唯抱在怀里的触感了。

"我过两天就回去了。"

许唯朝他笑："好，我在家里等你。"

谢伯豪的手术还算成功，但许唯清楚，心脏支架手术后续还有很多麻烦，如果病人不悉心养护，血管很容易再次堵塞。

谢砚宁上任已经是板上钉钉的事了，之后他会越来越忙，忙到没时间、没精力跟她说"我想你了"，忙到没时间跟她撒娇，脸上的笑容也会变少。

许唯心里一沉，关了手机就开始想谢砚宁，身体也在想。

原来是她离不开谢砚宁了。

许唯照常工作，写产品分析，再找客户，空闲时间就去谢家陪谢伯豪和商妍聊天。商妍把谢砚宁小时候的照片都拿给许唯看，如数家珍地跟她分享谢砚宁小时候的糗事。

他们相处得很融洽。

许唯还把自己的身世告诉了商妍。商妍哭得比许唯本人还伤心，抱着许唯不撒手，摸着许唯的头发疼惜地说道："乖，以后这里就是你的家。"

谢砚宁最后还是赶夜里的飞机回了桐江，一下飞机就直奔许唯的公寓。

许唯还没睡，坐在客厅的沙发上等他。谢砚宁风尘仆仆地进来，穿着长款风衣，发型一丝不乱。许唯恍然觉得谢砚宁好像成熟了好几岁，可他一转身就还是那副许唯熟悉的模样——芝兰玉树，皎皎无瑕。

他竟然完全属于她。

谢砚宁脱了外套，走过来把许唯抱到怀里。许唯跨坐在他身上，两个人拥吻了很久，最后刚依依不舍地分开，谢砚宁就把许唯抱去了浴室。

许唯说："我刚洗过。"

谢砚宁咬了一下许唯的肩头，哑声说："再洗一遍。"

…………

许唯被抱来抱去，最后只能把自己卷在被子里。谢砚宁厚着脸皮覆上来，把许唯亲得无处躲，然后说："明天跟我回一趟家，好不好？"

许唯愣住了。

谢砚宁和她磨了磨鼻尖，笑道："好不好吗？"

"我……"许唯撒了个谎，"再过一阵子好吗？我帮阿姨定制了一件旗袍，要到下个月才能拿到，到时候陪你回去，好吗？"

谢砚宁不疑有他，立即俯身吻住许唯，厮磨着她的唇。

谢砚宁真的很好哄，所以爱他的人都想要守护他的这份简单和纯粹。

谢砚宁回到百川，把去上海前积压的工作处理完之后，想去董事长的办公室一趟，却被告知：谢董最近都没有来。

谢砚宁顿时心生疑惑，连忙打电话给谢伯豪，电话却是商妍接的。

"砚宁，什么事啊？"

"爸呢？怎么没来公司？"

商妍顿了几秒，然后说："你爸爸在家里陪我呢，公司不是有你吗？"

谢砚宁哑口无言。

商妍笑了笑："怎么？你还要你爸爸在那边帮你撑腰吗？"

谢砚宁没理会商妍的调侃，挂了电话之后便离开了办公室，准备去一趟工程部，刚走到茶水间就听见说话声。

一个人问："王总还是反对让谢少当董事长吗？"

另一个人回答："听说这件事已经被谢董解决了。谢董不就是因为这个才和王总大吵一架的吗？谢董拼了老命也要把儿子捧上位啊。"

"难怪最近谢少的工作那么多，我看大家对他的评价都挺高的。"

"谢少当董事长，我们还是挺欢迎的。他看着就赏心悦目，哈哈。"

"可是董事会里的那些人肯定会排挤他——谢总？！"

两个人一转身看到谢砚宁，被吓得魂都没了，其中一个人手里的咖啡杯应声掉落，碎得四分五裂。

谢砚宁转身就走，开车直奔谢宅。

他有太多想不明白的事情……为什么大家都要瞒着他呢？

他一路风驰电掣地回到家，刚进门就听到二楼传来笑声。他走上去，看到许唯从房间里走出来。

许唯整个人僵住了。

谢砚宁好像预感到了什么，看了一眼许唯，然后径直走向卧室。

床头的医疗检测设备和谢伯豪领口露出来的纱布都直接把真相砸在了谢砚宁面前。

"砚宁，你怎么……"商妍被吓得站起来。

谢砚宁拿过旁边茶几上的报告单，看到上面写着：心脏支架手术，五月二日。

谢伯豪动手术那天，他并不在自己的父亲身边。公司的事，员工瞒着他；家里的事，爱人也瞒着他。他的父亲已经在鬼门关里走一遭了，他还被蒙在鼓里。

"手术做得非常成功，砚宁，你不要担心，你爸爸没事的。"商妍走过来，握住谢砚宁的手臂。

"为什么不告诉我呢？"谢砚宁红着眼问，"我在你们的眼里就这么脆弱吗？我连父亲生病都承受不住吗？"

商妍连忙摇头："不是的，砚宁，你误会了。"

谢砚宁把报告单扔在茶几上："爸如果出意外呢？如果爸在手术当天出意外，我人在上海，你们想让我抱憾终生吗？"

"是我让她们瞒着的。"谢伯豪沉声说。

谢砚宁望向谢伯豪："爸，董事会的事您瞒着我，生病做手术的事也瞒着我。我知道您的苦心，可真的不能理解。"

许唯也走到了门口。

"在你们的心里，我就这样不堪一击吗？"谢砚宁质问他们。

许唯忍着泪，望向一边。

谢伯豪说："不是不信任你，我……"

"够了！"谢砚宁打断了他，"我知道你们在保护我，但这种保护对我来说是一种伤害，你们只会让我觉得自己很没用。"

他太高估自己了。在他顺风顺水地接手百川的背后，是他父亲在呕心沥血地付出。

董事会里尚有人能够威胁他的位置，他根本没有强大到可以保护自己爱的人。他的位子还不稳，他的父亲还在拼命护着他，他还嫌烦，什么都不知道。

"爸，我会做好的。"他只撂下这几个字，然后就转身离开了。

谢砚宁经过许唯时，脚步停了停。许唯低下头前，谢砚宁看到了她通红的眼角，心有不忍，但愤怒燃烧了他的理智。

"小唯，给我一点儿时间。"他说。

他还是离开了。

许唯预想中的最坏的结局终究还是发生了。

谢伯豪说，谢砚宁在事业上的成长始终缺一个契机，这个契机或许能让他意识到自己的责任之大。

许唯当时就在想：若是谢砚宁发现了谢伯豪生病的事呢？这也是一个契机，但未免对谢砚宁太残忍。

那天谢砚宁在办公室里坐了一夜。

第二天，他就开始了自己的计划，像变了个人一样，目标坚定，野心勃勃。

所有人都感受到了他的变化。

他带领新团队执意开辟游戏市场，给百川注入了新鲜血液。随着发布会的召开，外界的报道也接踵而至。这位桐江市最出名的集团继承人，仿佛想要把百川做成谢砚宁的百川。

他的能力得到最大程度的体现，没有人再敢说他是闲散的少爷，就连王振青都不敢再在董事会上提出异议。

谢砚宁一时名声大噪，风光无限。

许唯看着新闻，心中越发痛。

新闻上的谢砚宁似乎变化很大。他英俊沉稳，在发布会上侃侃而谈，气度非凡，再加上"女演员商妍之子"的身份，一度登上热搜。

他越来越好，却越变越不是她的小谢。

他们已经快两个月没见面了。谢砚宁躲着她，虽然给她发消息，说不怪她，但不管许唯是直接去谢家找他，还是询问小吴，都见不到谢砚宁的面。

许唯感觉自己快要崩溃了。

她正想着，松子突然在客厅叫了两声。

一般只有电梯门响的时候，松子才会叫，而她这一层里只住了她一户。

许唯忽然想到了什么，立即下了床。

是他吗？

她的心跳越来越快。

松子还在叫。

许唯蹑手蹑脚地走到门口，从猫眼往外看，就看到谢砚宁在电梯门口犹豫了片刻。他看了许唯的房门一眼，随后电梯打开了，他走了进去，离开了。

许唯匆忙打开门，却来不及喊住他。

许唯看着紧闭的电梯，喃喃地问："谢砚宁，你还想结婚吗？"

许唯照常生活，起码看起来没什么变化。

这个月许唯跑了三家建筑公司，沟通了十几次，好不容易又签下一个单子。许唯隔三岔五地会去陪陪苏桐和她的女儿，周末还会一个人去福利院做志愿活动。

她原本就是这样生活的，不会因为谢砚宁的离开就改变太多。

对了，她每个星期还会去谢家，陪商妍和谢伯豪聊聊天。

她不怕见到谢砚宁，因为谢砚宁几乎不回来。

这两个月来，他们就险些撞见过一次。那次许唯刚上车，谢砚宁的车就停在了院子门口，两个人明显都注意到了彼此，许唯在心里数了五个数，谢砚宁没有出来，她便开车走了。

她不明白谢砚宁在跟她赌什么气。

她解释过很多遍，她从来不觉得他幼稚，她需要的本就不是多成熟的爱。

她就是要谢砚宁那种赤诚的、滚烫的、多到快要溢出来的爱。如果不是谢砚宁，她根本不会敞开心扉去接受一段感情。

可是谢砚宁不信，许唯也没有办法。

她是撒了谎，但有自己的立场。在当时谢砚宁忙得脚不沾地、压力巨大的前提下，她帮着谢伯豪隐瞒病情，有什么错？

因为谢砚宁不想被保护，所以他们都错了？

这对许唯来说不公平。

她好不容易才做出结婚的决定，谢砚宁也知道，但他现在选择遗忘这件事，两个人谁都没有再提那个"想要的答案"。

许唯觉得自己不怎么想念谢砚宁，只是在夜里翻来覆去睡不着的时候，会反复把关于他的新闻翻出来看。

这张照片上的谢砚宁好像瘦了。

那个宣传视频里，他穿的是她送的那套西装。

这张新品发布会的照片里，有个女演员和他站在一起，身子微微倚向他，谢砚宁的表情很冷淡，但两个人看上去还是挺般配的，因为都很年轻。

许唯百无聊赖地如此评价着。

最后她都不知道自己是怎么睡着的，醒来时还捧着手机，整个人蜷缩在床边。

感觉到自己的脸上有泪痕，许唯用手背擦了擦，然后睡眼惺忪地望向窗外的白光，嘟囔了一声："就这么不要我了啊？"

谢砚宁是不是忘了，她现在连吸血的养父母都没了，在这个世界上是真的孤身一人了。

他带她走出来，又不要她了。

当初她屡次拒绝谢砚宁，不就是害怕这样的结局吗？

起床后，许唯一边刷牙一边想：姐弟恋果然不靠谱，男生小三岁就是小三岁，幼稚死了，热恋时情话、誓言一大堆，最后拍拍屁股就走人，自己下辈子绝对不谈姐弟恋了。

她望着镜子里的自己，苦笑两声。

抱怨归抱怨，洗漱结束之后她还是得继续工作。

看着谢砚宁现在做出那么瞩目的成绩，她也不想止步不前，决定重新把医疗设备销售捡起来。

她的初步计划是组建一个团队，扩大销售的范围。

商妍全力支持许唯，恨不得把自己的积蓄全拿出来投资。许唯笑着对商妍说："不用，阿姨，我有钱的。"

商妍嘴上说着许唯脾气倔，其实一转头就和谢伯豪使了眼色，让谢伯豪想办法把钱投资进去。谢伯豪见状点了点头。

中午许唯做了自己的拿手菜，商妍赞不绝口，搂着许唯的胳膊说："我一直就想生女儿，你要是我女儿该多好。"

"那我就认您做干妈。"

商妍急忙说："不行，你是我的儿媳妇，认什么干妈？"

许唯笑了笑，低头吃菜，小声说："这样下去，我可能做不了您的儿媳妇了。"

商妍和谢伯豪对视了一眼，她焦急地说："小唯，你别对砚宁失望，好不好？"

"没有。"

"那个浑小子可能是叛逆期到了，我也没想到他会闹这么长时间的别扭。但我保证，他还是很爱你的。我听他的秘书说，前阵子他在庆功宴上喝醉了，在车上喊你的名字，喊了一路。"

许唯的筷子顿了顿，她没说什么。

"他一开始是生气上头，现在大概是没脸见你，"商妍叹了一口气，说，"肯定觉得自己在你心里的形象全没了。"

谢伯豪也插话道："他不是在跟你赌气，是在跟他自己赌气。"

许唯继续吃饭，始终没说话。

她离开谢家之后就去找以前从盛风跳槽的同事，想拉拢这个同事合作。两个人约在咖啡厅见面，聊着聊着就忘了时间。

前同事问许唯结婚了没。

"没呢。"

"怎么会？"前同事完全不信。

许唯弯了弯嘴角："有什么不会的？我们有缘无分，没走到结婚那一步。"

结果刚回到家，她就收到了一个意想不到的快递。

西装革履的年轻男人站在门口，露出礼貌恭敬的微笑："您好，请问这里是谢砚宁先生的家吗？"

许唯困惑地问道："什么？"

"谢先生于三个多月前在我们这里定制了一对婚戒，制作完成后我们第一时间打电话给谢先生，但怎么都打不通，所以就按照他当时留的地址送过来了。您是他的……？"

许唯轻咳了一声，脸色不自然地说："女朋友。"

年轻男人松了一口气，笑道："那太好了。"

许唯皱起眉头："婚戒？"

"是，婚戒。这是谢先生当时留的信息，您核对一下。"年轻男人把礼盒交给许唯，然后让许唯在送达单上代为签字。

关上门之后，许唯看着礼盒发了半天的呆。

三个多月前，他们还在热恋期。

谢砚宁可能是在某天夜里，趁她睡着，偷偷地量了她手指的尺寸。三个月前，他们应该刚从日落岛回来没多久。那时他们的感情的确处在最浓、最深的阶段，两个人都暗暗地想往结婚的方向发展。

谁知道现在物是人非。

许唯本来有些好奇，想看看礼盒里的钻戒是什么样式的，可想了想，还是没有拆。她把礼盒放在桌上，怔怔地看了很久，然后就转身进了房间。

第二天一醒来，她化了一个全妆，拿夹板烫了头发，换上衣柜里最好看的一条裙子，把自己打扮得光彩夺目、袅娜多姿，然后开车去了百川集团。

谢伯豪已经正式辞去职务，谢砚宁经董事会选举，成为百川集团的董事长。

时隔大半年再次踏入百川大厦，许唯竟有种恍如隔世的感觉。去年十一月的时候，她还是盛风的金牌销售，追着百川的采购部经理推销医疗设备，一转眼，什么都变了。

"小姐，您有预约吗？"前台的女孩把许唯拦住。

"没有，你能帮我联系一下吴秘书吗？"

见女孩面色为难，旁边有些经验的接待人员用手肘顶了顶女孩，示意她不要随便打电话给董事长的秘书："不好意思啊小姐，您还是和对方预约好，我们这边有登记的。"

许唯耸了耸肩，翻出手机里之前存的小吴的电话，拨了过去。

没过几分钟，小吴就从电梯间里跑了出来，不仅态度殷勤，脸上还堆满笑容，那副谄媚的模样让两个接待人员都震惊了。

"不好意思，许小姐，我马上就去给您拿一个出入证。"小吴说。

许唯摆摆手，笑着说："不用。"

前台的接待人员互相交换了一下眼色，都捕捉到了八卦的气息。

小吴陪着许唯从谢砚宁的私人电梯上去，说："谢董在开会，应该还有二十分钟就结束了。"

"好，你不用告诉他，我在他办公室里等就好。"

许唯走进谢砚宁的办公室，把礼盒放下，然后打量了一下四周。小吴给许唯倒了杯茶，许唯让他先去忙。

门被关上，四下无人的办公室显得尤为安静。许唯踩着深灰色的薄绒地毯，走到谢砚宁的办公桌边，一低头就看到了桌上的相框，里面是她和谢砚宁在日落岛拍的合照。

照片里，两个人并排坐在海边的礁石上，身后就是橘色的落日和一望无际的大海，谢砚宁搂着许唯的腰，整个人都靠在许唯身上。

相框的旁边还有一个小日历，六月的三号和三十号都被红笔圈了起来，分别标着"恋爱一百天"和"小唯生日"。

今天已经是六月十九号了，也没见他主动找她庆祝恋爱一百天纪念日。许唯轻轻地嗤笑一声，心里的火气更甚了。

她推开里间休息室的门，单人床上的被子都没有叠整齐，枕头也歪着——这是谢砚宁的一贯作风，他睡觉时就爱抱东西。如果许唯嫌热推开他，他就抱被子或者靠枕，反正怀里总要有东西。

许唯在床边坐下，闻到了很熟悉的味道——谢砚宁身上那股淡淡的松木香。

她甚至能够回忆起她和谢砚宁相拥而眠的所有画面，只稍一回想就感到心酸。

帮谢砚宁收拾床的时候，许唯在枕头底下发现了自己送给他的那枚领带夹。

她还能感觉到爱意。

种种细节都表明谢砚宁和她一样，都在思念里煎熬。

只是许唯不想轻易地原谅他。他们之间的矛盾始终没有被解决，如果这次他们敷衍过去，虽然能重修旧好，但"年龄""幼稚""责任"这些词会永远横亘在她和谢砚宁之间，变成导火索，在之后的某天再次爆发。

她需要谢砚宁认识到，她爱的就是二十四岁的谢砚宁。她之所以义无反顾地交出自己，不是因为被感动、被疗愈，而是真的动了心。

谢砚宁在开第二次经理办公会，让几个部门的经理分别汇报了下半年的工作计划。

他听着听着，只觉得心神不宁，太阳穴隐隐地抽痛。

他昨晚没有睡好，今天又连轴转地开了三个会，此时已经身心俱疲。

因为各部门在一个项目的分工上扯皮，会议的气氛开始焦灼。谢砚宁制止了经理们的争执，让他们自己讨论，出结果后用书面报告的形式汇报给他。

他走出会议室后，小吴走过来说："谢董，许小姐来了。"

谢砚宁一时没反应过来。

小吴又说："许小姐在办公室等您。"

谢砚宁的脸上露出难以置信的神色，他抬腿就走，由于身高腿长，迈开步子快走时小吴连小跑都追不上。

小吴能感觉到谢砚宁此刻的激动心情。

这位新任董事长在昼夜不分的高强度工作和多方施压的环境下，仍能保持冷静；面对董事会里资深老臣的指责时，也能镇定自若地反击，对待所有事都杀伐果决。小吴一直觉得这个世界上没有任何事情能扰乱谢砚宁的心神。

所以，眼前这个一路冲到办公室门口却紧张到半天不敢转动门把手的人，真的是谢砚宁吗？

小吴觉得有种偶像"塌房"（网络流行语，指偶像在粉丝们心目中形象的坍塌）的感觉。

谢砚宁平复着急促的呼吸，还伸手整理了一下衣领，然后才走进去。

许唯正坐在沙发上看手机，听到声音后抬眼望去。

谢砚宁肉眼可见地成熟了。最初如闲云野鹤般自在的气质已经被沉稳冷静的气质替代，剪裁得体的西装在他的身上看起来非常挺括，他看起来更英俊了，却多了几分疏离感。

四目相对，两个人都在彼此的眼中读出了浓烈的眷念。

许唯先错开视线。

她站起来，指了一下茶几上的礼盒："这个东西，被送到我那边了。"

谢砚宁的眼神完全粘在了许唯身上，许唯话都讲完了，他还愣愣地看着她。直到许唯不耐烦了，用高跟鞋的鞋尖轻撞了一下茶几，突然的声响才让谢砚宁回神。

他关了门走过来，一开始只觉得礼盒上的品牌名眼熟，把礼盒拿起来才猛然意识到这是他定制的婚戒。

这是商妍推荐的品牌，他几个月前带着许唯的指圈尺寸去了店里，偷偷地订了一对婚戒。

"是……是我的。"

"我没别的事，就是觉得这个东西很贵重，所以给你送过来了。那你继续忙吧。"

见许唯拿起包就要走，谢砚宁脱口而出："我是要送给你的。"

许唯心尖微动，但脸上不露声色。

"所以呢？"她问。

谢砚宁不敢直视许唯，望向别处。

所以呢？你是想结婚，想继续爱，还是要我等你变得更成熟？

许唯想要谢砚宁给她一个明确的回答。

谢砚宁还没做好准备。

谢伯豪说得对，谢砚宁不是在跟她赌气，是在跟自己赌气。

他原以为自己无所不能，当惯了天之骄子，可有一天突然被人告知，他的顺风顺水建立在他父亲的健康上，建立在父母、爱人对他的悉心保护上，他的反应当然会强烈，甚至内心会崩溃。

所以他如此呕心沥血，想在最短的时间里做出成绩，证明给董事会的那群人看。

许唯明白，也心疼，但还是委屈。

"我走了。"她说。

可谢砚宁下意识地伸手拦住了她："小唯……"

许唯停下来，听见了谢砚宁低低的一声"对不起"。

他不再是被外界簇拥的年轻董事长，也不是百川的员工口中那个不苟言笑的冷面工作狂。这一刻他变回了谢砚宁，变回了许唯的"小狗"。

他好委屈，不知道的还以为是许唯把他抛弃了。

许唯冷冷地瞥了他一眼，推开他的胳膊，走了出去。

小吴正忙着安排明天的活动，电话打得快冒烟了。他正烦躁的时候，董事长办公室的门霍然被打开，许唯从里面走了出来。

小吴被吓了一跳。

许唯朝小吴笑了笑。他把出入证拿给她："许小姐，这是百川的出入证，您停车、上楼都可以直接走员工通道的。"

许唯回头看了看谢砚宁，然后对小吴温柔地说道："谢谢你呀，小吴，但我以后应该不会再来了。"

谢砚宁从办公室里走出来，听到许唯的话，脸色迅速变得落寞。

小吴非常有眼力见儿地说："万一您之后有工作上的事呢？您之前不也来过吗？"

"如果有工作上的交集，我直接找采购部的人就好，不用这个。"

小吴看看许唯，又看看谢砚宁，一时不知该怎么办。

许唯感觉她和谢砚宁之间有什么东西呼之欲出。谢砚宁灼热的目光落在她的后背上，几乎让她呼吸不畅，像以前一样。

许唯在感情里说不上主动还是被动，虽然拒绝和确认关系都是她提的，但始终还是被谢砚宁拽着往前走。

这次她决定换一下角色。

她回头看了眼谢砚宁，然后在谢砚宁开口前，转身对小吴说："小吴，你这里要整理一下。"

她指了指领口。

小吴的右边衣领被折了个边，翘起来，被领带夹着。

这本来不怎么明显的，但许唯故意提了出来。

小吴还以为自己衣冠不整，被吓得直接把领带扯歪了。

许唯明知道谢砚宁在看她，还是故意往前走了一步，然后伸手，把小吴折边的衣领扯了出来。

两个人保持着距离，许唯的指尖也仅仅碰到了他的衣领，但许唯的表情认真，一副贴心姐姐的模样。

小吴整个人都僵住了，眼睛瞪得溜圆，脖子直直地梗着，不敢躲也不敢动，被吓得差点儿给许唯跪下来。

许唯收回手，朝他笑了笑："好了。"

"谢……谢谢许小姐。"小吴惶惶不安地望向谢砚宁，然后被谢砚宁恐怖的凝视吓得瞬间腿软，嘴里"叽里咕噜"地说着："我……我……谢董，我……"

许唯看都没看谢砚宁，就径直往电梯的方向走。

谢砚宁跟着她走到电梯门口。

许唯想按下行键，却被谢砚宁挡住了。

"你刚刚是什么意思？"

许唯好像听不懂的样子，皱着眉问："我刚刚怎么了？"

"你为什么帮他整理衣服？"

许唯轻笑了一声："你现在是以什么样的身份来质问我？"

这话一下子戳到谢砚宁的痛处，他瞬间哑然，神色晦暗。

许唯这才觉得心里没那么堵了。

"小吴很可爱啊，应该刚大学毕业吧？年轻的弟弟就是让人很想照顾啊。"谢砚宁明显已经压不住火了，许唯还在故意刺激他。

她拂开谢砚宁的手，按下电梯键。没过几秒钟，电梯门倏然打开，许唯走了进去，转身后看着谢砚宁，不带任何感情地扯了扯嘴角。

"谢董再见。"她说。

其实戒指可以寄到谢家或者直接交给小吴，许唯今天亲自过来，就是为了报复谢砚宁。

他答应过她什么？——"我会一直爱你，说到做到。"

他明明给过她这样的承诺，让她走出阴霾，让她开始向往明天，向往婚姻，然后就这样莫名其妙地躲了她两个月？

她凭什么要忍受这两个月的冷暴力？她要等着谢砚宁想通，回来亲亲、抱抱她，撒撒娇，两个人就和好？她又不是没有谢砚宁就活不下去。

许唯在感情里的进和退都是深思熟虑之后的决定，一旦决定就义无反顾。她不想和谢砚宁分开，所以要去刺激他。

手机振动起来，是谢砚宁的电话，许唯直接挂断了。

她坐进车里，脱掉高跟鞋，轻松地哼着调子，换上平底鞋，然后一路开车来到苏桐家。

苏桐决定带着父母和女儿出去旅游，开着房车，从桐江出发，一路往南边开。

她最近正在收拾行李，许唯过去帮忙。

"怎么突然想着开房车出去？"

"哆咪想去，一在电视上看到房车的画面就'咿咿呀呀'的，"苏桐把叠好的衣服放进真空袋里，然后说，"自从生了她到现在，我没有完全放松过，一直活在忙忙碌碌的高压状态里，也想趁这个机会，让我的身心都自由一回。"

"路上千万要小心。"

苏桐笑着点头："放心。对了，你和谢砚宁现在怎么样？他还是没找你？"

"我去找他了，就在刚刚。"

"什么？"苏桐震惊地放下手里的衣服，"你竟然主动找他？主动求和？"

"怎么可能？我是去刺激他的。"

许唯凑过去，小声地说了她如何当着谢砚宁的面给谢砚宁的小秘书整理衣领，然后把谢砚宁气得脸都绿了。

苏桐捧腹大笑。

两个人坐在一起聊了很久。苏桐倒了两杯酒，说许唯的状态好了很多，像是已经不再被原生家庭和身世所困扰。

"还纠缠着过去有什么意思呢？那样什么都改变不了。"

"你终于想明白了，"苏桐笑了笑，又问许唯，"小唯，你的人生追求是什么？"

"我很俗的。"许唯掰了掰手指，然后说，"人生何所求？爱人、财富和自由。"

"那就差谢砚宁了。"

许唯笑着和苏桐碰杯："是啊，就差谢砚宁了。"

刚把酒杯放回桌上，许唯就又接到了谢砚宁的电话。她微醺地拿出手机看了看，然后挂断。

苏桐问她："不接？"

"不接，他的嘴太甜了，我很容易上当。"

苏桐笑了笑。

许唯把手机关机，搂着哆咪睡了一觉，再醒来时已经是晚上了。她帮着苏桐把最后一点儿行李搬上房车，然后就回了家。

她把手机开机后才发现商妍给她打了电话，连忙回拨，原来是商妍邀请她明天中午去吃饭，说朋友送来很多新鲜的食材。

许唯隐隐有种预感，于是答应下来。

果然，第二天她一走进谢家就和谢砚宁碰了面。

"小唯，我们可以单独聊聊吗？"谢砚宁换了一身休闲的衣服，看上去和以前没有差别。

他话音刚落，商妍就在后面喊许唯："小唯，快来帮我看看这件裙子！"

显然这母子俩没有打好配合。

许唯朝谢砚宁笑了笑："不好意思，我没有单独的时间。"

说完她就收起笑容，略过谢砚宁走了进去。

她上楼走进了商妍的衣帽间，商妍拉着她，歉疚地问："你不会怪阿姨吧？他昨天慌慌张张地跑回来，拽着我让我给你打电话，说一定要把你喊过来。"商妍越说声音越小。

许唯早就猜到了，摇摇头："不会。"

她帮商妍戴好项链后，商妍握着她的手说："阿姨真的很想看到你们结婚。"

许唯心想：她又何尝不想呢？

其实她和谢砚宁都在闹别扭，都舍不得拉下脸面，给对方台阶下。苏桐常说，谢砚宁出现后许唯的脾气越来越硬了。许唯原本还没感觉，现在想来这真是实话。

以前叶惠婷和许致军那样欺负她，她都狠不下心；现在谢砚宁也没犯什么大错，她却死活不肯原谅他。她可能真的是恃宠而骄了。

她强撑了太久，总是委屈自己，只有在谢砚宁面前才能抬着下巴说"不"。

她不想做姐姐了，想任性一回。

商妍和许唯走出衣帽间，站在扶手边上，一起看着楼下的谢砚宁在厨房里做饭。

"他非要自己做。我说他做得不好吃，直接告诉保姆要哪几个菜，让保姆做。他非不干，说他最知道你的口味。"

许唯浅笑："是吗？"

虽然从楼上看着，谢砚宁好像在有条不紊地进行着，但许唯能看出他的手忙脚乱。在眼看着他连放了四勺老抽后，许唯实在忍不住了，下楼直接夺过谢砚宁手里的老抽。

"加水。"许唯命令道。

谢砚宁怔了怔，然后迅速反应过来，往锅里加了点儿水。

然后他就在许唯的监督下，又做了一道菜，虽然卖相惨不忍睹，但好在油盐酱醋没有出差错。

"盐最后放。"许唯叮嘱他，然后就准备回楼上。

可谢砚宁握住了她的手腕，用她最熟悉的撒娇语气说："我错了。我知道错了。"

许唯还是高估了自己，谢砚宁的声音一出，她的眼眶就开始发热。

如果他再喊一声"小唯"，许唯的心防大概就要失守了。

自己真是一点儿出息都没有。

她挣脱不开，只好强作镇定地冷笑一声："你没有错啊。你有什么错？你不过是想证明自己。"

谢砚宁自责地说道："我不该躲着你。"

许唯甩开谢砚宁的手："我应该谢谢你这两个月躲着我，不然还不知道我们之间的关系竟然这么脆弱。"

许唯在所有人面前都没有表露出半点儿伤心，可一见到谢砚宁，她的伪装就全然失效。

其实她这两个月过得很不好，失眠心悸，噩梦频频，时常在半夜惊醒，想念谢砚宁到了心痛的程度。但即使她知道谢砚宁可能和她一样，靠着回忆艰难度日，这仍不能抵消她的委屈。

"我不接受你的道歉。"许唯说。

在饭桌上，许唯和谢砚宁都很沉默，幸好有商妍活跃气氛。她讲着前几天和许唯一起逛街时发生的趣事，说导购小姐把她们认成母女，还说她们在路上遇到了许唯的一个朋友，长得挺帅。

许唯一开始还有些茫然，仔细地回想了一下，才想起来商妍说的是费闻远——那天他在商场里帮杨卉买礼物。

谢伯豪又问起谢砚宁在集团里的工作。

一顿饭就这么吃完了。

结束后，许唯刚从卫生间出来，就看到谢砚宁脸色阴郁地站在她面前，沉声问她："什么朋友？"

许唯淡定自若地洗手，然后对着镜子理了理耳侧的头发，随口说道："男朋友。"

话音刚落，许唯感觉身边的温度都陡降了十摄氏度。

谢砚宁颤声问："你说什么？"

许唯想了想，又说："有发展可能的预备男朋友。"

她信口胡诌，说完自己都心虚。

谢砚宁直接把她拉进了自己的房间里，把许唯压在墙上，呼吸声重到许唯有些怕。谢砚宁狠声道："你再说一遍！"

"不可以吗？这两个月你东奔西跑，今天和这个女记者亲切地合影，明天宣布那个女演员当代言人，我为什么不能？"

"那是为了工作，我什么时候和她们接触过？你难道不知道我对你的心意吗？我怎么可能……"

"我不知道。抱歉，我不知道。"

谢砚宁怔住了。

"那天你生气，我可以理解。一个星期不肯见我，我也能理解。我一点儿都不会生气。可是你躲我躲了整整两个月，我就不太能理解了。谢董事长，你的自尊心这么重要吗？"

谢砚宁红了眼："我不知道该怎么面对你。"

"那你现在知道了？"

"我错了，再也不会做这样的蠢事了。"

"我说过好多遍了，真的好多遍了。我从来不觉得你幼稚，甚至不想让你变得成熟，你为什么总要在这件事情上翻来覆去地和我闹呢？"

谢砚宁的神色黯然，他此刻只想紧紧地抱住许唯。

"所以我不想再折腾了。"

谢砚宁僵住。

"或许我确实应该找一个比我大几岁的成熟稳重的男人，至少他不会在这种小事上和我冷战两个月。"

"小唯，不要。"谢砚宁的眼眶全红了，他仓皇失措地抓住许唯的手，又慌乱地把她抱进怀里，俯身吻她。

被他厮磨着唇，许唯的心都在颤抖，她还要装作没反应。

谢砚宁很容易就上当了。

他怔然地望着许唯的眼睛，发现那里平静如水。

"你真的喜欢上别人了？"

他吐出来的每个字都在颤抖，可怜得许唯差一点儿就要伸手把他揽进怀里。

谁能想到谢砚宁在她面前是这副模样呢？谢伯豪和商妍大概都未曾见过。

"你回答我。"谢砚宁逼问她。

许唯没有正面回答，只说："冷战两个月不就相当于分手吗？"

谢砚宁颓然地松开许唯。

许唯也开始后悔。她本不想这样的，怎么话赶话地就闹成了这幅光景？

她下意识地去抓谢砚宁的手，手却在半空停住。她在心里叹了一口气。

谢砚宁大概是真的受伤了，房间里很久都没有半点儿声音。

就在许唯以为她酿成大错，她和谢砚宁之间的关系彻底结束的时候，听见谢砚宁轻声说："我不想退出。"

"什么？"

"我不想退出，就算你喜欢上了别人。"谢砚宁握住许唯的手，俯身把脸埋在许唯的肩膀上，说，"别不要我。"

许唯没想到谢砚宁会这样说。

她愣了片刻，一时不知该如何应对，只能先推开谢砚宁。

谢砚宁可怜得像只被人遗弃的小狗，许唯于心不忍，刚想解释又及时止住。

她心疼谢砚宁，那谁来心疼她这两个月是怎么过的？

"那个人是谁？是林从南吗？"

许唯不承认也不否认。

"你真的不要我了吗？"谢砚宁又问了一遍。

许唯甚至没有勇气抬头看谢砚宁。她整理了一下被谢砚宁蹭乱的领口，然后板着脸，离开了谢砚宁的房间。

商妍邀她一起去逛街，许唯也婉言拒绝了。她回到家，沉沉地睡了一觉。

莫名其妙地，事情就变成了这样，但她没有太后悔，就把它当成一次考验——她和谢砚宁的感情究竟是否坚固、两个人是否适合、三岁的年龄差到底会不会成为阻碍、他们之后还会不会因为这个话题再次出现矛盾裂痕，都由这次考验决定。

她正想着，电话响了，是叶敏之打来的。

叶敏之从盛风辞职后，又被许唯招了过去。她问许唯接下来有什么计划。

许唯陡然清醒，下床换衣服。

谢砚宁的事被暂时搁置在一边，因为她要开始正式筹备她的销售团队了。

因为有一个工程已经结算，另一个工程公司给她汇了预付款，所以许唯现在手头上很宽裕。

组建团队的念头一出现，就立即占据了许唯的全部想法。她先去公寓附近的写字楼逛了逛，想租一间小办公室，容纳四五个人就够了。可是她跑了一下午都没找到合适的，看到的办公室不是采光不好就是租金太高。

叶敏之也跟着她跑了两天，最后她们敲定了康华路 165 号写字楼的 17 层。这里采光不错，而且她站在茶色的落地窗前，能看到远处的百川大厦。

许唯站在空荡荡的办公室的门口，叶敏之拍拍她的肩膀："是不是很感慨？其实你在盛风的时候，我就有种预感，你会出来单干。"

许唯笑了笑。

"不过当初要不是严董他老婆过来闹，你大概率还要迟几年才走人。"

"嗯，那也算是一个契机，正好改变了我的人生轨迹。"

"契机？应该不只是严董他老婆吧？"叶敏之打量了许唯一遍，八卦地问，"你是不是谈恋爱了？"

许唯挑眉："不是。"

"就是！你绝对谈恋爱了。"

许唯看了一眼自己今天的穿着，一身黑色的西装套装，看起来就很强势，可叶敏之说她的眼里映着桃花。

她猛然想起了半年前第一次赴谢砚宁的约，在电梯里遇到当时的同事姜于晴。那天她穿着极温柔的卡其色大衣，但姜于晴问她："穿得这么干练，去哪家公司谈合作？"

对比强烈，她想想，觉得好笑。

许唯请来两个保洁打扫卫生，又拖着叶敏之一起去购置了办公桌椅和电器。

许唯买东西很会砍价，充分发挥了自己作为销售的口才优势，一顿输出，天花乱坠，最后一套九百多元的胡桃木办公桌椅硬是被她砍到六百六十元。

她还不忘给老板画饼，说过阵子办公室扩建，之后她会再来买。

老板笑嘻嘻的，以为自己占了大便宜。

叶敏之在旁边看得叹为观止，然后偷偷朝她竖大拇指："不愧是金牌销售。"

许唯朝她挑眉，然后付了款，填了公司的地址。填写公司名字的时候她顿了顿，对叶敏之说："这种感觉还挺新鲜的。"

叶敏之朝她笑。

老板说东西明天就能送到。

许唯的行动力和执行力都非常强，原本叶敏之听她说要建立一个小团队，心里还犯嘀咕，觉得没个半年办不起来，结果许唯一个人跑了几趟政务大厅，各项手续都准备齐全，半个月的时间就把所有事情都办妥了，还不知道从哪里招来一个包揽法务和财务的硕士生。

小办公室的门牌灯一亮，初具规模的三个人小公司就这么被办起来了。

办公室虽小，但现在也算一应俱全。

再等办公室通通风、散散甲醛，下周许唯和叶敏之就能在这里正式开展工作。

叶敏之去接孩子放学了，留许唯一个人看着铺地毯的工人发呆。她心里想着其他事，本想走到茶水间倒杯茶，可脚下一绊，差点儿摔倒，幸好被人及时扶住了。

许唯条件反射地挣扎，可下一秒就感觉出来对方是谢砚宁。

她回过头，谢砚宁就抱住了她。

他很少这样用力地抱她，像是思念到了极点，即将喷涌而出。

许唯费力地挣开他。

谢砚宁穿着剪裁精细的衬衣和西裤，看起来应该刚从某个会场出来。他憔悴了很多，眼睛里也没有光彩。

写字楼里一层有很多家公司，下班时间又人来人往的，谢砚宁这样相貌和身材都很出众的人，光是站在许唯旁边就已经很引人注意了。再加上最近他是桐江新闻的常客，许唯随意一瞥，就看到有人拉着同事，在拐角处偷偷地往谢砚宁的方向看。

许唯连忙把他拉到茶水间里。

她看着谢砚宁的脸色："你多久没休息了？"

"你不在，我睡不好。"谢砚宁往前走了一步，靠近许唯，低着头，眼巴巴地问，"小唯，我能和你一起吃晚饭吗？"

许唯最熟悉谢砚宁这套撒娇的手段，抱着胳膊，审视地说道："你是怎么找到这里的？"

谢砚宁很心虚，半天不吭声，手还偷偷摸摸地往许唯的腰上放。许唯拂开他，一不做二不休地说："我今晚有约了。"

谢砚宁的脸色迅速阴沉下来。

"和林从南？"

"是啊。"许唯绕开谢砚宁，准备离开。

结果谢砚宁在她身后沉声问道："你们在哪里吃？我送你过去。"

许唯脚步停住。

"我送你过去。"

谢砚宁的声音听上去不容置喙，他像是久居高位的决策者，几个字就让人感觉到压力，饶是许唯都有些愣怔。

她若是不答应他，这个谎话可能轻易就会被戳穿。没办法，她只能给林从南发了求救消息：林总，帮我演场戏。

幸好林从南不忙，秒懂后回了一个"好"。

许唯松了一口气，镇定地收回手机。

工人把地毯铺好，让许唯检查。许唯把边边角角都看了一遍，然后说"没问题"。工人离开后，许唯想了想，以防夜里下雨，便把窗户关上了。

谢砚宁的双手插在西裤口袋里，他仔细地看墙上挂着的营业执照。

许唯关灯前，谢砚宁转身环顾了一下许唯的小公司。许唯难免有些局促，迅速关了灯，然后把谢砚宁轰出去，不耐烦地说："我的小作坊当然不能和百川比了。"

"你一个人能把公司办起来，已经很厉害了。"

许唯关了门才想起来门上没装密码锁。

她把这件事记在了手机备忘录里。

进电梯之后谢砚宁又说："这几个月，每次撑不下去的时候，我就想着你，想你吃过的苦、受过的累，就觉得我现在面对的事情也不算什么了。"

许唯的视线模糊了片刻。

谢砚宁最知道怎么抓住她的软肋。

可她这段时间是怎么过的呢？她只能靠回忆度过漫漫长夜，在辗转反侧的时候还要靠他说过的情话和给过的承诺来自我催眠。

想到这里，许唯的心再次坚定起来，她毫不犹豫地走出了电梯。

谢砚宁快步跟在她身后，然后看她坐上了自己的车。

林从南很配合，时间也掐得很准。谢砚宁的车刚停下来，林从南正好下车，悠闲地走过来，朝车里的许唯笑了笑，丝毫没管一旁脸色铁青的谢砚宁。

气氛很压抑，许唯其实也不想面对这种场面。

她甚至觉得有些荒唐。她这样一个原本心如死灰的人，若是在早几年，怎么都想不到，有一天自己也会和另一半玩这种幼稚的拉扯游戏。人在感情里智商都会降低，谁都不能免俗。

她在心里叹了一口气，然后准备推门下车，可手腕被谢砚宁握住了。

"放开。"许唯斥道。

谢砚宁握得很紧，许唯用力也挣不开。

"谢砚宁！"

两个人僵持不下时，林从南走过来敲了敲车窗。许唯对谢砚宁说："放开我，你没有干涉我的社交的权力。"

最后谢砚宁还是松开了许唯的手。

许唯下了车，谢砚宁就猛踩油门，加速开走了。

林从南颠了颠手里的车钥匙，笑道："还吃吗？"

许唯收拾好情绪，勉强露出笑容："吃啊，我请客。"

"当然是你请客。"林从南坐下来之后点了一桌子菜，起码是五个人的量。

"你吃得下吗？"许唯喝了一口大麦茶，然后环顾四周，随时检查谢砚宁有没有杀个回马枪。

"你把我当活靶子，我还不能把你吃破产？谁知道谢砚宁会不会一吃醋，然后在行业内封杀我？"

许唯笑了笑："真小气，上个月我没把旭峰建设的老板介绍给你？"

"你那是还我之前的人情。"林从南合上菜单，对许唯说，"我跟你学的，一码归一码。"

"那看来我还得还你这次的人情。林总要我帮你引荐哪位？"

"不用，没这么麻烦，你和我谈恋爱就行。"

许唯的手一顿，她不动声色地说道："那谢砚宁可能真的会在行业里封杀你了。"

林从南笑出声来。

许唯并不上当，淡定地说道："你要是对我还有兴趣，就不会答应过来吃这顿饭。"

"怎么说？"

"因为你了解我，我也了解你啊。"许唯喝了一口茶，莞尔地回答道，"对你来说，目前应该还不想分出太多精力给感情生活。"

"是啊，毕竟我没谢砚宁那么好的命，一出生就是上市公司的继承人。我跟他争？没好处啊。"

许唯弯了弯嘴角。

"对了，这几个月我不管去哪里都能听见有人在讨论谢砚宁。他怎么变化这么大？之前见他，我还觉得他就是个享受生活的小少爷。"

"有工作能力和享受生活有什么矛盾吗？他一直就很优秀啊。"

"这就护上了？"

许唯笑着说："我一直很护着他。"

"那你现在赌什么气？还要我陪你演戏？"

"因为……我想要和他更好地走下去。"

林从南沉默了片刻，拿杯子撞了撞许唯的杯子："祝你事业顺利，公司叫什么名字？"

"新唯。"

林从南笑了笑："那以后就要靠许总多帮衬了。"

许唯其实没什么食欲，满脑子都是谢砚宁。

谢砚宁真的瘦了，而且看上去就很累，半点儿神采都没有。她多点了一份砂锅粥和虾仁蒸饺，打包带走。

林从南也看出来许唯心不在焉，吃完问许唯："我送你？"

许唯说"不用"，林从南也不多纠缠，转身离开了。

许唯打电话给商妍，商妍说谢砚宁没回家。于是许唯又去了谢砚宁的一套不常住的房子，里面漆黑一片，显然谢砚宁没有回来这里。

她又打电话给小吴，小吴说谢董早就离开公司了。

许唯思考了一下，又去了谢砚宁朋友的餐厅，对方说谢砚宁没来过。

哪儿都找不到谢砚宁，她又不想给谢砚宁打电话，坐在车里想了很久，突然福至心灵，想到了一个地方。

那里被小吴否定过，但许唯觉得谢砚宁一定在那里——谢砚宁办公室的休息间。

她一路开车去了百川。这次前台的接待人员看到她，半点儿都没有拦她，反而格外殷勤地陪着她走到私人电梯旁，帮她按好顶层的电梯键。

许唯礼貌地笑了笑："谢谢。"

她折腾了一大趟，砂锅粥和蒸饺都快凉了。

许唯轻车熟路地走到了谢砚宁的办公室门口。小吴已经下班了，许唯直接转动把手，走了进去。

办公室的灯是关着的，许唯摸到控制面板，开了灯，果然看见休息室的门被虚掩着。

她的心终于落地。

她走过去，轻轻地推开休息间的门。谢砚宁连衬衣和西裤都没脱下来，被子也没盖，蜷缩在单人床上靠墙的一边，睡得很不安稳。

桌上散落着报表和文件夹，还有各部门交上来的半年度总结报告。

许唯走近了才看到谢砚宁眼下的乌青，他可能很多天都没有睡好觉了。

许唯这才意识到自己有多爱谢砚宁。她只不过骗了他，让他难过几天，可现在看到他这副模样，自己的心又疼得厉害。

她走出休息室，好不容易找到了茶水间的厨房，把砂锅粥和蒸饺加热一下，又拿着谢砚宁的杯子，倒了杯热茶，然后重新回到休息室里。

谢砚宁还没醒，眉头紧蹙，好像在梦里很不安。

许唯坐在床边，展开被子盖在谢砚宁身上，然后又轻轻地摸着谢砚宁的头，安抚着他。

她的手从谢砚宁的发顶慢慢往下，摸到谢砚宁的脸颊，又用指腹揉了揉谢砚宁的眉心，轻声说："现在又这副可怜样子，早干吗去了？"

谢砚宁明显放松了很多。

"你以为我就好过吗？我本来就失眠，被你抱着睡了那么久才治好这个毛病，你现在让我旧病复发了，知不知道？

"我早就说过，你如果爱我，就要一直爱我。这种被抛弃的痛苦，我没有办法再承受一次。你难道忘了吗？

"我就不该相信你的花言巧语。"

许唯无奈地捏了一下谢砚宁的鼻梁，然后抬高了音量，唤道："谢砚宁，谢砚宁？"

谢砚宁迷迷糊糊地睁开眼，看到许唯后还以为是幻觉，立即伸手抱住许唯的腰，整张脸都埋在许唯的身上，像抱住了丢失很久的玩具。

他的呼吸声很重，许唯感觉到他的胸膛在颤抖。

"小唯。"

许唯动弹不得，只好说："起来吃晚饭。"

谢砚宁僵了十几秒才反应过来这不是他的幻觉，迟疑地松开手，抬头看许唯："你怎么来了？"

"商阿姨说联系不上你，怕你出事，就托我过来看看你。"许唯又扯了个谎，起身拿着粥和蒸饺，回到床边，"吃点儿东西吧。"

谢砚宁听了许唯的话很失望，闷闷地问："你的约会结束了？"

许唯轻笑："嗯。"

谢砚宁的眼神幽怨到不行。

许唯提醒他："一次性筷子就这么一双，你要是把它折断了，就只能用手抓蒸饺吃了。"

谢砚宁这才停止向一次性筷子泄愤。

"粥是你做的吗？"

"不是，我在外面买的。"

谢砚宁瞬间没了胃口，可又不想惹许唯生气，只好闷闷不乐地把东西往嘴里塞。

许唯随手拿了一份半年度总结报告，一边看一边打发时间。

谢砚宁的工作内容比她想的复杂很多，虽然他是最高决策者，但光是查看各部门层层交上来的材料和报告就已经很耗费心神了。

她很难想象谢砚宁这几个月是怎么顶住压力独挑大梁，还做得这样好的。

谢砚宁瘦了很多，许唯刚刚只是摸了摸他的肩膀就能感觉出来。

谢砚宁吃了半碗就不吃了，把东西放到旁边，安安静静地看着许唯。许唯察觉到他的目光，问他："吃饱了？"

"没。"

"为什么？"

"我想吃你做的。"

"分手之后还能给前任送一份外卖，我觉得我已经仁至义尽了。"

"我们没分手。"谢砚宁说。

许唯懒得和他斗嘴。

许唯正准备把文件放回桌上，谢砚宁以为她要走，连忙把她抓进怀里，翻了个身压住她。

许唯也没反应过来，愣住了。谢砚宁都把她的手腕按在床上了，她才想起来挣扎。

谢砚宁的吻倏然落下。

他知道许唯喜欢什么样的肢体接触，知道许唯喜欢什么样的接吻方式。许唯逐渐沦陷，谢砚宁轻轻地咬了一下许唯的唇。

"你不会喜欢上他的。"他说。

许唯的思绪逐渐回笼，她听清了谢砚宁的话，失笑地问道："为什么？"

"因为你之前说过，只要我爱你，你就会一直爱我。"

两个人显然同时想起了过往的那些温存的画面。谢砚宁说过太多情话，而许唯说过的算得上情话的，只有这一句。

那是许唯能给出的唯一承诺，也是交心的前提。天知道她鼓足了多大的勇气，克服了多少心理障碍才说出那句话。

那天谢砚宁带着许唯去民政局解除她和养父母的领养关系，许唯还以为谢砚宁真的是这个世界上最懂她的人。

"可是我如果感觉不到你的爱意，就会把我的爱收回。"

谢砚宁的睫毛颤了颤。

"我的时间也很宝贵，我等不起。"许唯冷声说道。

谢砚宁问："你还是不肯原谅我吗？"

许唯没有回答。

谢砚宁颓然地躺在许唯的身上，握住许唯的手，想与她十指相扣。许唯没有顺从他，几次被握住又几次甩开。

谢砚宁像小狗一样蹭着许唯的肩窝，哀求道："小唯，你陪陪我，好不好？我真的快撑不下去了。"

第十章
天生一对

谢砚宁想，他这辈子都离不开许唯了。

许唯可能是太累了，也可能是因为熟悉的味道而感到安心，本来还想推开谢砚宁，可被他抱着抱着，困意就袭来了。

最后也分不清是谁依偎着谁了。

再醒来时换成她蜷缩在谢砚宁的怀里，谢砚宁搂着她，睡得很沉。

许唯勉强从口袋里摸出手机，竟然凌晨三点了。

两个人都太久没睡个好觉了。许唯隐约记得她送粥到百川时才八点不到，他们俩竟然在这样剑拔弩张的气氛里相拥而眠，睡了七个多小时。

许唯放空了几分钟，想了想，还是决定起床。否则明早一睁眼，谢砚宁抱着她可怜兮兮地撒撒娇，她又要心软了。

其实她也不知道她究竟要谢砚宁如何道歉或者如何弥补关系。仔细地想了想，她觉得自己还需要一点儿时间，因为谢砚宁实在太扰乱她的心神。

明明谢砚宁没出现的时候，她能心无旁骛地筹备公司，招募人手，做得非常顺利；可谢砚宁一出现，她就频频走神，担心他瘦了，担心他

· 357 ·

不吃晚饭，担心这个，担心那个。

恋爱大概是种病，无人能幸免。

她轻轻地拿开谢砚宁的胳膊，然后蹑手蹑脚地下了床。昏暗中，谢砚宁的脸庞看起来英俊又惹人爱，许唯叹了一口气，帮谢砚宁盖好被子之后就离开了百川大厦。

回到公寓，她卸了妆，洗了澡，在公寓的床上抱着松子又躺了几个小时，然后就起床去了公司。

路上她经过严朝雨的品牌店，看到二楼的外墙上挂着巨幅海报，内容是严朝雨的设计作品将受邀参加时装周。

许唯微征，一时有些恍惚。

苏桐带着孩子开房车去旅行；严朝雨躲开了母亲指定的豪门婚姻，创立了自己的设计品牌，现在也做出了成绩。而她呢？也在经历了一番动荡后，在二十八岁这一年，开启了新的人生。

许唯认真地看了一眼那张海报，海报上的模特穿着红蓝相间的拖尾长裙，色彩的饱和度极高。海报耀眼无比，衬得初夏的阳光都暗淡了。

她无端又想起了谢砚宁。

抱在一起睡觉是真的很舒服，许唯忽然想原谅他了。

抛开这个幼稚的想法，许唯失笑，稍微提速，经过了红绿灯。

叶敏之比许唯来得早一些，说送孩子上学之后就赶过来了。她还搬来很多盆绿植放在办公室的角落，摆弄完之后拍拍手："好了，现在看着温馨多了。"

"确实。"

许唯把 U 盘插进笔记本，连接好打印机后，把整理好的客户资料交给叶敏之，笑着说："这可是最重要的商业机密。"

叶敏之立马站直，虔诚地接过材料："我一定好好保存，争取早日让这份名单的厚度增加一倍。"

许唯招进来的硕士生也是个女孩子，叫宣濛，是林从南介绍给她的。他说宣濛是他朋友的侄女，能力不错。

许唯给她安排了靠窗的工位，然后把自己之前粗略记录的账目发给她，让她整理存档。许唯虽然只比她大几岁，但在工作中雷厉风行，气场非常有压迫感，小姑娘被吓得连连点头。

许唯笑着说："别紧张，这儿就我们三个人，我也不是你的领导，咱们是合作关系。"

宣濛揪了揪自己的袖摆，拘谨地点头。

许唯拍了拍她的肩膀："你做好自己分内的工作就行，按时上下班，其他没什么要求。"

"谢谢唯姐。"小姑娘乖乖地说道。

许唯把前期工作安顿好之后，和叶敏之打了声招呼，就去找之前联系过的项目经理了。叶敏之看着她离开，然后起身倒茶。

宣濛看着许唯之前自己统计的账目，不禁感慨道："唯姐一年就拿下这么多单子啊？这比我之前待过的那个分公司的单子都要多。"

"这不算多，她在盛风的时候才叫可怕。"

"她怎么拿到这么多单子啊？"

叶敏之回到工位上："拼命呗，一天三趟地往人家的公司跑，追着人家介绍新产品，周六周日也不放过。我们当时那个老板也不是什么好人，隔三岔五地带着女销售去参加饭局。我们都受不了那个环境，一群男的油腻腻地望着你……"

宣濛听得直撇嘴，五官都皱了起来。

"最后只有许唯坚持下来了，没两年就成了金牌销售。"

宣濛的神色复杂，叶敏之意识到她可能误会了，连忙说："你别想歪了，她不是靠那种关系。她在酒局上特别豪爽，说一口闷就一口闷，再加上说话伶俐，办事又利索，那些老板都愿意和她合作，不是你想象的那样。"

宣濛点了点头，若有所思，忽然又说："叶姐，我今天在电梯里听见人说，昨天下班后有个帅哥在门口抱唯姐来着。"

"真的假的？"叶敏之也一脸惊讶的表情。

"真的呀，我亲耳听见的，说是个个子特别高的帅哥，一上来就把唯姐抱住了。"宣濛比画了一个熊抱的姿势。

"我记得当时在盛风，有人说她被哪个少爷追求来着……但我刚进公司的时候做了一年半她的组长，后来就一直在分公司，对她的事知道得不算多。你等她回来可以问问她。"

宣濛八卦地眨了眨眼。

坐回到工位的时候，宣濛突然发现从自己的工位往后看，可以看到百川大厦。

百川大厦的设计者是国际知名建筑设计师，寓意着"海纳百川"的大楼本身也是桐江市的标志性建筑。宣濛刚毕业时曾向百川集团投过简历，但最终没有被采用——她一直还挺向往去百川集团工作的。

当然这里也很好，宣濛结束忙里偷闲，把许唯发给她的表格都下载下来，按财务报表的标准格式进一步整理。

许唯跑了一上午，回来之后口干舌燥，刚灌了半瓶水，叶敏之和宣濛就飘了过来，贼兮兮地问："听说昨天有个帅哥站在我们公司的门口。"

许唯猛地被呛住，背过身咳嗽了几声。

"看来真的有情况啊！"

"有什么情况？"许唯摆摆手，轰走她们，"你给殷总助理打电话了吗？你报表都做好了吗？"

叶敏之和宣濛瞬间没了八卦的心思，像霜打的茄子一样坐回位子上。叶敏之刚摸了一下鼠标，座机电话就响了起来。

叶敏之和许唯同时愣住。

按理说，她们今天才正式开始工作，连电话线都是几天前才通的，怎么会有人打电话过来？

"接吧。"许唯催她。

叶敏之连忙拿起来，听了没几句之后，眼睛逐渐瞪大，受宠若惊地"嗯"了几声，又在纸上写了一串数字，才缓缓地放下电话。

"有家建筑公司主动找我们合作。"叶敏之震惊地望向许唯。

许唯顿生疑惑，又隐隐地猜到了什么。

叶敏之加了对方负责人的联系方式，许唯让她少安毋躁，先上网查查这家建筑公司的投资方。叶敏之打开浏览器查了一下，发现百川集团参股40%。

事情果然是这样的。

许唯用指尖有一搭没一搭地敲打着叶敏之的办公桌桌面。

叶敏之感慨道："你的关系好广啊。"

许唯无法辩驳，只好干巴巴地笑了两声，然后转身给谢砚宁发消息。

许唯：不许插手我的工作。

谢砚宁无辜地回复：我没有。

许唯：你再装？

谢砚宁：我真的没有。

许唯翻了个白眼。

谢砚宁：小唯，我胃疼，你来看看我好不好？

许唯：疼着吧。

许唯愤懑地关了手机，等情绪平复之后又觉得自己对谢砚宁太严苛了。

她刚刚开始创业，谢砚宁若是不闻不问反倒不合常理。她开始宽慰自己，男朋友也算人脉的一部分，自己作为销售，有客源也要有货源，能不能和双方都达成长期合作最终还是看她的本事。

许唯让叶敏之去建筑公司和负责人沟通，然后自己坐回位子上，继续细化产品报告。

她还是最后一个下班的。

天完全黑了，她才把产品报告写完，转过身看远处的百川大厦，发行大厦顶楼的灯还亮着。

谢砚宁也还在忙。

他们就像两颗星星，远远地陪伴着彼此，相互吸引又保持距离。

许唯正想着他，他的电话就打了过来。

"小唯，你下班了吗？"

"嗯。"

"你下班之后要做什么？和林从南在一起吗？"

许唯一边收拾包一边说："我难道就不能有其他的娱乐方式吗？我就不能去健身房跑跑步或者去哪里逛逛街？我就非要和男人在一起？"

"小狗"已经被训得没脾气了，声音听起来很委屈："我不是这个意思。"

"你下班了吗？"

"还没，我还要再加一会儿班。"

许唯停住。她还以为谢砚宁刚工作完，准备来找她。

"总裁也要加班吗？"

谢砚宁笑了笑："要的。"

"胃疼好点儿了吗？"许唯终究还是没忍住，问了出来。

"我没有胃疼，骗你的。"

"哦。"

谢砚宁很久没有开口，许唯耐心地等着。

她关了空调和灯，然后锁门离开。等电梯的时候，她说："我还有一分钟的时间就要进电梯了，有话就快点儿说。"

谢砚宁还是沉默，然后淡淡地笑了笑："没什么，那你路上小心。"

许唯微怔，然后挂断了电话。

她分不清谢砚宁的胃疼究竟是故意扮可怜还是确有其事，想了想后，还是去超市买了点儿猴头菇和一些养胃的食材。

商妍现在成了最焦虑的人。用谢伯豪的话说，她就是皇帝不急太监急。

眼看着谢砚宁和许唯两个人越闹越僵，许唯也不来家里吃饭了，约她逛街她也总说忙，商妍成天唉声叹气，动不动就说："小唯肯定是想和砚宁分手了。"

"她刚开了公司，肯定忙啊。"谢伯豪接话。

"那他们俩怎么办？"商妍捶了两下被子。

"他们要是这点儿小坎都跨不过去，将来怎么过一辈子？"

"你有没有让底下的建筑公司去找小唯合作？"

"我吩咐了，"谢伯豪摘下眼镜，帮商妍盖好被子，"其实根本不用，凭小唯的本事，她根本不需要我们这种帮助。"

"一个女孩子，自己掏钱开公司、跑销售，每天接触那么多人，哪里就容易呢？"

"所以她第一次来家里的时候我就说他们俩很合适，小唯身上有值得砚宁学习的地方，砚宁身上又有她需要的东西，两个人很般配，不会被这点儿小冷战打倒的。"

"两个月还叫小冷战啊？"商妍扭开谢伯豪的手，气鼓鼓地说，"你怎么生出这样的儿子？"

谢伯豪从不和商妍置气，笑着说："你还赖到我身上了。他不是你惯的？"

"我没有。"商妍想了想还是拿起手机，给许唯打了电话，"不行，我还是要帮他们俩一下。"

电话被接通，商妍立即说："小唯，今天累不累啊？"

许唯正在泡猴头菇，闻言笑着说："我还好，阿姨，有什么事吗？"

"没有事就不能打电话给你啦？"

"可以的。"

"你下班了吧？"

许唯能猜出商妍的意图，也不躲避，轻笑着说道："阿姨，你明天忙不忙？我明天下午陪你去逛街好吗？"

"好啊好啊。"

"我朋友开了一家品牌店，我带您去看看。"

"那太好了，明天见。"

"明天见，阿姨。"

商妍挂了电话之后的第一件事就是给谢砚宁打电话："明天下午的事你放一放，陪我和小唯逛街。"

谢砚宁很是怀疑："你和小唯？"

"就在刚刚，小唯主动约我。你爸爸就在旁边，也听见了。"

"好，明天下午我陪你们。"

谢砚宁喝了一口半凉的咖啡，让自己清醒起来。明天他就可以再见到许唯了，加班也变得有意义起来。

小吴都走了，谢砚宁还在忙——他这几个月一直保持着高强度连轴转的工作状态。为了尽快做出成绩给董事会看，为了顺利继任，他临时决定进军游戏产业，在反对声中顶着压力熬夜加班，陪着员工一点点推进项目。

百川集团到他手里已经是第三代了，如果还拘泥于房地产，只会顺应外界的揣测，逐渐日落西山。因为随着房价下跌，百川集团的地产已经不能给集团带来原有的巨大驱动力了。

谢砚宁作为新任董事长，作为最年轻的决策者，必须创新。

他走了一条很难的路，所以这几个月过得像苦行僧一样。他终于能明白，许唯为什么喝到胃出血也要忍着疼参加酒局，因为人生就是有很多不得已。

每次会议结束，他都想取消一切晚宴和应酬，只想回到许唯的小公寓里，洗完澡出来，陪着许唯看书，和她不着边际地聊着天，闻着她身上的香味，然后安稳地入睡。这才是他最向往的生活。

但他不想一无所获地去见许唯，那就像承认自己就是外界口中的不学无术的少爷。他想给许唯看他的成绩。可这个想法本身就是错的，许唯在乎的从来不是他厉不厉害，而是爱和陪伴。他竟然现在才反应过来，可许唯已经受伤了。

他希望还有补救的机会。

第二天，商妍吃完午饭就让司机送她去了许唯的公司楼下。

她想参观许唯的公司，但许唯有些不好意思："这里现在太小了，阿姨，等我扩大规模的时候第一个喊您来参观。"

"这有什么的？"商妍不太高兴。

许唯挽着她的胳膊，她才勉强露出笑容。

两个人刚走出写字楼，就在门口看见了谢砚宁的车。他换了辆纯黑色的豪车，看起来明显比之前那辆跑车稳重许多。

他特意下来给许唯和商妍开门，望向许唯的眼神缱绻得生怕别人看不出来他和许唯的关系。

许唯避开视线，拎着一个小保温袋，和商妍一起坐在后排，然后告诉谢砚宁："去汇临街。"

"好。"

许唯带着商妍去逛严朝雨的品牌店，严朝雨不在，店里只有几个店员。看到商妍时她们一下子就认出来了，争着抢着要和商妍合影。许唯差点儿被挤到角落，幸好谢砚宁把她捞了出来。

许唯站在离簇拥着的人群几米远的地方，看了看几款衬衣。

谢砚宁寸步不离地跟着她。

"这件怎么样？"许唯问。

"好看。"

"这个呢？"

“也好看。”

许唯轻笑：“你就没别的词？”

“你穿什么都好看。”

谢砚宁的五官原本几乎是商妍的翻版，除了眉眼凌厉了些，整体看着极其精致，是第一眼就让人惊艳的类型。可许唯这次再看谢砚宁，觉得他整个人就像被抽干了精气，脸上一点儿血色都没有，下颌的线条也更加明显了。

他瘦了起码十斤。

若他抛下她去声色犬马、纵情享乐倒也算了，偏偏这样辛苦地工作，叫人心疼也不是，恼怒也不是，拿他没办法。

许唯看了一眼被店员围着的商妍，然后拉着谢砚宁走了出去：“把车打开。”

见谢砚宁不解，许唯直接把他拉到了后排的车座上。

“小唯？”

许唯把她那个神神秘秘的袋子打开，里面是一个米白色的小保温盒。

“猴头菇猪骨汤，很养胃的，你喝一点儿。”

谢砚宁愣愣地看着，半天没有动作。许唯只好把保温盒拧开，把汤匙塞到谢砚宁的手里：“趁热喝。”

“你原谅我了？”

“我不想聊这个，你快点儿喝汤。”

谢砚宁此时乖得很，拿着汤匙大口大口地喝着，还说：“是小唯的味道。”

许唯没搭理他，安静地坐在他身边。

谢砚宁吃到一半才想起来：“我昨天说胃疼是骗你的，你怎么知道……”

“你还想骗我？”许唯瞥了谢砚宁一眼，然后说，“从明天开始，你要按时吃三餐，不可以把身体搞坏了。”

“好，我一定。”谢砚宁说完又想起来，试探着问，“那我可以住回去吗？”

“哪里？”许唯明知故问。

“你的家。”

"那是我的家啊，你为什么要住进来？你不是有好几套房子吗？"

谢砚宁又蔫了，低头喝汤，见底之后才抬头，然后拧好饭盒，放回到袋子里。

"走吧。"

搬回去的事谢砚宁没有再坚持，许唯没说同意，也没说不同意，但不提林从南已经是她最大的让步了。许唯刚伸手开车门，整个人就被谢砚宁搂进了怀里。

"没关系，你想惩罚我多久都可以，我都可以等，只要你还要我。"他说。

许唯忽然想起很久之前，她几次三番、明里暗里地拒绝谢砚宁，谢砚宁也是这样说的——"没关系，你可以一直吊着我。"

谢砚宁给过的承诺都太好听，许唯每次回忆时才发现她竟然一字一句都记得。

她就是需要这样昭然的告白、汹涌的情意和不加掩饰的偏爱。如果谢砚宁还能给她这些，那她就还愿意陪着谢砚宁走下去。

谢砚宁亲了亲许唯的脸颊，抱了她很久才恋恋不舍地松开手。

两个人刚回到店里，商妍穿着一件秀场成衣摇曳生姿地走过来，一眼就发现了许唯歪歪扭扭的领口和腰间的褶皱。

"阿姨，你身上的这件真好看。"

许唯话还没说完，商妍就忽然站定，紧张地跑回到更衣室看了看，然后拍着胸脯走回来，松了一口气。

"虽然我很想抱孙子，但你们也稍微注意点儿，万一更衣室里有监控呢？小唯，下次不可以由着砚宁胡来哟！"

许唯一阵沉默。

谢砚宁怕许唯尴尬，连忙把他妈推走了，然后还不忘回头跟许唯保证："小唯，我绝对不会在公共场合冲动的，你放心。"

许唯狠狠地瞪了他一眼。

苏桐给许唯发来了很多视频。她带着女儿和父母从桐江出发，一路往川藏线的方向开，从城市到旷野，再到高山。

苏桐用摄像机记录了一路的风土人情，然后交给合作的媒体账号，由专业的人员剪辑成 vlog（视频博客），吸引了很多的粉丝，也算得到一笔丰厚的收益。

她在 vlog 里还特别提到了许唯，说她最好的朋友最近收获了爱情，虽然有着很不好的原生家庭，但一直很努力地提升自己，然后遇到了很好的人。

那一期视频的标题是《愿每个女孩都能被自己治愈》。

许唯打电话给她，说："好哇，你在这个商用视频里提我的故事，要不要给我版权费的啊？"

哆咪在旁边喊了句："姨姨！"

许唯立即换了声线，捏着嗓子说话："哆咪想不想姨姨啊？哆咪累不累啊？"

等哄完哆咪，她才继续和苏桐说话："好吧，看在哆咪的分上，我就不收你钱了。你开车累不累啊？"

"还好，我们现在在川北的一个小村庄里，陪一个老奶奶磨面粉。"

"好玩吗？"

"好玩，小唯，辛苦工作攒几年钱之后这样出来玩一趟，很值得。"苏桐的语调都透着愉悦和自由的感觉。

她们聊了很多，最后苏桐问许唯最近怎么样，许唯说："很好。"

苏桐笑了笑："心情这么好？我不会赶不上喝你的喜酒吧？"

许唯怔住："我都没想过这个问题。"

"你是说结婚？"

"嗯，"许唯看着窗外林立的写字楼以及远处的百川大厦，"我没想过结婚，但想过和他结婚，你说这是不是很奇怪？"

苏桐刚要说话，就被许唯打断："你不许说和付梓升谈恋爱的时候你也是这么想的！不许诅咒我！"

苏桐"哈哈"大笑。

"注意安全，"许唯嘱咐她，然后轻声说，"我就算结婚，也会等你回来，你要做我的伴娘。"

苏桐柔声说："好。"

刚放下电话，宣濛就匆匆忙忙地跑到她身边，神色惊喜地说道：

"唯姐，你猜我刚刚在楼下看到了什么？"

"什么？"许唯回到自己的办公桌旁。

"很大一捧玫瑰花！我都说不上来那是什么品种，是超级好看的渐变粉！我感觉有九十九朵！"

许唯"哦"了一声，没太在意："可能是谁送给楼里的哪个女生的吧？"

"好羡慕！"

她们正说着话，外卖小哥就敲了敲门："请问许小姐在吗？"

许唯一抬眼就看到了那束花，——半人高，外卖小哥需要侧着身子才能把花运进来。

"在……"

"这是谢先生送给您的，请您签收一下。"

在外卖小哥说话之前，许唯已经猜出来这是谁送的了。

她其实对玫瑰这种东西没什么感觉。之前她送了一束十二支的玫瑰花给谢砚宁，谢砚宁兴奋了两天，无时无刻都黏着她，许唯都不知道为什么。

所以她收到花后的第一件事就是给谢砚宁发消息：送花，扣五十分。

昨天她和谢砚宁说，在接下来的时间里，她会看他的表现，他攒到一百分她再原谅他。

谢砚宁立即发了回复过来：为什么？

许唯：你生怕我这里地方太大，东西放不满，是吗？你送这么大一捧花到办公室来，它有实际用处吗？

谢砚宁：哦。

谢砚宁：是我考虑不周。

谢砚宁：可以不扣分吗？或者扣少一点儿，我还一分都没挣呢。

许唯：不可以。你现在不应该在开会吗？工作不认真，再扣十分。

谢砚宁立即放下手机，板着脸一本正经地对汇报到一半的财务经理说："刚刚我没听清楚，你再说一遍吧。"

唯一在后面了解实情的小吴忍不住"扑哧"一声笑出来。

其实开公司和单干相比，只是有人分担工作，但许唯需要操的心是一点儿都不少。

叶敏之并不了解建筑机械，许唯只好让她继续做医疗设备，自己还是忙得脚不沾地，不过饭局比以前少了很多，不知道这背后有没有谢砚宁的功劳。

宣濛把账理完就没什么事了，晃着办公椅，时不时看看许唯的那束花。

她忽然想起什么，在微信里翻出了和隔壁公司的一个女生的对话框，问对方：你那天说看到有个男的在我们公司的门口抱我老板，拍照片了吗？

隔壁公司的女生：拍了啊，我没发给你？

宣濛：你什么时候发给我了？你发给我，快点儿快点儿。他好像又送花来了，我上网查了一下，就这一束花得上万块钱。

隔壁公司的女生：那个男的看上去就很有钱啊。你等等啊，我找一下。

没到半分钟，女生就把当时偷拍的照片发了过来：喏，这个。

宣濛：你用座机拍的吧？

隔壁公司的女生：你将就着看吧。你的老板太警觉了，发现我们偷看之后，就把那个人拉进去了。

宣濛：等等，你觉不觉得这个男的很眼熟啊？

隔壁公司的女生：我觉得，但想不起来。他像演员？

宣濛：他应该不是演员，但我肯定在哪里见过类似的画面……这套衣服以及这个身材、发型，我肯定在网上看到过。

两个人琢磨了半天，宣濛正愁眉苦脸的时候，一转头看到了远处的百川大厦，猛地想起来——

宣濛：百川集团的新任总裁！

宣濛：前阵子他可火了，还上过热搜，是商妍的儿子！你记不记得？！

女生迟疑了片刻：你别说，这还真有点儿……

宣濛想了想，又觉得此事的可能性太低：你觉得是他吗？虽然我的老板很厉害，但我总觉得她和谢砚宁不太像是一个世界的人，而且她比谢砚宁大吧？

隔壁公司的女生：我也这样觉得。

两个人聊到一半，对方开始有事忙了，正好许唯也催着审核合同的事，宣濛便结束八卦时间，收回心思安心工作。

谢砚宁好不容易空出一个晚上的时间，去许唯爱吃的那家菜馆打包了几个菜，然后开车到了许唯的公司楼下。

快七点了，大多数人已经下班，写字楼的一楼空空的。谢砚宁径直走进电梯，然后按了十七楼。

许唯的公司还没关灯。

谢砚宁刚走到门口，就看到许唯在电脑前打字，手指飞快，眼睛一动不动地盯着屏幕。她后背笔直，鬓发稍微垂下来，挡着小半张脸。

她总是这样认真。

谢砚宁感觉一整天的心烦和疲惫都在此刻消失了。

他敲了敲玻璃门。许唯抬头望过去，然后愣住了。

谢砚宁朝她笑："我在下班之后来的，没影响工作。"

许唯微不可见地弯了弯嘴角，然后继续低头打字。谢砚宁没有打扰她，只是把东西放在许唯的桌角，然后搬了张凳子，安静地坐在许唯身边。

许唯在改叶敏之的产品报告，把需要补充、修正的地方一一批注出来。谢砚宁没说话，就在旁边等着许唯，偶尔翻翻许唯桌上的笔记本。许唯本来还觉得他乖，等全部批注完，保存文档之后，一低头就看到谢砚宁的手已经环住了她的腰。

许唯拍开他。

谢砚宁立即摆上晚餐，殷勤地说道："这些都是你爱吃的。"

许唯把桌上的东西整理好，放到一边，给谢砚宁腾出地方。

她确实饿了，所以也懒得矫情，接过米饭和筷子就吃了起来。

谢砚宁一直帮她夹菜，边夹边问："可以加几分？"

他还想着攒够一百分就和好的事。

许唯忍着笑，说："十分吧。"

"就十分啊……"谢砚宁非常不满。

许唯说："我今天看到新闻说，平安医院引进了好几位专家。"

"是，我们特地请他们过来长期坐诊的。"

"看来你之前说的在私立医院发展规培的计划已经开始一步步实践了——先是请专家，再培养毕业生，用高薪留住人才。"

谢砚宁点头："你最懂我。"

许唯瞥了他一眼，笑道："你忙得过来吗？手里的项目又有地产、游戏，又有医院。"

"还好，如果小唯能在我身边，我会更好。"

许唯轻笑。

两个人一边吃一边聊天，并排坐在许唯的办公桌前，就像一对很普通的办公室情侣，画面和谐又温馨。

谢砚宁在许唯面前从不遮掩，将百川集团的工作计划都直接告诉了许唯。许唯一开始还觉得这是商业机密，可谢砚宁非要讲给她听，还嚷嚷着他们结婚之后，他在百川集团的股份属于夫妻共同财产。

许唯后来也懒得辩驳了。既然谢砚宁愿意讲，她就认真地听，遇到不懂的地方会让谢砚宁解释清楚，还会告诉谢砚宁："这个策略很好，但你不能操之过急。"

许唯虽然不能事事都给出意见，但谢砚宁总觉得，和许唯聊过之后，自己会宽心很多。比起之前的相处，他明显感觉到他在精神上越来越依赖许唯。

他想在其他任何方面都成为许唯的依靠，想变得更强大，不让许唯经历半点儿风雪，但前提是许唯能陪在他身边。

许唯什么都不用说，什么都不用做，只需要静静地待在他身侧，他就能瞬间恢复能量，继续往前走。因为许唯总是给人一种安稳又坚定的感觉。

谢砚宁想，他这辈子都离不开许唯了。

许唯吃着吃着就感觉谢砚宁停住了，紧接着又察觉到灼热的目光。她顿了顿，决定继续吃，没有理会谢砚宁。

谢砚宁忽然傻笑起来："你吃饭的样子好像小仓鼠。"

许唯更不想搭理谢砚宁了。

谢砚宁恢复了幼稚的状态。许唯一吃完，他就黏黏糊糊地贴在许唯身上。许唯倒了两杯茶，谢砚宁喝了一口就又重新贴了上来，许唯推都推不开，只好任他摆布。

正好这时候林从南给她打来了电话。

手机屏幕上出现"林从南"三个字的时候，许唯感觉到谢砚宁整个人都绷紧了，他的脸色也瞬间变沉。许唯终于知道为什么小吴和百川集团的那些员工在谢砚宁面前总是那么紧张了，因为谢砚宁黑脸的样子真的很可怕。

不知道谢砚宁是有董事长这个身份的加持，还是只在她面前才撒娇，平日里本就冷淡如此，他望过来的时候，就连许唯都忍不住打了个寒战。

谢砚宁说："接啊。"

许唯无可奈何，慢吞吞地拿过了手机。刚接通电话，谢砚宁就先她一步按下免提键。

许唯被吓了一跳，手疾眼快地赶在林从南说话前把免提关了。

谢砚宁瞬间爆炸："你……"

"怎样？"许唯掩饰着心虚，还故意压谢砚宁一头，理直气壮地说，"你干吗听我电话？"

许唯特地站起身，准备走到落地窗前去接电话，但因为被谢砚宁握着手腕，挣扎不过，只好作罢。

林从南问："许总，宣濛在你那儿工作得怎么样？"

"挺好啊，小姑娘报表做得不错。"

"那就好。你呢？最近怎么样？"

谢砚宁直接把许唯搂到了自己的腿上，许唯被吓得呼吸都停住了，生怕发出声音。她一只手抵着谢砚宁的肩膀，另一只手抓着手机："我也挺好的啊，就是刚开始事情比较多。"

许唯在心里祈祷林从南可千万不要说什么捣乱的话，否则以谢砚宁现在的怒气值，他可能真的会在行业里封杀林从南。

"刚开始就是这样的，我当时也是。"林从南说。

谢砚宁轻松地掰开许唯的手，然后把她按进怀里。他的唇贴着许唯的脖颈，一点点往下，温热的呼吸拂过许唯的皮肤，她忍不住身体轻颤。

他是故意的。

许唯自作自受，也只能忍着。

林从南问："下周旭峰建设的王总有个酒会，邀请你了吗？"

"邀请了。"许唯刚说话，嘴唇就被谢砚宁咬了一口，她"嘶"了一声，然后说，"我……我跟王总说过了，有私事，没时间去。"

林从南沉默了两秒，然后反应过来，轻笑着说道："看来我这个电话打得很不是时候啊。"

"没有。"

"既然谢董在，那我就先不聊了。"林从南留下一句意味不明的话，然后挂了电话。

许唯感到头疼，她碰到的男人怎么一个两个的都这么有心机？

许唯来不及解释，因为谢砚宁已经生气了。她刚准备推开谢砚宁，一个没留神，就被谢砚宁直接抱起来放在桌子上。

谢砚宁用胳膊箍着许唯的腰，许唯无处可躲，勉强镇定地说："谢砚宁，你这样要扣分的。"

"扣就扣吧。"他无赖起来。

许唯只能顺从，被吻到就快失去力气后，谢砚宁终于放过她，厮磨着她的唇，压着声音说："你和他根本就没什么，对不对？"

许唯没回答。

谢砚宁微微俯身，和许唯对视："你不会那么快就移情别恋的，你的心里还有我。"

许唯挑了一下眉："现在你突然变得有自信了？"

"因为我在你的心里是不一样的。"

许唯竟然有些哑然，任由谢砚宁在她身上作恶，可手还是不自觉地圈住了谢砚宁的肩膀。

谢砚宁的确是不一样的，从他进入许唯的世界那天起，许唯就在心里把他和所有人隔开了。他打破了许唯所有的处事原则，一次次地主动靠近她，让她卸下心防，让她相信爱，让她时隔多年再次打开自己。

她怎么舍得冷落他太久呢？

感觉到谢砚宁即将失控，许唯按住他，轻声说："回公寓。"

许唯第二天醒来，发现房间里还是暗的。

她感觉到身上有什么在游走，还以为是松子，正要伸手就被谢砚宁抓住了。谢砚宁侧躺着，一身清爽，眼神缱绻地看着她。

虽然睁开眼看到如此赏心悦目的一张脸，着实没法生气，可许唯稍微动一动腰就酸得倒吸了一口凉气。

她转头再看谢砚宁，他眉眼间就差明晃晃地写上"春风得意""容光焕发"几个大字了。

许唯瞬间来了火气，扯起被子盖住自己："谢砚宁，扣一百分。"

"你昨晚明明说要给我加分的，说如果我慢一点儿你就……"

"我没有。"许唯矢口否认，然后一本正经地算了算，"你现在负一百四十分，成绩不及格，罚你三天不许上床。"

谢砚宁"吃饱喝足"后就不拿许唯的扣分制度当回事了，无赖地抱住许唯，用下巴抵着许唯的肩膀，一个劲地蹭："不行不行，我已经赖上你了。"

许唯本来已经清醒了，可被谢砚宁抱着抱着又开始犯困。她想了想，觉得不服气，于是强撑着精神，主动搂住谢砚宁的脖子，凑上去吻他，还故意用手撩拨他。谢砚宁立即精神了，没多久就按捺不住，翻了个身压住许唯。他刚要解开睡袍，许唯就松开手了。

她一副困倦的模样，还打了个哈欠："我要继续睡了。"

谢砚宁愣住，半天才反应过来。

他抓了抓许唯的手，许唯没理他。

"小唯……"

"别吵。"许唯哼了一声。

谢砚宁只好作罢，可怜巴巴地回到许唯身侧，翻身抱住她。许唯忍着笑，得逞地钻进他的怀里。

谢砚宁像哄小孩睡觉一样轻轻拍着许唯的肩膀，咬耳朵说道："你就知道欺负我。"

"喂松子了吗？"

"喂了。"

"早饭呢？"

"我煮了粥，你还想吃什么早点？我待会儿去买。"

"都可以，我不想吃太油的。"

谢砚宁轻声说："好，你先睡，等你睡着我再出去。"

许唯很快就又睡着了。在清醒的意识不剩几分的时候，她还是下意识地搂紧谢砚宁的腰。原来她如此贪恋谢砚宁的拥抱。

被人爱的感觉很好，好到许唯觉得她前二十几年所有开心的事加起来都敌不过这个明媚的清晨。

正值周六，许唯睡了个懒觉，再醒来已经接近十点。谢砚宁殷勤地帮她倒好水、挤好牙膏，捧着洗脸巾站在旁边。许唯在镜子里看他，两个人一对视就会笑，从微笑变成停不下来的捧腹大笑，甚至不需要一句话。

许唯刷个牙都不得安生，最后连搡带踹地把谢砚宁推了出去。

吃完早饭，两个人躺在沙发上看电影。许唯的左边是谢砚宁，右边是松子，她生怕一碗水端不平，摸完谢砚宁的头发，也不忘揉揉松子的小脑袋。

电影演到男主人公在海边向女主人公求婚，谢砚宁突然想起来什么事，坐直身子问许唯："我们呢？我们什么时候结婚？"

许唯毫无防备，听了这话之后有些局促，清了清嗓子说："我还没想好。"

"还要想什么？"

"结婚可不是戴个戒指、领个证这么简单的，谢砚宁，你再认真地考虑考虑。"

谢砚宁很是不悦："我早就考虑好了，你就是不想对我负责罢了，每次都这样，下了床就不认人。"

许唯伸手拧他耳朵。

两个人又闹起来，差点儿压到松子。松子怕被误伤，连忙逃回了自己的小窝。

许唯靠在谢砚宁怀里，喃喃说道："我可能想太多了，可这些事又不能不考虑。"

"你说。"

"如果我们结婚了，你公司里的人、你的亲朋好友，包括外界的舆论，会怎么评价我呢？还有，我也不想办婚礼，因为我这边可能连一桌人都凑不齐……"许唯抬头看着谢砚宁，略显沮丧地说，"还有一件我很在乎的事——如果我们结婚了，我的公司也会被关注到，那时候我的努力可能会被'谢砚宁的妻子'这个头衔覆盖。"

她说得很含蓄，但谢砚宁知道这些流言蜚语会给许唯造成伤害。

可能根本不止许唯说的这些，许唯的销售公司里现在只有三个人，就算办得再好，和百川集团依然有天壤之别。

到时候这栋写字楼里的人会怎么议论许唯呢？他们大概会像之前盛风的那些人一样，编派黄色笑话，再肆意地泼脏水，仿佛年轻的女人获得成功是一种原罪。

"抱歉，是我没考虑到这些。"

"这又不是你的错。"许唯在谢砚宁的怀里躺了一会儿之后，又撑起半个身子，对谢砚宁说，"但是我不会因为这些客观的因素就胆怯不前。我很坚强的。"

许唯亲了亲谢砚宁："再给我一点儿时间，我会对你负责的。"

许唯再次开车来到思南福利院，这次终于有勇气下车了。

她从后备厢里拿出礼盒和水果，然后深吸一口气，迈出步子，往福利院的大门走。

保安以为许唯是爱心人士，正要登记时，许唯说："我是从思南福利院出去的，回来看周院长。"

保安一愣，有些不相信，毕竟现在的许唯看起来可没半点儿孤儿的影子。许唯从包里翻出当年她和院长的合照，指给保安看："这个是不是周院长？"

"还真是。"

保安笑了笑，然后开门把许唯放了进来："院长在左边那栋楼的二楼。"

"好，谢谢。"

许唯顺着保安的指引，找到了院长办公室。她腾出手敲了敲门，片刻之后里面传来一声苍老沙哑的"进"。

她推门进去。

院长办公室里堆满了文件盒，大概是又有一批孩子正在办手续。老院长今年已经快七十岁了，戴着老花镜抬起头，看到许唯时脸上写满了疑惑："你是……？"

"院长，您大概不记得我了。我有和您的合照，您看看，能不能想起来点儿？"许唯笑着把照片放在院长的桌子上，还提醒他，"就是那个八岁才被人领走的小姑娘，您还记得吗？"

"记得，我记得。"院长站起来，慈祥地看着许唯，"你都这么大了，一晃这么多年过去了。"

"是啊，这么多年了。"

"我记得你是因为我当时觉得奇怪，模样标致、算术又老考第一的小姑娘，怎么几年都没碰上好运气？幸好你最后还是碰上了，你养父养母对你好吗？"

许唯的笑容僵了僵，为了不让老院长担心，她还是说："挺好的。"

"那就好那就好，你们能有个好归宿，就是我最开心的事了。"

许唯强忍着眼泪，把带来的礼品和水果放到院长身边："这是给您带的，我的一点儿心意。"

老院长连忙摆手，许唯最后还是让他收下了。

"你现在在哪里工作啊？"院长问她。

"我自己开了家销售公司，小公司，在康华路上，靠近市中心。"

"那好啊。你当时在院里，我就觉得你这个小姑娘将来肯定不一般，只是没想到你会发展得这么好。"

"我也要感谢您，没有您就没有我的今天。"

老院长带着许唯去住宿区看了看："这些年孩子的数量越来越少了，所以我们还继续用着之前的小楼，前几年重新翻修了一遍。"

"我记得之前这边是公共浴室。"

"是啊，那时候拨款少，爱心人士也捐不到我们这里，福利院各方面的条件都差，尤其是冬天，供暖跟不上，让你们这些孩子受苦了。"

许唯笑着说："那时候我们没想这么多，还觉得和那么多小朋友在一起挺开心的。"

"你今年二十几啊？"

"下个星期我就过二十八岁生日了。"

"看不出来，我瞧着你也就二十岁出头。"

许唯抿嘴笑了笑："您可别拿我打趣了。对了，秦阿姨呢？"

院长的爱人也在福利院里工作，负责后勤，长得白白胖胖的，笑容可掬。许唯小时候最喜欢她。

"前年走了。"

许唯愣在原地。

"肝癌，她受了几年苦，还是走了。"

许唯的眼泪"哗"地流了下来，她完全控制不住。

"哭什么？傻孩子，人不都有这么一遭吗？"

"秦阿姨人那么好。"许唯哭着说。

"她这辈子和我操持着福利院，收下一个个孩子，再一个个送走。看着你们有了新家庭，开始新人生，我们这辈子也算是积德行善，值了。"

许唯哭着点头。

两个人走到小广场上，老院长挑了张长椅坐下来。

许唯说："小时候我仰起头看天空，总觉得天空灰蒙蒙的，长大了才发现天空很美，是我小时候哭得太多，把眼睛哭花了。"

老院长仰起头，笑了笑："是啊，你长大了，我也变老了。时间过得太快，尤其是老秦离开之后，我感觉这日子是一天比一天快。"

许唯的眼泪再次夺眶而出。

老院长问许唯："你呢？丫头，结婚了吗？"

许唯泪眼朦胧地望向院长，破涕为笑道："快结了，我遇到了一个对我特别好的人。"

"那就好啊，这就叫苦尽甘来。"

许唯擦掉眼泪，哽咽道："是，苦尽甘来。"

离开福利院之后，许唯一个人在车里哭了很久。

她后悔自己这么多年来都没有勇气回来一趟，以致连见秦阿姨一面的机会都错过了。

当时在同一批的小孩里，她的性格最倔，她每次和别人相处不好时，秦阿姨都会朝她招手，笑着说："来，阿姨抱抱你。"

许唯突然意识到世事无常，如果有想做的事就不能拖；有想爱的人，她也不能退缩。

这辈子她遇不到第二个谢砚宁了。

所以，几天后快下班的时候，谢砚宁给许唯发消息，问她忙不忙，她回复的是：今天我没开车，你可以来接我吗？

谢砚宁二话没说就来了。

他敲响许唯的公司的玻璃门时，宣濛和叶敏之同时愣住。叶敏之看他很眼熟，起身问："您好，请问您找谁？"

"我找许唯。"谢砚宁笑着回答。

他给叶敏之和宣濛都带了咖啡，分完走到许唯的桌边，眉眼带笑地问："什么时候下班？"

"马上。"许唯看了他一眼，嘴角笑意明显，而后起身向叶敏之和宣濛解释："这是我男朋友。"

宣濛先认出来："谢……谢砚……"

谢砚宁和她们打招呼："你们好，我是谢砚宁。"

若是以前，谢砚宁这个名字只是桐江商界偶尔的谈资，但这几个月，"谢砚宁"这三个字的热度早就压过了谢伯豪和谢百川，成了百川集团的新象征，几乎无人不知。

叶敏之当然也反应过来了，然后和宣濛对视了一眼。

两个人都在彼此的眼中读出了相同的一句话：我的天，这是什么情况？！

谢砚宁很友好，但百川集团总裁的身份还是自带压迫感。两个人干巴巴地笑了笑，又不敢当电灯泡，迅速收拾包开溜。

冲进电梯时，宣濛还没从震惊中缓过来，吼道："你不是说，只是一个少爷在追她吗？这是少爷？"

"我哪里想得到对方是谢砚宁啊？！"叶敏之也没缓过来。

两个人在同时沉默了十秒钟后又发出了相同的感慨："他好帅啊，跟他妈长得好像！"

宣濛又说："天哪，他们俩要是结婚了，那唯姐不就是嫁入豪门了？她以后的日子会好吗？她会不会像电视剧里演的那样被欺负啊？"

叶敏之摇摇头："不知道啊，我也接触不到这个层次的人。以许唯的性格，她应该深思熟虑过吧？"

"还有还有，谢砚宁在新闻里看着好严肃，接受采访的时候笑都不笑一下，怎么在唯姐面前这么……乖啊？"

"你的唯姐一直就有这种气场。"

"这倒也是。"

"可那真的是豪门啊。"

踏出电梯之后，宣濛呼吸了一口新鲜空气，忍不住感慨道："我在操什么心？那是谢家啊，啊！"

叶敏之拍了一下她的脑袋："别'啊'了，赶地铁去。"

这边的谢砚宁正在殷勤地给许唯收拾包，然后牵着她的手离开了写字楼。

许唯这次没有遮掩，大大方方地被谢砚宁牵着。

他一路开车回家，不是回公寓，而是去他在郊区的一栋别墅。许唯隐隐猜到了原因——谢砚宁的演技一向不精湛，他就差把"生日惊喜"四个字写在脸上了。

谢砚宁开了几十分钟的车，终于到了目的地。他叫醒快睡着的许唯："小唯。"

许唯迷迷糊糊地醒过来："到了？"

"嗯，把这个戴上。"谢砚宁拿出一副眼罩。

许唯也不耽误时间，看了眼谢砚宁之后笑着戴上。

她搂着谢砚宁的胳膊，一步步往门口走。谢砚宁帮她换鞋，然后带着她走到客厅的位置。

"就是这边。"谢砚宁俯身在许唯耳边说，"我帮你摘眼罩。"

"嗯。"

尽管许唯已经知道是惊喜，但她的心跳还是忍不住加速。

视线逐渐清晰，许唯看到客厅中央站着一个用积木搭成的小熊，是谢砚宁的表情包里的那只小熊。小熊依旧抱着月亮，身边摆着很多礼物盒。

"我的小唯可能都没有好好地过过一次生日，所以小熊过来给你送礼物了。这是从一岁到今天的所有礼物，二十八个，都由小熊补给你，"谢砚宁抱住许唯，轻声说，"就当是小熊为自己迟到这么多年所做的补偿。"

许唯的眼泪无意识地落下来。

她把脸埋在谢砚宁的肩膀上,谢砚宁顺势把她搂进怀里:"以后每年的生日都有我陪着你,小唯再也不会孤单了。"

许唯想起自己曾经答应过谢砚宁不会再哭,于是借谢砚宁的衬衫擦掉眼泪,抽噎着说:"其实……我的生日不是六月三十号。"

"什么?我看你身份证……"

"那是我进福利院的日子,我的亲生父母把我丢在福利院的门口,没有留任何信息,所以院长就用发现我的那天做了我的生日。"

谢砚宁疼惜地看着许唯。

"说这个不是想让你扫兴,我只是想告诉你,我很喜欢这一天。"

她紧紧抱住谢砚宁,在他的颈侧印了一个深深的吻。

"因为你,我很喜欢这一天。"

许唯从没见过谢砚宁这么"恨嫁"的人。

有时候她早上一睁开眼,就看到谢砚宁抓着她的手,放在眼前仔细地瞧,她抽都抽不回来。谢砚宁像柜姐一样殷勤地推销道:"你就不想试试那个戒指吗?钻石超大,很好看的。"

许唯陡然清醒,然后继续装睡:"我还没准备好。"

谢砚宁磨牙似的咬了咬许唯的手腕。

许唯看着谢砚宁,忽然觉得有趣。谢砚宁现在只是"恨嫁",要是结婚了,恐怕还得更夸张。许唯听商妍说,她怀孕的时候,谢伯豪的反应比她的还大。许唯觉得谢砚宁大概率也会这样。

许唯想一想又觉得很美好,但还需要一点儿时间。

在谢砚宁来许唯公司的一个星期之后,许唯的男朋友是百川集团总裁这件事就传遍了整栋写字楼。

许唯担心的事情还是发生了。

她即使在乘坐电梯的时候,也能感觉到周围磁场的变化。大多数人对她都很好奇,会在下电梯经过她的时候,费力地用余光瞥她,想看看百川集团总裁的恋人长什么模样,许唯甚至能听到偷拍的快门声,"咔嚓"两下。

许唯在心里叹了一口气，回过头望向正着急忙慌地藏手机的女孩子，勉强温和地说："麻烦你删掉，好吗？"

"好……好的，"女孩连忙当着许唯的面删除了照片，"实在抱歉。"

许唯虽然早就有心理准备，可毕竟是普通人，承受着别人探究的目光和肆意的评价始终不太舒服。

她向谢砚宁抱怨会显得矫情，而且这也不是谢砚宁的问题，幸好商妍及时发现了情况。

商妍把许唯喊到家里来，拉着许唯的手说："小唯，不要去管外面那些流言蜚语。"

许唯有些感动，没想到商妍这么关注她的状态，是真的把她当女儿看待。

"最重要的事还是过好自己的日子，我当时刚和你谢叔叔结婚的时候，网上有很多人评论。"商妍给许唯做了美容养颜汤，热腾腾地端给她。

许唯低头喝着："那您是怎么调节的呢？"

"你这样想，其实就算不结婚，我们也能过得很好的，是不是？那为什么最后我们还是选择婚姻呢？因为我们喜欢这个人，而且认定这个人会对我们好。人生短短几十年，我们与其活在别人的眼光里，不如对自己的选择负责。"

许唯沉默了很久，商妍和她靠在一起："你要相信砚宁，更要相信你自己。"商妍笑着说，"小唯，你信不信？你们两个人现在要是分开，你依然可以过得很好，但砚宁不行。"

许唯却摇头："阿姨，如果我们分开，我也没法过得很好。"

谢砚宁对她来说是精神支柱，只是她不善于表达爱意，所以看上去好似在这段感情里游刃有余。其实她和谢砚宁，早就被命运的红线绑在了一起，谁都脱不开身。

许唯临走前，商妍喊住她，柔声说道："小唯，怎么舒服怎么来，不要强迫自己。"

商妍说，她和谢伯豪这些年的恩爱至少给谢砚宁灌输了一个相对正确的爱情观，那就是人必须先自己完整，才能互相吸引，好的爱情不能急于求成。

许唯说："我知道了。"

回去之后，她走到自己的办公桌前，发现原本的烦躁一扫而空，自己终于又能重新投入工作了。

她想了想，商妍说得没错。她的销售公司就算扩建十倍也比不过百川集团，可这又怎么样呢？她已经竭尽全力了，有多少人能在没资源、没背景的前提下，年纪轻轻就拼出一番事业来呢？她现在拥有的东西是她前几年拼命换来的，无愧于心，所以只要做好分内之事，抓住机会，努力地经营好这个小公司就足矣。旁人若是嘲讽她，说她的单子都是靠谢砚宁的关系才拿下来的，那便让他们嘲讽去，反正最后钱都进了她的口袋。

货商的电话打过来，许唯接通，跟对方确认运输信息，一忙就忙到了晚上。

谢砚宁没联系她，倒是小吴给她发了消息：许小姐，您能来接一下谢董吗？今天是集团高层的庆功宴，谢董喝得有点儿多。

许唯一愣，心生担忧，也没多问，连忙说"好"。小吴旋即给她发了定位。

许唯关了电脑之后立即开车过去。到了百川集团旗下的大酒店，见小吴已经在大厅里等她了，她快步走过去，要进电梯了才想起来问清楚情况。

"今天是什么庆功宴？"

"谢董投资的那个游戏一上市就很火爆，业绩翻倍，再加上今天是谢董任职一百天的日子，所以集团就办了一个庆功宴，邀请了集团的所有高层领导。"

许唯猛然顿住："庆功宴结束了吗？"

"还没，快结束了。"

"那客人都在？我现在去的话，是不是……"许唯低头看了眼自己今天的穿着，就是一件白色连衣裙和两厘米高的粗跟高跟鞋，素雅，但实在简单。

许唯转身进了卫生间，花三分钟补完了妆，才施施然走出来。

小吴目瞪口呆。

许唯倒是一脸轻松的表情，走进电梯里，问小吴："几楼？"

小吴连忙帮她按电梯。

庆功宴上一共有二十几个人，都是百川集团的高管。许唯在门口瞥了一眼，发现所有人的年龄都比谢砚宁的大，有两位看上去几乎和谢伯豪同辈。

谢砚宁每天周旋在这些道行高深的老狐狸高管中间，不累才怪。

许唯推门进去。

谢砚宁坐在正中间，姿态放松，一只手搭在桌边，看上去有些醉了。

许唯进来时，一桌人都噤了声。

谢砚宁直接起身迎她，搂着她向众人介绍："各位，想劝我酒可不行了，管我的人来了。"

许唯看了他一眼。

谢砚宁在她的耳边轻笑："回去我再赔罪。"

其中一位副总站起来："这就是许小姐吧？久仰大名。"

许唯带着微笑，在谢砚宁的介绍下一个个地同高管们打招呼。

她表现得落落大方，不多说话，不怯场，身为谢砚宁的女朋友也没有逾矩。众人上下打量她好久，都挑不出什么错处来。

有人问谢砚宁："谢董什么时候结婚？"

"一切听小唯的。"谢砚宁说。

众人笑了笑，一场庆功宴就这样收了尾。

几个高管临走前互相使了眼色，在走廊里讨论道："这个许小姐看起来不简单，出身那么普通，可在今天这个场合里，竟然一点儿都不紧张。"

"谢董和谢夫人对她特别满意，一提起来就赞不绝口。"

"我也觉得她不错，大大方方的。"这个人指了一下餐厅里还没走的谢砚宁，"你瞧瞧咱们的新董事长，被管得老老实实的，眼神就没从许小姐的身上下来过。"

"他得了他爸的真传——惧内。"

几人哄笑。

人都走了之后，谢砚宁问许唯吃没吃晚饭。

许唯摇头，抱着胳膊，冷眼望向谢砚宁："你别管我吃没吃，先说一下，今天什么意思？"

谢砚宁自知理亏，讨好地笑了笑，然后倚在许唯的身上，解释道："他们都是这样的，不想喝酒的时候就说老婆管得严，我就是……就是模仿他们。"

"然后呢？"

"顺便把你提前介绍给他们认识。"

许唯望向谢砚宁，谢砚宁就立即撒娇。许唯推开他，烦道："你每次都给我来这种先斩后奏。早知道要见这么多人，我就穿得好点儿再过来了。"

就和年初的时候他直接把许唯从公寓拽到他家一样，两次的行径同样恶劣。

谢砚宁怔了片刻才反应过来："所以你是愿意的？"

她这话的意思是，她愿意以"谢砚宁的女朋友"的身份出席？

许唯不吭声。

谢砚宁心满意足地抱住她："我今天早上就看到你穿这件裙子了，特别好看，想着你用不着换，所以没提醒你。真的，我这次没有冲动，在深思熟虑过后，还是想把你介绍给他们。"

"这里面有不服你的吗？"

"有，刚刚坐你对面的那个王董就是。"

许唯回忆了一下。

谢砚宁抱着许唯晃了晃，淡淡的酒气喷在了许唯的耳朵上："我就是想让他们知道，我不是一个人在战斗，有一个很好的伴侣，她能给我提供稳定的情绪和精神上的支持，我现在很强大，谁都别想从我的手里夺走百川集团。"

许唯莞尔："嗯，你现在很强大。"

谢砚宁俯身亲了亲她。

然而，非常强大的谢砚宁也有马失前蹄的时候。

这天许唯正躺在床上听课，商妍给她发来了视频通话的请求——商妍和谢伯豪去国外旅游了，时常给许唯发消息，给许唯分享风景。当时手机正在充电，许唯就直接用笔记本电脑接通了视频通话。

"小唯宝贝，看阿姨现在在哪里？"

画面看上去是一片无垠的薰衣草田，许唯看着眼熟："阿姨，你的一部电影里好像有这个画面。"

"是的！还是女儿贴心，我问你谢叔叔三遍，他都想不起来。电影里的场景就是这里，是不是很美？"

"很美。"

"阿姨在这边买了个小房子，你们可以随时过来度假。"

她们正聊着，谢砚宁回来了。

他去首都出差两天，自然想极了许唯，回到家放下行李之后的第一件事就是冲进卧室，扑在许唯身上。

他哼哼唧唧地说："小唯，抱抱。"

"你先等一下！"

许唯的脸色尴尬，她刚想推开谢砚宁，谢砚宁就把脸埋在许唯的肩头，委屈地说："你都不想我，亏我连晚饭都没吃，这么辛苦地赶飞机回来。你就一点儿都不想我。"

许唯还没来得及说话，谢砚宁就凑过来在她的嘴上亲了两下。

"你说你想我了。"谢砚宁又一头扎进许唯的怀里，把脸埋在许唯的胸口，蹭来蹭去。

五秒之后，他又不知道想起来什么，扑上来在许唯的唇上亲了亲。

他完全没注意到许唯腿上的笔记本电脑。

谢砚宁撒娇的功夫现在已经炉火纯青了，见许唯没搭理他，又开始怨妇似的念叨："小唯，你不爱我了，你不爱我了，这几天你都没主动给我打过电话。"

他嘴上可怜兮兮的，其实手已经伸进被子里准备干坏事了。

正准备掀被子的时候，他感觉到被子上有重物，才从许唯的身上抬起头——然后就和屏幕里的商妍对视了。

气氛陷入死寂。

许唯拿胳膊挡住脸。

商妍嘴角抽搐，一脸嫌弃的表情，好像不认识谢砚宁一样："好丢人啊，你出去别说你是我儿子。"

谢砚宁整个人都僵住了，脸上的表情顿时消失，然后迅速起身。

商妍知道小两口需要私人空间了，随便说了几句便关了视频通话。

许唯忍着笑放下笔记本电脑，走到客厅，发现谢砚宁正板着脸坐在沙发上。原来他真的只在许唯面前撒娇。

许唯觉得可爱，于是主动坐到他的腿上，然后揽住他的脖颈，低头吻他："'小狗'生气了？"

"呵，你就是想看我的笑话。"

许唯轻笑，然后拉过谢砚宁的手，环在自己的腰上，在谢砚宁耳边说："是啊，那你要不要？"

谢砚宁的手掌贴着许唯的后腰，他毫不犹豫地搂紧许唯，自尊全抛，说："要。"

半年后，许唯的公司扩大了规模，又招了两个销售，许唯终于可以休息一下，不用事事亲力亲为了。

她买下隔壁的空办公室，装修结束那天，很多熟悉的朋友过来向她祝贺。

许唯在一片欢声笑语中看到了谢砚宁，他还是初见时那样，远远地站着，眼神温柔，芝兰玉树。

许唯朝他走过去，在众人的注视下，踮起脚，搂住了谢砚宁的肩膀，大大方方地献吻。

那一幕被人拍下来发到网上，迅速引发了关注。很快，许唯的身份信息和工作都被人扒了出来。

有人说，许唯是谢砚宁的加分项。

谢砚宁用自己的账号转发了那条微博，配文是："不，应该说，我是她的加分项，她本身已经是满分了。"

他们推掉了工作行程，共同腾出了一个月的假期，去了商妍极力推荐的北欧小镇。

薰衣草田一望无际，许唯趴在栏杆上吹风，谢砚宁拿着毯子，从后面抱住她。

许唯回过头，两个人相视而笑。

不远处有人朝他们招手，用英语问谢砚宁："刚刚的画面很美好，我给您和您妻子拍了照片，您需要这张照片吗？"

谢砚宁说"需要"，然后过去把照片传到了自己的手机上。

那个人笑着说："你们看起来真恩爱。"

谢砚宁说："当然，我们即将结婚。"

"哇，祝你们幸福。"

"谢谢。"

谢砚宁回到许唯身边后，把照片给许唯看。许唯保存下来，把它设为自己的新锁屏壁纸。

谢砚宁忽然说："我刚刚撒了谎。"

"嗯？"

"我刚刚为了得到他的祝福，撒了谎，说我们即将结婚。都怪小唯，因为小唯一再拒绝我的求婚，我只能撒谎。我可是从来不撒谎的。"

许唯拧他的耳朵："你再给我阴阳怪气？"

谢砚宁又开始扮可怜："你得补偿我。"

许唯背靠着栏杆，整个人都被谢砚宁困住，忍着笑不说话。

谢砚宁咬了咬许唯的唇，不知道从哪里拿出了戒指盒。

他用指节蹭了一下许唯的手心："小唯，你得补偿我。"

许唯这次没有躲避。

坦然被爱是很多人一辈子都不曾拥有的能力。许唯前二十几年连做梦都不敢奢想的画面，竟然就在眼前。

谢砚宁单膝下跪，说："小唯，给自己一个机会，也给我一个爱你的机会。"

花田、风车和落日构成很美的画面。

许唯想：那就在一起。

从晨曦到晚霞，从青丝到白发。

—正文完—

相随与共

谢砚宁不仅给了她爱，还给了她一个真正意义上的家。

　　商妍得知谢砚宁不声不响地就在国外把婚求了之后，被气到差点儿冲过去揍人。

　　"你爸那么没有浪漫细胞的人好歹还在我的新片上映的时候包了个电影院，搞了个盛大的惊喜给我，你怎么这么寒碜？"商妍怒道，"就在阳台上求婚了？"

　　谢砚宁辩解道："情况不一样，小唯又不喜欢热闹。"

　　"那你至少应该征询一下我和你爸爸的意见！不行，你们回来再补办。"

　　许唯坐到谢砚宁身边，拿过电话，柔声说道："阿姨，不用的，我觉得这样很好了，已经很满足了。"

　　商妍的火气一下子熄了，她一改语气："小唯还叫阿姨吗？可以改口啦。"

　　许唯瞬间脸红，怔了怔，没吱声。

　　谢砚宁连忙说："妈，你都把小唯说害羞了。就先这样，我们要去吃晚饭了，挂了啊。"

谢砚宁直接挂断电话，许唯拦都没拦住，只能眼睁睁地看着通话页面消失，气得在谢砚宁的胳膊上狠狠地拧了一把。谢砚宁吃痛地倒在许唯的怀里，装作委屈的样子："你怎么舍得对我下这么重的手啊？"

许唯一开始没搭理他，可过了半分钟还听见谢砚宁在倒吸凉气，便有些心慌，低头摸了摸他的胳膊："真疼吗？"

谢砚宁点头。

许唯没觉得自己用了多大的力气，但还是很轻易地信了谢砚宁的话。她拿开谢砚宁的手，想要卷起他的袖子察看，可刚碰到袖口就被谢砚宁压在了沙发上。

许唯好不容易才从天旋地转中缓过来，正要说话，谢砚宁的吻就落了下来。

分开时许唯听见谢砚宁轻轻的一声"老婆"，轻到许唯的大脑空了一瞬，还以为这是错觉。

许唯以前常常听到一种说法，夫妻是至亲里唯一没有血缘关系的人，却陪伴彼此最久。许唯没有经历过正常的家庭，也没有正儿八经地谈过恋爱，在遇到谢砚宁之前，时常感到困惑：婚姻到底是什么样子的？

她对此既胆怯又好奇。

她摸了摸谢砚宁的头发："你很向往吗？"

她说得没头没尾，但谢砚宁听懂了，回答道："很向往。"

"结不结婚有什么区别吗？我们已经同居这么久了，不说的话，邻居大概觉得我们是夫妻，所以那张结婚证究竟有什么魅力呢？"

"魅力就在于我们两个人组建了家庭。"谢砚宁翻身把许唯揽到怀里，然后低头握住许唯的手，和她十指相扣。

谢砚宁把两个人相握的手举起来，许唯的无名指上的钻戒很耀眼。

"我们有了一份共同的责任，以后要做的就是让我们这个家庭变得更好。"

许唯枕着谢砚宁的肩膀，感觉到源源不断的幸福和安稳。

"砚宁。"她忽然喊了一声。

"嗯？"

"说你爱我，好不好？"

"我爱你。"谢砚宁毫不犹豫地说。

许唯把脸埋在谢砚宁的肩窝处，深深地吸了一口气，又说："你会爱我多久呢？"

她像日落岛上烟花绽放那晚的谢砚宁一样，问了差不多的问题，听上去很傻。

她强装镇定地红了脸，幸好谢砚宁没有注意到。他把许唯的回答重复了一遍："只要你爱我，我就会一直爱你。"

许唯轻笑："一点儿创意都没有。"

"那就一万年。"

许唯捂住他的嘴，笑道："好了，别说了。"

两个人又闹起来，最后许唯气喘吁吁地倚在谢砚宁的怀里。谢砚宁掐着她的腰，凶巴巴地逼她："喊声'老公'给我听听。"

许唯淡淡地瞥了他一眼，谢砚宁立马怂了，恢复成撒娇的语气："我都喊你'老婆'了。"

"我可没求着你。"

许唯搭着谢砚宁的肩膀慢慢起身，拿了个抓夹把头发盘起，露出白皙的脖颈，上面还有未消的吻痕。看着这样的许唯，谢砚宁又开始眼神迷离了。

许唯及时踩了刹车："走吧，去吃晚饭。"

"哦。"谢砚宁不情不愿地跟在许唯身后。

他请了一位法餐大厨，下楼时晚餐已经做好了。

两个人正吃着，许唯收到了苏桐的消息。

苏桐：好大的"鸽子蛋"，闪瞎了我的眼！！！

许唯慢半拍地想起来，自己下午把谢砚宁的求婚戒指拍给苏桐看，那时苏桐大概在开车，直到现在才看到。

许唯笑了笑，回复：这就是比较大的钻石，不是"鸽子蛋"。

苏桐：我那时候婚戒上的钻石还没你戒圈上的碎钻大。

许唯：哪有这么夸张？

苏桐：好了，知道你现在是贵妇了。你们准备什么时候办婚礼？

许唯顿住，抬头看了一眼谢砚宁，然后回复苏桐：其实我不想办婚礼。

苏桐：啊？

许唯：你想想看，到时候场面该有多尴尬啊！我这边的人连一桌都凑不齐，除了你和几个朋友、同事，其他就没有了。到时候宾客们一看就看得出来，这个新娘连父母都没有。我不想面对那种场面，也不想让别人知道我的身世。

苏桐：我倒是忘了这一茬，别想太多，小唯。

许唯：没关系。

许唯放下手机，看到谢砚宁正在和大厨聊天。聊着聊着他又起身从酒柜里拿了瓶红酒，然后大厨拿来醒酒器和高脚杯。

许唯忽然说："不办婚礼可以吗？"

谢砚宁明显愣住，脸色有些僵。他停了几秒才坐下来，似乎是想了想，然后朝许唯笑："可以啊，都随你。"

许唯刚要说话，苏桐就发来消息：可是谢砚宁会很失望吧？

许唯的心里"咯噔"一下，苏桐随即又发来几段话。

苏桐：我感觉以他的性格，他肯定希望办一场盛大的婚礼。他父母当年婚礼的排场有多大？到现在还经常被人拿出来说呢。

苏桐：他又不在乎别人的看法，和你在一起之后半点儿都不肯藏着掖着，恨不得把你们在一起的事情昭告全天下。

苏桐：你们如果不办婚礼，他可能会很遗憾吧？

许唯呼吸微窒，心莫名其妙地很疼。

是啊，谢砚宁会很遗憾的，尽管嘴上不说。

其实谢砚宁一直都在妥协，因为确定关系那天答应过许唯，一切都听她的。

她还没说话，谢砚宁倒先开了口："不办婚礼就不办婚礼，没关系的，但是婚纱照我们一定要拍，好不好？"

许唯望着他，没说话。

谢砚宁这次真的把情绪写在脸上了，明显有些失落："我们连婚纱照都不拍吗？"

许唯弯起嘴角。

"你还好意思笑？太欺负人了。"

其实许唯能看出来谢砚宁是不高兴的，但他没有在许唯面前表现出来，只是絮絮叨叨地说："婚礼没了就算了，连婚纱照我都不能有吗？算了，没有就没有吧，我起码有个证，有证就行了，把证挂墙上吧。"

听着谢砚宁成功给自己洗了脑，许唯"扑哧"一声笑了出来。

谢砚宁幽怨地望向她。

许唯放下刀叉，说："我在想，那天我可以一个人走向你吗？"

"什么？"

"别人都是牵着爸爸的手走到丈夫面前，我没有爸爸，只能一个人走向你，这样想想还挺酷的。"

许唯在心里说：我本来也是孤零零地长大，然后独自走到你面前的。

谢砚宁的大脑短路，还没反应过来。

许唯伸出手指他的眼前挥了挥："可以吗？"

谢砚宁立即说："可以，改成我走向你都可以。"

许唯笑出声来："那倒也不用。"

谢砚宁握住了许唯的手，指腹摩挲着许唯的戒指。他心潮起伏，目光里全是爱意。

筹备结婚的阶段，许唯以为自己会很紧张，毕竟确实只凑齐了一桌人——苏桐、严朝雨、叶敏之、宣濛、费闻远和杨卉，还有几个之前的同事和朋友，大学室友只来了两个。另外还有两个室友听闻许唯嫁到了谢家，便不太敢跟她联系了。她主动打了电话，她们都推托了。

许唯算了算，她这边总共十一个人。

难怪苏桐说婚礼就是男方父母的亲朋好友和女方父母的亲朋好友欢聚一堂，其实和男女双方没什么关系。

她没父母，就和没有树根的树一样，连枝叶都找不到。

许唯本来忧心忡忡，生怕露怯，但没过几天就完全无感了，因为她的紧张都在和谢砚宁争执"邀不邀请林从南"这件事上耗光了。

晚上许唯倚在床头看书，谢砚宁在床边踱来踱去，然后猛地坐下来，挡住了许唯的光，气鼓鼓地说："你竟然想邀请他？你这是存心给我添堵！"

许唯翻了个身，懒得搭理他。

"我知道你和他没什么，但他明显对你余情未了！你没注意过他的眼神吗？不行，我不能给他任何的机会！你这次邀请他，他就会觉得你还把他当朋友，这绝对不行！"

许唯提醒道："我是邀请他来参加我的婚礼，不是来参加我的单身派对。"

"就是不行！"

许唯翻了一页书。

"为什么非要请他？"谢砚宁黏在了许唯身上。

许唯默默地合上书，然后面无表情地转头望向谢砚宁，谢砚宁立即噤了声。

"你再闹？"许唯说。

"好吧，"谢砚宁能屈能伸，小声说，"那他坐最后一排。"

许唯突然很能和谢伯豪共情。

她原本觉得谢砚宁变得成熟了，但现在看来，他只是在工作中成熟了。他确实在百川的总裁办公室里冷静沉着、杀伐果断，决策零失误，接受采访时也能侃侃而谈，丝毫没有紧张的神色，好像天生就是商业奇才。但谁能想到他在许唯面前是这副模样？

许唯终于明白为什么谢伯豪只比商妍大五六岁，但是看起来苍老得多。

因为找一个这么磨人的另一半，她真的很耗费心神！

许唯摸了摸自己的眼角，在心里叹了一口气，决定花谢砚宁的钱买最贵的私人定制眼霜，来弥补她最近操的心。

谢砚宁得了很严重的婚前焦虑症。

商妍明明高价请了婚礼策划，但谢砚宁还是事事亲为，场地的每个细节都要亲自检查，搞得比做百川的价值几十亿的项目还用心。

许唯本来还陪着他，但连续折腾几天后终于吃不消了，索性当甩手掌柜了。

晚上睡觉时，谢砚宁还是翻来覆去的，先是搂了搂许唯的腰，又压着她亲了一会儿。亲到一半，许唯的睡袍都解开了，谢砚宁突然说："你说伴手礼里面的东西是不是太少了？要不然我们再放个品牌香水？"

许唯还算配合地想了想："可以吧。"

"那你明天提醒我一下，我去安排。"

"好。"

她正要伸手去解谢砚宁的睡衣纽扣，谢砚宁突然又说："我们办两场婚礼吧，中式加西式，小唯，你觉得怎么样？"

"不要吧……"

"我明天让策划找个中式婚礼的片子给你看看，感觉应该会很不错。"

许唯无奈。

谢砚宁一边思考一边低头吻许唯，气氛开始升温。许唯刚动情的时候，谢砚宁猛地起身："我忘了一件最重要的事！"

"啊？"

谢砚宁痛心疾首地说："我忘了在婚礼请柬上印咱们的小熊！"

最后谢砚宁还是执意把请柬全部返厂重印，让对方在请柬的右下角印上他珍贵的烫金小熊。

许唯躺在床上陪松子玩。

他们仍然住在许唯的小公寓里。谢砚宁本来还有些不愿意，但许唯一再坚持，再加上两个人盘算了一下，许唯这套房子离百川大厦、她的公司还有谢砚宁的父母家都要更近一些，谢砚宁想了想，还是妥协了。

作为条件，许唯同意隔段时间陪谢砚宁去他的湖景别墅里住几晚。

许唯安心地住在她自己买来的小公寓里。

这个小公寓现在真像个家。

她躺在床上，静静地看着谢砚宁站在客厅里接电话。有时候谢砚宁结束通话，转身时视线正好与她的视线相交，就会坏笑着走过来。

许唯连忙用被子蒙住自己。

松子站在被子上，昂着小脑袋，勇敢地反抗谢砚宁。谢砚宁轻轻一拨，松子就败下阵来，骨碌碌地滚到旁边，换成谢砚宁趴在被子上。

谢砚宁在许唯的耳边说："定制的婚纱待会儿就被送过来了，你要不要再试一下？"

许唯愣住，然后说："要。"

在婚礼的所有流程里，试婚纱是唯一一件能勾起许唯的兴趣且吸引许唯全程参与的事情。

大概没人能抵御婚纱的诱惑，饶是许唯这样自诩没有少女心的人，在看到商妍特意为她安排的婚纱秀场时，心跳还是停了一拍。

光影透过网纱映在珍珠白的拖地裙摆上，腰间的钻石熠熠生辉，一切都圣洁且美好，如童话里的仙境。

谢砚宁附耳说道："别害羞，小唯，喜欢哪件就去试一试。"

许唯总是下意识回嘴，不想在谢砚宁面前落下风，可这一次好像真的害羞了。

她将两只手藏在身后，紧紧地攥着谢砚宁的手，先是低下头，然后深深地吸了一口气，但始终没有放松。

谢砚宁揉着她的手心。

她看了一眼谢砚宁，谢砚宁认真地说："不要在乎别人的眼光，你那天是穿着婚纱走向我，只要我觉得你最美不就够了吗？"

许唯想了想，觉得也是，于是她的心终于安定了一些。她低声嘟囔："其实我以前都不敢幻想自己穿婚纱的样子。"

"你以前也没想过结婚，"谢砚宁接住许唯的话，然后把许唯的手牵到前面，"所以我感觉很荣幸，能成为小唯的例外。"

许唯整个人慢慢地松弛下来，靠在谢砚宁的怀里，看着台上展示的婚纱。

最后她挑了一件泛着珍珠光泽的缎面婚纱，裙摆的褶皱繁而不杂，一字肩的剪裁尤其适合许唯的气质。

帷幕被拉开时，谢砚宁晃了神，直到许唯走到他面前。

谢砚宁说："我在十几岁时做过一个梦，梦里就有刚刚的画面。"

许唯才不信他的鬼话。

"你像仙女从月亮上走下来。"谢砚宁和她并排站在镜子前，趁旁人不注意，凑到许唯的耳边说，"我真的梦见过，真的，虽然梦里你的脸是模糊的，但画面整体一模一样。"

"别以为我不知道你那个梦是什么性质的。"

谢砚宁立即"咦"了一声，嗔怪地说："小唯，你的思想太不健康了。"

许唯没工夫跟他打嘴仗，让他离远一点儿。

婚纱还需要按许唯的身材尺寸进行定制，造型师走过来帮许唯整理裙摆，许唯和造型师光是沟通细节就聊了半个多小时。结束时，她腰酸背痛地换好衣服。

谢砚宁应该在休息室里，许唯在员工的指引下，径直走过去。

她以为谢砚宁在睡觉或者玩手机，结果刚走到门口就听见谢砚宁语气严肃地聊着公务。

他在工作状态里和在她面前完全判若两人。

"下周开会的时候记得提醒我，还有，把这个事情跟严总先通个气，让他注意一点儿。嗯，先这样。"

许唯没有进去，就站在门口。

还是谢砚宁打完电话发现了她："怎么站在这里？"

许唯抱着外套朝他笑："怕你在忙。"

谢砚宁就保持了半分钟的总裁气场，然后又故态复萌，黏黏糊糊地往许唯身上贴。许唯忍不住发笑，将双手抵在谢砚宁的胸口上，戏谑地问道："你确定你不会程序错乱吗？怎么切换得这么快啊？到底哪个是真正的谢砚宁？"

谢砚宁作势要咬她："你猜猜哪个是真的我？"

许唯却收起调侃的神色，伸手抱住谢砚宁，在他的耳边轻声说："哪个都可以，你舒服就行，不用每次都为了逗我开心就委屈自己。"

谢砚宁怔了怔。

许唯又说："如果你不开心，我也不会开心的。"

谢砚宁一下子把她抱紧了。许唯远远地看到有人过来，连忙推开了谢砚宁。

谢砚宁活学活用："我委屈了，咱们都领证了，还怕被人看见吗？"

许唯的耐心被耗尽，她穿好外套，然后转身离开。谢砚宁跟在后面，还在试探："小唯，我很委屈，你刚刚推我那一下很伤我的心！"

许唯在他的胸口上拍了拍。

"小唯感受到我的肌肉了吗？"

"嗯哼。"

"你喜欢我现在的身材吗？"

许唯停下来，瞪了谢砚宁一眼："你的话怎么这么多啊？我收回刚刚的承诺，你还是委屈一点儿比较好。"

"小狗"的"尾巴"立即耷拉下去。

但"小狗"也不是没脾气的。从秀场回家的路上，谢砚宁都一直板着脸，理都不理许唯。许唯主动跟他说话，他都没反应。

晚上他还装模作样地倚在门框边说："周暄那群人说要给我准备一个单身派对。"

许唯的手顿了顿，她其实心里一紧，但面上半点儿没有表现出来，只是说："是吗？那你就去吧。"

"单身派对，你也放心让我去？"

许唯的视线早就模糊了，书上的铅字她一个也看不清，全变成灰色了。

她现在越来越不喜欢自己的性格。

她其实可以说出来的，说出来自己的真实想法，告诉谢砚宁她不开心，不想要他去什么单身派对。其实说出来不是难事，她也知道谢砚宁就是在故意试探她，可偏偏做不到，好像伪装情绪、假装坦然已经成了她的生活方式。示弱是很可怕的，尽管对象是谢砚宁。

谢砚宁等了几分钟，见许唯始终没说话，便转身走了。

临走前，他把酒吧的地址告诉了许唯，说："离家很近，我争取早点儿回来。"

许唯就看着他离开了。

她真的很生气。

她早就习惯了谢砚宁无微不至地关心、体贴她，现在是一点儿委屈都受不了。在家里干等也不是办法，许唯现在简直火冒三丈，半刻都等不及。

谢砚宁竟然敢当着她的面参加单身派对？不管派对里有没有女生，许唯都觉得气闷。

单身派对是什么意思？纪念最后的单身生活？他这么舍不得吗？

突如其来的怒火完全烧毁了许唯的理智，她都忘了谢砚宁是怎么对她死缠烂打又死乞白赖地求婚的，也忘了谢砚宁离开时脸上那抹值得玩味的笑容。

许唯从衣柜里挑了套稍微花哨的、至少看起来不像在职场上穿的短裙和薄毛衣，直奔谢砚宁所在的酒吧。

她现在满心都是愤懑，甚至都想好了到时候走到谢砚宁面前该说什么、做什么，总之一定要让谢砚宁知道，不要拿她最在乎的东西去试探她的底线。

她比其他人都要更没安全感，谢砚宁是知道的。他怎么舍得用这种方式欺负她呢？

许唯鼻酸到不行。

她强忍着泪，一路开车到酒吧，刚准备进去的时候忽然停住了。

酒吧里音乐声并不嘈杂，甚至是舒缓的。

她好像预感到了什么，从门缝里透出的冷气也将她焦灼的情绪冷却许多。

她刚刚是怎么了？她在怀疑什么？怀疑谢砚宁的真心吗？她已经很久没有这样患得患失了。

许唯正准备离开的时候，身后突然有个穿着制服的男生帮她推开了门。

入目就是用鲜花铺满的狭长玻璃道，四周的小灯如同满天繁星，许唯正愣怔着，手里突然被塞了一束花。

她往前走，看到了很多人，有苏桐、严朝雨，还有她的朋友，再往前一点儿是商妍和谢伯豪，旁边是谢砚宁的朋友们。

路的尽头是谢砚宁。

他朝她嗫嚅地挑了一下眉。

许唯的眼泪扑簌簌地落下来，她急忙背过了身。苏桐见状，送上了纸巾。

许唯捂着脸，恨不得钻进地洞里："什么啊？"

苏桐拍了拍她的后背："什么'什么'啊？你家谢董非要拉我们来再见证一次求婚。"

许唯强忍着眼泪，回头看向谢砚宁。

谢砚宁朝她走过来，背对着商妍小声说："场馆是我妈布置的，我觉得一点儿都不好看，但她不许我插手，你不要介意。"

许唯瞬间破涕为笑。

谢砚宁对大家说："今天我请大家来，其实是想让小唯提前感受一下婚礼当天的场面。小唯总觉得自己的朋友不多，怕到时候尴尬，但我觉得没什么。她的朋友不多，但每一个都是用心交的，你们的祝福比什么都重要。"

谢砚宁把许唯搂到怀里："你看，这很温馨的，是不是？没想象中的那么可怕。"

许唯不好意思在众人面前拥抱，往后退了一步，可又觉得自己做得不对，想了想又凑上去，在谢砚宁的唇上印了一个吻。

众人尖叫着鼓掌，音乐也适时地响起。

许唯问谢砚宁："那你的单身派对怎么办？"

"这不就是？"谢砚宁笑着说。

"你不要告别一下单身吗？再过几天，你可就失去自由了。"

"那就告别自由。"

许唯和他碰杯，又问："谢砚宁，如果我的脾气一直是这样，永远口是心非呢？"

"这有什么？"谢砚宁俯身靠近许唯，在她的耳边轻声说，"谢太太，我愿意哄你一辈子。"

婚礼前一晚，许唯和谢砚宁都失眠了。

婚礼的布置已经由谢砚宁完成了。许唯没有父母，也没什么接亲的必要，他们省去了所有烦冗的迎来送往的步骤，现在就在家里等待着明天的到来。

夜很安静，两个人躺在一起。

虽然感觉到谢砚宁在蠢蠢欲动，但许唯轻咳了一声，谢砚宁就停住了。然后他偷偷摸摸地握住许唯的手——先是碰了碰手背，又捏了捏许唯的手指，最后握住了。

他又装出这副纯情模样，许唯平时都懒得搭理。

她发现谢砚宁继承了商妍的表演天赋。很多时候，谢砚宁都会用扮可怜的方式获取许唯的同情，然后趁许唯不备，对她动手动脚，以达到目的。

但今天这个日子实在独特，许唯便原谅了谢砚宁的幼稚行径，主动和他十指紧扣。

"我的养父母……"许唯说到一半又改了口，"叶惠婷和许致军今天用一个陌生的电话号给我发了消息，说从别处听到了我要结婚的消息，祝我新婚快乐。"

"你怎么回复的？"

"我没回复，就当没看见。我一开始想回复一句谢谢，毕竟在这样大喜的日子，与人为善也算积德积福，但是后来想一想，还是算了。"

"为什么？"谢砚宁翻了个身，好奇地问。

"讨别人开心不如讨我自己开心。"

谢砚宁笑了笑，凑过来抱住许唯，说："小唯长大了。"

许唯最初的反应是头皮发麻——她最受不了谢砚宁用这种哄小孩的语气跟她说话——可这一次，这种年龄差带来的怪异感被寂静的深夜掩盖，取而代之的是谢砚宁在她的耳边平稳的呼吸声。

许唯后知后觉地意识到，原来吃得苦中苦不是长大。

她先迅速衰老，又重获新生。这真有意思。

许唯钻进谢砚宁的怀里，轻轻地喊了一声。

谢砚宁还以为自己幻听了，愣了几秒才难以置信地问："你喊我什么？"

"没听见就算了。"

谢砚宁连忙凑近了，挤到许唯的怀里，激动又急切地催促许唯："你刚刚喊我什么？你再喊一遍好不好？"

　　许唯没力气和他一直闹，几番挣扎后就放弃了，然后看着谢砚宁，轻轻地喊了一声："老公。"

　　谢砚宁先是表情凝固住，两个人对视几秒后，忽然就俯身吻住了许唯，许唯只好再次挣扎。

　　她早知道后果，却还是故意撩拨他。她喜欢谢砚宁在失控时抱她的力度，也喜欢谢砚宁在她身上留下印记。

　　她简直不敢相信，明天就要和谢砚宁结婚了，不管是"结婚"还是"和谢砚宁"，这件事都显得那么不可思议。

　　有时候她睡醒睁开眼，会下意识地伸手摸一摸身侧——她要确定谢砚宁一直在，否则就会怀疑这一切是一场梦，一场让她舍不得醒来的梦。

　　"我很紧张。"许唯诚实地说。

　　"我也很紧张。"谢砚宁亲了亲她。

　　"也许我们不该这么早同居的，太早进入对方的生活，就会失去新鲜感和吸引力。"许唯突然有些沮丧。

　　"怎么会？小唯不要胡思乱想。"

　　许唯朝谢砚宁笑了笑，然后整个人都窝在他的怀里，他的温暖抵御住了许唯的负面情绪。

　　许唯呢喃道："新婚快乐，我的'小狗'。"

　　谢砚宁拒绝了所有媒体的拍摄请求，只想给许唯一个专属于他们俩的盛大又美好的回忆。

　　婚礼当天，化妆师很早就来了。谢砚宁还在睡，许唯舍不得叫醒他，就帮他盖好被子，自己起床洗漱、化妆。最后谢砚宁是被商妍直接从床上揪起来的。

　　商妍暴躁地把谢砚宁拽到卫生间里，气愤地问道："你还想不想结婚了？"

　　谢砚宁睡醒后的第一件事就是去找许唯。他揉着眼睛走到正在穿婚纱的许唯面前："早上好，老婆。"

许唯忍着笑，没有理他。

商妍最在乎许唯的妆容和发型了，在旁边凝神观察，时不时地摆弄摆弄许唯的领口，或者把自己珍藏多年的名贵首饰拿出来，硬要许唯挑两件。折腾了几个小时，许唯才打扮好。

婚礼终于开始了。

婚礼在一个开过国际会议的超大会场里举办，豪华和奢侈体现在每一个细节上，金色的花饰和条纹水晶管点缀着整个会场，远远望去，如同悬浮在空中的银河。会场的正中央是一轮月亮。

许唯站在台下，看了看自己的缎面婚纱，然后深吸了一口气。

她独自走上台，在众人的惊诧的目光中，一步步坚定地走向谢砚宁。

谢砚宁温柔地看着她，一如初见。顶灯的光芒洒在他身上，和去年秋末在咖啡馆里洒在谢砚宁深灰色的针织衫上的那束阳光如出一辙。

时间不断回溯，她每走一步，都会想起曾经的种种画面，第一次约会、第一次牵手、第一次接吻……她坚定不移地走向谢砚宁，就像谢砚宁曾经义无反顾地走向她一样。

后来婚礼上的流程她都记不太清楚了。她太激动又太疲倦，恍恍惚惚地扔出捧花，最后捧花被苏桐抢到了。

苏桐朝她挑了个眉。

许唯看着苏桐笑，希望苏桐得到幸福，不管是在事业上还是在爱情上。她知道苏桐并没有多期待生活中出现一个男人，但一定很期待未来光明灿烂，自己和女儿平安顺遂，幸福过完余生。这也是她对苏桐最大的祝福。

婚礼的流程一项项地进行，许唯的紧张感也在众人艳羡的目光中逐渐减淡。就像谢砚宁说的，最重要的事是她能开心，能穿着最美的婚纱走到谢砚宁面前。

别人的眼光算什么呢？

婚礼进行到中场时，苏桐陪着许唯在更衣室里换第二套礼服，许唯问了苏桐一个她始终纠结的问题："你说，婚前同居会影响新鲜感吗？"

苏桐愣住，不解地问："大喜的日子，你在想什么？"

许唯撇撇嘴："不是啊，我思考很久了，这一直是我的心病。你看我和谢砚宁已经同居好几个月了，平时的相处方式和夫妻没什么差别。你说，我们今晚躺在床上和昨晚会有什么不一样吗？"

"当然有啊，你们的身份不一样，是夫妻了。"

"是吗？"

许唯拉好腰上的隐形拉链。苏桐见她还是愁眉苦脸，便附耳说道："你要不要试一试，改变一下你和谢砚宁的相处方式？"

许唯来了精神："什么意思？"

"他在你面前不是很乖吗？他什么都听你的，顺着你，你也总是一副居高临下、对他颐指气使的傲慢样子……"

"我没有。"许唯反驳。

"反正就是这么个意思，"苏桐继续说道，"你今晚回去以后，可以在他面前变个样子，撒撒娇或者卖个乖，说几句软话，看看他喜不喜欢。"

"不要吧。"许唯整张脸都透着痛苦。

她撒娇？那还不如让她去卖一百台起重机。

"试试嘛，"苏桐怂恿她，"你偶尔给他一点儿特别的体验，再加上他这么喜欢你，不用害怕新鲜感的问题啦。我算过了，以谢砚宁的父母为参考标准，你们俩至少三十年后才需要考虑新鲜感减少这件事。"

许唯忍俊不禁。

婚礼结束后，谢砚宁和许唯回到家。许唯一整天换了五套礼服，累到站都站不稳，直接躺在沙发上睡着了。

谢砚宁帮她卸妆，然后抱着她去洗澡。中途许唯醒过来一回，看到来人是谢砚宁，嘟囔了句"不许乱摸"就又睡着了。

谢砚宁乖乖地收回要作恶的手。

很快，许唯一身清爽地躺在了床上。睡袍的系带被谢砚宁打了一个不成形的蝴蝶结，她睡到十一点半才睡眼惺忪地醒过来。

谢砚宁正躺在旁边认真地回看婚礼的视频，许唯便靠在他的肩头上，陪着他一起看。

几分钟后，她听见谢砚宁非常不满地说："为什么在这么美好的镜头之后摄像机扫到了林从南的脸？我明天就让人把这几秒钟剪了。"

许唯定睛看了看，原来在他们交换戒指之后，镜头环顾了全场，最后在林从南的脸上停了两秒，而且林从南的脸上没有明显的笑意，他只是鼓掌，眼神似乎很复杂。

许唯失笑："你还吃醋呢？"

"我就说他对你余情未了！"

"不会的，在他的世界里，事业比爱情重要，他和你争对他没好处。"

"什么意思？你说我恋爱脑？"谢砚宁拧起眉头。

许唯在心里想：你不是吗？

谢砚宁气鼓鼓地说："你怎么这么了解他？你还知道他放弃你的理由？你什么时候和他交的心？你们两个人都谈到这么隐私的话题了吗？"

许唯冷眼看他："今天这么好的日子，你不许扫兴。"

"你就知道欺负我。你有像我这样为我吃过醋吗？你从来都没有，就是仗着我这么爱你，所以有恃无恐。"

许唯刚睡醒，思维都是一团乱麻，根本没工夫和谢砚宁折腾。谢砚宁总喜欢在"你爱不爱我""你有多爱我"这些事上反复磨许唯。

许唯一开始觉得他可爱，现在只想揍人。

刚要动手的时候，许唯想起苏桐的话——"你要不要试一试，改变一下你和谢砚宁的相处方式？"

许唯顿住，慢慢地收回拳头，然后改成柔柔地圈住谢砚宁的脖颈。

她趴在谢砚宁的胸口，放软声音："你怎么知道我没有为你吃过醋？"

谢砚宁眨了眨眼，满脸都写着"惊恐"二字。

"我很吃念月的醋，很羡慕她和你是青梅竹马。虽然知道你们两个人对彼此没意思，但她每次一出现，我就会很紧张。"

"小唯，你……你怎么了？"谢砚宁全身变得僵硬，仿佛不相信眼前这个主动袒露心声的人是他的小唯。

许唯俯身亲了亲他："之前林从南的确想追我，但我和他说了，我只喜欢谢砚宁。"

"真的吗？"

"真的。这个世界上再也没有比小谢更爱我的人了。"

谢砚宁感觉到了一丝诡异，开始往床边挪。他挪一寸，许唯就贴近一寸。就在他快掉下床的时候，许唯按住他："你躲什么？"

"小唯，你是太累了吗？"谢砚宁僵硬地笑了笑，"我今天没有犯错啊。你不让我在婚礼上吻你，我不是都忍住了吗？"谢砚宁的尾音甚至有点儿颤抖。

许唯在心里叹了一口气。好吧，她的确不适合撒娇。

于是她恢复冷漠的表情，瞥了谢砚宁一眼，用一贯的语气说："以后你还敢阴阳怪气地提林从南吗？"

谢砚宁这才松了一口气，乖乖地坐好，举手发誓："不敢了。"

"睡觉吧。"许唯没了兴致。

谢砚宁直接扑到她身上，把她压在柔软的被子上，坏笑着说道："刚刚你睡饱了，现在该我睡了。"

他们的蜜月是在一座私人海岛上度过的。

谢砚宁一开始不同意，觉得许唯对海鲜过敏，不适宜去海边，但许唯执意要去。

许唯喜欢海。

以前她喜欢蓝色，喜欢海的深不见底，喜欢无止境的孤独感；但现在喜欢阳光和金色沙滩，喜欢高大的棕榈树和湿润的海风。

和谢砚宁在日落岛的那晚似乎成了许唯心里的一处温柔又坚硬的茧，从灵魂深处给许唯提供了源源不断的力量，她因此更喜欢海了。

谢砚宁没办法，只好遂她的意。

晚上他们躺在沙发上看电影，是一部节奏缓慢的法国爱情片。许唯大概是对浪漫过敏，看了几分钟就犯困，转头望向谢砚宁，发现谢砚宁倒看得认真，眼瞳里映着电影画面。

许唯弯了弯嘴角，觉得他很可爱。

谢砚宁察觉到了许唯的无聊，于是按了暂停键，低头吻她。

许唯的肩带很快就滑落下来，她用两只手抵着谢砚宁，笑着问道："干吗呀？"

谢砚宁退而求其次，改成亲许唯的颈侧："谁让你看我？"

许唯被迫躺下来，嘟囔着："早知道我就不看你了。"

谢砚宁轻笑，再次播放了电影，舒缓的背景音环绕着他们。许唯觉得奇怪，问："为什么？"

谢砚宁在她的耳边说："每次环境太安静的话你都不肯出声。"

许唯的脸"噌"的一下子红了。

谢砚宁的行径总是很幼稚，许唯也有各种办法对付他，从不让自己落下风。但每当夜幕降临后，许唯便不再是他的对手了。

谢砚宁不强势，看上去似乎脾气很好。但跟他在一起久了，许唯慢慢发现，她白天如何用一句话、一个眼神欺负谢砚宁，谢砚宁就会在晚上用另一种方式讨回来。

而且随着许唯的纵容，谢砚宁也越发放肆。

潮水声融进夜色，许唯决定原谅谢砚宁的莽撞。潮水声再次响起，她回想起日落岛的夜晚，谢砚宁的承诺仿佛还在她的耳边。

她抱着谢砚宁的肩膀，心里想：她从此不再是一个人了。

不过，谢砚宁每当因为偶尔的霸道让许唯觉得他很成熟时，很快就会恢复原状。

第二天早上九点，许唯已经做好了早餐，谢砚宁还是赖床不起。许唯一开始还耐心地哄他，见他哼哼唧唧地撒娇，就改成直接拧他的耳朵："快起床！"

谢砚宁吃痛，直接钻进许唯的怀里，把受伤的耳朵紧紧地贴在许唯的小腹上，可怜兮兮地说道："小唯，你的心怎么这么狠啊？果然你得到我就不珍惜了。"

许唯被气笑了。

谢砚宁说再睡十分钟，许唯便由他枕在自己的腿上，有一搭没一搭地拍着他的肩膀。

阳光洒进来，暖烘烘的，让许唯都有了困意。她正在思考要不要再躺一会儿的时候，就感觉到谢砚宁的手正偷偷摸摸地从她的衣摆往里探，还一路往上。

许唯又拧了一把谢砚宁的耳朵。

谢砚宁使坏未遂，讨好地搂住许唯亲了亲："老婆辛苦了，从明天开始我来做早餐。"

许唯微微愣住，等谢砚宁下床去了卫生间，才后知后觉地想："老婆"这个称呼从谢砚宁的嘴里说出来，竟然不显得肉麻。

结婚的实感一次次被强化。

许唯初见谢砚宁时怎么也不会想到，有一天，她还真的和这个男人成为终身伴侣了。

他们一起吃了早餐后，谢砚宁又带着许唯去浮潜。许唯的体力跟不上，她玩了一会儿就累了，改成坐在岸边休息。

谢砚宁拿着滑板去冲浪，脱了上衣后，他的肌肉线条显得越发明显，高大矫健的身姿使人移不开眼。他似乎对所有体育项目都游刃有余，此时正踩着冲浪板，身体控制着方向，肆意地迎上几米高的海浪，在许唯替他提心吊胆的时候又轻松地下落。

他远远地朝许唯笑。

他的笑容总是自信又张扬，像阳光一样。以前许唯会被刺伤，觉得自己常年待在阴暗中，无法和谢砚宁这样夺目的人站在一起；现在她的想法换了，每当有一点儿负面的情绪袭来，她就会强迫自己去想谢砚宁，然后她的心情就会豁然开朗。

她都拥有谢砚宁了，还有任何事情值得烦恼吗？没有了。

结束后，谢砚宁朝许唯跑了过去。许唯戴着墨镜躺在遮阳伞下，刚张开怀抱，谢砚宁就重重地压了上来，带着满身的水汽。

"你怎么会这么多项运动？"她问。

"我感兴趣，就随便学了几个月，除了潜水考了潜水证，其他的都不算精通。"

"你好厉害啊，等将来我们有……"

许唯说到一半又停住，然后心跳陡然加速，下意识地咬住嘴唇。

她刚刚差点儿脱口而出的话是什么？有小孩吗？这个认知简直让许

唯瞬间心慌意乱。在此之前她从来没想过这件事，且一度觉得自己不会有爱情，也不会有婚姻，更不会有下一代。

可转眼间，前两项她都有了。

谢砚宁没听清，于是追问："将来什么？"

许唯不吭声，谢砚宁就把她的墨镜推上去，一边啄她的唇一边问："将来什么啊？快说。"

许唯笑了笑，躲着他，敷衍地说道："将来……将来你教我，我也想学潜水。"

"不用将来，我明天就可以教你，"说完他还不忘补了句，"不过是要收学费的。"

"学费是什么？"

"喊声'老公'。"

许唯瞥了他一眼："那我不学了。"

谢砚宁哼了哼："我就知道。"

两个人对视着，许唯最后还是没忍住，一边笑着一边飞快地喊了一声。

"小狗"很满足，安逸地躺在许唯身边。许唯把自己的墨镜戴在了谢砚宁的脸上。

她也变得幼稚了。

两个人黏糊了一会儿才回房间，许唯面上没有显露，但心里还是起了波澜，走在路上就在认真地盘算着生宝宝的事情。

她突然意识到，谢砚宁好像从来没有提过这件事。他说过那么多情话和承诺，但没有一句提到类似"一家三口"的词语。

谢砚宁不是玩心重的男人，但确实还年轻，商妍偶尔还会喊他"宝贝"。

也许谢砚宁暂时没有做父亲的考虑。

许唯之前没有想过这件事，可这个念头一旦萌生，就迅速在许唯的心头蔓延开来。她甚至频繁地观察谢砚宁的脸，试图从他的五官中想象出他们的女儿的模样。

她想要个女儿。

如果可以如愿，许唯一定会给她全部的爱，让她从小生活在父母恩爱、家庭幸福的环境里。她会像谢砚宁那样动不动就撒娇，顶着一张粉嫩嫩的小脸，即使做错事也叫人不忍心责怪。许唯会给她买很多衣服，做很多美食，布置最好的公主房，会陪着她去很多地方旅行，会坚定地告诉她：你是因为爱才来到这个世界上的，是爸爸妈妈的礼物。

许唯没有经历过这样的成长过程，她的女儿不能有半点儿缺憾。

谢砚宁察觉到许唯在神游，轻声问她："怎么了？"

许唯摇摇头，倚在他的肩上："有点儿累。"

"我来做晚饭，你先去睡。"

许唯笑着说："你会做什么？还是我来吧。"

"我怎么不会？你之前教我的几道菜我现在做得很熟练。"他把许唯往卧室的方向推。

许唯不放心，说："生抽和醋你不要认错了。还有白色的罐子里是海盐，我把它放在角落里了，你不要拿……"

"好，你乖乖地等开饭。"他把许唯推到床上，让她躺好，再帮她盖好被子，像哄小孩一样哄着她，"你睡一会儿，等我来喊你。"

许唯再次想开口，可顶着谢砚宁温柔的目光，又怕想法被问出来之后让彼此都扫兴，只好把坦白的冲动咽了回去。

许唯一直到蜜月结束都没有再提这件事。

回国之后，还没走出机场，许唯就接到了供应商的电话。因为情况紧急，她便停下来接听，谢砚宁在旁边等她。

许唯记下供应商说的几件事，刚准备挂电话，就看到原本在一旁站着的谢砚宁突然朝着一个方向冲了过去。

"砚宁！"

许唯被吓了一跳，连忙追了过去。

只见谢砚宁一个箭步冲到自动扶梯前，在周围人的尖声惊呼中抱住了被行李箱带着从自动扶梯上翻滚下来的小女孩。

他的动作极快，许唯的心还没来得及悬到嗓子眼，他已经把小女孩抱在怀里，平稳地走到一旁了。小女孩也被吓到了，搂着谢砚宁的脖颈号啕大哭。

大概是小女孩的母亲因为接打电话没注意，没拿稳手上的行李箱，滚轮滑动，行李箱直愣愣地往下栽，砸中了后面的小女孩。小女孩一时没站稳，就滚了下来。

如果没有谢砚宁，就差一点儿，行李箱就要压在小女孩身上了，那后果不堪设想。

许唯走过来，心有余悸地拍了拍小女孩的后背。

小女孩的母亲急匆匆地跑了过来，接过女儿，哭着对谢砚宁鞠躬道谢。

谢砚宁摆手说"没事"，然后伸手逗了逗小女孩。被吓得泪流满面的母亲此刻才缓过来，连忙让女儿说："谢谢叔叔。"

三四岁大的小姑娘跟着说："谢谢叔叔。"

她还从小兜里拿出棒棒糖，递给了谢砚宁。

谢砚宁笑着接下，然后就牵着许唯离开了。

许唯直到出了机场才完全回过神来，捂着心口说："刚刚太危险了，幸好有你。"

谢砚宁倒是一脸轻松的表情，好像刚刚见义勇为的人不是他。许唯看着他，总觉得面前的这个男人和白天还在她怀里撒娇的人不是同一个人。她说不出什么肉麻的夸奖，只是主动搂住他的胳膊，把头靠在他的肩膀上。

谢砚宁把棒棒糖的糖纸剥开，递到许唯的嘴边，逗她："吃不吃？荔枝味的。"

许唯咬住。

她突然想起刚刚谢砚宁抱着小女孩的画面，当时他让小女孩坐在他的手臂上，动作轻柔地抱着孩子，竟然毫无违和感。

许唯试探着说："刚刚的小女孩挺可爱的。"

"嗯。"

"你喜欢小朋友吗？"

谢砚宁想了想："一般吧。我有两个侄子，一个四岁，另一个六岁，每次他们俩一来我家，我的头都要炸了。"

"也有不闹腾的小宝宝。"

"可能吧，可我还是不太喜欢小朋友。"

许唯的心一下子沉了。

谢砚宁没听出许唯的话外音，还问："怎么了？"

许唯心烦意乱，看了谢砚宁一眼，始终没说什么。

事情果然和她猜想的一样。

这可怎么办？

半个月后，谢砚宁才察觉出来许唯的心思。

这天他们一起去儿童福利院做志愿活动，结束时许唯还不愿走，坐在小操场上看着一群小孩子玩老鹰捉小鸡。

许唯的脸上流露出很温柔的笑意。

她回忆道："我小时候个子高，总是被选去做老鹰。因为当老鹰没有当小鸡好玩，我心里很委屈，所以每次结束之后，秦阿姨都会把我拉到厨房里，偷偷地塞几块饼干给我。"

谢砚宁搂住她。

"其实那时候挺有意思的，因为我不懂，不知道小孩本来应该和父母在一起生活，也从来没体验过，还以为全天下的小孩都像我们这样生活呢。上小学之后，我去同学家里玩，看到她妈妈在厨房里做饭，她放下书包就冲过去抱了一下她妈妈，"许唯靠着谢砚宁，轻声说，"一直到那时候我才感觉委屈。"

谢砚宁低头亲她的额角："以后有我了。"

"我如果有小孩，不会让他受半点儿委屈的。"许唯哽咽着说，也忘了自己原本打算再也不提这件事。

谢砚宁突然反应过来。

在回去的路上，谢砚宁问许唯："小唯，家里的安全套是不是被你收起来了？"

许唯脸色一变，身体僵住，立即否认："不是。"

她原以为谢砚宁不会察觉的。

昨天晚上，她去苏桐家，陪着哆咪玩了一个多小时。小丫头已经开始学着动画片里的人物说话了，还会唱儿歌，含混不清的小奶音让许唯的心都化了。她抱着哆咪，像抱着一个小粉团子，几乎舍不得撒手。

许唯回到家之后，发现谢砚宁还没到家。

她洗完澡躺在床上，也不知道当时是怎么想的，总之脑袋一抽，就……把那东西藏起来了。结果晚上谢砚宁要用的时候发现没有，许唯一边勾着他的脖颈，一边说不知道。但令她惊讶的是，谢砚宁竟然强压着冲动，抱着她吻了很久，等她舒服之后才去卫生间。

许唯望着天花板发蒙，又不敢说实话，等谢砚宁回来的时候，才翻过身假装困了。

谢砚宁觉得有一丝奇怪，但没多想，关了灯，从后面搂着许唯的腰，耳语几句便睡着了。

许唯在黑暗中慢慢睁开眼，一种深深的无力感弥漫开来。她知道谢砚宁不是不想负责任——他怎么会没有责任心呢？

他只是不喜欢小孩，这不是他的错。

一次失败的尝试最后以许唯决定再也不想这件事告终，结果第二天谢砚宁就发现了端倪。

"我记得应该没用完。"谢砚宁说。

许唯顿时心情复杂，觉得很丢人，也很羞耻。她这是在做什么？她想要有自己的小孩来填补童年的缺憾，但这并不是谢砚宁的责任。她怎么可以用这种方式欺骗谢砚宁呢？

"对，是我收起来的，抱歉。"

后来不管谢砚宁问她什么，她都再也没说话。

那种羞耻感完全把许唯的心病再次激发出来了，她很讨厌这种状态。明明三两句话就能解释清楚，随便撒个娇谢砚宁就会任她欺负，但她竟然张不开口。

她整个人的气压低到了谢砚宁不能靠近的地步。

回家之后，她躲到书房里，找借口说自己要忙。

谢砚宁敲了敲门，对她说："小唯，我们聊聊。"

如果是以前，许唯应该不会答应，而会激烈地回应谢砚宁，让彼此都受伤，然后躲在书房里哭着自虐。

但这一次她不想这样，舍不得让谢砚宁承受这种没必要的负面情绪。

她红着眼走出来，泪水盈在眼眶里。在谢砚宁说话前，她主动投入他的怀抱。

谢砚宁也愣住了，片刻后才弯起嘴角。

"这就对了，我们有话好好说嘛。"谢砚宁抱住她，轻声问，"小唯是不是想要小宝宝了？"

许唯瞬间从眼睛红变成了脸红，支支吾吾地说："我只是喜欢。"

"这很正常啊，如果生小宝宝是小唯的规划之一，我愿意配合，也愿意和小唯一起组建幸福的三口之家。"

"可你不喜欢小朋友。"

"但那是我和小唯的小宝宝啊，怎么能一样？"

许唯越发哽咽，把脸埋在谢砚宁的肩头："可是……可是……"

"小唯，但是我觉得这件事有点儿早，想再过两年。"谢砚宁抚着许唯的鬓发，指尖穿过发丝，然后把许唯紧搂在怀里，坦诚地说，"我不想让你辛苦。"

许唯微怔。

"我想给你的婚姻是让你在我这里安心地当小孩，不想你还没有尽情享受宠爱就早早地承担起当母亲的责任。"

"我……"

谢砚宁继续说道："我已经能预想到，小唯将来一定是一个好妈妈。虽然我也很憧憬，但那种幸福的代价是小唯怀胎十月的辛苦。你知道吗？我爸记录了我妈怀孕的全过程，在我十岁生日那天放给我看，那给我带来很大的震撼，我妈那么娇气、那么爱美的人都被折腾得不成样子。"

许唯的眼泪扑簌簌地掉下来，把谢砚宁的衬衣都洇湿了。

"我妈本身就娇气，不舒服了就立即冲我爸撒娇、发脾气。但是小唯不一样，总是忍耐，难受了、不舒服了都是自己默默地熬过去，我真的不愿意看到你那么辛苦。"

许唯的鼻子酸到不行。

"之前我不知道该怎么对你说，怕你多想，或者觉得我这些理由太冠冕堂皇，认为我其实只是为了掩盖自己不负责任而不想要小孩的想法。"

许唯摇头："我没有那么想。"

谢砚宁直白地说："我确实不想要小孩，因为就是很想和小唯过二人世界。"

"我知道了。"

"不，你还不知道。"谢砚宁低头亲了亲许唯，告诉她，"小唯，你不需要通过养个小宝宝，用给他组建完美家庭的方式来弥补童年。你现在就是我的宝宝。"

许唯瞪他："腻歪死了，你不许这样叫。"

谢砚宁抱着许唯左右晃了晃，用更腻歪的语气说："本来就是啊，我的愿望就是让小唯在我这里永远做小孩。"他说，"你要幼稚，要任性，不要长大。"

有很多人劝过许唯，让她放弃事业，安心在家里做谢太太。许唯一律回之以白眼。

她不仅不会放弃事业，还要做大、做强，现在甚至不避讳和百川集团合作，反正怎么做都会有人在背后议论。

她手上目前有四个销售，两个资历较深，还有两个是新人。她想了想，决定把百川集团的项目交给两个新人。

一旦把这个单子谈下来，那许唯这一年的投入，包括租办公室、买办公用品和雇员工所花的钱，就都能回本。

新人表现得不错，在许唯的指点下，从写产品分析到价格调研，再到和百川集团的采购部沟通交流，一步步都很踏实。

许唯看着眼前一男一女两个刚大学毕业没多久的年轻人，忽然想到了当年的她和费闻远。

也是很巧，许唯正想着费闻远，竟就接到了他的电话。费闻远邀请她来参加他和杨卉的婚礼。

许唯疑惑地问："你们前年就订了婚，怎么一直拖到今年才办婚礼？"

费闻远无奈地笑："两家都不太满意，我妈想让我谈个老师或者体制内的对象，小卉的父母也不希望她远嫁，总之吵吵闹闹的。这一年我俩分分合合，最后还是舍不得彼此，再加上……小卉怀孕了，我俩就先斩后奏地领了结婚证，两边的老人也没办法。"

许唯都没想到这其中还有这么多波折。

费闻远感慨道："大多数人的爱情还是很受物质困扰的，像你和谢砚宁这样的，实在不多。"

许唯也不知该说什么，说自己命好？她前二十几年的苦楚谁又知道呢？

"你和谢砚宁怎么样？"

"挺好的，我们挺幸福的。"

"在你嘴里听到这样的回应可真不容易，看来你们是真的很幸福，那下周就过来吧，把幸福传播点儿给我们。"

许唯笑着说："没问题。"

员工把报价表交过来，许唯放下手机，接过表格。自从开公司之后，她的销售工作变得没那么忙，但她多了一份管理的责任，再加上又是一个闲不下来的人，所以即使现在做了老板，但还是不轻松。

她好不容易推掉了一个应酬，才去参加费闻远的婚礼。

婚礼结束后，她刚走出酒店，就看到谢砚宁把车停在门口等她。

许唯没想到他会来，有些惊讶，坐进去之后问："等很久了吗？"

谢砚宁大概也是从某个典礼上刚回来，身上还穿着笔挺的西装，额前的碎发都被发胶打理得一丝不苟。

谢砚宁还挺适合背头的，许唯想。

"没。"他回答。

"你怎么知道我在这里？我好像只说了我要参加一个朋友的婚礼，没说地址吧？"

"我看到请柬了，"谢砚宁一只手搭在方向盘上，然后装腔拿调地说，"你不说我都不知道原来是你的初恋结婚。"

许唯眯起眼睛："你怎么知道的？"

谢砚宁立即提高了音量，望向许唯，气呼呼地说："你竟然承认了？！"

"你先说你从哪里听来的？"

"你昨天和苏桐打电话，我不小心听到的。"

许唯仔细回忆了一下昨晚她和苏桐的通话内容。当时两个人都用开玩笑的口气追忆青春，许唯不好意思说自己二十八岁才第一次谈恋爱，于是随口说了句："明天去参加初恋的婚礼。"

其实她只是调侃，没想到被谢砚宁听见了。

谢砚宁酸溜溜地说："第一次那晚你说什么我是你的初恋，原来都是骗我的。"

"谢砚宁，你幼不幼稚？"

"你为什么不能继续骗我呢？我刚刚问你的时候，你就应该继续骗我，而不是脱口而出一句'你怎么知道的'。"

许唯系好安全带，把胳膊搭在车窗边，无聊地支撑着脑袋。

谢砚宁还在嘀咕："我都知道了，你一进盛风就和他在一个小组，每天同进同出。你最辛苦的那几年，是他陪着你。"

"那只是同事的陪伴，如果我对他感兴趣，还有你的事吗？"

"哼，你对他没兴趣吗？"

"有啊，我暗恋他，这你不是知道吗？"

谢砚宁的脸再一次垮了。

许唯今天稍微喝了点儿酒，所以状态微醺。她一贯喜欢这样逗谢砚宁，所以也没在意，直到晚上回了家，才发现谢砚宁好像真的吃醋了。

许唯一直不明白谢砚宁为什么总是吃醋，吃林从南的醋，吃费闻远的醋，甚至吃日落岛上一个陌生的小男孩的醋……明明许唯和这些人连半点儿亲近的接触都没有，更不用说在世俗的眼光下，这些人都不能和谢砚宁相比较。

可能这就是谈姐弟恋的代价，太炙热的爱势必要烧掉一些理智。

许唯在理智和被汹涌的爱包围之间果断选择后者。她抱住谢砚宁，哄道："吃什么醋啊？这都是陈年旧事了。"

谢砚宁都不肯抱她，赌气地说："那你把刚刚的话重说一遍。"

"好。"许唯笑了笑，"费闻远不是我的初恋，我也没有暗恋过他。

只是那时候年纪小，别人稍微关心我一点儿，我就忍不住心动。但是后来我也发现了，我的性格和他的不合适。他那时候有点儿'中央空调'，我受不了，就主动和他疏远了。"

"所以你们……"

"我们有过一段时间的暧昧，但什么都没发生，后来心照不宣地恢复到普通同事的关系。我这个解释你可以接受吗？"

"不可以。"

"哦。"许唯无所谓地松开谢砚宁，捏了捏他的耳朵，然后进了浴室，一副不信拉倒的样子。

泡完澡出来之后，她看到床头放着解酒用的番茄汁，还有一碗雪梨炖燕窝。

她最近食欲不振，时常咳嗽，谢砚宁就每晚都给她炖雪梨燕窝。

谢砚宁总是毫不遮掩他的爱，即使吃醋委屈了，也不会朝她发脾气。

许唯尝了几口，然后蹑手蹑脚地走进书房里。谢砚宁正在工作，接起电话后问助理："环评批示（指环境影响评价批复文件）都下来半个月了，怎么现在才发过来？"

他还是很忙。

许唯给他倒了杯茶，送进去的时候谢砚宁正在看电脑屏幕，听到动静时后背微僵，刻意板着脸，说："谢谢。"

许唯心里发笑，又不想拆穿他。

回到床上后许唯看了会儿手机。谢砚宁那边已经结束工作了，许唯知道谢砚宁也需要台阶下，于是躺下来装睡。

谢砚宁进房间时脚步顿了顿，然后轻轻地关了灯。掀开被子进来的时候，他先是板正地躺在另一边，没几分钟就忍不住了，凑过来，从后面抱住许唯的腰。

他不抱着许唯是睡不着觉的。

许唯弯起嘴角，装作呓语着，翻身钻进了谢砚宁的怀里，枕着谢砚宁的胳膊。

谢砚宁猜到许唯没睡，于是像怨妇一样絮絮叨叨："你说几句软话骗骗我会怎么样？我又不会介意，谁想听你实话实说？"

"你怎么这么玻璃心啊？"许唯睁开眼。

"小狗"瞬间被气到炸毛，翻身背对着许唯，一个人睡了。

许唯早就习惯了隔三岔五地应付吃醋的"小狗"，叹了一口气，然后自顾自地拉起被子，靠着谢砚宁的后背很快就睡着了。再醒来时，她依旧躺在谢砚宁的怀里，谢砚宁紧紧地贴着她——这是她意料之中的姿势。

许唯以为谢砚宁会不理她，但现在来看，谢砚宁好像并不打算冷战，只是板着一张脸，可是出门的时候还是下意识地伸手去牵许唯。

许唯和他十指紧扣，笑着说道："你不生气啦？我还以为你今天要和我冷战呢。"

"我这辈子都不会再冷暴力你的。"

许唯愣住了，想起了去年的那两个月还有谢砚宁在她面前后悔的样子，心里缓缓地淌进暖流。她握紧了谢砚宁的手，说："嗯，那就好。"

来到公司，她很快就投入工作。叶敏之敲了敲她办公室的门，给她带来了一个消息："盛风快倒闭了。"

许唯打字的手顿住："倒闭？"

"对，听说盛风尾款收不齐，货款又付不起，拆东墙补西墙，现在拖欠了很多自家员工的工资，已经有人去劳动仲裁了。"

许唯顿觉感慨。

"幸亏你早早地出来了。"

许唯笑了笑："是啊，幸亏严文江他老婆闹了那一场，这还有点儿冥冥之中的意思。"

"谁说不是呢？"

许唯打电话问费闻远情况，费闻远说盛风确实快撑不下去了。许唯问他要不要来新唯，费闻远说："没事，我已经找到下家了。要是下家不行，我再去投靠你。我不想给你添麻烦。"

许唯还问了之前的老同事姜于晴的情况，费闻远说："她已经不做销售了，好像去一家活动公司做策划了。她的儿子快中考了，她得腾出时间陪儿子学习，其他的事情我不清楚。"

许唯突然觉得时间过得太快，"物是人非"这个词太扎心。

幸好她在那年秋天遇到了谢砚宁，让她的情感从工作中抽离出来，让她放弃用起早贪黑地工作实现人生价值，而是把精力放在更有意义的事情上，不然她现在可能也是随着公司倒闭而作鸟兽散的员工。

幸好有谢砚宁。

一想到这里，许唯就舍不得欺负他了——"小狗"还是要适当安抚的。

许唯知道谢砚宁不是在乎初恋，只是不喜欢自己的很多下意识的反应。她没有恋爱经验，有时候太诚实，有时候又恃宠而骄，总之容易伤到真正爱她的人。

许唯放下手机后想了想，喊住正准备去百川签合同的两个年轻销售，说："我和你们一起去吧。"

叶敏之和宣濛对视了一眼，同时坏笑起来。许唯没搭理她们。

叶敏之说："你去的话，紧张的人不是他们俩，而是百川的采购部经理——人家本来只是签个合同，现在变成董事长夫人视察工作了。"

"就你话多。"

叶敏之挑了挑眉，一副看戏的得意模样。

许唯就知道她们会打趣自己，也无所谓，检查了一下两个人带的材料齐不齐全，然后拿起包就准备出发。

到百川之后她没有走员工通道，而是等前台的工作人员核对登记信息后，乘坐客梯去采购部。

前台的工作人员是认识她的，许唯朝她们笑了笑，说自己只是签合同的，不用向吴秘书汇报。

其实她没什么心理负担，也不担心被人认出来。因为她和谢砚宁的婚礼是非公开举办的，而且婚后许唯来百川的次数少之又少，所以尽管他们的婚讯当时在网上引起了不小的风波，但绝大多数百川的员工仍不认识许唯，即使看她眼熟也不能第一时间反应过来。

除了采购部的王经理。

他一见到许唯就立即起身，在心里"谢太太""许小姐"地换了好几个称呼，最后非常有眼力见儿地选择了"许总"。

"许总您好，您怎么亲自来了？"

许唯和他握手，笑吟吟地说："王经理，我们又见面了，之前我公司里的两个年轻人肯定把您麻烦得不轻。"

"哪有的事。"

他们坐下来，听许唯手下的人和百川的法务一一核对合同的细节。

王经理套近乎地说："许总下属的工作能力非常强，他们颇有几分许总当年的风采。"

许唯脸上谦虚地笑了笑，心里却觉得无语：这个人真不会说话，她才二十九岁，怎么就"当年"了？

许唯忽然对年龄有些敏感，可能是最近发现自己的体力和谢砚宁的差距过大。

"小赵，把我之前整理的同系列器械的报价表给王经理拿一份。"许唯吩咐道，然后对王经理说："您可以做个参考，之后如果有合作机会，还希望王经理多多想到我们新唯。"

"当然，当然。"

王经理话音未落，就陡然站了起来，把许唯吓了一跳。

"谢董，您怎么来了？"

她顺着王经理的目光转身看过去，才发现谢砚宁站在会议室的门口。

结婚后的谢砚宁比之前还耐不住性子，当年好歹是让小吴来请许唯的，现在竟然亲自过来了。

许唯听到会议室外的办公区域出现了一阵阵躁动声，心想：看来她以后再也不能亲自来谈合作了。

许唯无奈忍着笑，装作没看见谢砚宁。

会议室里所有人都正襟危坐，面面相觑，互相传递着眼色。

他们快办完合同的手续时，谢砚宁走进来，若无其事地拿起一份合同查看，还一脸严肃地问："设备运过来之后有人负责安装和调试吗？"

他一把问题说出来，王经理都蒙了，还以为他不满意。新唯的两个年轻销售也全都愣住了，一时忘了回答，最后还是要由许唯救场。

他装公事公办，许唯便陪他演戏，耐心地回答他："等工程开工后，我们会有专业人员到现场安装塔机和升降机，也会对施工人员进行培训，合同里是有相关条款的。我们会履行后续义务，还请谢董放心。"

谢砚宁看了许唯一眼，明显不满意许唯当着众人的面和他装不认识。

许唯定定地望着他，用眼神示意他别捣乱。

谢砚宁吃瘪，离开之后，许唯转头让小赵拿公司的印章。

合同顺利签完，新唯的两个销售都松了一口气。许唯在小赵的耳边小声说自己不回公司了，又和王经理打了招呼，然后就离开了会议室。

王经理拍了拍胸口，心里想：这夫妻俩唱什么双簧呢？他们该不是对自己有什么意见吧？

许唯坐谢砚宁的私人电梯到达了顶楼。她刚走出电梯，就被远处的小吴看到了。许唯朝立马站起来的小吴温和地笑了笑："谢董在吗？"

"在的。"

许唯走进去之前又问小吴："他接下来还有工作吗？从现在一直到晚上。"

小吴低头看了看，说："没有了，本来有一个慈善晚会，谢董已经让邱总代为参加了。"

许唯比了个"OK"的手势。

进了谢砚宁的办公室之后，她先把门反锁了。

谢砚宁愣了愣："你……"

"我什么？你特地去了一趟采购部，不就是想让我来找你吗？"

"我又没强迫你过来，"谢砚宁一副高傲的样子，语气故作生硬，"反正你们把合同都签了，你的工作也结束了，我想帮忙都插不了手，毕竟我们'不认识'。"

"谢砚宁你幼不幼稚？你是不是要昭告全公司你老婆借着你的关系来签合同了？"

"那又怎样？我不是你人脉的一部分？你做大客户销售，我就是你最大的客户啊，可以给你提供我所有的客户关系。"

"谢谢，不用。"许唯止住他。

谢砚宁委屈地问："那你过来干吗？"

许唯把包和大衣放到沙发上，然后就朝着谢砚宁走过去。

谢砚宁立即坐直，轻咳了两声，还没说话，许唯就拉着他的领带，把他拽进了休息室。

"小唯？"

谢砚宁还没反应过来，许唯就已经坐在床边了。谢砚宁从上向下地看她，许唯则微微仰着头，眼睛里藏着笑意。

她穿着很有职场风格的衣裙，谢砚宁瞬间心火燎原，胸口起伏得厉害。他完全失去自控力，覆在许唯身上，问她："为什么？"

"你不是一直很想在这里吗？"

"你之前说你不愿意。"

许唯解开谢砚宁的衬衣纽扣，轻笑着说道："谁让'小狗'这些天的心情都不是很好呢？我就只好勉强忍受一下这个小破单人床了。"

"你知道我的心情不好？"

"当然知道。"许唯揪了揪他的耳朵，又气又无奈地说，"我还要解释多少遍？我爱你，你应该知道'爱'这个字在我心里的意义。"

"知道。"

"那你以后不要为了这些事吃醋了，好不好？"

"好。"谢砚宁俯身吻住许唯，厮磨着她的唇，分开时呼吸急促地说，"你刚刚在会议室谈合作的样子，特别美。"

"嗯？"

"你每次工作的时候，在别人面前高谈阔论或者据理力争的时候，我都……我都……"

谢砚宁一再被许唯吸引，却找不到合适的形容词。

许唯的魅力不是第一眼的外在，而是她的韧性、野心和她持之以恒的努力，这种魅力是与日俱增的。许唯穿着黑色的衬衣和白色的伞裙，鬈发长了些，耳饰优雅又精致。谢砚宁善于捕捉这种美。

尽管许唯觉得自己很普通，但谢砚宁会一次次地纠正她，毫不吝啬地称赞她。

他给予许唯无穷尽的肯定。

而且刚刚在办公室里，许唯听采购部的人核对合同细节时，依旧认真、负责，说明这一年舒适的婚姻生活也没有将她在工作中最闪光的特质磨灭，谢砚宁为此感到开心。

"你都会怎样？"许唯主动吻他。

"你猜猜我会怎样？"

许唯早就发现谢砚宁很喜欢让她来公司——谢砚宁明显对工作场景下的她更容易产生冲动。所以她笑了笑，躺下来任谢砚宁欺负："今天就满足一下你的恶趣味。"

她还搂住谢砚宁的脖颈，在他的耳边别有意味地说："谢董，那个合同，你帮帮忙好不好？"

许唯现在俨然成了谢家的一家之主。

许唯自己也不知道为什么，商妍和谢砚宁都莫名其妙地非常听她的话。

谢伯豪正好乐得清闲。每当商妍又想一出是一出的时候，谢伯豪也不表态，只淡淡地说一句："等小唯回来定夺。"

商妍立即垮了脸。

果然，许唯回家之后，听到商妍要徒步穿行沙漠的想法，直接就否决了："不行，妈妈，您目前的身体状况不允许您进行这样的体力运动，您忘了您上个月体检查出来低血压了吗？"

商妍委屈巴巴地说："好吧。"

谢砚宁在旁边偷笑，许唯也没放过他，朝他瞥了一眼："你笑什么？我给你安排了这个星期体检。"

谢砚宁的脸也瞬间垮了，他嘟囔着："我才二十六岁，能有什么问题啊？"

许唯定定地望向他。

谢砚宁立即夙夙地举手："没问题，一切以老婆大人的命令为先。"

谢伯豪在旁边看书，闻声笑了笑，还没等许唯开口，就主动说："爸爸复查的单子昨天给你看过了，一个箭头都没有。"

许唯点头，对谢伯豪说："是，不过几种药的药量都做了调整，您可别忘了。"

"好。"

谢砚宁和他的父母完全接纳了许唯。谢家从家族到公司方方面面的事，他们都主动让许唯参与进来，许唯甚至常常被谢砚宁的爷爷奶奶喊过去吃饭。

她明白这些应该都是谢砚宁在背后促成的。但不管怎样，她感受到了前所未有的家庭温暖，已然十分满足。

吃完饭，许唯去了趟卫生间，出来时听到商妍和谢砚宁在客厅说话。

商妍语气担忧地说："我和你爸爸是不是让小唯操心太多了？"

谢砚宁把坚果和松子抱在一起玩，冲着商妍摇摇头，回答道："不会，她是真心把你们当爸妈的，你不让她操心她才难过呢。"

"可是她又要工作，又要隔三岔五地过来陪我们，会不会太麻烦了？"

"不会，"谢砚宁帮坚果把它脑袋上的小辫子解开，笑着说道，"她心甘情愿，你就不要拦着她嘛。怎么样？这个儿媳妇是不是很好？"

商妍作势要拧他的耳朵："瞧把你嘚瑟的。"

许唯在卫生间的玻璃屏风后面听得一清二楚，忍不住红了眼眶。

谢砚宁不仅给了她爱，还给了她一个真正意义上的家。

若放在十几年前，许唯怕是连这样的梦都不敢做。这样温柔静谧的画面美好得不真实，她真怕一觉醒来发现都是梦。

刚结婚的那一个多月，许唯常常在半夜惊醒，醒来发现手心里和脖颈上都是冷汗。她失魂落魄地望着天花板，重重地喘着气，直到听到谢砚宁均匀的呼吸声，才被猛地拉回现实。

如果谢砚宁也恰好醒了过来，许唯就会连忙钻进他的怀里。谢砚宁像哄小孩一样拍着许唯的后背，轻声说："不怕不怕，有我了。"

后来慢慢地，许唯再没做过那些噩梦。

她走出卫生间，谢砚宁听到脚步声，回过头朝她笑。

许唯把被谢砚宁折腾得发型乱糟糟的坚果抱到怀里，重新给它扎小辫子。

商妍问许唯："小唯宝贝，下周周末有没有事啊？陪妈妈去国外看秀好不好？"

许唯说："好。"

商妍的心情终于由阴转晴，不能去徒步穿行沙漠的消极情绪被一扫而空，她说："那太好了！到时候妈妈给你准备衣服。"

"你别带她去那些乱七八糟的地方，"谢砚宁皱着眉头，警告道，"尤其不许带她去什么游轮派对！"

"那是人家主办方邀请我去的，你想去还去不了呢。"

"我才不稀罕。"谢砚宁挨挨蹭蹭地挤到许唯身边，把她往自己怀里揽："小唯，你不要跟着我妈到处乱跑，看完秀、买完衣服就回酒店和我视频，好不好？"

许唯低笑不语。

谢砚宁急了，把脸埋在许唯的肩颈处，絮叨地说："好不好？好不好？好不好？"

商妍"噫"了一声，撇了撇嘴，顶着一脸"没眼看"的表情，去院子里找谢伯豪了。谢砚宁完全不害臊，照旧哼哼唧唧的。

"谢砚宁。"

"嗯？"

"我怀疑你六十岁的时候还是这样。"

谢砚宁看着她笑："这样不好吗？"

许唯怔住，旋即露出微笑，点头说道："挺好的。"

谢砚宁的黏人、撒娇和偶尔的小作妖行为都很可爱，许唯嘴上说着嫌烦，但要是哪天谢砚宁变得矜贵高冷，许唯倒不习惯了。她忍受谢砚宁的腻歪，就像谢砚宁包容她喜怒无常一样，他们俩一个愿打，一个愿挨。

许唯第一次觉得她和谢砚宁还挺相配的。

很快，商妍期待了一个多星期的秀场之旅到来了。谢砚宁开车送她们俩，车刚到机场，他就眼巴巴地望向许唯。

许唯歪头看他："拜托，我就去三四天。"

谢砚宁"嗯"了一声，看着方向盘说："没关系的，小唯最近工作很忙，出去散散心也是好事。我一个人也没关系的，小唯不用担心我睡不着。"

许唯一阵无语。

商妍冷冷地抬起手，许唯笑着挽住商妍，两个人一起下了车。临走时许唯还是忍不住回到车里。谢砚宁朝她伸出手臂，许唯就扑进他的怀里，亲了亲他："睡不着就给我打电话。"

"你会哄我睡吗？"

"会的。"

"那如果我提一些过分的要求，比如脱掉睡衣之类的，小唯也会答应吗？"

"谢砚宁，你真的欠揍。"

谢砚宁嬉皮笑脸地亲她，两个人抓紧时间腻歪了一会儿，许唯就推开他，回到商妍身边。

商妍牵住她的手："走吧。"

过安检的时候商妍一脸无奈地对许唯说："你说砚宁到底像谁啊？他爸爸在他这个年纪时可稳重了，不苟言笑的，可酷、可有总裁的样子了。"

许唯被噎住，呆呆地望向商妍，心里纳闷：他像谁不是很明显吗？

当然她不会这么说，只笑了笑："因为我之前没敞开心扉的时候老是对他冷冰冰的，他就用这种方式逗我。他现在比起以前已经成熟很多了。"

"结婚之后他是成熟很多，以前一空下来就去滑雪、跳伞，玩那些危险的极限运动，现在一门心思做好老公，挺好的。"

"我以为他在我面前这样，您会不高兴呢。"

"不会啊，宠老婆的男人更值得夸奖。"

许唯又一次被商妍折服。

坐在候机室里时，商妍把许唯的手放在自己的腿上，拍了拍，说："小唯宝贝你放心，妈妈没有那种忌妒儿子对儿媳妇好的想法。"

"我不是……"许唯连忙说。

商妍抢着说："你听我说，当时砚宁跟我讲了你的身世，我一听眼泪就下来了，心里想这么好的女孩子，在那种环境里长大，还能自己过得这么好，从一本大学毕业，自己能买房、买车，一定吃了很多的苦，付出了很多努力。同等条件下，我们肯定比你差得多，所以你不要有心理负担。"商妍捏了捏许唯的脸，"当时砚宁把你带回家——就是过年那天晚上——你爸爸一回房间就跟我说，在很多方面你比砚宁优秀，很适合砚宁。"

许唯忍着眼泪，点了点头："您和爸爸的感情这么多年都很好。"

"是啊，结婚的时候他就答应我，要一辈子宠我的，不过最近有点儿懈怠了。"

许唯破涕为笑："怎么了？"

商妍抱着胳膊，冷哼一声："他最近和那个营养师经常有说有笑的。"

"杨老师？不会吧？杨老师长得不算漂亮啊。"

"她是没我漂亮，但谢伯豪说了，人家博览群书、博学多才。"商妍翻了个白眼，骂道，"我是演员怎么了？我正经本科毕业，不看书怎么了？我照样演文艺片，拿影后奖。他竟然敢嫌弃我！"

"爸爸的原话肯定不是这个意思，是您自己脑补的吧？"

商妍又哼了一声。

许唯忍着笑："等回去之后，我让爸爸跟您好好解释一下。"

"才不要。"

许唯差点儿笑出声来。

经过漫长的飞行，许唯和商妍终于抵达了巴黎。

商妍对这里的一切都很熟悉。有个穿着黑色笔挺西装的男人在机场外等她们，亚洲面孔，一看见商妍就迎了上来："好久不见，商女士。"

"西蒙，快看我的儿媳妇。"

商妍像炫耀昂贵的珠宝一样到处炫耀许唯，把许唯羞得满脸通红。她恨不得找个地洞钻进去，但面上还得保持镇定。

商妍还带着许唯去了古董珠宝店。动辄几十万块钱的东西，她随手就拿起来放在许唯的脖子上比较。许唯连呼吸都放缓了，生怕自己呼出来的气破坏古董的价值。

"这个好看，小唯适合蓝色。"

许唯连连摆手，推辞道："妈妈，这个太贵重了。"

"我花我的钱给我儿媳妇买，怎么了？"商妍朝许唯笑，"小唯宝贝，你别以为妈妈是谢伯豪养的金丝雀，妈妈以前可是一线演员，片酬很高的。"

"不是，我知道的，只是这个珠宝……"

"你现在不是我的儿媳妇，是我的女儿。你就当妈妈在给你买嫁妆，好不好？"

许唯的眼眶再一次湿润了。

好奇怪，她明明越来越幸福，却越来越容易掉眼泪。

"你和砚宁结婚前，你送我的那套首饰也不便宜，掏空家底了吧？"商妍搂着许唯，笑着说道，"什么叫妈妈？妈妈就应该在力所能及的范围内给孩子最好的东西啊。"

许唯哽咽着说："谢谢妈妈。"

商妍朝她挑眉："这就对了。"

许唯原本不怎么喜欢逛街，基本上就是换季的时候去商场逛一个下午，一次性买十来件，之后就懒得再跑了。

但这次不知道是被商妍的热情感染还是被商妍的话感动，许唯竟然全身心投入了商妍的"快乐买买买"计划，玩得尽兴又放松，不亦乐乎。

商妍性格开朗，和所有人都聊得来，就算对方英文不好也不妨碍她交流。

许唯被她带着参加各种各样的活动，一开始还很胆怯，后来就逐渐放松了。

秀场之后有派对，她们熬了个夜，选了一个人很多的派对参加，回到酒店的时候已经是下午了。许唯累得卸了妆就倒头睡着，中途口渴，迷迷糊糊地醒过来，下床倒了杯水。

因为平时夜里口渴时都是谢砚宁给她倒温水，所以她喝着喝着突然想起谢砚宁了。

她拿起手机才发现，谢砚宁已经给她打了四五通电话——她把手机放在手袋里，一个下午都没拿出来，所以到现在才看见消息。

她算了一下时间，现在正好是国内的深夜。

许唯回到床上，给谢砚宁发去了视频通话邀请。

她以为谢砚宁会质问她为什么不接电话，可没想到谢砚宁开口就是："脸色怎么这么苍白？"

许唯摸了摸自己的脸："有吗？"

"你是不是玩通宵了？"

许唯钻进被子里，睡意惺忪地说："不好，被发现了。"

"让你不要和我妈出去疯的。"

"没有啊，"许唯像小孩子回家汇报学校的事情一样，把昨天的事讲给谢砚宁听，"谢砚宁，我跟你讲，妈妈给我买了一条项链，很贵，我不想要，但是她说这是妈妈在给女儿买嫁妆。"

"嗯，最后你收下了？"

"收下了。"许唯有些不好意思。

"收下就好。"

"我真开心。砚宁，我真开心。"

谢砚宁醋意大发："你跟我妈出去这么开心？你跟我出去都没这么大反应。"

许唯喃喃地说道："两者不一样的，砚宁，原来这个世界上真的有人可以把没有血缘关系的人当成女儿，不带任何目的。"

谢砚宁脸上的笑意敛了敛，立即变成心疼。他柔声说："怎么会没有呢？我妈在我小时候就天天念叨着想要个女儿。"

许唯脱口而出："我也想要个女儿。"

许唯说完，谢砚宁和许唯同时愣住了。许唯陡然清醒，一路从脖子烧到耳尖。

自己怎么又提到这个话题？明明关于要宝宝的事情才过去半年多，自己怎么又脱口而出这句话？

许唯不敢看屏幕里的谢砚宁，慢吞吞地像蜗牛一样往被子里藏。

"小唯？"

"你就当没听见！"许唯在被子里闷闷地说。

"可我已经听见了。"谢砚宁轻笑，"女儿好啊，我也想生女儿。要不然等你回来，我们就试一试？"

许唯露出半张脸："你不是说不想那么早要孩子吗？"

谢砚宁朝她眨眼睛："我突然很期待一个迷你版的小唯。"

许唯静静地看着他。

"生也好，不生也好，我都会陪在小唯身边的，一切以小唯的身体为前提。"

"谢砚宁。"

"嗯？"

"老公，我想你。"许唯飞快地说，说完了都担心谢砚宁没听清。

不过从谢砚宁兴奋的反应来看，应该是听见了。随后的五分钟里，许唯被谢砚宁各种各样的撒娇、卖乖和威逼利诱轰炸，最后只好缴械投降，又喊了一声"老公"。

谢砚宁这才满意。

两个人嘀嘀咕咕地又说了十几分钟，许唯还说了商妍和谢伯豪之间有小矛盾的事。

谢砚宁无所谓地说："我妈一个月要闹三次的，你不用在意。"

许唯恍然大悟："哦，难怪你也是一个月跟我闹一次，原来是遗传。"

谢砚宁立马不服："我是闹吗？我是保障自己作为丈夫的合法权益，合理提出诉求！"

"是是是，你说得都对。"

"哼。"

许唯实在太困，说着说着，脑袋运行逐渐减速，眼皮也开始打架。

"谢砚宁，我在你家过得很开心……"她嘟囔着。

"这就是我给你的承诺啊。"

"以后我们有了宝宝，她也可以这么幸福，将来我们的女儿的性格会像你。"

谢砚宁顿了顿："像你也好。"

许唯困到极点还不忘摇头："不好，不好，我的性格不好，我很讨厌我自己的。"

"小唯。"

许唯又说："但那是以前了，被你喜欢之后，我开始喜欢我自己了。"

她说到最后声音几乎小到听不见了，但谢砚宁能猜到她的话。

谢砚宁觉得她这样实在可爱，截了几张图之后，就主动挂了电话。

三天后，许唯和商妍回国，刚走出机场就看到谢砚宁从驾驶座上下来，然后紧接着，谢伯豪也从后座里出来。

商妍立即停下脚步，状若无事地理了理头发，白眼就快翻到天上了。谢伯豪早就习惯了，主动走过去。

许唯非常有眼力见儿地走开了，刚想偷偷看戏，就被谢砚宁抱住。

唇被他连着啄了好几下，许唯还有点儿发蒙，反应过来之后才推搡他："外面这么多人呢！"

谢砚宁很委屈："你都不想我的。"

"我们一天打四次电话，我还要多想你？你知不知道每次吃饭的时候你都打电话过来，人家还以为我工作有多忙呢。"

谢砚宁怨念颇深："你又不跟我分享，我只好主动问了。"

许唯懒得应付谢砚宁的撒娇，靠在他的怀里，偷偷地看不远处的商妍和谢伯豪。

谢伯豪微微俯身，看样子是在哄人；商妍则抱着胳膊，一脸懒得搭理他的表情。

谢砚宁却挡着许唯，不让她看："你现在的心思都不在我身上了！"

许唯烦到想揍人，可对着谢砚宁那张英俊的脸又实在下不了狠手，只好咽下怒火。

谢砚宁把她拉进车里："谢家家训——哄老婆，少说话，多接吻。"

"谁要你哄了？是你一个劲地惹我。"

谢砚宁的脸皮厚得很，许唯推都推不开他，只能任其宰割。

幸好赶在商妍和谢伯豪重归于好前，谢砚宁餍足地松开了她："剩下的回去补。"

于是，自从结婚之后就保持健康作息的许唯，在谢砚宁的折磨下，再一次通宵了。

软肋铠甲

"你是不是……有点儿那个妊娠伴随综合征？"许唯提出猜测。

许唯回国之后，谢砚宁就没再提过怀孕的事。

许唯知道他本心应该还是不愿意的，所以也没再主动提。

其实她无法想象谢砚宁变成父亲的样子，也不确定谢砚宁能不能当好父亲。

晚上她躺在床上，看着刚洗完澡朝她走过来的谢砚宁，还没来得及说话，谢砚宁就带着湿漉漉的潮气扑到她身上。

许唯在心里发笑。他还说要让她在他那里永远做宝宝，到底谁是宝宝啊？

虽然苏桐频繁地向许唯强调女人的黄金生育年龄，但许唯还是不愿意被社会的时钟推着往前走。她和苏桐不同，苏桐的前二十几年过得顺风顺水，所以结婚、生子都在计划之中，而许唯的人生处处都是风浪和意外。

好不容易遇到一个港湾，许唯想再多停靠一会儿。

她轻轻地摸着谢砚宁的后背，最终还是决定再等一等，顺其自然，也许有一天她和谢砚宁都会改变想法。至于眼下的日子，他们继续过二人世界就很好，许唯很容易满足。

她亲了亲谢砚宁的耳朵。

可令她没想到的是，正当她准备把此事暂时搁到一边的时候，谢砚宁竟然主动把这件事提上议程。

本来吴秘书说谢砚宁这周有两场应酬，还有一场是酒会。许唯没太在意，下了班之后准备回家，结果刚走出写字楼就看到了谢砚宁的车。

许唯愣了愣，还特意看了一下车牌，才确定来的人是谢砚宁。

谢砚宁降下副驾驶座旁的车窗，低头看她，笑道："怎么了？"

她上了车，问谢砚宁怎么没去应酬。谢砚宁说："备孕不是要提前三个月戒酒吗？"

话音刚落，许唯整个人都僵住了，眨了眨眼，难以置信地问："你说什么？"

谢砚宁一脸坦然的表情："我们不是要开始备孕了吗？"

许唯后知后觉地脸红，嘟囔着："我什么时候说了？"

"你在法国的时候说的啊，说想要个像我的小宝宝，最好是女儿。"

"闭嘴！"

谢砚宁坏笑着说道："你怎么又不认账啊？那天的视频我可都录下来了。"

许唯扭过头开窗透气。谢砚宁握住她的手，柔声说道："这有什么好害羞的？而且我这两天想了想，这件事再被往后推迟的话，对小唯的身体可能会有很大的影响。"

"可是你不是不喜欢……"

"我喜欢。如果是我们俩的小宝宝，我一定喜欢。我会当一个好爸爸的，小唯放心。"

许唯一时语塞，满心都是感动。

到家之后，谢砚宁忽然又转过身抱住许唯，认真地说："你不要再考虑我喜不喜欢小孩了，我做决定都是经过深思熟虑的，尤其是这样的大事。小唯，我们之间不要有这些不确定的东西，你有什么想法或者有委屈，都要第一时间告诉我。"

"好。"

谢砚宁从书房里拿出一沓资料，交到许唯的手上："这是一份备孕计划表，小唯看看。"

许唯迟疑地接过来："你什么时候开始准备的？"

"就这几天啊，我找了很多专家、妇幼医生还有营养师，好不容易才整理出来这些资料。对了，这周末我们还要去做个检查。"

许唯震惊地问："你为什么都不跟我讲？"

"我跟你讲了啊。"

"我以为你只是随口敷衍我。"

谢砚宁幽怨地抱住她："从来都是你敷衍我，我什么时候敷衍过你？"

许唯怔了怔，好像确实如此。

"我本来想今晚跟你说的。"

许唯望着谢砚宁，看到他认真的神情，又看到手里厚厚的一沓备孕须知，忽然有种哭笑不得的感觉。她坐在沙发上，失笑地说道："我没想到你会这么用心。"

"我当然要用心，最重要的不是宝宝，是你啊。"

许唯下意识地咬住嘴唇。

谢砚宁在她面前蹲下来，握着她的手，对她说："你以前天天熬夜、加班，亏空了身体，如果不好好调养，怀孕之后会很辛苦的。如果怀孕让你的身体情况雪上加霜了，小唯，我会愧疚一辈子的。"

"好，"许唯朝谢砚宁笑了笑，掌心贴着谢砚宁的脸颊，"我听你的。"

可惜许唯低估了谢砚宁的用心程度。

当谢砚宁连续一星期把混合的蔬菜水果汁端到她面前时，她终于受不了了，把杯子推到一边，烦躁地说道："我已经吃过叶酸了。"

"那个是保健品，这个是食补，同步进行，不冲突的。"

"不要，谢砚宁，你再往果汁里面加菠菜，今晚就不要进房间睡觉了。"

"小唯听话，再喝一次，明天我保证改良配方。"

许唯气鼓鼓地接过玻璃杯，屏气敛息，闷头一饮而尽。

结果第二天，谢砚宁信守承诺，没有再往果汁里加菠菜——但加了西兰花。

许唯冷冷地望向他："谢砚宁，出去。"

谢砚宁嬉皮笑脸地坐到许唯身边，一个劲地往她身上黏："不爱吃蔬菜可不是好习惯，小唯你想想，将来给宝宝喂饭的时候，宝宝跟着妈妈学，也不肯吃蔬菜，怎么办？"

许唯瞪他。

"乖，喝完这杯，我明天保证不放蔬菜了。"

"鬼才信你。"

谢砚宁于是放下杯子，开始伸手挠许唯的腰。许唯很怕痒，只好往被子里躲，后来闷得慌，刚钻出来，谢砚宁就把蔬菜汁送到了她的嘴边。

许唯叹了一口气，觉得自己这副模样实在幼稚，于是慢吞吞地爬出来，重新坐好，接过杯子一口闷。

谢砚宁亲亲她："这才乖。"

谢砚宁把杯子放进洗碗机里，然后回到房间里，一上床就抱紧了许唯，把脸埋在她的肩窝处，一只手垫在许唯的颈后，一只手伸进被子里作乱。

许唯被亲得有些恍惚，因为自从谢砚宁决定开始为怀孕做准备之后，这个家里的很多东西就颠倒了——谢砚宁像个老妈子，天天追着她，喂她吃药、水果、蔬菜。

继任百川集团的董事长似乎让他的性格一夜之间变得成熟了许多，但很多时候，尤其在生活中，谢砚宁还是幼稚的成分多一些。

而准备做爸爸这件事明明是持续三个月的温和任务，没有人强迫他必须要完成，但他竟然出乎意料地迅速成熟起来。

这种成熟是一种心理上的成熟，他认为怀孕这件事应该发生在两个人的身体状态和心理状态都最好的时候。最重要的是，他要把许唯的身体调养好。

他认真地践行医嘱，许唯甚至都不如他细致。

其实对蔬菜汁还能忍，她忍不了的是谢砚宁强迫她戒咖啡。

许唯前几年都是靠咖啡续命的。

"不行，坚决不行。"

"我不是不让你喝，你每天喝咖啡不能超过两杯。"

"两杯？！"

"两杯还不行吗？我一杯都不喝呢。"

"你喝咖啡会不舒服，和我这个性质一样吗？"

谢砚宁把她捞到怀里："咖啡喝多了对身体本来就没什么好处，小唯就忍一忍嘛。"

许唯在谢砚宁的怀抱里抓狂："你不许这样管着我！我受不了了！"

许唯的满腔怒意在她望向谢砚宁的那一刻陡然熄灭了。见谢砚宁眼神温柔，嘴角挂着笑，许唯忽然觉得自己恃宠而骄得过分。

她深深地叹了一口气，然后把脸贴在谢砚宁的肩头，小声嘟囔着："我从小到大都没被人管过，也没人逼着我吃蔬菜，告诉这个吃多了不好，那个对身体有营养就多吃点儿。我没有这种经历，所以很不习惯。"

"我的作用不就是照顾好小唯吗？之前我们俩的工作都忙，现在轻松一点儿了，我就想用各种办法悉心调养好你的身体。"

许唯坐在谢砚宁的腿上，愁眉苦脸的。

谢砚宁笑着亲她。

"有什么好烦恼的？我们去运动，好不好？"

谢砚宁把许唯打横抱起来，走到他准备了半个月的活动室的门口。

自从备孕后，谢砚宁就把许唯带到了自己的湖景别墅里，说那里的空气质量更好。而且他买了很多健身器材放在活动室里，还请了一个私教。

"小唯，你的体能太差了，每次做到一半就喊累，动不动就腰酸。"

尽管私教还没来，许唯已经急着去捂谢砚宁的嘴："谢砚宁！"

"每天二十分钟有氧运动，加上腰腹训练，小唯要加油哟！"

许唯觉得犹如天崩地裂，推开谢砚宁，垂头丧气地说："我不生了，放弃了，你爱跟谁生跟谁生。"

没等谢砚宁拦住她，她已经钻进了卧室里。正好这时候私教来了，她听到门响，连忙用被子蒙住自己，而后又听见了谢砚宁去开门的脚步声。

可是隐隐约约地，她从声音里发现私教似乎是个女生。她掀开被子仔细地分辨了一下，那确实是女声。

"谢先生，不好意思我来迟了。"

"没关系。"

"夫人呢？不是说两个人吗？"

"她在房间里。"

剩下的话许唯就听不清楚了，因为谢砚宁和私教已经往活动室的方向走了，她只能听见私教的笑声。

许唯在床上坐了十分钟，实在坐不住了。

她感觉气血不畅，胸闷得慌。她对活动室里现在正在发生的事情很好奇，甚至有点儿吃味。

私教老师漂亮吗？年轻吗？是谢砚宁的朋友里最多的那种健康美的女孩子吗？

谢砚宁之前喜欢极限运动，他的交友圈里有很多热爱健身的女孩。她们穿着运动内衣，对镜拍照时可以看到线条清晰的腹肌，平日里自信又阳光……许唯打心底里羡慕她们。

可她的运动能力太差，她又常年喝酒、熬夜，体检报告单出来后自己都不敢看。

她觉得自己大概还有点儿四肢不协调，不想被外人笑话。

在床边踌躇半天，许唯还是忍不住，穿上拖鞋蹑手蹑脚地走出了卧室。

活动室的门虚掩着，有光透出来。

许唯的心跳一再加速。

"对，是这样，您把手放在这里，感受一下。"

他把手放在哪里？感受什么？

许唯的脑海中警钟大作，她立即冲了过去，然后从门缝里看到谢砚宁躺在瑜伽垫上，私教站在两米开外的地方，隔空指挥他做腰腹训练。

"您把手放在骨盆处，应该能感觉到酸。"

"能。"

"到时候您记得要提醒您太太，一定要感觉到酸，不然是没有效果的。"

"好，这个对产后恢复很有帮助是吗？"

"是的，腰腹是女性备孕、健身的重中之重。"

"对了，我太太在大学时候骨折过，当时做了保守治疗，现在阴雨天时膝关节会疼。她在健身的时候有要注意的地方吗？"

"这样啊，您可以给我一份影像报告吗？我可以针对您太太的膝盖的情况，再详细地规划一下。"

"好。"

"您太太为什么不出来？"

许唯愣住，她的指尖凉了凉。

"她白天已经很累了，晚上不想再运动。"

"我这套运动就是放松全身的，不会很累。"

"没关系，我学会了再教她也是一样的。她在我面前累了可以撒撒娇，整个人能更放松一点儿。"

私教"哇哦"了一声："真恩爱啊。"

许唯倚着墙，忽然觉得自己这样好没意思。宝宝是她提议要生的，现在推三阻四的人也是她。

用苏桐的话来说，她就是恃宠而骄。

刚进盛风的那几年，她什么苦没吃过？为了讨好别人公司前台的工作人员，她冲上去帮人家给饮水机换水，一桶水拎起来，差点儿把胳膊干报废。

现在就是每天晚上健个身，她都叫苦不迭。

她也不知道这是好事还是坏事。

私教离开之后，谢砚宁还在里面练习。许唯走进去，谢砚宁朝她笑了笑，调侃道："小乌龟，怎么过来了？"

许唯在他身边蹲下，摸了摸他的骨盆。

谢砚宁本来全身都紧绷着，被许唯这样一摸，瞬间脱力，平躺在瑜伽垫上。许唯蒙了一下，还没反应过来就被谢砚宁直接拉进了怀里。

谢砚宁假装恼怒地说："你乱摸哪儿呢？那里能随便摸吗？"

"我只是感受一下力度。"许唯很无辜。

谢砚宁笑着说："我教你，好不好？"

他不会趁机打趣她，也不会拿她和私教比较，只是用一种征求意见的语气问她愿不愿意。他已经一次次退让了。

许唯低着头说："我坚持不了多久的，也没有运动细胞，大学体测的时候连仰卧起坐都是班级里做得最少的人。"

谢砚宁将许唯的碎发理到耳后，轻声安慰："没关系，坚持十秒钟就可以了。"

许唯抬起头。

谢砚宁亲了亲她："你不用紧张，摔倒了有我抱着，不会疼，也不会累。等训练完了，我们就去泡澡，泡你最喜欢的牛奶浴。"

"明明是你的恶趣味。"

许唯嘴上反驳他，但心里很容易就被说服了。

她先是在跑步机上跑了一会儿，然后站在瑜伽垫上，由谢砚宁一步步地教她，还没做几下就觉得胳膊酸。

谢砚宁数了十秒，伸手帮她揉胳膊。

许唯统共做了五个姿势，被谢砚宁抱在怀里的时间比训练的时间还长。她自己都觉得矫情，可谢砚宁很认真地呵护着她。

做臀桥的时候，她支撑不下去，"咣当"一声躺了下来，谢砚宁赶紧凑上来问她有没有磕到。

许唯摇头，静静地躺着，然后莫名其妙地生出一种冲动，伸手揽住谢砚宁的脖颈，把他往下压。

谢砚宁随着她的动作俯身，却在鼻尖相碰时停住了。他笑着说："勾引教练啊？"

"不可以吗？"

"勾引教练也不能逃过下面的训练。"

许唯弯了弯嘴角："这么严厉？"

见谢砚宁要回卧室拿安全套，许唯嘀咕了一句："什么时候可以不用？"她明知故问。

谢砚宁停住，眼神再次沉了沉，连呼吸都变得粗重。

"你真的……你就欺负我吧，仗着我这么喜欢你。"

哆咪上幼儿园之后，苏桐决定回到企业里上班。

苏桐做了几年的自媒体，虽然挣到了钱，但是全职在家对她的身心都造成了不小的影响。苏桐是个适合社交且喜欢争上游的人，前思后想，最终还是决定放弃自媒体，回归职场。

许唯陪苏桐去买衣服时，苏桐在镜子里看着自己憔悴的面容，忽然掉下了眼泪。

"十年前答应付梓升的求婚的时候，我打死也想不到，有一天自己会过成这副模样。"她说。

许唯走上前，拍了拍她的肩膀。

见她换上了一条及膝裙，许唯替她拿了一双尖头高跟鞋。她顿了顿："我都快四五年没穿过高跟鞋了。"

许唯笑着说："你穿高跟鞋特别好看，我当时就是因为你才爱上高跟鞋的。我那时候才工作，什么都不懂，穿着卫衣、牛仔裤，和土包子一样。我偶然看到你，眼睛陡然一亮，就像看到电视剧里的那种职场精英，羡慕死我了。"

苏桐弯了弯嘴角。

"这双好看，我买给你，好不好？"许唯说。

苏桐看了许唯一眼，笑中带泪，点头说道："谢谢，那我就不客气了。"

苏桐穿着一整套衣裙出来，问许唯怎么不买。

"之前我陪我婆婆买了很多，还没穿完。"

"你家那位商女士真是世间少见的婆婆，想当年付梓升的妈看到我生的是女儿，直接坐车回老家了。"

"我婆婆是真的很好。"

"谢董的一家都挺好的。对了，你好像……长胖了，是不是？"

许唯立即捧住脸，盯着镜子端详，后悔地说道："我真的胖了——我怎么能不胖啊？我半夜起来偷吃红烧肉。"

"啊？"

许唯眨眨眼，干笑两声。

说来真是丢人，这件事发生在上个月。

因为谢砚宁给她调养身体已经到了走火入魔的地步，许唯看着面前热气腾腾的排骨汤，脏话堵在嗓子眼，差点儿就要憋不住了。

"太寡淡了，我感觉我的胃已经吸收不了营养了，急需浓油赤酱刺激一下。"她勉强撒了个娇。

谢砚宁无动于衷："不行，我们前天已经吃了牛排。"

"你都说了是前天！"

"大前天你和公司的员工出去聚餐，吃了川菜，别以为我不知道。"

许唯被噎住，小声嘟囔着："我没吃几口，而且都用白开水涮了才吃的。"

"你不能吃辣你不知道？要不是翻到你之前的病历本，我还不知道你胃出血过，而且你胃出血好了没半个月，又喝酒。"

谢砚宁越说脸色越沉，许唯越听越心虚。

她和谢砚宁的强弱关系完全颠倒了，这让她有些无所适从。

一个小小的备孕竟然让谢砚宁占了上风，许唯心有不甘，喝了半碗排骨汤就回了房间。

她真的不是作妖。

她的胃已经习惯了有滋有味的红烧菜，比如红烧肉、麻辣大虾、干锅肥肠，这些都是她最爱的下饭菜。在她看来，吃谢砚宁给她做的营养餐和吃斋没什么区别。

她自认在其他方面已经足够配合谢砚宁，每天按时吃叶酸，按时健身运动，隔三岔五地和谢砚宁去游泳，每天工作不超过晚上八点，也不熬夜。

她已经强迫自己过上了退休生活。

这对天生操劳命的许唯来说，实在是难以想象的。她甚至感慨，自己一定是很爱很爱谢砚宁，为一个人改变生活习惯，这需要多大的毅力。

可谢砚宁竟然还不知足，妄图改变她的饮食习惯，真是不可原谅！

许唯把叶敏之发来的月度报表和产品分析拿出来看，发现问题之后，又把笔记本电脑打开，在问题点上一一批注。

叶敏之问许唯下周去不去招标会，许唯说"去的"。

工作忙起来很消耗时间，结束之后，许唯低头一看，发现已经八点多了。

谢砚宁也在书房里工作。

听到她这边没了动静，谢砚宁走过来敲门："今天锻炼吗？"

许唯才不和谢砚宁一样幼稚，点了点头，然后去了活动室。

她现在已经不需要什么十秒钟的安慰了，自己就能流畅地做完全套，也不需要谢砚宁搭把手。

谢砚宁可能是不高兴她只喝了半碗排骨汤的事，一直没吭声。

许唯听着音乐，练完就去洗澡，谢砚宁则继续举哑铃推肩。

许唯洗完回到房间时，谢砚宁正好也在客房洗完澡。许唯一边擦头发一边往里走，两个人在门口撞到了。许唯的脸色有些尴尬，她避开了视线。

谢砚宁接过毛巾，要帮许唯擦，许唯说"不用"。

谢砚宁还是坚持。

于是许唯盘腿坐在床边，谢砚宁拿来吹风机帮她吹头发。

暖风吹得许唯的心很软，结束的时候，她一抬头，对上了谢砚宁的眼睛。谢砚宁笑了笑，低头和她接吻，好像刚刚短暂的冷战从未存在。

谢砚宁把吹风机放到一边，而后把软趴趴的许唯捞到怀里。二人亲了好一会儿，睡袍都散开了，许唯才想起来这几天不可以。

医生说男方要尽量禁欲几天。

她用两只手抵住了谢砚宁，谢砚宁就停下来，把脸埋在许唯的肩窝处蹭了又蹭。

许唯抱着谢砚宁的肩膀，因为这个熟悉的拥抱姿势，找回了一点儿之前的感觉，撩拨了谢砚宁几下，弄得谢砚宁差点儿就没忍住。

本来气氛很好，暧昧又温馨，可惜谢砚宁的一句话打破了这一切。

"再喝碗莲藕排骨汤好不好？"

许唯面无表情地推开他，滚到床里独自睡觉。

谢砚宁无奈，只好放弃。

半夜许唯被饿醒了。

她捂着肚子，想了又想，最后还是决定爬起来，关上卧室的门，蹑手蹑脚地下楼到厨房里，拿出冰箱里的五花肉解冻。

因为现在做饭的事由谢砚宁全包，许唯已经很久没下过厨房了。

她准备好食材和调料，围上围裙，哼着小曲，还认真地给五花肉炒了个糖色，生抽、老抽随心所欲地放。看着滋滋冒油的红烧肉，闻着浓郁的香味，她咽了咽口水。

她正准备转身去热饭的时候，猛地看见在楼梯边站着的谢砚宁。

许唯被吓得腿软，差点儿摔倒，幸好扶住了旁边的大理石台面，才勉强站稳。

谢砚宁气定神闲地看着她，她欲盖弥彰地挡了挡身后的锅。

"继续啊，饭在冰箱的第二层，用一个玻璃碗装着。"

许唯从来没有如此丢人过。她背过身，又心虚又委屈，差点儿掉眼泪。

谢砚宁真的把她养得越来越像小孩。

以前她有什么情绪都憋在心里，现在有什么情绪都写在脸上。

谢砚宁走过来，帮她拿出冰箱里的米饭，倒了点儿水进去，放进微波炉里，然后又拿出几颗小青菜，洗干净，煮了一锅青菜汤。

正好锅里的红烧肉好了，谢砚宁准备盛出来，但是被许唯拦住了。

见许唯挡在他面前，他怔了怔，然后将她抱进怀里："生什么气啊？我今晚做了四菜一汤，你筷子都没动一下，怎么还好意思生气？"

许唯把脸埋在了谢砚宁的肩头上，谢砚宁笑了笑："是我的错，我以后不管着你吃饭了，要是为了健康把小唯的心情搞得很糟糕，那就得不偿失了。"

许唯闷不作声。

"小唯好可爱，怎么像小老鼠一样啊？"

许唯恶狠狠地拧了一下谢砚宁的腰。谢砚宁咬了咬许唯的耳尖："好好好，我不笑话小唯了。快点儿吃吧，已经很晚了。"

于是谢砚宁陪着许唯，在凌晨两点吃起了夜宵。

谢砚宁把青菜汤盛到小碗里，吹了吹："喝点儿汤，不然太干了。"

许唯接过来，用余光看了他一眼，小声问："你吃不吃？"

"吃啊，我陪小唯吃一碗，好久没有尝过小唯的手艺了，这个红烧肉真不错。"

许唯忽然又觉得没什么丢人的。

她强压着翘起来的唇角，低头吃肉。吃了大半碗她就饱了，摸了摸肚子。谢砚宁也伸手摸了摸，那个神情就好像她的肚子里已经有宝宝了一样。许唯一下子脸红了，拍开了谢砚宁的手。

谢砚宁让她先回房间，自己起身收拾，她却摇头说："我和你一起。"

其实说是一起，但她也只是在旁边看着，谢砚宁根本没给她动手的机会。

"谢砚宁。"

"嗯？"

许唯蓦然发问："你为什么这样无条件地对我好呢？"

谢砚宁好像对许唯问出这个问题感到奇怪，停下来，回答道："因为我爱你啊。"

"对一个人付出这么多，不害怕亏本吗？我的意思是，你有没有一瞬间想过，以后如果我们没……"

"没有。"谢砚宁面朝着她，认真地说道，"不管你信不信，我的回答是，没有。"

许唯低下头，声音有些哑："我觉得好奇怪啊，尤其是最近这几个月，你对我太好了，我……我感觉很奇怪。我被你改变了，找不到我自己原来的样子了。"

谢砚宁走过来抱住许唯，亲了亲她的额头，对她说："我认为这不是改变，只是你在用更舒服的方式和我相处。"

许唯抬起头。

"难道就应该我撒娇，小唯忍受？这才是我们之间唯一的相处模式吗？我们都可以当照顾、安抚对方的那个人。你开心的时候，我是小谢；你不开心的时候，我就是谢砚宁。我觉得这不是改变。这也是我很舒服的状态。"

许唯听了之后沉默很久，然后才闷闷地说："不是小谢，是小狗。"

谢砚宁轻笑："好，是小狗。"

谢砚宁把许唯抱起来，走到控制面板旁边，说："小唯，关一下灯。"

他抱着许唯上楼梯，许唯感觉到自己的心跳在加速。

"谢谢。"她说。

"为什么这样说？"

"谢谢你在我二十七岁那年出现，在我开始感觉到自己的衰老，慢慢放弃所有幻想的时候，你出现了。"

"我应该早一点儿的。"

许唯摇头："不，迟一点儿更好，我会更珍惜。"她紧紧地搂着谢砚宁，"谢砚宁，我们一辈子都不要分开。"

还有一句话，她难以启齿，于是在心里说：我会一直爱你，下辈子还要接着爱你。

许唯想到这里，思绪早已飘远。

"小唯，小唯？"苏桐在许唯面前挥了挥手，"你又想你家谢砚宁了啊？脸上都挂着笑呢。"

许唯猛地回过神。

"买好了？"

"嗯，买了两件套装还有两条裙子。"

许唯起身："走吧，你陪我去那边的专柜看看，正好谢砚宁缺一条配他的白西装的领带。"

苏桐看着她，戏谑地说道："当初是谁在我面前信誓旦旦地说，这辈子不谈恋爱，为男人掏心掏肺是傻子行为？"

"是我。爱情让人变傻。"许唯很诚实。

那时候许唯刚刚从费闻远的阴影里走出来，苏桐又正好碰上老公在她的孕期出轨、她在月子里去捉奸一系列的荒唐事，因此许唯的恐婚恐恋情绪迅速高涨。

现在想想，这些不过是四五年前的事，她们却像过了半辈子。

两个人手挽着手，许唯忽然问："对了，你为什么选择韦德啊？"

韦德是一家互联网外企，是桐江最大的外企，进这家公司的难度无异于进大厂，而且内部竞争也很激烈，但苏桐一进去就拿到了中层领导的职位。

苏桐说："有个高中同学推荐我去的。"

"嗯？"许唯开始八卦。

"就是高中同学。"苏桐躲避视线。

"嗯？"

"你再怪里怪气的！"

许唯笑着说道："人怎么样？帅吗？"

"三十几岁的男人了，再帅也比不上你家谢砚宁啊。"

许唯摆摆手："那不一样，三十几岁的男人别有一番成熟魅力的。"

"他之前有个谈了七八年的女朋友，最后因为一些原因，订了婚但没有结，就一直单身到现在。前阵子我去参加同学聚会，碰上了他，我们就聊了聊天。"

"高中的时候你们俩……"

"同桌。"苏桐言简意赅。

许唯立即展开联想，却被苏桐捏了捏耳朵。

"嘴快笑咧开了！"

"聊天好啊，真好。"

苏桐笑而不语。

"但你也要搞清楚他和前女友分手的原因，别是他有什么人品方面的问题。"

"知道，我踩过一次坑了，不会再冲动。我现在也不光是自己谈恋爱，还要想着女儿，想着女儿接不接受他、他接不接受我的女儿。两个三十几岁的人谈对象，哪里是动心就够的？"

许唯晃了晃她的胳膊。

"我前阵子在桐江的西花堤看到你的公公婆婆了。"

许唯一愣："是吗？他们什么时候去玩的？我怎么不知道？"

"你婆婆真年轻啊，我都没办法把她和'婆婆'两个字联想在一起。"

许唯笑了笑："漂亮吧？"

"她真的很漂亮，也难怪你公公当年追了她五六年。我记得当时这件事家喻户晓，我妈还有我大姨凑到一起就聊这件事，说百川集团的新董事长追求女演员，女演员不想结婚，他就一直等，家里给他介绍多少个对象他见都不见，偏要等那个女演员同意。"

许唯说："其实真正的版本是，女演员也喜欢他，但是不想嫁入谢家被束缚，就对他说，'我还不想结婚。你如果真的喜欢我，如果愿意等，就等我几年，等我玩到收心了再说'。"

苏桐"哇"了一声。

"最后反而是女演员主动表白的。女演员说：'我想结婚了，你愿意吗？'"

苏桐满脸惊讶的表情："真的吗？你公公说什么？"

"说'愿意'啊。"

"好浪漫。"苏桐感慨道。

"他们俩现在每天还是腻歪在一起，我觉得我和谢砚宁到了五十几岁都未必能有这么好的状态。"

"怎么不会？你小看谢砚宁，也小看你自己了。你能把你的公司运营、管理得这么好，已经赢过很多很多人了。"

许唯歪头靠在苏桐的肩膀上。

"你现在也好腻歪啊。"苏桐一脸受不了的样子。

许唯气恼地甩开她。

两个人说笑着走进一家奢饰品专柜，许唯挑了两条领带，出来时一下电梯正好看到一家母婴用品店，莫名其妙地就走不动道了。

"我想进去看看。"

苏桐挑了一下眉："没问题啊。"

苏桐拖着许唯进去了。许唯一开始还有点儿不好意思，结果一个展柜没看完，就已经冲动得想要全部购入了。

苏桐连忙拦住她，把购物车推了回去："慢……慢着！你别冲动！"

许唯完全没办法平静，爱不释手地看着粉嫩嫩的迷你衣服："救命啊，这些也太可爱了！你看那个小兔子爬爬服，还有这个小鞋子！"

"它们是很可爱，但是你现在就买未免太早了吧？"

许唯这才反应过来。

她抱怨道："就怪谢砚宁，非要搞什么三个月备孕期，把战线拉这么长，弄得我精神恍惚，老是以为自己已经怀上了。"

苏桐笑到停不下来："许唯，你变化好大啊，以前我打死也不敢想象会从你的嘴里听到这种话。"

"这不是变化，是我开始尝试用我舒服的方式和人相处，"许唯挑了挑眉，得意地说道，"谢砚宁说的。"

苏桐一副恶心的样子。

许唯最后忍了又忍，只买了一个小毛绒玩具。

走出母婴店之后，她忽然觉得累，拽着苏桐在一旁的长凳上休息。

"这才走了几步路？我们才逛了四家店。"

"腰有点儿酸。"许唯说完之后看到苏桐的表情似笑非笑的，连忙解释，"不是！你想多了！"

苏桐笑得更坏："我没多想啊，你自己想哪儿去了？"

许唯确实想到别处去了。每隔五天的禁欲期一过，许唯的夜晚就不安宁了，而且从上个月开始，二人床头的安全套已经被放进了柜子里。

许唯在心里叹了一口气。

苏桐说："吃冰激凌吗？我刚刚看一个小姑娘的手里拿着巧克力冰激凌，看起来挺好吃的。"

"吃不下，没胃口。"许唯摆手。

"怎么了？"

"我也不知道，这几天都有点儿没胃口，可能是要来'姨妈'了……"

许唯话说到一半，突然停住，然后猛地望向苏桐，"我这个月的'姨妈'没来，一般是月中来的。"

苏桐迅速反应过来："天哪！"

许唯瞪大了眼睛："不会吧？"

苏桐让许唯赶紧去检查，许唯把东西放到车上就直奔百川集团旗下的一家医院，也不怕避讳了，直接找了资深的妇产科医生，一口气把检查做完。

二十分钟后，她们等到了结果。

"谢太太，您怀孕了。"

许唯整个人都僵住了，思维也全部停滞了。她慢半拍地接过报告单，不知道该如何面对这件事。

她以为自己会欣喜若狂，会开心到落泪，因为终于拥有了一个真正意义上血脉相连的家人，但没有。

这一刻，她只想立即见到谢砚宁。

她要立即见到他，见到他，她的心才能真正地安定下来。

她一路开车到了百川大厦。谢砚宁刚从会议室出来，和小吴交代完事情，一转身就看到许唯朝他快步走过来。

他下意识地伸出了手，许唯就抱住了他，

谢砚宁身后站着百川集团的好几位高管，还有几个员工，大家都愣住了，因为知道董事长夫人是出了名地沉稳、大气，平时只偶尔在年会上露一下面。而且大家都知道，年轻的董事长虽然在外雷厉风行，实际上在家里被老婆管得死死的。

可那一刻，大家都在许唯身上看到了商妍的影子，有那种被宠爱到极点，即使再怎么遮掩都藏不住的娇。

这种反差就连小吴都感到震惊。

许唯后知后觉地害羞，甚至都不好意思看向人群。

她松开谢砚宁，转身往电梯的方向走，谢砚宁则跟在她后面。电梯的门关上，在狭小的空间里他抱住她，轻声问她："怎么了？"

"谢砚宁，你要做爸爸了。"

谢砚宁愣了很久。电梯门已经打开了，他都没有动。

许唯把谢砚宁从电梯里拉了出来，谢砚宁跟跄了几步，撞在许唯身上。两个人几乎是跌进办公室的，幸好谢砚宁手疾眼快，护着许唯坐在了沙发上。

"你怎么了？"许唯失笑地说道。

谢砚宁在她面前蹲下来，恍惚地说："我也不知道，很奇怪，虽然早有准备。"

许唯弯起嘴角，抚摩着谢砚宁的头发，轻声说："其实我也觉得好奇怪。"

陡然增加了一个新的身份，这对沉浸在二人世界且爱得浓情蜜意的小夫妻俩来说，确实有些突然。

但谢砚宁显然适应得更快一些。

许唯还没来得及把报告单拿出来，谢砚宁就直接告诉小吴："太太怀孕了，全公司明天放假一天。"

小吴开心地飞奔去楼下，许唯根本拦不住他，回身气恼地拧了谢砚宁一把："我刚刚检查出来，你就到处说，你的嘴怎么这么快啊？"

"怎么了？我想跟大家分享我的喜悦啊。"谢砚宁不以为意。

许唯以为这已经很夸张了，结果半个小时后，谢砚宁已经把这件事群发给他所有的亲朋好友了。

首先，商妍和谢伯豪迅速给许唯打来电话。许唯这边刚聊完，紧接着，谢砚宁的死党周暄直接寄了一束半人高的花过来，里面有绣球花、向日葵、玫瑰，还装饰了一圈毛绒小玩具。

许唯两眼一黑。

谢砚宁摸了摸下巴，吐槽道："周暄的审美还是一如既往地俗。"

许唯抢过谢砚宁的手机，打开微信，发现扑面而来的全是他兴奋地宣布自己要当爸爸的消息，许唯往下翻了两页都没翻到底。

他究竟有多少朋友啊？许唯感到窒息。

很多人恭喜他，问他喜欢男孩还是女孩。

谢砚宁一律回复："女孩。"

许唯问他："你这么坚定吗？"

"当然，我就要女孩。我会把她宠成小公主的。"谢砚宁说。

"那如果是男孩呢？"

谢砚宁立即蔫了："小唯不要乌鸦嘴。"

听许唯笑出声来，谢砚宁忽然把她扑倒在沙发上，小鸡啄米一样地吻她。许唯嫌他烦，又舍不得推开，最后任由他黏黏糊糊地贴上来。

"小唯，谢谢。"

许唯看着落地窗外的高楼，满心都是幸福之感。

她也想谢谢自己，感谢自己在一次次被抛弃的时候没有自暴自弃；感谢自己在大学时勤工俭学，然后早早地走上销售这条路；感谢自己前几年拼了命，积累了资源和财富，才能勉强接触到谢砚宁所在的阶层，有和他认识的机会。

不管哪个环节出了错，她和谢砚宁都不会相遇，所以她收下了谢砚宁的道谢。

就这样，她要当妈妈了。

许唯对自己说：许唯，你一定要做这个世界上最好的妈妈，不要让自己的宝宝有任何遗憾。

又过了一个月，谢砚宁带许唯去做了一次全面的检查，结果显示各项指标都很正常。许唯看着屏幕上的小黑点儿，这才第一次有了怀孕的实感。

她摸了摸自己的肚子，谢砚宁把手掌覆在她的手上，两个人相视而笑。

因为许唯的性格本身就很淡定，而且她毕竟快三十岁了，喜悦这种情绪持续不了太久，很快整个人就恢复平静，回归了正常的工作和生活。

她还是照旧操持着她的新唯公司。这几个月她又新加了一项招标业务，不再单单做销售。建筑招标的业务一被拓展，供她施展拳脚的空间更大了些。

她对于新挑战总是乐此不疲。

不过建筑招标这个领域的水很深，她摔了几次跟头，有亏有赚，也算是积累了经验。

谢砚宁以前是全力支持她创业的，现在看她一忙起来就没时间休息，心里难免有怨言。晚上他挨挨蹭蹭地挤到许唯旁边，撒娇道："明天不上班了，小唯陪我去看展览，好不好？"

"不好，我没有那种艺术追求。"

许唯的膝盖上放着比字典还厚的关于招标的书，她正一页页地往后看。

谢砚宁继续撒娇，伸出胳膊圈住许唯，然后把下巴垫在许唯的肩膀上，试图推开那本书："已经很晚了，看这个对眼睛不好。"

"哎呀，你不要捣乱。"许唯拍他。

谢砚宁就悻悻地缩回了手。

许唯又看了二十分钟，然后把笔夹在书中间，合上了书，一转头看见谢砚宁正倚着她发呆。

她戳了戳谢砚宁的鼻子，谢砚宁都没反应，于是许唯捏住他的鼻子。谢砚宁没法呼吸，最后可怜巴巴地把脸埋在许唯的胸口，重重地叹了一口气。

许唯发现最近的谢砚宁总是很焦虑。他失眠多梦，食欲不振，甚至情绪低落。除了不孕吐，许唯都要怀疑她和谢砚宁到底谁怀孕了。

"你是不是……有点儿那个妊娠伴随综合征？"许唯提出猜测。

谢砚宁愣住，慢吞吞地抬起头。

"我听说有些准爸爸因为太过紧张，是会伴随着有妊娠反应的。"

谢砚宁恍然大悟。

"你不要太紧张，我现在才四个多月，叶敏之说她九个月的时候还上班呢。"许唯无所谓地说。

谢砚宁瞬间炸毛，提高了音量："你不可以！"

许唯连忙安抚他："我不会的，不会的。我保证，八个月之后我就放下工作，安心养胎，好不好？"

"七个月。"谢砚宁讨价还价。

许唯凉凉地看了他一眼，谢砚宁立即心虚地改口："七个半月。"

许唯没有容忍他得寸进尺："就八个月。"

谢砚宁在和许唯拌嘴这件事上永远处于下风，气鼓鼓地说："你还好意思欺负我？我报的胎教班你也不去上。"

"你不是去了吗？"

"人家都是老公陪着老婆，就我是一个人。"

许唯坚定地认为："胎教是智商税，我都让你不要报了。"

"人家老师说得很有道理，从现在开始，我们要慢慢地从外界给宝宝一些良性刺激，促进宝宝的器官和大脑发育，让宝宝和我们有交流、有沟通，这样也能帮助你缓解情绪压力。"

"我没有压力啊，"许唯不以为意地耸了耸肩，然后对谢砚宁说，"有压力的人是你吧？亲爱的谢董，一个星期的胎教课听下来，你好像更焦虑了呢。"

谢砚宁沮丧地倒在枕头上。

许唯侧躺着，用手撑着头，问谢砚宁："你到底在焦虑什么？跟我说说。"

"我怕有预想不到的意外，一做梦就梦到你进了产房，我在外面听到你很大声地哭，能感觉到你有多疼……"谢砚宁没能说下去。

许唯拍了拍他的胸口："怎么会呢？我被你养得这么好，而且医生都说了，宝宝很健康，像我这种注重腰腹训练的妈妈，顺产会轻松很多。"

"可我就是很担心。"

许唯想了想："好吧，明天我们出去逛一逛，好不好？"

谢砚宁这才露出今晚的第一个笑容。

许唯被他抱在怀里，听着他的心跳声，忽然感慨：虽然谢砚宁的爱实在多到快溢出来，但被人宠爱着的感觉实在太好，好到自己表面上再怎么嫌烦，其实内心深处还是窃喜的。

正想着，她感觉谢砚宁的手又开始不规矩了。

许唯冷冷地问他："谢砚宁，你又不焦虑了？"

"一会儿再焦虑。"谢砚宁厚着脸皮说。

他捏了又捏，然后低头吻许唯。许唯也不推拒，任他摆布。

第二天他们准备去看画展，途中路过桐江一中时，许唯忽然问谢砚宁："你在这里读高中吗？"

"嗯。"

"我在二中，那时候就听说一中里有很多富裕家庭的小孩，学校里还有各种各样的社团，学生每天早上也不用六点半到学校，晚自习可以自己决定去不去。"

谢砚宁笑了笑："还好吧，我觉得和国外比起来，一中的管理还是挺严格的。"

"那是你没有感受过纯正的应试教育的毒打。"

"那是什么样的？"

"就是'存天理，灭人欲'啊，有高强度的学习节奏、扼杀天性的填鸭式教学，学生一旦早恋就要被全校通报。"

谢砚宁不敢相信："怎么可能？桐江市区里的学校怎么会差别这么大？"

"一个在市中心，另一个在北边，当然有差别啊。"

"想进去逛逛吗？"谢砚宁提议。

许唯愣了愣："好啊。"

许唯一开始也不知道谢砚宁用了什么方式说通了保安，放他们两个社会人士进高中校园，还在心里叹服谢砚宁的沟通能力，直到在道路尽头看到了一栋教学楼，叫百川楼。

谢砚宁察觉到许唯的无语，坦然地说道："怎么了？不就是我爸捐了栋楼？"

许唯眯起眼睛："你不会还是这个学校的优秀校友吧？"

"不是，"谢砚宁摇头，然后贱兮兮地说，"我是荣誉校友。"

许唯朝他翻了个白眼。

谢砚宁很委屈："怎么了？你不能因为我出身好就嫌弃我啊！"

"不好意思，我看不得家境富裕的人。"

谢砚宁追上她，纠正道："可小唯你也是家境富裕的人啊。"

"我是靠自己的双手才变得富裕的，但你是靠投胎。"

谢砚宁一下子就没声了，更加委屈了，连许唯的手都不肯牵，自己一个人往前走。

许唯知道他又闹小脾气了，懒得追他。毕竟现在谢砚宁得了妊娠伴随综合征，每天多愁善感得很，芝麻大点儿的小事都能让他抑郁半天。

她悠闲地走在桐江一中的林荫小道上，想象着十六七岁的谢砚宁在这里学习的场景。

从商妍记录的照片和视频里看，十六七岁的谢砚宁和现在差不多，五官英俊又精致，从小帅到大，只是那时候不太爱笑，总是装得酷酷的，一定很招女孩喜欢。

他们正好经过体育场，看到有几个男孩在打球，谢砚宁在旁边看了会儿。

许唯走到他身边："你会打篮球吗？"

"怎么可能不会？"

"有他们打得好吗？"

"比他们好多了。"

许唯故意说："真的吗？那些可都是十几岁的小男孩啊，你的体力会不会比不上？"

谢砚宁立即就被激起来了，当下就脱了外套，扔给许唯，跑进了篮球场。

他本身就穿着运动风的休闲装，和一群十六七岁的男孩站在一起竟然毫无违和感。他个子高，肩膀宽，每次投篮都充满力量感。

许唯坐在一旁的看台上，也演了一回偷看暗恋对象打篮球的纯情少女。

她想起在她的高中里好像也有像谢砚宁这样的男孩，但那时候她忙着学习和给人抄笔记赚钱，也算是整整三年两耳不闻窗外事，活在自己的世界里，以至于后来有高中同学聚会也没人邀请她。

许唯是成绩好的那群女生里存在感最低的一个。

她后知后觉地发现，自己已经错过了最适合暗恋的年纪，现在再谈暗恋，自己都觉得好笑。

谢砚宁打完一场之后，喘着气朝许唯跑过来。许唯一抬头，他的吻就落下来，不远处的几个小男孩起哄地喊了起来。

许唯脸一红："当着小孩的面呢。"

"他们算什么小孩？"谢砚宁接过一个男孩扔来的矿泉水，拧开了瓶盖喝了几口，然后问许唯，"我打得怎么样？"

"很好，特别帅。"许唯一字一顿地强调。

谢砚宁这才满意。

"那时候有女生追你吗？"

谢砚宁愣了愣，想了一会儿，刚准备说没有，又觉得许唯话里有话，于是故意说："有啊，挺多。"

"随便讲一个给我听听。"

"想得美，然后你吃醋，我还要哄你。"

"我保证不吃醋。"

谢砚宁又不满意了："为什么不吃醋？你对我就这么没有占有欲吗？哼。"

"你这么幼稚，不如回去读高一吧。"许唯微微后倚，忽然说，"以前上体育课，我都不出来的。"

"那去哪里？"

"在班级里帮人抄笔记。"

"为什么？"

"赚钱啊。一次二十块钱，如果超过十页，那就翻倍，而且语文和政治是五十块钱，因为写字太累了，我到现在还记得。"许唯笑着说。

谢砚宁心疼地看着她。

"你干吗这个表情？"许唯戳了戳谢砚宁的嘴角，笑着说道，"我当时很有钱的，一学期能赚一千多块钱，放假就更不用说了，接单子接得都忙不过来。"

"小唯。"

"嗯？"

"没什么。"

谢砚宁笑了笑，强忍着心疼。

许唯忽然朝谢砚宁伸出手，谢砚宁回握住她的手。凉风吹着许唯的头发，许唯靠在谢砚宁的肩上，轻声说："如果那时候你出现，会发生什么？"

"我会……"

许唯却打断他，摇头说道："什么都不会发生，我那个时候真的太普通了，素面朝天，扎着一成不变的马尾辫，成天穿着校服和运动鞋，见到人时也不敢抬头和人对视，站在哪里都很拘谨……"许唯深深呼出一口气，"连我自己都不喜欢那时候的自己。"

她望向谢砚宁，笑着说："但我喜欢现在，真的，好喜欢现在。我觉得我现在很漂亮，比十八岁的时候漂亮。"

谢砚宁把她揽进怀里。

很奇怪，回去之后许唯一直想着篮球场的画面，当天晚上还做了一个梦。

她梦到回到桐江二中的班级，正在角落的座位上奋笔疾书，忽然有人敲了敲她的桌角。她愣了愣，抬起头，看到了一张英俊又张扬的脸。

谢砚宁穿着桐江二中的蓝色校服——这校服穿在他身上竟然很好看。

他一副生人勿近的模样，单手勾着书包，问许唯："这个位置有人坐吗？"

许唯摇头。

谢砚宁就自顾自地坐了下来，问许唯："你叫什么名字？"

"许唯。"

许唯不习惯和男生说话，回答完之后就低下头继续奋笔疾书。

谢砚宁的视线却落在她的笔记本上，他盯着她看了很久，然后说："你的字真好看。"

许唯的笔尖一滑，差点儿毁了她抄了两个小时的错题集。

后来谢砚宁被班主任喊了出去。班级里的人都在讨论他，说他看起来很高冷，说他不苟言笑，和电视里的谢百川一样。

有人说他是首富的儿子，他一毕业就要出国的。众说纷纭，大家喋喋不休。但他一回班级，大家就不约而同地噤了声。

许唯没听懂，但从只言片语中也能感觉出来，她和谢砚宁是两条不相交的轨道。

她继续低头做自己的事。

谢砚宁做他的风云人物，情书多到从抽屉里散落出来。

许唯做好事，帮他重新塞了回去，结果正好碰上谢砚宁打完篮球回来。

许唯僵住，谢砚宁的眼神意味深长。

许唯面无表情地说："掉出来了，我帮你塞回去。"

"哦。"谢砚宁的语气听起来还有点儿失望。

再后来的某天，她正在整理笔记，想用红笔的时候，发现红笔被谢砚宁拿在手里把玩。于是许唯放下黑笔，夺回了自己的红笔。

标注了几个重点单词之后，她再找黑笔，发现又不见了。

她懒得找，直接在谢砚宁面前把手摊开："还给我。"

谢砚宁的无聊把戏没有得逞，他不情不愿地交出黑笔，许唯从头到尾都没有看他一眼。

他凑过来，说："小唯，你理理我，好不好？"

这句话像是一个咒语，"砰"的一声，让许唯从梦中醒来。

她等待视线逐渐清晰，然后看到了熟悉的天花板和吊灯。

这是梦。

这当然是梦。

她和谢砚宁怎么可能做同桌？

只是这个梦未免太幼稚了些，许唯清醒过来之后感到分外羞耻。她竟然在快三十岁的年纪做了一个如此少女心且毫无逻辑的梦，这难道是怀孕导致的激素紊乱？

她的心脏"扑通扑通"地跳动，十七岁的谢砚宁似乎还在她眼前。

她喊了一声谢砚宁，谢砚宁就半梦半醒地搂住她，含混不清地说："怎么了？"

许唯看着谢砚宁的脸，无厘头地问："你要是你回到十八岁，愿意和我做同桌吗？"

谢砚宁还没醒，一个劲地把许唯往怀里揽，嘟囔着："愿意，要是我在，你就不用抄笔记了。我养着你。"

许唯"扑哧"一声笑出来。

谢砚宁在她的额头上印了一个吻，说："我们早点儿遇见就好了，我养着小唯。你不用抄笔记，对我笑一下我就给你好多钱，全都给你。"

"你怎么还倒贴啊？"

"我就是倒贴，你甩不掉我了。"

到六个多月的时候，许唯已经开始显怀了，穿再宽松的衣服都遮不住了。

她带着叶敏之从招标会现场出来，叶敏之接过她手里的材料："再过两个月你就别来这里了，这里好多男人抽烟，对你的身体不好。"

许唯点点头："把手上的几个项目做完，我就准备安心养胎了。"

"气色不错。"叶敏之夸她。

"我现在过得可养生了。"

"主要是要心情舒畅，不然再有营养的营养餐都没有用。孕妇的心情真的很重要。我怀孕的时候我老公就经常惹我生气，那时候我都不敢照镜子，整个就是个黄脸婆。"

"现在不是也美回来了吗？"

叶敏之笑了笑："主要是工作好，托许总的福。"

许唯刚回到公司，谢砚宁就来了，来接她去商妍那儿。商妍最近在学做饭，在谢伯豪被迫当了半个多月的小白鼠之后，终于能勉强做出几道菜，然后就迫不及待地邀请许唯过来品尝。

许唯现在也不拘束了，躺在沙发上晃着脚，静静地看着商妍炸厨房。

谢砚宁附耳说道："小唯就先吃米饭，感觉不能吃的菜就不吃，或者放到我的碗里。"

许唯轻笑。

也不知道商妍是太紧张了还是被谢砚宁的表情气到了，看着煳在锅底已经分辨不清原形的牛柳，选择放弃，然后重重地叹了一口气，把"案发现场"交给谢伯豪和保姆收拾。

她脱了围裙，倚在许唯身上。

"好遗憾，吃不到妈妈做的菜了。"许唯说。

商妍发誓道："小唯再等妈妈一个月，妈妈下个月一定可以让你吃到妈妈牌美味中餐！"

许唯笑着说："谢谢妈妈。"

商妍摸了摸许唯的肚子："乖乖宝还要多久才出来呀？"

"还要一百零几天。"

"好漫长啊。"

商妍指着许唯的肚子，对谢砚宁说："你看到没有？女人多辛苦，'妈妈'这个词有多伟大！"

许唯握住商妍的手，阻止道："妈妈，不能说了，砚宁已经产前焦虑晚期了。"

"啊？"

谢砚宁垂头丧气地倒在许唯的腿上，一副了无生机的样子。

许唯向商妍解释："他现在吃不下、睡不着，平时也没精神，偶尔还会'孕吐'。"

商妍满脸写着问号，疑惑地问谢砚宁："你的抗压能力这么差吗？我记得你的心理素质一向是最好的啊。"

事实证明，谢砚宁纵然有再好的抗压能力，都敌不过许唯漫长的孕期。

他常常抱着许唯发呆，动不动就表白，说好爱她好爱她。

他现在只会在一件事上反驳许唯，就是在许唯说万一生个男孩的时候，谢砚宁会表现出不满的情绪来。其余时候，他爱许唯爱到许唯都觉得太过分。

就连最后那天，许唯快进产房了，商妍和谢伯豪还有苏桐一群人围着，所有东西都准备好了，谢砚宁还紧紧地握着许唯的手，非要进产房。许唯自然是不让的。

据商妍后来透露，堂堂百川集团的董事长，动辄操作上亿资金且平日里不苟言笑如冷面罗刹一样的谢砚宁，在产房外面哭得"稀里哗啦"，停都停不下来。

许唯出来时，他第一时间冲过去。

许唯用指尖点了点谢砚宁的鼻尖，苍白的脸上努力露出笑容："谢砚宁，你的愿望实现啦。"

护士对谢砚宁说："是个小公主。"

谢砚宁好像没听见一样，定定地望着许唯，眼泪滴在许唯的手腕上。

他的瞳孔里映着她，只有她。

从来都只有她。

许唯差点儿鼻酸落泪，强忍住笑着说道："这点儿小事就哭，你好没出息。"

谢伯豪给小宝宝取了名，叫许宜宁。

因为谢砚宁坚持让宝宝跟许唯姓，说宝宝是许唯在这个世界上唯一血脉相连的亲人，是许唯真正意义上的家人。

许唯一开始还没反应过来，笑着说："谢宜宁？哪有宝宝和爸爸就差一个字的？"

下一秒，她的笑容就顿住了。

她抬头望向谢砚宁，脸上满是难以置信的神色。谢砚宁坐在床边朝她笑，握住了她的手。许唯明白过来，慢慢地低下头。谢砚宁急忙抱住她："不哭，小唯不哭，这有什么好哭的？"

其实宝宝姓谁的姓都可以，谢砚宁早就提过这件事。两个人也商量过，谢砚宁当时就说"无所谓"。

可这次无意中听到谢砚宁在谢家父母面前的解释，许唯还是觉得心头一暖。

她就像一棵独自生长的树，如今也要开枝散叶了。

许唯纠正道："你也是我的家人。"

谢砚宁却说："我不是。我是爱人。"

"爱人比家人更重要吗？"

"这不好比的，但我会一直陪在你身边，一直到老。"

许唯破涕为笑。

谢砚宁俯身亲了亲她，说："我把宝宝抱过来，好不好？"

幸亏有谢砚宁的三个月备孕期，加上前期准备充足，小宜宁的诞生之旅还算很顺利，她出生时是六斤六两，粉粉嫩嫩的，还有小小的酒窝，医生和护士都直呼她漂亮。

大家分辨不清她究竟像谁，她的眉眼有点儿像谢砚宁，嘴巴又像许唯，总之她综合了父母的优秀基因，是个一出生就惊艳众人的小宝宝。

许唯抱着她，心都快化了。

她那么小，鼻子、眼睛都像是袖珍的。她看起来那么羸弱，软软的一个小粉团子，许唯都不敢用力，生怕挤着她、压着她，谢砚宁在旁边也是大气都不敢出。

两个人屏着呼吸，盯着女儿看，随后又相视而笑。

谢砚宁抱住她们俩，说："我这辈子别无所求了。"

小宜宁好像能够感知到安全和爱，嘤咛了几声，小手像猫爪"开花"一样张了张。谢砚宁把手指伸过去，小家伙就一把抓住了他。

这像是血缘带来的天然亲近感，谢砚宁怔怔的，在心里感慨生命之神奇。

小宜宁满月的时候，躺在婴儿车里，被谢砚宁推着逛遍了整个百川大厦。

谢砚宁真的很得意，表情又炫耀又嘚瑟，好像千万的单子也比不过他的宝贝女儿，恨不得所有人都来夸他女儿可爱。

许唯很无奈地坐在办公室里——她的脸皮还没有厚到那种程度。

谢砚宁回到办公室的时候，许唯说："你都上新闻了。"

许唯拿出手机，展示给谢砚宁看，"百川集团董事长化身炫女狂魔"这个话题的讨论量逼近百万。

"这个概括很精准。"谢砚宁完全不意外，还拿出手机，蹲在婴儿车旁边和小家伙合了张影，然后一边低头操作一边说，"我再发条微博。"

许唯扶额。

小宜宁一觉睡醒，小嘴撇了撇，迅速哭了起来。许唯抱着她进休息室了。

谢砚宁锁上门，转身时见许唯正好解开纽扣。按理说许唯早该习惯的，没有宝宝的时候，谢砚宁也没少碰过那里。可每次喂奶的时候，谢砚宁站在旁边，她还是会脸红。

许唯羞恼地说："不许盯着看！"

谢砚宁一脸无辜。

小宜宁在性格上很像小时候的谢砚宁，活泼好动，吃饱喝足之后就开始扑腾着小胳膊、小腿，嘴里"咿咿呀呀"的。

谢砚宁凑上来，又忍不住想咬她，却被许唯推开了。

小家伙眨巴着忽闪忽闪的大眼睛，咧开嘴朝谢砚宁笑。

谢砚宁歪倒在许唯身上，号道："我的女儿怎么这么可爱啊！"

但是没过多久，不可爱的事情就发生了。

在小宜宁的周岁宴上，谢砚宁准备了一地抓周用的小物件，个个精致又可爱。

小宜宁穿着漂亮的红色小汉服，软软的头发被扎成两束小辫子，被谢砚宁抱着走出来。她一点儿都不怕人，谁逗她她都笑。

谢砚宁和许唯一起把小宜宁放在圆形的地毯上，大家围在地毯旁边，都期待着看小家伙最后会抓住什么。

小宜宁还不知道发生了什么，所有人都看着她，这让她有些不高兴。她转过身直往许唯的怀里爬。

众人哄笑。

许唯笑着安抚她："宝宝看，有好多小玩具呀！有没有宝宝喜欢的？"

谢砚宁心里期待着宜宁去抓拨浪鼓，这样预示着他的女儿一辈子快乐无忧。

许唯哄了很久，小家伙终于愿意配合了，坐在地毯上左右看了看，然后也不知道突然看到了什么，陡然动了起来，迅速朝着某个方向爬了过去。

谢砚宁的心提到嗓子眼，下一秒，他就看到小宜宁略过他的拨浪鼓，直接往地毯的边缘爬去了。

地毯外面根本没东西，她到底想要什么？

谢砚宁一开始还很疑惑，然而很快就皱起眉头。因为他看到他的宝贝女儿停在了地毯外，举起短短的小胳膊，抓住了地毯边上一个小男孩的手。

众人集体沉默，片刻后爆笑起来。

周暄笑弯了腰，拍着谢砚宁的肩膀，极力嘲讽："完了完了，你直接和姚家定娃娃亲吧！"

谢砚宁的脸色铁青。

许唯无奈地把宜宁抱了回来，小家伙还眼睛滴溜溜地盯着小哥哥，开心地笑着，丝毫没有管怒火中烧的谢砚宁。

那是和谢家有着多年合作关系的姚家，尽管谢砚宁也算是看着姚家的小孙子长大的，尽管这个五岁的臭小子确实长得不错，但此刻被女儿背叛的痛苦还是直接淹没了他。

一直到周岁宴结束，谢砚宁还没缓过来。

许唯捏了捏他的脸。

晚上睡觉的时候，谢砚宁头一次不肯去哄宜宁。

许唯把小家伙安顿好，回来时发现谢砚宁躺在床上，依旧闷闷不乐。许唯钻进他的怀里，笑着说道："可以看出来，恋爱脑是会遗传的，宜宁遗传了爸爸的恋爱脑，这可怎么办啊？"

谢砚宁气鼓鼓地哼了一声。

他翻了个身，抱紧许唯："她的眼光可比不上我。"

许唯轻笑出声。

"这个世界上，没有男人能比我更爱她。"谢砚宁说。

"她会知道的。"

"她不会。她会开始叛逆，然后在我不同意的情况下，带一个歪瓜裂枣回来，告诉我那是她的真爱。"

许唯忍着笑："谢砚宁，你最近是不是又偷看商女士的狗血八点档电视剧了？"

谢砚宁哼了哼。

许唯安慰他："不会的，她不是一个缺爱的小孩，所以一定不会变成为了一点儿爱就委屈自己的人。"

谢砚宁突然看向她。

许唯读懂了他的意思，摇头说道："我没有这样，遇到你之后，就再没有受过委屈。"

"这是我对你的承诺。"

"谢砚宁。"

"嗯？"

"成为母亲让我觉得人生很圆满，但我这辈子做过的最正确的决定，是成为你的妻子。"

谢砚宁俯身吻她。

夜里睡得迷迷糊糊时，许唯隐约听到小宜宁在哭，她的身体刚做出反应，谢砚宁就先一步下了床。

他熟练地哄完小家伙，又回到房间里。

许唯感觉他的动作很轻缓，小心翼翼的，生怕吵醒她。

他躺到床上，然后轻轻地靠过来，以一个半抱的姿势把胳膊搭在许唯的腰上，握住了许唯的手。

他的呼吸全洒在许唯的颈侧，她痒得瑟缩了一下，睡意惺忪地转身钻进谢砚宁的怀里："宝宝睡着了？"

"嗯，这个宝宝怎么又醒了？"

许唯听到这种叫法还是会打一个激灵，拧了谢砚宁一下，警告道："不许腻歪。"

谢砚宁委屈巴巴地把脸埋在许唯的肩窝处。

许唯又觉得好笑，主动亲了亲他。

"小宝宝会长大，将来有自己的路要走，但小唯在我这里永远是宝宝，永远不会长大。"谢砚宁说，"我会一直疼你。"

"知道啦。"

平行世界番外
年少有你

"我怎么感觉我们已经认识很久了？"

　　大四的暑假，许唯本来不想回桐江，但叶惠婷好说歹说求着她回来照顾妹妹。许唯没办法，最后还是买了回桐江的火车票。

　　她回来之后觉得更无聊了。许优不听她的话，父母一走就溜出去玩，还逼着她帮自己撒谎。

　　许唯懒得搭理许优，算了算自己手上剩的钱，还有下学期的生活费和明年的学费。她不想再用叶惠婷的钱，反正闲着也是闲着，便决定做家教。

　　她托了一位学姐的关系，接触到了一户家境很好的人家。需要补课的男孩今年读初三，英语成绩差到离谱，换了好几个家教都没用。

　　学姐说："我暂时只能帮你联系到这个，你要不要试试？"

　　许唯想了想，说："好。"

　　她抓紧时间在家里复习了一下初三的知识点，又在网上找到一些备课笔记，认真准备好之后，按照学姐提供的地址，骑自行车去了那户人家。

快到的时候，许唯才发现这可不是一般家庭。他们住的虽然不是别墅，却是市中心房价最高的地段，顶楼的复式，带一个很大的露台，看上去十分宽敞。

开门的人是保姆，问清身份之后就对许唯说："阳阳在房间里打游戏。"

保姆指了一下房间的位置，许唯刚想走过去，保姆又嘱咐她："你让他打完。他的脾气不好，你打断他他要生气的。"

许唯点了点头："好。"

其实她内心是惴惴不安的，毕竟是第一次接触这样的家庭。

但学姐说，做家教不能把自己的姿态摆得太低，否则家长会不相信家教的能力。

于是许唯挺直腰背，做了个深呼吸。

走到男孩的卧室门口，许唯敲了敲门，听到一声懒洋洋的"进"。

许唯推开门走了进去，发现卧室比她想象中的大很多。床头摆着米色的懒人沙发，正对着墙上的巨大屏幕，沙发上坐着两个人，都是十几岁的男孩，相貌有几分相似。靠外的一个看起来年长一些，但不超过二十岁，五官很精致。许唯总觉得有些眼熟。

两个男孩在玩一个赛车游戏，声音很吵，他们完全无暇顾及许唯。

还是稍微年长的那个主动直起身子，朝许唯颔首："是补课老师吗？不好意思，麻烦你稍微等几分钟。"

他一副矜贵的模样，但态度又很客气。

许唯愣了愣，被忽略的局促感少了很多。

她松了一口气，转身走出房间，独自站在走廊上，把课本、笔记都拿出来提前准备。

几分钟后，她听到刚刚那个略低沉的声音说："别玩了。"

"不行，再玩一局，我不想上什么破课。"回答他的声音明显更稚气尖锐，这位大概就是保姆说的阳阳。

那个人不知说了什么，阳阳突然号叫了一声，激烈地喊道："不行，哥，你再陪我一会儿！哥！"

许唯抠了抠笔记本的边缘。

谢砚宁走了出来，对许唯说："可以上课了。"

许唯转身朝他笑了笑："好，谢谢。"

谢砚宁微怔，看着许唯进去之后，双手插着口袋，倚在门框边，观察着他的表弟周沐阳的一举一动。

他知道周沐阳是惯会欺负家教老师的。

给周沐阳找家教完全没意义，反正不到一个下午，脾气再好的老师都会被气跑，就算一个小时支付一千块钱，也没有老师能坚持下来。

这次来的这个女生看起来年纪不大，估计撑不了两个小时，谢砚宁在心里猜测。

果然不出他所料，许唯刚把书放在桌上，周沐阳就已经不耐烦了。

许唯独自搬了一个凳子坐下来，周沐阳就抬起腿踩着桌边，身体往后仰，前后晃荡，十分挑衅地望着许唯。

许唯问："你的期末试卷在哪里？"

他说："没有。"

许唯问："你觉得自己哪方面最薄弱？"

他说："没有，你放心，我一个字都不会学的。"

许唯这么多年对付同样不肯学习的许优，早已积累了充足的经验，弯了弯嘴角，温和地说："没关系，我教我的，你听不听是你自己的事。"

周沐阳被噎住，恼羞成怒地把许唯的笔记本都甩到地上。

"哗啦啦"一阵响动，许唯的笔记本正巧平摊在了地上，谢砚宁隐约看到了上面密密麻麻的字迹。

他皱起眉头，正准备上来帮忙，还没来得及控制住周沐阳，就看到许唯淡定地伸出手，直接揪住周沐阳的裤脚。

她用力往下一扯，周沐阳整个人"咣当"一下就坐回了原位。

一时间，周沐阳和谢砚宁都愣住了。

空气陷入死寂。

周沐阳更是僵了整整一分钟，瞪大双眼，死死地盯着许唯，眼神似乎在说：你知不知道你刚刚在干什么？！

许唯瞥了他一眼，说："那我先简单帮你补一下初二的知识点。"

周沐阳倏然起身，刚要夆毛，许唯就一拳砸在桌子上，桌上的笔筒晃了两下。

周沐阳浑身一震，支支吾吾地说："你……你什么意思？"

"没什么，就是想告诉你，我是跆拳道黑带。"

"骗人的吧？"周沐阳心虚地说。

"要不你试试？"许唯笑着望向他。

周沐阳立即尿了，乖乖地坐回到座位上，缩着肩膀，低着头。许唯让他拿试卷，他就从垃圾堆一样的书包里翻出一个破纸团，小心翼翼地展开，递到许唯面前。

谢砚宁轻笑出声，许唯回头看了他一眼，他立即收拾好了表情。

他要俯身捡许唯的笔记本，许唯说"不用"，然后微微弯腰，拿起来就放在周沐阳面前。

她说："就两个小时，坚持一下，我不会给你留什么作业的。"

周沐阳还没完全缓过来，小声说："好。"

谢砚宁觉得有趣。他还是第一次见到有人能制服周沐阳。

他怕打扰到许唯，便转身去了客厅。

两个小时后，许唯从房间里出来，和保姆打了招呼，又冲谢砚宁礼貌地点了下头就离开了。

谢砚宁回到房间时，周沐阳正趴在试卷上发呆。谢砚宁敲了一下他的脑袋："怎么样？"

"她……好可怕。"

谢砚宁笑着问："哪里可怕？"

"你不怕她吗？她说她爸是开武术训练馆的。"

原来这个混世魔王的胆子这么小。

谢砚宁说："看来你是挨揍挨得太少了，我就说舅舅平时应该多揍你。"

周沐阳一脸菜色："她明天还要来，怎么办啊？"

谢砚宁幸灾乐祸，重新躺到沙发里，刚准备玩游戏的时候，又让周沐阳把许唯的笔记本拿给他看看。

许唯的字迹很漂亮，笔锋凌厉，并不柔。谢砚宁原本略有些惊讶，可联想到她对付周沐阳的方法，又觉得很合理。

她的笔记做得很认真，详略得当，重点都用荧光笔画了出来。

谢砚宁把笔记放回到桌上，拍了拍周沐阳的肩膀："好好学，中考结束之后我陪你出去玩。"

"去南极吗？我一直都想去！"周沐阳急忙说道，心情这才由阴转晴。

"可以。"

谢砚宁继续打游戏。

几天后，谢砚宁在餐桌上听见商妍说："阳阳终于遇到克星了。新来的那个大学生厉害得不得了，把阳阳收拾得服服帖帖的。现在阳阳让做作业就做作业，做完英语做数学，昨晚一直学到九点。"

谢砚宁轻笑。

商妍问他："怎么？你知道？"

"见过。"

"那个大学生长什么样子啊？她是不是特别好看啊？她怎么就能让阳阳听她的话呢？"

"特别……"谢砚宁想了想，说，"厉害，是跆拳道黑带。"

"哎呀，她不会打阳阳吧？"

"阳阳比她还高半个头，她怎么打？"

她爸爸是开武馆的，她是跆拳道黑带，这件事也就傻了吧唧的周沐阳会相信。

"那可就奇怪了，不行，我还是不放心，你下午去看看阳阳。学习成绩是重要，但也不能让外人打他呀。"

谢砚宁只好又去了一趟周沐阳家。

许唯正好也在。

谢砚宁没敲门，就从卧室的门口往里看。

许唯坐在书桌旁边，正在检查周沐阳的试卷。周沐阳像小跟班一样跑前跑后，时不时地问："唯姐，你要红笔吗？"

"不要。"

"唯姐，你坐这边晒不晒？我把窗帘拉起来吧？"

"不用。"

"唯姐，你渴不渴？我给你倒杯水吧？或者我让阿姨削点儿水果，你喜欢吃什么水果啊？"

许唯冷冷地看了他一眼："你给我坐好。"

周沐阳立即坐下。

"唯姐，你把你们宿舍闹鬼的故事讲完嘛，我真的很想听。"

"我上次讲到哪里了？"

"你说每天晚上都能听见有人在你的耳边用气声说话，朝你的耳朵吹气的那种感觉。"

许唯把试卷翻面，随意地说道："哦，你觉得这个声音是哪里来的？"

"是假的对不对？有可能是你学习太紧张了，出现幻听了。"

"不是，我问了我隔壁床的女生，她也听到了，而且我还用手机录下来了。"

见许唯把手机拿出来，周沐阳立即凑过去，耳朵贴着听筒聚精会神地听。几秒后他惊讶地说道："啊！真的有！"周沐阳瞬间头皮发麻，"这到底是什么啊？"

他被吓得半死。

许唯没有立即回答，只是若无其事地说："今晚这个数学卷有时间做一下吗？"

"有有有，我保证做。"周沐阳举手发誓。

许唯在心里得逞地笑了笑，但面上波澜不惊，等周沐阳接过试卷后才回答他的问题："是我下铺的女生和她男朋友语音通话的时候她男朋友的呼噜声，她的耳机没插好。"

周沐阳的嘴角抽了抽。

谢砚宁在门外差点儿笑出声来。

周沐阳气恼到爆炸："你又骗我！"

许唯耸肩："我没说这是鬼故事啊，是你自己这样以为的。"

"你就是骗我！"

"这样吧，我待会儿给你讲个更有意思的——楼梯鬼影，货真价实的鬼故事，吓到你今晚睡不着觉的那种，要不要？"

周沐阳又来了兴趣："好！"

许唯把课本拿出来，打开到昨天没讲完的地方："先把这个例题做一下。"

谢砚宁在门口站了好一会儿，实在觉得有趣。

其实许唯并不擅长讲数学，谢砚宁能听出来她讲数学题的时候有些不自信。但许唯对周沐阳说："你先把基础分拿到手，剩下的提升题我回去再想想怎么给你讲。"

"唯姐你不会吗？"

"我是文科生，"许唯蹙着眉问他，"不是你让我教你数学的吗？你还嫌弃我？"

"我想让你多挣点儿钱嘛。"

谢砚宁惊讶于周沐阳还有这么懂事的时候。

"谢谢，不过我确实不擅长数学。如果你开学之后月考的数学成绩没有明显的提升，我会把钱退给你妈妈的。"

谢砚宁微挑眉梢。

"不用哇，你别退，我认真学。"周沐阳连忙说道。

许唯离开时，周沐阳还吵着让她继续讲鬼故事。许唯让他安分点儿，一回头正好和上楼的谢砚宁撞了个正着。

她被吓了一跳，脚下一滑，差点儿摔倒，幸好谢砚宁扶住了她。

"没事吧？"谢砚宁问她。

许唯摇摇头："没事。"

她往旁边站了站，让谢砚宁先走。

谢砚宁定定地看着她，令她有些局促。她常常听周沐阳讲起自己那个耀眼的表哥。周沐阳说，谢砚宁是商妍的儿子，难怪她看他总觉得眼熟。

虽然她在傻乎乎的周沐阳面前能游刃有余，但在陌生的谢砚宁面前，还是会下意识地躲避视线。

她微微低头，及肩的头发落下，遮住了半张脸，说："我先走了。"

周沐阳跑出来，嚷道："唯姐，你明天早点儿来！"

许唯离开之后，谢砚宁问周沐阳："她多大？"

"二十二岁。"

谢砚宁望着许唯的字迹，莫名其妙地冒出一个念头：大三岁，她只比自己大三岁而已。

后来谢砚宁去周沐阳家的频次高了不少，连商妍都觉得疑惑："你不是最不喜欢搭理阳阳的吗？"

谢砚宁没回答这个问题，只是突然问："你觉得我需要个英语家教吗？"

"你要做家教？"商妍没反应过来。

"算了。"谢砚宁自己也觉得荒唐。

"你要找个人教你英语？谁能教你？你英语说得和母语一样，等等，你什么意思呢？你……不会是看上哪个家教……不会就是阳阳的那个家教吧？"

商妍立即兴奋起来，当即就要换衣服去看看那个女孩长什么样子，幸好谢砚宁拦住了她。

"不是。"他否认。

谢砚宁躺在床上，心里不断浮现出许唯的样子。

她已经不用鬼故事吓唬周沐阳了，现在改成讲历史轶闻。她对历史故事信手拈来，而且语言表达能力很强，会把一些野史趣闻夸张、渲染后讲给周沐阳听，周沐阳听得聚精会神。

结尾时，许唯还教他怎么把这个当作素材写进作文里。周沐阳催着他妈再给许唯一份语文课的工资。

她身上有种很特别的气质，谢砚宁第一次见到她时就被吸引了。

因为周沐阳要趁假期去奶奶家待几天，所以许唯没来上课，谢砚宁也就好几天没能见到她。

眼看着暑假还剩不到半个月，谢砚宁有些焦急。

许唯在北方读大学，而且听周沐阳说，她平时的节假日都不回来，如果是这样的话，这次的暑假一结束，他再能见到她大概是半年后了。

心烦意乱到了极点，谢砚宁在家里坐不住，索性起身换衣服，往许

472

唯家的方向夜跑。

他听周沐阳说，许唯的家在老城区的一幢旧居民楼里。

他没想去找她，只是单纯发泄精力，没想到会在半路看到她。

刚过马路，他就远远地看到了一个熟悉的身影。许唯在女生里算高的，所以比较显眼，再加上那条路上本来也没什么人，他一眼就看到她了。

已经十一点多了，许唯一个人，戴着耳机，慢悠悠地走在公园旁边的小路上。

在谢砚宁看到她的同时，两个醉醺醺的男人并排走过来，也看到了她。

许唯没有注意到他们，继续往前走。

两个醉酒的男人拦住了她，不怀好意地朝许唯笑了笑，东倒西歪地围着她，其中一个醉鬼直接抓住了许唯的肩膀。

这件事发生得太突然，许唯的大脑空白了两秒才反应过来，她立即想要挣脱。可是这个男人已经抓住了她的头发，用力一扯，她痛到失声。

许唯正想呼救的时候，一个人跑上来，一脚踹在这个醉酒男人的肚子上。

这个男人吃痛地松手，谢砚宁立即把许唯护在身后。

"我已经报警了。"

这个男人闻言，酒醒了大半。面前的男孩虽然年轻，但是身形已然非常健硕，他们不敢招惹，连声道歉。

谢砚宁没有放过他们，几拳就把他们撂倒了。

他转身问许唯怎么样，许唯还没从刚刚被扯头发的疼痛中缓过来，蹲在一边捂着头。

刚刚她痛到感觉自己的头皮都被撕裂了，那种疼痛难以言喻。

她声音有些颤，眼中有泪光，这是谢砚宁从没见过的脆弱模样。

她求谢砚宁不要报警，凑到谢砚宁面前，小声地仓皇着说道："我怕他们会报复我。"

谢砚宁的心一下子软了，他想伸手摸摸许唯的头，指尖碰到她的发丝后，又收回了。

"不会的，他们不敢。"

许唯抬头望向谢砚宁，谢砚宁眼神坚定地说："我保证他们不敢。"

"我……"

"你不能白受欺负。"

许唯猛地愣住，一滴眼泪猝不及防地掉了下来。

谢砚宁有些手足无措，又问她："疼不疼？刚刚他们还动你哪里了？"

许唯摇头。

民警在十几分钟后赶过来，把两个醉酒的男人带去了派出所。谢砚宁在派出所外的台阶上给他爸打了通电话，要保证这两个人打死都不敢招惹、报复许唯。

这两个男人最后得到的处罚结果是被拘留五天。

许唯怔怔地看着那两个人被民警带走，心里五味杂陈。

她长这么大，总是被欺负、被忽略、被遗忘，这还是第一次，有人给她撑腰。

她什么都不用考虑，不用想后果，因为谢砚宁承诺过，她不用怕。

其实她确实不用怕。她一直觉得自己这种被人遗弃两次的孤儿死了也无所谓，可是谢砚宁用一种很心疼的眼神看着她，她突然就委屈了。

她说："谢谢。"

谢砚宁在她面前蹲下来，把装着热水的一次性纸杯递给她："不用谢。"然后谢砚宁试探着问，"你是不是……还不知道我叫什么名字？"

"知道，我听阳阳说过。"

阳阳？她竟然叫周沐阳那个傻子叫得这么亲昵。

谢砚宁很是不满。

"那我叫什么名字？"

许唯语塞，一时竟有些脸热。虽然她很想在比自己小三岁的男孩面前表现得更成熟一些，可谢砚宁的眼神总让她下意识地想躲。

"谢砚宁，是不是？"

"是，笔墨纸砚的砚，安宁的宁。"

许唯弯起嘴角："我叫许唯。"

"我当然知道。"

许唯更加脸热，低下头。

"那里还疼吗？"谢砚宁望向许唯的发顶。

许唯摇头："不疼了，就是可能掉了几根头发。"

怎么可能不疼呢？谢砚宁刚刚试着揪了一下自己的头发，都疼得咧嘴，更何况许唯的长发被一个醉酒的男人毫无分寸地扯。

"你不是跆拳道黑带吗？"谢砚宁忍不住戏谑道。

许唯"扑哧"一声笑出来："我也没想到阳阳会深信不疑。"

谢砚宁定定地看着她。

许唯总觉得哪里不对劲，心慌意乱地起身："天不早了，我还是先回去吧。"

"我送你。"

许唯心有余悸，便也没拒绝："谢谢。对了，这么晚你怎么在这里？"

谢砚宁轻咳两声，说："夜跑。"

许唯没多想。

两个人并肩往回走，晚风吹着树叶，"沙沙"作响。谢砚宁问许唯："你怎么这么晚还在外面？"

"我本来想出来买点儿东西的。"

"你还没买吗？那我陪你去。"

许唯想到了什么，连忙摇头："不用了，不用了。"

"没关系的，我反正也要运动。"

许唯还是摇头，可谢砚宁缠人的功夫很厉害，反复说着"去嘛"，然后一个劲地拦着许唯："你这么晚出来买，肯定是很紧急的东西，我陪你去。"

许唯没办法，只好带着他往另一条小路上走，然后在路中间的一个便利店的门口停下来，说："我自己进去就好。"

她不等谢砚宁回答，就跑了进去。

她要买卫生巾。

付账的时候她想跟老板要一个黑色塑料袋，老板说："没有，只有透明的。"

许唯无奈到极点，内心天人交战了很久，才拎着塑料袋走出来。

谢砚宁一眼瞥见袋子里的东西，起初还不认识那个包装，直到许唯走近了，他的余光扫到"夜用卫生巾"几个字才反应过来。

两个人不约而同地避开视线，都有些尴尬。

"走……走吧。"谢砚宁说。

许唯在心里懊恼地叹了一口气，脸烧得厉害，然后跟着谢砚宁往回走。

谢砚宁才十七岁，身高目测应该有一米八五，肩宽，腿长，容貌上完全继承了他的演员母亲的优良基因。

许唯本来还以为他很高冷，毕竟他是那样的出身和家庭条件，没想到他的性格这么好。

快到小区的时候，谢砚宁说："你明天要去给周沐阳补习吗？"

"嗯。"

"可以顺便帮我补一下历史吗？"

许唯愣住："你不是已经上大学了吗？"

谢砚宁忘了这一茬。

他其实只是想让许唯给他讲历史故事。

"我……"谢砚宁半天想不出来一个好借口，"我选修了一门历史课。"

这理由好蹩脚。

"可以。"许唯给了他台阶。

许唯虽然不知道谢砚宁为什么突然提出邀请，但还是同意了。毕竟今晚如果没有谢砚宁，她都不知道自己会是什么下场，想想都后怕。

谢砚宁听到许唯的应允，立即笑了起来。他笑起来的时候眼角都是翘的，完全中和了他精致的五官和清冷的气质带来的疏离感。

许唯突然觉得，谢砚宁笑起来的时候有点儿像小狗，还是那种傻乎乎的小狗。

所以她也跟着笑了。

气氛正好，谢砚宁鼓起勇气，伸手拍了拍许唯的头发，轻到许唯都没什么感觉。她正疑惑的时候，谢砚宁说："你不用害怕，那两个人绝对不敢报复你。"

许唯莫名其妙地信任他，说："好。"

他一直把许唯送进楼道里。楼道里有几层的灯坏了，见谢砚宁还要陪着自己上楼，许唯连说不用："我都习惯了。我的手机有手电筒，我不怕黑的。"

谢砚宁没办法，只好在一楼仰头看着她一层层往上走，直到听到开门、关门声，才放心离开。

许唯倚着门，脑海中挥之不去的都是刚刚谢砚宁的眼神，心中一片茫然。

第二天，许唯刚到周沐阳家，就听见周沐阳在房间里喊："为什么改成一个半小时？哥，你为什么要跟我抢唯姐？你要补什么课啊？你成绩那么好！"

不知谢砚宁说了什么，周沐阳还是反对："那也不行！"

许唯走进去的时候，周沐阳还气鼓鼓地撇着嘴，一看到许唯就告状："唯姐，我哥他想白蹭我的课！"

许唯看了谢砚宁一眼，忍着笑，说："没关系，你还是两个小时。"

周沐阳得意起来。

见谢砚宁的表情立即变了，许唯安抚谢砚宁道："额外送你半小时，可以吗？"

谢砚宁这才满意："可以。"

他真幼稚，和他十五岁的表弟一样幼稚。

许唯把书包放下来，拿出她整理好了的错题和精华题解，放在周沐阳面前，给他讲题。

周沐阳玩了一个星期，心已经野了，半天都集中不了注意力，手不停地转笔。

许唯还没想到办法，谢砚宁直接一巴掌扇在周沐阳的后脑勺上："认真点儿。"

周沐阳委屈得很，但想到谢砚宁也要蹭他的课，立即来了好胜心，气呼呼地坐直。

许唯想看谢砚宁，又忍住了，憋着笑，继续讲题。

她忽然觉得两个小时很漫长。

以前她还觉得两个小时收人家五百块钱十分不好意思，恨不得再多送一个小时的课；现在不知是不是谢砚宁坐在她后面的原因，她竟然觉得度秒如年。

她好不容易看着周沐阳把作业写完，谢砚宁就掐着表走过来，拎着周沐阳的后领把他提起来："你出去玩吧。"

周沐阳抱着胳膊和谢砚宁作对："不要，我不出去。"

"你是不是皮痒了？"

"呵。"

"我给你转了一千块钱。"

"好嘞！"周沐阳立即变卦。

许唯一时不知道说什么才好。

周沐阳贱兮兮地和许唯说了"拜拜"，然后就跑了出去，还不忘关上房门。

谢砚宁坐在了周沐阳的位置上。许唯有些局促，整理着周沐阳的习题和试卷："你要我讲什么？"

"你给周沐阳讲的那些故事，能不能分一个给我？"

许唯怔了怔。

"我要听他没听过的。"谢砚宁补充道。

"我那些都是逗他的。"

"我就要听。"

许唯无奈地看了他一眼："你怎么这么幼稚？"

谢砚宁将两只胳膊搭在两边的扶手上，一副悠闲的样子。许唯想了想，给谢砚宁讲了自己昨天晚上刚看的一个关于霍去病的纪录片。

许唯说得绘声绘色，谢砚宁听得入神。

"你喜欢那种年少有为的人，是吗？"谢砚宁问。

许唯没反应过来："嗯？"

谢砚宁也没再问，微微拧眉，不知道在想些什么。

"你的表达能力真好，其实能流畅地把一个故事讲完很不容易，更不用说讲述得这么吸引人。"他夸奖道。

许唯很少被人夸，有些不好意思，轻声说："没有，我只是记忆力比较好。"

谢砚宁忽然说："你在遥城大学读书，离桐江很远。"

"嗯，是挺远的。你呢？你在哪里读大学？我听阳阳说，你的成绩很好的。"

又是"阳阳"，谢砚宁听着还是很不爽。

"我在国外。"他说。

许唯"哦"了一声，暗想自己的眼界未免太狭窄了，忘了谢砚宁和她不是一个世界的人。她竟然觉得谢砚宁将来会和她一样上大学、找工作、结婚、生子，过柴米油盐的生活。

她看了看谢砚宁，谢砚宁问她怎么了。

许唯笑着摇头："没什么，我就是觉得你的眉眼和阳阳的有点儿像，你们果然是表兄弟。"

"你为什么要喊他'阳阳'？"

许唯不解："你们不是都这样喊他吗？"

"我从来没这样喊过他。他都十五岁了，早就过了被喊小名的年纪。"

许唯不明白谢砚宁什么意思，还以为谢砚宁在责怪她太套近乎，不该直呼周沐阳的小名。她有些局促地把手收回放在腿上，低头说："嗯，我知道了。"

谢砚宁后知后觉地反应过来："不是，我不是那个意思，只是……"

许唯抬头望向他。

谢砚宁突然卡了壳，磕磕绊绊地说："我只是突然发现自己没有小名，不……不太开心。"

许唯更听不懂了。

幸好这时候周沐阳气喘吁吁地跑回来，打破了尴尬的气氛："哥，你结没结束啊？我们一起去打球吧。"

谢砚宁恨不得把这小子从窗口扔出去。

许唯见状，立即起身，说："那今天就到这儿吧，你们去玩吧，现在快五点了，再玩一个小时就到吃饭的时间了。"

"留下来一起吃晚饭吧？"

许唯惊诧地拒绝："不用不用。"

她背着包要离开，出门前又被谢砚宁喊住了。

"我能加一下你的联系方式吗？"

许唯说"好"，然后拿出了手机。

她的手机是叶惠婷之前用的旧手机，淘汰给她用了，屏幕上有两条裂痕，边框也有点儿磨损。许唯一直想买新的，又舍不得花钱。

平时一个人在外地读书，吃穿用度差点儿也无所谓，但是她把手机拿出来，举到谢砚宁面前让他扫二维码的时候，才觉得丢人。

谢砚宁也注意到了。

他什么都没说，抓紧时间加了许唯的微信。许唯看到他备注的是"小唯"。

"不可以吗？"谢砚宁看到许唯神色怔怔的。

许唯笑了笑："可以，但是你比我小三岁，为什么不喊我姐姐？"

"不喊。"

许唯失笑地说道："好吧。"

她离开周沐阳的家，回到家里。叶惠婷见她回来，连忙吩咐道："去把阳台的衣服晾了，再帮你妹妹检查一下作业。"

许唯放下包，说自己头疼，然后进了房间，没有搭理叶惠婷。

叶惠婷举着锅铲过来，问她发什么癫。

许唯不想吵架，就在这时，谢砚宁给她发来消息：到家了吗？

许唯心里的烦躁陡然消失了。

谢砚宁的头像是一个穿着背带裤的小熊，许唯记得明明刚加微信的时候，谢砚宁的微信头像不是这个，而是一团黑。

怎么半个小时之后他的头像就突然变了画风？

她多看了几眼，心底忽然生出一种莫名其妙的愉悦感。

这个世界上，突然有了一个关心她的人，这个认知让许唯倍感雀跃。

她现在每天都能收到背带裤小熊的"早安"和"晚安"。

小熊的怀里抱着月亮。

许唯很喜欢这张图，特地保存下来。

谢砚宁在一个星期后，收到了许唯第一次主动发来的消息。

许唯：今天下午有空出来吗？请你吃甜品。

谢砚宁"腾"的一下从床上跳起来。

谢砚宁：有空，几点？

许唯回复：三点？可以吗？

谢砚宁：可以。

许唯把地址发了过来。

谢砚宁感觉自己的心跳快到受不了了。

商妍进来的时候被他吓了一跳："你干吗？像中邪了一样。"

谢砚宁重新躺回到床上，乐不可支。他挑了半天衣服，又在卫生间里打理了半天发型。

他出来的时候，商妍眯起眼睛问："什么情况？"

谢砚宁神秘地笑了一下，然后潇洒地走了。

司机把他送到了茶餐厅。他看到许唯坐在玻璃窗边朝他挥了挥手。

许唯穿着一条白色连衣裙，半扎着头发。谢砚宁还是第一次看到她穿裙子。

她其实没有很漂亮的衣服，就连这条裙子也只是一条很普通的没有收腰的白裙子。平日里她总穿T恤和牛仔裤，扎着马尾辫，素面朝天。

可谢砚宁觉得她好看，这条裙子配不上她。

他想给许唯买很多漂亮裙子。

他看过那么多一眼就惊艳的人，却都不如许唯在他的心里留的印象深刻。

他忽然顿了几秒，竟有些紧张。

他走进茶餐厅时，许唯正背对着他。窗外的光洒进来，洒在了许唯的白裙上，她回过头，好像整个人都发着光。

她起身迎接谢砚宁："来了。"

谢砚宁立即走过去，在许唯对面坐下，说："你今天真好看。"

他不吝啬夸奖，许唯却被吓了一跳，手足无措了片刻才干笑着坐下来。

"你有什么想吃的吗？"谢砚宁拿过菜单，反客为主地问。

许唯说："再等一下，阳阳还没来。"

谢砚宁僵住，刚要说话，就听见周沐阳小跑着过来的声音。

他穿着一身球服，挤着许唯坐下，笑呵呵地说："我来晚啦！我来晚啦！"

谢砚宁怒火中烧地看着他。

周沐阳一转头，看到谢砚宁的眼神，被吓得差点儿一口水喷出来："我怎么了？"

谢砚宁问许唯："你为什么喊他来？你请的是我们两个人？"

"对啊，我想要感谢你们兄弟俩，谢谢你之前救了我，也谢谢阳阳给了我一个赚钱的机会。"

"他救了你？什么时候的事？"周沐阳问。

于是，许唯开始跟他讲那天晚上的事，可还没讲完，谢砚宁就说："周沐阳，坐过来，你挤着她了。"

周沐阳不是很情愿，倚在许唯身上说："不要，我过几天就要上学了，就看不到唯姐。我就要跟唯姐坐。"

许唯笑了笑："没关系，坐得下。"

看着周沐阳和许唯贴在一起的肩膀，谢砚宁差点儿压不住火，只能死死地攥着拳头，用凶狠的眼神看着周沐阳。

周沐阳仿若未觉，拿过菜单，一下子点了好几样东西。

其实许唯有一点点心疼钱——她还是第一次来这么高档的茶餐厅。谢砚宁没来的时候，她打开菜单光是看了一眼，就不禁深吸了一口气。

但是一想到这对表兄弟对自己的恩情，她花再多的钱也舍得。

不谈周沐阳朝他妈妈撒个娇就解决了许唯明年的学费，只说谢砚宁那天晚上救她的恩情，许唯就已经还不清了。

谢砚宁在桌下踢了周沐阳一脚，用眼神示意他：找个理由快点儿滚。

周沐阳有许唯撑腰，就开始告状："唯姐，他踢我！"

许唯低头看，谢砚宁立即收回腿。

许唯笑着说："你们两个闹什么啊？"

话音未落，服务员过来添柠檬茶，看到许唯时主动打招呼："许唯？"

许唯抬头看过去："赵俊？好久不见。"

赵俊是她的高中同学，高一的时候他们还做过半个学期的同桌。

"好久不见，我在这里打暑期工。"赵俊看了看谢砚宁和周沐阳，问，"这是你的弟弟？"

许唯笑着说道："算是弟弟吧，也是朋友。"

她没注意到谢砚宁的眼神已经快要结冰了。

"我们今天有儿童餐打七折的优惠，你看看儿童餐里有什么喜欢的，我可以偷偷帮你们打个折。"赵俊小声说。

许唯笑了笑，婉拒道："不了，他们不是小孩子了。"

赵俊也没坚持，说："好吧，那你先看，点单的时候喊我。"

"好。"

许唯回过头，陡然对上谢砚宁灼灼的目光，在一瞬间读懂了什么——谢砚宁这阵子的所作所为都有了另一种解读的方式。

这太荒唐了。

谢砚宁疯了吗？

她有些心慌，皱了皱眉，轻咳了两声以掩饰尴尬，可谢砚宁还是死死地盯着她。

许唯乱中出错，手比脑快地把儿童餐的页面放到谢砚宁面前，问他："有……有没有你喜欢的？"

"什么意思？"

"你还是小孩子嘛。"许唯干笑两声。

"在你的心里，我和周沐阳是一样的，对吗？"谢砚宁直接问了出来。

许唯愣住，自己该怎么回答呢？

他们两个人当然不一样，但是她怎么能说呢？她和谢砚宁根本不是同一个世界的人。

谢砚宁等不到许唯的回答，看着许唯逐渐拧起的眉头还有微微往后躲避的动作，便明白了许唯的答案。

他说："我有点儿事，先走了。"

许唯和周沐阳茫然地四目相对。

周沐阳一头雾水地看了看谢砚宁的背影，回头问许唯："发生什么事了？你们两个人吵架了？"他后知后觉地说，"不是，你们俩什么时候关系这么好了？"

许唯想说：我也不知道啊。

她感觉自己的脑袋里简直是一团乱麻。假如她没有自作多情……也就是说，谢砚宁刚刚问的问题真的是她想的那个意思吗？

他……喜欢她？

许唯无法理解。

周沐阳在旁边絮絮叨叨地说："我哥最近是有点儿奇怪，本来对我都是爱搭不理的，我让他过来陪我玩，他都不愿意。自从你来了之后，他天天都过来。唯姐，他是不是……"

"不是！"许唯立即否认。

周沐阳点点头："也对，他根本不需要家教啊。物理竞赛他还拿过奖呢。"

许唯这才反应过来周沐阳被她打断的话是什么意思，她整张脸都臊红了，结结巴巴地说："你点好了吗？我……我们继续吃吧。"

"好。"

那天之后，许唯再没有收到谢砚宁的微信。

许唯躺在床上，呆呆地看着那个背带裤小熊的头像，思绪万千，最后用指腹摩挲了两下。

周沐阳的补课结束了，他妈妈给许唯结了补课费，总共两万多块钱。许唯受宠若惊，但在喜悦之余也意识到，假期结束，她和谢砚宁的交集也彻底断了。

听周沐阳说，谢砚宁要回学校了。

许唯想：那他们大概不会再见面了。

她买了车票，开学前两天就走。

尽管不喜欢待在家里，但这是第一次，她竟然有点儿舍不得桐江。

她应该会永远记得那天，谢砚宁在派出所里伸手摸了摸她的头，问她疼不疼，对她说："别怕，他们绝对不敢报复你。"

被重视的感觉实在太好了，尽管这种关心来自一个比她小三岁的男孩。

许唯想：她今后还会遇到无数人，但谢砚宁一定是最特别的那个。

他是这个夏天的惊喜。

许唯正胡思乱想着，手机突然振动了两下。她拿起手机一看，发现是谢砚宁给她发来的消息。

时隔四天，许唯再次收到他的消息，在点开之前，许唯的心跳已经在加速了。

谢砚宁：你什么时候回学校？

许唯怔了几秒之后才回复：明天中午的车。

谢砚宁：我在你家楼下，我们可以见一下吗？

许唯再次愣住，眨了眨眼睛，盯着那句话看了好几遍，确定自己没有看错才回复：好。

她连忙换下睡衣，从已经收拾好的行李箱里挑出一件勉强能拿得出手的裙子，三下五除二地收拾好自己，还不忘梳了梳头发。

跑到二楼的时候，她猛地停下来，平复剧烈的呼吸，尽量保持镇定，一步一步淡定地走下去，不让谢砚宁看出她的情绪。

谢砚宁站在楼下，看到许唯时，主动走过来。

"我就是来送个东西给你。"他把一个牛皮纸袋举到许唯面前。

许唯有些无措。

"是一条裙子，我自己挑的，你看一下尺码对不对。"

许唯完全蒙了。谢砚宁给她买裙子？

谢砚宁把吊牌抽出来给许唯看："对吗？"

这还真是她的尺码。

"我从来没给人买过衣服，也不太会挑。我妈说这件一般，可我挺喜欢的，感觉你穿起来会很好看。如果你不喜欢的话，就扔掉好了，不用勉强。"

"谢砚宁。"

"你不用有什么负担，真的，这只是我单方面的想法。"他把纸袋塞到许唯的手里，"你收下吧，我走了。"

"谢砚宁。"许唯喊住他。

谢砚宁停了下来。

许唯往前走了一步，鼓起勇气望向谢砚宁，说："谢谢，认识你很开心。"

"我也是。"

许唯的心就像被人轻轻揪了一下，又酸又疼。

谢砚宁说完就转身离开，许唯甚至没来得及跟他再说几句话。许唯还想喊住他，可谢砚宁已经快步走出了她的视线。

许唯感到困惑，直到回家进了房间，才知道谢砚宁为什么急着离开。

因为在裙子下面，有一个新款手机。

他还是注意到了她的旧手机。

许唯当即就想把钱打给谢砚宁，可是临到输入支付密码的时候又停下来了——如果真的把钱还给谢砚宁，他一定会很失望。

他会觉得许唯不想和他有半点儿瓜葛。

于是许唯放弃了这个想法。

她把裙子拿出来，这是一条白色连衣裙，腰间有很精致的刺绣工艺，袖子和裙摆都是薄纱材质，蓬蓬的。许唯穿上身，微微一晃，裙摆就像公主裙一样转动起来。

原来在谢砚宁心里，她竟然是这种风格的人？

许唯失笑。她很不习惯这样公主风的衣裙，但是尽管觉得这条裙子穿在她身上很奇怪，还是怎么都不舍得脱下来。

她在镜子前端详了很久，第一次觉得自己也许是可以变好看的。

她的皮肤可以再白一些，睫毛再长一些，她应该稍微涂一点儿口红，把头发放下来，如果烫个卷，看上去会更活泼。

想着想着，许唯忽然觉得去学校之后，除了学习，还可以抽出一点儿时间来收拾打扮自己。

许唯的心情都莫名其妙地愉悦起来。

许唯给谢砚宁发消息：裙子我很喜欢，谢谢。

谢砚宁很快发来了回复：你喜欢就好。明天一路顺风。

他没有说下次见，或者问她过年回不回来。

许唯想了想，纠结着是不是要问一下谢砚宁接下来的打算，尽可能再多聊两句，可想了半天措辞，都不知道该怎么延续这场对话。

她可以流畅地讲完一个故事，却不擅长简单的聊天。

她在高中时代就是很沉默的，每天除了上课、做作业，就是帮人抄笔记以赚点儿零花钱。上了大学之后，她也会在学校附近打零工。她没有谈过恋爱，也没有动过这方面的心思。

没有人向她表达过好感，更不用说是谢砚宁这样的人。

他们之间的鸿沟，大概比百川大厦和老破小之间的差距还要大。

而且谢砚宁才十九岁，这是个太冲动、太幼稚的年纪。许唯摸着自己的裙摆，心想：就当自己做了一场梦。

她没有再继续和谢砚宁对话。

聊天的内容结束在谢砚宁说的"一路顺风"。

许唯上网搜到了这件裙子还有手机的价格，记在备忘录里，准备今年年底回来的时候买一个等价的礼物，回赠给谢砚宁。

结果天不遂人愿。

十一月份的时候，遥城大学的路面积了雪，许唯一个不小心……摔骨折了。

伤在左腿膝盖，胫骨平台骨折，医生给了她两个建议：一是保守治疗，二是做手术。许唯想了想，还是决定保守治疗。

因为做手术需要人陪同，她没办法找到人陪她。

她向辅导员申请，临时在一楼的空宿舍里住两个月。

其间叶惠婷打电话问她的情况，许唯告诉她自己骨折了，叶惠婷倒是表达了关心。许唯故意说做手术要三四万块钱，要往膝盖骨里打钢钉，叶惠婷立即"啊"了一声，抱怨道："这么贵啊？你怎么这么不小心啊？"

许唯的内心毫无波澜，她甚至有一点儿想笑。

如果是许优骨折，他们估计会第一时间带许优去省会里最好的医院，看最好的专家。

许唯没把希望放在她的养父母身上，只说："没那么严重，医生说保守治疗也行，我现在住在一楼，休息几天已经好很多了。就这样吧，我去上课了。"

没等叶惠婷说话，许唯就挂了电话。

起初的半个月，都是她原先的舍友每节课帮她录音，然后再把笔记借给她抄。

许唯最怕的就是麻烦别人，每次舍友把两个小时的录音文件传过来的时候，许唯的压力就陡增。她实在过意不去，想了想还是托人买了一辆轻便的电瓶车，自己骑车去班级上课。

她每天撑着两个腋下拐，走到车棚，把拐杖放在车上，再一路骑到教室。

很多人偷偷看许唯，许唯觉得无所谓，并不太在意别人的目光。作为从福利院出来的小孩，她已经懒得去维护自己在别人眼里的形象。

丢人就丢人吧，不麻烦别人就行。

舍友感慨她生命力顽强。

由于骨折还坚持上课，她还得到了老师的怜爱，那个学期她的平均绩点比去年高得多。

这也算是因祸得福，许唯还挺满意的。

她决定在学校里过年，反正回家也没人照顾她，还不如留在学校里。听说食堂阿姨会给留校的学生包饺子，她有点儿馋。

骨折这事，轮到谁身上都是一场巨大的变故，在许唯这里，竟就平平淡淡地度过了。

她看着自己水肿的脚，还有因为贴了劣质筋骨贴而过敏的腿，无奈地叹了一口气。

疼还是疼的，夜里腿时常抽筋，疼得她睁眼到天亮，但总的来说，这些还在能忍受的范围里。

她现在唯一的期待就是过年前的那顿饺子。

她穿好袜子和裤子，把空调关了，把窗户和门打开，因为很快她的舍友应该会过来和她告别。

许唯坐在床边，看着宿舍楼的同学们纷纷打包行李，送到门口，有的是寄回家，有的是家长来接。舍友过来跟她打招呼，还送了两个苹果给她，她笑着收下了。

她看到有个中年男人到楼上把女儿的行李搬下来，一边唠叨着东西太多，一边又说："爸爸来。你放那边，爸爸来拿。"

许唯无意识地抠了抠手。

其实她一直不允许自己流露出脆弱或者羡慕的情绪，一直很坚强。

前提是谢砚宁没出现。

接到谢砚宁电话的时候，许唯还有点儿恍惚，一时没反应过来。铃声响了半分钟，她才慌忙接通："喂？"

"小唯，我是谢砚宁。"

他非常自然地喊她小唯，完全不顾三岁的年龄差。

许唯说："我……我知道，有什么事吗？"

"你们学校是不是今天放假？"

"是。"

"我在你学校的门口。"

许唯完全愣住："什么？"

谢砚宁用一副跟她很熟的语气问："你买车票了吗？你没买的话，我接你回家。"

他说，"我接你回家"。

许唯也不知道怎么的，被这五个字戳到了心脏最软的地方。

她一瞬间鼻酸，眼泪夺眶而出。

她其实很想回家，可惜她……没有家。

她完全控制不住眼泪。

谢砚宁昨晚脑子一抽，连夜开车赶到遥城，现在听着电话那头的沉默，才意识到自己的行为有多冒失、莽撞。

他好像总是给许唯带来困扰，只好道歉："对不起，是我太冲动了，你就当没接到这通电话。"

"不是……"许唯的声音明显是哽咽的。

"你怎么了？"谢砚宁轻声问。

许唯的情绪忽然就崩溃了，像决堤的河流。

谢砚宁听到许唯的哭声，焦急得不行，连忙问许唯人在哪里。

许唯哭得"稀里哗啦"，断断续续地说出了自己的宿舍楼位置。

谢砚宁直接把车开了过去。

到许唯的宿舍楼门口，谢砚宁直接趁人多溜了进去。许唯的宿舍在一楼最靠近水房的地方，谢砚宁一眼就看到了。

他走进去的时候，许唯刚缓过来。

泪珠挂在下睫毛上，她抽了抽鼻子，眼泪就又扑簌簌地掉下来了。

许唯觉得好奇怪，明明加起来只和谢砚宁相处了不到二十天的时间，可他一出现，自己竟然有种心安的感觉。

"为什么哭？"谢砚宁关了门，走到了许唯面前。

许唯仰头看他，还想撒谎说没什么，可是他已经看到了她之前用的拐杖、她桌上整盒整盒的三七片，还有一叠 CT 报告。

"腿受伤了吗？"

许唯第一次从心底泛出了浓浓的委屈。明明骨折是自己不小心摔的，怪不了任何人，可是她就是好委屈。

"骨折了。"

"骨折了？"谢砚宁诧异地蹲下来，担心地问，"左腿还是右腿，膝盖还是脚腕？是怎么骨折的？严重吗？什么时候的事？"

他问出一连串的问题，许唯都不知道应该先答哪一个。

她指了一下左腿膝盖："这边，不严重。"

"真的吗？"

"真的，我已经不用拐杖了，你看。"

她为了让谢砚宁相信，倏然起身，右腿用力，左腿虽然不好使劲，但还是能抵着地面的。她一点点往前走，走到一半又停下来。

她不想在谢砚宁面前丢脸，就像不想让谢砚宁看到她的旧手机。

可她这样好狼狈，穿着宽大的棉服，扎着一成不变的马尾辫，身上一股中药味。

她又忍不住鼻酸了，背对着谢砚宁，很委屈地说："你干吗过来啊？"

"我来接你回家啊。"

"你疯了，我不知道你在想什么。"许唯低着头喃喃地说道。

"你知道的，我喜欢你。"

许唯视线虚了几秒，身子微晃。

"我很想你。"谢砚宁说。

许唯被自己的口水呛到，剧烈地咳嗽起来。谢砚宁走过来顺了顺她的后背。

突然的接触让许唯吓了一跳，她想躲开，又忘了自己现在腿受伤了的事实，差点儿又摔倒，幸好谢砚宁搂住了她。

宿管阿姨推门进来的时候正看到这一幕。许唯愣了几秒，连忙推开了谢砚宁。

宿管阿姨对于小情侣的事情见怪不怪，"哟"了一声，然后说："男朋友来啦？"

许唯的脸立即烧起来，她小声说："不是……"

阿姨直接打断她，对谢砚宁说："正好，你帮她收拾收拾东西。你们还是回家过年的好，留在宿舍里过年多冷清啊。"

谢砚宁望向许唯，许唯心虚地低下头。

阿姨拿走了放在许唯对面床上的箱子便离开了。谢砚宁关上门，审视着许唯："你要一个人留在学校过年？为什么？"

"不用你管。"许唯因为被谢砚宁看出来内心的脆弱而赌气。

"我就要管。我是你男朋友。"谢砚宁得意地笑。

"你！"许唯涨红了脸。

厚脸皮的谢砚宁把许唯拖到床边，让她坐下："我帮你收拾行李。"他翻出许唯的行李箱，摊开放在地上："你说放哪些我就放哪些。"

"我不回去。"

"为什么？"

"我……我和我爸妈的关系不好，不想回家，而且我的腿没办法长时间坐车，不管是弯着还是直着，时间一长都会疼。"

谢砚宁停下来。

"谢谢你来看我,我真的很开心,但已经决定好在学校过年了。我没什么可怜的,你看,学校里有暖气,有浴室,食堂阿姨还给留校学生包水饺呢。寒假本来也就二十几天,很短的,我看看电视剧就过去了,你不用担心我。"

谢砚宁在她面前蹲下来,碰了碰她受伤的腿:"可我就是很担心啊,你让我这个年怎么过?想着你一个人在这里,我一定吃不好、睡不好。"

许唯的第一个反应是愧疚,可是她转念一想,他吃不好、睡不好,跟她有什么关系?谢砚宁这是在道德绑架她。

她愤愤不平地瞪他。

谢砚宁视若无睹,自说自话道:"我开车回去也要起码七八个小时,现在你买车票大概也买不到了。"

"嗯,所以就……"

谢砚宁说:"你等我一下,我去打个电话。"

谢砚宁走到宿舍外,联系了遥城的百川大酒店的负责人,订了个房间。

回来之后,他说:"可以了。"

"什么可以了?"

"过年啊,我们就在遥城过年,但是不在宿舍里,我带你去个更好的地方。"

许唯又崩溃又无奈:"不是,谢砚宁,你快回家吧。"

谢砚宁没理许唯,自顾自地说:"你不用带很多东西,带五套衣服就够了吧?不够的话我给你买新的——这个毛衣和这个裙子是一套的吗?这个卫衣是冬天穿的吗?这怎么这么薄?"

许唯欲哭无泪,根本制止不了谢砚宁。

眼看着谢砚宁就快要自作主张地把她的行李箱塞满了,许唯又急又气,直接扶着床站起来,单腿跳到行李箱旁边,然后一屁股坐进去。

谢砚宁一转身就看到许唯坐在箱子里,一副誓死守护自己行李箱的模样。

他轻笑出声,蹲下来,和许唯的视线齐平。

他陡然靠得很近，许唯刚刚的怒火都成了哑火，憋在嗓子眼里。

她下意识地低下了头。可是谢砚宁越靠越近，近到她意识到他想做什么的时候，已经拦不住了。

谢砚宁本来想亲许唯，可是就在快要碰到许唯的脸颊的时候，还是忍住了。

两个人的距离被拉开，许唯松了一口气。

谢砚宁很直白地说："如果你也喜欢我就好了。"

许唯感觉自己浑身都在发热。

气氛暧昧又尴尬，她嘟囔着："你还小，不要太早说这些。"

"你只比我大三岁，再说了，我十九岁就不可以表达喜欢吗？不可以对人好吗？"

许唯被噎住。

谢砚宁把她抱到床上："好了，你别打扰我收拾行李。"

除了内衣和护肤品，其他东西都是谢砚宁收拾的。他把行李箱合上，关好，抽出拉杆："我的车在外面，我先把行李放上去，你等我一下。"

许唯愣愣地站在门口，蓦然想到刚刚那个帮女儿搬行李的父亲。

她感觉哪里不对劲，可又说不上来。谢砚宁坦然得让许唯怀疑自己的犹豫是不是太过矫情。

宿舍楼已经空了大半。

许唯在门口看到谢砚宁走了进来。他看起来比暑假的时候更高了，也更成熟了。

"我抱你？"谢砚宁问。

许唯连忙摇头："不用，我自己走就可以。"

于是谢砚宁扶着她往车的方向走。

他的车是一辆造型很吸睛的黑色越野车，底盘很高，停在路边很张扬。

许唯感觉有同学在看她。

许唯吸了一口气，努力让自己不要多想。

一切都是谢砚宁主动的，是他自愿的，和她没有关系。要是他冲动，又后悔了，她大不了回学校，没关系的。一年的尾声了，她做一次出格的事情，就当是这么多年唯一一次的放纵，没关系。

她努力说服自己，给自己洗脑。

许唯坐上车之后，谢砚宁很兴奋地向许唯展示他的车技。许唯看着谢砚宁轻松地提速、变道，忽然就明白了为什么有人会觉得开车的男人很有魅力。

谢砚宁确实很有魅力，如果没有频频转过头朝她嘚瑟地挑眉，应该还能再帅一点儿。

谢砚宁带她去了遥城的百川大酒店。

"遥城竟然也有？"许唯还以为自己看错了。

谢砚宁挑了一下眉："我也觉得很巧。"

许唯表面风平浪静，其实内心已经狂风大作。她忍不住捂住心口想：谢砚宁家的产业到底有多大啊？她到底在和怎样身家的少爷相处啊？

谢砚宁带着许唯去了顶楼的一个房间。

他扶着许唯坐到床边："你怎么舒服怎么来。"

"谢砚宁，你不用回家过年吗？"

"我一直就在家里啊，陪完你再回去也不迟。"谢砚宁把行李箱放到许唯旁边。

"你父母会生气的吧？"

"没关系，不会的。"

他检查了房间："卫生还可以。"

许唯忍俊不禁地说道："你这算是视察工作吗？"

"算吧。"

谢砚宁的语气有些张扬和恣意，却丝毫不讨人厌。

许唯静静地看着他，心想：这一定是她过得最特别的一个年。

谢砚宁不知道从哪里拿来两个游戏手柄、一盒乐高，甚至还有一盘五子棋。

他拉着许唯，两个人窝在沙发上打游戏。许唯一开始还很不熟练，次次都输，谢砚宁笑话她是小笨蛋。许唯气恼地瞥了他一眼，谢砚宁就闭上嘴了。

到了下午，许唯明显熟练了很多，好几次都直接通关，正准备炫耀的时候，发现谢砚宁睡着了。

她这才想起来，谢砚宁是连夜从桐江开车过来的。

他一定很累。

"谢砚宁。"她轻声唤道。等谢砚宁迷迷糊糊地睁开眼时，她问："你要不要进去睡一会儿？"

话音未落，谢砚宁直接歪倒在许唯的肩膀上，许唯整个人瞬间绷紧。

谢砚宁的脸颊贴着她的肩膀，身体也靠过来，呼吸声在她的耳边不断放大。

许唯不敢动，生怕吵醒他。

几分钟后，她感觉谢砚宁真的睡着了，于是把游戏关掉，静静地和谢砚宁靠在一起。

她把盖在自己身上的毯子拽出一点儿，盖在谢砚宁身上。

她第一次有时间认真地看谢砚宁。

从她的角度，她能看到谢砚宁纤长的睫毛和高挺的鼻梁。从家世到长相再到性格，他好像没有任何缺点。

"傻子，怎么会喜欢我啊？"她小声嘀咕。

下一秒，谢砚宁往毯子里钻了钻，顺便回答了许唯的问题："我就是喜欢啊。你第一次给周沐阳补课的时候，我就喜欢上你了。"

许唯心慌不已，板着脸说："你不许这样说话。"

"哼，不是我的女朋友还敢管我这么多。"谢砚宁撇了撇嘴。

许唯完全不是他的对手，羞恼地推开谢砚宁，谢砚宁便歪倒在另一边。他确实困了，倒头就睡着了。

许唯在听到他平稳的呼吸声后，才小心翼翼地把毯子全部盖在他身上。

谢砚宁睡得很沉，许唯就坐在一旁发呆。傍晚的阳光洒进来，许唯忽然感觉到一种难以言喻的幸福。

她幻想过的场景已经实现了。

她仔细观察着谢砚宁有没有完全睡着，再三确认后才偷偷拿出手机，举过头顶，拍了一张她和谢砚宁的合照。

她有种预感，这张照片会成为今后她遇到任何困难时的治愈良药。

许唯连拍了好几张，胆子大了之后，又悄悄地靠近谢砚宁，拍了几张他的脸部特写。

谢砚宁不愧是商妍的儿子，许唯看着屏幕里被放大的英俊五官，连连感慨。她又去百度了一下谢砚宁的父亲，才发现谢砚宁的长相完全是集父母之所长于一身，老天真的没有给他关上任何一扇窗。

快到七点的时候，谢砚宁才醒。

刚醒过来的时候他还有些蒙，呆呆地望着面前的许唯，还以为是在做梦，然后在沙发上滚了一圈，黏黏糊糊地凑到许唯的怀里。

许唯再次僵硬，挺直了腰背。

幸好半分钟后谢砚宁反应过来，抬起半个身子和许唯道歉："我以为在做梦。"

许唯把脸转到另一边："没……没事。"

其实她在心里吐槽：你那是什么不干不净的梦？

谢砚宁看了眼时间，然后把手机的小程序点开，拿给许唯："想吃什么？"

"你挑吧，我除了海鲜过敏不能吃，其他都可以。"

谢砚宁也没有拒绝。

吃饭的时候，谢砚宁给她讲自己小时候跟着商妍去片场的趣事，把许唯逗得乐不可支。可轮到自己讲的时候，许唯一下子沉默了。

她的童年里好像没什么值得讲的故事。

"小唯，你毕业之后想做什么？"谢砚宁打破尴尬的氛围。

"我不知道。不过我之前在一家销售公司里打零工，帮忙发传单，对销售行业还挺感兴趣的。我听说，如果能做到最上层的销售，有固定客源的那种，年收入能上百万。"

"会很累吧？"

"没关系，我不怕累。"

"那祝你成功。"谢砚宁拿汤碗碰了碰许唯的汤碗。

"你呢？"许唯问谢砚宁，"你什么时候回去？"

"过两天吧。"

许唯点点头，难掩落寞的神色。

"我会经常回来的。"谢砚宁说。

许唯没敢回应这句话，只低头吃饭。

她感觉谢砚宁一直看着她，但始终不敢有所回应。

第二天，谢砚宁不知道从哪里找来一个轮椅，非要推着许唯出去玩。许唯一开始觉得丢人，谢砚宁又给她买来了帽子、口罩——她把自己遮得严严实实才肯坐轮椅出去。

他们一起逛了超市。

新年的超市尤其热闹，谢砚宁拿了一个零食大礼包放在许唯的腿上。

其实他们没有要买的东西，谢砚宁就推着许唯四处闲逛，看别人购置年货。谢砚宁说他也是第一次在过年的时候逛超市，感觉很新奇。

"那是什么？"他指着别人推车里的东西问许唯。

"沙糖橘，你没吃过吗？"

"没，我不喜欢吃酸的。"

"这个很甜的，你可以试试。我买了送给你，好吗？"

谢砚宁在许唯面前蹲下，两只手搭在许唯的膝盖上，撒娇道："小唯对我真好！"

许唯拍了一下他的手背，谢砚宁就笑嘻嘻地站起来。

结账的时候，许唯看到收银员旁的货架上有一盒糖果，知道谢砚宁嗜甜，所以就顺手拿了。

她还没把糖果放到收银台上，谢砚宁就连忙按住她的手："这个我们不用买的，房间里有。"

许唯疑惑地望向他。

谢砚宁定睛一看，才发现是糖果，"嘿嘿"地笑了两声："我还以为是……"

许唯不想搭理他了。

回去之后，谢砚宁放水给许唯泡澡，千叮万嘱地让她小心。

"知道啦，啰里啰唆的。"许唯把谢砚宁推出去。

泡完澡，吹完头发，许唯看着镜子里的自己，之前的狼狈、憔悴都不见了。才两天不到的时间，她感觉自己的状态越来越好。

许唯一开门就迎面撞上了谢砚宁，凝眸看他："你在门口干什么？"

"我怕你摔倒，"谢砚宁很委屈，"你一点儿都不信任我。"

许唯无奈地说："我信任你啊。"

"你信任我什么？"

"我信任你不会乘人之危，知道你是一个很好很好的人。"

谢砚宁这才满意。

谢砚宁睡在隔壁房间里。他陪许唯看了会儿电视，就回了自己的房间。

许唯这两天入睡都很快，但今天可能因为去了一趟超市，腿垂着的时间太长，夜里还是抽筋了。

她疼到在床上打滚，疼痛持续了一分多钟。她像脱水的鱼一样，躺在床上拼命喘息。

她早就习惯了自己消化这种疼痛，可灯忽然被打开了，谢砚宁走了进来。

"怎么了？额头上怎么都是汗？"

许唯怔怔地望着他，失神片刻，然后开了口，声音小小的："腿好疼。"

她一副很可怜的样子，看着谢砚宁朝她走过来。

其实许唯是不会撒娇的，也根本学不会像谢砚宁那样说话。可是此刻被疼痛侵袭，全身心都处在崩溃边缘的时候，她总是莫名其妙地感到委屈。

谢砚宁的出现，让她瞬间变得脆弱。

谢砚宁小心翼翼地揉了揉她的腿。

许唯感觉心跳逐渐平稳，未加思索，翻了个身，靠在了谢砚宁的怀里。

谢砚宁顿了片刻才反应过来，连忙张开手臂抱住她。

这是许唯第一次主动。

他躺在床边，隔着被子抱住许唯。许唯把脸埋在了谢砚宁的胸口处——这是她从来没想象过的亲密姿势。

谢砚宁轻轻地拍着许唯的后背："腿还疼吗？"

许唯其实不疼了，却鬼使神差地说："疼。"

她无师自通地学会了撒娇卖乖，于是谢砚宁继续帮许唯揉，过了很久才结束。

他轻声问许唯还有哪里疼，许唯说腰也疼。

谢砚宁隔着她的睡衣，虽然没有章法，但凭着感觉仔细地揉。

最后谢砚宁都有些困了，只想搂着许唯睡觉，可感觉许唯的手从被子里伸出来，先碰到他的胸口，再往上到肩膀。

她好像有些急，从嗓子里冒出几声哼唧。谢砚宁一下子就清醒了，咽了咽口水，脑子里出现了一堆不太健康的画面。

许唯急切地扒了扒，呼吸洒在谢砚宁的肩窝处。

谢砚宁含羞带笑地说："小唯，我们的进度是不是有点儿快了？我还没……"

"你压着我头发了，很痛。"许唯冷冷地说道。

谢砚宁悻悻地抬起肩膀："哦。"

许唯醒来时，房间里昏暗一片。

旁边偶有闪烁的亮光，许唯努力睁开眼，转过头发现谢砚宁躺在她旁边打游戏，戴着耳机。

睁开眼看到有人躺在她身边，这个画面让她愣怔很久。

她眨了眨眼，谢砚宁还在，正聚精会神地打着游戏。

许唯忍不住弯起嘴角。

他穿着不算太厚的睡衣，身上传来源源不断的热量，许唯其实不冷，但还是忍不住想往他身上靠。她刚动了一下，谢砚宁就察觉了，摘下耳机，轻声说："醒了？"

"你怎么醒这么早？"许唯问他。

谢砚宁笑着看向她："已经十点了，小唯同学。"

许唯红了脸。

谢砚宁正好结束一局游戏，放下手机，把许唯揽进怀里："没关系，你想睡多久就睡多久。"

许唯的鼻尖抵着谢砚宁的衣领,她找了一个更舒服的方式钻进谢砚宁的怀抱里。片刻之后,她闷闷地说:"谢砚宁,你还是回去过年吧。还有几天就年三十了,你一个人待在外地,你爸妈会担心的。"

"我跟他们讲过了,他们说随我。"

"那我也不能……"

许唯想:你爸妈会怎么看我呢?他们大概会觉得我像个任性又难缠的狐狸精。

许唯叹了一口气。

谢砚宁松开她,"窸窸窣窣"地钻进被窝里,视线和许唯的齐平。

他看着许唯的脸,感知到她低落的情绪,安抚道:"不用担心,小唯,我爸妈从来不干预我的事。我说你的腿受伤了,你不能长时间坐车,他们都很理解,还让我照顾好你。"

许唯不相信有这样的家长,嘟囔道:"怎么可能啊?"

"怎么不可能?"

"你爸爸妈妈这么好……"许唯更难过了。

谢砚宁玩游戏玩得眼睛酸,索性闭上眼,把脸埋在许唯的肩窝处,像小狗一样蹭了蹭,姿势很亲密。

许唯恍惚了几秒,不知为何突然发问:"你谈过恋爱吗?"

"没有,你是第一个。"

"怎么可能?"她第二次问。

谢砚宁抬起头:"你又不信我!我发誓好不好?我要是撒谎就天打雷劈。"

许唯怔怔地看着他。

谢砚宁气呼呼地把脸重新埋回去,胳膊紧紧地圈着许唯的腰。

许唯问:"你……你不觉得奇怪吗?我过年不回家,爸妈也不管我,你不想知道原因吗?"

"你愿意说的时候会说的,我不想催你。"

许唯摸了摸谢砚宁的头发。

她喜欢谢砚宁这样抱她、依偎着她,甚至把这副一米八多的身体的重量压在她身上，这让她有种不再孤单的感觉。

两个人洗漱过后，又重新躺回到床上。谢砚宁有一搭没一搭地抓许唯的手，捏了捏就放下，许唯也由着他玩。

他用投影仪看电影，本来想选温馨浪漫的爱情片，结果选了一个尺度很大的。

电影刚播二十分钟，两个主人公已经一边接吻一边进房间，然后相拥着躺倒在床上了，背景音乐是暧昧的曲调。

谢砚宁突然发现，他和许唯的床似乎与电影里的没什么差别。

也是酒店，也是孤男寡女。

谢砚宁咽了咽口水，往许唯的方向坐了一点儿。

许唯一开始很紧张，可是谢砚宁和她十指紧扣的时候她又逐渐放松了，看了一眼谢砚宁，然后主动躺进他的怀里。

谢砚宁其实没想做什么，但许唯允许他摸更多的地方。

她感觉到谢砚宁的变化，但最后谢砚宁只是在她的额头上印了一个吻，就重新把她放回被窝里了。

许唯疑惑地看着他。谢砚宁告诉她："我不希望你是因为感动或者一时冲动而和我发生什么——我本来也不是为了这个才来找你的。"

"那你是为了什么？"

"我做梦梦到你了，突然好想你。"

"你就为了一个梦？"

谢砚宁笑了笑："是啊，你是不是很感动？"

他终于有了点儿和他的年纪相符合的稚气了。许唯看着他，突然问："你有什么想做但还没做的事吗？"

"啊？"谢砚宁想了想，"我一直想去蹦极。"

"我可以陪你。等我的腿好了之后，我陪你去。"

"真的吗？"谢砚宁很兴奋。

"真的，"许唯伸手揉了揉谢砚宁的耳朵，轻声说，"只要是你想做的事，我都会陪你，尽我所能。"

谢砚宁的眉眼都是笑意，开心的情绪就要溢出来了，如果他是一只小狗，现在尾巴应该已经转到螺旋升天了。

谢砚宁把电影换成综艺节目后，许唯倚着他，打了个哈欠。

接下来她应该作何打算呢？

她得想办法让自己尽快变得更优秀、更厉害，得配得上谢砚宁才行，毕业后找个普通的工作，但做工薪族大概是不够的。

她拿出手机，背对着谢砚宁，和之前因为兼职认识的朋友聊天，问对方自己毕业后可不可以去那家销售公司实习。

朋友问她：你怎么这么急？要用钱吗？

许唯回答：不是的，我就是想尽早接触这个行业，然后能尽早做到大客户销售。

朋友：那很难的，没你想的那么简单，其实普通销售就够养家糊口了。

许唯在输入框里写"可是我男朋友的家庭条件太好了"，但刚打出来就删了——她从不和外人说私事，刚刚心里着急，打字没过脑子，幸好没发出去。

可谢砚宁看到了。

他本来只是想帮许唯盖被子，余光一瞥，就瞥见了许唯的聊天内容。

他从后面抱住许唯，把许唯吓了一跳。

"怎么了？"

谢砚宁说："小唯，我好喜欢你。"

许唯受不住谢砚宁的情话，耳朵又开始发烫。她觉得热，想把谢砚宁推开，可是谢砚宁把她的手机放到一边，然后掰着许唯面朝自己。

他很严肃、认真地说："小唯以后什么都不用担心，该上课上课，该出去玩就出去玩，开心地过完最后几个月的大学生活。"

许唯一头雾水。

"你不用去想什么身份差距。小唯，是我在追你，是我主动的，所以就算有差距、有困难，也应该是我来解决。"

许唯反应过来，神色怔怔的。

"你只要好好被爱。"

许唯鼻酸到想哭："你不要这样说话。"她不敢直视谢砚宁炙热的目光，抱怨道，"我们才认识多久啊？你不要说这样的话。"

谢砚宁给了她太多希望，让她畅想在甜蜜里。万一谢砚宁以后不喜欢她了，她该何去何从呢？许唯吃了太多苦，现在杯弓蛇影，半点儿甜都不敢吃。

她害怕上瘾，怕戒不掉。

可是谢砚宁说："我怎么感觉我们已经认识很久了？"

"什么意思？"

"不知道，也许我们上辈子就认识。"

许唯也没想到自己谈起恋爱来会这么黏人，比谢砚宁简直有过之而无不及。

他们分开的那天，她一直抱着谢砚宁，时间快到了才松开。

谢砚宁重新抱紧她，说："再抱一会儿。"

许唯说："你很快就要出国了，是吗？"

谢砚宁还没说话，许唯就抢着说："我会等你。谢砚宁，我会等你。"

"好，我会经常回来的。"谢砚宁安慰她，"小唯，你不用害怕异国恋，我们之间没有距离的困难，我回来的次数可能比你放假的次数还要多。"

许唯破涕为笑。

谢砚宁表面淡定，但离开前还是黏着许唯，在车里亲了很久才肯松开她。

两个人贴得很近，谢砚宁说："下次见面的时候，可以吗？"

许唯竟然瞬间明白了他的意思，避开视线，说："可以。"

两个人心照不宣地红了脸。

回到宿舍后，许唯打开行李箱，看到了谢砚宁给她买的新衣服，还有一张银行卡。

她听谢砚宁的话，继续上课，继续生活，偶尔去打个零工，但不会太累着自己。

卡里的钱，她一分都没有用，还把自己赚来的钱都打进了这张卡里。疲惫时，她看着这张卡，就会觉得很安心。

很奇怪的是，自从许唯和谢砚宁谈恋爱之后，竟然开始有男生追求她了。她一律回答自己已经有男友了。

她把这件事当笑话讲给谢砚宁听时，谢砚宁顿时醋意大发。她哄了谢砚宁半天还没哄好，正准备生气的时候，谢砚宁说："小唯宝贝，我在你的宿舍楼下。"

许唯飞奔到窗前，看到谢砚宁笑着朝她挥了挥手。

"你刚刚都是装的？"许唯气恼地说道。

"吃醋是真的，想见你也是真的。"

他承诺过的，他全都做到了。

再后来，她陪着谢砚宁去蹦极。

从高空坠落的感觉像濒临死亡，尽管被谢砚宁紧紧地抱着，可许唯仍感觉大脑开始充血，失重感让她的身体变得轻盈。她说不出话来，感官都失灵了。自由落体的那一瞬间她在想：跳楼的人大概会在半空中后悔的。

其实她曾经想过放弃，放弃自己，放弃对来自家庭的温暖的渴望，放弃对这个世界的留恋。

幸好她遇到谢砚宁了，在她的内心还残留着一丝对爱情的向往时。

几秒钟之后，她的感官复苏，她听到谢砚宁喊她："小唯，小唯？"

"我在。"

她在半空中吻谢砚宁，大声说："谢谢你，谢砚宁！"

她从未如此放松自在，开怀大笑起来。

谢砚宁救了她，她因爱重获新生。

谢砚宁在毕业那年向许唯求婚了，单膝下跪，说会一辈子爱她。

许唯忍着眼泪，说："我时常会怀疑这是一场梦，你知道的，我的运气一向不好，我从小到大的愿望从来就没有实现过。"

"老天也觉得自己做得很过分，为了弥补可怜的小唯，"谢砚宁俯身吻她，然后说，"派我来爱你了。"

"我是老天派来爱小唯的，爱你是我的使命。"谢砚宁说。

周年纪念

许唯在空白处写道："谢砚宁，遇见你真是我的顶级幸运。"

谢砚宁夺过许唯手中的纸和笔，在后面补充："谢砚宁也是这样想的。"

许唯对周年纪念这种东西向来缺乏敏感度，即使认真地记在备忘录里，还是会忘记，比如今天——她和谢砚宁结婚五周年的纪念日。

许唯早上醒来的时候，一睁开眼就看到谢砚宁侧躺在她身边，日光和他眼眸里的笑意一同落在许唯的身上。如果说五年前的谢砚宁是清秀俊朗，不乏少年气，那么现在的他又添了几分成熟，五官轮廓分明，周身散发着温润又沉稳的气息。许唯愣了愣，习惯性地往他的怀里钻，把谢砚宁的胳膊当枕头，再小眯一会儿，然后带着睡意说："早上好。"

"早上好，老婆。"

"你怎么醒这么早？"

谢砚宁看着她，不说话。

今天许唯有招标会，所以时间紧张。她疑惑地捏了捏谢砚宁的脸："干吗这样看我？"

"今天天气很好。"谢砚宁暗示她。

许唯转头看了看窗外的天空，点头说道："是啊，天气是不错。"

"今天有什么工作安排吗？"谢砚宁再次暗示。

许唯回答："早上有一场招标会，下午有个会，晚上……晚上不确定有没有应酬……"

谢砚宁脸上的笑容逐渐消失了。

许唯对浪漫过敏，强撑着困意坐起来，伸了个懒腰，说："我去做早餐，你去哄宁宁起床。"

"宁宁这几天在爷爷奶奶家。"

"哦，"许唯揉揉脑袋，"忘了。"

她刚要下床，就被谢砚宁拦了回去。

"嗯？"

"你是不是忘了什么重要的事？"

许唯眨眨眼。谢砚宁淡定地审视她，一字一顿地说道："好好想想。"

"你的生日不是今天啊，"许唯开始使用排除法，"家庭旅行不是定好在下个月吗？"

"再想想。"

许唯在谢砚宁灼灼的目光的注视下，忽然福至心灵："是不是……"她还有一丝心虚，试探着问，"是不是结婚纪念日？"

谢砚宁冷哼一声，许唯连忙抱住他的腰，歉然地说道："我错了，我错了。我没有忘记，你看，你这么一提醒，我不就想起来了吗？"

谢砚宁把她抱进怀里，语气冷酷，动作却温柔："你还好意思说。"

谢砚宁总是把很多重要时刻记在心上，如数家珍。

在这一点上，许唯自愧不如。以前是没人在意她，所以她对自己也敷衍；后来是有人太在意她，她就尽情享受。

"我把工作推了。"

谢砚宁倒稍显惊讶："不用的，我知道你早上要去招标，所以特意把行程安排在下午了。"

"没关系，"许唯枕着谢砚宁的肩膀和他十指相对，晨光穿过指缝，"招标就让小王去一趟吧，正好他也需要锻炼。"

"新来的员工？"

"嗯，他研究生毕业，工作能力挺强的。我带着他去了几次招标会，流程他应该熟悉了。"她望向谢砚宁，笑着说，"你最重要。"

许宜宁小朋友现在和商妍女士特别亲，一口一个"全世界最漂亮的大美女"，把商妍哄得团团转，恨不得把自己珍藏多年的金银珠宝都戴到许宜宁的身上。

在听到谢砚宁说"爸爸要和妈妈过结婚纪念日"之后，许宜宁秒懂，当天就用电话手表给商妍打了电话："奶奶，我想去你那里玩，想你和爷爷了。"

商妍立即派车过来接小家伙。

许唯对此毫不知情，做早餐的时候才反应过来："你和女儿早就串通好了啊？"

"这怎么能叫串通？"谢砚宁莞尔地说道，"这叫父慈女孝。"

许唯对纪念日没什么概念，也没什么计划，全听从谢砚宁的安排。谢砚宁说："你知道五周年的婚姻又被称作什么吗？"

"不知道。"

"木婚，所以我们今天可以去栽一棵树。"

许唯眉梢微挑："这还挺有创意的。"

她心想：终于不是在湖景房、海景房里看日出了……

吃完早饭，谢砚宁就带着许唯来到一片尚未完全商业化的山林里。他们刚到山脚下，就有工作人员迎上来："谢总、谢太太，欢迎二位来到青源山景区。"

谢砚宁朝许唯伸出手，牵着她往山上走。

过惯了车水马龙、高楼大厦的生活，忽地进入绿野山林的世界，许唯深吸了一口新鲜空气，顿觉心旷神怡。

"你平时太忙，其实我去年就想带你来这里了。"谢砚宁说。

"那你要跟我说啊。只要你想要我陪着你，不管什么工作我都会推掉的。"

"我说了还有什么意思？"谢砚宁故意阴阳怪气，"你要是把我放在心上，才不用别人提醒呢。"

许唯轻笑，避开工作人员压低了声音说："你的恋爱脑症状又严重了。"

"这说明你没完全满足我。"

反正他怎么都有理，许唯说不过他。

"我们为二位准备了几种树苗，有果树、油松还有桂花，这里还有锄头、铲子和水桶。二位如有其他需要，可以随时联系我们。"工作人员介绍道。

谢砚宁说："多谢，辛苦了。"

工作人员离开之后，谢砚宁说："挑一个吧。"

许唯选了桂花："来年我们可以摘来做桂花蜜。"

"好啊。"

谢砚宁在计划之初就做好了理论准备，实践起来也是得心应手，选苗、挖坑、填熟土、浇水、覆土……每项流程许唯都只是象征性地帮一下忙，最后活几乎都是谢砚宁干的。

许唯倒不是不想做，只是觉得为了让她的桂花百分百存活，自己还是不要过多插手为好，毕竟谢砚宁看起来十分专业。

谢砚宁忙碌的时候，许唯就拿着手机给他拍视频，然后发给商妍。

商妍的视频电话很快就打了过来，许宜宁奶声奶气地说："妈妈，你们在哪里玩？"

"我们在一座小山上，爸爸在种树呢。"许唯把手机拿到谢砚宁面前，"看，爸爸正在给小树苗浇水。"

"哇！"

"下次带宝宝来，在爸爸妈妈的小树旁边种一棵宝宝的小树，好不好？"

"好！还要爷爷奶奶的小树，我们永远不分开。"

这原本只是童声稚语，却让许唯感到自己的心被击中了。

一家人，不分开。

温馨美满的生活让她逐渐忘却曾经的阴影，忘记养父母带给她的伤痛，忘记她曾经连爱一个人的勇气都没有，而她现在拥有一切。

她觉得恍如隔世。

"妈妈，你要玩得开心点儿，然后快点儿来接宝宝。"

小家伙嘴上说要让爸爸妈妈过二人世界，实际上还是想妈妈的。许唯的心被她嗲声嗲气的话弄得发软，许唯说："好啊，妈妈很快就去接宝宝。"

许宜宁小朋友完美地继承了谢砚宁的撒娇本领，许唯时常觉得自己根本不是他们俩的对手，常常哄完小的哄大的，忙不过来。

"爸爸也要乖乖的，不准欺负妈妈。"许宜宁警告谢砚宁。

"就欺负妈妈。"

"哼！"许宜宁噘起小嘴。

谢砚宁拿着小铲子朝她挥了挥："想不想玩？"

许宜宁立即露出笑容："想！"

变脸的本事她也完美地遗传了。

挂了电话后，谢砚宁这边也快结束了。

两个人到水池边洗手时，谢砚宁玩心大起，把水珠洒到了许唯身上。许唯躲闪不及，笑着说："烦死了，你几岁啊？"

许唯往旁边躲了躲，谢砚宁还追上来，伸着两只湿漉漉的手就去搂许唯的腰。许唯闹不过他，就顺势搂住了谢砚宁的脖子。两个人抱在一起，日光在树叶的掩映下细碎地照在许唯的脸上，像是金色光斑，照得她的眼睛亮晶晶的。

谢砚宁亲了亲她。

"好腻歪，黏人精。"这句话许唯从恋爱时就开始说，一直说到结婚五周年。

"你不喜欢吗？"

许唯诚实地回答道："喜欢。"她把脸埋在谢砚宁的肩窝里，说，"很喜欢，你要一直腻歪，一直黏着我。"

"然后你又嫌我烦，一脚把我踢开。"谢砚宁哼哼两声，"我看透你了，冷漠的小唯。"

许唯笑出声来："可你有时候就是很烦，宝宝都比你乖。"

"我让他们提前准备了认养牌，你要在上面写什么？"

"我可以写愿望吗？"

"当然。"

许唯想了想："希望我们一家三口平平安安，岁岁年年。"

"还有呢？"

许唯看着一脸期待的谢砚宁，说："还有什么？"

"宝宝会有她自己的那棵树，这棵树是属于我们的，你重新想一个愿望。"

于是许唯重新想："那就祝谢董事长财源广进、一本万利、日进斗金。"

谢砚宁眯起眼睛，作势要咬许唯，许唯笑着说："逗你的。"

她接过用硬纸裁剪成的云朵状认养牌，先写下自己和谢砚宁的名字，然后在底下的空白处写道："谢砚宁，遇见你真是我的顶级幸运。"

谢砚宁夺过许唯手中的纸和笔，在后面补充："谢砚宁也是这样想的。"

许唯的脸上浮现出温柔的笑意。

她和谢砚宁一起把认养牌挂在纤细的树枝上，看着它随风摇晃。

夕阳的余晖照在山坡上，入目皆是霞光。

"谢砚宁。"许唯突然开口。

"嗯？"

"我们约定一下，下辈子我如果找不到你，就在这棵树旁边守着，一直等一直等，一直等到你出现，到时候你可别忘了来找我。"

谢砚宁揽着她的肩膀，承诺道："好，我一定来。"

—全文完—